中国小说学会 编选

吴景明 主编

20世纪中国文学
争议作品书系

穆时英

等／著

SHANGHAI DE
HUBUWU

上海的
狐步舞

二十一世纪出版社
全国百佳出版社

图书在版编目（CIP）数据

上海的狐步舞 / 穆时英等著 . -- 南昌：二十一世纪出版社 , 2012.12

（20世纪中国文学争议作品书系）

ISBN 978-7-5391-8279-7

Ⅰ . ①上… Ⅱ . ①穆… Ⅲ . ①中篇小说 – 小说集 – 中国 – 现代②短篇小说 – 小说集 – 中国 – 现代 Ⅳ . ① I246.7

中国版本图书馆 CIP 数据核字 (2012) 第 276805 号

上海的狐步舞

穆时英 等 / 著

策　　划	张　明	
丛书主编	张秀枫	
责任编辑	张　宇	
出版发行	二十一世纪出版社	
	（江西省南昌市子安路 75 号　330009）	
	www.21cccc.com　cc21@163.net	
出 版 人	张秋林	
经　　销	新华书店	
印　　刷	天津兴湘印务有限公司	
版　　次	2019 年 4 月第 1 版第 2 次印刷	
开　　本	700mm × 1000mm 1/16	
印　　张	24	
字　　数	417 千	
书　　号	ISBN 978-7-5391-8279-7	
定　　价	38.00 元	

赣版权登字—04—2013—190

目 录

出版说明

一、"20世纪中国文学争议作品书系"所审视的是整个20世纪中国有争议的文学作品，它打通传统的时间概念，记录了中国文学从近代走向现代、从现代走向当代的惊涛骇浪的百年历程。本辑推出五本，全部为中短篇小说。即20世纪一二十年代的《莎菲女士的日记》、三四十年代的《上海的狐步舞》、五六十年代的《在悬崖上》、七八十年代的《男人的一半是女人》、八九十年代的《红蝗》。

二、"20世纪中国文学争议作品书系"选收的作品大多为名家名篇，取舍的标准是其争议性和争议的"含金量"。或为思想观念的交锋，或为写法上的碰撞，或因时代的急风骤雨，或因作家自身的创作个性，林林总总，不一而足。通过这些争议，折射了一个世纪的文坛生态以及政治风貌、精神冲突和文学发展的坎坷与磨难。20世纪的中国文学是在不断的争议中成长繁荣的。从这个视角而言，没有争议便没有文学。

三、"20世纪中国文学争议作品书系"选收的作品，为保持原汁原味，对其文字，原则上不做变动。原文篇末注明了作品首次发表时的媒体名称和时间。

四、"20世纪中国文学争议作品书系"每篇争议作品的后边，均附有青年文学研究工作者撰写的"述评"，介绍作品的时代背景、作家的写作状况、争议双方的代表人物或主要观点、争议的影响以及如何看待这些争议，等等；每本书的书前均由该卷的主编撰有"前言"，梳理并描述这一历史时期争议文学作品的概况、特点，为读者认识这一特定文学时期及其争议作品，提供相应的阅读和智力支持。

前　言

　　古龙曾经在他的武侠作品里说：有人的地方，就有江湖。这样的说法若是放在更宏观的文学视域中，同样受用——我们完全可以说，有文学作品的地方，就有见仁见智的争议。同样一篇作品，被从不同的立场与视角出发的批评家品论一番，毁誉参半的情况自然是免不了的，尤其是在强调意识形态的年代，一些身份充满争议的作家所创作出来的文学作品，更容易在受到大众追捧的同时也遭到来自其他评论家的当头棒喝。所以，同样的一篇作品有时甚至可能被解读出截然相反的结论。而所谓"争议文学"，事实上并非是一类确切题材的文学作品，而是泛指在社会上或文学领域引起不同看法的有一定含量和深度的作品。

　　争议的存在，也恰恰是文学的魅力之一——它为读者提供了丰富而自由的解读与欣赏空间。无论是什么时代，人们对于文学作品——尤其是名家作品的争议总是存在着，这是正常的文化现象；若是对同一篇作品在某一时期，于读者群或评论界出现了教科书上标准答案似的整齐划一的阅读感受，反倒是一件颇令人怀疑的事情。

　　中国现代文学走到 20 世纪三四十年代，与"五四"时期相比有了显著的成熟迹象，已经从蹒跚学步的婴儿迈向了青年时代，而且很明显地流露出自己的特点。比如：文学思潮的空前政治化。这一时期的文学思潮延续了五四时期的"人的文学"的精神观念并且在理论资源方面多有开掘，30 年代左翼文学运动的兴起形成了以阶级为标志的、具有斗争精神与激情的无产阶级革命文学观念，由后期创造社和太阳社成员首先提出的无产阶级革命潮流强力地介入文学，令新文学的队伍发生了新的分化组合。这个时期出现的左翼文学与自由主义及其他多种倾向的文学彼此冲撞竞争，又共同丰富这一时期的创作。

　　正如有人所总结的那样，在 30 年代的文学观念与话语中，主要存在着三种"人"

的观念与话语的对话、冲突、交流与交融。一种是五四民主科学背景上的人文主义观念与话语还在承续与发展；一种是左翼革命文学的"阶级的人"的观念与话语；第三类就是近现代通俗文学的"人"的观念：世俗化中的充分人性化、传统世俗社会的大众伦理道德与大众人生观。在这样多种观念同时并存的情况下，既有柔石的《为奴隶的母亲》这样"作为农村社会研究资料，有着大的社会意义"的左翼文学作品，也有沈从文这样"充满了无忌的野性，一种圆满健全的生命力"的湘西题材小说，更有施蛰存、穆时英、刘呐鸥等人在十里洋场中呈现给读者的"在盲目的冲动支配下行动，处于一种无根的逢场作戏状态，在纯粹肉的游戏、放纵、追逐和冲撞宣泄中，人的自我面目全非"的新感觉派小说。

就是在这种文学多元化的众声喧哗时代之中，引起争议的作品频频出现，而且关于文学观念的论争也伴随着作品的争议一次次地形成规模与高潮。在柔石等人被害后，鲁迅曾为美国《新群众》写过一篇论当时中国文学现状的文章，称："现在，在中国，无产阶级的革命文艺运动，其实就是唯一的文艺运动。因为这乃是荒野中的萌芽，除此以外，中国已经毫无其他文艺。属于统治阶级的所谓'文艺家'，早已腐烂到连所谓'为艺术的艺术'以至'颓废'的作品也不能生产，现在来抵制左翼文艺的，只有诬蔑、压迫、囚禁和杀戮；来和左翼作家对立的，也只有流氓、侦探、走狗、刽子手了。"

以今天的眼光看，不能不说鲁迅先生的这一番话说得未免偏颇，事实上当时在左翼作家之外，仍有许多优秀作家存在，而这些人并不是什么所谓的"流氓、侦探、走狗、刽子手"，无论在怎样的时代，文学不应成为政治方面意识形态的附庸品，"为艺术而艺术"更不应该成为什么罪名，要看到，受"为艺术而艺术"文艺思想影响的创造社一直是中国现代浪漫抒情小说创作的摇篮，其中的作家毫无疑问地在中国现代文学史上占有相当重要的地位。只是到了后期创造社的作家群分裂，成仿吾、郭沫若等人将浪漫抒情小说向左发展成为革命文学，而陶晶孙、叶灵凤等人则向右发展成为海派文学。但是，道路不同不应成为评价作品好坏的标准。

鲁迅曾在《革命咖啡店》一文中讥讽创作过《流行性感冒》等作品的叶灵凤说："革命文学家，要年青貌美，齿白唇红，如潘汉年叶灵凤辈，这才是天生的文豪；乐园的好料……"鲁迅奚落的这一段话，使叶灵凤自年轻时就戴上了"齿白唇红"这顶帽子，一戴数十年，成了叶灵凤的标签之一。之后鲁迅又在《文坛的掌故》

这篇书信体的杂文中，称"叶灵凤，当时曾投机加入创造社，不久即转向国民党方面去，抗日时期成为汉奸文人"。于是，由于叶灵凤的身份加上他的反禁欲主义大胆创作风格，一度被人所讽刺批判。加上他的创作集中在情爱领域，对人心人性进行探索，因此一度被归为"才子＋流氓"类作家，而没有得到文学评论界足够的重视和公正的评价，在今天，这些争议理应得到重新的评价与客观照看。

1933 年 9 月起，沈从文接编《大公报·文艺副刊》，一年后他在自己主编的副刊上提出京派海派的话题。这就是发生在 30 年代有名的"京海之争"，一方是北平的沈从文，一方是上海的杜衡。以沈从文为代表的京派作家所创作的作品风格趋向浪漫主义，往往要求小说的诗意效果，融写实、纪梦、象征于一体，语言格调古朴，描述单纯自然，具有浓郁的地方色彩，凸现出乡村人性特有的风韵与神采。而海派的作家们则侧重于观照都市里人的更为内在的生存状态与心理状态。但是我们要看到，所谓的文学论争与争议文学，都是在探讨的层面，很难简单地做出作品或观点孰对孰错的结论。

在作品的风格方面，也有因此而出现的争议，比如 30 年代里萧红的小说，当时有许多人并不认可，认为她的所谓的小说过于接近散文，并不是真正的小说文体。对于这些批评，萧红曾经很倔强地这样说过："有一种小说学，小说有一定的写法，一定要具备几种东西，一定写得像巴尔扎克或契诃夫的作品那样。我不相信这一套。有各式各样的生活，有各式各样的作家，就有各式各样的小说。"著名学者杨义先生也认为："萧红在本质上是才华横溢的散文家。在她的手中笔下，散文和小说并没有天然的鸿沟。"

除此之外，三四十年代里，吴组湘、张天翼、沙汀等人的作品同样多多少少存在着争议，比如张天翼的《华威先生》，引起了后来长达数年的关于抗战文学要不要"暴露与讽刺"的轰轰烈烈的论争，它为整个 40 年代国统区的讽刺文学开了先河。而张爱玲、钱钟书、沈从文等"独立作家"，在相当一段时间内受到了颇多的争议，大多是因为他们的"自由主义"写作方式与立场，比如沈从文，曾被认为"思想平庸，格调不高，玩弄技巧，不足成为大家"；至于张爱玲，则在后来被扣上"反共逃亡"的罪名，加上胡兰成的原因，她的作品在中国大陆曾一度销声匿迹。钱钟书《人·兽·鬼》中的几个短篇根本就没有引起文艺评论家和文学史家的注意，甚至后来一度被埋没，处于中国现代文学史的边缘位置上，直到若干年后夏志清先生将它们重新发掘出来并大加褒扬。

本书中所收录的包括以上作者作品在内的争议小说，正是 20 世纪三四十年代中国所具有代表性的争议文学作品的一次集中体现。当时间渐行渐远，今天的读者与之有了适当的观照距离，相信阅读起来必然可以得到更客观的审美体验。

吴景明

2013 年 5 月

为奴隶的母亲

柔 石

　　她的丈夫是一个皮贩，就是收集乡间各猎户底兽皮和牛皮，贩到大埠上出卖的人。但有时也兼做点农作，芒种的时节，便帮人家插秧，他能将每行插得非常直，假如有五人同在一个水田内，他们一定叫他站在第一个做标准，然而境况总是不佳，债是年年积起来了。他大约就因为境况的不佳，烟也吸了，酒也喝了，钱也赌起来了。这样，竟使他变做一个非常凶狠而暴躁的男子，但也就更贫穷下去，连小小的移借，别人也不敢答应了。

　　在穷底结果的病以后，全身便变成枯黄色，脸孔黄的和小铜鼓一样，连眼白也黄了。别人说他是黄疸病，孩子们也就叫他"黄胖"了。有一天，他向他底妻说：

　　"再也没有办法了，这样下去，连小锅子也都卖去了。我想，还是从你底身上设法罢。你跟着我挨饿，有什么办法呢？"

　　"我底身上？……"

　　他底妻坐在灶后，怀里抱着她底刚满三周的男小孩——孩子还在啜着奶，她讷讷地低声地问。

　　"你，是呀，"她底丈夫病后的无力的声音，"我已经将你出典了……"

　　"什么呀？"她底妻子几乎昏去似的。

　　屋内是稍稍静寂了一息。他气喘着说：

　　"三天前，王狼来坐讨了半天的债回去以后，我也跟着他去，走到了九亩潭边，我很不想要做人了。但是坐在那株爬上去一纵身就可落在潭里的树下，想来想去，总没有力气跳了。猫头鹰在耳朵边不住地啼，我底心被它叫寒起，我只得回转身，但在路上，遇见了沈家婆，她问我，晚也晚了，在外做什么。我就告诉她，请她代我借一笔款，或向什么人家的小姐借些衣服或首饰去暂时当一当，免得王狼底狼一般的绿眼睛天天在家里闪烁。可是沈家婆向我笑道：

"'你还将妻养在家里做什么呢？你自己黄也黄到这个地步了。'"

"我低着头站在她面前没有答，她又说：

"'儿子呢，你只有一个了，舍不得。但妻——'"

"我当时想：'莫非叫我卖去妻子么？'"

而她继续道：

"'但妻——虽然是结发的，穷了，也没有法。还养在家里做什么呢？'"

"这样，她就直说出：'有一个秀才，因为没有儿子，年纪已五十岁了，想买一个妾；又因他底大妻不允许，只准他典一个，典三年或五年，叫我物色相当的女人：年纪约三十岁左右，养过两三个儿子的，人要沉默老实，又肯做事，还要对他底大妻肯低眉下首。这次是秀才娘子向我说的，假如条件合，肯出八十元或一百元的身价。我代她寻了好几天，总没有相当的女人。'她说：'现在碰到我，想起了你来，样样都对的。'当时问我底意见怎样，我一边掉了几滴泪，一边却被她催的答应她了。"

说到这里，他垂下头，声音很低弱，停止了。他底妻简直痴似的，话一句没有。又静寂了一息，他继续说：

"昨天，沈家婆到过秀才底家里，她说秀才很高兴，秀才娘子也喜欢，钱是一百元，年数呢，假如三年养不出儿子，是五年。沈家婆并将日子也拣定了——本月十八，五天后。今天，她写典契去了。"

这时，他底妻简直腑脏都颤抖，吞吐着问：

"你为什么早不对我说？"

"昨天在你底面前旋了三个圈子，可是对你说不出。不过我仔细想，除出将你底身子设法外，再也没有办法。"

"决定了么？"妇人战着牙齿问。

"只待典契写好。"

"倒霉的事情呀，我！——一点也没有别的方法了么？春宝底爸呀！"

春宝是她怀里的孩子底名字。

"倒霉，我也想到过，可是穷了，我们又不肯死，有什么办法？今年，我怕连插秧也不能插了。"

"你也想到过春宝么？春宝还只有五岁，没有娘，他怎么好呢？"

"我领他便了，本来是断了奶的孩子。"

他似乎渐渐发怒了，也就走出门外去了。她，却呜呜咽咽地哭起来。

这时，在她过去的回忆里，却想起恰恰一年前的事：那时她生下了一个女儿，她简直如死去一般地卧在床上。死还是整个的，她却肢体分作四碎与五裂。刚落地的女婴，在地上的干草堆上叫："呱呀，呱呀"声音很重的，手脚揪缩。脐带绕在她底身上，胎盘落在一边，她很想挣扎起来给她洗好，可是她底头昂起来，身子凝滞在床上。这样，她看见她底丈夫，这个凶狠的男子，飞红着脸，提了一桶沸水到女婴的旁边。她简单用了她一生底最后的力向他喊："慢！慢……"但这个病前极凶狠的男子，没有一分钟商量的余地，也不答半句话，就将"呱呀，呱呀"声音很重地在叫着的女儿，刚出世的新生命，用他底粗暴的两手捧起来，如屠户捧将杀的小羊一般，扑通，投下在沸水里了！除出沸水的溅声和皮肉吸收沸水的嘶声以外，女孩一声也不喊——她疑问地想，为什么也不重重地哭一声呢？竟这样不响地愿意冤枉死去么？啊！——她转念，那是因为她自己当时昏过去的缘故，她当时剜去了心一般地昏去了。

想到这里，似乎泪竟干涸了。"唉！苦命呀！"她低低地叹息了一声。这时春宝拔去了奶头，向他底母亲的脸上看，一边叫：

"妈妈！妈妈！"

在她将离别底前一晚，她拣了房子底最黑暗处坐着。一盏油灯点在灶前，萤火那么的光亮。她，手里抱着春宝，将她底头贴在他底头发上。她底思想似乎浮漂在极远，可是她自己捉摸不定远在那里。于是慢慢地跑回来，跑到眼前，跑到她底孩子底身上。她向她底孩子低声叫：

"春宝，宝宝！"

"妈妈。"孩子含着奶头答。

"妈妈明天要去了……"

"唔……"孩子似不十分懂得，本能地将头钻进他母亲底胸膛。

"妈妈不回来了，三年内不能回来了！"

她擦一擦眼睛，孩子放松口子问：

"妈妈哪里去呢？庙里么？"

"不是，三十里路外，一家姓李的。"

"我也去。"

"宝宝去不得的。"

"呃！"孩子反抗地，又吸着并不多的奶。

"你跟爸爸在家里，爸爸会照料宝宝的：同宝宝睡，也带宝宝玩，你听爸爸底话好了。过三年……"

她没有说完，孩子要哭似的说：

"爸爸要打我的！"

"爸爸不再打你了。"同时用她底左手抚摸着孩子底右额，在这上，有他父亲在杀死他刚生下的妹妹后第三天，用锄柄敲他，肿起而又平复了的伤痕。

她似要还想对孩子说话，她底丈夫踏进门了。他走到她底面前，一只手放在袋里，掏取着什么，一边说：

"钱已经拿来七十元了。还有三十元要等你到了后十天付。"

停了一息说："也答应轿子来接。"

又停了一息："也答应轿夫一早吃好早饭来。"

这样，他离开了她，又向门外走出去了。

这一晚，她和她底丈夫都没有吃晚饭。

第二天，春雨竟滴滴淅淅地落着。

轿是一早就到了。可是这妇人，她却一夜不曾睡。她先将春宝底几件破衣服都修补好；春将完了，夏将到了，可是她，连孩子冬天用的破烂棉袄都拿出来，移交给他底父亲——实在，他已经在床上睡去了。以后，她坐在他底旁边，想对他说几句话，可是长夜是迟延着过去，她底话一句也说不出，而且，她大着胆向他叫了几声，发了几个听不清楚的音，声音在他底耳外，她也就睡下不说了。

等她朦朦胧胧地刚离开思索将要睡去，春宝又醒了，他就推叫他底母亲，要起来。以后当她给他穿衣服的时候。向他说：

"宝宝好好地在家里，不要哭，免得你爸爸打你。以后妈妈常买糖果来，买给宝宝吃，宝宝不要哭。"

而小孩子竟不知道悲哀是什么一回事，张大口子"唉，唉"地唱起来了。她在他底唇边吻了一吻，又说：

"不要唱，你爸爸被你唱醒了。"

轿夫坐在门首的板凳上，抽着旱烟，说着他们自己要听的话。一息，邻村的沈家婆也赶到了。一个老妇人，熟悉世故的媒婆，一进门，就拍拍她身上的雨点，向他们说：

"下雨了，下雨了，这是你们家里此后会有滋长的预兆。"

老妇人忙碌似的在屋内旋了几个圈，对孩子底父亲说了几句话，意思是讨酬报。因为这件契约之能订的如此顺利而合算，实在是她底力量。

"说实在话，春宝底爸呀，再加五十元，那老头子可以买一房妾了。"她说。

于是又转向催促她——妇人却抱着春宝，这时坐着不动。老妇人声音很高地：

"轿夫要赶到他们家里吃中饭的，你快些预备走呀！"

可是妇人向她瞧了一瞧，似乎说：

"我实在不愿离开呢！让我饿死在这里罢！"

声音是在她底喉下，可是媒婆懂得了，走近到她前面，眯眯地向她笑说：

"你真是一个不懂事的丫头，黄胖还有什么东西给你呢？那边真是一份有吃有剩的人家，两百多亩田，经济很宽裕，房子是自己底，也雇着长工养着牛。大娘底性子是极好的，对人非常客气，每次看见人总给人一些吃的东西。那老头子——实在并不老，脸是很白白的，也没有留胡子，因为读了书，背有些偻偻的，斯文的模样。可是也不必多说，你一走下轿就看见的，我是一个从不说谎的媒婆。"

妇人拭一拭泪，极轻地：

"春宝……我怎么能抛开他呢！"

"不用想到春宝了。"老妇人一手放在她底肩上，脸凑近她和春宝。"有五岁了，古人说：'三周四岁离娘身'，可以离开你了。只要你底肚子争气些，到那边，也养下一二个来，万事都好了。"

轿夫也在门首催起身了，他们噜苏着说：

"又不是新娘子，啼啼哭哭的。"

这样，老妇人将春宝从她底怀里拉去，一边说：

"春宝让我带去罢。"

小小的孩子也哭了，手脚乱舞的，可是老妇人终于给他拉到小门外去。当妇人走进轿门的时候，向他们说：

"带进屋里来罢，外边有雨呢。"

她底丈夫用手支着头坐着，一动没有动，而且也没有话。

两村的相隔有三十里路，可是轿夫的第二次将轿子放下肩，就到了。春天的细雨，从轿子底布篷里飘进，吹湿了她底衣衫。一个脸孔肥肥的，两眼很有心计的约摸五十四五岁的老妇人来迎好，她想：这当然是大娘了。可是只向她满面羞涩地看一看，并没有叫。她很亲昵似的将她牵上阶沿，一个长长的瘦瘦的而面孔圆细的男子就从房里走出来。他向新来的少妇，仔细地瞧了瞧，堆出满脸的笑容来，向她问：

"这么早就到了么？可是打湿你底衣裳了。"

而那位老妇人，却简直没有顾到他底说话，也向她问：

"还有什么在轿里么？"

"没有什么了。"少妇答。

几位邻舍的妇人站在大门外，探头张望的；可是她们走进屋里面了。

她自己也不知道这究竟为什么，她底心老是挂念着她底旧的家，掉不下她的春宝。这是真实而明显的，她应庆祝这将开始的三年的生活——这个家庭，和她所典给他的丈夫，都比曾经过去的要好，秀才确是一个温良和善的人，讲话是那么地低声，连大娘，实在也是一个出乎意料之外的妇人，她底态度之殷勤，和滔滔的一席话：说她和她丈夫底过去的生活之经过，从美满而漂亮的结婚生活起，一直到现在，中间的三十年。她曾做过一次的产，十五六年以前了，养下一个男孩子，据她说，是一个极美丽又极聪明的婴儿，可是不到十个月，竟患了天花死去了。这样，以后就没有再养过第二个。在她底意思中，似乎——似乎——早就叫她底丈夫娶一房姜。可是他，不知是爱她呢，还是没有相当的人——这一层她并没有说清楚；于是，就一直到现在。这样，竟说得这个具着朴素的心地的她，一时酸，一时苦，一时甜上心头，一时又咸的压下去了。最后，这个老妇人并将她底希望也向她说出来了。她底脸是娇红的，可是老夫人说：

"你是养过三四个孩子的女人了，当然，你是知道什么的，你一定知道的还比我多。"

这样，她说着走开了。

当晚，秀才也将家里底种种情形告诉她，实际，不过是向她夸耀或求媚罢了。她坐在一张橱子的旁边，这样的红的木橱，是她旧的家所没有的，她眼睛白晃晃地瞧着它。秀才也就坐在橱子底面前来，问她：

"你叫什么名字呢？"

她没有答，也并不笑，站起来，走在床底前面，秀才也跟到床底旁边，更笑地问她：

"怕羞么？哈，你想你底丈夫么？哈，哈，现在我是你底丈夫了。"声音是轻轻的，又用手去牵着她底袖子。"不要愁罢！你也想你底孩子的，是不是？不过——"

他没有说完，却又哈的笑了一声，他自己脱去他外面的长衫了。

她可以听见房外的大娘底声音在高声地骂着什么人，她一时听不出在骂谁，骂烧饭的女仆，又好像骂她自己，可是因为她底怨恨，仿佛又是为她而发的。秀才在床上叫道：

"睡罢，她常是这么噜噜苏苏的。她以前很爱那个长工，因为长工要和烧饭的黄妈多说话，她却常要骂黄妈的。"

日子是一天天地过去了。旧的家，渐渐地在她底脑子里疏远了，而眼前，却一步步地亲近她使她熟悉。虽则，春宝底哭声有时竟在她底耳朵边响，梦中，她也几次地遇到过他了。可是梦是一个比一个缥缈，眼前的事务是一天比一天繁多。她知道这个老妇人是猜忌多心的，外表虽则对她还算大方，可是她底嫉妒的心是和侦探一样，监视着秀才对她的一举一动。有时，秀才从外面回来，先遇见了她而同她说话，老妇人就疑心有什么特别的东西买给她了，非在当晚，将秀才叫到她自己底房内去，狠狠地训斥一番不可。"你给狐狸迷着了么？""你应该称一称你自己底老骨头是多少重！"像这样的话，她耳闻到不止一次了。这样以后，她望见秀才从外面回来而旁边没有她坐着的时候，就非得急忙避开不可。即使她在旁边，有时也该让开一些，但这种动作，她要做的非常自然，而且不能让别人看出，否则，她又要向她发怒，说是她有意要在旁人的前面暴露她大娘底丑恶。而且以后，竟将家里的许多杂务都堆积在她底身上，同一个女仆那么样。她还算是聪明的，有时老妇人底换下来的衣服放着，她也给她拿去洗了，虽然她说：

"我底衣服怎么要你洗呢？就是你自己底衣服，也可叫黄妈洗的。"可是接着说：

"妹妹呀，你最好到猪栏里去看一看，那两只猪为什么这样啯啯叫的，或者因为没有吃饱罢，黄妈总是不肯给它们吃饱的。"

八个月了，那年冬天，她底胃却起了变化：老是不想吃饭，想吃新鲜的面，番薯等。但番薯或面吃了两餐，又不想吃，又想吃馄饨，多吃又要呕。而且还想吃南瓜和梅子——这是六月里的东西，真稀奇，向哪里去找呢？秀才是知道在这个变化中所带来的预告了。他整日地笑微微，能找到的东西，总忙着给她找来。他亲身给她到街上去买橘子，又托便人买了金柑来。他在廊沿下走来走去，口里念念有词的，不知说什么。他看她和黄妈磨过年的粉，但还没有磨了三升，就向她叫："歇一歇罢，长工也好磨的，年糕是人人要吃的。"

有时在夜里，人家谈着话，他却独自拿了一盏灯，在灯下，读起《诗经》来了：

"关关雎鸠，

在河之洲，

窈窕淑女，

君子好逑——"

这时长工向他问：

"先生，你又不去考举人，还读它做什么呢？"

他却摸一摸没有胡子的口边，怡悦地说道：

"是呀，你也知道人生底快乐么？所谓：'洞房花烛夜，金榜挂名时。'你也知道这两句话底意思么？这是人生底最快乐的两件事呀！可是我对于这两件事都过去了，我却还有比这两件更快乐的事呢！"

这样，除出他底两个妻以外，其余的人们都大笑了。

这些事，在老妇人眼睛里是看得非常气恼了。她起初闻到她底受孕也欢喜，以后看见秀才的这样奉承她，她却怨恨她自己肚子底不会还债了。有一次，次年三月了，这妇人因为身体感觉不舒服，头有些痛，睡了三天。秀才呢，也愿她歇息歇息，更不时地问她要什么，而老妇人却着实地发怒了。她说她装娇，噜噜苏苏地也说了三天。她先是恶意地讥嘲她：说是一到秀才底家里就高贵起来了，什么腰酸呀，头痛呀，姨太太的架子也都摆出来了；以前在她自己底家里，她不相信她有这样的娇养，恐怕竟和街头的母狗一样，肚子里有着一肚皮的小狗，临产了，还要到处地奔求着食物。现在呢，因为"老东西"——这是秀才的妻叫秀才的名字——趋奉了她，就装着娇滴滴的样子了。

"儿子，"她有一次在厨房里对黄妈说："谁没有养过呀？我也曾怀过十个月的孕，不相信有这么的难受。而且，此刻的儿子，还在'阎罗王的簿里'，谁保的定生出来不是一只癞虾蟆呢？也等到真的'鸟儿'从洞里钻出来看见了，才可在我底面前显威风，摆架子，此刻，不过是一块血的猫头鹰，就这么的装腔，也显得太早一点！"

当晚这妇人没有吃晚饭，这时她已经睡了，听了这一番婉转的冷嘲与热骂，她呜呜咽咽地低声哭泣了。秀才也带衣服坐在床上，听到浑身透着冷汗，发起抖来。他很想扣好衣服，重新走起来，去打她一顿，抓住她底头发狠狠地打她一顿，泄泄他一肚皮的气。但不知怎样，似乎没有力量，连指也颤动，臂也酸软了，一边轻轻地叹息着说：

"唉，一向实在太对她好了。结婚了三十年，没有打过她一掌，简直连指甲都没有弹到她底皮肤上过，所以今日，竟和娘娘一般地难惹了。"

同时，也爬过到床底那端，她底身边，向她耳语说：

"不要哭罢，不要哭罢，随她吠去好了！她是阉过的母鸡，看见别人的孵卵是难受的。假如你这一次真能养出一个男孩子来，我当送你两样宝贝——我有一只青玉的戒指，一只白玉的……"

他没有说完，可是他忍不住听下门外的他底大妻底喋喋的讥笑声音，他急忙地脱去衣服，将头钻进被窝里去，凑向她底胸膛，一边说：

"我有白玉的……"

肚子一天天地膨胀的如斗那么大，老妇人终究也将产婆雇定了，而且在别人的面前，竟拿起花布来做婴儿用的衣服。

酷热的暑天到了尽头，旧历的六月，他们在希望的眼中过去了。秋开始，凉风也拂拂地在乡镇上吹送。于是有一天，这全家的人们都到了希望底最高潮，屋里底空气完全地骚动起来。秀才底心更是异常地紧张，他在天井上不断地徘徊，手里捧着一本历书，好似要读它背诵那么地念去——"戊辰"，"甲戌"，"壬寅之年"，老是反复地轻轻地说着。有时他底焦急的眼光向一间关了窗的房子望去——在这间房子内是有产母底低声呻吟的声音；有时他向天上望一望被云笼罩着的太阳，于是又走向房门口，向站在房门内的黄妈问：

"此刻如何？"

黄妈不住地点着头不做声响，一息，答：

"快下来了，快下来了。"

于是他又捧了那本历书，在廊下徘徊起来。

这样的情形，一直继续到黄昏底青烟在地面起来，灯火一盏盏的如春天的野花般在屋内开起，婴儿才落地了，是一个男的。婴儿底声音是很重地在屋内叫，秀才却坐在屋角里，几乎快乐到流出眼泪来了。全家的人都没有心思吃晚饭，在平淡的晚餐席上，秀才底大妻向佣人们说道：

"暂时瞒一瞒罢，给小猫头避避晦气；假如别人问起，也答养一个女的好了。"

他们都微笑地点点头。

一个月以后，婴儿底白嫩的小脸孔，已在秋天的阳光里照耀了。这个少妇给他哺着奶，邻舍的妇人围着他们瞧，有的称赞婴儿底鼻子好，有的称赞婴儿底口子好，有的称赞婴儿底两耳好；更有的称赞婴儿底母亲，也比以前好，白而且壮了。老妇人却正和老祖母那么地盼咐着，保护着，这时开始说：

"够了，不要弄他哭了。"

关于孩子底名字，秀才是煞费苦心地想着，但总想不出一个相当的字来。据老妇人底意见，还是从"长命富贵"或"福禄寿喜"里拣一个字，最好还是"寿"

字或"寿"同意义的字，如"其颐"，"彭祖"等。但秀才不同意，以为太通俗，人云亦云的名字。于是翻开了《易经》，《书经》，向这里面找，但找了半月，一月，还没有恰贴的字。在他底意思：以为在这个名字内，一边要祝福孩子，一边要包含他底老而得子底蕴义，所以竟不容易找。这一天，他一边抱着三个月的婴儿，一边又向书里找名字，戴着一副眼镜，将书递到灯底旁边去。婴儿底母亲呆呆地坐在房内底一边，不知思想着什么，却忽然开口说：

"我想，还是叫他'秋宝'罢。"屋内的人们底几对眼睛都转向她，注意地静听着："他不是生在秋天吗？秋天的宝贝——还是叫他'秋宝'罢。"

秀才立刻接着说道：

"是呀，我真极费心思了。我年过半百，实在到了人生的秋期；孩子也正养在秋天；'秋'是万物成熟的季节，秋宝，实在是一个很好的名字呀！而且《书经》里没么？'乃亦有秋'，我真乃亦有'秋'了！"

接着，又称赞了一通婴儿底母亲：说是呆读书实在无用，聪明是天生的。这些话，说的这妇人连坐着都觉得局促不安，垂下头，苦笑地又含泪地想：

"我不过因春宝想到罢了。"

秋宝是天天成长的非常可爱地离不开他底母亲了。他有出奇的大的眼睛，对陌生人是不倦地注视地瞧着，但对他底母亲，却远远地一眼就知道了。他整天地抓住了他底母亲，虽则秀才是比她还爱他，但不喜欢父亲；秀才底大妻呢，表面也爱他，似爱她自己亲生的儿子一样，但在婴儿底大眼睛里，却看她似陌生人，也用奇怪的不倦的视法。可是他的执住他底母亲愈紧，而他底母亲的离开这家的日子也愈近了。春天底口子咬住了冬天底尾巴；而夏天底脚又常是紧随着在春天底身后的；这样，谁都将孩子底母亲底三年快到的问题横放在心头上。

秀才呢，因为爱子的关系，首先向他底大妻提出来了：他愿意再拿出一百元钱，将她永远买下来。可是他底大妻底回答是：

"你要买她，那先给我药死罢！"

秀才听到这句话，气得只向鼻孔放出气，许久没有说；以后，他反而做着笑脸地：

"你想想孩子没有娘……"

老妇人也尖利地冷笑地说：

"我不好算是他底娘么？"

在孩子的母亲的心呢，却正矛盾着这两种的冲突了：一边，她底脑里老是有"三年"这两个字，三年是容易过去的，于是她底生活便变做在秀才底家里底用人似的了。而且想像中的春宝，也同眼前的秋宝一样活泼可爱，她既舍不得秋宝，怎么就能舍得掉春宝呢？可是另一边，她实在愿意永远在这新的家里住下去，她想，春宝的爸爸不是一个长寿的人，他底病一定是在三五年之内要将他带走到不可知的异国里去的，于是，她便要求她底第二个丈夫，将春宝也领过来，这样，春宝也在她底眼前。

有时，她倦坐在房外的沿廊下，初夏的阳光，异常地能令人昏朦地起幻想，秋宝睡在她底怀里，含着她底乳，可是她觉得仿佛春宝同时也站在她底旁边，她伸出手去也想将春宝抱近来，她还要对他们兄弟两人说几句话，可是身边是空空的。

在身边的较远的门口，却站着这位脸孔慈善而眼睛凶毒的老妇人，目光注视着她。这样，她也恍恍惚惚地敏悟："还是早些脱离开罢，她简直探子一样地监视着我了。"可是忽然怀内的孩子一叫，她却又什么也没有的只剩着眼前的事实来支配她了。

以后，秀才又将计划修改了一些：他想叫沈家婆来，叫她向秋宝底母亲底前夫去说，他愿否再拿进三十元——最多是五十元，将妻续典三年给秀才。秀才对他底大妻说：

"要是秋宝到五岁，是可以离开娘了。"

他底大妻正是手里捻着念佛珠，一边在念着"南无阿弥陀佛"，一边答：

"她家里也还有前儿在，你也应放她和她底结发夫妇团聚一下罢。"

秀才低着头，断断续续地仍然这样说：

"你想想秋宝两岁就没有娘……"

可是老妇人放下念佛珠说：

"我会养的，我会管理他的，你怕我谋害了他么？"

秀才一听到末一句话，就拨步走开了。老妇人仍在后面说：

"这个儿子是帮我生的，秋宝是我底；绝种虽然是绝了你家底种，可是我却仍然吃着你家底餐饭。你真被迷了，老昏了，一点也不会想了。你还有几年好活，却要拼命拉她在身边？双连牌位，我是不愿意坐的！"

老妇人似乎还有许多刻毒的锐利的话，可是秀才走远开听不见了。

在夏天，婴儿底头上生了一个疮，有时身体稍稍发些热，于是这位老妇人就到处地问菩萨，求佛药，给婴儿敷在疮上，或灌下肚里，婴儿底母亲觉得并不十分要紧，反而使这样小小的生命哭成一身的汗珠，她不愿意，或将吃了几口的药暗地里拿去倒掉了。于是这位老妇人就高声叹息，向秀才说：

"你看，她竟一点也不介意他底病，还说孩子是并不怎样瘦下去。爱在心里的是深的；专疼表面是假的。"

这样，妇人只有暗自挥泪，秀才也不说什么话了。

秋宝一周纪念的时候，这家热闹地摆了一天的酒筵，客人也到了三四十，有的送衣服，有的送面，有的送银制的狮坠，给婴儿挂在胸前的，有的送镀金的寿星老头儿，给孩子钉在帽上的，许多礼物，都在客人底袖子里带来了。他们祝福着婴儿的飞黄腾达，赞颂着婴儿的长寿永生；主人底脸孔，竟是荣光照耀着，有如落日的云霞反映着他底颊上的。

可是在这天，正当他们筵席将举行的黄昏时，来了一个客，从朦胧的暮光中向他们底天井走进，人们都注意他：一个憔悴异常的乡人，衣服补衲的，头发很长，在他底腋下，挟着一个纸包。主人骇异地迎上前去，问他是哪里人，他口吃似的答了，主人一时糊涂的，但立刻明白了，就是那个皮贩。主人更轻轻地说：

"你为什么也送东西来呢？你真不必的呀！"

来客胆怯地向四周看看，一边答说：

"要，要的……我来祝祝这个宝贝长寿千……"

他似没有说完，一边将腋下的纸包打开来了，手指颤动地打开了两三重的纸，于是拿出四只铜制镀银的字，一方寸那么大，是"寿比南山"四字。

秀才底大娘走来了，向他仔细一看，似乎不大高兴。秀才却将他招待到席上，客人们互相私语着。

两点钟的酒与肉，将人们弄的胡乱与狂热了：他们高声猜着拳，用大碗盛着酒互相比赛，闹得似乎房子都被震动了。只有那个皮贩，他虽然也喝了两杯酒，可是仍然坐着不动，客人们也不招呼他。等到兴尽了，于是各人草草地吃了一碗饭，互祝着好话，从两两三三的灯笼光影中，走散了。

而皮贩，却吃到最后，用人来收拾羹碗了，他才离开了桌，走到廊下的黑暗处。在那里，他遇见了他底被典的妻。

"你也来做什么呢？"妇人问，语气是非常凄惨的。

"我哪里又愿意来，因为没有法子。"

"那么你为什么来的这样晚？"

"我哪里来买礼物的钱呀？！奔跑了一上午，哀求了一上午，又到城里买礼物，走得乏了，饿了，也迟了。”

妇人接着问：

“春宝呢？”

男了沉吟了一息答：

“所以，我是为春宝来的。……”

“为春宝来的？”妇人惊异地回音似的问。

男人慢慢地说：

“从夏天来，春宝是瘦的异样了。到秋天，竟病起来了。我又哪里有钱给他请医生吃药，所以现在，病是更厉害了！再不想法救救他，眼见得要死了！”静寂了一刻，继续说：“现在，我是向你来借钱的……”

这时妇人底胸膛内，简直似有四五只猫在抓她，咬她，咀嚼着她底心脏一样。她恨不得哭出来，但在人们个个向秋宝祝颂的日子，她又怎么好跟在人们底声音后面叫哭呢？她吞下她底眼泪，向她底丈夫说：

“我又哪里有钱呢？我在这里，每月只给我两角钱的零用，我自己又哪里要用什么，悉数补在孩子底身上了。现在，怎么好呢？”

他们一时没有话，以后，妇人又问：

“此刻有什么人照顾着春宝呢？”

“托了一个邻舍。今晚，我仍旧想回家，我就要走了。”

他一边说着，一边揩着泪。女的同时哽咽着说：

“你等一下罢，我向他去借借看。”

她就走开了。

三天以后的一天晚上，秀才忽然问这妇人道：

“我给你的那只青玉戒指呢？”

“在那天夜里，给了他了。给了他拿去当了。”

“没有借你五块钱么？”秀才愤怒地。

妇人低着头停了一息答：

“五块钱怎么够呢！”

秀才接着叹息说：

“总是前夫和前儿好，无论我对你怎么样！本来我很想再留你两年的，现在，你还是到明春就走罢！”

女人简直连泪也没有地呆着了。

几天后，他还向她那么地说：

"那只戒指是宝贝，我给你是要你传给秋宝的，谁知你一下就拿去当了！幸得她不知道，要是知道了，有三个月好闹了！"

妇人是一天天地黄瘦了。没有神采的光芒在她底眼睛里起来，而讥笑与冷骂的声音又充塞在她底耳内了。她是时常记念着她底春宝的病的，探听着有没有从她底本乡来的朋友，也探听着有没有向她底本乡去的便客，她很想得到一个关于"春宝的身体已复原"的消息，可是消息总没有；她也想借两元钱或买些糖果去，方便的客人又没有，她不时地抱着秋宝在门首过去一些的大路边，眼睛望着来和去的路。这种情形却很使秀才底大妻不舒服了，她时常对秀才说：

"她哪里愿意在这里呢？她是极想早些飞回去的。"

有几夜，她抱着秋宝在睡梦中突然喊起来，秋宝也被吓醒，哭起来了。秀才就追逼地问：

"你为什么？你为什么？"

可是女人拍着秋宝，口子哼哼的没有答。秀才继续说：

"梦着你底前儿死了么，那么地喊？连我都被你叫醒了。"

女人急忙地一边答：

"不，不，……好像我底前面有一圹坟呢！"

秀才没有再讲话，而悲哀的幻像更在女人底前面展现开来，她要走向这坟去。

冬末了，催离别的小鸟，已经到她底窗前不住地叫了。先是孩子断了奶，又叫道士们来给孩子度了一个关，于是孩子和他亲生的母亲的别离——永远的别离的运命就被决定了。

这一天，黄妈先悄悄地向秀才底大妻说：

"叫一顶轿子送她去么？"

秀才底大妻还是手里捻着念佛珠说：

"走走好罢，到那边轿钱是那边付的，她又那里有钱呢？听说她底亲夫连饭也没得吃，她不必摆阔了。路也不算远，我也是曾经走过三四十里路的人，她底脚比我大，半天可以到了。

这天早晨当她给秋宝穿衣服的时候，她底泪如溪水那么地流下，孩子向她叫："婶婶，婶婶"——因为老妇人要他叫她自己是"妈妈"，只准叫她是"婶婶"——她向他咽咽地答应。她很想对她说几句话，意思是：

"别了，我底亲爱的儿子呀！你底妈妈待你是好的，你将来也好好地待还她罢，永远不要再记念我了！"

可是她无论怎样也说不出。她也知道一周半的孩子是不会了解的。

秀才悄悄地走向她，从她背后的腋下伸进手来，在他底手内是十枚双毫角子，一边轻轻说：

"拿去罢，这两块钱。"

妇人扣好孩子底钮扣，就将角子塞在怀内的衣袋里。

老妇人又进来了，主意着秀才走出去的背后，又向妇人说：

"秋宝给我抱去罢，免得你走时他哭。"

妇人不做声响，可是秋宝总不愿意，用手不住地拍在老妇人底脸上，于是老妇人生气地又说：

"那么你同他去吃早饭去罢，吃了早饭交给我。"

黄妈拼命地劝她多吃饭，一边说：

"半月来你就这样了，你真比来的时候还瘦了。你没有去照照镜子。今天，吃一碗下去罢，你还要走三十里路呢。"

她只不关紧要地说了一句：

"你对我真好！"

但是太阳是升的非常高了，一个很好的天气，秋宝还是不肯离开他底母亲，老妇人便狠狠地将她从她底怀里夺去，秋宝用小小的脚踢在老妇人底肚子上，用小小的拳头搔住她底头发，高声呼喊地。妇人在后面说：

"让我吃了中饭去罢。"

老妇人却转过头，汹汹地答：

"赶快打起你底包袱去罢，早晚总有一次的！"

孩子底哭声便在她底耳内渐渐远去了。

打包裹的时候，耳内是听着孩子底哭声。黄妈在旁边，一边劝慰着她，一边却看她打进什么去。终于，她挟着一只旧的包裹走了。

她离开他底大门时，听见她底秋宝的哭声；可是慢慢地远远地走了三里路了，还听见她底秋宝的哭声。

暖和的太阳所照耀的路，在她底面前竟和天一样无穷止地长。当她走到一条河边的时候，她很想停止她底那么无力的脚步，向明澈可以照见她自己底身子的水底跳下去了。但在水边坐了一会之后，她还得依前去的方向，移动她自己底影子。

太阳已经过午了，一个村里的一个年老的乡人告诉她，路还有十五里；于是她向那个老人说：

"伯伯，请你代我就近叫一顶轿子罢，我是走不回去了！"

"你是有病的么？"老人问。

"是的。"

她那时坐在村口的凉亭里面。

"你从哪里来？"

妇人静默了一时答：

"我是向那里去的；早晨我以为自己会走的。"

老人怜悯地也没有多说话，就给她找了两位轿夫，一顶没篷的轿。因为那时下秧的时节。

下午三四时的样子，一条狭窄而污秽的乡村小街上，抬过了一顶没篷的轿子，轿里躺着一个脸色枯萎如同一张干瘪的黄菜叶那么的中年妇人，两眼朦胧地颓唐地闭着。嘴里的呼吸只有微弱地吐出。街上的人们个个睁着惊异的目光，怜悯地凝视着过去。一群孩子们，争噪地跟在轿后，好像一件奇异的事情落到这沉寂的小村镇里来了。

春宝也是跟在轿后的孩子们中底一个，他还在似赶猪那么地哗着轿走，可是当轿子一转一个弯，却是向他底家里去的路，他却伸直了两手而奇怪了，等到轿子到了他家里的门口，他简直呆似的远远地站在前面，背靠在一株柱子上，面向着轿，其余的孩子们胆怯地围在轿的两边。妇人走出来了，她昏迷的眼睛还认不清站在前面的，穿着褴褛的衣服，头发蓬乱的，身子和三年前一样的短小，那个八岁的孩子是她的春宝。突然，她哭出来地高叫了：

"春宝呀！"

一群孩子们，个个无意地吃了一惊，而春宝简直吓的躲进屋里他父亲那里去了。

妇人在灰暗的屋内坐了许久许久，她和她底丈夫都没有一句话。夜色降落了，他下垂的头昂起来，向她说：

"烧饭吃罢！"

妇人就不得已地站起来，向屋角上旋转了一周，一点也没有气力地对她丈夫说：

"米缸内是空空的……"

男人冷笑了一声，答说：

"你真是大人家底家里生活过了！米，盛在那只香烟盒子内。"

当天晚上，男子向他底儿子说：

"春宝，跟你底娘去睡！"

而春宝却靠在灶边哭起来了。他的母亲走近他，一边叫：

"春宝，宝宝！"

可是当她底手去抚摸他底时候，他又躲闪开了。男子加上说：

"会生疏得那么快，一顿打呢！"

她眼睁睁地睡在一张龌龊的狭板床上，春宝陌生似的睡在她底身边。在她底已经麻木的脑内，仿佛秋宝肥白可爱地在她身边挣动着，她伸出两手想去抱，可是身边是春宝。这时，春宝睡着了，转了一个身，她底母亲紧紧地将他抱住，而孩子却从微弱的鼾声中，脸伏在她底胸膛上，两手抚摩着她底两乳。

沉静而寒冷的死一般的长夜，似无限地拖延着，拖延着……

（1930 年发表于《萌芽月刊》第 1 卷第 3 期）

述评

　　《为奴隶的母亲》是柔石的短篇小说代表作，也是左翼文学经典的作品之一，1930年发表于《萌芽月刊》第1卷第3期上。杨义说它"是一篇产生过国际影响的杰作"，的确是这样的：埃德加·斯诺曾把它编在《活的中国——现代中国短篇小说选》的显要位置，不但如此，当年这篇作品发表后，还获得了包括鲁迅和法国文豪罗曼·罗兰在内的众多作家和评论家的广泛赞誉。罗曼·罗兰从《国际文学》法文版读到这篇小说后，致信编辑部说："这篇故事使我深深地感动。"不过，国内也有不少评论家对柔石的这篇作品提出了异议，就连对柔石青睐有加的鲁迅也曾经表示，柔石的"旧作品都很有悲观的气息"。

　　这样一篇被推崇备至的小说，讲述的是乡土中国宗法制之下一个非常可悲而残酷的传统："典妻。"或许今天的许多人们对这个名词还是很陌生，典妻制度本是旧时中国南部某些地区一种买卖婚姻，顾名思义是以妻子作为商品进行买卖，而这一惨无人道的现象却在中国两千年的时间里丝毫不见被废除的声音，不能不说是在麻木的乡土中国里一个极大的悲剧。当柔石的这一篇小说于1930年3月在《萌芽月刊》第1卷第3期发表时，《编辑后记》曾作过这样的表述：这篇小说"作为农村社会研究资料，有着大的社会意义"。事实上，对于柔石这篇小说的解读，人们最初观照的并不是它的文学性，而是受时代影响，从伦理与政治的角度出发对其进行评价。当时认同这篇作品的读者普遍认为柔石深刻地揭示了农村妇女"深受经济剥削和超经济的精神虐待"的双重悲剧命运，多认为小说主人公春宝娘的悲剧是神权、政权、族权、夫权欺压下的旧中国农村妇女命运的缩影，作品的主题是控诉阶级压迫以及典妻制度对农村妇女的残酷压榨。

　　然而，一篇精彩的小说却并不会仅仅停留在"社会研究资料"的框架里，正如柔石在创作《为奴隶的母亲》时期曾在日记中写的那样："决心用文学反映人生，同情被损害与被侮辱者"，这篇小说，正是对他这一人道主义夙愿的文本展现，向读者们展示得更多的是作家对这些被侮辱与被损害的人们命运的关注与思考。不过，虽然作者对于此篇作品的定位如此，在发表之后却引来颇多的不同阅读理解与感受，自然，这篇小说与他的另一中篇代表作《二月》一样，也没有逃脱争议的命运。

　　首先是来自一些评论家对于作者身份的先入为主的偏见。正如我们所了解的，自 20 世纪 20 年代末到 30 年代，在中国，左翼文艺运动论争搞得轰轰烈烈，相比之下，真正的文学创作领域却少见精彩作品的出现，在这样的背景下，便有来自评论界对于柔石的批评，诸如认为其作品具有初期左翼创作的模式化通病，革命意识形态色彩过于浓厚，认为这篇《为奴隶的母亲》，虽然没有直接进行革命叙事，但是"革命"却始终处于一种隐而不发的状态，"典妻"是为了拯救谁？需要怎样来拯救？而这个答案在批评者们看来无非是提倡"革命"二字，因此，说柔石的这篇小说不可避免地也同样陷入模式化的革命叙事话语中；而另一种批评的声音则是认为其带有浓厚的小资产阶级情调，指责柔石在这篇小说中，对了旧社会的残酷的习俗批判得不够彻底，不够深入，正像对于《二月》的批评一样，之所以 20 世纪根据柔石的《二月》改编的电影《早春二月》一度受到那么严厉的批判，就是因为批评者称它"还没有抛弃带有小资产阶级情调的知识分子的思想感情"。于是，柔石的小说创作便在这两种批评间于夹缝中生存。

在今天，曾经的历史与我们拉开了较为适度的距离，为今人的阅读与思考也提供了更为客观的时空条件，所以，对待柔石的这篇小说，理应重新审视。

鲁迅先生在《灯下漫笔》中曾经说道："中国人向来就没有争到过'人'的价格，至多不过是奴隶，到现在还如此，然而下于奴隶的时候，却是数见不鲜的。"可以说柔石的这篇小说很显然继承了鲁迅对于国民性批判的努力方向，是"五四"以来中国现代文学尤其是乡土文学这一块领域中对于国民性批判的思想传统的发展，《为奴隶的母亲》看似写的是女人的悲剧，其实作者只是把这个悲剧作为整个旧中国的残酷社会现实的一个缩影、写照，向读者展示着封建宗法制度对人性的摧残，而这一切，不仅造就了女性命运的不幸和悲惨，更是畸形社会中整个人性的扭曲与变形。所以，与其以革命性的视角对柔石进行解读，不如以人道主义话语对其阐释更恰如其分。我们可以看出，《为奴隶的母亲》已经超越了左翼文学阶级分析的宏大叙事模式，而进入正视社会现实中个人生活的悖论与困惑，透视个体生命的生存状态和对生命内核的抒写与思考之中。或许正因如此，才引起了罗曼·罗兰的共鸣和关注。

我们应该更客观地看到，《为奴隶的母亲》不仅是柔石思想上和创作上的一次飞跃和创作的新进展，也是他决心"转换作品的内容和形式"的成功实践。

将军底头

施蛰存

成都猛将有花卿，学语小儿知姓名。——杜甫

这是在唐朝，是在广德元年呢，还是广德二年？那可记不起了。

但总之是在代宗皇帝治下，西方的强国吐蕃屡次地侵犯进来的时候。

秋季的一日，下着沉重的雨。在通达到国境上去的被称为蚕丛鸟道的巴蜀的乱山中的路上，一支骁勇的骑兵队，人数并不多，但不知怎的好像拥有着万马千军的势力，寂静地沿着山路的高低曲折进行着。率领着这队骑兵的那个骑着神骏的大宛马，披着犀革，提着长矛，腰间挂着宝刀，荷着铜盾的英武的将军是谁呢？他并不是像别的将军一样的生着黑而且大的脸，长满了刚硬的胡须，使人家看过去好像是一团刺猬，或是一堆小小的树林。他的脸是白皙的。髭须是美丽的。眼睛很深，瞳子带着一点棕色，这是有点和人家不同的，但是人家一看见了他这样的眼光，就会得不自禁地要注意到他。并不觉得他的眼睛有什么不好，反而，心里不得不承认他这样的眼睛是有魅惑人的势力的。

但是这个将军，并不因为他这样妩媚的容仪而损失了他的威严，是的，做将军的人是不宜有一个美好的脸的，北齐时候的兰陵王不是因为容貌美丽而不得不在上阵的时候戴一个狰狞的木假面吗？这样说来，这里所讲起的将军，在他的美好的容貌之外，一定总还有什么使人害怕的地方吗，不错，他还有着一股勇猛英锐的神情，镇日地好像夏云中的闪电似的从眉宇中间放射出来。因此，人家对于这将军也就不敢狎近了。

但是，究竟这将军是谁呢？对于这样的询问，我们这样地讲着，是谁也不会猜想得到的，因为时代已经把对于他的我们的记忆洗荡掉了。但如果在当时，巴蜀之间——哎！岂止巴蜀之间呢！自从讨平了段子璋以后，简直是遍天下了！我这样地一提起，谁不会肯定地说："哦，这不是花惊定将军吗？"

花将军带着他的部下到哪里去呢，在这样使人愁闷的秋雨中，在这样跋涉艰辛的山堆里？这花将军自己也没有知道。他所知道的就是他和他的部下正在被遣调出去，到那有吐蕃兵的地方。但如果再要请问一句，将军和他的部下被遣调到有吐蕃兵的地方去做甚么呢？对于这样的探询，如果是在三日之前——这就是说在从成都出发的那一天——如果要将军自己来回答，他是一定肯勇武地说明他是奉命去征伐吐蕃的。可是，为什么三日之后的这一天，他不能这样地回答这个探询呢？这当然是因为他的思想有点改变了。

将军是善于练兵的。他的部下就都是他一手训练出来的精锐。但这里所谓练兵，其实只单单地指示了战术的训导这方面。所以将军的部下，打起仗来是无往不胜的，而胜了之后，总略微有些奸淫掳掠的不检行动，那也是像他们的无往不胜的名誉一样地被人们确信着的。说起花将军的时候，在一切的崇拜与赞美之中，人们都当作白璧之玷似的将这种事情作为对于将军的遗憾。但是，这究竟是不是将军所应该负担的责任呢？苛刻的人，或是不明了事实的真相的人，会得说："是的，"而在将军自己，却内心地否认着。

原来将军并不是纯粹的汉族人。一百多年以前，正在太宗皇帝那时候，吐蕃国的赞普英武的弃宗弄赞派了使者跟随了大唐天使冯德遐回朝来请娶大唐公主的时候，有许多吐蕃国的商人随从着到大唐境域里来做卖买，这些人中间，有一这姓花的武士，只因为在本国里流落得没有了依靠，所以便趁此机会到大唐来观光一番。他到了成都就住下了，替一家军装铺子里帮做着些弓矢戈矛诸般武器。——当然，这是他祖国的绝技呢。他娶了一个汉族女子，就此成家立业起来。这里所讲到的花惊定将军，就是他的孙儿了。将军虽然是由一个汉族的祖母和汉族的母亲所传下来的，但照父系血统上讲起来，他总仍然是一个吐蕃人，虽然他已三世住在汉族的国境里，虽然他父亲已经入了大唐的国籍。将军从小就听惯了矍铄的祖父所对他讲的吐蕃国的一切风俗、宗教、和习惯，经过了这老武士的妙舌的渲染，这些祖国的光荣都随着将军的年龄之增长而在他心中照着。

但是将军终于做了大唐的武官。

将军的骁勇，是在征伐反叛的梓州刺史段子璋的时候才开始脍炙于人口的。那时他是隶属在剑南节度使崔光远的麾下，将军带了他的骑兵队把段子璋一直追赶到绵州，斩下了逆贼的首级，亲自提着去送呈给崔节度使，那时候的受成都市民的欢迎的光荣景象，实在是将军毕生都忘不了的。但是将军的过失，也就在那时候开始脍炙于人口了。原来将军的骑兵队，都是汉族的武士，虽然在将军的训练之下成就了绝世的战斗士，但是汉族人的贪渎，无义的根性，却不是将军的军事智识所能够训练得好的。所以，当将军得志地奏着凯歌回军的时候，从绵州起，沿路地他的部下开始骚扰民间了。

将军怎样去禁约他的武士呢？

过了几度的尝试之后，将军觉得这是他的能力所不能允许他的工作了。

要训练到他的武士不怕死，是可以的；要训练到他的武士尽忠于大唐皇帝，也是可以的；独于要训练他的武士不爱财货，那是绝对地不可能的。将军觉出了汉族武士的劣根性，便开始感到束手无策了。怎样结束他们呢？凡是要趁着战胜的时候搜刮人民财宝者，一律都处斩么？那是，真的也不必隐讳，然全军都被刑的。这种军令可能发施得下去吗？用告诫的方法么？对于战略的告诫是人人都效命的，但要他们不搜括财货，这是即使将军诚恳地劝导出眼泪来，也是没有人悔悟的。看了这种情形，又听了民众们对于他的不理解的怨谤的话，将军的胜利的欢喜不久就消散了。在他的失望的幻念中，涌现起来的是祖父嘴里的正直的，骁勇的，除了战死之外一点都不要的吐蕃国的武士。

为了他部下的不检行动，累得主将崔光远受了朝廷的处分，甚至忧怒死了。将军自己，也因了这个缘故，只得将功赎罪，依旧守着原来的官职。这是将军在平定东川之后朝夕烦恼着的事情。

而现在，将军是又奉命统率着他的部下到险峻的大雪山边去征剿那屡次来冠边的吐蕃党项诸国的军队了。

从成都出发的那一天，是晴朗高爽的秋日。带着整肃的骑兵队，号兵在马上吹着尖锐的栗，大旗在山风里飘刮着，回忆着市民欢送的热烈，将军的雄心顿然突跃起来。是建立绝大的功勋的好机会啊！让我把这些草寇灭绝了罢，回到朝廷里，我将笑对着郭子仪将军说："好了，不必有劳将军了。"

第一天在行军的路上的将军的思想是这样的。

而第二天却降着阴惨的西陲的山雨了。乱山里瘴气如浓雾似的围合拢来，给雨水潮润着，沾在将军及其部下的面上和裹着毛的身上。鼻孔里不住地闻到这种瘴气的硫磺般的臭味，马蹄践踏在滑腻的石块上，时时要颠蹶。

将军及其部下虽然骁勇，行程也不免迟缓了。

这时候，冲着昏冥的征途，听着山间的悲哀的猿啼松啸，将军的心也随景色而阴郁起来了。兵士们一点没有声息，沿路只听得马蹄铁践踏着的声音，或是偶尔有一支长矛碰着树枝或山崖的声音，将军也一点没有声音，只有腰间的宝刀底镡和带上的铜环擦响的声音。但是，将军和兵士们的心里都在思想着。

兵士们的思想是这样的：这一次是去打西南的蛮夷了。听说蛮夷兵的打仗是很凶猛的，他们有着锋利的刀，他们有着能够洞穿了一个人的身体而又飞出去射在大树干上的弩矢，他们有着能够从三百步之外飞来的标枪，他们有着坚密的藤牌，能够使射上去的箭和劈上去的刀全部反弹回来，啊，不是可怕的劲敌吗？……但是，想想看，跟着威名远震的花将军，不就是有了胜利的保障了吗？谁不知我们这支军队是到处打胜仗的，从前段子璋反东川的时候，他的军队不是号称有十万吗？崔将军吃了败仗，跑了；李将军带了兵去，打不下几仗，也败了。

不是我们跟了花将军去才打得他一败涂地，连头颅都不保了的吗？这样想来，番兵虽然厉害，但也似乎可以无虑的，花将军一定会有从前诸葛元帅的擒孟获那样的妙计。况且，听说吐蕃是一个西方的大宝国，那里有天下闻名的绿玉和红宝石，有火齐珠，有满坑满谷的牛羊和千里马，有好的地毯，有麝香在赞普的大拂庐里，有着数千个裸体的美女，整天地弹着箜篌，敲着铜鼓，跳舞着。啊啊，如果打了胜仗，这些是都要给我们享受的了。从前在讨平了段子璋之后，只因为我们略略地向民家取索了一些酬劳，弄得朝廷里大惊小怪，连花将军也升不成官，我们到今天还依然做得一名小兵卒。现在是去征讨番兵，打了胜仗之后，掳掠些番邦宝物和女人，想必是皇帝所许可的吧，我们是去替他开疆拓土，难道还会有罪吗？这样看来，要是此番去打了胜仗，不但升了官，还可以稳稳地发一注财呢，好不快乐呀！……

兵士们差不多全是这样地想着，内中有一个在花将军背后进行着的武士，正当幻想到他带了从吐蕃国得来的宝珠凯旋回来呈献给他的久别了的妻子的时候，不觉得在铁的头盔底下露出了禁约不住的笑颜了。

但是在前面勇猛地进行着的将军却没有想到他的背后的武士会得在这个时候现出笑容来的，因为他——心境突然随着气候阴郁了的花将军，正在严重地怀想着他的心事：这一次是奉命去征伐吐蕃和党项诸国的，但是，我希望不要遇到了祖国的兵罢。事情不是有点很为难么，前几天匆匆地奉到上峰的札子，说是边疆有寇警，着调花惊定统率所部骑兵星夜前往剿伐。于是昨天就浩浩荡荡的出发了。而自己何以竟会忘记了自己的出身呢？我不是吐蕃人吗？上头节度使究竟知道我原来是吐蕃国人吗？他为什么派遣我去征讨吐蕃呢？如果晓得我是吐蕃人的话，那么，他们不是故意派遣我去，要我自己去杀我的乡人吗？

假如真的是这样，我又该当怎样呢？再说，不管上头派遣我去有没有什么故意的理由，现在我这样地去，是不是真的应该替大唐尽忠而努力杀退祖国的乡人呢？……不啊，不啊，这岂是一个吐蕃族的武士所肯做的事情呢。然则，如果不奉命呢，也未免有亏了自己的职守……

将军这样地心中筹划着，却再也筹划不出适当的主意来。因此，开始懊悔着前天的奉命出发了。

在第二日的大军的行程上，冲破了沉滞的山雨而在大宛马上思索着的花将军的思想，便这样地与上一日的思想有些不同了。

第三日，花将军及其骑兵队行进在最深的山谷里。雨仍旧下降着。将军沉默着，继续着昨日的思想，他的武士也沉默着，追摹着胜利之后的幸福。

将军背后的那个武士，不时地从瘴雨中看见了他的爱妻的容颜而微笑了。

将军偶尔回过头来，一眼瞥见了他的武士，代替英雄的庄严，脸上满浮着轻眠的微笑。将军的心里，对于这一样的部下，不觉得感到些憎厌了。出军是严肃的事情，是要拿自己的生命去献给祖国的，而汉族的武士却在这样严肃的时候微笑着，是表白着他的勇敢呢？是证实着他的无知呢？将军是已经很明白地看透了他的部下的心，不仅是微笑着的那一个，就连得貌上装做得很端庄的武士们这时候所蕴藏着在肚腹里的说话，也全都了然了。

将军抬起头来，空的灰色的天上，一羽疾飞着的鹘乌，冲着雨云向西方投奔去了。将军不觉得长叹一声。

"羝之神啊，我岂肯带领着这样一群不成材的汉族的奴才来反叛我的祖国呢。我已是厌倦了流荡的生涯，想要奉着祖父的灵魂，来归还到祖国的大野的怀抱里啊。崇高的大赞普啊，还能够容许我这样的人作为祖国的子民吗？

我虽然只有着半个吐蕃的肉身，但是我却承受全个吐蕃人的灵魂和力量。只要大赞普的金箭肯为我留着一支，我是很愿意奉受征调的啊。在我，在卑贱的汉族里做一个将军，还是在英雄的祖国的行伍里做一个吹号兵为更有光荣些。嗳！你们，贪淡的蠢人呀，当你们开始想实现你们的梦幻的时光，那已是你们的最后了。"

将军的思绪有了这样的突变，所以，在这第三日的行程上，如果要问将军统率着他的骑兵队到有吐蕃兵的地方去做什么，这是将军所不敢决然地回答的了。

将军及其骑兵队终于到达了国境。

国境是在大滤河的边上，渡了大滤河，便是连绵着几百里长的有着峭壁危峰的，草木不生的大雪山了。在这大山的平谷中，人们可以偶尔窥见那飘拂着的蜈蚣形的蛮旗。吐蕃兵的胡笳声也会得趁着顺风被飞舞的黄沙所裹着从这些山谷中传扬出来，使大滤河边上的汉族居民会得惊惶得纷纷跑上山岗，远远地了望，疑心吐蕃的兵又来袭击了。

这是一个小镇市。是在一个鹫形的高峰底下的平阳上。从山里曲折地流出一注青碧的溪水，便在这个镇市前面和平地经过，再向西转一个弯，绕过一个小山，流入大泸河里去了。镇上的人家，并不很多，如果要说一个数目呢，那么我们就说是有一百数十户罢。每一家的屋子都面对着那条溪水，溪边长着很好看的柳树，柽树，或槐树。这样，这个小镇就构成了在西陲的扼着大唐与西南蛮的交通要道中的美景了。

自从贞观年间，大唐与吐蕃交通以后，在深山幽谷之中，彼来来往往的人马自然地踏成了这条大道。脑筋灵敏一点的蜀人，便在这片平原上建筑起竹屋茅舍，预备了些酪浆面食，给过往客商，作打尖之所。这样地人口蕃衍起来，房屋也渐渐有改建为砖瓦的了，到如今，这里的成为并不很冷静的镇市，倒也有百年的历史了。但是，近来因为吐蕃国的大赞普，彼薰项东女白狗诸小国的使者的游说，引起了对于有亲属关系的大唐皇帝的疆域的侵略的野心。于是，最先是大唐的边境上陆续受着了吐蕃兵的挑战性的骚扰了。这个镇市，为了地势的关系，也就成了被忽进忽退的吐蕃兵大肆剽掠的目的物了。

因为边境不靖，而大唐的大军又集驻在成都，所以这个镇上的居民，凡是壮健的男子，也便都是能够抵抗一下敌人的武士了。他们也像番兵一样地学就了一手好飞矛和种种刀法，因为他都知道这是番兵所用以取胜的绝技，而要破败那些像旋风一般卷过来的番兵，也唯有用这两种武术才行。有时，有小队的吐蕃兵或别的蛮族和羌族的野心者、驰骤着快马、直立着尖端上飘着白羽的长矛，从对面山岗上直冲过来的时候，镇上所有的武士全都严列着阵势，高坐在马背上，在溪流所绕过的那个小山上静候着。这些吐蕃兵是早已闻名过这镇上的武士的威名的，于是，当自己忖度了一回之后，如果自己觉得力量不能抵抗的话，他们即使已经冲到了小山下，也会得立刻勒转马头，退兵回去的。未经战斗而就获得了胜利的镇上的武士便全体大笑着，回到镇市上的酒店里轰饮着。但他们很知道羌蛮之流是不肯服输的，他们退去了，一定会邀集了更多的人马，来作二度的袭击，所以，武士们当适度的酣饮之后，便会仍旧严重地武装着四散到各处去埋伏着：树枝上，山谷里，石罅里，草丛里，或砖瓦堆的后面。往往在月明的夜里，有个人会得首先看见远处有一骑直奔过来，接着二骑，三骑，四骑，蛮勇的番兵会得有二三百骑的袭来。

于是，打着呼哨互相警告了，便在隐蔽的地方悄悄地一骑一骑地射击着。而那些只恃着勇力的番兵却再也找不出发射这种竹箭或飞矛的人来，便发着盛怒死命地冲过来，而结果却往往只剩了七八骑狼狈地跑回去。所以，番兵对于这个镇市便有点怀恨着了。直到最近，吐蕃的赞普有了正式的命令叫部下尽量地去攻进大唐国境，千万人大队的吐蕃兵便整天地被了望见在大平原上操练了。镇上虽有七八十个朝廷派来在国境上担任防务的戍兵，在鹫形的高峰上虽然筑着一座很大的狼烟台；但是这有什么用处呢？戍兵是简直听了战争要逃跑了的，不中用；狼烟台即使举着很大的烽火，但因为蜀中高山太多了，所以甚至在十里之外，恐怕已经看不见一缕烽火了。于是本镇的居民略微有些自危了。他们觉得如果他们不能抵抗这一次的番兵，那是全个镇市的生命就都得完结，而且番兵既得到了这样路径的最重要的关隘，他们是很容易长驱直入，攻进成都的了。为了挽救本镇市和全蜀甚至说全个大唐土地的运命起见，镇上的人民不得不派了急足到成都来请增加军队驻扎，以便随时保护了。

花将军便是奉了这样的使命，而来到这个镇市上的。

将军的骑兵队到达的时候，恰当镇上的武士败退了一队一二百骑的吐蕃和薰项的混杂军之后。镇上正在举行着欢喜的祝贺会。当将军从一个不很高的山崖旁边首先转出来，向着镇尾前进着，随后便是双人行列的骑兵队逐一地出现了的时候，镇上的那些沸着胜利的热血的人，他们大多数是轰集在一家酒店门前的散列在大树荫下的桌子上的，立刻被其中的一眼光锐敏的人警告着，都含着怀疑的神色，立起来了望了。

大唐的军的明显安定了虚惊着的镇民。最先迎着将军的，是按照着他们的礼仪，那些形式主义的戍兵。他们立刻从轰饮着的酒桌边，抛弃了适才的疑心是吐蕃兵又来攻袭的惊慌，齐集了队伍，装着威武又整肃的军容，由吹着欢迎的号角的兵率领着，向将军及其骑兵队迎上来了。

戍兵的头目战地在将军面前，下了马，行着军礼。

"我们是从五六年前就驻扎在这里的边戍兵，因为望见了将军的旗帜，知道是得到了这里的警报由朝廷里派的大军，故而特地赶来迎接的。"

花将军看了他一眼，说："你是头目吗？"

"是，是的，因为从前的头目这回给番兵打死了，弟兄们推举着升做头目的。"

"好，有劳你了。在前面走，领我们前进到镇上去罢。"

将军及其部下进行到镇上，找好相当的营舍，散队休息的时候，正是在申牌光景。这天气候很晴朗。将军独自流览着风景，信步走到那家酒店门前，拣一个桌子坐下了。他凝看着溪水，树木，和远处的山峰。前前后后围合了许多因为震惊了他的威名而来瞻仰一番颜色的镇上的武士们和妇女们，他也好像没有知道。陪着小心的酒保，承着笑脸来问："将军，可要用一点酒食吗？"

将军依旧沉默着，眼色注着在远处。

将军的眼光好像很空，虽则似乎远望着，但当那些围看着将军中间的一个人——任何一个人，只要一个人就够了——仔细地注意到将军的视线，就可以很容易地发觉将军其实是并不在看什么。这是因为这些人中间终于竟没有人注意到这个，于是，大众愕视着被窘了的酒保，心中震慑着将军的严肃了。

好久好久，将军好像从幻梦中觉来似的，一回头看见了手持着食巾的酒保和四围的观众都呆立着，便笑着说："给我酒罢，有什么下酒的也给我拣两色来。"

将军的微笑，再加上他的美丽的男性的眼光的流眄，是有着大大的魅力的。当酒保替将军抹好了桌子得意地回进店铺里去的时候，围看着的大众顿然间好像感受了一阵什么爱力似的觉得将军是很和蔼可亲的人了。"为什么刚才觉得这将军是很凶猛的呢，不是错估了他吗？""这个不像是能够杀掉勇悍的叛贼段子璋的头颅的人呀，为什么他这样地和善呢？"各人心中同时这样搜索着。

将军独自饮酒，在几日的行程上所未曾宁静过的思绪，到了这边境的小镇上愈为纷乱了。现在是已经接近了番寇的疆域，究竟应该怎样地决定呢？

如果今夜番兵得知了大唐派遣了骑兵队来征伐他们，因而连夜就来进攻，这也未使不是可能的事呀，那么应取着何等的态度呢？奋勇地抵抗着甚至扑灭他们吗？还是，依照着前两天的不稳的思想，索性欢迎着自己祖国的武士，反戈杀戮这些跟随着来的贪鄙的部下，长驱直入地侵略了大唐的土地呢？关于这两极端的态度，将军在一想到自己从前平东川以后的功高而不受赏，甚至连汉族的诗人杜甫也看得替他代为不平了，于是做着一首《花乡》歌，想起了那对于朝廷很有些讥嘲口气的结句："人道我乡绝世无，既称绝世无，天子胡不唤取守京都？"

将军也很容易毅然地决定他的新生命的。但是将军之所以到了这里，还没有把这个问题取一个果断的解决者，是为了将军对于第二故乡的成都实在也很有些留恋。将军虽则未曾娶妻，而且父母双亡，并没有什么室家之累，但自己本身就是在成都生长的，至今也有三十四年了，就温柔的将军的思想来讲，对于祖国吐蕃的感情倒似乎不如对于成都的感情热烈；但另一方面，将军的英雄的思想，却专力地要把将军曳回他的祖国去。将军同时有着这样的两个心，所以觉得烦乱了。将军是企慕着从祖父嘴里听到的武勇正直的吐蕃国的乡人，而一面又不愿意放弃了大唐的如在成都一般的繁华的生活，同时又不忍率领着乡人，攻击进成都，代替了汉族人而生活着。将军不时地擎了空酒杯痴想。

"无论如何，对于这样贪鄙的汉族人是厌恨的了。虽然汉族中也有着许多正直不苟的，但我是，如果没有新的出路，将永远被埋混在这些贪鄙者的人群中了。就只为了这一点，实在也已经使我有了充分的理由可以反叛起来的。啊！我是要反叛了啊！"

酒酣了的将军的思想是有所侧重了。

将军摇摇晃晃地站起来，想回进自己的营舍了。可是不成，将军把烈性的酒喝过度了，才站起来，只觉得眼前一圈的红色滚旋着，两脚一软，终于又坐了下来。

将军眼睛朦胧地望四围看了一下，看见那么许多人，老是定着眼看他一个，好像从他的身上能够获得什么永恒的乐趣似的。将军又酡颜微笑了。

中了酒的将军的二次的笑，完全怯退了他的隐现在眉宇间的勇猛精锐的神色，在每个武士和妇人的眼里，此时的将军，着实是一个又风流又温柔的醉颜可掬的人物了。将军这样地笑着，众人也跟着你望着我、我望着你地微笑了。

一个开着糕饼店的胡子，他是镇上最好事的人，挤紧了眼皮嘻笑着，带着一点谄媚的神气，向将军说："将军喝醉了。"

"没醉。"将军微笑着回答。但并没有回过头来，认一认问话的是谁。

"将军几时去打吐蕃兵呢？"

胡子因为将军没有回过头来看见他，便从人丛中挤进一些，面对着将军率然地发着这样的问话。

将军心中忽然一惊，几时去打吐蕃兵呢？难道这些围着的人都在这样诘问着吗？好像被洞烛了心事似的，将军有些烦乱了。回过头来，有意无意地看了一眼这个发着这样鲁莽的问话的人，看了他这样一副谄媚得可厌的蠢相，将军深深地把两道眉毛皱紧来。

讨了没趣的那个开糕饼店的胡子涨红着脸搭着退缩了。他旁边的人，都努着嘴，递着嘲笑的眼色送着他。但同时，所有的围合着的观众都担忧着，因为看见将军一听得有人问他几时去打吐蕃兵就立刻皱起了眉头，大众认为将军虽则武勇，而对于那些善使飞矛的羌蛮一定也免不了有些警惕。照这样形势看来，此番的征伐吐蕃和党项羌，也未必就一定会胜利的。推想到这里，大家都现着危惧和猜测的神色了。将军懂了群众的恐慌的神色，倒有点不忍了。虽则心中暗想着自己如果归顺了祖国之后，那时免不得要带了正直武勇的乡人直冲进大唐的境域来，把那些平素知道是贪佞无赖的汉人杀个干净，但现在看着这些蒙昧的，纯良的，要想依靠着他求得和平的保障的镇民的可怜的神情，倒觉得另外生了一种感想。

"总之，战争，尤其是两个不同的种族对抗着的，是要受诅咒的！"

将军这样想着了。

一个佩着刀的武士走上前来，正当将军喝尽了樽里的酒，把酒樽放下的时候："将军，适才看着将军的样子，好像将军虽则是奉命来援助我们征讨吐蕃的，但是，将军对于这征讨吐蕃的责任还有着游移的态度，这是教我们失望的。现在大家都因为看了将军的样子起心事来，他们此刻不是在互相纷纷地讨论着吗？他们现在已经好像感觉到将军这一次未见得能够给一个确切的担保，成都来的一向负着威名的将军尚且如此，我们和那些薄弱的边戍兵还哪里敢抵抗着强悍的吐蕃和西羌诸国的兵马呢。从前他们是都由河源取道侵略进陇西去的，所以我们这里一向并没有什么骚乱过。但是，近来的吐蕃兵，很有些侵略剑南的野心，所以不时地有大大小小的队伍冲来试验我们边防的兵力，亏得大家合力起来，屡次地把他们打败了，但是当他们要集合了大军来袭击的时候，我们是没有抵抗的可能的。因为看了这样的危险，所以派了急足使者到成都来请兵。刚才我们看见将军的旗帜从山崖后面展出来的时候，我们是怎样地得了安慰呢？而现在，将军却有着这样的表示，大家都顿然间失掉了希望，你看，将军，他们不是在商量着怎样搬家了吗？……"

愈说愈涌着豪气的武士指着那些正在纷纷地议论着的镇民，睁着严肃的眼凝看着将军。将军从来没有受到过这样厉色的诘责，虽明知这个鲁莽的、热血的武士是代表了全体的镇民误解了他的心理，但在这样的时刻，究竟应当怎样表白呢。将军依旧和蔼地微笑着。这在将军是一方面装着缓和的态度，一方面心中筹划着，而在那些停止了说话，围着静等将军的回答的人们，却愈觉得疑虑了。

天色垂垂晚了。那个率直的武士不免焦急起来。

"如果将军觉得讨伐吐蕃兵是……很……"

将军刷的站了起来，左手一摆："住嘴！"

接着将军大笑了。

"你说我讨伐不下吐蕃兵吗？"

将军秉着他固有的英雄的骄气这样问着。但没有等到那个武士的回答，左边的人丛里突然纷乱起来，一个镇上的武士着地拖着一个将军部下的骑兵分开了众人一直向将军走来。将军吃惊着，喝道："放手！怎么一回事？"

武士后面跟着许多人，一直挤上前来，把将军围在中心。武士走到将军面前，手一松，把那个骑兵摔倒了。武士怒气冲冲地指着那骑兵，对将军说："问他！"

将军向这个倒在地上的似乎曾经过剧烈的决斗的骑兵一看，他认得出这便是在五天的行程中时常痴想得独自微笑着的一个。将军厉声地问："说！做了什么事？"

但倒在地上的骑兵终于只掩着脸没有回话。

"你说！"将军抬起头来问那个武士。

武士沉默了片刻。用腰里佩的剑鞘指着那骑兵，对将军说："问他！跟着人家的姑娘持着刀闯进屋子里去想干什么？"

四围的镇民爆响了一阵怒吼，所有的武士都拔出了刀剑："杀死他！"

将军觉得眼前一阵昏眩，守了许久的寂静。围着的人们以为将军在想一个处置这个越轨的骑兵的方法，但是，实在，将军是眼前又空地浮起了祖国的大野之幻景，刚才被镇民所激起了的心境，忽又沉没下去，眼看着这样的故态复萌的卑贱的部下，真想全部杀却了之后，单独去归还到英雄的祖国里。

这样一想，将军反叛的意志又抬起头来了。

但当前的问题总是应该解决的。将军便喝问着那个骑兵："有这样的事么？还有什么辩解呢？"

骑兵匍伏着向将军哀求着，但很狡猾似的："事情是有这样的事情的，将军，但是并不曾有某种的恶意。我是因为刀锈了，在镇上找来找去，找不到一家铁铺可以刮锈，所以想借一个砥石来自己磨一下。刚才看见一个小姐走进屋子去，所以跟着进去了。谁想那个小姐立刻就惊惶起来，在院子里叫喊着。于是这个武勇的先生就从边屋里窜出来，不问情由地拔着剑直刺过来了。为了防御自己的生命，所以抵抗了几合，但终于败在他手里，便这样地被抓来受诬了……"

"受诬吗？哼！好个油嘴的东西。我就先杀却了你，再自己去受罪！"

武士鼓着怒气，重又拔出佩剑来，这样喝着，真的要劈下去了。阻止了他这样举动的，不用说，当然是将军，他说："慢，这样是不成的。你得把事情的前前后后讲来。他的说话可不错吗？"

"都是谎！"

"那么就得由你说了。"

"我没有什么可说的。当我正在边屋里擦着我的剑的时候，突然听到我的妹妹在院子里叫着'救命！'于是我提着这剑跑出去，就看见这混蛋的东西持着刀在威胁她。将军，你想这是怎么一回事呢？我难道不应该劈了这厮吗？"

将军向两边各望了一眼道："看来这是要那个小姐，你的妹妹，亲自来把这事情说明的了。她在这里吗？"

武士从后列的人丛中拖曳出一个姑娘来，呈现在将军面前。将军骤然感觉了一次细胞的震动，再看一眼匍伏在地上的骑兵，嘴唇略微抽搐了一会。

将军闭了闭眼，严肃地对那个姑娘说："是怎样的事情呢？这是你的最大的责任，要忠实地告诉出来的。把前前后后都说出来罢，小姐。"

"事情是这样的：刚才在这里看了将军喝酒，看看天色要晚了，想起新近经过一次重战的哥哥在家中休养着必定已经肚子饿了，于是我急急地回家了。走不到几步，对面走来了将军的这个部下。他就站住了看着我。当我走过了他身边，他竟反身走着跟踪我了。并且嘴里还问着'姑娘住在哪里？''可以让我去玩玩吗？'这等的无赖话。我没有理睬他，但他竟跟进了我们的屋子，拔出了腰间的刀，好像要用强了似的。于是我喊起哥哥来，底下的事，便是如哥哥所说的那样了。"

这姑娘的声音非常的清脆，将军心中想着蜀中自古就称为是有艳女的地方，但自己在蜀中生长，于今三十余年，却一个美人也没有看见过。所有的女人，出来总乘坐在一个兜笼里，头上还得包一块黑色布的，遮蔽得大半个脸都看不出来，而如今站在眼前的，却竟仿佛是妖妇似的这样地英锐，这样地美丽，也难怪部下的骑兵要有着不正的行动了。

但将军却万万不能这样地说出来，他只凝视着地上的骑兵："不是这样吗？还要怎么样替你自己辩解呢？"

骑兵默然了。

"我们是来给镇上的人民保护的，现在吐蕃兵来过的时候，倒并没有这种的不名誉的行为，而你却竟敢冒着这个危险而首先做下了，要你这种东西什么用处呢？打破了番兵，到那些野蛮的国度里去，倒或者说不妨让弟兄们快乐一下，但是现在，在自己的土地内，你却竟这样地大胆做着这种不名誉的事件吗？好，你爱这样，让我来给你一个永恒的罢。"

将军说了这样的话，四围的观众全部感到了一阵寒噤。将军回过头去，后面站着他的卫兵。严厉地，将军发着号令："把这厮砍了，首级挂在那树上。"

观众一齐发了声喊，妇女们掩着脸，退避到后面去了。犯了法的骑兵的首级由一个卫兵献呈了一下，便去挂在将军指定的树枝上了。正当这时候，将军心里微微地震动了一次，他看见那个骑兵的首级正在发着嘲讽似的狞笑，这样的笑，将军是从来没有看见过，而且是永远不会忘记了的。将军拂拭着额上的汗，稍微镇定了一下，对着那些因了这事件而齐集拢来的骑兵训告着："弟兄们都得自己留心着。我们是奉了上头的命令来保护这里的百姓们的，我们哪里可以随便的扰乱他们呢？好像这个不成材的东西似的犯了法给人家抓了来，要是没有处分的话，岂不是变了我们没有军法了吗？这些围看着的镇上的百姓们会得心服吗？我现在也并不是一定要苛待着弟兄们，只是弟兄们也该替这里的百姓们想一想，他们为什么欢迎我们到这里来的呢？现在，对着这个混蛋东西的首级，弟兄们都各自留心着罢。要顾全我们军队的名誉呀！况且，等到打败了吐蕃兵，我们不是可以大大的快活一会吗？如果打到了吐蕃的京城里，不是比这里更好得多吗？"

将军说着这样的含着十分的暗示性的话，部下的骑兵居然一声也不响地退去了。将军很懂得他的部下，如果要用名誉和法律等话来禁约他们的越规的行动，真是不会有一点效力的，即使看见了树上的同伴的首级，也不会有一点感动的。唯有暗示着打败了吐蕃可以任凭他们去奸淫掳掠，于是，想起了眼前就要到手的大幸福，对于这样的小镇自然没有一个愿意染指了。

部下的骑兵散尽之后，观众也逐渐地退去了。夜色已经来统治着镇市。

将军空虚地手扶着刀柄，踏着迟缓的脚步，正想走向自己的营舍会，忽然抬起眼来看见了那个镇上的武士和他的妹妹，在距离十几步以外的街上步着。

将军忽然动了一种急突的意欲，不经思考地喊着："喂，慢走！"

武士和他的妹妹回转头来了。停止着脚步，带着出于不意似的神情等候着将军。当将军走近去的时候，武士服从地询问道："有什么命令吗，将军？"

将军倒有点窘促了。有什么命令吗？将军便是再三的思索也不会对于这两个人有什么命令的。但将军是一向有着很机警的待人接物的态度的，在从树林背后升上来的秋夜之月的惨白的光亮中，将军又和蔼地微笑了。"命令吗？倒不是。我是要问一问刚才的事件，可处置得适当吗？"武士看着将军的脸，沉静地说："是的，这是要感谢将军的纪律的。"

将军的脸转向着那个黑衣服的姑娘："你呢？"

"我吗？我想是太严酷了，因为他毕竟没有损伤了我。"

姑娘仰脸看着将军这样说。将军沉静着，依旧显着可爱的微笑。眼色好像出了神似的看着姑娘。终于有意无意地说："真的吗？"

这时候，为了将军所特有的眼睛的魅力——那是在月光中不绝地对于这个姑娘进攻似的闪烁着的，同时又听着将军这样的颇带一些狎亵的调侃，不禁脸红着俯下头去了。但将军也就立刻觉到了自己的应答的不妥了。在将军的意思，是想回答着姑娘的上半句话的；而姑娘要是误会了这是因她的下半句话而发问的呢，那就糟了。将军觉到了这个，便搭着接下她的话："姑娘真的以为太严酷了吗？但是……但是军法里是不包含着人情的。"

旁边的武士才放下了心。

"将军可屈尊到舍下去用晚餐吗？"

将军心里犹豫着，但嘴里却已替他决定了："唔，不打扰了你们吗？"

在深夜的月光下走回营舍去的将军，当走过那挂着一个首级的树下的时候，不觉得通身打了个寒噤，在将军自己的手中，被杀了的人也不算得少，将军从来没有一天能从记忆中想起他们的面貌来的。而这一回，将军觉得有些异样了。自从在橙黄的灯光下，与那好客的武士及其妹妹一同坐下来用着清静的晚餐的一时间起，将军就恍惚眼前继续地在浮动着那个被刑的骑兵的狞笑的脸。在与武士和那个姑娘的友谊的谈话暂时寂静的时候，将军总有一些瑟缩，这是将军即使竭力地要摆脱都摆脱不开的。现在，当夜的山风吹动着月光照得很清楚的挂着首级的树枝的时候，一向胆大的将军也只得掩着面，忍着寒凛匆匆地走过了。

对着门卫谎说是在踏勘地势而走进了营舍的花将军，深长地嘘了一口气，坐下在椅子上。将军觉得无论如何是睡不着了，一半是因为酒饮得大多，一半是因为将军还有许多纷乱的思绪要搜索。说是纷乱的思绪，其实也并没有什么难解决的问题。倘若要将军自己仔细地分析出他的思绪何以忽然感觉到纷乱的缘故来，将军是当然可能办得到的。将军自己何尝不明白地知道这是无疑地为了那个可爱的少女呢，只是将军生长到现在已经三十四岁了，自己也曾大大小小地经过了好几百次的战争，巴蜀的人准都晓得将军是个严正的英雄，而将军自己也每天都自负是一个顶天立地的刚正的男子，像恋爱这种事情，一向被将军认为是一个人在平静的生活中自弃地去追寻着的烦恼。将军常常说酒与战争就是他的定命，其他的事情，是一点也无心顾问的。对于自己部下的好色行为，将军是要不宽容地加以严重的叱责或刑法的。即好像刚才的骑兵的被杀，也是将军承袭着素来的气质而执行的处分。为了上述的将军对于恋爱——不管是灵魂的或是肉体的一贯的观念。所以，将军的部下对于民间的掳掠的罪案，是被将军认为比奸淫罪（不管是已遂犯或是未遂犯）轻得多的。

而现在，自以为永远不要懂得恋爱的花惊定将军，却分明感觉到那个偶然邂逅的少女的可爱，而且已经进一步深深地爱着她了。这是将军所感觉到的第一重烦恼。将军坐在充满了秋夜的凉气的刀房间里，灯光已因油干了而熄灭，月光从木棚的小窗眼里流进来，粗拙的松木制的器具随着轻风的激荡发散着松脂的香味，追想着同餐的少女的天真的容颜；她的深而大的眼，纯黑的头发，整齐的牙齿，凝白的肌肤，和使将军每一眼都不禁心跳的动作。

蜀中的少女，在当时是很有艳名的，而将军在成都生长了三十四年，心目中并不曾觉得看见过一个真的美人。即使说是看见过一个美人的，将军也永没有感觉到心里有所恋慕。而对于在这样冷僻的西陲所遇见的少女，却从头就把全身浸入似的被魅惑着了。这是何故呢？将军的刚毅的意志，对于爱欲的固执的观念，这时候都消逝到哪里去了？

况且，将军又自己奇怪起来，这不是命运故意替他布置下一个很难解决的问题吗？将军的恋爱不迟不早地偏在这个时候发生了。将军不是对于祖国忽然感觉到了热烈的恋慕吗？而现在，正当要想投奔到祖国去的时候却爱恋了一个大唐的少女，这是不是可能的事呢？将军在月下踌躇着这个麻烦的问题。这两种意欲是不是可以并行不悖地都实现了的呢？带了大唐的少女回到吐蕃祖国去吗？不，不啊，这是绝对不可能的。然则，索性不去想着她罢，毅然决然地割裂了这初恋的心。等天光一亮就出发向吐蕃去罢……这样筹划，将军也确曾闭着眼，横了心几次三番地试想要决定过的。无如将军一闭了眼，就仿佛看见了吐蕃的少女们，虽则美丽，但总给将军所心恋着的那个武士的妹妹的崇高的美丽的神光所照映得好像没有容色了。将军到如今才第一次感到恋爱的苦痛和美味。经过了这样的辗转思维，将军才懂得恋爱原来是这样凶猛的东西。将军长叹一声，在无可解决之中，他不敢与未来的运命角逐了。看事情怎样的展开，便怎样的去做罢。将军终于采取了这样的解决法。

一方面苦思着那个黑衣裳的少女，同时将军又不禁要想起那个砍了首级的兵士。将军实在是有些内疚了。这个骑兵是不是真有杀头的罪状呢？是的，他有意图奸淫的罪，在军法上讲起来，是应该处死刑的。但是，自己呢，将军想到这里，就自己战抖了。自己现在不也是同样地对于那个美貌的少女有着某种不敢明说的意欲吗？在那骑兵，不过是因为抑制不住这种意欲，所以有了强暴的越规举动了，而这样就得受死刑；在将军呢，只不过为了身分的关系，没有把这种意欲用强暴的行为表现出来罢了，而这样难道就算是无罪的吗？况且，如果将军做了那个卑微的骑兵，一定不会得像那个不幸的骑兵一样地做出这种要受死刑的行为来吗？将军设身处地想了一想，项颈上觉得一阵痛楚，直通到心里，眼前又浮起了那骑兵的狞笑着的首级。将军受不起这样严酷的嘲讽，闭了眼，连月光也不敢看了。

然而将军即使闭了眼也躲避不掉那个可怕的幻影。他看见那个骑兵跟着那美丽的少女，从她家的矮枣木栅门里进去，少女是惊惶得失措了似的在院子里东躲西跑，把院子里的锦葵花、剪秋萝都撞得零落了满地。但因为骑兵拿着刀恐吓着，所以少女终于被抱在骑兵的坚强的手臂里了。骑兵怎样地吻着那个少女，她怎样徒然地抗拒着，怎样被骑兵抱到一株大栗树底下去，怎样被骑兵宽下了衣裳，怎样被破坏了贞操……这些，将军都惊心动魄地看见了。将军看了那少女的哭泣着的惨白的脸，不禁咬牙切齿地痛恨着那个骑兵，嘴里几乎要向卫队发出命令："把这厮绑去砍了。"而正在这时光，将军又恍惚觉得所看见的那个施行强暴的人并不是他的部下，是的，决不是那个狞笑着的骑兵了。那么，这样残暴地对于一个无抵抗的美丽少女正在肆意侮辱着的人究竟是谁呢？将军通身感觉到一阵热气，完全自己忘却了自己。原来将军骤然觉到侮辱那少女的人竟绝对不是别个人了，是的，决不是别人了……而是将军自己。自己的手正在抚摩着那少女的肌肤，自己的嘴唇正压在少女的脸上，而自己所突然感到的热气也就是从这个少女的裸着的肉体上传过来的……

将军好像被魇了似的竭力的呼出了一口气，虽然是坐在充满了秋夜的凉气的房间里，也身上感觉到炙心的蒸热。将军手扶着沉重的头部，站起身来，不知哪一个茅舍里，警醒的鸡已经在首先啼了。

将军在早餐的时光，好像想起了什么似的，吩咐卫兵立刻去把示众着的树枝上挂着的首级取下来掩埋了。

早餐终了，一个队长来问："请将军的示，今天出军去打番兵么？"

看了这样粗蠢而简单的汉族武士，将军不禁忿恨起来，愣着眼痛骂了："好蠢的东西！你晓得番兵有多少，你打得过吗？我们是奉命来抵抗番兵的，他们要是打过来，我们就得竭力抵抗一阵。他们不过来，我们就守着在这里，这就尽了守卫边疆的份儿。你难道还想替皇帝打出天下去吗？你带了多少兵马来？还是你一个儿敌得过千军万马？"

队长不敢回话，只一叠连声地应诺着："是，是，是。"

"去把本队的骑兵点了名，原来的戍兵也点了名，镇上的武士也点了名。不准走开。在镇西三里路外面放几个步哨，小山上去派了一个了望，看见番兵来就吹号角，立刻在本街上集队出发。懂了没有？去！"

队长奉着命出去了。将军也就武装着踱了出来。队长是到各营舍、各兵棚里去传达将军的严酷的命令，而将军是到什么地方去呢？这在将军走出营舍的大门的时候，确实自己也还没有知道。

但当他走到了那矮矮的枣木栅门边的时候，他也不能不承认这并不是偶然的事情了。将军在栅门外徘徊着，窥望着被照在朝阳底下的小园，锦葵花，剪秋萝，凤仙，牵牛，各种的花都开得很烂漫，菩提树和栗树，都在晓风中扇动着秋天的凉意，这些景色使将军回想起昨夜的幻境，将军苦痛地叹息了。

将军第七次从小溪边折回到栅门外的时候，看见那个美丽的少女已经在园里提着水壶灌花了。她披散着头发，衣裳没有全扣上，斜敞着衣襟，露出了一角肩膀，显然是刚才起身的样子。将军便立在栅门外看着了。

将军穿着的犀革上的金饰，给朝阳照耀着，恰巧反射了一道刺目的光线，在那美丽的少女的眼前晃动着。吃惊着的她便抬头看见将军了："早呀，将军！"

说着，她提了水壶走过来给将军开了栅门。

"你早……"

将军对她笑着，好像有话要说下去似的，但隔了许久还没有说出来。

她暂时有点窘了："哥还没有起身哩！……将军要叫他么？"

现在是轮到将军有点窘了，将军摇着手："不，并不，虽则他是应该起来去点名了，但我并不是来叫他的。我，我么？我是随便走着，恰巧走过了这里的，我并不是特地到这里来的。……"

也不知是因为将军把这些话说得太急遽呢，还是因为将军的燃烧着热情的眼睛又在起着魅惑人的作用？这少女注视着将军微笑了。

"将军全身披挂着，我只当是来叫哥哥去打仗的，倒真有点吃惊哩。现在，既然没有什么事情，何不进舍下去坐坐呢？"

听着这样的话，将军疑心着这一定不是一个剑南的女子的声音，哪有这样娇软的呢？将军像失了神似的只管凝看着她："真的吗？到府上去坐坐不妨事吗？……哦，记起来了。……我应该告诉你吗？……让我想一想。……"

"什么事呢？"

"哦，我该得告诉你的，就是那个头，记得吗？已经掩埋掉了，这是我今天吩咐他们做的。……"

"就为了这件事吗？……这也不一定要告诉我的，掩埋了不就完事了吗？……"

"是的。……但是，我要问你，如果再有人来缠扰，你便怎么样呢？"

"是说将军的部下吗？"

"譬如也是我的部下呢？"

"将军一定也会杀了他的。"

"不是我的部下呢？"

"我哥哥会得把他杀了的。"

将军心中一懔，但仍旧微笑着问："但如果是……不是别人呢？"

将军终于说着这样的话，两条英雄的臂膊执着她的肩膀。凝看着她，等候着回答。而这时，那少女却意外地窘急了。她静默地看着将军。她好像能够感觉到将军的跳跃着的心。她好像懂得将军是怎样地抑制不住了他的热情而说出这样的话来。一切的将军的心事，她好像都已经从将军的特异的眼色中读出来了。她镇静地说："按照将军自己的军法，可以有例外么？"

将军心中又感了一惊，何以这样的天真的少女，嘴里会说出这样凶猛的话来呢？这究竟是不是这个少女心中所要说的话呢？还是别个人——对于将军处于嘲讽的地位的人，譬好像那个被砍了首级的骑兵——借了这少女的嘴说出来的？"按照将军自己的军法，可以有例外么？"将军反复着这句问话。

将军好像感觉到这是一重可怕的预兆。但迷惘于爱恋的将军是什么都管不到了。他对这少女注视了好久，用了叹喟的口吻说："按照我自己的军法，你可是这样问我吗？是的，这是不应该有什么例外的。只是……受了自己的刑罚的花惊定，即使砍去了首级，也一定还要来缠扰着姑娘，这倒是可以预言的事了。你看怎样呢？……"

"如果真是这样，倒容易办了。"

那少女看着将军，脱口而出地说了这样的话，将军觉得不宁静起来。难道真的要我砍了头才能够成就了这个恋爱吗？早知要有现在的困难，昨天那个骑兵的头一定不会被砍下来的。而现在是委实两难了。但是，这个谈锋锐利的少女，现在的心里究竟怎样想着呢？她能够接受我的恋爱吗？砍头的话，是真的呢，还是说着玩的？是的，不管她是真的还是假的，总之，如果要让我的初恋成功，似乎非对于昨天的骑兵的头有一个交代不可了。

将军正在这样面有难色地沉思着，站立在身前的少女却失笑起来了："将军在想些什么呢？是不是真的在想先把头砍下来吗？其实也不一定要将军把头砍下来才有办法，如果将军在军法上可以讲得过去，像将军这样的人，想起来哥哥也不会得再替我另外拣选的……"

少女说着，终于不免有些羞涩了，提起了水壶假做灌花的样子，把脸转到别个方向去。而将军呢？听了这样的话，满意地笑了。

将军刚在跨前一步走进枣木的栅门去，事情却有这样的巧，远处一阵喧的人声使将军收回了已经跨出的右脚。将军回头一望，看见一簇人正在纷嚷着涌过来。渐渐地看清楚了，在最前的是一个队长，跟着的都是将军部下的骑兵。将军心中一动，恐怕是兵变了吧？便一手扶着腰间的刀把，慌忙地迎上前去。

"乱纷纷的嚷着些什么？"

当走近的时候，将军先喝问着。

那个队长伸开了两臂，阻拦着后面拥挤着向前的人。也没有对将军行一个军礼，也完全缺少了平时的恭顺的态度，直率地说："并不是为了别的事情。就只为了刚才奉了将军的命令去传谕伙伴们，点了名，不准走开，外面放了步哨，山上派了一个望。但是伙伴们都不乐意，他们都说是跟了将军来征讨吐蕃的，现在放着我们这样的精兵，还有这里镇上的武士们也很了得，为什么将军不肯传令出兵去打一个胜仗呢？况且，伙伴们都说将军昨天答应他们打到吐蕃的京城里，可以大大的快乐一下，所以他们对这里是守着将军的纪律，秋毫无犯。现在既然将军说不去征伐吐蕃，那么不是叫伙伴们都阴干在这里喝大雪山上吹来的西风吗？就是为了这点点小事，小人实在压制不下伙伴们，所以带了他们四处寻找将军请示的……"

将军是不等他说完，已经冲上了怒气了。将军从来没有受着过自己部下这样的侮辱。所以，起先倒暂时地有些手足无措，默想着怎样对付的办法。

但随后却又因为过度地发怒了，容色很严厉地喝着："我说不去征伐吐蕃便怎么样呢？"

在将军的意思，以为自己这样威严地一喝，把奕奕有神的眼睛凝看着每一个骑兵，照着平常的经验，一定可以把他们压制下去的。但是，出于将军意外的，将军的部下这一回却真的不奉命了。

将军的话说完了之后，短时的寂静了一下，他们便轰响着一个洪大的声音："抢这个镇上！"

将军正在看了这些无纪律的汉族骑兵的贪鄙、下贱的脸而感觉到一阵切心的悲哀的时候，忽然耳朵边听得了一声钢铁般的冷笑。将军一回头，就看见了一个威严的武士：右手握着长矛，左手却持着一个号角，直立在将军的背后，带着挑战性的、轻蔑的脸色看着将军的部下。这个武士即是将军所恋爱着的少女的哥哥。

　　将军又感受到一阵羞耻。汉族的武士中原来也有着这样的人，而何以自己的部下却偏生这样地卑微呢？这不是自己应该负责的吗？自己不能负这个责任，而要想脱逃到祖国去，这不是羞耻的事吗？况且，当着这样英雄气的武士面前，暴露了自己部下的弱点，不又是羞耻的吗？

　　但这样困难的境况，却不用将军费心来解决了。正在这时候，随着秋风吹扬过来的是一声声的报警的号角。将军和他的部下都立刻侧着耳朵听了一下。将军拔出了腰间的刀，挥动着，露着轻视的笑容道："去罢，你们快乐的时光到了。"

　　街上一阵大纷乱，马蹄踏起了漫天的灰尘，将军部下的骑兵，和镇上人民所组织的武士队全都抢先冲出去了。妇人们都去躲在家里。冷静的街上，只踯躅着几个留守着的边戍兵。

　　将军控着大宛马，追风似的奔驰着。马背上的将军却又在沉思了。现在是到了行为的分水岭了。究竟还是反叛了大唐归还到祖国去呢，还是，为了恋爱的缘故，真的去攻打祖国的乡人呢？这是不能不立刻决定的。

　　将军虽想余裕地打定了最后的主意，但时间却不允许他了。冲在前头的骑兵队已经与迎面而来的吐蕃和党项羌混合的兵队在一个小山岗底下的平原上接触了。吐蕃兵有着百发百中的箭作为唯一的利器，将军听得空中嘶响着，便一手举起他的铜盾来抵挡，一手便举动着他的大刀呐喊着扑奔过去。将军激动了他的好战的习性，刚才心中纷乱着的思想全都暂时丢开了。在这时候，将军所意识着的，就只是怎样去避免敌人的杀戮，和怎样去杀戮敌人。将军已完全忘记了种族的观念，凡是赶上前来要想杀害他的，都是敌人。为了防御自己，便都得杀死他。

　　在步兵与骑兵混乱着的战争中，将军兴奋着。忽然，就在将军的身旁，一个武士倒下马来了。将军在匆忙之中，分一点闲暇去看了一眼。那个武士的前胸很深地被射中了一箭，所以倒下了马。而这个武士，当将军的眼睛转向着他的痛楚的脸的时候，将军不禁心中吃了一惊，也就是将军所恋着的少女的哥哥，那个镇上有名的英勇的武士。将军的马向斜里跑去了，那武士的重创了的身上，随即给别的马匹乱踏着了。

将军兜上了心事，不想恋战了，将军尽让他的骏马驮着他向山岗上奔去。

将军想起了那个少女，现在哥哥死了，她不是孤独的吗？谁要来保护她呢？

她不是除了哥哥之外，家中并没有别的人了吗？将军这样想着，便好像已经看见了这个孤苦无依的少女，在他的怀抱之中受着保护。将军心中倒对于这个武士的战死，引为幸运了。这时的花惊定将军完全是自私的，他忘记了从前的武勇的名誉，忘记了自己的纪律，甚至忘记了现在是正在战争。

将军正在满心得意地想回转马头，归向村中去，但没有觉得背后有一个认得他的吐蕃将领正在追踪着他。将军的马刚才回头，将军的眼睛刚才一瞥地看见背后有人，而那凶恶的吐蕃将领的大刀已经从马上猛力地砍上了将军的项颈了。

于是，称为成都猛将的花惊定将军的头便这样地被抓在一个吐蕃将领的手中了。

但，将军倒下马来没有呢？没有！将军并没有感觉到自己的头已经给敌人砍去了。一瞥眼看见了正在将利刀劈过来的吐蕃将领，将军顿时也动了杀机。将军也把大刀从马上撂过去，而吐蕃将领的头也落在地上了。

所以，事情是正像在传奇小说中所布置的那样巧，说是将军杀吐蕃的将领和吐蕃将领之杀将军是在同时的，也没有什么不可以。这其间，所不同者，是那个吐蕃将领抓着将军的头立刻就倒下马来了，而将军却虽然失去了头，还不就死掉。将军的意志这样地坚强，将军正在想回到村里去，何曾想到要被砍掉了头呢？所以将军杀掉了那个吐蕃将领之后，从地上摸着了胜利的首级，仍旧夹着他的神骏的大宛马，向镇上跑去。

剧烈的战争已持续了两个多时辰，却还没有什么胜败。镇上的人都还躲在屋子里，不敢出来。没有了头的花将军由着他的马背着他沿了溪岸走去，因为是在森密的树林间，踯躅着在溪的彼方的街上的边戍兵也没有看见他。

将军觉得不知怎的忽然闷热起来，为什么眼前一点也看不出什么呢？从前也曾打过仗，却没有这样的经验呀。将军觉得满身都是血了，这样，怎么可以去见那个美丽而又温雅的少女呢？如此想着，将军就以为有找一处浅岸去在溪水里洗濯一下的必要了。

将军在一个滩岸边下了马，走近到溪水边。将军奇怪着，水何以这样浑浊呢，一点也照不见自己的影子？而这时候，在对岸的水阶上洗涤着碗碟的却正是将军所系念着的少女。她偶然抬起头来，看见一个手里提着人头的没有头的武士直立在对岸，起先倒吓了一跳。但她依旧看着，停止了洗涤。她看将军蹲下身来摸索着溪水，像要洗手的样子。她不觉失笑了："喂！打了败仗了吗？头也给人家砍掉了，还要洗什么呢？还不快快的死了，想干什么呢？无头鬼还想做人么？呸！"将军的心，分明听得出这是谁的口音。一时间，将军想起了关于头的语，对照着她现在的这样漠然的调侃态度，将军突然感到一阵空虚了。将军的手向空间抓着，随即就倒了下来。

这时候，将军手里的吐蕃人的头露出了笑容。同时，在远处倒在地下的吐蕃人手里提着的将军的头，却流着眼泪了。

（1930 年发表于《小说月报》第 21 卷第 10 号）

述评

正如近些年曾有人指出的那样，施蛰存的小说成就在 20 世纪的中国小说史上几乎是被遮蔽的，他后来之所以为大众所注意，多半是缘于 20 世纪 30 年代他和鲁迅关于《庄子》和《文选》的那场笔墨官司，施蛰存也因此在"文革"中受到牵连，而他的富有文学价值的小说创作则长期受到漠视。直到 20 世纪 80 年代——一个文学大考古的黄金时期，很多早年风光晚景凄凉的老作家重新为文学史家发掘、评介，而且海外文论家的研究成果也得到越来越多的关注。诸如夏志清对钱钟书、张爱玲的评价，李欧梵对施蛰存的评价。来自这些海外的刺激，国内对这些长期以来被遮蔽的作家也进行了重新挖掘的工作，同时自然也就带动了相关作家作品的出版热潮。但是，与钱钟书、张爱玲、沈从文的广受关注不同，施蛰存虽然被众多文坛名家一致封为"中国现代小说的鼻祖"，但他的作品始终没有得到广泛形成研究、出版和阅读的风潮，以致当年他的《十年创作集》在上海华东师范大学出版社出版时，深谙图书发行的施蛰存还要挖空心思地为了图书出卖的方便，迎合市场需求，把原文《石秀》的小说改题为《石秀之恋》作为新书题目以招徕顾客，不能不说是作家面对现实的不如意而做出的无奈妥协。

本篇《将军底头》于 1930 年发表在《小说月报》第 21 卷第 10 号上，完全不同于中国以往的叙事传统，它拥有之前的中国小说所未曾注意到的对心理意识的挖掘，将弗洛伊德的精神分析法自然地融入历史题材故事之中，而且取得了令人陌生而惊愕的效果。由于结构架设以及故事讲述的强烈现代性特征，施蛰存的作品从一问世起，就不是那么容易被中国的读者从心理上真正地接受。当时有人在《现代》杂志上发表《将军底头》的书评，称施蛰存的作品过于色情，"翻开《将军底头》，我们很清楚地看到，集子中每一篇的题材都是由生命中两种背驰的力的冲突来构成的，而这两种力的一种又始终不变地是色欲"。而对于施蛰存作品中所表现出来的强烈的"现在性"，竟然同样遭到了批评，当时就有异议的声音指责："施蛰存恰恰不是从当时现实的需要出发，不是从历史与现实的生命关联中去把握历史的内核，更不是为了当时如火如荼的现实斗争，他采取一种超然态度，仅仅从'精致'与'个人'的艺术目的出发，取历史素材来营造艺术之精品，以达到淡化或回避现实政治的目的，因而缺乏强烈的现实意义，与时代主潮不相合拍。""在民族矛盾与阶级矛盾日益激烈的恶劣环境下，作者的任务，是对于有害的事物，立刻给以反响或抗争。""曾经写过《追》那样的刚捷矫逸的作品，也很如实地写过《阿秀》那样现实的作品的施蛰存"，"在一个巨大的白的狂岚之下"，"却不肯坚决地，找自己的生活，找自己的认识，只图向变态的幻像中作逃避，这实在是很不幸的事！"（适夷《施蛰存的新感觉主义》）

上面这些批判的话语在今天看来显然是过于苛刻的。在这篇小说发表后不久，施蛰存又将其与自己其他几部短篇小说结集出版。就在它出版后，施蛰存曾说："有人在我的作品里检讨'普罗意识'，又有人说我是在提倡民族主义。"显然，这些人只能是无功而返了。其实，在当时普罗文学震撼中国文坛的时候，施蛰存和刘呐鸥、戴望舒共同创办的《新文艺》也曾支持成立"左联"，在第五期《编辑的话》中，他们曾表示："一九三〇年的文坛终于让普罗文学抬头起来，同人等不愿自己和读者都萎靡着永远做一个苟安偷乐的读书人，所以对于本刊第二卷起的编辑方针也决定改换一种精神。"后来，施蛰存本人也说，"普罗文学运动的巨潮震撼了中国文坛，大多数的作家，大概都是为了不甘落伍的缘故，都'转变'了。《新文艺》月刊也转变了。于是我也——我不好说是不是，转变了。我写了《阿秀》、《花》这两个短篇，但是，这两篇之后我没有写过

一篇所谓的普罗小说。这并不是我不同情普罗文学运动，而实在是我自觉到自己没有这发展的可能。甚至，有一个时候我曾想，我的生活，我的笔，恐怕连写实的小说都不容易写出来，倘若全中国的文艺读者只要求一种文艺，那时我惟有搁笔不写，否则，我只能写我的。"从这些话中不难看出施蛰存对当时文坛的不满情绪与对文学艺术的执着态度，正是这种态度导致他在艺术上"想保留一些自由主义，不愿受被动的政治约束"，"我想写一点更好的作品出来，我想在创作上独自去走一条新的路径。"

可以说，他也曾试图努力向革命文学靠拢或给予支持，但终究因为与革命文学不大合拍，而选择了精神分析的历史题材的文学创作，应该说这种取向是符合他的自身条件的。无论怎么说，在施蛰存的创作方向发生突转的众多复杂的原因中，最为重要的一点是作家自觉的先锋意识。而不能像有些说法那样，把《将军底头》归为作者对社会现实的逃避而精心构思的作品。

施蛰存的历史小说就是写历史，于现实丝毫无涉。他不想干预现实，文学就是文学，与现实何干呢，这是他的创作理念。在历史小说中，他揭开传统叙事中历史人物的道貌岸然的面纱，还原他们的心理状态，而这其中丝毫不带有诸如左翼作家那样"改造国民性"的宏伟抱负。与此观点不同的是，中国当代文学界的开山鼻祖王瑶先生曾在《中国

新文学史稿》里，批评以《将军底头》为代表的一系列历史小说没有社会意义。但是事实上，我们也应该看到文学并不仅仅是为了"社会意义"而存在的，施蛰存并没有要靠自己的小说解决什么社会问题。与过于中国化的大多小说创作不同，施蛰存诸如《将军底头》这样的作品，反应的是纯粹的普世心理，压抑、烦闷、后悔、绝望，还有灵魂救赎的渴望，这便庶几接近了现代主义的核心。

正因如此，李欧梵先生曾对施蛰存的小说给予这样的评价："作为一个有创意的作家，施蛰存是一个先锋和领路人，冒险进入人类心理中崭新的内在领域，勇于一瞥非理性的力量。他可能是第一个有意识地运用弗洛伊德理论，于小说的现实和'超现实'景观上去带出性欲暗流的中国现代作家。"或许，这就是施蛰存打通历史叙事与心理分析的"故事新编"所独具的特色。

两个时间的不感症者

刘呐鸥

晴朗的午后。

游倦了的白云两大片，流着光闪闪的汗珠，停留在对面高层建筑物造成的连山的头上。远远地眺望着这些都市的墙围，而在眼下俯瞰着一片旷大的青草原的一座高架台，这会早已被为赌心热狂了的人们滚成为蚁巢一般了。紧张变为失望的纸片，被人撕碎满散在水门汀上。一面欢喜便变了多情的微风，把紧密地依贴着爱人身边的女儿的绿裙翻开了。除了扒手和姨太太，望远镜和春大衣便是今天的两大客人。但是这单说他们的衣袋里还充满着五元钞票的话。尘埃，嘴沫，暗泪和马粪的臭气发散在郁悴的天空里，而跟人们的决意，紧张，失望，落胆，意外，欢喜造成一个饱和状态的氛围气。可是太得意的 UnionJack 却依然在美丽的青空中随风飘漾着朱红的微笑。There，they are off！八匹特选的名马向前一趋，于是一哩一挂得的今天的最终赛便开始了。

这时极度的紧张已经旋风一般地捉住了站在台阶上人堆里的 H 的全身了。因为他把今天所赢的三四十张钞票想试个自己的运气，尽都买了一匹五号马的独赢。

——啊，三马落后了。

——不。三马是棕色的。

——你买七号吗？

——不，七号骑手靠不住，我买了五号。

虽然有人在身边交换着这样兴奋了的高声的会话，但是走不进 H 的耳里，他把垂下来的前发用手向后搔上去，仍把眼睛盯住在草原的那面一堆移动着的红红绿绿的人马。

忽然一阵 Cyclamen 的香味使他的头转过去了。不晓得几时背后来了这一个温柔的货色，当他回头时眼睛里便映入一位 Sportive 的近代型女性。透亮的法国绸下，有弹力的肌肉好像跟着轻微运动一块儿颤动着。视线容易地接触了。小的樱桃儿一绽裂，微笑便从碧湖里射过来。H 只觉眼睛有点不能从那被 Opera-bag 稍为遮着的，从灰黑色的袜子透出来的两只白膝头离开，但是另外一个强烈的意识却还占住在他的脑里。

Come on Onta……!

——Bravo，大拉司！

一阵轰音把他唤到周围不安的空气和嚣声中，随后一团的速力便在他眼前箭一般地穿过了。五号马不是确在前头吗！这突然的意识真使他全身的神经战动起来。他不觉喝了个彩。于是便紧握着手里的纸票，推出了人堆，不顾前后的跑到台下的支付处去。

H 把支付窗口占住了时，随后早就暴风一般地吹上了一团人。个个脸上都有点悦色。不知道分配多少，这就像是他们这会唯一的关心。但 H，隐忍着背后的人们的压力，思想已经飞到这钱拿到时的用法去了。

——先生，这个替我拿一拿好吗？

忽然身边有凉爽的声音，有轻推他肩膀的手。H 翻过身来看铁栏外站的是刚才在台上对他微笑的女人。她眼里表示着一种好朋友的亲密。H 虽然被她这唐突的请求吓了一下，但是马上便显出对于女人殷勤的样子说，

——好的好的，你也买了五号？

女人用微笑答着，把素手里的几张青票子递给了他，便移着奢华的身子避开了这些暴力的人们。等不上两三分钟分牌人就来了。于是一句"二十五元！"便从嘴里走过了嘴里。洋钱和银角在柜上作响着，算盘就开始活动了。

好容易把将近一千元的钞票拿到，脱出了人群，就走向站在人们不挤的地方的她去。一个等待着的微笑。

——谢谢你！

——不客气。真挤得要命。

H 略举起帽子，重新地表示了个敬意，便从衣袋里抽出手帕来拭着额角上的汗珠。

——那么，怎样办呢，就在这儿吗！

H 示着手里的一束钞票说。

——怎么可以呢，坐也不能坐。

哼，H 心里想一想，这么爽快又漂亮的一个女儿，把她当做一根手杖带在马

路上走一走倒是不错的。如果她……肯呢，就把这一束碰运气的意外钱整束的送给了她也没有什么关系。他心里这样下了一个决意，于是便说，

——夫人，不，小姐是一个人来的吗？

——可不是呢！

——那么，找个地方休息去，可以罢？

——也好的，我此刻并不忙。

——那么，那边街角有家美国人的吃茶店，那面很清净，冰淇淋也很讲究。

——那可以随便的。

她说着时忽被一个匆忙的人从背后推了一下，险些碰到 H 的身上来。H 忙把她的手腕握定，但她却一点不露什么感情，反紧紧地挟住了他的腕，恋人一般地拉着便走。

失了气力的人们和急忙算着钞票的人们都流向南面的大门口去了。一刻钟前还是那么紧张的场内，此刻已变成像抽去了气的气球一般地消沉着，只剩着这些恶运的纸票的碎片随风旋舞。不一会两个新侣伴便跟着一群人走出马臭很重的马霍路上来了。

——那么，就从这面走一走吧，热闹一点。

坐了半个钟头，用冷的饮料医过了渴，从吃茶店走出马路上来的 H 们已经是几年的亲友了。知道散步在近代的恋爱是个不能缺的要素，因为它是不长久的爱情的存在的唯一的示威，所以他一出来便这样提议。他想，这么美丽的午后，又有这么解事的侣伴是应该 demostrate 的。怀里又有了这么多的钱，就使她要去停留在大商店的玻璃橱前不走也是不怕她的。

残日还抚摩着西洋梧桐新绿的梢头。铺道是擦了油一样地光滑的。轻快地，活泼地，两个人的跫音在水门汀上律韵地响着。一个穿着黄土色制服的外国兵带着半个东方种的女人前面来了。他们也是今天新交的一对呢！在这都市一切都是暂时和方便，比较地不变的就算这从街上竖起来的建筑物的断崖吧，但这也不过是四五十年的存在呢。H 这样想着，一会便觉得身边热闹起来了。这是因为他们已经走进了商业区的原故。

在马路的交叉处停留着好些甲虫似的汽车。"Fontegnac1929"的一辆稍为诱惑了 H 的眼睛，但他是不会忘记身边的 fairsex 的。他一手扶助着她，横断了马路，于是便用最优雅的动作把她像手杖一般地从左腕搬过了右腕。市内三大怪物的百货店便在眼前了。

从赛马场到吃茶店，从吃茶店到热闹的马路上并不是什么稀奇的道程，可是好出风头的地方往往不是好的散步道。不意从前头来的一个青年瞧了瞧 H 所带的女人，便展着猜疑的眼睛，在他们的跟前站定了。

——还早呢，T，已经来了吗！

尚且是女人先开口。

——这是 H。我们是赛马回来的。这是 T。

H 感觉着了这突然的三角关系的苦味，轻轻对 T 点一点头便向女人问。

——你和 T 先生有什么约没有？

——有是有的，可是……我们一块走吧。

T 好像有点不服，但也没有法子，只得便这样提议。

——那么，就到这儿的茶舞去，好吗？

H 是只好随便了。他真不懂这女人跟人家有了约怎么不早点说，这样答应了自己两个人的散步，这会又另外地勾起一个旁的人来。

五分钟之后他们就坐在微昏的舞场的一角了。茶舞好像正在酣热中。客人，舞女和音乐队员都呈着热烘烘的样子。H 把周围看了一看，觉得氛围气还好，很可以坐坐，但他总想这些懂也不懂什么的，年纪过轻的舞女真是不能适他的口味。他实在没有意思跳舞，可是他对于这女人的兴味并没有失去。或者在华尔兹的旋律中把她抱在怀里，再开始强要的交涉吧。这样他想着，于是便把稍累了的身体用强烈的黑咖啡鼓励起来。

——怎么样，赛马好玩吗？

一会儿 T 对女人问。

——不是赛马好玩，看人和赢钱好玩啊。

——你赢了吗，多少？

——我倒不怎么，H 赢得多呢。

向 H 投过来的一只神妙的眼睛。

——H 先生赢了多少？

——没有的。不过玩意儿。

H 把这个裹在时髦的西装里的青年仔细一看，觉得仿佛是见过的。大概总不外是跑跳舞场和影戏院的人吧。但是当他想到这人跟女人不晓得有什么关系，却就郁悴起来了。他觉得三个人的茶会总是扫兴的。

忽然光线一变，勃路斯的音乐开始了。T 并不客气，只说声对不住便拉了女人跳了去，H 只凝视着他们两个人身体在微光下高低上下地旋转着律动着，一会提起杯子去把塞住了的感情灌下去。他真想喝点强的阿尔柯尔了。在急了的心里，等待的时间真是难过。

但是华尔兹下次便来了。H 抑止着暴跳的神经，把未爆发的感情尽放在腕里，把一个柔软的身体一抱便说，

——我们慢慢地来吧。

——你欢喜跳华尔兹吗？

——并不，但是我要跟你说的话，不是华尔兹却说不出来。

——你要跟我说什么？

——你愿意听吗？

——你说呀。

——我说你很漂亮。

——我以为……

——我说我很爱你。一见便爱了你。

H 盯了她一眼，紧抱着她，转了两个轮，继续地说，

——我翻头看见了你时，真不晓得看你好还是看马好了。

——我可不是一样吗。你看见我的时候，我已经看着你好一会了。你那兴奋的样子，真比一匹可爱的骏马好看啊！你的眼睛太好了。

她说着便把脸凑上他的脸去。

——T 是你的什么人？

——你问他干么呢？

——……

——不是像你一样是我的朋友吗？

——我说，可不可不留他在这儿，我们走了？

——你没有权利说这话呀。我和他是先约。我应许你的时间早已过了呢？

——那么，你说我的眼睛好有什么用？

——啊，真是小孩。谁叫你这样手足鲁钝。什么吃冰淇淋啦散步啦，一大堆罗嗦。你知道 love-making 是应该在汽车上风里干的吗？郊外是有绿荫的啊。我还未曾跟一个 gentleman 一块儿过过三个钟头以上呢。这是破例啊。

H 觉得华尔兹真像变了狐步舞了。他这会才摸出这怀里的人是什么一个女性。但是这时还不慢呢。他想他自己的男性媚力总不会在 T 之下的。可是音乐却已经

停止了。他们回到桌子时，T 只一个人无聊地抽着香烟。于是他们饮，抽，谈，舞的过了一个多钟头时，忽然女人看看腕上的表说，

——那么，你们都在这儿玩玩去吧，我先走了。

——怎么，怎么啦？

HT 两个人同一个声音，同样展着怪异的眼睛。

——不，我约一个人吃饭去，我要去换衣衫。你们坐坐去不是很好吗，那面几个女人都是很可爱的。

——但是，我们的约怎么了呢！今夜我已经去定好了啊。

——呵呵，老 T，谁约了你今夜不今夜。你的时候，你不一己享用，还要跳什么舞。你就把老 H 赶了走，他敢说什么。是吗，老 H？可是我们再见吧！

于是她凑近 H 的耳朵边，“你的眼睛真好啊，不是老 T 在这儿我一定非给它一只一个吻不可。”这样细声地说了几句话，微笑着拿起 Opera-bag 来，便留着两个呆得出神的人走去了。

【收录于刘呐鸥 1930 年出版的《都市风景线》（上海水沫书店）】

刘呐鸥是中国新感觉派的一员健将，然而对于他的评价却众说纷纭。有人说他是一代宗师，也有人说他"但开风气不为师"。日本文学家横光利一在他死后还专门写过纪念文章，而京派的沈从文却说刘呐鸥的小说"邪僻"，还有人说刘呐鸥的小说芜杂，缺乏有力的真正的批判能力，而且与中国现实结合得不够，洋味太浓，做作、别扭、生硬和矫揉造作等等。

以上的这些迥然不同的评价不能不说与刘呐鸥本人的身份大有关系，他的确也是一个经历复杂的作家：刘呐鸥原名刘灿波，笔名有伐扬等，是台湾台南人，从小生长在日本，精通日语、英语，回国后又在上海震旦大学法文特别班攻读法文，可以称得上是一位语言天才。他曾于1928年创办第一线书店，被查封后，又经营水沫书店，既出版过《马克思主义文艺论丛》（后改名《科学的艺术论丛书》）等书刊，也创办过《无轨列车》半月刊。1929年，又与施蛰存、徐霞村、戴望舒等在上海合编《新文艺》月刊，发表过一些进步作品，后又被查封。其后，又创办《现代电影》杂志。一二·八事变中水沫书店被毁，后又赴日本。抗战爆发后回国，1939年奉汪伪政府命筹办《文汇报》，任社长，报未出而于是年秋被暗杀。据传是被国民党特工暗杀，但据施蛰存说，乃被黄金荣、杜月笙的帮会暗杀，原因是争夺赌场与流氓有矛盾。

《两个时间不感症者》是刘呐鸥的代表作之一，其问世后面对的褒扬与质疑声音共存，可以说与作者刘呐鸥非常相似。新感觉作家们得到的评价向来是毁誉参半的，刘呐鸥的这一篇《两个时间不感症者》也不例外，它于1930年被收录于上海水沫书店出版的《都市风景线》一书，小说中的H和T先生，被女子当作恋爱消遣品。这里，作家塑造出了一种新型女性——消遣男子的女人，一反中国文学的传统观念。而故事中的人物，他们相爱和分手是如此之快，像是在梦幻中，又像是欲望的忽然爆发。这样的节奏使得中国的读者在乍一阅读的过程中颇有接受不适的感觉。他的这种创作风格，使读者在阅读接受过程中，难免陷入了一种"在19世纪晚期的唯美或颓废之间摇摆不定"的状态。有人称赞"呐鸥先生是一位敏感的都市人，操着他的特殊的手腕，他把这飞机、电影、JAZZ、摩天楼、色情（狂）、长形汽车的高速度大量产生的现代生活，下着锐利的解剖刀。在他的作品中，我们显然看出了这个不健全的、糜烂的、罪恶的资产阶级的生活的剪影和那即刻抬起头的新的力量的暗示。"也有人认为"刘呐鸥小说的核心主题，是聚集在都市的骚动不安和焦虑情感体验。他笔下的人物，大都在盲目的冲动支配下行动，处于一种无根的逢场作戏状态，在纯粹肉的游戏、放纵、追逐和冲撞宣泄中，人的自我面目全非。"他们认为，在刘呐鸥的文学世界中出没的男女，大都没有鲜明的性格特征和人格标志。所以他被冠以"邪僻"、"芜杂"、"缺乏有力的批判能力，而且与中国现实结合得不够，洋味太浓"、"别扭邪僻生硬和洋腔洋调"这些标签也便不足为怪了。

在中国大陆，对刘呐鸥的小说的研究大致有这样两种截然相反的情形：在最初根本不受到重视——较早的一些中国现代文学史，如唐弢等主编的《中国现代文学史》，就不曾提及刘呐鸥的小说，那是因为受到新中国建立以来盛行的极"左"的意识形态的影响，认为刘呐鸥的小说是颓废的和不健康的，这种观点一直延续到 20 世纪 90 年代，刘呐鸥逐渐才被越来越多的人们所认可和接受，并认为在他的诸如《两个时间不感症者》这样的小说中所表现出更多的是文学的"真"，而不是人们以往论断的"与现实结合不够"、"摆明了反'写实'反'浪漫'的姿态"。事实上，刘呐鸥的都市小说前所未有地对都市生活进行了深刻的反思，现代工业文明对人的异化、消费文化刺激下的都市人生内心的焦虑与漂泊感在《两个时间不感症者》中的人物身上有很多的体现，速食爱情和感官上的享乐很多时候都是对焦虑和漂泊感的一种逃避。这种焦虑和漂泊感的背后是对都市发展过程中出现的"都市之恶"的清醒认识，它升发出的反都市的情结，与都市情结，同样都是属于都市意识。这看似矛盾的两极，却共同诠释了都市人本真的生存状态。

上海的狐步舞

穆时英

上海，造在地狱上面的天堂！

沪西，大月亮爬在天边，照着大原野。浅灰的原野，铺上银灰的月光，再嵌着深灰的树影和村庄的一大堆一大堆的影子。原野上，铁轨画着弧线，沿着天空直伸到那边儿的水平线下去。

林肯路（在这儿，道德给践在脚下，罪恶给高高地捧在脑袋上面）。

拎着饭篮，独自个儿在那儿走着，一只手放在裤袋里，看着自家儿嘴里出来的热气慢慢儿的飘到蔚蓝的夜色里去。

三个穿黑绸长褂，外面罩着黑大褂的人影一闪。三张在呢帽底下只瞧得见鼻子和下巴的脸遮在他前面。

"慢着走，朋友！"

"有话尽说，朋友！"

"咱们冤有头，债有主，今儿不是咱们有什么跟你过不去，各为各的主子，咱们也要吃口饭，回头您老别怨咱们不够朋友。明年今儿是你的周年，记着！"

"笑话了！咱也不是那么不够朋友的——"一扔饭篮，一手抓住那人的枪，就是一拳过去。

碰！手放了，人倒下去，按着肚子。碰！又是一枪。

"好小子！有种！"

"咱们这辈子再会了，朋友！"

"黑绸长裙"把呢帽一推，叫搁在脑勺上，穿过铁路，不见了。

"救命！"爬了几步。

"救命！"又爬了几步。

嘟的吼了一声儿，一道弧灯的光从水平线底下伸了出来。铁轨隆隆地响着，铁轨上的枕木像蜈蚣似的在光线里向前爬去，电杆木显了出来，马上又隐没在黑暗里边，一列"上海特别快"突着肚子，达达达，用着狐步舞的拍，含着颗夜明珠，龙似的跑了过去，绕着那条弧线。又张着嘴吼了一声儿，一道黑烟直拖到尾巴那儿，弧灯的光线钻到地平线下，一会儿便不见了。

又静了下来。

铁道交通门前，交错着汽车的弧灯的光线，管交通门的倒拿着红绿旗，拉开了那白脸红嘴唇，带了红宝石耳坠子的交通门，马上，汽车就跟着门飞了过去，一长串。

上了白漆的街树的腿，电杆木的腿，一切静物的腿……revue似的，把擦满了粉的大腿交叉地伸出来的姑娘们……白漆的腿的行列。沿着那条静悄的大路，从住宅的窗里，都会的眼珠子似的，透过了窗纱，偷溜了出来淡红的，紫的，绿的，处处的灯光。

汽车在一座别墅式的小洋房前停了，叭叭的拉着喇叭。刘有德先生的西瓜皮帽上的珊瑚结子从车门里探了出来，黑毛葛背心上两只小口袋里挂着的金表练上面的几个小金镑钉当地笑着，把他送出车外，送到这屋子里。他把半段雪茄扔在门外，走到客室里，刚坐下，楼梯的地毯上响着轻捷的鞋跟，嗒嗒地。

"回来了吗？"活泼的笑声，一位在年龄上是他的媳妇，在法律上是他的妻子的夫人跑了进来，扯着他的鼻子道。"快！给我签张三千块钱的支票。"

"上礼拜那些钱又用完了吗？"

不说话，把手里的一叠账交给他，便拉他的蓝缎袍的大袖子往书房里跑，把笔送到他手里。

"我说……"

"你说什么？"堵着小红嘴。

瞧了她一眼便签了，她就低下脑袋把小嘴凑到他大嘴上。"晚饭你独自个儿吃吧，我和小德要出去。"便笑着跑了出去，碰的阖上门。他掏出手帕来往嘴上一擦，麻纱手帕上印着 tangee。倒像我的女儿呢，成天的缠着要钱。

"爹！"

一抬脑袋，小德不知多咱溜了进来，站在他旁边，见了猫的耗子似的。

"你怎么又回来啦？"

"姨娘打电话叫我回来的。"

"干吗？"

"拿钱。"

刘有德先生心里好笑，这娘儿俩真有他们的。

"她怎么会叫你回来问我要钱？她不会要不成？"

"是我要钱，姨娘叫我伴她去玩。"

忽然门开了，"你有现钱没有？"刘颜蓉珠又跑了进来。

"只有……"

一只刚用过蔻丹的小手早就伸到他口袋里把皮夹拿了出来！红润的指甲数着钞票：一五，一十，二十……三百。"五十留给你，多的我拿去了。多给你晚上又得不回来。"做了个媚眼，拉了她法律上的儿子就走。

儿子是衣架子，成天地读给 gigolo 看的时装杂志，把烫得有粗大明朗的折纹的褂子穿到身上，领带打得在中间留了个涡，拉着母亲的胳膊坐到车上。

上了白漆的街树的腿，电杆木的腿，一切静物的腿……revue 似的，把擦满了粉的大腿交叉地伸出来的姑娘们……白漆腿的行列。沿着那条静悄的大路，从住宅区的窗里，都会的眼珠子似的，透过了窗纱，偷溜了出来淡红的，紫的，绿的，处女的灯光。

开着 1932 的新别克，却一个心儿想 1980 年的恋爱方式。深秋的晚风吹来，吹动了儿子的领子，母亲的头发，全有点儿觉得凉。法律上的母亲偎在儿子的怀里道："可惜你是我的儿子。"嘻嘻地笑着。

儿子在父亲吻过的母亲的小嘴上吻了一下，差点儿把车开到行人道上去啦。

Neon light 伸着颜色的手指在蓝墨水似的夜空里写着大字。一个英国绅士站在前面，穿了红的燕尾服，挟着手杖，那么精神抖擞地在散步。脚下写着：JohnnyWalker：Still Going Strong。路旁一小块草地上展开了地产公司的乌托邦，上面一个抽吉士牌的美国人看着，像在说："可惜这是小人国的乌托邦，那片大草原里还放不下我的一只脚呢？"

汽车前显出个人的影子，喇叭吼了一声儿，那人回过脑袋来一瞧，就从车轮前溜到行人道上去了。

"蓉珠，我们上哪去？"

"随便哪个 Cabaret 里去闹个新鲜吧，礼查、大华我全玩腻了。"

跑马厅屋顶上，风针上的金马向着红月亮撒开了四蹄。在那片大草地的四周泛滥着光的海，罪恶的海浪，慕尔堂浸在黑暗里，跪着，在替这些下地狱的男女祈祷，大世界的塔尖拒绝了忏悔，骄傲地瞧着这位迂牧师，放射着一圈圈的灯光。

蔚蓝的黄昏笼罩着全场，一只 Saxophone 正伸长了脖子，张着大嘴，呜呜地冲着他们嚷，当中那片光滑的地板上，飘动的裙子，飘动的袍角，精致的鞋跟，鞋跟，鞋跟，鞋跟，鞋跟。蓬松的头发和男子的脸。男子的衬衫的白领和女子的笑脸。伸着的胳膊，翡翠坠子拖到肩上，整齐的圆桌子的队伍，椅子却是零乱的。暗角上站着白衣侍者。酒味，香水味，英腿蛋的气味，烟味……独身者坐在角隅里拿黑咖啡刺激着自家儿的神经。

舞着，华尔兹的旋律绕着他们的腿，他们的脚站在华尔兹旋律上飘飘地，飘飘地。

儿子凑在母亲的耳朵旁说："有许多话是一定要跳着华尔兹才能说的，你是顶好的华尔兹的舞侣——可是，蓉珠，我爱你呢！"

觉得在轻轻地吻着鬓脚，母亲躲在儿子的怀里，低低地笑。

一个冒充法国绅士的比利时珠宝掮客，凑在电影明星殷芙蓉的耳朵旁说："你嘴上的笑是会使天下的女子妒忌的——可是，我爱你呢！"

觉得轻轻地吻着鬓脚，便躲在怀里低低地笑，忽然看见手指上多了一只钻戒。

珠宝掮客看见了刘颜蓉珠，在殷芙蓉的肩上跟她点了点脑袋，笑了一笑。小德回过身来瞧见了殷芙蓉也 Gigolo 地把眉毛扬了一下。

舞着，华尔兹的旋律绕着他们的腿，他们的脚站在华尔兹上面，飘飘地，飘飘地。

珠宝掮客凑在刘颜蓉珠的耳朵旁，悄悄地说："你嘴上的笑是会使天下的女子妒忌的——可是，我爱你呢！"

觉得轻轻地在吻着鬓脚，便躲在怀里低低地笑，把唇上的胭脂印到白衬衫上面。

小德凑在殷芙蓉的耳朵旁，悄悄地说："有许多话是一定要跳着华尔兹才能说的，你是顶好的华尔兹的舞侣……可是，芙蓉，我爱你呢！"

觉得在轻轻地吻着鬓脚，便躲在怀里，低低地笑。

独身者坐在角隅里拿黑咖啡刺激着自家儿的神经，酒味，香水味，英腿蛋的气味，烟味……暗角上站着白衣侍者。椅子是凌乱的，可是整齐的圆桌子的队伍。翡翠坠子拖到肩上，伸着的胳膊。女子的笑脸和男子的衬衫的白领。男子的脸和蓬松的头发。精致的鞋跟，鞋跟，鞋跟，鞋跟，鞋跟。飘荡的袍角，飘荡的裙子，当中是一片光滑的地板。呜呜地冲着人家嚷，那只 Saxophone 伸长了脖子，张着大嘴。蔚蓝的黄昏笼罩着全场。

推开了玻璃门，这纤弱的幻景就打破了。跑下扶梯，两溜黄包车停在街旁，拉车的分班站着，中间留了一道门灯光照着的路，争着"Ricksha？"奥斯汀孩车，爱山克水，福特，别克跑车，别克小九，八汽缸，六汽缸……大月亮红着脸蹒跚地走上跑马厅的大草原上来了。街角卖《大美晚报》的用卖大饼油条的嗓子嚷：

"Evening Post！"

电车当当地驶进布满了大减价的广告旗和招牌的危险地带去，脚踏车挤在电车的旁边瞧着也可怜。坐在黄包车上的水兵挤簇着醉眼，瞧准了拉车的屁股踹了一脚便哈哈地笑了，红的交通灯，绿的交通灯，交通灯的柱子和印度巡捕一同地垂直在地上。交通灯一闪，便涌着人的潮，车的潮。这许多人，全像没了脑袋的苍蝇似的！一个 Fashion model 穿了她铺子里的衣服来冒充贵妇人。电梯用十五秒钟一次的速度，把人货物似的抛到屋顶花园去。女秘书站在绸缎铺的橱窗外面瞧着全丝面的法国 crepe，想起了经理的刮得刀痕苍然的嘴上的笑劲儿。主义者和党人挟了一大包传单踱过去，心里想，如果给抓住了便在这里演说一番。蓝眼珠的姑娘穿了窄裙，黑眼珠的姑娘穿了长旗袍儿，腿股间有相同的媚态。

街旁，一片空地里，竖起了金字塔似的高木架，粗壮的木腿插在泥里，顶上装了盏弧灯，倒照下来，照到底下每一条横木板上的人。这些人吆喝着："嗳嗳呀！"几百丈高的木架顶上的木桩直坠下来，碰！把三抱粗的大木柱撞到泥里去，四角上全装着弧灯，强烈的光探照着这片空地。空地里：横一道，竖一道的沟，钢骨，瓦砾堆。人扛着大木柱在沟里走，拖着悠长的影子。在前面的脚一滑，摔倒了，木柱压到脊梁上。脊梁断了，嘴里哇的一口血……弧灯……碰！木桩顺着木架又溜了上去……光着身子在煤屑路滚铜子的孩子……大木架顶上的弧灯在夜空里像月亮……捡煤渣的媳妇……月亮有两个……月亮叫天狗吞了——月亮没有了。

死尸给搬了开去，空地：横一道竖一道的沟，钢骨，瓦砾，还有一堆他的血。在血上，铺上了士敏土，造起了钢骨，新的饭店造起来了！新的舞场造起来了！新的旅馆造起来了！把他的力气，把他的血，把他的生命压在底下，正和别的旅馆一样地，和刘有德先生刚在跨进去的华东饭店一样地。

华东饭店里——

二楼：白漆房间，古铜色的雅片香味，麻雀牌，《四郎探母》，《长三骂淌白小娼妇》，古龙香水和淫欲味，白衣侍者，娼妓捐客，绑票匪，阴谋和诡计，白俄浪人……

三楼：白漆房间，古铜色的雅片香味，麻雀牌，《四郎探母》，《长三骂淌白小娼妇》，古龙香水和淫欲味，白衣侍者，娼妓掮客，绑票匪，阴谋和诡计，白俄浪人……

　　四楼：白漆房间，古铜色的雅片香味，麻雀牌，《四郎探母》，《长三骂淌白小娼妇》，古龙香水和淫欲味，白衣侍者，娼妓掮客，绑票匪，阴谋和诡计，白俄浪人……

　　电梯把他吐在四楼，刘有德先生哼着《四郎探母》踏进了一间响有骨牌声的房间，点上了茄立克，写了张局票，不一会，他也坐到桌旁，把一张中风，用熟练的手法，怕碰伤了它似的抓了进，一面却："怎么一张好的也抓不进来，"一副老抹牌的脸，一面却细心地听着因为不束胸而被人家叫做沙利文面包的宝月老八的话："对不起，刘大少，还得出条子，等回儿抹完了牌请过来坐。"

　　"到我们家坐坐去哪！"站在街角，只瞧得见黑眼珠子的石灰脸，躲在建筑物的阴影里，向来往的人喊着，拍卖行的伙计似的，老鸹尾巴似的拖在后边儿。

　　"到我们家坐坐去哪！"那张瘪嘴说着，故意去碰在一个扁脸身上。扁脸笑，瞧了一瞧，指着自家儿的鼻子，探着脑袋："好寡老，碰大爷？"

　　"年纪轻轻，朋友要紧！"瘪嘴也笑。

　　"想不到我这印度小白脸儿今儿倒也给人家瞧上咧，"手往她脸上一抹，又走了。

　　旁边一个长头发不刮胡须的作家正在瞧着好笑，心里想到了一个题目：第二回巡礼——都市黑暗面检阅Sonata；忽然瞧见那瘪嘴的眼光扫到自家儿脸上来了，马上就慌慌张张地往前跑。

　　石灰脸躲在阴影里，老鸹尾巴似的拖在后边儿——躲在阴影里的石灰脸，石灰脸，石灰脸……

　　（作家心里想：）

　　第一回巡视赌场第二回巡视街头娼妓第三回巡视舞场第四回巡视再说《东方杂志》《小说月报》《文艺月刊》第一句就写大马路北京路野鸡交易所……不行——

　　有人拉了拉他的袖子："先生！"一看是个老婆儿装着苦脸，抬起脑袋望着他。

　　"干吗？"

　　"请您给我看封信。"

　　"信在哪儿？"

　　"请您跟我到家里去拿，就在这胡同里边。"

　　便跟着走。

中国的悲剧这里边一定有小说资料1931年是我的年代了《东方小说》《北斗》每月一篇单行本日译本俄译本各国译本都出版诺贝尔奖金又伟大又发财……

拐进了一条小胡同，暗得什么都看不见。

"你家在哪儿？"

"就在这儿，不远儿，先生，请您看封信。"

胡同的那边儿有一支黄路灯，灯下是个女人低着脑袋站在那儿。老婆儿忽然又装着苦脸，扯着他的袖子道："先生，这是我的媳妇，信在她那儿。"走到女人那地方儿，女人还不抬起脑袋来，老婆儿说："先生，这是我的媳妇。我的儿子是机器匠，偷了人家东西，给抓进去了，可怜咱们娘儿们四天没吃东西啦。"

（可不是吗那么好的题材技术不成问题她讲出来的话意识一定正确的不怕人家再说我人道主义咧……）"先生，可怜儿的，你给几个钱，我叫媳妇陪你一晚上，救救咱们两条命！"

作家愕住了，那女人抬起脑袋来，两条影子拖在瘦腮帮儿上，嘴角浮出笑劲儿来。

嘴角浮出笑劲儿来，冒充法国绅士的比利时珠宝掮客凑在刘颜蓉珠的耳朵旁，悄悄地说："你嘴上的笑是会使天下的女子妒忌的——喝一杯吧。"

在高脚玻璃杯上，刘颜蓉珠的两只眼珠子笑着。

在别克里，那两只浸透了 Cocktail 的眼珠子，从外套的皮领上笑着。

在华懋饭店的走廊里，那两只浸透了 Cocktail 的眼珠子，从披散的头发边上笑着。

在电梯上，那两只眼珠子在紫眼皮下笑着。

在华懋饭店七层楼上一间房间里，那两只眼珠子，在焦红的腮帮儿上笑着。

珠宝掮客在自家儿的鼻子底下发现了那对笑着的眼珠子。

笑着的眼珠子！

白的床巾！

喘着气……

喘着气动也不动地躺在床上。

床巾，溶了的雪。

"组织个国际俱乐部吧！"猛的得了这么个好主意，一面淌着细汗。

淌着汗，在静寂的街上，拉着醉水手往酒排间跑。街上，巡捕也没有了，那么静，像个死了的城市。水手的皮鞋搁到拉车的脊梁盖儿上面，哑嗓子在大建筑物的墙上响着：

啦得儿……啦得——

啦得儿

啦得……

拉车的脸上，汗冒着；拉车的心里，金洋钱滚着，飞滚着。醉水手猛的跳了下来，跌到两扇玻璃门后边儿去啦。

"Hullo，Master！ Master！"

那么地嚷着追到门边，印度巡捕把手里的棒冲着他一扬，笑声从门缝里挤出来，酒香从门缝里挤出来，Jazz从门缝里挤出来……拉车的拉了车杠，摆在他前面的是12月的江风，一个冷月，一条大建筑物中间的深巷。给扔在欢乐外面，他也不想到自杀，只"妈妈的"骂了一声儿，又往生活里走去了。

空去了这辆黄包车，街上只有月光啦。月光照着半边街，还有半边街浸在黑暗里边，这黑暗里边蹲着那家酒排，酒排的脑门上一盏灯是青的，青光底下站着个化石似的印度巡捕。开着门又关着门，鹦鹉似的说着：

"Good-bye，Sir."

从玻璃门里走出个年轻人来，胳膊肘上挂着条手杖。他从灯光下走到黑暗里，又从黑暗里走到月光下面，叹息了一下，悉悉地向前走去，想到了睡在别人床上的恋人，他走到江边，站在栏杆旁边发怔。

东方的天上，太阳光，金色的眼珠子似的在乌云里睁开了。

在浦东，一声男子的最高音：

"嗳……呀……嗳……"

直飞上半天，和第一线的太阳光碰在一起，接着便来了雄伟的合唱。睡熟了的建筑物站了起来，抬着脑袋，卸了灰色的睡衣，江水又哗啦哗啦的往东流，工厂的汽笛也吼着。

歌唱着新的生命，夜总会里的人们的命运！

醒回来了，上海！

上海，造在地狱上的天堂。

穆时英曾被人们称为"新感觉派的圣手"、"鬼才"，是20世纪三四十年代风靡一时的海派作家。如果说施蛰存重视心理描写过于"现代性"的叙述，那么穆时英更可以称得上是真正意义上的新式洋场小说家。在他的笔下，上海大都市的背景里人们的醉生梦死、挥霍迷茫等等众声喧哗被他勾勒得淋漓尽致。《上海的狐步舞》是穆时英原设定然而未完成的长篇里的一节，新感觉派都市体验与书写的经典作品，它发表于1932年11月《现代》杂志第2卷第1期。在《上海的狐步舞》问世之前，曾有人——比如杜衡就感叹道："中国是有都市而没有描写都市的文学，或是描写了都市而没有采取适合这种描写的手法。"可以说，刘呐鸥开启了中国都市文学的源头，但仍有着"非现实"、"非中国"的弊端。穆时英正是从此进一步努力，将中国现代都市文学进一步推进。

对于这篇小说，对其迷恋与批判的读者都大有人在，而其中一部分是"在迷恋中的批判"，这也可以说是穆时英小说创作中对于大都市生活的一种情感基调，所谓"上海，造在地狱上面的天堂"。在物质文明与商业文明泛滥的苗头渐燃之时，这种感情不能不说有一种复杂的双重心态，然而也是一种现代的姿态。而对于《上海的狐步舞》中所表现出的这一点，曾引来人们的广泛争议，褒贬不一，比如杜衡便曾以都市文学为其辩护，而沈从文则以"都市成就了作者，也限制了作者"的理由对之加以批判。

小说于1933年6月被穆时英收入现代书局出版的小说集《公墓》中。以《上海的狐步舞》为代表的这部集子，完全朝着与之前《南北极》相反的方向展开，当时有人批评其"追求雕琢，不仅雕琢语言，而且雕琢感觉，以求疯狂地雕琢生存本身。口语被完全抛弃了，语言开始显示孤芳自赏的知识分子气息。伴随这种风格而来的，便是以一种对内心生活隔绝于世的描写代替了对外部世界行动的热忱"。因此，这部作品引来了社会上种种批评甚至谩骂，穆时英自己则在《公墓》自序里对评论界关于他从左翼作家摇身一变成为新感觉派作家所发出的种种议论辩解道："说我落伍，说我骑墙，说我红萝卜剥了皮，说我什么都可以，至少我可以站在世界的顶上大声地喊：我是忠实于自己，也忠实于人家的人。忠实是随便什么社会都需要的！""当时的目的只是想表现一些从生活上跌下来的，……在我们的社会里，有被生活压扁了的人，也有被生活挤出来的人，可是那些人并不一定，或是说，并不必然要显出反抗悲愤、仇恨之类的脸来，他们可以在悲哀的脸上戴了快乐的面具的。"

穆时英从 17 岁登上文坛到 28 岁遭遇被杀，共有 4 个短篇小说集，从第二个集子《公墓》即开始他新感觉派的创作生涯，对都市生活、世态表现出一种难以自拔的依赖。并且这种依赖又深深植根于失败者的颓废与虚无的心中。《上海的狐步舞》作于 1932 年，但直到 1934 年作者还说他是"用不熟练的脚步奔逃着的在生命的底线上游移着的旅人"。在 20 世纪 80 年代初，穆时英的这篇作品仍备受争议，有人认为，他看出了生活的底蕴，但他无力把握生活的流向。面对这浑浊混沌的一切，穆时英只有"惊愕"，只有"拿黑咖啡麻醉自己的神经"。他是一团旋转的烈火，他企图燃尽自己的孤独与困惑，但他终被孤独与困惑烤炙着。这就是这部作品所表现的作家思想的底蕴。《上海的狐步舞》不仅是穆时英自己而且是整个新感觉派小说中在思想内容与艺术形式上都有代表性的名篇。从中，我们不仅能看到"愤怒的三十年代"现代都市的真面目，而且能洞察到其中的"独身者"纤细而复杂的心态情绪。

对于当年对穆时英的评价，文史学者阿英曾说："横在他面前的是资产阶级代言人与无产阶级代言人两条道路，走哪一条路都有可能"，在当时普罗文学热烈地为劳苦大众呼与鼓的浪潮中，至少阿英认为穆时英在某些方面受到了普罗文学的影响。又如韩侍桁说的那样，时代是一种伟力，早期的小说就充满了普罗文学赋予他的情感和思想，可惜后来的穆时英走上了鼓吹"和平文学"的道路。但从一开始，播种在他心灵上的良知并未完全泯灭，这是他后来表面上效力于汪伪政府而暗地听命于重庆国民党中统的原因。

水

丁　玲

家里的人，和着一些仓促搬来的亲戚，静静的坐在黑下来了的堂屋里。有着一点点淡青色的月光照到茅屋的门前，是初八九里的月亮。小到五岁的老幺也在这里，把剃了不久的光头，靠在他妈刘二妈的怀里，宁静的张着小小的耳朵听着，他并不知道要听些什么，他不过学着其他的人，所有的人，那末听着就是的。远远似乎有狗在叫。风在送一些使人不安的声音，不过是一些不确定的声音，或许就是风自己走过丛密的树梢吧。

"听呀，听见没有？你们听呀！"小小的声音从屋角发出。

"是有人在喊着什么吧？"

"是的，像是从东边渡口那里传来的。"

"见神见鬼的，老子什么也没有听见。"

"真像是有点响声呢，不要做声，听吧！"

絮絮的语声没有停下去好久，刚刚有点使人听得不耐烦的时候，那老外婆，缺了牙，聋着耳朵的，头发脱光了的老外婆，又战战的用着那干了的声音自语起来：

"唉，怎样得了！老天爷！算命的说我今年是个关口。水不要赶来就好。我一辈子经了多少灾难，都逃过了。这关口晓得怎么样。我并不怕死，我就怕这样死，子子孙孙这末一大群，我的尸骨不要紧，我怎么能放心他们……"

"大数一到，什么也管不了的，管他娘，管他子子孙孙……"

"你声音小点不好吗，你这没良心的杂种！你要让她听见了的！"

"叫她睡去。毛妹！你招呼你奶奶去睡在三姑妈床上。她今天一定累了。她走了不少路呢。"

"奶奶！奶奶！睡觉去！睡觉去！"

"你这丫头！我要坐在这里，我要等他们，他们要到什么时候才回来呢？"

"大妈！真的一点声音也没有了。他们不知在什么地方？你说怎么样？今夜不要紧吧？我们家里……唉……"

"鬼晓得这些事！现在求菩萨也没有用了！"

"菩萨，我不信他就这末要和我们做对头，过一年涨一次水，真的只是菩萨做鬼，我们一定要将菩萨打下来，管他龙王也好，阎王也好，哪吒三太子还抽过龙王的筋呢。我们这些人，这些插田的人，这些受灾的人，还怕打不过一个菩萨吗？救什么堤，守什么夜，让它妈的水淹进来好了！我们只去打菩萨，那个和我们做对头的人……"

"大福，你这小子懂什么！菩萨又看不见，你尽瞎说八道……"

"真是过一年涨一次水……"

"哼，你们看吧，今年可不比往年……"

这些坚实的妇人的声音，平素是不常说话的，没有这末好的机会集在一块。手脚忙着的这些妇人，现在都陆续的说了起来，忘记了适才的寂静。

夹在这些纷乱的抢着说的语声之中，那几个被做母亲的人压住不准出去的稍大的男孩子，时时吐着瞧不起的忿忿的声音；还和那咒语似的老外婆的自语：

"几十年了，我小的时候，龙儿那样大，七岁，我吃过树皮，吃过观音土，走过许多地方，跟着家里人，一大群，先是很多，后来一天天少了下来，饥荒，瘟疫，尸首四处八方的留着，哪个去葬呢，喂乌鸦，喂野狗，死得太多了。我的姊姊，小的弟弟——吃着奶的弟弟死在她前头，伯妈死在她后头，跟着是满叔，我们那地方是叫满叔的，……我那时是七岁，命却不算小，我拖到了这里，做了好久的小叫化子，后来卖到张家做丫头，天天挨打也没有死去。事情过去六十年，六十五年了，想起来就如同在眼前一样，我正是龙儿这样大，七岁，我有一条小辫子，像麻雀尾巴，那是我第一次看见水，水……后来是……"

龙儿不欢喜听外婆提他的名字，他听着那干着的声音断断续续的诉说，有点怕起来，有点感觉得在同不祥的事要接近了，他轻轻的向着哥哥们的身边移去。

张着耳朵听的老么，带着轻微的瞌睡，又张着眼睛在从模糊的一些人影上，望了这个又望那个，望到外婆的影子时，想起她那瘪着的嘴，那末艰难的一瘪一瘪，顽皮又在那聪明的小脑中爬，他只想笑，可是今夜不知为什么，沉沉的空气压着他，他总笑不出来。

"砰"的一下，不知什么人在这时碰落了什么东西，大约是茶杯之类从桌上掉下来，在泥土上碰碎了。话在这时都停住，人心里骇了一跳，也并没有人追究。

不安的寂静又蹿了进来。

风真的送来了一些水的声音。

外婆还在继续着她的话，那些像咒语似的东西。

"我是不晓得怪谁才好，死了的老伴是结实的，儿子是结实的，我们都没有懒过，天老爷真不公平，日子不得完，饥饿也不得完，我是不要紧，算隔死不远，可是一代又一代，还不是一样。从前年纪轻的时候，还指望有那么一天，世界会翻一个身，也轮到我们穷人身上来。到老了才知道那是些傻想头，一辈子忠厚，一辈子傻。到明儿，我死了，世界还不知怎么呢？一定更苦，更苦……"

"讨厌死了，唠唠叨叨有什么用？更苦，更苦，苦到尽头就好翻身了，怕什么苦……"

这个有点尖锐，有点愤慨的声音被一阵陡起的狗的狂吠吞噬了下去。人的视线都集中透过那青色的，暗灰色的夜，从大开着的门里，望着那笼罩在烟雾中，望不清，消失了轮廓的苍茫茫的远处。在那巍然立在屋前，池塘边，路边的大桂花树下，走出一个人影来"叱，叱"的吼了两声，于是停了吠声，用鼻子嗅着的两条狗，跟在影子的身后走进屋来。

"呵，是三爷。"

"怎么样了，从堤上来吧？"

"该会退了一点……"

"二哥呢……"

"怎么灯也不点一个，就打算天要坍下来，不想过日子了吗？"

"没有油呀。还剩两枝小蜡烛，就不留着急时候用吗？"

"到底怎么了？一些声音也没有听见，退了些吗？"

"退呵欠退呵欠，即没有退的意思。人都到下头去了，下头打锣没有听见吗？汤家阙一带有点不稳当，那里堤松些。屎到了门口才来挖毛厕。见他娘的鬼！我不信救得了什么！管它什么汤家阙，李家阙，明儿看吧，一概成湖！"

"我们这里呢？……"

"三爷，底下还好吧，明天我们好回去吧？来的时候，忘记了那两只小猪呢。"

"有茶吧？说不定，汤家阙要是坏了，我们就不怕，水会往那里流，这里势子就松一口劲。不过，那边，那望不尽的一片田，实在冲了这里还好点，我们里边赶不上那边一半多。这才大家都去了。死到临头还分什么彼此！只是这里留的人也少了一点，我来叫人的，大福二福都跟我去吧，只要有一个小孔冒水迟一点看见，就会完场的。真不是玩艺儿！"

"还有那只乌云盖雪的猫……"

"救了下头，那我们家就要完了呀，我们能够住在这里一辈子吗？"

"水要再大了，这里也靠不住呢。"

"下半年怎么得了呢？……"

"眼前就得了吗？"

"枕头底下还有一个蝈蝈儿呀，我不该把它放在枕头底下的，水来了，它一定跑不了呀……"

三爷的影子，从影子上也可以看见那壮大的胸脯和臂膀的，他立起来，站到门边，沉沉的说道：

"安静点吧，不要慌，事情来了急是不中用的。我们走吧，二毛三毛也去，小孩子眼尖，去帮着看看也好。幺表弟人不好就不要去。"

都是巴不得要去的，坐在家里听女人们叽叽咕咕真急死人，水要来也要看着它来，几个精灵的影子，跳动着，摸摸索索去找短裤。今年真是个凉快的夏天，露天打赤膊就有点不行。

"到底怎么样了，不看见总不放心……"

"看见了也放不了心呢，去吧，什么也不看见，模模糊糊一片望不见头的大水。吼着流来，又流去。夜晚听着，任你心硬的人也有点怕。"

这个大汉子三爷，强壮的，充实的农民，平素天不怕，地不怕，绰号叫张飞的三爷，有使人信赖的胆量和身躯的人，也在一些女人们面前说怕，无形添重了人心里的负担。

"是什么时候了？我一定跟你们去。我不愿留在家里，今天家里有鬼。唉，真怕人呢！"

"放屁，不准你跟去，你有什么用，在家里管着龙儿同菊姊，家里有鬼，外头才更有鬼呢。"

站起来的三姆，忿忿的坐下去，菊姊就走到他面前。

大福他们轻轻的跳到屋外。外面风凉，天上有朦朦的月亮，还有密密的星，天河斜斜的拖着。

"天河也涨水吧？……"

"那织女牛郎也要逃荒……"

"什么时候好回来？……"

"哪有一定，大约天亮吧。"

"我是不怕，我活了七十多岁了，看得真多，瘟疫跟着饥饿跑，死又跑在后面。我没有什么死不得，世界是这样。我们这样的人太好了，太好了，死到阴间不知怎么样，总该公平一点吧……"

三爷带着几个孩子，快步的跑向桂花树的那边去了。两条黄狗跟在他们后面，跑了好远又跑回来。

一些眼睛从黑暗里送他们远去，大家都不知道到什么地方去了。

龙儿悄悄的把手放在刚才大福坐的长凳上摸着，本来想喊他爸一声，又想跟哥哥们跑去，都没有做到。现在看见他们走得不见了，他们一定走到那堤上了。他白天在堤上看见那黄色的滚滚大水，水上漂着些桌子，床，红漆的箱和柜，还有鸡有狗有人蹲在那屋椽上面，他不懂得大人们指点时心里的怜悯，他只感着新鲜有趣，望着那些在急流之中漂去的东西，饭也不想吃。可是在现在的空气底下，压得很紧的，他虽说还在想那些有趣的发现，那小小的摇篮也在水面上漂着，却不能生出一点快乐的心肠，转而有点黯黯的情绪，为那些在黑夜里也不能停下不漂的东西，担着很大的心事。

"我晓得，有钱的人不会怕水，这些东西只欺侮我们这些善良的人。我在张家做丫头的时候也涨过水，那年不知有几多叫化子，全是逃荒的人，哼，那才不关财主们的事，少爷们照旧跑到魁星阁去吃酒，说是好景致呢；老爷在那年发了更大的财，谷价涨了六七倍，他还不卖，眼看野外的尸身一天一天多起来……唉，讲起来都不信，有钱人的心像不是肉做的，天老爷的眼睛，我敬了一辈子神，连看我们一下也没有，神只养在有钱的人家吧……"

老鼠从里房跑了出来，又跑到对过那间去，声音很响，碰着一些东西，把刚刚要睡的老么又骇醒来。

"有些事情是奇怪，这老鼠就有点灵，水还没有来，它就懂得搬家，家里忽然不见这东西，就一定有祸事，你们不信，你们听我说吧，从前……"

好说一点故事的大妈，无意中抓到了这个题材，不等别人问便开始她一半听来，一半加花的像是神话的东西。几个女孩用不安的心情听着，假使在平常，这一定是一个很热闹的谈话，但因为大家，虽说平常也欢喜听点闲话，在这时，心里悬着大的黑暗的时候，却一点表示不出有听这些话的需要和趣味。所以故事说不到几句，便停下了。突然停下之后，屋子里更加重了空虚和不安的空气。

风远远的吹来，一直往屋子里飞，带来了潮湿的泥土气，又带来一些听不得，却实在有点嘈杂的人语声，远远的，模模糊糊一些男人们的说话。接着，隐隐约约在树叶之中，现出闪闪的火光，一群人，围着火把向堤那边走下去了，火光里晃动着那些宽阔的臂膀的粗影，那些使她们熟悉的爱着的一些厚道的农人的臂膀。他们这时还保持着农人特有的镇静去防御那大灾难的到来，无论什么时候，他们都是他们妻儿最可信赖的人。她们那希望的寄托者随着火光走远去了。

堤横在这屋子左边两三里的地方，所以一转身，那火把便看不见了，只听见远方有人在大声喊。黯澹的月光映在人的黯澹的脸上，风在树丛里不断的飕飕杀杀的响。人心里布满了恐怖，巨大的黑暗平伸在脚前面，只等踏下去了。

狗在桂花树前边突然的大吠起来，不断的，一声比一声凶的吠着；一个，两个，四个影子，高高矮矮的现了出来。狗没有停止它的狂吠，屋里发出紧张的声音：

"什么人？"

"唉，可怜，可怜一点，是牛毛滩逃来的……"

朦朦的月光下，认得出是两个妇人和两个小孩。

"呀，牛毛滩！牛毛滩，是前天夜里坏的事吧……"

"离五六十里远的地方呢……"

"那里比我们这里低些吧……"

"喂，进来吧，你们那里是怎么坏的事？"

有些人走到屋门边，那两个牛毛滩的妇人走了进来，小孩累得一点力也没有了，蹲在门边。

"前天夜里，天墨黑，下着小雨，我们什么也没有抢得，全淹了，屋都冲走了。我们那小屋算什么，抵不住一个浪。我们隔壁人家，连人带屋一块冲走的哪，只迟了一步，他们想抢一点东西哪。昨天一个人只吃得半碗稀饭，今天还没吃东西……"

"好，我替你们找点来，大约还有点饭剩下的。"

"你们的男人们呢？……"

"你们到哪里去呢？……"

"牛毛滩还在水里吗？"

"真是多谢，有一点点给孩子们，也就好了。男人留在牛毛滩上面……"

有个女人把鼻子不住的缩着，像在哭。

"住的没有了，吃的没有了，穿的也没有了，连做工也没有地方了，还留在那里做什么？……"

"怎么能走呢，等水退呀，水把稻淹坏，把泥土泡涨，还得守着它呀，我们是靠在这上面，总不能不做这行事……"

"你们到哪里去呢？"

"先同她回娘家去住两天，还有哥子在，今天听说到乌鸦山去的路断了，内河里水更大，淹得更怕人，我不知道要到哪里去才好，她不是这里人，她是我兄弟媳妇，我们是妯娌呀。男人还只想到我们是去乌鸦山呢……"

哭的那个女人更忍不住大声的抽咽起来，是个年轻的女人，在微弱的光下，看得出是个朴实的乡下女人。

"明天想转去看看……"

"转到牛毛滩去吗？……"

"是的，只有再转去。只要这里不来水，转去还有路……"

"这里也靠不住，我们的人都出去了。不晓得明天又是个什么世界呢？……"

"真的我们这里也靠不住吗？……"

"那我们家里只好打算丢了……"

"那我们到什么地方住呢？……"

"路断了怎么得了呢？……"

"老板还只以为到乌鸦山去呢。"

一些哽着的，忍着哭的女人的声音都尖锐的叫着，老外婆望着她们，不安的问：

"外面坏了吗？你们哭一些什么？"

没有人理她。各人的心都被一条绳捆紧了，像吹涨了的气球，预感着自己的心要炸裂。她们望着远方，不敢祈求，也不敢设想，她们互相安慰，自己向自己安慰的说道：

"大概不要紧吧……"

就在这个时候，从堤那边传来了铜锣的声音，虽说是远远的传来，声音并不闹耳，可是听得出那是在惶急之中乱敲着的。在静夜里，风把它四散飘去，每一槌都重重的打在每一个人的心上，锣声，那惊人的颤响充满了辽阔的村落，村落里的人，畜，睡熟了的小鸟，还和那树林，都打着战跳起来了，整个宇宙像一条拉紧了的弦，触一下就要断了。

"我的天呀！你们听见吗！……"

屋里跳出一个人，他发疯的冲到屋外去了。

没有人还来辨别，都不自主的随在后面，不说话的时候比说话更可怕。

除了老外婆，人都拥到桂花树的外边。小孩叫着在人群中挤。狗也挤在那中间。

近些的地方也敲起大锣，人在那面叫着。

"到堤上去，带你们的锄头！要救住，男人们不准躲在家里，不准赶先逃走，我们要救堤……"

"带锄头去，带火把去……"

远近都有狗吠，鸡也叫起来了。堤那边有小火球在闪。风送来远方的叫声，一定有许多人在无次序的喊……

"求老天爷保护，保护呀，地藏王菩萨，龙王菩萨……我们这里水来不得的呀！水来不得的呀……"

不知什么人跪下去了，哭着叫起来。

邻近的人家，也一堆一堆站在屋外边，同样的发着惊人的绝叫和哭声。

小孩们无主的哇的大哭起来。身边的狗响应着别方，无所顾忌的吠了又吠。

在远远近近惊惶的女人们的叫声之中，响起了更加猛烈的锣，大的火把现出来了。嘎的声音拚命的在叫：

"伙计们！都来呀，到堤上去！"

"救住，救住我们的堤，我们的家在这儿，我们的妻儿……"

"快跑，快来呀，伙计……"

"火把举高些……"

人群的团，火把的团，向堤边飞速的滚去。

另外的地方滚去另外的团，另外的火把，喊的声音从那里又滚开去。

沸腾了的这旷野，还是吹着微微的风。月亮照在树梢上，照在草地上，还照在那在太阳底下会放映点绿油油的光辉的一片无涯的稻田，那些肥满的，在微风里噫噫的软语着的爱人的稻田。

喊了的，哭了的，在不知所措。失了力量的那些可怜的妇女，在喊了哭了之后，又痴痴呆呆的噤住了，但一听到了什么，那些一阵比一阵紧的铜锣和叫喊，便又绝望的压着爆裂了的心痛，放声的喊，哭起来了。极端的恐怖和紧张，主宰了这可怜的一群，这充满了可怜无知的世界！

火把都滚向堤边去了，可是锣声一点也没有停止，这些女人便也冲到屋外去，挂着眼泪，嘶起声音跑。

"三姆！你不能去的……"

"妈呀……"

"不要管我，我要去，我呆不得了呀……"

"我也要去！……"

"妈呀！……"

"弟弟呀！……"

一群人跑着，疯狂的朝坡下跑去，头发披在肩上，后面又跟着一群，留着焦急的喊声和哭声在家里，还和那在急乱之中哄着小儿的声音。

隔壁家里又跟着跑去一些人，隔壁的隔壁家里也跑去许多……于是堤上响着男人们的喊叫和命令，锄锹在碎石上碰着，锣不住的敲着。旷野里那些田埂边，全是女人的影子在蠕动，也有一些无人管的小孩在后面拖着。她们都向堤边奔去，也有的带上短耙和短锄，吼叫着，歇斯底里的向堤边滚去了。

天空还是宁静，淡青色的，初八九里的月亮，洒在茅屋上，星星眨着眼睛，天河斜挂着，有微风在穿过这凉快的夏的夜。

老的外婆，战战抖抖，摸到了屋外，唇儿更艰难的动着，像无所感受的望到一切，她自语的喃喃地说：

"算命的说我今年是个关口……"

飞速的伸着怕人的长脚的水，在夜晚看不清颜色，成了不见底的黑色的巨流，吼着雷样的叫喊，凶猛的冲击了来。失去了理智，发狂的人群，更吼着要把这宇宙也震碎的绝叫，在几十里，四方八面的火光中，也成潮的涌到这铜锣捶得最紧最急的堤边来。无数的火把照耀着，数不清，看不清的人头在这里攒动，慌急的跑去又跑来。有几十个人来回的运着土块和碎石，更有些就近将脚边田里的湿泥，连肥沃的稻苗，大块的锄起，不断的掩在那新有的一个盆大的洞口上。黄色的水流，像山洞里的瀑布似的，从洞口上激冲下来。土块不住的倾上去，几十个锄头便随着土块去捶打，水有时一停住，人心里刚才出一口气，可是，在不远的地方，又发现了另一个小孔，水便又哗哗拉拉的流出来，转一下眼，孔又在放大，于是土又朝那里倾上去，锄的声音也随着水流，随着土块转了地方。焦急更填满了人心。有人在骂起来了：

"他娘的屁！这堤就要不得！……"

有人在大声喊：

"骂你娘的，看是什么时候！只准有一条心，死守住这条堤！我们不能放松一点呀！"

命令的声音也在嘈杂的叫喊里喊叫着：

"不准围在这一块！上面！下面！分些人去呀！留心看着！……""喊那些堂客们回去！喊她们逃走！跑来寻死！"

那些女人，都拖着跑掉了鞋的赤脚，披散了长发，歇斯底里的嘶着声音哭号，喊着上天的名字，喊着爸妈，喊着她们的丈夫，喊着她们的儿子，她们走到堤边，想挤了进去，又被一些男人们的巨掌推了开来：

"妈的！你这些鬼婊子有什么用！"

有些男人也向着黑暗处，那些涌来的女人的群里，送着惨痛的声音：

"大姐！桂儿的娘！赶快带着娃儿逃吧！不要管我！"

水还是朝着这不坚固的堤无情的冲来，人们还是不能舍掉这堤走，因为时间已不准他们能逃得脱了。除了死守着这堤，等水退，等水流得慢下来没有别的法子。锣尽管不住的敲，火把尽管照得更亮，人尽管密密层层的守着，而新的小孔还是不断的发现。在这夜晚，在这无知的，无感觉的天空之中，加重了黑暗，加重了彷徨，加重了兴奋。在那些不知道疲倦的强壮的农人身上，加重了绝望，加重了广大的彻天彻地的号叫，那使鬼神也不忍听，也要流出眼泪来的号叫。时间在这里停住，空间压紧了下来，甚至那些无人管的畜群，那些不能睡，拍着翼四方飞走的禽鸟，都预感着将要开演的惨剧而发着狂，而不知所以的喧闹起来了！

围着这几十里的远处，渐渐高上去的地方，四方几百里地的人，也从深夜里惊醒了起来，在黑暗里，呆呆的透视着这方，倾听着断断续续从风里送去的这方的惨叫。他们不住的走去走来，不住的要叹气，心被不安和怜悯冻祝他们祈祷着上天，他们怕那水跨过了堤，而淹死下面的人，而跑到他们脚下来。他们经受不了，他们怕看这巨大的惨剧，他们希望在命运里得到饶赦，唉，这希有的，这非人间的灾祸，是怎样的铸成的呵！

半圆的月亮，远远的要落下去了，像切开了的瓜形，吐着怕人的红色，照着水，照着旷野，照着的响的稻田，照着茅屋的墙垣，照着那些在死的边缘上挣扎着的人群，于是在这些上面，反映着黯澹的陈旧的血的颜色。

人还是在忙得手足无措的当儿，从下面，他们早就担了心事的汤家阙的那方，也猛然响起了紧急的锣声，接着便是同样的号叫响应着这方。风一阵一阵的送来，加强起来的喧闹，送到这些麻木了在叫喊着的人群里了。都不觉的住了声来听，在惊诧之后便又叫喊了起来。

"唉！只怕那边还要危险呢！……"

又有人在大声喊：

"不要管！留心看着！不要放松！住不得手呀！"

"再燃几个火把！"

"喊那些堂客们滚开！"

下面的锣声好像更紧更急了起来。

拖着，拖着，那些有能耐的男人，不肯放松一点，紧张的，谨慎的填好一个小孔又一个小孔，抵死的守着这段堤，算是又挨过一段时间了。天上已换了一批星斗，月亮沉下去了。女人们还是越聚越多，像热锅上的蚂蚁，有些跑回了家又跑了出去，在田原里跑着，喃喃着。也有不多的几个大半是没有丈夫在堤上的，带着儿子，也有祖母们带着孙子，四散的朝高处跑，磕磕撞撞，不平的路常常把她们带倒。牵着小孩的摔倒了又爬起来，摸摸索索的再往前跑去，而她们哭得还更厉害。

突然的，远处的锣声一下便沉寂起来了，沉下去的锣声，同响起来的锣声一样的骇了人一跳，有人喊着：

"你们听听呵！……"

只听见比什么还使人伤心，还使人害怕的惨厉的哭叫，虽然远到刚刚只能使人听到，然而这里为自己在惶急之中的人，都猛然打起战来了。

"天呀！可不是汤家阙就坏了……"是个男人哭着声音喊。

好些火把从堤上伸到河里去。

"低了下去了！低了下去了！好了！好了！"

于是旷野里传递着这福音：

"低了下去了！低了下去了！好了！好了！"

人的心在这时间都松了一下劲，都才叹出一口气来。然而却又为别一种痛着，那渐渐减少，渐渐消灭了的远地方的哭声。个个人心里都来回只有一个思想：

"唉，汤家阙，汤家阙……"

小孔立刻便少了下来，水势也比较轻了一点。女人们的哭声和号叫，也像消去的浪潮，逐渐的低弱了下来。而新的嘈杂的喧闹又普遍了开去。她们记起了什么似的，喊着名字，四处来寻找她们的亲人，远远近近的呼应着，可是什么也听不清。人在人里面挤着。有些男人便也退了出来，在外面的挤着的黑影里，开始寻找着老婆。那些操作了整一夜没有停一下手脚，没有进一点饮食的人，也突然感觉到疲倦，垂头的坐在堤边，为一种过分的软弱，又为一种侥幸而颤着。有的在百忙之中，忽然想起一件难过的事，拍着大腿，骂了起来：

"妈的！我说什么这样难过，是鬼把我的烟管抢去了⋯⋯"

在这些不定的嚷声之中，又有个更大更坚实的声音在吼着骂：

"猪猡！你们闹些什么！快活吗！死还在眼面前呢！妈的臭屁，这纸扎的堤！你们就打算不怕了吗？⋯⋯"

另外也有声音在喊：

"伸火把再看看，水到底低了多少呀？⋯⋯"

"没有多少，两尺，顶多三尺吧⋯⋯"

"不相干，再低也不相干，这全是窟窿的捞什子堤，终究是保不住，迟早要被冲去的！各人还是赶紧逃命吧。⋯⋯"

"逃命，那末容易！水比你跑得快多了！⋯⋯"

"管他娘，好生看住，今晚总不会怕了的；喊那些堂客们带着小鬼们跑，坏了，让她们活着，守住，让她们回来⋯⋯"

"上面的来头还大的很呢，这不是一两天可以退去的水，知道是什么鬼作怪⋯⋯"

"好吧，先喊她们滚⋯⋯"

于是旷野又沸腾了起来，新的不安，新的恐怖，新的号哭占据着。各个男人都发气的吼，赶着那群无知，无理性的女人们跑，女人又发狂的跳着，又不知所以，便拼命的嘶叫起来。

"妈的，你们这些臭堂客，你们滚呀，留在这里送死！⋯⋯"

"打着她们走⋯⋯"

"啊哟！怎么得了呀，阿毛的爹呀！⋯⋯"

"我的亲人呢，你在这里我是不走的呀！要死死在一块吧⋯⋯"

"妈的，动不动就哭，老子操你娘！⋯⋯"

"告诉她们，要她们先走，天亮了，我们再跑。就打算真的没有救了吗？明天会好好的筑起来，一处一处修好。不怕了，她们再回来。告诉她们，求她们，妈的，真要人命的女人！⋯⋯"

"要你们走呀，堤明天会修得好起来的⋯⋯

于是那些被骂着的女人，一批又一批的，在无可奈何之中，含着眼泪，含着一线的希望，扶老携幼向着相反的方向跑去了，带着哭和叫，带着骚扰和不安，向原野的四方伸张去，到一些高阜上，到一些远的山上去，那些原来是睡在宁静中的，于是那里的一切，连小小的草儿便都张着耳朵起来了，张着眼睛去望天空，那无感觉，那似乎又为地下悲惨着的天空；望树叶，那萧萧响着的，那似乎在哭泣着的茂叶。接着，那些不知高低，惶急的跑着的赤脚，在哭声之中，无情的在小草上面大踏步的踏过去了。昂不起头来的小草，便也叹息起来。

留下的，也还是不堪的惶急和吵闹。急怒的骂詈随着小孔在增加。一种男性在死的前面成为兽性的凶狂，比那要淹来的洪水更怕人的生长起来。有一些为几阵又汹涌着的水而失去了镇静，为远远近近的女人的号哭而心乱，而暴跳起来，振着全身的力，压制着抖战，咬着牙，吐着十几年被压迫，被剥削，而在平时不敢出声的怨恨来。有一些还含着希望，鼓励着，督促着他们的同伴：

"不怕了！好了！这儿好了！留心那边！……"

"快天亮了！天亮了，县里会派人来修堤，那就不怕了……"

"不准看着，都要动手呀。急，中什么用？拿出臂膀来呀！"

"不要怨天尤人，等好了咱们再算账；他妈，有他们赚的，年年的捐，左捐右捐，到他们的鸟那儿去了。可是，现在不要骂，我们把堤救住了再说……

远远鸡在叫了，近处的鸡也在叫，东方的云脚上，有一抹青色的东西，是快天亮了吧。

可是时间在这里忽略了，因为有几个地方奔溃得比较大了起来，人都朝这里使劲，没有拿锄拿耙的便用喉咙来帮忙，他们不知道他们自己所造成的空气会怎样的使人心跳。

一个地方忽然被冲毁了一个缺口，他们来不及掩上，水滚滚的流了进来，水流的声响，像山崩地裂似的震耳的随着水流冲了进来。巨大的，像野兽的嘶叫的声音吼了起来：

"天呀！完场了呀！咱们活不成了……"

"快些，把土掩上去，不准怕死！"

有些人发疯的，本能的朝四下跑去，大喊道：

"救命呀！救命呀！天老爷……"

有些人还挑着土块，走到缺口的地方，把土倾上去，土又被水冲了开去，人也落在那当中。

缺口渐渐的大，田原边已渍了好深的水，人在水里用力的朝外面跳，男人们也动人的惨厉的叫起来了：

"救命呀！呀！我的妈呀！我要死了咧……"

不管有人还在喊不准闹，还在喊要救堤，可是人都不再听这些话了，充满着的是绝望，是凄惨，是与死在搏斗的挣扎，是在死的唇吻中发出的求援的呼号。所有的男人的声音和女人的声音混合着，他们忘记了一切，都只有一个意念，都要活，都要逃去死。

天在这时微微在发亮，慌乱的人影朦朦糊糊可以看见一点了。可是人像失去了知觉似的，辨不出方向的乱跑着。水发亮的朝这里冲来，挟着骇人的声响，而且猛然一下，像霹雳似的，堤被冲溃了几十丈，水便像天上倾倒下来的卷来，几百个人，连叫一声也来不及的便被卷走了。还有几千个人在水的四周无歇止的锐声的叫。水更无情的朝着这些有人的地方，有畜的地方，有房屋的地方，带着死亡涌去。于是，慢慢的，声音消灭下来，和水占领了这大片的原野，埋在那下面的，是无数的农人的辛勤和农人自己，还和他们的家属。

天慢慢的亮了。没有太阳，愁惨的天照着黄色的滔滔的大水，那一夜淹了汤家阙，又淹了一渡口的一片汪洋的大水，都吞灭了一切的怕人的大水，那还是逞着野性，在向周围的斜斜的山坡示着威的大水，而且还照着稀稀残留下的几个可怜的人类，无力的，颜色憔悴的皮肤，用着痴呆的眼光，向四方爬去。

经了那末一个夜晚的一渡口，也还逃出了一些人，赵三爷和着侄儿大福也踉踉跄跄逃了出来，又在一个路口遇着了，还遇着了一群又一群已经逃散了，又集合了的那些邻近茅棚里的人，也有一些女人，也有一些小孩。大家看见了都抱头大哭，都为过分的悲痛和恐慌压着说不出一句话来。大家都更觉得亲切了，都不愿分开，都集在一团，慢慢的向长岭岗走去，是失去了精神，失去了勇气，剩着饥饿的肚皮的一群。

水在他们后面，有的房屋还半睡在水里，大树的梢也从水里伸出来映在太阳底下，摇摆着茂叶，而且还有一些人的声音从那里传出来，一些求援的声音。他们也涉过几处渍有浅水的地方，一群人这末慢慢的走去。

沿路也有一些人家，都走出来担心的絮絮叨叨的问。也有一些不说话，只沉重的将怜悯的眼光落在他们身上。他们走了一会，因为几个女人和孩子都嚷着走不动，于是便停了下来，坐在一块有坟的乱岗上。唉，女人们真颓丧得异常难看了。

天空没有云，蓝粉粉的，无尽止的延展开去。下面是水，黄滚滚的，无穷尽的涌了来。剩下的地方，剩下的人，拖着残留的生命，无力的爬着又爬着。

这坐在乱坟岗上的一群，约莫有三十多个人，一半女人和小孩，一半是男人。坐了一会又向前走，沉默的时候比说话的时候多，女人们啜泣的时候是更多，小的小孩不懂事的时时吵饿：

"妈呀！肚子饿!……"

"要走到什么地方才有东西吃呢? ……"

"我走不动了呀……"

做娘的人，有些是没有了娘，被亲戚或隔壁婶婶带着的那些亲戚，又有一些离开了儿子的女人，都找不出一句话来安慰他们，于是那些男人便哄着他们，又抱着他们走：

"快到了！没有好远了！到了买馍馍给毛毛吃……"

吵饿的被哄住了，又有一些哭着要妈要爹的，这些情景真能使一个强壮的人听着也伤心，何况这都是些失去了家，失去了亲人，从死的唇吻上逃去的一些男人。他们心痛，却又得忍着，而且有几个还得用希望鼓着大家的勇气：

"狗狗！妈妈在前边，妈妈替狗狗买粑粑去了。乖的狗狗不要哭……"

"张大哥！你抱抱王和尚吧，他妈抱不起他了……"

"唉，三爷！到了长岭岗又怎么办呢？你放宽心些吧。我看见你家三姆早就带着龙儿走了的，她们一定朝她娘家走去了，是朝太阳山那边去的。我还不是以为他完了，还好，不知怎么过了一阵又遇着他了……"陈大嫂拖在他老板和赵三爷的后边，看见赵三爷那末一个强壮的农人会一句话也不说，只悄悄不断的叹气和揩眼泪，不觉忘去了自己也离去家里其他的人而安慰着别人起来了。

"唉，不会活的，她这几天总是见神见鬼，我料到兆头就不好，奶奶成天说今年是个关口，唉，她七十多岁了，一生吃过多少苦，还得这末一个结果！唉，龙儿……我们那末多一家人，就只剩得我和大福两个人了！"望着大福的三爷，在一双迟钝的眼里又挤出两颗眼泪来。

活泼的大福，也为大家的消沉在悲感里的空气压着，觉得说不出什么话来，想着爸和妈，想着弟弟妹妹家里一些的人，只有用怜悯又要别人怜悯的眼光回答他的三爷。

亏着这里面有一个年轻的汉子王大保，和一个四十多岁，在三富庄上做了二十年的长工的李塌鼻。他们没有失去一点勇气，也没有失去理智，平时并不能得人信仰，这时却自自然然都依着他们的话起来了。

"哭有什么用，死的死去了，哭得转来吗？不死的总得鼓着气想法，未必也让他死去吗？"

"不要哭，跟着我来，到了长岭岗愁他们不给我们吃。这几个，吃得起的，那里有三条街，有一百多家铺子，三富庄，马鞍山的大户都有人在那里，有县里派来的镇长，有分局长，有兵警，有学堂。哼，老子们的家破人亡了，老子们就得留下这条命，还得算算账呢！……哭什么，不要哭了，男子汉！日子还长呢，哭成得个什么事……"

"住在长岭岗，吃在长岭岗，等老婆来，等儿子来，只要没有死，慢慢的他们也得逃来的。水总有天会退的。屋子冲走了，地总在啦，那屋子值个什么钱，值钱的是老子们自己，两条毛腿，两张臂膀，今年算完了。就苦一点，世上哪有饿死的人，明年再来，有的是力气，还怕什么……"

"别处我不晓得，三富庄我就清楚，打开他们的仓，够我们一渡口的人吃几年呢。看他们就真的不拿出一点来，忍心让我们饿死。……"

"塌鼻！你莫吹，你有本领，你不会连条不破的裤子都没有。你做了二十年长工，插田，种地，打杂，抬轿，还没有饿死，已经算你的运气，你还把你的东家当好人，你这猪猡！"

"你的娘，怎的骂我，你才是猪猡，我做奴才，是没有法，混一碗饭，也是没法，你以为我是甘心的？别人不起来，我一个人有什么用？现在我们是一伙了，没有法，家被水冲了，又不是懒，又不是抢，为什么他们不给我们吃？他们拿了我们的捐，不修堤，去赌，去讨小老婆，让水毁了我们的家，死了我们多少人，他们好不给我们吃吗？又不是我们情愿这样，又不是我们装着这样。我们怕什么，逃水荒的人多得很，只要我们在一块，想法，不愁饿死的，你们放心，包在我塌鼻身上……"

"我们一定不要哭，快点走，到了长岭岗我们去找他们的局长，或是团上的人，有人问话，塌鼻你答应……"

慢慢的讲着一些以后的计划，大家心里都活动一些起来了。到望见那长岭岗的炊烟的时候，是快吃午饭的时候了。他们又遇着从汤家阙逃来的一伙人。于是合在一块向前进。

长岭岗的镇外上，已经挤满了一群群的携儿带女的家族，饥饿把他们都弄瘦了，有的靠在树根上，疲乏的；有的蹲在石块上，望着来的一群新的逃来的人。

"你们从什么地方来的？……"

"从一渡口吗？先也来过一些了……"

"呀！有个穿蓝布衣的女人吗？要幺妹在里面就好了……"

"我的天呀，该会我的妈还活着！……"

"你们是哪里的，来了好久了吗？"

"唉，他们饿得真不像样了……"

"塌鼻！世上哪里没有饿死的人，以后你看吧……"

他们再往前进，朝镇里走去。

越去越看见那越黄瘦的人，那些与他们同运命的人越多了。从脸上的颜色可以辨别来到的新旧，来得越久的，就越憔悴。

展在眼面前的情形，使大家心里又预感着失望，可是空的肚子里为一种火燃烧着，他们只得又鼓着力往前走。

"喂，你们往哪里去？"憔悴了的群里有人在问了。

"到镇上去，想找镇长，局长也好，先给我们一些吃的，我们是昨夜晚上遇难的。"

"他该管你吗？我们的人都不准上街，他们比防土匪还怕我们呢！"

"真的吗？那我们怎么得了呢？……"

小孩吵着，女人们又哭起来了。

街的两头站了许多刚刚从县城里添来的荷枪的兵士。也有一些是镇上团防临时加的团丁。

墙上贴了碗大的字的告示。有认得字的人便解释着给其他的人听：说是已经上呈文到县里去了，不久就有好消息来，要这些人安分的等着，如有不逞之徒，想趁机捣乱，就杀头不赦……

他们没有法，便只好留在镇外，走到几家镇外的人家去敲门，想讨一些东西吃，但是门总喊不开。也有一些茅棚，这里总又住满了人，还是他们拿出了一点粗粝的荞麦粑粑来，和着水，大家贪馋的一下就吞光了。也有一些庵观，庵观里也住满了人，他们找不到可以住宿的地方，只好也和其他的许多人一样，就一团团的守在几棵大树下。接着，一批，一批的又来了，三个五个一群，十个八个一群，几十几十的一群都来了。又遇着家里的人了，又遇着了亲戚，邻近的人，欢喜和着悲哀，笑和着哭……

太阳从东边上来，又从西边下去，时间在痛苦，挣扎，饥饿，惶惶无希望里爬去又爬去了，水还霸占着所有的低凹的地方，有些人与畜的尸身，漂着，漂着，又沉下去了。有些比较高的地方，成了岛屿，稀微的烟从那里冒出，还留有待救的人。附近的农民，有的给冲去了，有的没有工作做，便坐了用树干做成的小船，划到低的岛屿上去，带出那些声音都叫嘶了，在死边把脸色变成苍白了的人。这些被救出的人，又成群的走向长岭岗去，也有些又走到另外的村子去。总之，无论他们走到哪里，不安便也带着去，连那些稍稍有些积蓄的人家，也收藏好了他们的家财，都装出贫穷的样子，都不安的用恐惧的眼光来观察这些善良的人群。

淹灭了一渡口，汤家阙的水，又示着威扩大了它的地盘，沿堤更崩溃了许多地方。长岭岗上，其他的许多的村镇，都更不断的增加了流离失所，饥饿的人群，日夜沸腾着叫号和啜泣。哭着亲人，哭着命运又喊着饿的声音，同着时日添加了阔度和巨度，而不安更增加了。到县城去的路已经断了，但是用帆船却又带来了一些军火，并没有带救济来。装满了帆船又向着县城去的，是长岭岗上的几家大店铺的老板和家眷。马鞍山，三富庄……的人也全去了。逃来的人也有些又走到别处去，别处的又转到这里来，处处都是一样，一样的无希望。

骇着的，带着不安躲到城里去的长岭岗上的一些人，到了城里，才知道城里也还是充满着不安，不过这里又从省里领来了更多的军火，而且又有了厚的城墙围着，到底也就放心得多了。虽说城外的附近乡下，是麇集得有更多的灾民，然而，那些城里的比长岭岗更有钱的人，又坐了小火轮，怀里扎上珠宝，逃到省里去。留下了些绅董，慈善家，在进行着一些打电报的事，等赈济的米粮来。他们也设了一两个粥厂，先到的人还可以领到一碗薄粥，后来的就得不到什么了。于是打架的事，因为不平而被枪托和刺刀打的人也实在不少。

长岭岗上的王大保带了几个汉子和几个女人几个小孩悄悄的也跑到县城里去了。临走的时候和他们约好的，是那边若一有办法，使会带信来叫他们也去。李塌鼻和赵三爷，陈大叔，张大哥们还留在这里，等城里的信。

农民们的忍耐的精神，和着施舍来的糠，野地的果子，树叶，支持着他们的肚皮，一天一天的又挨了过去。弥漫着的还是无底的恐慌和巨大的饥饿。

虽说是在悲痛里，饥饿里，然而到底是一群，大的一群，他们互相都了解，都亲切，所以除了那些可以挨延着他们的生命的东西以外，还有一种强厚的，互相给予的对于生命进展的鼓舞，做成了希望，在这群中，这新有的力，跟着群众的增加而在雄厚了。

"你们吵些什么呀，不怕的，等着吧，真的不想办法，好让我们这多人饿死吗？"

慢慢的他们也已经有了组织了。一个小村都举出一个头脑来，头脑聚在一块，商量着一些事，到镇上去，镇上便又跟来了好些人，也带过一些苞谷粉来，又带了一些安慰来：

"这都是没法的事，天灾……"

"镇里只有这一点，不是不想法，人太多了，分不过来……"

"镇长亲身上县里替你们请米粮去了，你们应该安心的等着……"

"这水太大了，别处比我们这里还大，几百年没有的事，真是菩萨发气……"

"现在替你们带了这些苞谷粉来，出了大价钱买的呢，以后这些还得大涨价。……"

"你们放心，县长也是爱民的，总有办法来的。镇长太太前天夜里还替你们上城隍庙烧香来呢。"

"县里，省里都在募捐呀，说还要募到京里去，外国人那里也要募捐……"

"募捐是什么？"

"募捐就是化缘呀……"

"……"

果真发生了效力，多量的做为安慰的话，和着少量的苞谷粉，又把这些生命养活着，而且梦想着起来了。

"京里，京官们才真阔呢，他们肯拔一根寒毛，我们也都要肥起来了。……"

"外国人是些什么人呢，也化缘去，大约都是些好人吧。……"

"镇长总算好，县里的知事，大约也是清官吧，为民父母，不爱百姓是不好的呢。……"

"说别处的水还大，真是天灾，唉，不讲不见过，连听也没有听过的大水……"

也有一些不平的叫声，塌鼻就和着一些别处的年轻的农人常常在群众中讲着这些话：

"说镇长好，知事好，他们为什么不把他们的仓打开，分给我们一点呢？……"

"募捐，等他们募捐，等他娘的，老子们的鸟要饥死了！……"

"烧她的鬼夜香，烧到她的野老公怀里去了，那堂客，老子看见过的，颠着屁股，花狐狸精似的，是县里的一个三等土娼，哪个不知道！"

"土娼还不懂，你这猪猡，是卖的，听说要一吊钱一夜呢。……"

"呸！要命！……"

"动不动天灾，菩萨发气，就真是菩萨发气，可不应该发我们的气！为什么他们那些拿了钱不管事，刮尽了地皮，成年打仗杀人的人又不倒霉呢？……"

群众又摇动了，可是那些头脑压着，这些做头脑的人，多半是些家里原本好些，认得字，在本乡就是做着头脑的角色。他们常常骂他们：

"妈的，你们这群饿不死的王八！你们嚼些什么，想不安分吗，骂他们，……

你们要连累大众的！假如他们不管了。我们才真不得了！……"

"不要听这起王八龟子的话，他要害你们的！再还敢这末胡说八道，捆起来送上镇去！……"

头脑们虽说这末骂了他们，却也不敢捆他们。饥饿的群里，相信着塌鼻们的话，却愿意依赖着头脑。镇长们，不好；有钱的，也不好，实在他们是不好，可是怎么样呢？难道真的好造起反来吗，那是杀头的罪呀！

过了一阵，镇长在许多焦急和希望的怀念中，从县里回到镇上来了。没有带米粮来，也没有再带军火。群众又鼓噪了起来，压也压不下去的，不安胀遍了原野。吵的声音，骂的声音，抱怨的声音，叹息的声音，竟至有许多人暴跳得发狂了，饥饿和绝望填满了人心，于是头脑们又走到镇上去。镇长惨白着颜色，不是为了没有米，是为了没有请下军火来，使他这末不安的。镇长说：

"喊那起流氓安静些，我自然得替你们想法呀，要闹是没有用的。县里请米请什么都没有用，城外面挤满了都是灾民。别处的捐谷又没有到，难道我还情愿你们挨饿吗？你们回去，明天再来，我有办法的。要嚷可不行，哼，要闹就只好给卫生丸他们尝……"

办法是这个样子，可以让几个头脑带一批人出去，到一些很远的地方，那些没有水，而有米粮的地方，那里有许多大财主，大善人，去好些人都吃不穷的地方，留在那里，等水退了，等到可以做活了再回来。

于是好些头脑就活动起来。群众走到他们的面前，做出可怜的神气，软着声音说；

"我想跟着你，随你到那儿去，唉……"

"好的！你肯安分吗？你有几口人？出去可不比在本乡，得听我的话！……"

"哼！你是什么地方人，我怎么不认识你！你当是耍吗，我带起人出去，是担着身家性命的险呢！我还要找保的，你们就想走就走？……"

"这个是不公平的！我们就该死在这里吗？……"

"这末多的人，总不能全走呀！……"

于是陆续有几个领了证书的头脑，带了五六十人一批，或七八十人一批，坐着船走了。陈大嫂夫妇也被带走了，他们同他们的那头脑，总算有点远亲。塌鼻没有人要他，骂这长工是个坏蛋。赵三爷，大福，还和以后又遇着了的二妈和老么，这残余的一家人，也很想能出去混混，却碰了大钉子。这穷农人真不懂世情。

别的地方，各处乡村以及县里也是这样办，邻县也是这样办，可是灾民太多了，送出去的不过百分之一。这些似乎是到了一些好的地方去了，一些可以羡慕的地方去了。剩下的呢，用空的肚皮装着幻想和欺骗，等着巨大的捐款，米粮和钱财，会从远方远方送来。这可惊的大的无数饥饿的群！

时间慢慢的爬走，水也慢慢的在有些地方悄悄走去了，露出好些大的潮湿的泥滩来。这里全是无边被踩躏后惊人的凄惨，四处狼藉着没有漂走的，或是漂来的糜烂了的尸体。腐蚀了的人的，畜的肢体上，叮满了苍蝇，不断的又有成群的乌鸦在盘旋。热的太阳照着又照着。夏天的和风，吹去又吹来，带着一切从死人身上蒸发出来的各种气息，向四方飘送。于是瘟疫在水的后面，在饥饿的后面又赶着人们了。

人们还留在那些地方，从各方各处聚拢来的，一天一天在增多的大的群里，又不觉的在减少了，因为死亡在这里停祝先是一些吃着奶的，含着瘪了的奶头，在枯了的母亲的胸怀死去了。接着一些老了的侥幸从水的唇吻里逃了出来的，也慢慢死去。而女人们，没有了力，脏着脸面和身体，流着仅有的泪哼着又哭着。残余下来的一些家属，是又一天一天的破碎起来了。有一些男人，那些将肌肉从强壮里消失了的男人们，有着坚强的忍耐的求生的欲望的人，同饥饿斗争着，同瘟疫斗争着，同女人的眼泪斗争着，同一切凄凉的使人心伤的情景斗争着。他们还留着一线希望，这希望使他们一天一天的瘦了起来，然而却一天一天的清白起来了。

在太阳地里，在蓝的天空下，在被人蚕食着没有了绿叶的大树下，在不能使人充饥的大石上，常常便聚满了大群大群的怕人的人类。破的衫裤在肮脏突出的骨上挂着。头发长了起来。黑的脸上露出大的饥饿的像兽的眼睛。他们曾经被一些告示，被一些甜蜜的话，被一些希望，被一些和着糠的树叶安慰过的。现在呢，他们了解了，了解的是无希望。假若他们还要在这里呆着，那呆在那后面的，便是不绝的死亡！于是他们在无处可用他们的劳苦的时候，他们便在这些地方，在一些饿得半死的人旁边，吐着他们的不平。

这时又从城里来过了一些人，镇长杀鸡杀鸭的款待着。是一些调查的人，是一些参观的人，还有一些搽脂抹粉的太太们在当中。他们用着好奇而有点怯的眼光在这群中探视。他们先给他们一些装出而又无用的同情的惊诧的叹息。他们又从怀里掏出一个黑的东西来向着他们不知做些什么。他们向他们解释，要将他们的这使人骇怕的水灾的情形，照在相片上，拿到外边去，好募一些捐来。可是这些应该使人欢喜的话，已经失了作用。在这群农人的，受了许多欺骗的心中，已经填满了坚决的自信，不再在这些寄生于他们的人们身上，露出乞怜的颜色，和被骗后所起的欢容了。

从城里又传来了些更不好的消息，别的地方也有一样的消息传来，便是那些不为饥饿和瘟疫逼死的一些人中，有一些却为许多枪托和刺刀大批大批的赶到不知叫着什么名字的地方去了。那里本来就是烟火弥漫着的地方，本来就是广大的屠场，于是这些饿着的，不死于水的人，便在炮火之下被牺牲了。从这里逃了出来的，带回更大的恐慌，超过了水，超过了饥饿，使人们在战抖里发狂起来了。于是许多消极的怨天尤人的诅咒慢慢便又变成了有力的话语了。

现在在长岭岗上，极目所见的，是饥饿的群连着饥饿的群。在人群的头上浮动着男人们的嘈杂的嗄声，和女人们无力的而强着嘶出来的锐叫，无次序的传递着：

"一定要死了，路在哪里呢？……"

"不要做梦了。决没有人来救我们的，活着像猪一样的活着，死去像猪一样的死去吧。……"

"什么募捐，傻子等着去吧！哼，他妈的屁，到手的肥肉还肯放手吗？还不是赈在他们的腰包里去了……"

"你们，你的娘的这群饿不死的王八蛋，饿死了同他们有什么相干……"

"真是，不如一块做死了干净，好免掉许多手脚呀……"

在大树的枝桠上，有个黑脸，裸着半身的农民，他大着声音吼着：

"乱吵一些什么鬼？杂种们！想法子呀！不准闹！听我来讲！……"

大家的头都转到这一方了。人群里又有人在喊：

"是呀！我们要想法子呀！就听他说……"

"张大哥呢，你也应该替我们想想法呀……"

"我也要说呢，我一辈子怄的气简直会把我的空肚皮炸破呢！……"

"不准吵，吵些什么鸡巴！就让他先说。你姓什么？……"

对面树上也爬上了一些张着饥饿和忿怒的眼睛的人。那裸着半身的汉子便又大声说：

"现在明白了吧，杂种！我们，鼓起眼睛看去，凡是看得见的地方，再走再看去，只要是有着田的地方，只要有着土地，就全有我们在。告诉你，就全有我们胼手胝足，挨冻挨饿的在。老子走过好几省，年轻的时候，抬过轿，吃过粮，看得多了，处处的老鸦一般黑，哪里种田的人有好日子过？水要淹死你，旱要干死你，土地就是我们的命呀！好容易这年的谷子收到了，他妈的衙门里的人来了；

老子一股儿种了他妈的三斗六升田，喝稀饭还不够，哪里容得他们左捐右捐；再不是，东家老板来了，他们一动也不动，不出种谷，不出肥料，坐在高房子里拿一半现成的还不够，还要恃凶来讹诈，哼，你敢哼一声吗；有牢给你坐的！你坐了牢，你的娘，你的老婆也是死呀！哼！老子现在是明白了的，饿鬼，告诉你们吧，老子们不好生想个长久的法子，终归是要饿死的。而且还要留下些儿子们孙子们跟着饿死呢！……"

"是呀！哼，他讲得不错！……"

"二姊，真的是这样呢，唉，我们太可怜了……"

原野沸腾了起来，都喊着：

"我们得打算一打算好！……"

对面的树上也有一个人喊起来：

"为什么不打算呢，讲什么空话，眼前比什么还要紧呢。我们的人死去又死去了，我们的肚子空着，我们吃死人也不够呀！我们的皮肉是硬的，我们的心总还是人的，我们总不能吃活人呀……"

"呸，操你的娘，你去吃活人吧……"

"吃活人，有什么希奇？"那裸身的人又说："老子们不就在被人吃着？你想想，他们坐在衙门里拿捐款的人，坐在高房子里收谷子的人，他们吃的什么？吃的我们力气和精血呀！真是杂种！老子们被人吃得这样瘦了，把娘老子也吃了去，还糊涂，还把别人当好人，等别人来施恩，还打算有人来救我们？哼！等着吧，把肠子也饿了出来，你看有不有米会送来？告诉你，我们的人这末多，饿死几千几万不算什么，还愁不剩下一些来再做奴隶吗！……"

"啊呀！真是怕人得很！我们被人吃得怕人呀……"

"怕什么人？起来！拼它一拼，全不过是死呀……"

"对呀！全不过是死呀……"

然而，这时镇上已骇疯了。家家都紧紧的把门关上。从街的两头，冲出一些带枪背刀的兵士。他们赶散着人，大声的呼叱：

"你们这些饿鬼！吵些什么！敢再闹，老子们把点颜色给你们看才知道，老子又没有开米行，堆在那里的；镇长法子也想完了呀！又不比往年，今年涨水的地方，你们怎么会知道，可大得很呢。打仗就是你们吗？你们这几个值个什么！……"

赶散了的人们在兵士走过后又聚了起来，而且更嘈杂的嘶着声音不断的在叫着。

镇上又派人到县城去请办法，到底应该怎么样来解决这些叫化和流氓呢？县里不愿管他们的事，他们只留下大批的军火，在县的四周守卫着，不准他们进来，而且常常有枪的响声。他们是依照着省城的办法的。

所有地方的那些在死的线上挣扎的人，谁说得定不都会一天比一天更明白更团结起来呢？

他们到了晚上，等那些兵士全退入了镇上去后，在月亮底下，他们更多的聚在一处了。那裸身的汉子便又爬上了一棵大树，大声的吼着：

"傻子们，不要再上当，再听他们的话了。他们今天说想法，明天说想法，到底法子在什么地方？说募捐，说赈济，他妈，日子这末久了，募到他们的鸡巴那里去了！他们没有开米行，哪个见过的？那些米行的米呢，他们藏起来了，他们要有好价钱才肯卖呢！我们的东家老板呢，他们的谷子不是装满了仓吗，怎么不拿点出来给我们吃，从他们的祖宗就都是靠我们过活的呢！……"

"他们仓里多得很，别处我不晓得，三富庄我是清楚的，只要他们肯打开，够我们大家好久吃呢。……"塌鼻也吼了起来。

"肯打开，你做梦！他们锁得紧紧的呢，他们恨不得再加上铁墙，恨不得能悄悄运起走呢。莫说三富庄，什么地方不有好些在那里，可是我们只有树叶吃！告诉你们，杂种！要我们自己动手去打开呢！放在那里不去吃，却要饿死，真是杂种，现在，起来呀！起来！……"

"起来！走，他妈的，拼上一拼吧，左不过是一死！现存的放在那里，为什么不抢呢！……"

"起来！走呀！……"

"走到什么地方去！猪猡，乱吵些什么！好好再商量呀！……"

"伙计，你有道理，你再说呀！……"

"蠢东西！真是杂种！你们要抢些什么！老子是不抢的，老子们又不是叫化，又不是流氓，是老老实实安分的农民。现在被水冲了，留在这里挨饿，等了他妈的这末久的救济，一批一批的死去了，明儿我们都会死去，比狗不如！告诉你，起来是要起来的，可是不是抢，是拿回我们的心血，告诉你，杂种，只要是谷子，都是我们的血汗换来的。我们只要我们自己的东西，那是我们自己的呀……"

"是的，那是我们的呀……"

"走，去拿回我们自己的东西！……"

"到三富庄去，那里有我几十年的血汗……"

"李老板家里去吧，我们几代人都做着他们的牛马的……"

"猪猡，又乱起来了，不准吵！我们不能乱来的。我们要在一块。我们要一条心！听他说呀，他比我们有道理呀！他说的都不错呀！伙计，你有本领，你再说！"

"对的，我们都听你的话，我们要怎么样呢!……"

"杂种！怕什么，老子们有这末多，还怕个什么，大家一条心，把这条命交给大家，走，去干，老子们就成了。我告诉你们……"

这嘶着的沉痛的声音带着雄厚的力从近处传到远处，把一些饿着的心都鼓动起来了。而且他的每一句话语，都唤醒了他们，都是他们意识到而还没有找到恰当的字眼说出来的话语。他们在这个时候，甘心的听着他的指挥，他们是一条心，把这条命交给大家，充满在他们心上的，是无限大的光明。

于是天将朦朦亮的时候，这队人，这队饥饿的奴隶，男人走在前面，女人也跟着跑，吼着生命的奔放，比水还凶猛的，朝镇上扑过去。

（1932 年 9 月至 11 月于《北斗》创刊号至第 3 号连载）

述评

丁玲于 1931 年发表的《水》，以崭新的开拓式姿态震动了当时的整个文坛。当年 9—11 月，这篇小说在《北斗》第 1—3 期连载。"这是以一九三一年中国十六省的水灾作为背景的，遭灾的农民群众是故事里的主人公。"小说一经发表，得到了来自左翼文艺阵线的诸多好评，比如称其为"左翼文艺运动一九三一年的最优秀的成果"，标志着"新的小说"的诞生，丁玲也因此成为由"半新"进步知识分子作家转向成为"我们所需要的新的作家"（即党的革命作家）的生动案例。在收获这些荣誉口碑的同时，也有不少人提出置疑，比如，有人指出，《水》的"生活事实"显示，这篇小说写得似乎过于急切。作为小说题材的这场水灾，当年最早起始于湖南的 7 月 18 日，最迟为江苏北部的 8 月 3 日，平均日期为 7 月 20 日，灾像全面显现于 8 月末，大水最终退去在 9 月末，而一系列救灾措施的落实和灾况的缓解则在年末。《水》首发于 1931 年 9 月 20 日《北斗》创刊号，如此算来，丁玲构思和写作《水》的时间不超过两个月。既然在水灾走向尚不明朗之际就急切成篇，《水》的写作意旨可能是丁玲早已有之先入为主的存在，所以并不值得大加赞赏，甚至应该给予批评。

在这篇小说中，丁玲采用 1931 年在全国发生的波及十六省的特大水灾为题材，以自己以往所未曾尝试过的粗大笔触进行刻画记录，并且有意将农民的觉醒与反抗的群像作为自己创作的主要内容。对于这一点，冯雪峰在当年发表的《关于新的小说的诞生》中曾表示，诸如丁玲的《水》这样的左翼小说，很现实地贴近左联现实主义小说的三个标准："第一，作者取用了重要的巨大的现实题材"，"第二，在现象的分析上，显示作者对于阶级斗争的正确的坚定的理解"，"第三，作者有了新的描写方法……不是个人的心理的分析，而是集体的行动的开展"。冯雪峰又指出其三大缺点，首先是它的篇幅短小，未能全面展现此一重大事件；其次是它没能写出土地革命的影响，也未能成功刻画出灾民组织者和领导者的形象；最后，作品虽然写出了已有觉悟的灾民，但却缺乏更具革命意义的发展。今天看来，这些要求无疑是将政治话语强制绑架到了文学之上的思路。

这些分析，都是当时左联作家们秉承着一种阶级斗争的圭臬有意为之，是理论先行的产物。所以后来有许多批评家都指出，丁玲的这篇小说缺乏作者自己真实的感受，作品并没有针对个别人物进行典型刻画，忽略了行文的结构，将自己严严实实地圈定在固定的政治框架内，画地为牢了。就灾荒的革命叙事而言，《水》只是贴近了当时的政治宣传话语，而忽略了其他一些元素。

现在当我们重新回望文本时不难发现，小说里所表现的灾民们的自救、受难、觉醒和反抗的情节贯穿故事始终。在小说结尾，这群"饥饿的人群"在识破了政府赈济的虚伪后，"比水还凶猛的，朝镇上扑过去"，决心以反抗斗争去拿回"自己的东西"。然而，实际情况并不如此。在作者创作这篇小说的时代，灾荒连年，这是没有错的。以往的文学作品中虽多有灾荒中民不聊生，揭竿而起的叙述，但现实中却很少有确切的行动。中国农民是很老实的，只要不把他逼到绝路，他们常常苟安于现状，极易满足，他们从未如《水》中灾民那样，勇敢地去地主那里拿回"自己的东西"。然而在《水》中，灾民的抗争不仅火爆热烈，而且也不见以往观念中这些人所应具有的流民和为祸乡里的匪盗等传统形象，而是翻身成了革命主体。这正是左翼文学所期待的革命叙事，可以说，丁玲恰好迎合了这一期待视域。

作为丁玲"向左转"的代表性作品，作为"脱胎换骨的自我改造的过程中的一个最大的收获"，《水》的重要作用及意义已为众多研究者所论及。不仅被视为丁玲"向左转"的文学界碑，也被认定为整个左翼文学的风向标。其实，这种在冯雪峰看来不无夸张的激赏笔调，主要是出于对当时左联文学的呼唤。

丰 收

叶 紫

一

时间是快要到清明节了。天，下着雨，阴沉沉的没有一点晴和的征兆。

云普叔坐在"曹氏家祠"的大门口，还穿着过冬天的那件破旧棉袍；身子微微颤动，像是耐不住这袭人的寒气。他抬头望了一望天，嘴边不知道念了几句什么话，又低了去。胡须上倒悬着一线一线的涎沫，迎风飘动，刚刚用手抹去，随即又流出了几线来。

"难道再要和去年一样吗？我的天哪！"

他低声地说了这么一句，便回头反望着坐在戏台下的妻子，很迟疑地说着：

"秋儿的娘呀！'惊蛰一过，棉裤脱落！'现在快清明了，还脱不下袍儿。这，莫非是又要和去年一样吗？"

云普婶没有回答，在忙着给怀中的四喜儿喂奶。

天气也真太使人着急了。立春后一连下了三十多天雨没有停住过，人们都感受着深沉的恐怖。往常都是这样：春分奇冷，一定又是一个大水年岁。

"天啦！要又是一样……"

云普叔又掉头望着天，将手中的一根旱烟管，不住地在石阶级上磕动。

"该不会吧！"

云普婶歇了半天工夫，随便地说着，脸还是朝着怀中的孩子。

"怎么不会呢？春分过了，还有这样的寒冷！庚午年，甲子年，丙寅年的春天，不都是有这样冷吗？况且，今年的天老爷是要大收人的！"

云普叔反对妻子的那种随便的答复，好像今年的命运，已经早在这儿卜定了一般。关帝爷爷的灵签上曾明白地说过了：今年的人，一定是要死去六七成的！

烙印在云普叔脑筋中的许多痛苦的印像，凑成了那些恐怖的因子。他记得：甲子年他吃过野菜拌山芋，一天只能捞到一顿。乙丑年刚刚好一点，丙寅年又喊吃树根。庚午辛未年他还年少，好像并不十分痛苦。只有去年，我的天呀！云普叔简直是不能作想啊！

去年，云普叔一家有八口人吃茶饭，今年就只剩了六个：除了云普婶外，大儿子立秋二十岁，这是云普叔的左右手！二儿子少普十四岁，也已经开始在田里和云普叔帮忙。女儿英英十岁，她能跟着妈妈打斗笠。最小的一个便是四喜儿，还在吃奶。云普爷爷和一个六岁的虎儿，是去年八月吃观音粉①吃死的。

这样一个热闹的家庭中，吃呆饭的人一个也没有，谁不说云普叔会发财呢？是的，云普叔原是应该发财的人．就因为运气太不好了，连年的兵灾水旱，才把他压得抬不起头来。不然，他也不会那么示弱于人哩！

去年，这可怕的去年啦！云普叔自己也如同过着梦境一样。为了连年的兵灾水旱，他不得不拼命地加种了何八爷七亩田，希图有个转运。自己家里有人手，多种一亩田，就多一亩田的好处；除纳去何八爷的租谷以外，多少总还有几粒好捞。能吃一两年饱饭，还怕弄不发财吗？主意打定后，云普叔就卖掉了自己仅有的一所屋子，来租何八爷的田种。

二月里，云普叔全家搬进到这祠堂里来了，替祖宗打扫灵牌，春秋二祭还有一串钱的赏格。自家的屋子，也是由何八爷承受的。七亩田的租谷仍照旧规，三七开，云普叔能有三成好到手，便算很不错的。

起先，真使云普叔欢喜。虽然和儿子费了很多力气，然而禾苗很好，雨水也极调和，只要照拂得法，收获下来，便什么都不成问题了。

看看地，禾苗都发了根，涨了苞，很快地便标线②了，再刮二三日老南风，就可以看到黄金色的谷子摆在跟前。云普叔真是喜欢啊！这不是他日夜辛劳的代价吗？

他几乎欢喜得发跳起来，就在他将要发跳的第二天哩，天老爷忽然翻了脸。蛋大的雨点由西南方直向这垄上扑来，只有半天工夫，池塘里的水都起膨涨。云普叔立刻就感受着有些不安似的，恐怕这好好的稻花，都要被雨点打落，而影响到收成的不丰。午后，雨渐渐地停住了，云普叔的心中，像放落一副千斤担子般的轻快。

---

① 观音粉：一种白色的细泥土。有的人吃了会腹胀身亡。
② 标线：稻穗从禾苞中长出来。

半晚上，天上忽然黑得伸手看不见自家的拳头，四面的锣声，像雷一般地轰着，人声一片一片地喧嚷奔驰，风刮得呼呼地叫吼，云普叔知道又是外面发生了什么意外的事变，急急忙忙地叫起了立秋儿，由黑暗中向着锣声的响处飞跑。

路上，云普叔碰到了小二疤子，知道西水和南水一齐暴涨了三丈多，曹家垅四周的堤口，都危险得厉害，锣声是喊动大家去挡堤的。

云普叔吃了一惊，黑夜里陡涨几丈水，是四五十年来少见的怪事。他慌了张，锣声越响越厉害，他的脚步也越加乱了。天黑路滑，跌倒了又爬起来。最后是立秋扶住他跑的，还不到三步，就听到一声天崩地裂的震响，云普叔的脚像弹棉花絮一般战动起来。很快地，如万马奔腾般的浪涛向他们扑来了。立秋急急地背起云普叔返身就逃。刚才回奔到自己的门口，水已经流到了阶下。

新渡口的堤溃开了三十几丈宽一个角，曹家垅满垸子的黄金都化成了水。

于是云普叔发了疯。半年辛辛苦苦的希望，一家生命的泉源，都在这一刹那间被水冲毁得干干净净了。他终天地狂呼着：

"天哪，我粒粒的黄金都化成了水！"

现在，云普叔又见到了这样希奇的征兆，他怎么不心急呢？去年五月到现在，他还没有吃饱过一顿干饭。六月初水就退了，垅上的饥民想联合出门去讨米，刚刚走到宁乡就被认作了乱党赶出境来，以后就半步大门都不许出。县城里据说领了三万洋钱的赈款，乡下没有看见发下一颗米花儿。何八爷从省里贩了七十担大豆子回垅济急，云普叔只借到五斗，价钱是六块三，月息四分五。一家有八口人，后来连青草都吃光了，实在不能再挨下去，才跪在何八爷面前加借了三斗豆子。八月里华家堤掘出了观音粉，垅上的人都争先恐后地跑去挖来吃，云普叔带着立秋挖了两三担回来，吃不到两天，云普爷爷升天了，临走还带去了一个六岁的虎儿。

后来，垅上的饥民都走到死亡线上了，才由何八爷代替饥民向县太爷担保不会变乱党，再三地求了几张护照，分途逃出境来。云普叔一家被送到一个热闹的城里，过了四个月的饥民生活，年底才回家来。这都是去年啦！苦，又有谁能知道呢？

这时候，垅上的人都靠着临时编些斗笠过活。下雨，一天每人能编十只斗笠，就可以捞到两顿稀饭钱。云普叔和立秋剖篾；少普、云普婶和英英日夜不停地赶着编。编呀，尽量地编呀！不编有什么办法呢？只要是有命挨到秋收。

春雨一连下了三十多天了，天气又寒冷得这么厉害，满垅上的人，都怀着一种同样恐怖的心境。

　　"天啦！今年难道又要和去年一样吗？……"

二

　　天毕竟是晴和了，人们从蛰伏了三十多天的阴郁的屋子里爬出来。菜青色的脸膛，都挂上了欢欣的微笑。孩子们一伴一伴地跑来跑去，赤着脚在太阳底下踏着软泥儿耍着。

　　水全是那样满满的，无论池塘里、田中或是湖上。遍地都长满了嫩草，没有晒干的雨点挂在草叶上，像一颗一颗的小银珠。杨柳发芽了，在久雨初晴的春色中，这垄上，是一切都有了欣欣开展的气像。

　　人们立时开始喧嚷着，活跃着。展眼望去，田畦上时常有赤脚来往的人群，徘徊观望；三个五个一伙的，指指池塘又查查决口，谈这谈那，都准备着，计划着，应该如何动手做他们在这个时节里的功夫。

　　斗笠的销路突然地阻塞了，为了到处都天晴。男子们白天不能在家里剖篾，妇人和孩子的工作，也无形中松散下来，生活的紧箍咒，随即把这整个的农村牢牢地套住。努力地下田去工作吧，工作时原不能不吃饭啊！

　　整日祈祷着天晴的云普叔，他的目的总算是达到了。然而微笑着很吝啬地只在他的脸上轻轻地拂了一下，便随着紧蹙的眉尖消逝了。棉袍还是不能脱下，太阳晒在他的身上，只有那么一点儿辣辣的难熬，他没有放在心上。他只是担心着，怎样地才能够渡过这紧急的难关——饱饱地捞两餐白米饭吃了，补一补精神，好到田中去。

　　斗笠的销路没有了，眼前的稀饭就起了巨大的恐慌，于是云普叔更加焦急。他知道他的命苦，生下来就没有过过一时舒服的生涯。今年五十岁了，苦头总算吃过不少，好的日子却还没有看见过。算八字的先生都说：他的老晚景很好；然而那是五十五岁以后的事情，他总不能十分相信。两个儿子又都不懂事，处在这样大劫数的年头，要独立支持这么一家六口，那是如何困难的事情啊！

　　"总得想个办法啦！"

　　云普叔从来没有自馁过，每每到了这样的难关，他就把这句话不住地在自己的脑际里打磨旋，有时竟能想到一些很好的办法。今天，他知道这个难关更紧了，于是又把这句话儿运用到脑里去旋转。

"何八爷，李三爷，陈老爷……"

他一步一步地在戏台下踱来踱去，这些人的影子，一个个地浮上他的脑中。然而那都是一些极难看的面孔，每一个都会使他感受到异样的不安和恐惧。他只好摇头叹气地把这些人统统丢开，将念头转向另一方面去。猛然地，他却想到了一个例外的人：

"立秋，你现在就跑到玉五叔家中去看看好吗？"

"去做什么呢，爹？"

立秋坐在门槛边剖篾，漫无意识地反问他。

"明天的日脚很好啦！人家都准备下田了，我们也应当跟着动手。头一天做功夫，总得饱饱吃一餐，兆头能来好一些，做起功夫来也比较起劲。家里现在已经没有了米，所以……"

"我看玉五叔也不见得有办法吧！"

"那末，你去看看也不要紧的喽！"

"这又何必空跑一趟呢？我看他们的情形，也并不见得比我们要好！"

"你总欢喜和老子对来！你能知道他们和我们一样吗？我是叫你去一趟呀！"

"这是实在的事实啊！爹，他们恐怕比我们还要困难哩！"

"废话！"

近来云普叔常常会觉得自己的儿子变差了，什么事情都欢喜和他抬杠。为了家中的一些琐事，不知道发生过多少次龃龉。儿子总是那样懒懒地不肯做事，有时候简直是个忤逆的，不孝的东西！

玉五叔的家中并不见得会和自己一般地没有办法，因为除了玉五婶以外，玉五叔的家中没有第三个要吃闲饭的人。去年全垒上的灾民都出去逃难了，玉五叔就没有同去，独自不动地支持了一家两口的生存。而且，也从来没有看见他向人家借贷过。大前天在渡口上曹炳生肉铺门前，还看见了他提着一只篮子，买了一点酒肉，摇头晃脑地走过。他怎么会没有办法呢？

于是云普叔知道了，这一定又是儿子发了懒筋，不肯听信自己的吩咐，不由的心头冒出火来：

"你到底去不去呢？狗养的东西，你总喜欢和老子对来！"

"去也是没有办法啦！"

"老子要你去就去，不许你说这些废话，狗人的！"

立秋抬起头来，将篾刀轻轻放下，年轻人的一颗心里蕴藏着深沉的隐痛。他不忍多看父亲焦急的面容，回转身子来就走。

"你说：我爹爹叫我来的，多少请玉五叔帮忙一点，过了这一个难关之后，随即就替五叔送还来。"

"晤！……"

月亮刚从树桠里钻出了半边面孔来，一霎儿又被乌云吞没。没有一颗星，四围黑得像一块漆板。

"玉五叔怎样回答你的呢？"

"他没有说多的话。他只说：请你致意你的爹爹，真是对不住得很，昨天我们还是吃的老南瓜。今天，喽！就只有这一点点儿稀饭了！"

"你没有说过我不久就还他吗？"

"说过了的，他还把他的米桶给我看了。空空的！"

"那么，他的女人哩？"

"没有说话的，笑着。"

"妈妈的！"云普叔在小桌子上用力地击了一掌。随即愤愤地说道："大前天我还看见了他买肉吃，妈妈的！今天就说没有米了，鬼才相信他！"

大家都没有声息。云普婶也围了拢来，孩子们都竖着耳朵，听爹爹和哥哥说话。偌大的一所祠堂中，连一颗豆大的灯光都没有。黑暗把大家的心绪，胁迫得一阵一阵地往下沉落……

"那么明天下田又怎么办呢？"

云普婶也非常担心地问。

"妈妈的，只有大家都饿死！这杂种出外跑了这么大半天，连一颗米花儿都弄不到。"

"叫我又怎么办呢，爹？"

"死！狗人的东西！"

云普叔狠狠的骂了这句之后，心中立刻就后悔起来："死！"啊，认真地要儿子死了又有什么办法呢？心中只感到一阵阵酸楚，扑扑地不觉掉下两颗老泪！

"妈妈的！"

他顺手摸着了旱烟管儿，返身朝外就走。

"到哪儿去呢，老头子？"

"妈妈的！不出去明天吃土！"

大家用了沉痛的眼光，注视着云普叔的背影，渐渐被黑暗吞蚀。孩子们渐次地和睡魔接吻了，在后房中像猪狗一般地横七竖八地倒着。堂屋中只剩了云普婶和立秋，在严厉的恐怖中，张大那失去了神光的眼睛，期待着云普叔的好消息回来。心上的弦，已经重重地扣紧了。

深夜，云普叔带着哭丧的脸色跑回来，从背上卸下来一个小小的包袱：

"妈妈的，这是三块六角钱的蚕豆！"

六条视线，一齐投射在这小小的包袱上，发出了几许饥饿的光芒！云普叔的眶儿里，还饱藏着一包满满的眼泪。

三

在田角的决口边，立秋举着无力的锄头，懒洋洋地挥动。田中过多的水，随着锄头的起落，渐渐地由决口溢入池塘。他浑身都觉得酥软，手腕也那样没有力量，往常的勇气，现在不知跑到哪里去了。

一切都渺茫哟！他怅望着原野。他觉得：现在已经不全是要下死力做功夫的时候了；谁也没有方法能够保证这种工作，会有良好的效果。历年的天灾人祸，把这颗年轻人的心房刺痛得深深的。跟前的一切，太使他感到渺茫了，而他又没有方法能把自己的生活改造，或是跳出这个不幸的圈围。

他拖着锄头，迈步移了第三条决口，过去的事件，像潮水般地涌上他的心头。每一锄头的落地，都像是打在自家的心上。父亲老了，弟妹还是那么年轻。这四五年来，家中的末路，已经成了如何也不可避免的事实。而出路还是那样的迷茫。他不知道要用什么方法，才可以开拓出这条迷茫的出路来。

无意识地，他又想起不久以前上屋癞大哥对他鬼鬼祟祟说的那些话来，现在如果细细地把它回味，真有一些说不出来的道理：在这个年头，不靠自己，还有什么人好靠呢？什么人都是穷人的对头，自己不起来干一下子，一辈子也别想出头。而且癞大哥还肯定地说过：不久的世界，一定是我们穷人的！

这样，又使立秋回想到四年前农民会当权的盛况：

"要是再有那样的世界来哟！"

他微笑着。突然地有一条人影从他的身边掠过，使他吃了一惊！回头来看，正是他所系念的上屋癞老大。

"喂！大哥，到哪里去呢？"

"呵！立秋，你们今天也下了田吗？"

"是的，大哥！来，我们谈谈。"

立秋将锄头停住。

"你爹爹呢？"

"在那边挑草皮子，还有少普。"

"你们这几天怎样过门的呀？"

"还不是苦，今天家里已经没有人编斗笠，我们三个都下田了。昨晚，爹爹跑到何八那里求借了一斗豆子回来，才算是把今天下田的一餐弄饱了，要不然……"

"还好还好！何八的豆子还肯借给你们！"

"谁愿意去借他的东西！妈妈的，我爹爹不知道说了多少好话！磕了头！又加了价……唉！大哥，你们呢？"

"一样地不能过门啊！"

沉静了一刹那。癞大哥又恢复了他那种经常微笑的面容，向立秋点头了一下：

"晚上我们再谈吧，立秋！"

"好的。"

癞大哥匆匆走后，立秋的锄头，仍旧不住地在田边挥动，一条决口又一条决口。太阳高高地悬在当空，像是告诉着人们已经到了正午。大半年来不曾听见过的歌声，又悠扬地交响着。人们都拖着疲倦的身子回来，很少的屋顶上，能有缕缕的炊烟冒出。

云普叔浑身都发痛了，虽然昨天只挑了二三十担草皮子。肩和两腿的骨髓中间，像着了无数的针刺，几乎终夜都不能安眠。天亮爬起来，走路还是一阵阵地酸软。然而，他还是镇静着；尽量地在装着没事的样子，生怕儿子们看见了气馁！

"到底老了啊！"他暗自地伤心着。

立秋从里面捧出两碗仅有的豆子来摆在桌子上，香气把云普叔的口水馋得欲流出来。三个人平均分配，一个只吃了上半碗，味道却比平常的特别好吃。半碗，究竟不知道塞在肚皮里的哪一个角角儿。

勉强跑到田中去挣扎了一会，浑身就像驮着千斤闸一般地不能动弹。连一柄锄头，一张耙，都提不起来了，眼睛时时欲发昏，世界也像要天旋地转了一样。兜了三个圈子，终于被肚子驱逐回来。

"这样子下去，怎么得了呢？"

孩子和大人都集在一块，大大小小的眼睛里通通冒出血红的火焰来。互相地怅望了一会，都觉得没有什么好说的话。

"天哪！……"

云普叔咬紧牙关，鼓起了最后的勇气来，又向何八爷的庄上走去。路上，他想定了这一次见了八爷应当怎样地向他开口，一步一步地打算得妥贴了，然后走进那座庄门。

"你到底有什么事情呢，云普？"

八爷坐在太师椅上问。

"我，我，我……"

"什么？……"

"我想再向八爷……"

"豆子吗？那不能再借给你了！垄上这么多人口，我单养你一家！"

"我可以加利还八爷！"

"谁希罕你的利，人家就没有利吗？那不能行呀！"

"八爷！你老人家总得救救我，我们一家大小已经……"

"去，去！我哪里管得了你这许多！去吧！"

"八爷，救救我！……"

云普叔急的哭出声来了。八爷的长工跑出来，把他推到大门外。

"号丧！你这老鬼！"

长工恶狠狠地骂了一句，随即把大门掩上了。

云普叔一步挨一步地走回来，自怨自艾地嘟哝着：为什么不遵照预先想定的那些话，一句一句地去说出来，以致把事情弄得没有一点结果。目前的难关，还有什么方法能够渡过呢？

走到四方塘的口上，他突然地站住了脚，望了一望这油绿色的池塘。要不是丢不下这大大小小的一群，他真想就是这么跳下去，了却他这条残余的生命！

云普婶和孩子们倚立在祠堂的门口，盼望着云普叔的好消息。饥饿燃烧着每个人的内心，像一片狂阔的火焰。眼睛红得发了昏，巴巴地，还望不见带着喜信回来的云普叔。

天哪！假如这个时候有一位能够给他们吃一顿饱饭的仙人！

镜清秃子带了一个满面胡须的人走进屋来，云普叔的心中，就像有千万把利刃在那儿穿钻。手脚不住地发抖，眼泪一串一串地滚下来。让进了堂屋，随便地拿了一条板凳给他们坐下，自己另外一边站着。云普婶还躲在里面没有起来，眼睛早已哭得红肿了。孩子们，小的两个都躺着不能爬起来，脸上黄瘦得同枯萎了的菜叶一样。

立秋靠着门边，少普站在哥哥的后面，眼睛都湿润润的。他们失神地望了一望这满面胡须的人，随即又把头转向另一方面去。

沉寂了一会，那胡子像耐不住似的：

"镜清，那孩子现在在哪里呢？"

"还在里面啊！十岁，名叫英英。"秃子点点头，像叫他不要性急。

云普婶从里面踱出来，脚有一千斤重，手中拿着一身补好了的小衣裤，战栗得失掉了主持。一眼看见秃子，刚刚喊出一声"镜清伯！……"便哇的一声，迸出了两行如雨的眼泪来，再说不出一句话了。云普叔用袖子偷偷地扪着脸。立秋和少普也垂头呜咽地饮泣着！

秃子慌张了，急急地瞟了那胡子一眼，回头对云普婶安慰似的说：

"嫂嫂！你何必要这样伤心呢？英英同这位夏老爷去了，还不比在家里好吗？吃的穿的，说不定还能落得一个好主子，享福一生。桂生家的菊儿，林道三家的桃秀，不都是好好地去了吗？并且，夏老爷……"

"伯伯！我，我现在是不能卖了她的！去年我们讨米到湖北那样吃苦都没有肯卖。今年我更加不能卖了，她，我的英儿，我的肉！呜！……"

"哦！"

夏胡子盯了秃子一眼。

"云普！怎么？变了卦吗？昨晚还说得好好的。……"秃子急急地追问云普叔。话还没有说完，云普婶连哭带骂地向云普叔扑来了：

"老鬼！都是你不好！养不活儿女，做什么鸡巴人！没有饭吃了来设法卖我的女儿！你自己不死！老鬼，来！大家拼死了落得一个干净！想卖我女儿万万不能！"

"妈妈的！你昨晚不也说过了吗？又不是我一个人作主的。秃子，你看她泼不泼！"云普叔连忙退了几步，脸上满糊着眼泪。

"走吧！镜清。"

夏胡子不耐烦似的起身说。秃子连忙把他拦住了：

"等一等吧，过一会她就会想清的。来！云普，我和你到外面去说几句话。"

秃子把云普叔拉走了。云普婶还是呜呜地哭闹着。立秋走上来扶住了她，坐在一条短凳子上。他知道，这场悲剧构成的原因并不简单，一家人足足的有三天没有吃东西了。斗笠没有人要，田中的耕种又不能荒芜。所以昨晚镜清秃子来游说的时候，他并没有表示如何激烈的反对。虽然他伤心妹子，不愿意妹子卖给人家，可是，除此以外，再没有方法能够解救目前的危急。他在沉痛的矛盾心理中，憧憬一终夜，他不忍多看一眼那快要被卖掉的妹子，天还没有亮，他就爬起来。现在，母亲既然这样地伤心，他还有什么心肝敢说要把妹子卖掉呢？

"妈妈，算了吧！让他们走好了。"

云普婶没有回答。秃子和云普叔也从头门口走进来，大家又沉默了一会。

"嫂嫂！到底怎么办呢？"秃子说。

"镜清伯伯呀！我的英英去了她还能回来吗？"

"可以的，假如主子近的话。并且，你们还可以常常去看她！"

"远呢？"

"不会的哟！嫂嫂。"

"都是这老鬼不好，他不早死！……"

英英抱着四喜儿从里面跑出来了，很惊疑地接触了这个奇异的环境！随手将四喜儿交给了妈妈，瞪着一双圆溜溜的眼睛四围张望。

大家又是一阵心痛。除了镜清秃子和夏胡子以外。

"就是她吗？"夏胡子被秃子拌了一下，望着英英说。

几番谈判的结果，夏胡子一岁只肯出两块钱。英英是十岁，二十块。另外双方各给秃子一块钱的介绍费。

"啊啊！这是一个什么世界哟！"

十九块雪白的光洋，落到云普叔的手上，他惊骇得同一只木头鸡一样。用袖子尽力地把眼泪擦干，仔细地将洋钱看了一会。

"天啊！这洋钱就是我的宝宝英英吗？"

云普婶把补好了的一套衣裤给英英换上，告诉她是到夏伯伯家中去吃几天饭就转来，然而英英的眼泪究竟没有方法止住。

"妈妈，我明天就可以回来吗？我不要一个人吃饱饭啊！"

大家都目不转睛地噙着泪水对英英注视着。再多看一两眼吧，这是最后的相见啊！

秃子把英英带走，云普婶真的发了疯，几回都想追上去。远远地还听到英英回头叫了两声：

"妈妈呀！我不要一个人吃饱饭！"

"我明天就要转来的呀！"

"……"

生活暂时地维持下来了，十九块钱，只能买到两担多一点谷，五个人，可够六七十天的吃用。新的出路，还是欲靠父子们自己努力地开拓出来。

清明泡种期只差三天了，垄上都没有一家人家有种谷，何八爷特为这件事亲自到县库里去找太爷去商量。不及时下种，秋季便没有收成。

大家都伫望着何八爷的好消息，不过这是不会失望的，因为年年都借到了。县太爷自己也明白："官出于民，民出于土！"种子不设法，一年到了头大家都捞不着好处的。所以何八爷一说就很快地答应下来了。发一千担种谷给曹家垄，由何八爷总管。

"妈妈的，种谷十一块钱一担，还要四分利，这完全是何八这狗杂种的盘剥！"

每个人都是这样地愤骂，每个人都在何八爷庄上挑出谷子来。生活和工作，加紧地向这农村中捶击起来。人们都在拼命地挣扎，因为他们已将一切的希望，完全寄托在这伟大的秋收。

四

插好田，刚刚扯好二头草，天老爷又要和穷人们作对。一连十多天不见一点麻麻雨，太阳悬在空中，像一团烈火一样。田里没有水了，仅仅只泥土有些湿润的。

卖了女儿，借了种谷，好容易才把田插好，云普叔这时候已经忙碌得透不过气来，肥料还没有着落，天又不肯下雨了，实在急人！假如真的要闹天干的话，还得及早准备一下哩！

他吩咐立秋到戏台上把车叶子取下，修修好。再过三天没有雨，不车水是不可能的事啊！

人们心中都祈祷着：天老爷啊，请你老人家可怜我们降一点儿雨沫吧！

一天，两天，天老爷的心肠也真硬！人们的祈祷，他竟假装没有听见，仍旧是万里无云。火样的太阳，将宇宙的存在都逗引得发了暴躁。什么东西，在这个时候，也都现出了由于热而枯萎的像征。田中的泥土干涸了，很多的已经绽破了不可弥缝的裂痕，张开着，像一条一条的野兽的口，喷出来阵阵的热气。

实在没有方法再挨延了，张家宅、新渡口都有了水车的响声，禾苗垂头丧气地在向人们哀告它的苦况。很多的叶子已经卷了筒。去年大水留下来的苦头还没有吃了，今年谁还肯眼巴巴地望着它干死呢！就是拼了性命也是要挣扎一下子的啊！

吃了早饭，云普叔亲自肩着长车，立秋抗了车架，少普提着几串车叶子，默默地向四方塘走来。太阳晒在背上，只感到一阵热热的刺痛，连地上的泥土，都烫得发了烧。

"妈妈的！怎么这样热。"

四面都是水车声音，池塘里的水，尽量在用人工转运到田中去。云普叔的车子也安置好了。三个人一齐踏上，车轮转动着，水都由车箱子里爬出来，争先恐后地向田中飞跑。

汗从每一个人的头顶一直流到脚跟。太阳看看移到了当顶，火一般地燎烧着大地。人们的口里，时常有缕缕的青烟冒出。脚下也渐渐地沉重了，水车踏板就像一块千斤重的岩石，拼性命都踏不下来。一阵阵的酸痛，由脚筋传布到全身，到脑顶。又像是有人拿着一把小刀子在那里割肉挖筋一般的难过。尤其是少普，在他那还没有发育得完全的身体中，更加感受着异样的苦痛。云普叔又何尝不是一样呢？衰老的几根脚骨头，本来踏上三五步就有些挨不起了的，然而，他不能气馁呀！老天爷叫他吃苦，死也得去！儿子们的勇气，完全要靠他自己鼓起来。况且，今天还是头一次上紧，他怎么好自己首先叫苦呢？无论如何受罪，都得忍受下来哟！

"用劲呀，少普！……"

他常常是这样地提醒着小的儿子，自己却咬紧牙关地用力踏下去，真是痛的忍不住了，才将那含蓄着很久了的眼泪流出来，和着汗珠儿一同滴下。

好容易云普婶的午饭送来了，父子们都从车上爬下来。

"天啊！你为什么偏偏要和我们穷人作对呢？"

云普叔抚摸着自己的腿子。少普哭丧脸地望着他的母亲：

"妈妈，我的这两条腿子已经没有用了呢！"

"不要紧的哟！现在多吃一点饭，下午早些回来，憩息一会，就会好的。"

少普也没有再作声，顺手拿起一只碗来盛饭吃。

连日的辛劳，云普叔和少普都弄得同跛脚人一样了。天还一样的狠心！一天工夫车下来的水，仅仅只够维持到一天禾苗的生命。立秋算是最能得力的人了，他没有感到过父亲和弟弟那般的苦痛。然而，他总是懒懒地不肯十分努力做功夫，好像车水种田，并不是他现应做的事情一样。常常不在家，有什么事情要到处去寻找。因此使云普叔加倍地恼恨着："这是一个懒精！忤逆不孝的杂种！"

月亮从树尖上涌出来，在黑暗的世界中散布了一片银灰色的光亮。夜晚并没有白天那般炎热，田野中时常有微风吹动。外面很少有纳凉的闲人，除了妇人和几个孩子。

人们都趁着这个风清月白的夜晚来加紧他们的工作。四面水车的声音，杂和着动人的歌曲，很清晰的可以送入到人们的耳鼓中来。夏夜是太适宜于农人们的工作了，没有白昼的嚣张、炎热、喧扰……

云普叔又因为寻不着立秋，暴躁得像一条发了狂的蛮牛一样。吃晚饭时曾好好地嘱咐他过，今夜天气很好，一定要做做夜工，才许再跑到外面去。谁知一转眼就不看见人，真把云普叔的肚皮都气破了。近来常有一些人跑来对云普叔说：立秋这个孩子变坏了，不知道他天天跑出去，和癞老大他们这班人弄做一起干些什么勾当。个个都劝他严厉地管束一下，以免弄出大事。云普叔听了，几回硬恨不得把牙门都咬碎下来。现在，他越想越暴躁，从上村叫到下村，连立秋的影子都没有看到。他回头吩咐少普先到水车上去等着他，假如寻不到的话，光老小两个也是要车几线水上田的。于是他重新地把牙根咬紧，准备去和这不孝的东西拼一拼老性命。

又兜了三四个大圈子还没有寻到，只好气愤愤地走回来。远远地，忽然听到自己的水车声音响了，急忙赶上去，车上坐的不正是立秋和少普吗？他愤恨得说不出一句话来，半晌，才下死劲地骂道：

"你这狗入的杂种！这会子到哪里收尸去了？"

"噫！我不是好好地坐在这里车水吗？"立秋很庄严地回答着。

"妈妈的！"

云普叔用力地盯了他一眼，随即自己也爬上来，踏上了轮子。

月亮由树尖升到了树顶，渐渐地向西方泻落！田野中也慢慢地慢慢地沉静了下来。

东方已经浮上了鱼肚色的白云，几颗疏散的星儿，还在天空中挤眉弄眼地闪动。雄鸡啼过两次了，云普叔从黑暗里爬起来，望望还没有天亮，悠长地舒了一口冷气。日夜的辛劳，真使他有些感到支持不住了。周身的筋骨，常常在梦中隐隐地作痛。但他无论如何也不肯懈怠一刻工夫，或说几句关于疲劳痛痒的话。因为他怕给儿子们一个不好的印象。

生活鞭策着他劳动，他是毫不能怨尤的哟！现在他算是已经把握到一线新的希望了：他还可以希望秋天，秋天到了，便能实现他所梦想的世界！

现在，他不能不很早就爬起来啦。这还是夏天，隔秋天，隔那梦想的世界还远哩！

孩子们正睡得同猪猡一样。年轻人在梦中总是那么甜蜜哟！他真是羡慕着：为了秋收，为了那个梦想的世界，虽然天还没有十分发亮，他不得不忍心地将儿子们统统叫起来：

"起来哟，立秋！"

"……"

"少普，少普！起来哟！"

"什么事情呀？爹！天还没有亮哩！"少普被叫醒了。

"天早已亮了，我们车水去！"

"刚刚才睡下，连身子都没有翻过来，就天亮了吗？唔！……"

"立秋！立秋！"

"……"

"起来呀！……"

"唔！"

"喂！起来呀！狗入的东西！"

最后云普叔是用手去拖着每一儿子的耳朵，才把他们拉起来的。

"见鬼了，四面全是黑漆漆的！"

立秋揉揉眼睛，才知道是天还没有亮，心中老大不高兴。

"狗杂种！叫了半天才把你叫起来，你还不服气吧！妈妈的！"

"起来！起来！不知道黑夜里爬起来做些什么事？拼死了这条性命，也不过是替人家当个奴隶！"

"你这懒精！谁作人家的奴隶？"

"不是吗？打禾下来，看你能够落到手几粒捞什子？"

"鬼话！妈妈的，难道会有一批强盗来抢去你的吗？你这个咬烂鸡巴横嚼的杂种！你近来专在外面抛尸，家中的什么事情都不要管！只晓得发懒筋，你变了！狗东西！人家都说你专和癫老大他们在一起鬼混！你一定变做了什么××党！……"

云普叔气急了，恨不得立刻把儿子抓来咬他几口出气。声音愈骂愈大了。云普婶也被他惊醒来：

"半夜三更闹什么呀，老头子？儿子一天辛苦到晚，也应该让他们睡一睡！你看，外边还没有天亮哩！"

"都是你这老猪婆不好，养下这些淘气杂种来！"

"老鬼！你骂谁啊？"

"骂你这偏护懒精的猪婆子！"

"好！老鬼，你发了疯！你恶他们，你把他们一个一个都拿去杀掉好了，何必要这样地来把他们慢慢地磨死呢？要不然，把他们统统都卖掉，免得刺痛了你的眼睛。半夜里，天南地北的吵死！"

云普叔暴躁得发了疯，他觉得老婆近来更加无理地偏护着孩子，丝毫不顾及到家中的生计：

"你这猪婆疯了！你要吃饭吗？你！"

"好！我是疯了！老鬼，你要吃饭，你可以卖女儿！现在你又可以卖儿子。你还我的英英来！老鬼，我的命也不要了！……啊啊啊！……"

"好泼的家伙，你妈妈的！……"

"老忘八！老贼！你自己没有能力就不要养儿女，养大了来给他们作孽。女的好卖了，男的也要逼死他们，将来只剩了你这老忘八！我的英英！老贼，你找回来！啊啊啊！……"

她连哭带骂地向着云普叔扑来，想起了英英，她恨不得把云普叔一口吞掉。

"妈妈的！英英，英英，又不是单为了我一个！"

云普叔连忙躲开她，想起英英来，眼泪也不由自主地掉下了。

"还我的英英，你这老鬼！啊啊！……"

"……"

"啊啊啊！……"

"……"

东方发白了。儿子木鸡一般地站着。听见爹爹妈妈提及了妹子，也陪着流下几阵酸痛的眼泪来。

天色又是一样的晴和。立秋偷偷地扯了少普一下，提起锄耙就走。云普叔也带着懊恼伤痛的面容，一步一拖地跟出了大门。

"啊啊啊！……"

晨风在田野中掠过，油绿色的禾苗，掀起了层层的浪涛，人们都感到一阵清晨特有的凉意。

"今天车哪一方呢？"

"妈妈的，到华家堤去！"

五

"立秋！你的心不诚，不要你抬！"

"云普叔顶万民伞，小二疤子打锣！"

"吹唢呐的没有，王老大你的唢呐呢？"

"妈妈的！好像是哪一个人的事一样，大家都不肯出力。还差三个轿夫。"

"我来一个。高鼻子大爹！"

"我也来！"

"我也来一个！"

"好了，就是你们三个吧！大家都洗一个脸。小二疤子，着实洗干净些，菩萨见怪！"

"打锣！把唢呐吹起来！"

"打锣呀！小二疤子听见没有？婊子的儿子！"

"当！当！当！……"

"呜咧啦！……"

几十个人蜂拥着关帝爷爷，向田野中飞跑去了。

二十多天没有看见一点云影子，池塘里，河里的水都干透了，田中尽是几寸宽的裂口，禾叶大半已经卷了筒。这样再过三四天，便什么都完了。

关帝爷爷是三天前接来的。杀了一条牛，焚了斤半檀香，还是没有一点雨意。禾苗倒烊倒得更加多了。

所以，大家都觉得菩萨不肯发雨下来，一定是有什么原故。几个主祭的首事集合起来商量了很久，求了无数枝签，叩了千百个头，卦还是不能打顺。

"那么今年不完了吗？"

"高鼻子大爹，不要急！我们且把菩萨抬到外面去跑一路，看他老人家见了这个样子心中忍也不忍？"

"好的！也许菩萨还没有看见田中的情况吧！大前年天干，也是请菩萨到外面去兜了一个圈子才下雨的。云普，你去叫几个小伙子来！还有锣鼓唢呐！"

"啊！"

很快地，便把临时的队伍邀齐了。高鼻子大爹在前面领队，第二排是旗锣鼓伞，菩萨的绿呢大轿跟在后头。

从新渡口华家堤，一直弯到红庙，兜了四五个圈子回来，太阳仍旧是同烈火一样，烫得浑身发烧。地上简直热得不能落脚。四面八方都是火，人们是在火中颠扑！

雨一点还没有求下来，菩萨反被磨子湾抬去了。处处都忙着抬菩萨求雨哩！

"天老爷呀！一年大水一年旱，究竟欲把我们怎么办呢？"

风色陡然变了，由东北方吹来呼呼地响着。没有星光也没有月亮，很多的人都站在屋外看天色。

"那方扯闪子哩！"

"东扯西合，有雨不落。"

"那是北方呀！"

"好了！南扯火门开，北扯有雨来！今夜该有点雨下吧，天哪！……"

"总要求天老爷开恩啦！"

"还不是，我们又都没有做过恶人，天老爷难道真的要将我们饿死？"

"不见得吧！"

大家喧嚷一会之后，屋顶上已有了滴沥的声音，人们只感到一阵凉意。每一滴雨声，都像是打落在开放的心花上。

"这真是天老爷的恩典啦！"

横在人们心中的一块巨石，现在全被雨点溶化了。随即，便是暴风雨的降临！

雷跟在闪电的后面发脾气。

大雨只下了一日夜，田中的水又饱满起来。禾苗都得了救，卷了筒子的禾叶边开展了，像少女们解开着胸怀一样地迎风摆动。长，很迅速地在长，这正是禾苗飞长的时候啊！每个人都默祷着：再过二十来天不出乱子，就可以看得粒粒的黄金，那才算是到了手的东西哩。

雨只有西南方上下得特别久，那边的天是乌黑的。恐怖像大江的波浪，前头一个刚刚低落下去，后面的一个又涌上来。西南方上的雨太大了，又要担心水患。种田人真是一刻儿也不能安宁啊！

西水①渐渐地向下流膨涨，然而很慢。堤局只派了一些人在堤岸上逡巡，光是西水没有南水②助势，大家都可不必把它放在心上。让它去高涨吧！

一天，两天，水总是涨着。渐渐地差不多已经平了堤面了，云普叔也跟着大

---

①、②西水、南水：《丰收》以益阳农村为背景。益阳水患有三，一为上江水，一为西水，一为南水。其中，西水为江汉沅澧诸水入洞庭递上；南水为湘水，由衡水而下，经长沙入洞庭递上。

家着起急来：

"怎么！光是西水也有这么大吗？"

人们都同样地嚷着：

"哎哟！大家还是来防备一下吧！千万不要又和去年一样呀！"

去年的苦痛告诉他们，水灾是要及早防备的哟！锣声又响了，一批一批的人都扛着锄头被絮，向堤边跑去！

"哪一个家里有男人不出去来上堤的，他妈妈的拖出来打死！"云普叔忙得满头是汗地说，"连堂客们都不许躲着，妈妈的，今年要再和去年一样，一个也别想活！……"

"大家都挡堤去呀！"

"当！当！当！……"

夜晚上，火把灯笼像长蛇一样地摆在堤上，白天里沿岸都是骚动的人群。团防局里的老爷们，骑着马，带着一群副爷往来的巡视着，他们负有维持治安的重大责任，尤恐这一群人中间，潜伏着有闹事的暴徒分子，这是不能不提防的。

"妈妈的，作威作福的贱狗吃了我们的粮没有事做，日夜打主意来害我们！一个个都安得……"

"我恨不得咬下这些狗人的几块肉！总有一天老子……"

多数被团防加害过的人，让他们走过之后，都咬牙切齿地暗骂着。很远了，立秋还跟在他们的后面装鬼脸儿。

水仍旧是往上涨，有些已经漂过了堤面。黄黄的水，是曾劫夺过人们的生命的，大家都对它怀着巨大的恐怖。眼睛里都有一把无名的烈火，向这洪水掷投。

"只要南水不再下来就好了！"

人们互相地安慰着。锄头铲耙，还是不住地加工。

水停住了！

突然地，有些地方在倒流，当有人把几处倒流的地方指出来的时候，人群中间，立刻开始了庞大的骚动。

"哪里倒流？"

"兰溪小河口吗？"

"该死！一个也活不成！"

"天啦！你老人家真正要把我们活活地弄死吗？……"

"关帝爷爷呀！今年要再和去年一样……"

南水涨了，西水受着南水的胁迫，立即开始了强烈的反攻，双方冲突的结果，是不断的向上膨涨！

锣声响得紧！人们心中还没有弥缝的创口，又重新地被这痛心的锣锤儿敲得四分五裂，连孩子妇人都跑到堤边去用手捧着一合一合的泥土向堤上堆。老年人和云普叔一道的，多数已经跪下来了：

"天哪！救苦救难的观世音菩萨呀！今年的大水实在再来不得了啊！"

"盖天古佛！你老人家保过了这场水灾，准还你十本大戏！……"

"天收人啦！"

"……"

经过了两日夜拼命的挣扎，每个人的眼睛里都暴出了红筋。身体像弹熟了的软棉花一样，随处倒落。西水毕竟是过渡了汹涌的时期，经不起南水的一阵反攻，便一泻千里地崩溃下去了！于是南水趁势地顺流下来，一些儿没有阻碍。

水退了！

千万颗悬挂在半空中的心，随着洪水的退落而放下。每个人都张开了口，吐出了一股恶气。提起锄头被絮，拖着软棉花似的身子，各别的踏上了归途。脸上，都挂着一丝胜利的微笑。

"喂，癞大哥，夜里到我这里来谈天啊！"

立秋在十字路上分岔时对癞老大说。

六

生活和工作，双管齐下地夹攻着这整个的农村。当禾苞标出线来时，差不多每个农民都在拼着他们的性命。过了这严重的一二十天，他们便全能得救！

家中虽然没有一粒米了，然而云普叔的脸上却浮上着满面的笑容。他放心了，经过了这两次巨大的风波，收成已经有了九成把握。禾苗肥大，标线结实，是十多年来所罕见的好，穗子都有那样长了。眼前的世界，所开展在云普叔面前的尽是欢喜，尽是巨大的希望。

然而云普叔并没有作过大的幻想，他抓住了目前的现势来推测二十天以后的情形那是真的。他举目望着这一片油绿色的原野，看看那肥大的禾苗，一线一线快要变成黄金色的穗子，几回都疑是自己的眼睛发昏，自己在做梦。然而穗子禾苗，一件件都是正确地摆在他的面前，他真的欢喜得快要发疯了啊！

"哈哈！今年的世界，真会有这样的好吗？"

过去的疲劳，将开始在这儿作一个总结了：从下种起，一直到现在，云普叔真的没有偷闲过一刻工夫。插田后便闹天旱，刚刚下雨又吓大水，一颗心像七上八下的吊桶一般地不能安定。身子疲劳得像一条死蛇，肚皮里没有充过一次饱。以前的挨饿现在不要说，单是英英卖去以后，家中还是吃稀饭的。每次上田，连腿子都提不起，人瘦得像一堆枯骨。一直到现在，经过这许多许多的恐怖和饥饿，云普叔才看见这几线长长的穗子，他怎么不欢喜呢？这才是算得到了手的东西呀，还得仔细地将它盘算一下哩！

开始一定要饱饱地吃它几顿。孩子们实在饿得太可怜了，应当多弄点菜，都给他们吃几餐饱饭，养养精神。然后，卖几担出去，做几件衣服穿穿，孩子们穿得那样不像一个人形。过一个热热闹闹的中秋节。把债统统还清楚。剩下来的留着过年，还要预备过明年的荒月，接新……

立秋少普都要定亲，立秋简直是处处都表示需要堂客了。就是明年下半年吧，给他们每个都收一房亲事，后年就可养孙子，做爷爷了……

一切都有办法，只少了一个英英，这真使云普叔心痛。早知今年的收成有这样好，就是杀了他也不肯将英英卖掉啊！云普叔是最疼英英的人，他这许多儿女中只有英英最好，最能孝顺他。现在，可爱的英英是被他自己卖掉了啦！卖给那个满脸胡须的夏老头子了，是用一只小划子装走的。装到什么地方去了呢？云普叔至今还没有打听到。

英英是太可怜了啊！可怜的英英从此便永远没有了下落。年岁越好，越有饭吃，云普叔越加伤心。英英难道就没有坐在家中吃一顿饱饭的福命吗？假如现在英英还能站在云普叔面前的活，他真的想抱住这可怜的孩子嚎啕大哭一阵！啊！然而可怜的英英是找不回来了，永远地找不回来了！留在云普叔心中的，只有那条可怜的瘦小的影子，永远不可治疗的创痛！

还有什么呢？除此以外，云普叔的心中只是快乐的，欢喜的，一切都有了办法。他再三地嘱咐儿子，不许谁再提及那可怜的英英，不许再刺痛他的心坎！

家里没有米了，云普叔丝毫也没有着急，因为他已经有了办法，再过十多天就能够饱饱地吃几餐。有了实在的东西给人家看了，差了几粒吃饭谷还怕没有人发借吗？

---

①江西：此处指江西革命根据地。

何八爷家中的谷子，现在是拼命地欲找人发借。只怕你不开口，十担八担，他可以派人送到你的家中来。价钱也没有那样昂贵了，每担只要六块钱。

李三爹的家里也有谷子发借。每担六元，并无利息，而且都是上好的东西。

垅上的人都要吃饭，都要度过这十几天难关，可是谁也不愿意去向八爷或三爹借谷子。实在吃得心痛，现在借来一担，过不了十多天，要还他们三担。

还是硬着肚皮来挨过这十几天吧！

"这就是他们这班狗杂种的手段啦！他们妈妈的完全盘剥我们过生活。大家要饿死的时候，向他们叩头也借不着一粒谷子，等到田中的东西有把握了，这才拼命地打人发借。只有十多天，借一担要还他们三担。这班狗杂种不死，天也真正没有眼睛。……"

"高鼻子大爹，你不是也借过他的谷子吗？哼！天才没有眼睛哩！越是这种人越会发财享福！"

"是的呀！天是不会去责罚他们的，要责罚他们这班杂种，还得依靠我们自己来！"

"怎样靠自己呢？立秋，你这话里倒有些玩艺儿，说出来大家听听看！"

"什么玩艺儿不玩艺儿，我的道理就在这里：自己收的谷子自己吃，不要纳给他们这些狗杂种的什么捞什子租，借了也不要给他们还去！那时候，他还有什么道理来向我们要呢？"

"小孩子话！田是他家的呀！"二癞子装着教训他的神气。

"他家的？他为什么有田不自己种呢？他的田是哪里来的？还不是大家替他做出来的吗？二癞子你真蠢啊！你以为这些田真是他的吗？"

"那么，是哪个的呢？"

"你的，我的！谁种了就是谁的！"

"哈哈！立秋！你这完全是十五六年时农民会上的那种说法。你这孩子，哈哈！"

"高鼻子大爹，笑什么？农民会你说不好吗？"

"好，杀你的头！你怕不怕？"

"怕什么啊！只要大家肯齐心，你没有看见江西①吗？"

"齐心！你这话是很有道理的，不过，哈哈！"

高鼻子大爹，还有二癞子、壳壳头、王老六，大家和立秋瞎说一阵之后，都相信了立秋的话儿不错。民国十六年的农民会的确是好的；就可惜没有弄得长久，而且还有许多人吃了亏。假如要是再来一个的话，一定硬要把它弄得久长一些啊！

"好！立秋，还有团防局里的枪炮呢？"

"咄！到了那个时候，我们就不好把他妈妈的缴下来吗？"

儿子整天地不在家里，一切都要云普叔自己去理会。家中没有米了，不得不跑到李三爹那里去借了一担谷子来。

"你家里五六个人吃茶饭，一担谷就够了吗？多挑两担去！"

"多谢三爹！"

云普叔到底只借了一担。他知道，多吃一担，过不了十来天就要还三担多。没有油盐吃，曹炳生店里也可以赊帐了。肉店里的田麻拐，时常装着满面笑容地来慰问他：

"云普哥，你要吃肉吗？"

"不要啊，吃肉还早哩。"

"不要紧的，你只管拿去好了！"

云普叔从此便觉得自己已经在渐渐地伟大，无论什么人遇见了他，都要对他点头微笑地打个招呼。家中也渐渐地有些生气了。就只恨自己的儿子不争气，什么事都要自己操心。妈妈的，老太爷就真的没有福命做吗？

穗子一天一天地黄起来，云普叔脸上的笑容也一天一天地加厚着。他真是忙碌啊！补晒簟，修风车，请这个来打禾，邀那个来扎草，一天到晚，他都是忙得笑迷迷的。今年的世界确比往年要好上三倍，一担田，至少可以收三十四五担谷。这真是穷苦人走好运的年头啊！

去年遭水灾，就因为是堤修得不好，今年首先最要紧的是修堤。再加厚它一尺土吧，那就什么大水都可以不必担心事了。这是种田人应尽的义务呀！堤局里的委员早已来催促过。

"曹云普，你今年要出八块五角八分的堤费啦！"

"这是应该的，一石多点谷！打禾后我亲自送到局里来！劳了委员先生的驾。应该的，应该的！……"

云普叔满面笑容地回答着。堤不修好，免不了第二年又要遭水灾。

保甲先生也衔了团防局长的使命，来和云普叔打招呼了：

"云普叔，你今年缴八块四角钱的团防捐税啦！局里已经来了公事。"

"怎么有这样多呢？甲老爷！"

---

①这里的桶，就是四方形的打稻橱；兜一张桶，就是叫四个人来，两人割稻，两人打稻。
②跛脚桶：就是不够四个人支持一张打稻桶，所以用跛脚作比喻。

"两年一诮收的！去年你缴没有缴过？"

"啊！我慢慢地给你送来。"

"还有救国捐五元七角二，剩共捐三元零七。"

"这！又是什么名目呢？甲，甲老爷！"

"咄！你这老头子真是老糊涂了！东洋鬼子打到北京来了，你还在鼓里困。这钱是拿去买枪炮来救国打共匪的呀！"

"啊呀！……晓得，晓得了！我，我，我送来。"

云普叔并不着急，光是这几块钱，他真不放在心上。他有巨大的收获，再过四五天的世界尽是黄金，他还有什么要着急的呢？

七

儿子不听自己的指挥，是云普叔终身的恨事，越是工夫紧的当口，立秋总不在家，云普叔暴躁得满屋乱跑。他始终不知道儿子在外面干些什么勾当。大清早跑出去，夜晚三更还不回来。四方都有桶响了，自己的谷子早已黄熟得滚滚的，再不打下来，就会一粒粒地自行掉落：

"这个狗养的，整天地在外面收尸！他也不管家中是在什么当口上了。妈妈的！"

他一面恨恨地骂着，一面走到大堤上去想兜一张桶①。无论如何，今天的日脚好，不响桶是非常可惜的事情。本来，立秋在家，父子三个人还可勉强地支持一张跛脚桶②，立秋不回来就只好跑到大堤上去叫外帮打禾客。

打禾客大半是出湘乡那方面来的，每年的秋初总有一批这样的人来；挑着简单的两件行李，四个一伴四个一伴地向这滨湖的几县穿来穿去，专门替人家打禾割稻子，工钱并不十分大，但是要吃一点儿较好的东西。

云普叔很快地叫了一张桶。四个彪形大汉，肩着憔悴的行囊跟着他回来了。响桶时太阳已经出了两丈多高，云普叔叫少普守在田中和打禾客作伴，自己到处去寻找立秋。

天晚了，两斗田已经打完，平白地花了四串打禾工钱，立秋还是没有寻到，云普叔更焦急得无可如何了。收成是出于意外的丰富，两斗田竟能打到十二担多毛谷子。除了恼恨儿子不争气以外，自己的心中倒是非常快活的。

叫一张外帮桶真是太划不来的事情啊！工钱在外，一大碗一大碗的白米饭，都给这些打禾客吃进肚里去了，真使云普叔看得眼红。想起过去饥饿的情形来，恨不得把立秋抓来活活地摔死。明天万万不能再叫打禾客了，自已动手，和少普两个人，一天至少能打几升斗把田。

夜深了，云普叔还是不能入梦。仿佛听到了立秋在耳边头和人家说话。张开眼睛一看，心中立刻冒出火来：

"你这杂种！你，你也要回来呀！妈妈的，家中的事情你一点都不管，剩下我这个老鬼来一个人拼命！妈妈的，我的命也不想要了！今朝不是鱼死就是网破！老子一定要看看你这杂种的本事！……"

云普叔顺手拿着一条木棍，向立秋不顾性命地扑来。四串工钱和那些白米饭的恶气，现在统统要在这儿发作了。

"云普叔叔，请你老人家不要错怪了他，这一次真是我们请他去帮忙一件事情去了！"

"什么鸡巴事？你、你、你是谁？……癞大哥你难道不知道吗？我家中的功夫这样忙！他妈妈的，他要去收尸！"云普叔气急了，手中的木棍儿不住地战动。

"不错呀！云普伯伯。这回他的确是替我们有事情去了啊！……"又一个说。

"好！你们这班人都帮着他来害我。鸡肚里不晓得鸭肚里的事！你们都知道我的家境吗？你们？……"

"是的，伯伯！他现在已经回来了，明天就可以帮助你老人家下田！"

"下田！做死了也捞不到自己一顿饱饭，什么都是给哪些杂种得现成。你看，我们做个要死，能够落得一粒捞什子到手吗？我老早就打好了算盘！"立秋愤愤地说。

"谁来抢去了你的，猪杂种？"

"要抢的人才多呢！这几粒捞什子终究会不够分配的！再做十年八年也别想落得一颗！"

"猪入的！你这懒精偏有这许多辩说，你不做事情天上落下来给你吃！你和老子对嘴！"

云普叔重新地把木棍提起，恨不得一棍子下来，将这不孝的东西打杀！

"好了，立秋，不许你再多说！老伯伯，你老人家也休息一会儿！一来，现在的世界也变了，作田的人真是一辈子也别想抬起头来。一年忙到头，收拾下来，一担一担送给人家去！捐呀！债呀！饷呀！……哪里分得自己还有捞呢？而且市面的谷价这几天真是一落千丈，我们不想个法子是不可能的啊！所以我们……"

"妈妈的！老了一辈子没有想过什么鸡巴法子，只知道要做，不做就没有吃的……"

"是呀!……立秋你好好地服侍你的爹爹,我们再见!"

三四个后生走后,立秋随即和衣睡下。云普叔的心中,像卡着一块硬蹦蹦的石子。

从立秋回来的第二天起,谷子一担一担地由田中挑回来,壮壮的,黄黄的,真像金子。

这垄上,没有一个人不欢喜的。今年的收成比往年至少要好上三倍。几次惊恐,日夜疲劳,空着肚皮挣扎出来的代价,能有这样丰满,谁个不喜笑颜开呢?

人们见着面都互相点头微笑着,都会说天老爷有眼睛,毕竟不能让穷人一个个都饿死。他们互相谈到过去的苦况:水,旱,忙碌和惊恐,以及饿肚皮的难堪!……现在他们全都好了啦。

市面也渐渐地热闹了,物价只在两三天工夫中,高涨到一倍以上。相反地,谷米的价格倒一天一天地低落下来。

六块!四块!三块!一直低落到只有一元五角的市价了,还是最上等的迟谷。

"当真跌得这样快吗?"

欢欣、庆幸的气氛,于是随着谷价的低落而渐渐的消沉下来了。谷价跌下一元,每个人的心中都要紧一把。更加以百物的昂贵,丰收简直比常年还要来得窘困些了。费了千辛万苦挣扎出来的血汗似的谷子,谁愿那样不值钱地将它卖掉呢?

云普叔初听到这样的风声,并没有十分惊愕,他的眼睛已经看黄黄的谷子看昏了。他就不相信这样好好的救命之宝会卖不起钱。当立秋告诉他谷价疯狂地暴跌的时候,他还瞪着两只昏黄的眼睛怒骂道:

"就是你们这班狗牛养的东西在大惊小怪地造谣!谷跌价有什么希奇呢?没有出大价钱的人,自己不好留着吃?妈妈的,让他们都饿死好了!"

然而,寻着儿子发气是发气,谷价低,还是没有法子制止。一块二角钱一担迟谷的声浪,渐渐地传播了这广大的农村。

"一块二角,婊子的儿子才肯卖!"

无论谷价低落到一钱不值,云普叔仍旧是要督促儿子们工作的。打禾后晒草,晒谷,上风车,进仓,在火烈的太阳底下,终日不停地劳动着。由水泱泱地杂着泥巴乱草的毛谷,一变而为干净黄壮的好谷子了。他自己认真地决定着:这是可爱的救命宝,宁愿留在家中吃它三五年,决不肯烂便宜地将它卖去。这原是自己大半年来的血汗呀!

秋收后的田野，像大战过后的废垒残墟一样，凌乱的没有一点次序。整个的农村，算是暂时地安定了。安定在那儿等着，等着，等着某一个巨大的浪潮来毁灭它！

八

为着几次坚决的反对办"打租饭"，大儿子立秋又赌气地跑出了家门。云普叔除了怄气之外，仍旧是恭恭敬敬地安排着。无论如何，他可以相信在这一次"打租"的筵席上，多少总可以博得爷们一点同情的怜悯心。他老了，年老的人，在爷们的眼睛里，至少总还可以讨得一些便宜吧！

一只鸡，一只鸭子，两碗肥肥的猪肉，把云普叔馋得拖出一线一线唾沫来。进内换了一身补得规规矩矩了的衣裤，又吩咐少普将大堂扫得清清爽爽了，太阳还没有当空。

早晨云普叔到过何八爷家里，又到过李三爹庄上；诚恳地说明了他的敬意之后，八爷三爹都答应来吃他们一餐饭，堤局里的陈局长电在内，何八爷准许了替云普叔邀满一桌人。

桌上的杯筷已经摆好了，爷们还没有到。云普叔又恭恭敬敬地站大门口观望了一回，远远地似乎有两行黑影向这方移动了。连忙跑进来，吩咐少普和四喜儿暂时躲到后面去，不要站在外面碍了爷们的眼。四条长凳子，重新地将它们揩了一阵，自己觉得没有什么不干净的地方了，才安心地站在门边侍候爷们的驾到。

一路总共七个人，除了三爹八爷和陈局长以外，各人还带了一位算租谷的先生。其他的两位不认识，一个有兜腮胡须的像菩萨，一位漂漂亮亮的后生子。

"云普！你费了力呀！"满面花白胡子，眼睛像老鼠的三爹说。

"实在没有什么，不恭敬得很！只好请三爹，八爷，陈老爷原谅原谅！唉！老了，实在对不住各位爷们！"

云普叔战战兢兢地回答着，身子几乎缩成了一团。"老了"两个字说得特别的响，接着便是满脸的苦笑。

"我们叫你不要来这些客气，你偏要来，哈哈！"何八爷张开着没有血色的口，牙齿上堆满了大粪。

"八爷，你老人家……唉！这还说得上客气吗？不过是聊表佃户们一点孝心而已，一切还是要请八爷的海量包涵！"

"哈哈！"

陈局长也跟着说了几句勉励劝慰的话，少普才从后面把菜一碗一碗地捧出来。

"请呀！"

筷子羹匙，开始便像狼吞虎咽一样。云普叔和少普二人分立在左右两旁侍候，眼睛都注视着桌上的菜肴。当肥肥的一块肉被爷们吞嚼得津津有味时，他们的喉咙里像有无数只蚂蚁在那里爬进爬出。涎水从口角里流了出来，又强迫把它吞进去。最后少普简直馋得流出眼泪了，要不是有云普叔在他旁边，他真想跑上去抢一块来吃吃。

像上战场一般地挨过了半点钟，爷们都吃饱了。少普忙着泡茶搬桌子，爷们都闲散地走动着。五分钟后，又重新地围坐拢来。

云普叔垂着头，靠着门框边站着，恭恭敬敬地听候爷们说话。

"云普，饭也吃过了，你有什么话，现在尽管向我们说呀！"

"三爹，八爷，陈老爷都在这里，难道你们爷们还不明白云普的困难吗？总得求求爷们……"

"今年的收成不差呀！"

"是的，八爷！"

"那么，你打算要说些什么呢？"

"我想，想求求爷们！……"

"啊！你说。"

"实在是云普去年的元气伤狠了，一时恢复不起来。满门大小天天要吃这些，云普又没有力量赚活钱，呆板地靠田中过日子。总得求求八爷，三爹……"

"你的打算呢？"

"总求八爷高抬贵手，在租谷项下，减低一两分。去年借的豆子和今年种谷项下，也要请八爷格外开恩！……三爹，你老人家也……"

"好了，你的意思我统统明白了，无非是要我们少收你几粒谷。可是云普，你也应当知道呀！去年，去年谁没有遭水灾呢？我们的元气说不定还要比你损伤得厉害些呢！我们的开销至少要比你大上三十倍，有谁来替我们赚进一个活钱呢？除了这几粒租谷以外！……至于去年我借给你的豆子，你就更不能说什么开恩不开恩。那是救过你们性命的东西啦，借给你吃已算是开过恩了，现在你还好意思说一句不还吗？……

"不是不还八爷，我是想要求八爷在利钱上……"

"我知道呀！我怎能使你吃亏呢？借豆子的不止你一个人。你的能够少，别人的也能够少。这是万万做不到的事情啊！至于种谷，那更不是我的事情，我仅仅经了一下手，那是县库里的东西，我怎么能够做主呢？"

"是的，八爷说的也是真情！云普老了，这次只要求八爷三爹格外开一回恩，下年收成如果好，我决不拖欠！一切沾爷们的光！……"

云普叔的脸色十分地沮丧了，说话时的喉咙也硬酸酸的。无论如何，他要在这儿尽情地哀告。至少，一年的吃用是要求到的。

"不行！常年我还可以通融一点，今年半点也不能行！假使每个人都和你一样的麻烦，那还了得！而且我也没有那许多精神来应付他们。不过，你是太可怜了，八爷也决不会使你吃亏的。你今年除去还捐还债以外，实实在在还能落到手几多？你不妨报出来给我听听看！"

"这还打得过八爷的手板心吗？一共收下来一百五十担谷子，三爹也要，陈老爷也要，团防局也要，捐钱，粮饷，……"

"哪里只有这一点呢？"

"真的，我可以赌咒！……"

"那么，我来给你算算看！"

八爷一面说着，一面回头叫了那位穿蓝布长衫的算租先生：

"涤新！你把云普欠我的租和账算算看。"

"八爷，算好了！连租谷，种子，豆子钱，头利一共一百零三担五斗六升！云普的谷，每担作价一块三角六。"

"三爹你呢？"

"大约也不过三十担吧！"

"堤局约十来担光景！"陈局长说。

"那么，云普你也没有什么开销不来呀！为什么要这样噜苏呢？"

"哎呀！八爷！我一家老小不吃吗？还有团防费，粮饷，捐钱都在里面！八爷呀，总要你老人家开恩！……"

云普叔的眼泪跑出来了！在这种紧急关头中，他只有用最后的哀告来博取爷们的怜悯心。他终于跪下来了，向爷们像拜菩萨一样地叩了三四个响头。

"八爷三爹呀！你老人家总要救救我这老东西！……"

"唔！……好！云普，我答应你。可是，现在的租谷借款项下，一粒也不能拖欠。

等你将来到了真正不能过门的时候，我再借给你一些吃谷是可以的！并且，明天你就要替我把谷子送来！多挨一天，我便多要一天的利息！四分五！四分五！……"

"八爷呀！"

第二天的清早，云普叔眼泪汪汪地叫起来了少普，把仓门打开。何八爷李三爹的长工都在外面等待着。这是爷们的恩典，怕云普叔一天送去不了这许多，特地打发自家的长工来帮忙挑运。

黄黄的，壮壮的谷子，一担一担地从仓孔中量出来，云普叔的心中，像有千万利刃在那里宰割。眼泪水一点一点地淌下，浑身阵阵地发颤。英英满面泪容的影子、蚕豆子的滋味、火烈的太阳，狂阔的大水、观音粉、树皮，……都趁着这个机会，一齐涌上了云普叔的心头。

长工的谷子已经挑上肩了，回头叫着云普叔：

"走呀！"

云普叔用力地把谷子挑起来，像有一千斤重。汗如大雨一样地落着！举眼恨恨地对准何八爷的庄上望了一下，两腿才跨出头门。勉强地移过三五步，脚底下活像着了锐刺一般地疼痛。他想放下来停一停，然而头脑昏眩了，经不起一阵心房的惨痛，便横身倒下来了！

"天啦！"

他只猛叫了这么一句，谷子倾翻了一满地。

"少普！少普！你爹爹发痧！"

"爹爹！爹爹！爹爹呀！……"

"云普，云普！"

"妈妈来呀，爹爹不好了！"

云普婶也急急地从里面跑出来，把云普叔抬卧在戏台下的一块门板上，轻轻地在他的浑身上下捶动着：

"你有什么地方难过吗？"

"唔！……"

云普叔的眼睛闭上了。长工将一担一担的谷子从云普叔的身边挑过，脚板来往的声音，统统像踏在云普叔的心上。渐渐地，在他的口里冒出了鲜血来。

保甲正带着一位委员老爷和两个佩盒子炮的大兵闯进来了。后面还跟着五六个备有箩筐扁担的工役。

"怎么！云普生病了吗？"

少普随即走来打了招呼：

"不是的，刚刚劳动了一下，发痧！"

"唔！……"

"云普，云普！"

"有什么事情呀，甲老爷？"少普代替说。

"收捐款的！剿共，救国，团防，你爹爹名下一共一十七元一角九分。算谷是一十四担三斗零三合。定价一元二角整！"

"唔！几时要呢！"

"马上就要量谷的！"

"啊！啊啊！……"

少普望着自己的爹爹，又望望大兵的保甲，他完全莫明其妙地发痴了！何李两家的长工，都自动地跳进了仓门那里量谷。保甲老爷也赶着钻了进去：

"来呀！"

外面等着的一群工役统统跑进来了。都放下箩筐来准备装谷子。

"他们难道都是强盗吗？"

少普清醒过来了，心中涌上着异样的恼愤。他举着血红的眼睛，望了这一群人，心火一把一把地往上冒。他始终不明白，为什么自己辛辛苦苦种下来的谷子，都一担一担地送给人家挑走。这些人又都那样地不讲理性。他咬紧了牙齿，想跑上去把这些强盗抓几个饱打一顿，要不是旁边两个佩盒子炮的向他盯了几眼。

"唔！……唔！……哎呀！……"

"爹爹，好了一点吗？……"

"唔！……"

只有半点钟工夫，工役长工们都走光了。保甲慢慢地从仓孔中爬出来，望着那位委员老爷说道：

"完了，除去何李两家的租谷和堤费外，捐款还不够三担三斗多些。"

"那么，限他三天之内自己送到镇上去！你关照他一声。"

"少普！你等一会告诉你爹爹，还差三担三斗五升多捐款，限他三天内亲自送到局里去！不然，随即就会派兵来抓人。"保甲恶狠狠地传达着。

"唔！"

人们在少普朦胧的视线中消失了。他转身向仓孔中一望：天哪！那里只剩下几块薄薄的仓板子了。

他的眼睛发了昏，整个的世界都好像在团团地旋转！

"唔……哎哟！……"

"爹爹呀！"

九

立秋回来了，时候是黑暗无光的午夜！

"真的有抢谷的强盗啊！"

云普叔又接连地发了几次昏。他紧紧地把握着立秋的手腕，颤动地说道：

"立秋！我们的谷子呢？今年，今年是一个少有的丰年呀！"

立秋的心房创痛了！半晌，才咬紧牙关地安慰了他的爹爹：

"不要紧的哟！爹爹。你老人家何必这样伤心呢？我不是早就对你老人家说过了吗？迟早总有一天的，只要我们不再上当了。现在垄上还有大半没有纳租谷还捐的人，都准备好了不理他们。要不然，就是一次大的拼命！今晚，我还要到那边去呢！"

"啊！……"

模糊中云普叔像做了一场大梦。他隐约地了解儿子立秋不常在家的原因。十五六年农民会的影子，突然地浮上了他的脑海里，勉强地展开着眼睛，苦笑地望了立秋一眼，很迟疑地说道：

"好，好，好啊！你去吧，愿天老爷保祐他们！"

1933年5月20日脱稿于上海[1]

（1933年7月发表于《现代》第3卷第5期）

---

[1]按叶紫《编辑日记》（载《无名文艺》月刊创刊号），应为1933年5月2日脱稿。

叶紫的《丰收》，明显带有左翼文学的"红色"印记，是"左联"时期重要的作品之一。在白色恐怖日甚，两种社会对峙的年月，它引起的争鸣是自然的。于此之中，倒可以品出30年代文化的某些影子，其价值，自在其中。

述评

似乎叶紫从开始创作之日起，就打算以他所亲历的湖南农民运动为题材，他曾经"用自己亲人的血和眼泪"，写过一部纪念碑式的长篇小说《太阳从西边出来》，可是后来"积有一大堆材料"，很遗憾地都被毁掉了。1939年春天他决计重新开始"一个一个字地将它修筑起来"，可惜不久早逝，遗稿亦散佚不知下落。叶紫留给人们的是两部短篇集：《丰收》与《山村一夜》，一个中篇《星》和若干散文。其中短篇小说《丰收》是叶紫的第一篇小说，发表于1933年6月《无名文艺月刊》创刊号上，被茅盾赞为"精心结构的佳作"。当时不少文艺刊物、报纸副刊，竞相登载有关《丰收》的评论，叶紫因此一举成名。并与同乡周扬、周立波、周谷城，被列为益阳的"三周一叶"。叶紫也在收获其文坛名望的同时，因着这部小说过于重视社会性而轻文学色彩，遭到了来自批评界的一定非议。

对于农民来说，本应是以丰收年为盼望和喜乐的，可是在叶紫的这篇作品里，丰收却成为一个悲剧的导火索。小说以湖南洞庭湖畔农民生活为题材，以1933年中国农村的"丰收成灾"为历史背景，写出农民千辛万苦抗争旱灾、水灾获得大丰收，结果这不但对于农民来说不是一件可喜的事情，反而使谷价从

六元跌到一元二角，地主和政府官员趁机盘剥，使农民再次陷入颗粒不留的悲惨境遇。云普叔一家的苦难一波接一波，甲子年吃野菜拌山芋，丙寅年吃树根，去年的洪灾吞噬了整年的收成，结果云普爷爷和六岁的虎儿在饥饿困苦中一命呜呼。然而，时至故事发生的今年，本以为风调雨顺、五谷丰登会给生活带来时运好转，然而各种苛捐杂税却使得难得的丰年最终以"丰收成灾"的悲剧而落幕，苦难依然继续，生命在无以言说的苦痛中准备接受又一轮的煎熬。

可以说，叶紫的这篇小说出奇处在于它打破了人们以往一味地对于丰年的期待和称赞的观念，它与茅盾的《春蚕》、叶圣陶的《多收了三五斗》同是反映了30年代丰收成灾的主题，但是《丰收》描写的现实更为严酷和真实。有分析者认为，《丰收》中云普叔、立秋的原型是叶紫自己的老表叔父子，儿子领头抗租，被团防局抓去枪毙了。正因为叶紫有了这样的刻骨铭心的仇恨，所以叶紫在文字世界中，不仅描绘了苦难的农民群体，也在追忆逝去的亲人，整部作品使人感觉有一种发自内心的深刻真实的切肤之痛。

在作品问世的同时，也有异议的声音，他们认为叶紫的这篇小说并不能称得上是真正的文学，至多只是对于社会

现象的一个直观反映，而且事件实在太过平常，文学价值不足。对于这一点，叶紫自己也称他的作品"叙述得太多，描写得太少"，《丰收》（文集）里的6篇作品都有这个弱点，"而这一篇似乎尤甚，并且有些节段近乎自然主义的记录，读来较为无味"。但是鲁迅对叶紫的创作是爱护有加的，他曾专门写过一篇论述叶紫的文章来进行回应。鲁迅称叶紫的这些小说"是太平世界的奇闻，而现在却是极平常的事情。因为极平常，所以和我们更密切，更有大关系。作者还是一个青年，但他的经历，却抵得太平天下的顺民的一世纪的经历，在转辗的生活中，要他'为艺术而艺术'，是办不到的。但我们有人懂得这样的艺术，一点用不着谁来发愁。"可见他对于用心观察社会世象与生活百态的作者是多么的赞赏，接下来鲁迅先生又说道："这就是伟大的文学么？不是的，我们自己并没有这么说。'中国为什么没有伟大文学产生？'我们听过许多指导者的教训了，但可惜他们独独忘却了一方面的对于作者和作品的摧残。'第三种人'教训过我们，希腊神话里说什么恶鬼有一张床，捉了人去，给睡在这床上，短了，就拉长他，太长，便把他截短。左翼批评就是这样的床，弄得他们写不出东西来了。"这是一种呵护晚辈的师长的话语，对于青年作家们极尽爱惜之情，虽有不足，但创作的明朗前景非常值得期待。不仅如此，鲁迅同时为叶紫还写了些含

意深远的话。鲁迅写道："作者写出创作来，对于其中的事情，虽然不必亲历过，最好是经历过。访难者问：写杀人是最好自己杀过人，写妓女还得去卖淫么？答曰：不然。我所谓经历，是所遇，所见，所闻，并不一定是所作，但所作自然也可以包含在里面。"

今天曾有人指出，当年鲁迅对质疑叶紫这篇作品的人们所给出的辩解其实已经很到位，并且对于叶紫本身文学成就给出的评价其实已经很全面，他对于叶紫的态度虽然是维护的，但并不完全是看不出他的弱点，鲁迅讲"文学是战斗的"，讲文学家应当注意"当前的任务"。鲁迅这些话恐怕带有指导叶紫创作、拨正他创作思想的具体意义。鲁迅讲得极其委婉，并且是从肯定《丰收》的角度去讲的，究其实已有批评自然主义倾向的意思。鲁迅为青年作家的作品写序，历来煞费苦心。他总是肯定成绩为主，以极其委婉的方式批评缺点，比如鲁迅曾为萧红的《生死场》作序，称其"叙事和写景，胜于人物的描写"，作者以为评价过高，鲁迅解释说"这并不是好话，也可以解为描写人物并不怎么好，因为做序文，也要顾及销路，所以自得说的弯曲一点"。所以我们可以认为，鲁迅为《丰收》写的序言也有类似的"弯曲"，言近旨远，意在言外，并且不仅是顾及销路而已。叶紫于此大约苦无体会，反而真的走到自然主义的路上去了。这也为后来批评他作品太过于自然主义的人们提供了依据。

流行性感冒

叶灵凤

流线式车身

V形水箱

浮力座子

水压灭震器

五挡变速机

她，像一辆一九三三型的新车，在五月橙色的空气里，沥青的街道上，鳗一样的在人丛中滑动着。

萦子，这样快的走着，为的是他吗？

见着前面走的是她，便抢上了几步，用肩胛轻轻的碰了一下。

回过头来见着是我：

不是，难道为的是你吗？

便也停下脚步，点点头，狡狯的笑了。

知道不会有这样幸福的。

可是，今天赶着过来，却正为的是看你哩。

我笑了。

那么，我说，在这二十世纪，真的有使人不相信的神迹出现了吗？

不要空想罢，是使人失望的现实问题哟：他要毕业了，想送他一条像你第一次来看我时用的那条领带。

用着修道士的姿势，停住脚，我向空画了一个十字。

怎么样？她惊异的问。

不祥的东西哟！买了那条领带的第一晚，还没有结上，在公园里，她就对我说她觉得有点爱我。

那么，便在第一次来看我的时候，也结上了吗？

说着，将嘴撅了起来。一挺身，脚步突然的加快了。

从第四挡换到第五挡的变速机。迎着风，雕出了一九三三型的健美姿态：V形水箱，半球彩的两只车灯，爱莎多娜·邓肯式的向后飞扬的短发。

便也抢着追了上去。

为什么要向我化装呢？知道你不是这样的女性哟！

难道在敌人夸耀到这样的时候，还不应该自卫吗？

居然已经是敌人了吗？

谁和你这样？

可是，计速表上的指针却渐渐的倒退了下来。

在五月橙色的空气里，公寓门前霓虹灯，已经从远远的街路的右边透了过来。

说是来看我的，那么，就到我那里坐坐罢。

不去了。

那么，我陪你去买那一条领带罢。就在前面的毕洛索夫衣着店里。

因为不喜爱你的那条领带，所以才想也买一条送给他的。可是经你那样一说，我不要买了。我并没有将他当作鱼的野心。我要买一条最喜爱的送给他。

将最喜爱的东西送给最不喜爱的人，孩子也不相信这样的逻辑哟。

那么，你上次为什么说，因为爱"她"、所以极希望"她"和另一个男子结婚呢？

是因为我说了他，便也说"她"来向我报复吗？老实说，我假如是女性，我是怎么也不会爱像他那样的男子的。

可是，我虽然不是"她"，我却觉得也有爱你的可能哩。

这样说着，将脚步的距离缩短了半步，让她的左肩在我的右肩上撞了一下。

对不起哟！她笑着说了。

我心里一跳。

这东西你喜欢吗？侧过头，指着路旁一家橱窗里的陈设，我匆忙的说了。

橱窗里的陈设是：堪察加的大蟹，鲑鱼，加利福利亚的番茄，青豆，德国灌肠，英国火腿，青的、绿的、红的、紫的。橱窗的玻璃上弧形的写着：

麦瑞伦伙食公司

见着橱窗里所陈列的是这些，自己赶着想将说出口的话收回，可是已经来不及了。

她站住向橱窗里望了一眼，笑起来了：

喜欢的，假如这些都是精神上的粮食的话。可是，为什么突然这样的慌乱呢？

我不开口。回过脸去，借着对面公寓门口霓虹灯的光影，掩饰住了我脸上的红色。

过去坐坐吗？

说过不去的。买一条最喜爱的领带，我要看他去。我要问他：你爱不爱我？假如他说不爱我，我便……

两只眼睛定定的望着我。

S.O.S!

我在心里轻轻的呼救着。

……假如他说不爱我，我便来爱你，好吗？

见着我不开口，便接着又说：

等待着。再会，傻孩子，为什么这样的发愣呢？

一溜身，钻到人丛中去了。

望着鳗一样的消失在人丛中的蓁子，我茫然的站着。

认识蓁子，是在电影一样的场合之下。

二月的傍晚，翻起了大衣领，在寒风里，我正站在南京路一家洋书店门口，望着橱窗里陈列着的新书，做着 Biblio-maniac 的美梦，忽然有人在旁边低声读着橱窗里一本赫明卫短篇集的书名：

MEN WITH OUT WOMEN

迂徐地，可是却是挑战的声音。

我一抬头：一件黑丝绒的短外套，鼠色毛织品的旗袍，抱着猩红的大钱夹，咬着丰满的下嘴唇，两只猫一样的圆而黑的眼睛正躲在头发的阴影里得意的笑着。

是怎样一回事呢？是嘲笑我吗，这样想着，便咳嗽了一声，却低低的将书名倒念起来：

WOMEN WITH OUT MEN

她猛的一回头，向我一望，随即对着玻璃里面自己的影子说：

为什么这样的量狭呢？我并不是读给你听的。

我向她道歉，我问她，你也喜欢赫明卫的小说吗？

她摇摇头。

我说，那么，你为什么单单的读着他的书名呢？

她笑了。

不要这样逼紧了人家哟！她忽然不好意思的这样说。

天气冷哟，我说，从 office 里出来吗？说着，一面将大衣领拉得更紧一点。

她点点头，也将黑绒短大衣的领子拉得更紧一点。

可以认识你吗？我问。

认识我吗？她将两道眉毛一扬，琼·克劳馥式的答应了一声。

先将你的名字告诉我。

我将夹在胁下的一册书翻了开来，将贴在里面的藏书票上的名字，指给她看。

她看了一眼，随即不声不响的打开猩红色的手提袋，在里面拿了一张名片给我。小小的名片上印着四号仿宋聚珍字：秦蓁子，江西路七号半五楼恒利洋行写字间。

名片上带着很浓的柯狄香粉的香味。

那么，是朋友了，我说，天气很冷，我请你到对面去喝一杯可可。

这样，在电影一样的场合之下，便认识了蓁子。

在沙利文蜜糖和乳酪的氛围里，我知道她是一人独居在上海，还有一个他，在沪西一家私立的大学里读书，今年快毕业了，是个章鱼一样的男子，必要的时候可以毫不吝啬的将自己的情人吞下去充饥的动物。

假如你不措意，下次有机会我可以给你介绍。不过，你不必将他当作了竞技的对手。

我默默的端起了放在面前的可可。倒是一个有弹力的女性哟，心里不觉这样的想着。

望着消失在人丛中的蓁子，这样想着和她认识的经过，便也不回到公寓去；尽是沿了人行道向前走了起来。

五月的街，在逐渐昏茫的空气里，用着每一只街灯的眼，在散布着哀愁的菌子。饶舌的无线电播音器，奏完了一只流行的小曲以后，又用着嘶哑的声调，报告着美国实行通货膨胀政策，放弃金本位，南方书局出版了关于推克诺克拉西制度的解释的书籍，虹口水果店新到有新鲜的黑叶荔枝。

听见荔枝，便想到已经是五月，认识了蓁子已经有三个月，而"她"的走，更是七个月以前的事了。

在冬的寒夜里，突然从我身边消失了的"她"，遗下了无边的黑暗。在这黑暗的空虚中，蓁子的认识，是像彗星的出现一样，突然用她夺目的光芒，从远不可及的云层中，填满了这广大的黑暗的空间。

第一次，从我的寓所的墙上，蓁子发现了我是另有一个"她"的时候，虽然认识了已经有一个月，可是立时就装了无关心的脸色说：

为什么吝啬着不使我知道呢？我不是早已将他告诉了你吗？

因为怕你要成为"她"的情敌。

冷冷的一笑。

只要你不想成为他的情敌，我是不会成为"她"的情敌的。

可是，逐渐的，用着超越了友谊的关心的限度，蓁子利用着每一个不同角度的视点，开始测量着"她"的一切。

为什么还不来呢？倒是一个狠心的姑娘哟？

真的有这样的一位"她"吗？不要仅是当作了自己的保护色哟！

我说，捏造了一个"她"当作自己的保护色，我不是那样懦怯的动物。"她"不来，或者在准备结婚，结了婚自然会来的。

倒是一位慷慨王子哩！用着冷淡的声调，蓁子掩饰着自己吃惊的脸色说。不过，她又说，假如真的是那样的慈善家，她倒也要准备做一个乞人。

走在黄昏的街上，想着蓁子这种带着磁性的话，琼·克劳馥式的声音，觉着在自己的面前，蓁子已经是一辆红色警备车。对于"她"，不时都在重重的威胁着。只要自己略略的露出一点破绽，立时就有被装进去了的危险。

带着浓重的布尔什维克意味的份子，法西斯蒂黑色的阴影是随时都在追踪着的。

我知道，为着对于"她"的防卫，若不将蓁子迅速的成为自己的俘虏，世界是怎么也不会和平的。他，就让他落选罢。

走到路角上的毕洛索夫衣着店，在蓝色霓虹灯的光晕里，那一条领带还垂直的吊在一件衬衫的领口上。将这条领带当作了竞技落选的锦标，从橱窗的玻璃上，银幕一样的我幻想着那就要开始的电影的场面。

D. 黑暗的太空，电一样的横扫过去的彗星的尾。

D. I. 光芒中逐渐显出来的蓁子的脸。

特写蓁子的眼睛，眼睛中伸出章鱼一样的触手，被俘虏的动物，挣扎。(F. O.)

字幕：我虽然不是"她"，却觉得也有爱你的可能。

F. I. 抱着"她"的照片的自己。站在一旁冷笑着的蓁子。放下照片，笑，向镜头走来。

特写吃惊的可是同时却又欣喜的蓁子的脸。

远景春的街。花。燕子。颤动的笑声。水银上升的寒暑表。

近景竞技场，将近终点的激烈竞争的选手。

特写记分牌：自己的名字，他的名字。

插入落选的锦标：领带。

字幕因为不喜爱你的那条领带，所以才想也买一条送给他的。

特写捧着锦标的落选选手的悲容。

特写蓁子的脸。

D. I. 化成"她"的脸。

D. I. 又化成逐渐移近来的蓁子的脸……

望着逐渐向自己凑近来的蓁子的脸，从玻璃上反射过来霓虹灯的反光，耀着我的眼睛，一阵风吹过来，我止不住一连打了几个喷嚏。

眼角上微微的有一点润湿。

想到是五月，微寒的黄昏的街，正是流行性感冒传布的时候，记起隔壁是德国人的汉堡大药房，便决定走进去买一份安替比林的发汗剂。

一九三三，七月

（1933 年 9 月发表于《现代》第 3 卷第 5 期）

述评

受"为艺术而艺术"文艺思想影响的创造社,一直是浪漫抒情小说创作的摇篮。后期创造社的作家最终分裂,成仿吾、郭沫若等人将浪漫抒情小说向左发展成为革命文学,而陶晶孙、叶灵凤等人则向右发展成为海派文学。二三十年代活跃于文坛的叶灵凤是最早、最主要的海派作家,是继张资平之后著名的情爱小说家之一,当年因发表《女娲氏之遗孽》而名声大噪。他是由感伤的恋情小说作为自己的创作起点的,他之所以被文学史所铭记,一面固然是由于小说的创作,另一面还有他与鲁迅的骂战。鲁迅曾在《革命咖啡店》一文中说:"革命文学家,要年青貌美,齿白唇红,如潘汉年叶灵凤辈,这才是天生的文豪;乐园的好料……"鲁迅奚落的这一段话,使叶灵凤自年轻时就戴上了"齿白唇红"这顶帽子,一戴数十年,成了叶灵凤的标签之一。之后鲁迅又在《文坛的掌故》这篇书信体的杂文中,称"叶灵凤,当时曾投机加入创造社,不久即转向国民党方面去,抗日时期成为汉奸文人"。于是,由于叶灵凤的身份加上他的反禁欲主义大胆创作风格,一度被人所讽刺批判。加上他的创作集中在情爱领域,对人心人性进行探索,因此一度被归为"才子 + 流氓"类作家而没有得到文学评论界足够的重视和公正的评价。

本篇《流行性感冒》于 1933 年 7 月发表于《现代》第 3 卷第 5 期。在这部小说中,叶灵凤以流感来象征病态的情爱关系在都市的泛滥。我们看到,小说中的男女主人公都有各自的恋人,可是他们之间却并不顾念这些,在一起时竟可以互相调情、玩情感游戏,而且他们秉承的爱情观也很病态:女主人公为男友买礼物,却对男主人公宣称这是"将最喜爱的东西送给最不喜爱的人",而男主人公则宣称他对女友的态度是"因为爱她,所以极希望她和另一个男子结婚"。这绝不是正常的恋爱中的人们的状态,叶灵凤用流感来象征带有病态思想的恋爱在都市里的蔓延。小说的语言、情节、观念都带有两大特征:病态与普遍,这也正是流行性感冒的特征。我们可以看到,"流行性感冒"这一意象对现代都市男女那种喜新厌旧、一心二意、不甘寂寞的爱情观念和行为做了入木三分的讽刺。有评论者曾认为,"1931 年之后,叶灵凤追逐新的浪潮,大幅度地改变自己,伤感的悲情故事迅即被对都会时髦女性的动态刻画所代替",诸如《流行性感冒》,"用跳动不定的充满感官刺激的意象,新奇的比喻,对话的暗示性、多义性,甚至分镜头剧本的直接插入等用最现代的文体来写最现代的都市男女",但是却过于追求唯美主义与颓废主义,感伤情调太浓重,甚至病态的叙事容易使读者陷入情绪困境,这话是有一定的道理的。叶灵凤是一位文学与心理敏感度都非常强的作者,当时,他已经凭借着自己对于文学和都市的敏感,嗅到了上海已经出现的一种文学新体式,于是发挥自己对于英法文学了解的特长,吸收西方现代派表现城市中人的艺术经验,来开发新的小说品种,但是对于并未曾接触过这一类风格小说的中国人来说,接受并不是一件容易的事。《流行性感冒》可以说是叶灵凤这种文学创作探寻的一个先行动作。

郁达夫曾在回答记者问时谈到对新感觉派的看法,他说:"就形式方面来说它是新的,美的。可是内容方面却是空虚,没有刺激,不能在人的脑子里占据一个地位。""新感觉主义这东西,总像是太时髦了点儿,所以它的寿命是不会怎样长的。"(《郁达夫先生访问记》,载《中国文学家传记》)可以说郁达夫很犀利地看到了新感觉派的弱点,这也可以说是包括叶灵凤在内的海派文学当年所具有的共同特点。然而我们应该看到,在中国现代新感觉派还没有正式形成以前,叶灵凤算是中国现代心理小说最早的实验者之一,为现代派手法在中国的运用进行了酝酿和尝试。他的小说将审美情感、自觉意识、价值追求等精神因素通过意象的方式含蓄地表达出来。虽然这种表达未尽成熟,但不能因此而否定叶灵凤小说的社会价值,更不能因此而否定他在文学艺术上创作的努力。这种反禁欲主义的创作风格在很大程度上是对封建伦理道德的批判,具有一种继承着五四余波的思想气质。

春　桃

许地山

　　这年的夏天分外地热。街上的灯虽然亮了，胡同口那卖酸梅汤的还像唱梨花鼓的姑娘耍着他的铜碗。一个背着一大篓字纸的妇人从他面前走过，在破草帽底下虽看不清她的脸，当她与卖酸梅汤的打招呼时，却可以理会她有满口雪白的牙齿。她背上担负得很重，甚至不能把腰挺直，只如骆驼一样，庄严地一步一步踱到自己门口。

　　进门是个小院，妇人住的是塌剩下的两间厢房。院子一大部分是瓦砾。在她的门前种着一棚黄瓜，几行玉米。窗下还有十几棵晚香玉。几根朽坏的梁木横在瓜棚底下，大概是她家最高贵的坐处。她一到门前，屋里出来一个男子，忙帮着她卸下背上的重负。

　　"媳妇，今儿回来晚了。"

　　妇人望着他，像很诧异他的话。"什么意思？你想媳妇想疯啦？别叫我媳妇，我说。"她一面走进屋里，把破草帽脱下，顺手挂在门后，从水缸边取了一个小竹筒向缸里一连舀了好几次，喝得换不过气来，张了一会嘴，到瓜棚底下把篓子拖到一边，便自坐在朽梁上。

　　那男子名叫刘向高。妇人的年纪也和他差不多，在三十左右，娘家也姓刘。除掉向高以外，没人知道她的名字叫做春桃。街坊叫她做捡烂纸的刘大姑，因为她的职业是整天在街头巷尾垃圾堆里讨生活，有时沿途嚷着"烂字纸换取灯儿"。一天到晚在烈日冷风里吃尘土，可是生来爱干净，无论冬夏，每天回家，她总得净身洗脸。替她预备水的照例是向高。

　　向高是个乡间高小毕业生，四年前，乡里闹兵灾，全家逃散了，在道上遇见同是逃难的春桃，一同走了几百里，彼此又分开了。

　　她随着人到北京来，因为总布胡同里一个西洋妇人要雇一个没混过事的乡下姑娘当"阿妈",她便被荐去上工。主妇见她长得清秀,很喜爱她。她见主人老是吃牛肉,在馒头上涂牛油,喝茶还要加牛奶,来去鼓着一阵臊味,闻不惯。有一天,主人叫她带孩子到三贝子花园去,她理会主人家的气味有点像从虎狼栏里发出来的,心里越发难过,不到两个月,便辞了工。到平常人家去,乡下人不惯当差,又挨不得骂,上工不久,又不干了。在穷途上,她自己选了这捡烂纸换取灯儿的职业,一天的生活,勉强可以维持下去。

向高与春桃分别后的历史倒很简单,他到涿州去,找不着亲人,有一两个世交,听他说是逃难来的,都不很愿意留他住下,不得已又流到北京来。由别人的介绍,他认识胡同口那卖酸梅汤的老吴,老吴借他现在住的破院子住,说明有人来赁,他得另找地方。他没事做,只帮着老吴算算账,卖卖货。他白住房子白做活,只赚两顿吃。春桃的捡纸生活渐次发达了,原住的地方,人家不许他堆货,她便沿着德胜门墙根来找住处。一敲门,正是认识的刘向高。她不用经过许多手续,便向老吴赁下这房子,也留向高住下,帮她的忙。这都是三年前的事了。他认得几个字,在春桃捡来和换来的字纸里,也会抽出些少比较能卖钱的东西,如画片或某将军、某总长写的对联、信札之类。二人合作,事业更有进步。向高有时也教她认几个字,但没有什么功效,因为他自己认得的也不算多,解字就更难了。

他们同居这些年,生活状态,若不配说像鸳鸯,便说像一对小家雀罢。

言归正传。春桃进屋里,向高已提着一桶水在她后面跟着走。他用快活的声调说:"媳妇,快洗罢,我等饿了。今晚咱们吃点好的,烙葱花饼,赞成不赞成?若赞成,我就买葱酱去。"

"媳妇,媳妇,别这样叫,成不成?"春桃不耐烦地说。

"你答应我一声,明儿到天桥给你买一顶好帽子去。你不说帽子该换了么?"向高再要求。

"我不爱听。"

他知道妇人有点不高兴了,便转口问:"到的吃什么?说呀!"

"你爱吃什么,做什么给你吃。买去罢。"

向高买了几根葱和一碗麻酱回来,放在明间的桌上。春桃擦过澡出来,手里拿着一张红帖子。

"这又是那一位王爷的龙凤帖!这次可别再给小市那老李了。托人拿到北京饭店去,可以多卖些钱。"

"那是咱们的。要不然,你就成了我的媳妇啦?教了你一两年的字,连自己的姓名都认不得！”

"谁认得这么些字？别媳妇媳妇的，我不爱听。这是谁写的？"

"我填的。早晨巡警来查户口，说这两天加紧戒严，那家有多少人，都得照实报。老吴教我们把咱们写成两口子，省得麻烦。巡警也说写同居人，一男一女，不妥当。我便把上次没卖掉的那分空帖子填上了。我填的是辛未年咱们办喜事。"

"什么？辛未年？辛未年我那儿认得你？你别捣乱啦。咱们没拜过天地，没喝过交杯酒，不算两口子。"

春桃有点不愿意，可还和平地说出来。她换了一条蓝布裤。上身是白的，脸上虽没脂粉，却呈露着天然的秀丽。若她肯嫁的话，按媒人的行情，说是二十三四的小寡妇，最少还可以值得一百八十的。

她笑着把那礼帖搓成一长条，说："别捣乱！什么龙凤帖？烙饼吃了罢。"她掀起炉盖把纸条放进火里，随即到桌边和面。

向高说："烧就烧罢，反正巡警已经记上咱们是两口子；若是官府查起来，我不会说龙凤帖在逃难时候丢掉的么？从今儿起，我可要叫你做媳妇了。老吴承认，巡警也承认，你不愿意，我也要叫。媳妇嗳！媳妇嗳！明天给你买帽子去，戒指我打不起。"

"你再这样叫，我可要恼了。"

"看来，你还想着那李茂。"向高的神气没像方才那么高兴。他自己说着，也不一定要春桃听见，但她已听见了。

"我想他？一夜夫妻，分散了四五年没信，可不是白想？"

春桃这样说。她曾对向高说过她出阁那天的情形。花轿进了门，客人还没坐席，前头两个村子来人说，大队兵已经到了，四处拉人挖战壕，吓得大家都逃了，新夫妇也赶紧收拾东西，随着大众望西逃。同走了一天一宿。第二宿，前面连嚷几声"胡子来了，快躲罢"，那时大家只顾躲，谁也顾不了谁。到天亮时，不见了十几个人，连她丈夫李茂也在里头。她继续方才的话说："我想他一定跟着胡子走了，也许早被人打死了。得啦，别提他啦。"

她把饼烙好了，端到桌上。向高向沙锅里舀了一碗黄瓜汤，大家没言语，吃了一顿。吃完，照例在瓜棚底下坐坐谈谈。一点点的星光在瓜叶当中闪着。凉风把萤火送到棚上，像星掉下来一般。晚香玉也渐次散出香气来，压住四围的臭味。

"好香的晚香玉！"向高摘了一朵，插在春桃的鬓上。

"别糟蹋我的晚香玉。晚上戴花，又不是窑姐儿。"她取下来，闻了一闻，便放在朽梁上头。

"怎么今儿回来晚啦?"向高问。

"吓!今儿做了一批好买卖!我下午正要回家,经过后门,瞧见清道夫推着一大车烂纸,问他从那儿推的;他说是从神武门甩出来的废纸。我见里面红的、黄的一大堆,便问他卖不卖;他说,你要,少算一点装去罢。你瞧!"她指着窗下那大篓,"我花了一块钱,买那一大篓!赔不赔,可不晓得,明儿检一检得啦。"

"宫里出来的东西没个错。我就怕学堂和洋行出来的东西,分量又重,气味又坏,值钱不值,一点也没准。"

"近年来,街上包东西都作兴用洋报纸。不晓得那里来的那么些看洋报纸的人。捡起来真是分量又重,又卖不出多少钱。"

"念洋书的人越多,谁都想看看洋报,将来好混混洋事。"

"他们混洋事,咱们捡洋字纸。"

"往后恐怕什么都要带上个洋字,拉车要拉洋车,赶驴更赶洋驴,也许还有洋骆驼要来。"向高把春桃逗得笑起来了。

"你先别说别人。若是给你有钱,你也想念洋书,娶个洋媳妇。"

"老天爷知道,我绝不会发财。发财也不会娶洋婆子。若是我有钱,回乡下买几亩田,咱们两个种去。"

春桃自从逃难以来,把丈夫丢了,听见乡下两字,总没有好感想。她说:"你还想回去?恐怕田还没买,连钱带人都没有了。没饭吃,我也不回去。"

"我说回我们锦县乡下。"

"这年头,那一个乡下都是一样,不闹兵,便闹贼;不闹贼,便闹日本,谁敢回去?还是在这里捡捡烂纸罢。咱们现在只缺一个帮忙的人。若是多个人在家替你归着东西,你白天便可以出去摆地摊,省得货过别人手里,卖漏了。"

"我还得学三年徒弟才成,卖漏了,不怨别人,只怨自己不够眼光。这几个月来我可学了不少。邮票,那种值钱,那种不值,也差不多会瞧了。大人物的信札手笔,卖得出钱,卖不出钱,也有一点把握了。前几天在那堆字纸里捡出一张康有为的字,你说今天我卖了多少?"他很高兴地伸出拇指和食指比仿着,"八毛钱!"

"说是呢!若是每天在烂纸堆里能检出八毛钱就算顶不错,还用回乡下种田去?那不是自找罪受么?"春桃愉悦的声音就像春深的莺啼一样。她接着说:"今天这堆准保有好的给你检。听说明天还有好些,那人教我一早到后门等他。这两天宫里的东西都赶着装箱，往南方运，库里许多烂纸都不要。

我瞧见东华门外也有许多，一口袋一口袋陆续地扔出来。明儿你也打听去。"

说了许多话，不觉二更打过。她伸伸懒腰站起来说："今天累了，歇吧！"

向高跟着她进屋里。窗户下横着土炕，够两三人睡的。在微细的灯光底下，隐约看见墙上一边贴着八仙打麻雀的谐画，一边是烟公司"还是他好"的广告画。春桃的模样，若脱去破帽子，不用说到瑞蚨祥或别的上海成衣店，只到天桥搜罗一身落伍的旗袍穿上，坐在任何草地，也与"还是他好"里那摩登女差不上下。因此，向高常对春桃说贴的是她的小照。

她上了炕，把衣服脱光了，顺手揪一张被单盖着，躺在一边。向高照例是给她按按背，捶捶腿。她每天的疲劳就是这样含着一点微笑，在小油灯的闪烁中，渐次得着苏息。在半睡的状态中，她喃喃地说："向哥，你也睡罢，别开夜工了，明天还要早起咧。"

妇人渐次发出一点微细的鼾声，向高便把灯灭了。

一破晓，男女二人又像打食的老鸹，急飞出巢，各自办各的事情去。

刚放过午炮，什刹海的锣鼓已闹得喧天。春桃从后门出来，背着纸篓，向西不压桥这边来。在那临时市场的路口，忽然听见路边有人叫她："春桃，春桃！"

她的小名，就是向高一年之中也罕得这样叫唤她一声。自离开乡下以后，四五年来没人这样叫过她。

"春桃，春桃，你不认得我啦？"

她不由得回头一瞧，只见路边坐着一个叫化子。那乞怜的声音从他满长了胡子的嘴发出来。他站不起来，因为他两条腿已经折了。身上穿的一件灰色的破军衣，白铁钮扣都生了锈，肩膀从肩章的破缝露出，不伦不类的军帽斜戴在头上，帽章早已不见了。

春桃望着他一声也不响。

"春桃，我是李茂呀！"

她进前两步，那人的眼泪已带着灰土透入蓬乱的胡子里。

她心跳得慌，半晌说不出话来，至终说："茂哥，你在这里当叫化子啦？你两条腿怎么丢啦？"

"嗳，说来话长。你从多咱起在这里呢？你卖的是什么？"

"卖什么！我捡烂纸咧。……咱们回家再说罢。"

她雇了一辆洋车，把李茂扶上去，把篓子也放在车上，自己在后面推着。一直来到德胜门墙根，车夫帮着她把李茂扶下来。进了胡同口，老吴敲着小铜碗，一面问："刘大姑，今儿早回家，买卖好呀？"

"来了乡亲啦。"她应酬了一句。

李茂像只小狗熊，两只手按在地上，帮助两条断腿爬着。

她从口袋里拿出钥匙，开了门，引着男子进去。她把向高的衣服取一身出来，像向高每天所做的，到井边打了两桶水倒在小澡盆里教男人洗澡。洗过以后，又倒一盆水给他洗脸。然后扶他上炕坐，自己在明间也洗一回。

"春桃，你这屋里收拾得很干净，一个人住吗？"

"还有一个伙计。"春桃不迟疑地回答他。

"做起买卖来啦？"

"不告诉你就是捡烂纸么？"

"捡烂纸？一天捡得出多少钱？"

"先别盘问我，你先说你的罢。"

春桃把水泼掉，理着头发进屋里来，坐在李茂对面。

李茂开始说他的故事：

"春桃，唉，说不尽哟！我就说个大概罢。

"自从那晚上教胡子绑去以后，因为不见了你，我恨他们，夺了他们一杆枪，打死他们两个人，拼命地逃。逃到沈阳，正巧边防军招兵，我便应了招。在营里三年，老打听家里的消息，人来都说咱们村里都变成砖瓦地了。咱们的地契也不晓得现在落在谁手里。咱们逃出来时，偏忘了带着地契。因此这几年也没告假回乡下瞧瞧。在营里告假，怕连几块钱的饷也告丢了。

"我安分当兵，指望月月关饷，至于运到升官，本不敢盼。

"也是我命里合该有事：去年年头，那团长忽然下一道命令，说，若团里的兵能瞄枪连中九次靶，每月要关双饷，还升差事。一团人没有一个中过四枪；中，还是不进红心。我可连发连中，不但中了九次红心，连剩下那一颗子弹，我也放了。我要显本领，背着脸，弯着腰，脑袋向地，枪从裤裆放过去，不偏不歪，正中红心。当时我心里多么快活呢。那团长教把我带上去。我心里想着总要听几句褒奖的话。不料那畜生翻了脸，楞说我是胡子，要枪毙我！他说若不是胡子，枪法决不会那么准。我的排长、队长都替我求情，担保我不是坏人，好容易不枪毙我了，可是把我的正兵革掉，连副兵也不许我当。他说，当军官的难免不得罪弟兄们，若是上前线督战，队里有个像我瞄得那么准，从后面来一枪，虽然也算阵亡，可值不得死在仇人手里。大家没话说，只劝我离开军队，找别的营生去。

　　"我被革了不久，日本人便占了沈阳；听说那狗团长领着他的军队先投降去了。我听见这事，愤不过，想法子要去找那奴才。我加入义勇军，在海城附近打了几个月，一面打，一面退到关里。前个月在平谷东北边打，我去放哨，遇见敌人，伤了我两条腿。那时还能走，躲在一块大石底下，开枪打死他几个。我实在支持不住了，把枪扔掉，向田边的小道爬，等了一天、两天，还不见有红十字会或红 C 字会的人来。伤口越肿越厉害，走不动又没吃的喝的，只躺在一边等死。后来可巧有一辆大车经过，赶车的把我扶上去，送我到一个军医的帐幕。他们又不瞧，只把我扛上汽车，往后方医院送。已经伤了三天，大夫解开一瞧，说都烂了，非用锯不可。在院里住了一个多月，好是好了，就丢了两条腿。我想在此地举目无亲，乡下又回不去；就说回去得了，没有腿怎能种田？求医院收容我，给我一点事情做，大夫说医院管治不管留，也不管找事。此地又没有残废兵留养院，迫着我不得不出来讨饭，今天刚是第三天。这两天我常想着，若是这样下去，我可受不了，非上吊不可。"

　　春桃注神听他说，眼眶不晓得什么时候都湿了。她还是静默着。李茂用手抹抹额上的汗，也歇了一会。

　　"春桃，你这几年呢？这小小地方虽不如咱们乡下那么宽敞，看来你倒不十分苦。"

　　"谁不受苦？苦也得想法子活。在阎罗殿前，难道就瞧不见笑脸？这几年来，我就是干这捡烂纸换取灯的生活，还有一个姓刘的同我合伙。我们两人，可以说不分彼此，勉强能度过日子。"

　　"你和那姓刘的同住在这屋里？"

　　"是，我们同住在这炕上睡。"春桃一点也不迟疑，她好像早已有了成见。

　　"那么，你已经嫁给他？"

　　"不，同住就是。"

　　"那么，你现在还算是我的媳妇？"

　　"不，谁的媳妇，我都不是。"

　　李茂的夫权意识被激动了。他可想不出什么话来说。两眼注视着地上，当然他不是为看什么，只为有点不敢望着他的媳妇。至终他沉吟了一句："这样，人家会笑话我是个活王八。"

　　"王八？"妇人听了他的话，有点翻脸，但她的态度仍是很和平。她接着说：

"有钱有势的人才怕当王八。像你，谁认得？活不留名，死不留姓，干八不干八，有什么相干？现在，我是我自己，我做的事，决不会玷着你。"

"咱们到底还是两口子，常言道，一夜夫妻百日恩——"

"百日恩不百日恩我不知道。"春桃截住他的话，"算百日恩，也过了好十几个百日恩。四五年间，彼此不知下落；我想你也想不到会在这里遇见我。我一个人在这里，得活，得人帮忙。我们同住了这些年，要说恩爱，自然是对你薄得多。今天我领你回来，是因为我爹同你爹的交情，我们还是乡亲。你若认我做媳妇，我不认你，打起官司，也未必是你赢。"

李茂掏掏他的裤带，好像要拿什么东西出来，但他的手忽然停住，眼睛望望春桃，至终把手缩回去撑着席子。

李茂没话，春桃哭。日影在这当中也静静地移了三四分。

"好罢，春桃，你做主。你瞧我已经残废了，就使你愿意跟我，我也养不活你。"李茂到底说出这英明的话。

"我不能因为你残废就不要你，不过我也舍不得丢了他。大家住着，谁也别想谁是养活着谁，好不好？"春桃也说了她心里的话。

李茂的肚子发出很微细的咕噜咕噜声音。

"噢，说了大半天，我还没问你要吃什么！你一定很饿了。"

"随便罢，有什么吃什么。我昨天晚上到现在还没吃，只喝水。"

"我买去。"春桃正踏出房门，向高从院外很高兴地走进来，两人在瓜棚底下撞了个满怀。"高兴什么？今天怎样这早就回来？"

"今天做了一批好买卖！昨天你背回的那一篓，早晨我打开一看，里头有一包是明朝高丽王上的表章，一分至少可卖五十块钱。现在我们手里有十分！方才散了几分给行里，看看主儿出得多少，再发这几分。里头还有两张盖上端明殿御宝的纸，行家说是宋家的，一给价就是六十块，我没敢卖，怕卖漏了，先带回来给你开眼。你瞧……"他说时，一面把手里的旧蓝布包袱打开，拿出表章和旧纸来。"这是端明殿御宝。"他指着纸上的印纹。

"若没有这个印，我真看不出有什么好处，洋宣比它还白咧。怎么宫里管事的老爷们也和我一样不懂眼？"春桃虽然看了，却不晓得那纸的值钱处在那里。

"懂眼？若是他们懂眼，咱们还能换一块儿毛么？"向高把纸接过去，仍旧和表章包在包袱里。他笑着对春桃说："我说，媳妇……"

春桃看了他一眼，说："告诉你别管我叫媳妇。"

向高没理会她，直说："可巧你也早回家。买卖想是不错。"

"早晨又买了像昨天那样的一篓。"

"你不说还有许多么？"

"都教他们送到晓市卖到乡下包落花生去了！"

"不要紧，反正咱们今天开了光，头一次做上三十块钱的买卖。我说，咱们难得下午都在家，回头咱们上什刹海逛逛，消消暑去，好不好？"

他进屋里，把包袱放在桌上。春桃也跟进来。她说："不成，今天来了人了。"说着掀开帘子，点头招向高，"你进去。"

向高进去，她也跟着。"这是我原先的男人。"她对向高说过这话，又把他介绍给李茂说，"这是我现在的伙计。"

两个男子，四只眼睛对着，若是他们眼球的距离相等，他们的视线就会平行地接连着。彼此都没话，连窗台上歇的两只苍蝇也不做声。这样又教日影静静地移一二分。

"贵姓？"向高明知道，还得照例地问。

彼此谈开了。

"我去买一点吃的。"春桃又向着向高说，"我想你也还没吃罢？烧饼成不成？"

"我吃过了。你在家，我买去罢。"

妇人把向高拖到炕上坐下，说："你在家陪客人谈话。"给了他一副笑脸，便自出去。

屋里现在剩下两个男人，在这样情况底下，若不能一见如故，便得打个你死我活。好在他们是前者的情形。但我们别想李茂是短了两条腿，不能打。我们得记住向高是拿过三五年笔杆的，用李茂的分量满可以把他压死。若是他有枪，更省事，一动指头，向高便得过奈何桥。

李茂告诉向高，春桃的父亲是个乡下财主，有一顷田。他自己的父亲就在他家做活和赶叫驴。因为他能瞄很准的枪，她父亲怕他当兵去，便把女儿许给他，为的是要他保护庄里的人们。这些话，是春桃没向他说过的。他又把方才春桃说的话再述一遍，渐次迫到他们二人切身的问题上头。

"你们夫妇团圆，我当然得走开。"向高在不愿意的情态底下说出这话。

"不，我已经离开她很久，现在并且残废了，养不活她，也是白搭。你们同住这些年，何必拆？我可以到残废院去。听说这里有，有人情便可进去。"

这给向高很大的诧异。他想，李茂虽然是个大兵，却料不到他有这样的侠气，他心里虽然愿意，嘴上还不得不让。这是礼仪的狡猾，念过书的人们都懂得。

　　"那可没有这样的道理。"向高说，"教我冒一个霸占人家妻子的罪名，我可不愿意。为你想，你也不愿意你妻子跟别人住。"

　　"我写一张休书给她，或写一张契给你，两样都成。"李茂微笑诚意地说。

　　"休？她没什么错，休不得。我不愿意丢她的脸。卖？我那儿有钱买？我的钱都是她的。"

　　"我不要钱。"

　　"那么，你要什么？"

　　"我什么都不要。"

　　"那又何必写卖契呢？"

　　"因为口讲无凭，日后反悔，倒不好了。咱们先小人，后君子。"

　　说到这里，春桃买了烧饼回来。她见二人谈得很投机，心下十分快乐。

　　"近来我常想着得多找一个人来帮忙，可巧茂哥来了。他不能走动，正好在家管管事，捡捡纸。你当跑外卖货。我还是当捡货的。咱们三人开公司。"春桃另有主意。

　　李茂让也不让，拿着烧饼望嘴送，像从饿鬼世界出来的一样，他没工夫说话了。

　　"两个男人，一个女人，开公司？本钱是你的？"向高发出不需要的疑问。

　　"你不愿意吗？"妇人问。

　　"不，不，不，我没有什么意思。"向高心里有话，可说不出来。

　　"我能做什么？整天坐在家里，干得了什么事？"李茂也有点不敢赞成。他理会向高的意思。

　　"你们都不用着急，我有主意。"

　　向高听了，伸出舌头舐舐嘴唇，还吞了一口唾沫。李茂依然吃着，他的眼睛可在望春桃，等着听她的主意。

　　捡烂纸大概是女性中心的一种事业。她心中已经派定李茂在家把旧邮票和纸烟盒里的画片捡出来。那事情，只要有手有眼，便可以做。她合一合，若是天天有一百几十张卷烟画片可以从烂纸堆里捡出来，李茂每月的伙食便有了门。邮票好的和罕见的，每天能检得两三个，也就不劣。外国烟卷在这城里，一天总销售一万包左右，纸包的百分之一给她捡回来，并不算难。至于向高还是让他捡名人书札，或比较可以多卖钱的东西。他不用说已经是个行家，不必再受指导。她自己干那吃力的工作，除去下大雨以外，在狂风烈日底下，是一样地出去捡货。尤其是在天气不好的时候，她更要工作，因为同业们有些就不出去。

她从窗户望望太阳，知道还没到两点，便出到明间，把破草帽仍旧戴上，探头进房里对向高说："我还得去打听宫里还有东西出来没有。你在家招呼他。晚上回来，我们再商量。"

向高留她不住，便由她走了。

好几天的光阴都在静默中度过。但二男一女同睡一铺炕上定然不很顺心。多夫制的社会到底不能够流行得很广。其中的一个缘故是一般人还不能摆脱原始的夫权和父权思想。

由这个，造成了风俗习惯和道德观念。老实说，在社会里，依赖人和掠夺人的，才会遵守所谓风俗习惯；至于依自己的能力而生活的人们，心目中并不很看重这些。像春桃，她既不是夫人，也不是小姐；她不会到外交大楼去赴跳舞会，也没有机会在隆重的典礼上当主角。她的行为，没人批评，也没人过问；纵然有，也没有切肤之痛。监督她的只有巡警，但巡警是很容易对付的。两个男人呢，向高诚然念过一点书，含糊地了解些圣人的道理，除掉些少名分的观念以外，他也和春桃一样。但他的生活，从同居以后，完全靠着春桃。春桃的话，是从他耳朵进去的维他命，他得听，因为于他有利。春桃教他不要嫉妒，他连嫉妒的种子也都毁掉。李茂呢，春桃和向高能容他住一天便住一天，他们若肯认他做亲戚，他便满足了。当兵的人照例要丢一两个妻子。但他的困难也是名分上的。

向高的嫉妒虽然没有，可是在此以外的种种不安，常往来于这两个男子当中。

暑气仍没减少，春桃和向高不是到汤山或北戴河去的人物。他们日间仍然得出去谋生活。李茂在家，对于这行事业可算刚上了道，他已能分别那一种是要送到万柳堂或天宁寺去做糙纸的，那一样要留起来的，还得等向高回来鉴定。

春桃回家，照例还是向高侍候她。那时已经很晚了，她在明间里闻见蚊烟的气味，便向着坐在瓜棚底下的向高说：

"咱们多会点过蚊烟，不留神，不把房子点着了才怪咧。"

向高还没回答，李茂便说："那不是熏蚊子，是熏秽气，我央刘大哥点的。我打算在外面地下睡。屋里太热，三人睡，实在不舒服。"

"我说，桌上这张红帖子又是谁的？"春桃拿起来看。

"我们今天说好了，你归刘大哥。那是我立给他的契。"声从屋里的炕上发出来。

"哦，你们商量着怎样处置我来！可是我不能由你们派。"

她把红帖子拿进屋里，问李茂，"这是你的主意，还是他的？"

"是我们俩的主意。要不然，我难过，他也难过。"

"说来说去，还是那话。你们都别想着咱们是丈夫和媳妇，成不成？"

她把红帖子撕得粉碎，气有点粗。

"你把我卖多少钱？"

"写几十块钱做个彩头。白送媳妇给人，没出息。"

"卖媳妇，就有出息？"她出来对向高说，"你现在有钱，可以买媳妇了。若是给你阔一点……"

"别这样说，别这样说。"向高拦住她的话，"春桃，你不明白。这两天，同行的人们直笑话我。……"

"笑你什么？"

"笑我……"向高又说不出来。其实他没有很大的成见，春桃要怎办，十回有九回是遵从的。他自己也不明白这是什么力量。在她背后，他想着这样该做，那样得照他的意思办；可是一见了她，就像见了西太后似的，样样都要听她的懿旨。

"噢，你到底是念过两天书，怕人骂，怕人笑话。"

自古以来，真正统治民众的并不是圣人的教训，好像只是打人的鞭子和骂人的舌头。风俗习惯是靠着打骂维持的。但在春桃心里，像已持着"人打还打，人骂还骂"的态度。她不是个弱者，不打骂人，也不受人打骂。我们听她教训向高的话，便可以知道。

"若是人笑话你，你不会揍他？你露什么怯？咱们的事，谁也管不了。"

向高没话。

"以后不要再提这事罢。咱们三人就这样活下去，不好吗？"

一屋里都静了。吃过晚饭，向高和春桃仍是坐在瓜棚底下，只不像往日那么爱说话。连买卖经也不念了。

李茂叫春桃到屋里，劝她归给向高。他说男人的心，她不知道，谁也不愿意当王八；占人妻子，也不是好名誉。他从腰间拿出一张已经变成暗褐色的红纸帖，交给春桃，说：

"这是咱们的龙凤帖。那晚上逃出来的时候，我从神龛上取下来，揣在怀里。现在你可以拿去，就算咱们不是两口子。"

春桃接过那红帖子，一言不发，只注视着炕上破席。她不由自主地坐下，挨近那残废的人，说："茂哥，我不能要这个，你收回去罢。我还是你的媳妇。一夜夫妻百日恩，我不做缺德的事。今天看你走不动，不能干大活，我就不要你，我还能算人吗？"

她把红帖也放在炕上。

李茂听了她的话，心里很受感动。他低声对春桃说："我瞧你怪喜欢他的，你还是跟他过日子好。等有点钱，可以打发我回乡下，或送我到残废院去。"

"不瞒你说，"春桃的声音低下去，"这几年我和他就同两口子一样活着，样样顺心，事事如意；要他走，也怪舍不得。不如叫他进来商量，瞧他有什么主意。"她向着窗户叫，"向哥，向哥！"可是一点回音也没有。出来一瞧，向哥已不在了。

这是他第一次晚间出门。她楞一会，便向屋里说："我找他去。"

她料想向高不会到别的地方去。到胡同口，问问老吴。老吴说望大街那边去了。她到他常交易的地方去，都没找着。人很容易丢失，眼睛若见不到，就是渺渺茫茫无寻觅处。快到一点钟，她才懊丧地回家。

屋里的油灯已经灭了。

"你睡着啦？向哥回来没有？"她进屋里，掏出洋火，把灯点着，向炕上一望，只见李茂把自己挂在窗棂上，用的是他自己的裤带。她心里虽免不了存着女性的恐慌，但是还有胆量紧爬上去，把他解下来。幸而时间不久，用不着惊动别人，轻轻地抚揉着他，他渐次苏醒回来。

杀自己的身来成就别人是侠士的精神。若是李茂的两条腿还存在，他也不必出这样的手段。两三天以来，他总觉得自己没多少希望，倒不如毁灭自己，教春桃好好地活着。春桃于他虽没有爱，却很有义。她用许多话安慰他，一直到天亮。他睡着了，春桃下炕，见地上一些纸灰，还剩下没烧完的红纸。她认得是李茂曾给他的那张龙凤帖，直望着出神。

那天她没出门。晚上还陪李茂坐在炕上。

"你哭什么？"春桃见李茂热泪滚滚地滴下来，便这样问他。

"我对不起你。我来干什么？"

"没人怨你来。"

"现在他走了，我又短了两条腿。……"

"你别这样想。我想他会回来。"

"我盼望他会回来。"

又是一天过去了，春桃起来，到瓜棚摘了两条黄瓜做菜，草草地烙了一张大饼，端到屋里，两个人同吃。

她仍旧把破帽戴着，背上篓子。

"你今天不大高兴，别出去啦！"李茂隔着窗户对她说。

"坐在家里更闷得慌。"

她慢慢地踱出门。作活是她的天性，虽在沉闷的心境中，她也要干。中国女人好像只理会生活，而不理会爱情，生活的发展是她所注意的，爱情的发展只在盲闷的心境中沸动而已。自然，爱只是感觉，而生活是实质的，整天躺在锦帐里或坐在幽林中讲爱经，也是从皇后船或总统船运来的知识。春桃既不是弄潮儿的姊妹，也不是碧眼胡的学生，她不懂得，只会莫名其妙地纳闷。

一条胡同过了又是一条胡同。无量的尘土，无尽的道路，涌着这沉闷的妇人。她有时嚷"烂纸换洋取灯儿"，有时连路边一堆不用换的旧报纸，她都不捡。有时该给人两盒取灯，她却给了五盒。胡乱地过了一天，她便随着天上那班只会嚷嚷和抢吃的黑衣党慢慢地踱回家。仰头看见新贴上的户口照，写的户主是刘向高妻刘氏，使她心里更闷得厉害。

刚踏进院子，向高从屋里赶出来。

她瞪着眼，只说："你回来……"其余的话用眼泪连续下去。

"我不能离开你，我的事情都是你成全的。我知道你要我帮忙。我不能无情无义。"其实他这两天在道上漫散地走，不晓得要往那里去。走路的时候，直像脚上扣着一条很重的铁镣，那一面是扣在春桃手上一样。加以到处都遇见"还是他好"的广告，心情更受着不断的搅动，甚至饿了他也不知道。

"我已经同向哥说好了。他是户主，我是同居。"

向高照旧帮她卸下篓子。一面替她抹掉脸上的眼泪。他说："若是回到乡下，他是户主，我是同居。你是咱们的媳妇。"

她没有做声，直进屋里，脱下衣帽，行她每日的洗礼。

买卖经又开始在瓜棚底下念开了。他们商量把宫里那批字纸卖掉以后，向高便可以在市场里摆一个小摊，或者可以搬到一间大一点点的房子去住。

屋里，豆大的灯火，教从瓜棚飞进去的一只油葫芦扑灭了。李茂早已睡熟，因为银河已经低了。

"咱们也睡罢。"妇人说。

"你先躺去，一会我给你捶腿。"

"不用啦，今天我没走多少路。明儿早起，记得做那批买卖去，咱们有好几天不开张了。"

"方才我忘了拿给你。今天回家，见你还没回来，我特意到天桥去给你带一顶八成新的帽子回来。你瞧瞧！"他在暗里摸着那帽子，要递给她。

"现在那里瞧得见！明天我戴上就是。"

院子都静了，只剩下晚香玉的香还在空气中游荡。屋里微微地可以听见"媳妇"和"我不爱听，我不是你的媳妇"等对答。

（1934年发表于《文学》第3卷第1号）

许地山的《春桃》发表于 1934 年 7 月 1 日《文学》第三卷第一期，署名落华生，是其在 30 年代的力作。许地山在中国现代文学史上之所以显得独特，在于他是一位宗教色彩较浓的作家，这便与当时大多数信奉唯物论的作家不同。许地山在早期创作了大量带有宗教意味与悲剧意味的作品，比如《命命鸟》、《缀网劳蛛》、《商人妇》等作品，宿命色彩十分明显。茅盾曾指出，许地山的作品是时代某种悲剧情绪的折射，"无非因为那时候社会的内在矛盾虽然已经很深刻，可是解决这矛盾的新势力还没有现在那么坚强，一般知识分子望来望去没有路，就要怀疑悲观了"。

但是，许地山的这篇小说，仍是由于充满宗教色彩的渲染，而一度遭到人们的误读与批评，诸如有人认为作者在文中所宣扬的是一种提倡逆来顺受的消极人生态度，无益于社会的进步与发展。更有人深入地指出，许地山特殊的生平经历使他具备了独特的精神气质：既有以宗教为归属的倾向，也有对劳苦大众关怀的现实；既有看破红尘、"生本不乐"的人生观，又有积极乐观、奋斗不止的人生态度。正如本篇《春桃》中的春桃面临与两个男人过着一妻二夫生活的矛盾状态一样，许地山在创作上亦存在着这样的矛盾。对于许地山作品中所呈现的这种心理上的矛盾状态，王瑶曾经评论道："他的积极、消极很难区分，有反封建的与时代合拍的一面，宗教的人生信仰的渗入又同一般的'五四'姿态分离。"这种精神气质折射在其作品中，就或隐或显地体现出了悖论的色彩，而《春桃》可以说是最具有悖论色彩的一部小说了。

不过，当时文坛上对他的创作大体上来说还是赞许的。一般论者都认为，《春桃》与许地山前期的其他作品相似，所塑造的主人公依旧性情平和而社会地位较为低下，虽然由于经历了生活的种种磨难，但是却执着于积极的人生态度。无论经历了多少苦难，但最终这一切又看上去都不如改变自己的内在心境更重要，所以他们最后往往都会退回到自己的内心世界，保持一种令人钦佩的韧力。女主人公由于命运的阴差阳错，不得不面对一个纠结的选择：是否收留残废的丈夫，以及是否可以接受一女二男的生活方式。春桃形象由于其强烈的女性主体意识，"在整个社会的女性意识发展演进中具有不可低估的认识意义"。主人公春桃虽然在生活的困境之中苦苦挣扎，但她不信天与地，只信自己的艰苦奋斗，相信只要有自己的努力，就一定会达到人定胜天的目的。所以这篇《春桃》也被认为是许地山"最终从神秘的宗教宫殿里走出来，带着宗教的残余气息拥抱现实"（杨义《中国现代小说史》）的作品。"许地山之所以不偏倚于一种宗教文化，是因为他有以天生的和蔼的秉赋建立起来的特异而卓然的人生哲学和价值观"（马佳《摇曳的上帝的面影》）。归根结底，宗教在他那里，目的只是为了服务于人生，"为人生"的追求才是许地山的终极目的。

今天有评论界表示，一个女人与两个男人的故事，在一般世俗作家笔下，大约会生出多变的艳情史来；但许地山不是这样——他对民间的凄苦领略得过深，对百姓似人非人的生活同情而又哀叹。《春桃》的故事看似离奇，但其深层之中，却具有巨大的现实冲击力。主人公春桃的性格是奇异的，她于艰辛之中不畏厄运的通达、开朗的性格，给人以深刻的印象。有人曾认为这样的女性不够真实，在处理爱情问题上缺少心灵的冲突。其实，许地山的成功也恰恰在这里。他将本是一件纠结与悲伤的事情以平静的笔法写出来，更显出一种"高贵的单纯与静穆的伟大"来。

许地山的小说创作，"主人公不再进教堂，不再布道，可他们一举一动都合乎教义。宗教由外在的宣扬变为内在的感情体验，并通过行动自发地表现出来"。正如文学界一向对于许地山的小说评价那样，宗教传奇色彩始终不离他的小说，他的创作生命来自"五四"时期，然而创作风格与姿态又与"五四"风格保持着清醒的距离。

一千八百担

吴组缃

一

时候已经是七月中旬，天气依旧很闷热。天上满布破旧棉絮似的云。雷声一阵响，二十多天没下的雨，像是喘着气没命飞赶来的，打得遍地冒灰白色的尘烟。但是已经太迟了：

连阡累陌的田禾，有的呈着老绿色，矮矮地拥挤在干裂的土壤上面，像初春的麦苗；有的虽也结了稻，但只是一些灰白的壳子，干瘪得犹如老婆婆的乳房，有的是早变成焦枯萎黄的槁草，挺直着头和腰，在微风中轻飘飘地摇摆着了。

这天是七月十五。宋氏大宗祠高大庄严的中门洞开着，显然是有重要的事。

宋氏义庄管事柏堂愁眉皱眼背着手站在门上，对着面前帘子似的急雨呆呆发痴。两边两只大石狮，各张开大口，在对着他幸灾乐祸地打哈哈。

祠堂前门是一片旷荒的废基。那是洪杨乱后的遗迹。日长月远，早被垃圾泥土所盖没，变成一块高低不平的大草场。

平时猪羊牲口在上面懒散地啮着草，野狗在上面咬着一块破布条什么的，发狂地奔跑着，打着滚；小孩子在上面放风筝，会节时在上面唱戏谢神，放暑假回家的年轻学生们在上面露天讲演。现在却一个人影也没有。远远突兀地挡住眼前的，是一座几根没去皮的杉木柱和几条桥板几片竹簟搭成的高棚子。这是半个月前搭起的龙王台。台上神座里摆着只瓦缸，急乱的斜雨打上去，发出沉闷的丁丁声响；远远听去，好像关在缸里的那条"真龙"正在有所诉说。龙王台下面，没遮没盖地蹲着一位癞痢头孩子模样的菩萨。[①]浑身淋着雨，脸上含着一种似乎觉

---

①这位脾气好的菩萨，叫做"西风癫痫"。据说玉皇大帝是他的外公。

得"糟糕"的苦笑，样子怪狼狈。龙王台左右，零乱地插着些雨旗。旗上写着的那些什么"风调雨顺"，"沛然作雨"，"油然作云"，"五谷丰登"之类祝词，已经狼藉不堪。久旱的泥地上从垃圾堆里，野草丛里发出一种令人窒息的闷热瘴疠气味，不住地向柏堂的鼻官里吹扑。柏堂伸了个呵欠，露出急躁不耐烦的样子，重新踱回里面去。

"双喜！双喜！"柏堂喊着，空阔的祠堂里四面嗡嗡地起了回应。

住守祠堂的双喜浑着喉咙答应着，由下堂耳门走出来。这是个五十多岁的小厮，头上盘着一条小辫子，眼睛时时沉着，像在打瞌盹。

"柏老爷什么事？"

"你是不是每房都请到了？你把帖子拿给我看。"

"我是——小的是照帖子请的。"

双喜在"掩襟"的短褂里掏出一张大红折帖，双手递给柏堂。那折帖上列着很长一排名字。大般名字下，都已签了"知"或"到"。柏堂皱着眉心看了一会，说：

"多少不到的？"

"就是守耕堂竹堂少爷不在家，'知'字是石堂少爷代签的。其余签了字的老爷，少爷，相公，都答允到。"

"唔，唔。"柏堂一面把折帖放入自己衣袋里，一面哼着鼻子说，"你在里面做什么？"

"小的在烧茶。"

"东官厅你打扫完了？"

"东官厅漏雨，恐怕——小的恐怕用不得。"

"漏雨？——早怎么不说？早怎么不修理？你是个老管家呀，你怎么也越活越转去了？嗨！嗨！"柏堂把个亮光光的秃头摇得像卖货郎担的大鼓。

"是瓦眼里溅进的斜雨。——是雨太急了，瓦沟里流送不及。小的——小的——"双喜阴沉着脸毫无表情地说。一边心里却想：五月里落梅雨，已经就漏，告诉你老爷说得修，你老爷却说是今年公堂里没这些闲钱花。修祠堂也算花闲钱呀！

太祖爷爷在流眼泪哩！——但是双喜不曾说出口。

"嗨！"柏堂像有那么回事的叹着气，忽然想起什么来似的，把正摇着的头停住了，回身改过口气说："那么你把正厅里安排几张桌子椅子吧。"

"是，是。小的就去摆。"说着话，就向后退着走。

柏堂走到阶沿上，抬头向那个巨大的长方形天井望一望，雨是稍稍缓和了，天依然没个晴朗的意思。天井里几块太湖石，一边拥着棵高出屋檐数尺的大柏树，一边是三株瘦长的天竹。雨点打在上面，淅淅飒飒地响，衬托得这郎当高大的周遭分外岑寂寥廓。柏堂要压住满腹乱麻似的思绪，没法压得住。昨夜预备了整半夜，不时醒过来还要默记几次的那篇也许备而不用的尴尬的开会词腹稿，此时又断断续续涌上来：

"今天这个会，大家不催促，我也早就打算要开的。我柏堂值年管这个义庄，素来手续清楚，大家都晓得。我柏堂是承诸位看得起。——我要对得起祖宗。去年'夹收旱'，租是照对折交，共总一千八百担。大家头上同是一块天，大家都晓得。稻价那时跌到两块五，两块二，是我柏堂不忍得拿来当泥土卖，存在仓房里，大家查看。培坤小学是只好停办。女子念书不过是那么作兴。培英小学教员钟点费减到一角五。那是为地方尽义务，大家是一片热心。下学期开不得学，市房空着没人租用。是月斋老叔热心教育，急公好义，借了一千二百元。自卫团解散，今年是第五年。二十七天不下雨，籽草无收。报了荒，县政府不准，呃，不准。那不是我柏堂弄什么，大家可以查问的。……要加租，佃户都闹着联合退佃，要去逃荒。呃，那自然是不行的。……我柏堂为义庄，五年来是鞠躬尽瘁，大家都晓得。今天这个会，大家不催我，我也早就要开的。我如今要提出来，请大家商量的是：第一，这一千八百担积谷是万万动不得的。这一千八百担是，呃，另有正用。钱粮附加每亩六角六，垦务局特捐每亩四角，那是要交清的。呃，……月斋老叔今年三溪镇砻坊亏折太甚，培英小学那笔借款是必定要还的。月斋老叔是一片好心，我们是不能辜负他的。呃，第二，要大家商量个办法镇压佃户客民。……退佃是办不到的。呃，那是句笑话！第三，大家……

"呃，是第三。我们钱粮出不起。呃，大家议个呈请书要县政府执行加租。呃，每亩二十斤是加得的。呃，第四，保甲，壮丁队，清查户口，鄂豫皖剿匪办法，……那是，呃，没钱举办的。第五，培英小学今年是，只好停办一年，来年再设法的。村上的子弟如今真能念书，真有天资的——呃，太少，太少。村上的子弟，呃，在家里也好自修的。呃，念书也是没多大道理。……我柏堂是鞠躬尽瘁。这一千八百担，是要作正用的。……"

二

"好大的雨！好大的雨！啊哟！"

柏堂吓了一跳，回过头来。大门上进来两个人，一边笑着嚷着，一边在收伞，跺着脚上的泥水，拍着身上的雨珠。那个四十多岁，穿一件旧直纹纺绸长衫的矮胖子，是谦益堂子寿，恒昌祥京广洋货布店老板，商会会长；那个二十多岁，一头油光光的时髦头发，穿一件月白生丝长袍，领子又高又硬直撑住下巴的清瘦长个子，是紫荆园松龄，一位上海什么专门学校毕业生，如今是在家专门当少爷。

"来得好，来得好。"柏堂扮个高兴的样子喊，"大家诸位，请到西官厅坐。"

"这场雨，他娘的腰！这场雨——我说，柏堂哥，"子寿收了伞，把上面的积雨摔着说。

"子寿。"柏堂答。

"这场雨要早下这么十天，嗯，啊，嗯？"

"老弟，这个话就提不得了。"柏堂不胜感慨的样子答，一边招呼着松龄说："你今天居然肯冒着雨劳驾？"

松龄嘻嘻地笑着，不作声，把长袍高领子整一整，颈子扭一扭。

"他是无事不登三宝殿。"子寿说，"这个话他要我——"

"里面坐，里面坐。"

三个人同走到西厅里，双喜赶来接了两位手里的雨伞。西厅里一张旧木榻，两连几椅。香烟果盘都已摆好。子寿向榻上一躺，顺手在榻几上取了枝烟，直着顿了两下，凑到眼前看着说：

"我如今是越穷越懒，看见榻椅就想躺。——柏堂哥，你这买的是什么烟？"

"是双喜买的。说是什么司太飞。倒公道，十三个。"

"所以你这个人容易老：样样事要望钱财经济上打算。我抽惯了大英牌，这些新牌子——"

"我晓得你的心事，要是在这个榻上设一盏烟灯，那就正合了你的意思。"

"不是那个话，不是那个话。这是什么地方？那就不成体统了。——我们还是谈正经的。松龄是无事不登三宝殿。他到你府上连找了几次；你老哥财忙，都不在家——"

"我是半个月没落家，在庄上住了七天，城里三天。这个会延迟到今天开，也就是这个缘故。天生一副贱骨头，有什么说的？——松龄那个话，我也——"

"你听我说，听我说。他是为了几笔存款取不动，如今已经选好了八月里的日子动土，就缺这笔钱用。柏堂哥，你说祖先的黄金①难道好长久抛露在土面？所以这事做子孙的无论如何不肖，也是要做的。义庄这几年紧迫；我晓得。——"

---

①黄金：这里指骸骨。

"岂但紧迫？去年培英学堂开不得学，不是向月斋老先生借了一千二，不是长年二分起息？"

"那不错。听我说，听我说。松龄那座竹山，——我们是谈家里话，句句如实说——如今是鞭长莫及。松龄自己又不会经管，一个住山棚的佃户又是个脓包货。每年出的笋子，竹，都给当地的王八蛋偷我完。反正晓得主子是个软弱书生。在县政府花了不知多少钱，请当地乡绅的酒席已经不知请了多少次，立的"禁牌"都是聋子的耳朵，吓苍蝇也吓不动。这座山，和太祖的坟山是一支龙。这你老哥是晓得的。如今他急等钱用，打算硬起心肠，只要个两双手的数目。除竹木不计外，山上有五十多亩田；单单这五十多亩田，就不止二千元！这个好处，他不忍得造化别人，他是死心一个点要卖给义庄。叶落归根，凭这一点心，就是个好子孙。柏堂哥，你无论如何也得成全成全。义庄里去年的稻子一千八百担，不曾卖，我晓得。你说义庄紧迫，那不错，那不错。如今就在这稻子里出价。——柏堂哥，你说这事可行得？松龄是为了安葬祖先的黄金。这是正事。你成全了他，你有阴德。"

"你这个话，我也略知一二。可是这个义庄，不是我宋柏堂的；要是我柏堂的，那，那不谈竹山的话，就是白手借这么二千块，我也放心。"

"不打那个官话，不打那个官话。柏堂哥，松龄要你老叔说的话是一滴水一个泡，你究竟是肯不肯成全？就是这一句话。"

"子寿，你也是市面上替大家做事的。你不能拿这斩钉截铁的话来填我的胸口，那你叫我做不得人。我不妨把我荷包里的邋遢在你老弟面前抖一抖：义庄这一千八百担，是我忍不得拿来当土块卖，才勉强留下的——那也只怪我半夜给鬼摸了头，心想驮一年息，看今年价钱可好点。谁知反而望下跌，又遇到这个大旱年；今年是籽草不收。这不是我柏堂糊涂，大家家里都是有田的。如今这点蛮留下的稻，总共不过一千八百担。按市价一块八角算，不到三千五百元。只还月斋老先生那笔借款连本搭利就是一千五。老弟，你想想：今年下半年和明年上半年的开支望那里出？报了荒，县里不准，钱粮附加每亩六角六，望那里出？垦务局的田亩捐望那里出？壮丁队的开办费望那里出？培英小学就死心关门了？——这些都不谈。老弟，我问你一句话：你晓得和你老弟同样情形，要通融这笔稻的人还有几多位？"

子寿赤红了脸，由榻位上跳着站起来，嚷着说：

"不是那个话，不是那个话！你老哥说话怎么拖泥带水的！是松龄要安葬他两代黄金，拿竹山来卖给义庄；是他托我来说这个话。你怎么说我子寿要通融义庄这笔稻！——柏堂哥，你这不是个笑话！你这不是含血喷人！"

"你坐下来，坐下来。不要走气门。就是我说错了一字半句，也反正是一家人。——那这话就格外好说了。——松龄……"

松龄坐在左边太师椅里，直着双毫无神采的眼睛望在对面柱子的半边楹联上：柱子裂开了无数的缝，把楹联上一个个端方的字体扭扯得很狼狈。一只壁蟢从这个字爬到那个字，爬到裂缝里又重复爬出来。他把每个字在膝盖上照样描画着：

"天地间第一人品还是读书。"

画了一次，又画第二次。柏堂和子寿的谈话，虽近在耳朵边，但仅仅跳进断断续续的一句半句来。盘绕在他脑里的，是昨天晚上在则古轩瑞卿嫂家打牌的情形：燕姑娘打五索，他有意做个丑脸说"对"，燕姑娘就红着脸格格地笑；他把脚端住她的那双尖瘦美丽的小脚，她就红着脸向他丢个半嗔半笑的眼；他把胆子一大，用右脚把她的脚挑着搁到自己的左腿上，握着，捏着，手由裤管里伸进去。……这都是出乎意料之外的！这都是奇迹！他想不到燕姑娘那么尊贵美丽的人，是这么容易上手！

"十个女人九个肯，只怕男人嘴不稳！……"他心里痒痒地想着，一边仔细再把每个举动回味着，一边手在膝盖上无心地画着字。子寿跳着嚷起来了，柏堂喊自己了。

"呃，柏堂叔，柏堂叔。"松龄好像从梦里醒过来似的，把眼睛眨了两眨，牵住领子扭着颈项答。

"侄郎官，不是我做叔叔的今天要对你说不三不四的话。你毕业后回家刚两年，只经过我的手的，就已经卖去五十多亩田；三河镇市房不算，在恒裕烟店抽的残股不算。你怎样两代黄金还是抛露在土面？侄郎官，先人创业不容易。你年纪轻，上头还有个老嫂；下面，刚动头就已经有两个孩子。你是受上等教育的，你要顾点后路……世界是一天一天坏，钱是在水里的。"

"我今年——我我我……"松龄苍白的脸上飞起几朵红云，把身子扭了两扭，由太师椅上站起来。

三

外面格笃格笃地一阵皮鞋响，又夹着几双钉鞋和好几个人说话的声音，闹得正堂里嗡嗡然。

“我说怎么找不到人，原来你们在这里！”

说话的是博学堂大房步青：五十多岁，胡子已经花白了，是怡昌豆腐店老板，肩背有点驼，辫子是民国十七年割的，而今留着个“鸭屁股”在头上；接着进来的是审问堂二房庆甲，六十多岁，可是光滑滑的一个扁皱的下巴，找不到半点胡子根，这位老先生，人家背后都喊他“肚脐子”，意思自然是说他除了烘火，晒太阳，拿把扇子走走河岸，带小孩子玩玩，上街买买东西外，再不曾做过其他什么事；第三个是明辨堂四房子渔，或紫瑜，或子愚，总之是个满口野话，爱哈哈大笑，会做状子，会打官司的人，四十多岁，一张元宝形的胖脸上，留着几根仁丹须；第四个是慎思堂三房叔鸿，一位北京什么大学毕业生，二十七八岁，左眼下一大块乌青色的疤痕，痕上有几根毛，如今是在省城中学当教员；第五个是笃行堂五房景元，一脸干巴肉，三十多岁，有个口吃的毛病，是个忠厚的生意人，自被店里辞歇后，在家已闲住三年，脸上那几条新伤痕，说不定便是他尊夫人给抓的。——这是铭公分大五房的五位代表。

柏堂丢开松龄和商会会长子寿，连忙站起来，迎着说：

“劳步劳步。湿了你们的脚，湿了你们的脚。”

说着就高声喊双喜倒茶敬烟：一边抬头看一看天：雨已小得多，几块乌云飞跑过天井。

“柏堂，你这个话错了。”豆腐店老板步青老弓着背把伞靠到墙边，举起手里那根毛竹旱烟袋看了看，慢慢地在钉鞋上敲着烟蒂说：“我是为了落雨才出来：这个‘秋燥’，还了得！”

子渔，当讼师的那一个，手里拿着两根新制的蟋蟀草，笑开脸，指着柏堂说：

“我说，柏堂哥，这个天是有意调皮，是有意；也像人，是个绝种！”

“不是那么说的，子渔。”豆腐店老板步青老在榻上柏堂先前坐的那位子坐下来，接了双喜敬的茶和双喜说：“你拿‘净丝’来，我不要这个洋烟。——子渔，不是那么说。那个年成的事，是只当瞎子死了儿子，横直没眼睛望了，可是这个‘秋燥’，人要紧，人要紧。这场雨，到底还是雪中送炭。天有眼，天有眼。”

“天有眼！天就有眼，也是生在后脑上的！”

“慢着。自从南京建都，我们这里的天，到底是有眼的；天心是归顺的。你看《申报》上，陕西一带是个什么样子？陕西要是靠近南京，就不会变成那样子。这是一定的目的。我怎么晓得天心是归顺的？我早上又看见渭生。渭生瘦了黄了，那难怪。十几天来，他连在家烧一管‘净丝’的功夫也没得。这个‘秋燥’，嗨，郎中出生意，药店出生意，棺材店出生意。"

"你老哥干子豆腐的生意也不坏呀？"子渔向大家做个鬼脸，笑开了，把蟋蟀草拂着自己的仁丹须说。

"你莫打岔。"步青老严正地继续说，"就是我们这个村上，这几天害秋瘟的有多少？一色的病：寒热不分清，烧黄了眼珠。说是'半更子'①，不是，说是伤寒，也不是。你说是什么？就是个秋燥的病！我家春狗子，头天晚上吃了两块香干子，还同他姊姊唱革命歌，好好地。半夜架天架地烧起来。第二天，认不得人了。我接渭生来诊看。渭生说，用不着看，用不着看。——一色的病，他一天不看不看也要看五六十，那自然不用看。他配了一副碧玉散，叫我只管放心给他吃。可是要想病完全好，那还等菩萨洒下柳瓶里的净水——他这个话就是有宗旨，你说天没眼？今天不落这场雨，人还了得？所以，天心到底是归顺了的。"

"肚脐子"庆甲老瘪着那张没一根胡须的嘴动了两动，眼睛望着天井，独自个点点头，表示对步青老这番高论已经有所领悟。

子渔扮了个滑稽的笑脸，望一望大家。看见大家都不作声；又见步青老在吸着烟，摇着脚，那么副得意的神气，心里有点难容。有意逗着说：

"就依老哥这么说，下场雨，杀杀秋瘟，病人好过点。那这个天，越发是个绝种了！"

"毫无目的，毫无目的。"步青老摆着脑袋说。

"听我说完。步青哥，你是知其一，不知其二。你是像你的那杆烟管，不那么——不那么容易吸出烟来的。这个却不谈。步青哥，你晓得，人活了，不死，那是天有眼了，可是籽草无收，活着没饭吃；买吧，不管稻子多便宜，也是买不起的。这样子，索性病死了，倒不差似登仙。如今给这场雨救活了，反弄得不死不活的。那是猫儿耍耗子，不过制你多受点灾难。火烧纸马店，迟早是要归天的。你说这个天怎么是归顺了的？怎么不是个绝种？怎么是好爷爷扯的！"

"毫无目的，毫无目的！"

叔鸿，大学毕业生，静静地听着，忍不住噗嗤地笑起来。

"你笑什么？"子渔也尴尬地笑了，"叔鸿，你是个有学问的，你说我这话可对？"

"老哥，我得罪你。"叔鸿把头发向后摸一摸，苦笑地说：

"你莫拉上我。我是不懂你们这些经纬的。"

_____

① "半更子"就是疟疾。

商会会长子寿一直躺在榻上抽着烟卷，喷着圈儿玩，想心事。这时忽然坐起来，问叔鸿说：

"叔鸿，你几时上省？你那件债务官司？……"

"学校是早开学了。就是这件官司绊了我的腿。我现在打算两天内就动身。"

"官司了了？"

"了了？光景一辈子也不会了。"

"是件什么官司？"柏堂插嘴问。

"你不晓得？——呃，你是个忙人，你是不晓得。"讼师说。

"就是万源油坊那笔存款，二千二百元。……"

"就是殷楚江的那个万源油坊？那不是笔铁稳的债？殷楚江纵然不在了，他几千亩田总是长翼膊也飞不掉的。"

"我不是说这笔账不稳。是我要钱用呀！这二千二百元还是先大人手里存的。那时先大人和殷老是亲密知己，你老哥总晓得。那时他——"

"我晓得，我晓得。"柏堂说，"那时他在长江南北有几个金字号店。他那个活动的能力，是谁也佩服的。"

"殷百万，数一数二的乡绅，数一数二的乡绅！"步青老把旱烟管在鼻上擦着油，摇着腿说。

"就是我毕业那年，一分八厘息还是上了的。忽然无缘无故的听说他死了。——有人说他是钱店倒了，债务发作，吞金子自尽的。那不管他。——我由省城赶回家，想和他令郎接一接头，免得以后我们两方隔代人，将来生瓜葛。那知他奶奶十把眼泪九把涕，要求止息，三年内分期还本。我就吃一惊。但是两方面是世交，难不成看他家出了凶事，我不帮帮忙，反来窘逼他？所以我和我母亲商量，就依他止息，可是款子要在一年内还清。这是前年的事。谁知当年不曾还，去年还是不还。我想，就是完全依你那个话，两年内也该还个大半数了；你如今佯而不睬，一毛不拔，那是个什么意思？——你晓得他是个什么主意？他要拿田抵！"

"毒主意，毒主意！"步青老摇着头说。

"那你不能开眼睛吃老鼠药啊！"柏堂关心地说。

"所以，我想一想，这个世界是谈不得情义的：我与人以德，他却报我以怨。反正我父亲是不在了，殷老也不在了。他令郎你大家总晓得，看那副形样，就要惹我生气：不是近视眼，要配副平光镜。用紫的绿的纺绸线春做四不像的西装，中山装，学生装穿。一只手要戴上四个宝石戒指。一天到晚靠在烟榻上听留声机。外埠到的娼妓，一个个喊到自己家来胡缠。你说我和这种人讲什么情义？我借给你的是现钱呀，你怎么拿田抵？这且不谈。自从我先大人——我父亲过世，丧葬费用了六七百；我弟弟几年上学校，一年用四五百；家兄离婚，花三四百；又结婚，——"

"伯鹤结婚了？自由的？"子寿问。

"在北京，在北京。"叔鸿答非所问地继续说，"又结婚。……近年家里又添了几个孩子。我们自己在外面混，是老爷管不得老爷的。唉，我们这个家，就叫没法想。这且不谈。家里一点点产业，你大家大概都晓得。一百多亩田，去年反贴了几十块完粮纳税。今年更不谈。几个合股店，呐，合茂糟坊是北伐军到境那年倒闭的，股洋五百元，完全没了，还摊了一百多元债。同姓布店，去年损三哥要做一批茧，克叉，蚀了五千！只分了点卖不掉的洋货布匹回家。福康一笔存款，店主如今是押在衙署里，我问那个去要钱？恒丰烟店一笔，如今三老爹这个店半开半关支撑着：三老爹年尊分长，利也不给，本也不还，这口冷粽子我只好硬起颈子吃。我一家十多个人，吃用望那里开支？我是狗急跳墙，我并不是好讼。"

"县里是怎么判的？"子寿关切地问。

"县里是拖延。他破产抵债，自然没话说。可是他这个产，是田，是破不了的。我是个卖田的人，我受他的田？"

"这年头，田是个倒霉东西，是个瘟神：谁见了，谁怕。哈哈哈……"子渔，那个讼师，笑着说。

"那你走了，官司那个问？"商会会长子寿问。

"我托我们的子渔哥全权办理。"

"子渔，叔鸿这事你要尽点力。你把钱弄到手，我给你存放生息。长年二分，长年二分。"

子渔哈哈哈笑起来："听听这个话。八字没见撇，他倒先伸腿了！"

"子寿哥，莫想这个心思。我是等着钱还债，等着钱做盘川。我要是有钱存放，我也不打官司了。如今你老哥是大老板，是商会会长，你借给我，我的是长年二分五，行不行？"

叔鸿说着，大家哈哈笑起来。

笑了一会。叔鸿走到柏堂跟前，说：

"柏堂哥，我有句话和你说。"

柏堂怔了一怔，被叔鸿拉着出了西厅。

这时候已经快十点半钟。雨已变成鹅毛雨。西厅里一块长方形的太阳光骤然由天窗上照下来，依旧是那么炎烈可怖。

天井阶沿的湿地上不住冒白色的水蒸气。

大家都皱起眉眼来。

"步青哥，"那个讼师笑着说，"你看看这个天，可像是有眼的，可像是归顺了的？这不是猫儿耍老鼠！这叫人怎么活？"

"子渔，亏你是个讼师。你这些话，毫无目的。生了个天，难道不出太阳？"

"不谈这个话。"子寿，商会会长，不耐烦地插着说，"子渔，我想想，我们这个义庄，给柏堂官拿在手里，弊病太多。如今这一千八百担，他就是想把持，不打算拿出来。"

"这个话你错了。"步青老装着旱烟袋说，"柏堂是个正直君子，人精明，把稳：他是个掰住卵子才肯过河的。他是个天天在铜钱眼里打秋千的。有这个义庄，就少不得这个人。这是一定的宗旨，一定的。"

"精明！把稳！一个笑面虎！——步青哥，我不是和你说，你养养神。"

步青老满不在乎的样子，擦着火柴吸烟，摇着脚，怡然自得。商会会长接着说：

"去年义庄的田是照六折五折收租：一千八百担。那时候他在庄屋里收租，小厮是带的他自己家里的长工，却开庄上的账；还把他两位少爷带去住，吃。那些佃户辛辛苦苦一年做到头，碰到旱年，自然只好东佃两家认亏吃；他不，还是天天要佃户送鸡来，送新上市的青豆来，吃不了，带着走，大担小担差使佃户望他家里挑。恐怕那些赃物直到而今他还不曾吃得完。这都是额外的讹诈，却饱了他个人的腰。这是说的去年。前两年十全十收，弊病自然更多。"

"那不出奇，子寿，"步青老闭着眼，晃着身子，忽然又插一句说。"那不出奇！那是佃户的孝敬，那是他应得的酬劳。

你这些怜惜佃户的话，都是猫儿哭鼠，都是猫儿吃不到墙上的干鱼……"

"你这话怎么说，步青哥？你六十岁搁在头上的人，说话怎么总是囫囵的？不是白吃了你五十多年的饭！"

"莫走气门，莫走气门！"步青老继续晃着身子闲闲地说。

"子渔，你听我说：那些就算是额外的孝敬，不谈他。一千八百担稻，那时候市价还有个两块多近三块。他存了个私心，打算垄断了，好自己赚钱上腰包，留着搁在庄上；不放心，又打庄上牲口，挑子，担子望这里运。这些手脚多一遍，他的额外酬劳就是多一次。这还不谈他。稻一搁搁下来，到今年碰这个荒年，籽草不收。稻价却跌到一块七一块八。这个损失该由那个去担负？这不谈。义庄早两年十全十收，也得价，那些钱是无论如何也是开支不尽的。除开买了我们子孙几百亩田，却不见剩一个钱。钱是不会不剩的，他拿在手边做资本，做茶叶生意，做蜜枣生意，放高利贷给穷人给佃户，每月二十个钞一块的息。培坤学校由他关门，培英学校开学还要借月斋老先生的债；明明是一分八的息，他开二分的账。"

"你这话，我相信，我相信。"讼师回答，"可是世界上的老虎都吃人，都不是好爷娘扯的。所以我是赞成瓜分义庄，先分稻，后分田，大家平分。我们先来个共产。哈哈哈。"

大家都吃一惊，看住讼师子渔那个哈哈笑着的脸。——

像只破散了的元宝纸锭。步青老站起来，用旱烟袋敲着地，说：

"子渔，你这个话，早就有人这么倡，可是你今天公然在祠堂里说，你不是个姓宋的子孙！我比你穷，我就不敢作这个非分之目的。你这话太没良心，太没宗旨。"

子渔把头靠在太师椅背上，继续张着嘴笑；笑了好一会，坐直了，说：

"老头子，在'家堂菩萨'面前，这是。你老哥抠屁眼赌个咒。分义庄，你心里想不想？说谎的不是好爷娘扯的！"

"太没良心，太没宗旨。"

子寿会长非常痛快地笑了一会，高兴的样子和子渔说：

"还有那个话：义庄这一千八百担稻，如今变成板凳头上的个鸡子。柏堂官就第一个想一口吞。而且，这个大荒年，我们做东家的籽草无收。客民佃户呢，他们难道天给落下米来？他们如今要退佃，要逃荒，可是不能插起翼膊飞呀，而且飞到那里去！狗急跳墙呀，他们没得吃，难不成一个个成仙学道？难不成一个个做菩萨？那个笑面虎只一味的屎填了心窍，想把持着自己一口吞，好像就没想到这一点。子渔，你想想。我今天是要提议先分这一千八百担。我们做子孙的没得吃，我们不能让柏堂官一个人玩手段，上腰包；我们不能等着客民佃户来抢粮——这抢粮的话，你说可有个七搭八？"

"有之，有之。利令智昏，柏堂不肯这么想。不催他开会，今天这个会他还不见得开。"子渔把蟋蟀草拂着胡子说。

坐在最末那张太师椅里，瞪着眼始终没作过声的景元，那个小店伙，这时忽然赶着咳了咳，搔搔干巴脸上那几条伤痕，站起来，非常严正地说：

"我我我——今天是七七七月半，客民佃佃佃——佃户做盂兰会。要防，要防防防防防一着。"说得太吃力，口沫冒满在嘴沿上。

"没那么快，没那么快。那里真的说抢就抢？那是个笑话。"子渔说。

景元梗着两根青筋在太阳穴上，回身坐下。

"这个话就难说。疑人之心不可有，防人之心不可无。这不谈。"子寿说，"柏堂官把持这笔稻，是和月斋老先生勾串好了的。刚才你晓得怎么着？松龄要葬风水，缺笔钱；这可也是子孙的大事？松龄要我替他串说，把一座竹山要义庄买。他死心一个点不肯成全也罢了，还打官话，还说是我自己打主意！我们这位松龄官——"

松龄在抽着烟，窝住嘴吹着不响的口哨，想心事；听到提自己的名字，马上又脸红了，把领子牵一牵，颈项动一动，凄苦地笑了一笑。

"又是个扶不起来的汉献帝，教他曲子唱不响。柏堂官，那个笑面虎，玩了个手段，摆起了叔叔的架子，六二三，八二四地把他教训一顿。我们这位松龄官，就三百钱买了个瘟猪仔，死活不开口。"

"不是我不开口呀，我就开口也没用呀！"松龄忸怩地说。

"哈哈哈！"子渔笑着说，"那是实话，那是实话。说破了舌头，也不过是对石壁上呵了口气，柏堂官是不到黄河心不死。他还是想拖延日子，垄断这笔积谷来给自己赚钱。都不是好爷娘扯的！"

"就是这个话呀！那个笑面老虎还说，还有人在对付义庄这一千八百担。你晓得还有那几个？"子寿问。

"我晓得的就是叔鸿要卖三十亩田，否则就借五十担稻。他等着钱做盘川，布置家用。叔鸿这事柏堂官是不能不答允的：他领了第一个月薪水就归还。鑫樵老头子要提议领'古稀俸'，这个话是不行的：我们活不到七十的，难不成就白做一趟姓宋的子孙？肃堂官要'靠'三亩田契，那是少数。再还有就是他——"子渔说着把那蟋蟀草点一点景元。

"我我我——"景元梗着两根青筋在太阳穴上说，"是没没没法想。我我我家里没得吃。"

"他那个媳妇，"子渔说，"是貂蝉转世，不是个好爷娘扯的。景元官也太软弱，不像个有屌的！"

"怎么，这两天又打了架？"子寿问。

"你看他脸上挂的彩！"

"我我我我——"景元摩着脸上的伤痕说。

"也难怪！"子渔说，"他歇了生意，在家里闲住三年多，家里几亩田，够不得三个月粮。他那个貂蝉，又是个猪婆转劫：今年生一个，明年生一个……那些小狗扯的一个个都是哪吒投胎！全靠貂蝉一双手做点鞋，洗点衣，养这一家人。而今的女人，有几个是好娘扯的？她吃了苦，她就想做皇帝了。"

"子寿叔，"景元站起来，红着脸，梗着青筋，走近子寿身前，恭恭敬敬地说，"我我我想托老老老老老老叔在街上，找找找找个生意，可行？"

"这话你二伯娘和我提过多次了。——你可曾上过街？"

"我我我——"

"你可看见街上有几家店开敞了门？街上有几个买东西的主顾？"

"做做做做做做好事喂。"

"啊咦！侄郎官，你找错门路了！你莫看我顶着个商会会长的头衔；我这个会长是破庙的斋公，我是天天求人家做好事的。"

"哈哈哈！"子渔又大笑起来，"实话！实话！你要他给你找饭碗，那是捉住个丫头要屌割！哈哈哈！"

五

步青老在榻上独自个闭着眼，晃着身，摇着脚，听着子渔子寿等的谈话，觉得已再无插嘴的机会；装上一管烟，吸着离开座位。正堂上许多人谈话哄笑的声音传到他不十分聪敏的耳朵里，吸引他踱出了西厅。

正堂里，上堂，下堂，东西拐角，两边，和正中的椅子桌子旁，都已六个一堆，五个一组地聚着来赴会的宋氏子孙——共总不下三十多人。步青老刚走到下堂大白石柱子跟前，贴西边近大磬的那个桌旁的人堆里，有个人站起来向他招手。

"步青哥，这边来，这边来。"

步青老走近一看，原来是渭生。渭生四十多岁，穿一件上黄下青的多罗麻接衫①，一只厚嘴唇，翻得像猪婆嘴；白眼珠上网满红色经络，一秒钟里要眨三次眼皮。他除做郎中，兼通阴阳，是个有名的风水家。

"几时来的？你今天也有空到祠堂里来？"步青老高兴地说。

"是这个话，老哥，我是私不废公。不怕十顶轿子摆在我门口，等我去诊病，只要祠堂里有事，我还是要到的。'君子固本，本立而道生。'我也就是个不忘本的意思。——你早就到了？"两只红眼睛眨得如有机器开着的一样。

"我是落大雨的时候来的。——渭生，你这个话就真有宗旨。今天这场雨，抵得你几帖碧玉散？我春狗子吃得半饭碗了。"

"这场雨，甘霖，是甘霖，只是炎威不杀，元阳太旺，还是个'秋老虎'。古人说：'江海以濯之，秋阳以曝之。'为什么不说'夏阳以曝之'？这是有道理的。这就是个秋老虎的意思。何况这场雨没断雨脚，羲和就来高临？阴阳相克，人最容易中邪。藿香丸是离不得身腰的。"

"渭生叔，我说藿香丸远不如仁丹。"

插这句话的是云川，尖尖面孔，是个上学校上到中学二年级就辍学的青年；穿一件翻领短袖 ABC 的衬衣，一脸红颗粒，不时要用手去剥弄。他说这话时，就正在脸上剥弄着。

"人丹？那是骗人的。岂可人而有丹？除非赤松子下凡了！"

聚在一起的叔鸿，柏堂，还有石堂，——一只眼睛，四十左右，穿一件加染的灰色纺绸长衫，一脸烟色，是个落魄的小政客，曾在安武军里当过司书；肃堂，——五十多，是个老实可怜的塾师——等人都停了自己的谈话，笑起来。

"不是中国人丹，是日本仁丹。"

"那更不然了。倭寇乃虎狼之邦；它那些药，也都是个霸道。贤侄官，你记住我一句话：治病如治国，总是王道为尚。你们现在讲究新学的，就都忘记了这个道理。"

云川望一望大学毕业生叔鸿；叔鸿和柏堂继续谈着他们自己的话，没来理会；云川顽皮的样子，再插一句：

"施德之济众水怎样？虎标堂万金油，八卦丹怎样？也都不及藿香丸？"

"贤侄官，那些药，说破了不值一文钱：什么济众水，十滴水，万金油，你看装潢得那么好看，卖人家那么些钱。其实里面是些什么药？也不过薄荷，甘草，冰片之类。对上一点酒料而已。世界上岂有个酒能驱邪者？酒鬼，酒鬼，酒自己就是个邪道了。"

"这话就不尽然，"石堂，那位小政客，眇着一只眼睛，把手在桌角上一拍，说，"济众水里的是白兰地酒，这是味圣药。心脾胃膈有点小毛病，喝这么一小

---

①是一种马褂连长衫的衣裳。

盏，药到如神！我从前在天津，也是六月里，住在我的一个'拜把'的公馆里。那天晚上几个人去听王瑶卿的戏，没到压轴子，我就觉得心膈阻恶，一手心冷汗。我想我这可要进医院了？那知不然！我的那个'拜把'跑到咖啡房里弄来一小盏酒，也不过这点点（比着茶樽里的茶脚）。我那时是喝不得酒的，勉强沾了一点点，就觉得意思满对。喝完了那一小盏，——是个高脚玻璃杯，这家乡是没得的——胸前豁然开朗！我一问这是什么酒，就是白兰地！施德之怕就是我的那位'拜把'传授的。所以，外国人是有个研究的，不能一概抹杀。至于仁丹，那诚然是个霸道！"

"有吗啡！有吗啡！"步青老点着头说。

"这话就不对劲！"云川嘻笑着脸说，"你们到广济堂药店去问一问，一个六月，销的是仁丹多还是藿香丸多？我昨天给我婶娘去抓药，那里十三个买药的，就有五个买仁丹。中国的人丹不要，咬定一个点要日本仁丹！我打听朝奉，说是一个六月销了七八千包！长江沿岸还在抵制日货呢！难道这些人都定要吃吗啡的？"

"抵制日货，那是个笑话，那是个笑话。"石堂摇着头说。

"如今街上生意是家家清淡，家家亏空，只有药店是好生意，好生意。"步青老叹口气，沉着眼睛说。

"你老伯的宝号总是不会打倒的。这……"云川说。

"那是家常必需之目的，蝇头为里（微利），蝇头为里（微利）。"

"不谈那个话。"石堂补上说，"我说，要抵制，就该不分日，美，英，法，各国皆应在抵制之列。买日本货固然是利源外溢，难道买西洋货就不是利源外溢？我们中国穷那就只穷在买日本货上？还有一层：这抵制外货的事，靠学生演说，抄查，是无济于事的。人民是穷得这样子，买东西自然是拣便宜的买，何况外国货自然是比中国货好？——这个事应该由政府里出力！"

"政府里怎么个出力法？"云川问。

"政府里应该——这个话，你们是不懂的。我说的关税。外货进口，加重关税，自然国货就爬起来了。这话叔鸿就是明白的。"

"什么？"叔鸿问。

"我说，要抵制外货，振兴国货，该先加重关税。"

"得罪你，老哥。我不懂这个话。"

"哈哈哈！"云川顽皮地笑起来。

"你大学毕业，不懂这个话？你是学社会的呀？"

"我学社会，没学到这个。你莫考我。我怕考。"

"哈哈哈！"云川笑。

"老哥，"叔鸿笑着说，"你那是说的句天话！是外国人在中国加重中国货的关税哩！你晓得连长江沿岸都有洋关哩！重要海港都插着外国旗子哩！"

"不谈这个。"石堂眨着一只眼睛，皱了皱鼻子说，"云川，你们年轻学生露天讲演什么的，总是个笑话。好比六月里，你们夜夜在这个门前讲演，说那些个无法无天的话，——"

"我们说的只是破除迷信，抵制外货。我们没说什么无法无天的话。无法无天的话是你家竹堂叔说的。"云川辩着说。

"你们不能学他！他是个目无法纪的人！"

"石堂，"义庄管事柏堂沉着脸，很严重的样子说，"你那位令弟，你得管管。这个责任在你身上！家里花那些钱培养他，乡村师范毕了业，就应该在村上好好做点事了。——培英小学请他当教员，他不干；要到上海去进工厂，做工人。体体面面的教员不做，要做汗一把水一把的工人！这不是天生的下流性子？这不是辱没姓宋的祖宗！这也罢了。做工人又不安分，给官厅缉捕，跑到家里来躲身，仍然是坐不住热板凳，天天和些客民佃户搅在一起，从中闹是寻非！满口'俄国''俄国'的，他到底是个什么主意？外面人都说他'当'了共产，这可不是个玩笑的事！将来有了是非，连累的不是别个，就是你石堂！"

"莫提这些话！莫提这些话！"石堂皱着鼻梁摆着手说，"我如今是只当没这个人。反正和我远得很，不相干！拉不到我身上来！要是我的嫡亲手足，我是早就送他到衙门押起来了！免得像敏斋老的那位耀祖官，给外国人捉住了坐西牢。——柏堂哥，你今天的折帖就不该列他的名字！"

"那不然。"柏堂说，"我是挨房头请，反正他是不到的。——叔鸿，耀祖怎样了？到底是活的，还是死的？"

"他是个嫌疑犯，光景不要紧，——不过也难说。"

"唉！这两位都是——"步青老叹了一口气，要说什么，睁开眼睛来，看见双喜领着两个杨柳春茶楼的伙计，挑着热腾腾的竹盒担子走进来了："点心来了！吃点心，吃点心。"

六

吃完了点心，叔鸿一边接过双喜送上的手巾抹着嘴，一边自言自语地笑着说：

"点心是吃了，会可不知到几时才开得成？"

"快了！快了！"柏堂嗒动着舌头，喝着茶说，"这里是铭公分，昌公分都到齐了，熙公分差三个，铎公分差两个，彦公分差四个，锡公分也齐了，彬公分……"

"我们姓宋的八大分，"商会会长子寿嚼着满口烧卖，浑着喉咙说，"一百八十多房，二千多家。——别个都是顶房头，到了会也是做菩萨；只要月斋老先生一到，凡事都行了。所以，以后不必多事，开什么祠堂门，老老实实'素雅一块玉'①地请月斋老独断独行。"

"子寿，不是那么说的。"步青老撮了五块发糕裹在手帕里，预备带回去给他春狗子吃；一边说，"月斋老叔是年尊分长，凡事有宗旨。他就是独断独行也不出奇，大家心里都服。"

"老哥，"商会会长说，"我们两个是谈不上来的。我说话，你莫插嘴！我和你老哥豆腐贴对联，两不粘！"

大家都哄笑起来。

讼师子渔笑了一会，捧着茶樽走到叔鸿跟前说：

"这里开祠堂门，不比你们学堂里开学生会，急是不行的。这里开会，是且谈，且吃，且走！会开不开没关系。"

"今天可不行，谈了，吃了，可走不得！今天是一千八百担稻，几千条性命！"

"又来了两个。——三个，三个。"云川嚷。

大家一看，来的三个人第一个是熙公分老二房逸生，穿一身月白竹布褂，腰上系一根"通海"，胯下拖着络须，快近三十岁，是个"三江党"同志；第二个是彬公分礼约堂敏斋，五十多岁，苦心经营着他的"每文斋改良学塾"；新近为儿子不知下落，满脸愁苦样子；最末一个是培英小学校长翰芝，四十多，民国三年江南师范毕业生，穿一件旧纺绸长衫，满面白风斑。

"来得正好，来得正好！点心还有的。"柏堂招待着说。

"三江党"同志坐到白面少爷松龄的桌上，拿起筷子箝了一块糕送到口里，吃着说：

"我是命里有屎吃，到处是茅坑。我刚才在杨柳春和几个朋友刚吃的。"

---

①犹言"干脆"也，"老老实实"也。

"你这个绝种！"讼师子渔走过来，对逸生嘻笑着脸骂着说，"你初八日答允捉蟋蟀给我，怎么七八天不见你狗脚迹？"

"老叔，老叔，"逸生缩起头，做个防备讨打的样子说，"莫火我！莫火我！三溪镇唱'目莲戏'，我去赶了一场。我是小狗掉在粪坑里，吃了一个饱。我昨天半夜赶回来，八十多里路，走得我臭死。——蟋蟀子我替你打听了三四头：万生竹匠的儿子在柏荫园捉了个'桂花王'，我看了，是个'红沙'，大概有个'五七半下软家'①，要是要得的。我隔壁小寸子捉了个'麻王'，可惜折了一条腿。"

"你不要一只油花嘴！我不管你那些个蛋。三天里你不送几头来，你小心你那条狗腿！——真是绝种！"

"老叔，就这个话，就这个话。离'白露'远得很，多了不敢承担，二十头出在我身上。不算话的我是二百五，你老叔送我下城，你拿鞭子整我家法，你把我的'宋'字掉过来写。"

"这就行，这就行。"

"可是我有一句话，说了，你老叔莫多心：你老叔是叫化子嫖院，穷快活。"

"绝种！"拍的一掌打在那个光头上。

"老叔，老叔。"逸生缩着头，眨着眼，格格笑着说，"我我我不晓得你老叔养这些虫子和谁打？村上的'撮棚'②前年就没开；连三溪镇今年也没'棚'。你老叔就该'素雅一块玉'地在家里躺躺灯了，还要一个点——一个点差使人！"

"我晓得你这绝种是一张婊子嘴！"

"老叔，老叔，你是饱人不知饿人饥，我我——"

逸生看见叔鸿走来了，就停了嘴。叔鸿走到桌旁，笑着对松龄和子渔滑稽地说：

"村上这么些人，恐怕只有你们两个最快乐。你是闲情逸致，打蟋蟀，养雀子；你，是温文风流……"

"叔鸿，松龄官有个奇癖，你不晓得。——其实不算奇，可是在他就奇了。他是个'小脚狂'！"

松龄窘得脸上通红，扭着高硬领子上的下巴说：

"别糟蹋人，我我——"

"我糟蹋你？——松龄官，你赌咒，你赌咒。学堂毕业生不喜欢剪发女学生，倒是喜欢——他不是喜欢，简直是'狂'！他们骂他'封建遗孽'，那真不错。"

---

① 指蟋蟀的体重，"下软家"是"弱"的意思。
② 是斗蟋蟀的地方，为私人所开设。

叔鸿笑起来，打趣地说：

"松龄，你爱小脚，少不得到山西去一趟。山西大同的小脚只有二寸半。——难怪你在家里住着不再想到上海去。"

"别瞎说。"松龄硬着颈项，红着脸站起来，想走开。

"别走，别走！"子渔哈哈笑着说："他这个小脚狂，是到家了的。面貌不在乎，年纪大小不在乎。"

松龄挣一挣，到底溜走了。

"哈哈哈，真不是好爷娘扯的。"

"叔鸿，我有句话问你。"一个沉浊的喉咙在后面喊。

叔鸿回头，是敏斋老，敏斋主人。他和鑫樵老一起坐在东边桌子旁。

"老叔，什么事？"

"我问你一句话。耀祖到底是不是共产，你一定晓得的。"

耀祖是敏斋老的独子，同叔鸿曾经在中学同过学，和小政客石堂的从弟竹堂是宋家两位革命家；在上海一个大学读书，刚不久忽然被捕，到而今不知生死下落。敏斋老问的就是这回事。叔鸿说：

"这个我不知道。听竹堂说，也不过是个嫌疑犯。他是个用功的。你老叔尽管放心，想不久就会释放出来的。"

"不是这个话。他要真是个共产，那碎尸万段，罪有余辜。不但我痛快，祖上也是除一害。官厅不杀他，我也是不容他的。"敏斋老摇着一把鹰毛扇，说着，老花眼里漾满了眼泪，始而悲壮的声调，继而有点哽咽了。

"老叔，不会怎样的。你老人家尽管放心。我早就写了几封信托人去打听了，得了回信我就通知你老人家。"

"贤侄官，我们这个村上，如今只有你家有几个像样的人了。我们这些人家，是算不得姓宋的子孙了。"

要向义庄拿"古稀俸"的鑫樵老，用襟上挂的胡梳梳着满嘴花白胡子，秃起舌头念着说：

"'广平望族传江左，荆里名家住水西'。叔鸿，谈到当年我们姓宋的，唉，你们小辈子是不晓得的。你只看看这里的匾，那个官职，那个科甲不是齐全了的？'五世同堂'，'百岁齐眉'，那件瑞祥不是齐全了的？不想五十年来，一败至于此极！"

"是的，是的。"叔鸿无可奈何的样子说。

"从前姓宋的走出一个人来，都是像模像样，有耀有礼的。那时候祠堂里每月三小祭，每年二大祭。子孙走进来，按辈分，坐的坐，站的站；尊卑有次，长幼有序。老辈子不开口，小辈子那个敢哼一口气？而今是个什么样子？简直是个放牛场了！敏斋，这个家法，我说，还是要整顿的。……"

敏斋老独自在沉思，不曾注意鑫樵老的话；停了一会，和叔鸿说：

"今年正月，耀祖动身的时候，我就不该让他走的。他一脸黑气，我晓得是走上了厄运。叔鸿，耀祖这一趟是凶多吉少呀，我连着三夜，都梦见他满脸血污地跪在我床前呀！"两颗转了半晌的泪珠终于从眼眶里流下来了。

"那是不会的，老叔。"叔鸿愁闷的样子，勉强扮了个笑脸说，"你老叔是日有所思，夜有所梦。凡梦都是和事实相反的。你老人家放心。"

"呵，我放心么？……"

七

上堂西边近大磬的那地方，还是豆腐店老板步青老，医生兼堪舆家渭生，义庄管事柏堂，小政客石堂，中学辍学生云川坐在那里。不过新加入两位：一位是四区区长绍轩，五十多岁，镶着个金牙齿在口里，脸上有几点黑麻子；还有一位便是培英小学校长翰芝先生。

他们正谈着组办"保""甲"壮丁队的事。翰芝先生对区长绍轩说：

"依我说，绍轩哥，你这壮丁队办起来就很棘手。第一件，便是个壮丁问题。照鄂豫皖剿匪清乡的规程看，是家出一丁，不分姓氏，不分贵贱，而且不准雇人顶替；这就行不通。好比说，松龄，你叫他背杆枪去当壮丁队？好比现今在家里闲住着没事做的失业者，店伙，做裁缝的，做小贩的……他们就大般是在'三江'里。他们内无隔宿之粮，外无半文之产，你叫他当壮丁队，他保护那个？你可记得前年土匪破城？难不成当真是土匪打进城的？不是的，是当地流氓地痞开城门欢迎的。这，三岁小孩子也知道。这些失业的年青汉子，那个不是唯恐天下不乱的？再说村上的壮丁，是好的，都在外面做着事，比如叔鸿，那自然也是少数；凡在家住着的，有几个是品行端正的？客民，佃户，那更不然了。他们饭也没得吃，一年到头苦工做得头碰了脚，他们那有个闲空来练操？来放哨？来替你保护地方？除了客民，佃户，失业者，流氓，还有那个是壮丁？第二层便是枪械问题，村上共总不过三十多杆枪，县里自卫团借去了，土匪破了城，就送给土匪了。如今你上那里去筹款买这批枪？纵然壮丁队没有薪俸，是自卫，是尽义务，可是制服费那个出？茶水，开销那个出？”

“不错，不错！”绍轩区长不耐烦地说，“只是，我如今是遵照上头的命令行事。这是势在必办的。无论如何棘手，也得办。我初十进了城的，二区三区的办法我都仔细参考了，我也就这么办。枪枝暂不发，反正一时是用不着枪；壮丁是不含糊的，料想他们也作不得乱。”

“呃，好在不是真的有枪械。”云川顽皮地插一口。

“你小孩子别乱插嘴！”区长摆出威严的样子。

“我是说的实话呀！”云川红着脸不高兴地说。

“开办费，自然是义庄里出。好在为数也有限。”

“那不然，”校长说，“义庄今年是籽草不收，有得的还是去年柏堂蛮留下的一千八百担。这笔稻，是非办培英不可。难不成一个几百户人家的村子，几百个姓宋的学龄儿童，连一个小学都没有？依我说，连培坤都还该恢复。上年培英男女同学就很糟，好的人家不肯送女子上男学校；那些不三不四人家的姑娘，是……总之，一句话，地方上穷得这样子，有饭吃的人家，是筛上面的米粒，点得出的两三颗。纵然有土匪来，我们也没个什么给他抢。壮丁队是多余，我们不需要保护。我们要紧的是教育子弟。”

“那是笑话，那是笑话！”区长很鄙夷的样子说，“碰到这种大荒年，是瘫子老太婆说不定也要做土匪的。土匪不是从别处来，就在你们村上出！壮丁队办起来了，至少壮得住我们的胆。要不然，一旦有个风吹草动，这个责任由那个负？你校长是不管我的死活的。”

“绍轩，你这话有宗旨！”豆腐店老板步青老沉默了半天，这时插嘴说，“土匪是非剿不可，非剿不可。这一向你看报，江西皖北一带共匪都……”

绍轩区长觉得他的话文不对题，瞥了老头子一眼，接着说：

“说教育，何尝没学校？敏斋老不是有个顶刮刮的改良私塾？肃堂兄不是有个馆？就说学堂吧，城区里不有的是学堂？”

步青老见话不投机，摇着腿自掉头和医生兼阴阳家渭生说：

“嗨，总司令剿匪真是马到成功。这里面有个道理。渭生，你恐怕就没有悟到。你说吴佩孚为什么成不得正果？张作霖为什么成不得正果？孙传芳为什么成不得正果？这就是个‘人’字的讲究：张吴他们的‘人’字在偏旁，是缩着的；总司令的'人'字张开来，盖在中顶上。——这就是个真宗旨了！"

渭生惊了一下，大有所悟的样子，连连眨着那双红眼睛点着头。

区长和校长继续讨论他们自己的，不曾来理会。校长说：

"城区学校的经费靠的是丝茧茶叶捐。这两年茧子没销场——连松龄的那块大桑园都完全砍掉做了菜园了。这几年有几家是养蚕的？这不谈他。县教育局去年亏空两万多，教员的薪水四五月份都不曾发。你不晓得吧？教员去索薪，逼得没奈何，每人给一个街上买货折子，你不晓得吧？下半年说不定城区的学生就都要下我们村上来进学校！"

"那不管，那不管。"

"那不管？你要叫姓宋的子孙都去做放牛的野孩子？绍轩哥，我看你这话说不出口！"

一只眼的小政客石堂站起来挺了一挺腰，尴尬地鼻子里笑了一声，脸向着柏堂说：

"仔细想想，学堂这东西也真是欺人之谈。读到一个大学毕业，花的洋钱就上万；毕业出来了，做什么？知县也弄不得个做做，最好的就是当教员。像松龄，就只好当少爷。化那些个钱，你说学点什么？我从前在北京的时候，我是天天眼望着的事：今天你和我比球，明天我和你比跑。赢了，把帽子脱下来望天上摔，喜得打哈哈。再不然，打架了；再不然，演戏了；再不然，要露天讲演了；再不然，男的女的手挽手去逛公园看影子戏了！我说，学堂是不办也罢；只要有塾馆就行。我就没进过学堂，我做司书的时候，学堂学生就要讨教我。"

柏堂窘苦的样子望一望校长的脸，校长沉着脸不作声，柏堂也就不作声了。

"哈哈哈！就是这个话，就是这个话。"区长得意地笑。

"月斋老叔的那笔借款，"柏堂无精打采地撇开了话锋，说，"是我经手借的，我得经手还。今年他的那个三溪镇阜隆泰奢坊蚀四千多，他要拿这笔款去挽本，重振旗鼓。他已经说过多次。我自己屙的屎，我自己要埋。你们办学堂也好，办壮丁队也好。这笔款我是要还的。"

"月斋老先生那个奢坊，就吃亏在心肝太张大了。去年秋天，他老先生看见稻价一跌落，跌到两圆八，心想再也没得跌了，把钱店里的存款全都取出来，一进就是个两千担！弄得那个小钱店也坍了台；到结果，自己也人马两翻！"区长说。

"要不然，他也还蚀不到四千多。他那个亏，就和我们这一千八百担一样，就是不相信价钱老是个两块；心想留着，价钱总要望上升点子。春上那时候，要卖稻，是容易的。稻贩子天天和我罗唣着，要我粜。我咬定一个点不肯。我是为大家，为对得起祖宗。那知到今天，这个大荒年，反而跌到一圆八。而且找稻贩子，稻贩子倒佯而不睬了。"

"这叫做垄断积谷，请君入瓮，吓吓吓！"小政客胡诌地说着，第一次笑起来。

"石堂，你这个话错了。"豆腐店老板步青老说，"这是柏堂的一片忠心，是他的个把稳处。他不留这点子稻在这里，这时候，我们这些宋家子孙籽草无收，吃什么？刚才子寿他们就提议要挨房头公分这一千八百担，那自然是个没良心的话。可是，大家买'公稻'，还是照从前荒年卖'积谷'的老例子，照市价对折出价，是行得的。祖宗留个义庄，不过是为我们子孙；我们做子孙的吃祖宗的稻，嘴里是个香甜的。我就是这个主意，你说可有个宗旨？"

"这个义庄，如今大般是我们子孙私己的田。——那自然只怪我们子孙没出息，日子没得过，靠卖田来维持。可是这样子集中，集中，集中到所有子孙的田，都变成义庄的田，我们子孙将来怎么过？子寿官那个话，倒是个一斤十六两的足话。买'公稻'做什么？许多人倡着要公分义庄，我觉得都是理路上的话。"

"石堂，你这话和子寿，子渔的话一样，究竟是个说不得的话！这是在宋氏大宗祠里，祖宗都在听着的。你这是个非分之目的，是说不得的！"

柏堂苦闷地摩着那个光秃秃头顶，深深地叹了口气。

八

叔鸿听鑫樵老和敏斋老说了一大堆"不胜今昔之感"的话，觉得不耐烦，抽身走到柏堂这边来，第三次催问开会的事。柏堂愁苦的样子说：

"就是等月斋老叔一个人。"

"普通开会的规矩，是只要过半数就行。现在一百多房，已到了五十多，这就开得会了。为什么专等月斋老一个人？"

"老弟，"柏堂说，"这祠堂里的事，和你们学堂里的就不同。现在大家的意见都很分歧。这一千八百担，如今变成个叫化子手里的黄金，要做这样，又要做那样，粥少僧多。即使开了会，也是没法解决的。月斋老叔不到，这个事我负不了责。不只这件事！还有来年的事，也得他老人家来想个主意。钱粮附加税捐这么重，每亩只有个二百几十斤的租，十全十收的年成，也只落得个三厘四厘的利。加租的事，我说还是要执行。"

"佃户客民都要逃荒了，你老哥还记得个加租！"

"逃荒那不过是句话，不行的。他们也只是天高皇帝远，一句无法无天的话：你说逃到那里去？那里再有个地方，能比得我们这个东南富庶之地？今年是荒年，来年未必还是个荒年呀！"

"加租的事是行不得的。你老哥是在乾砧上，不晓得水里怎么个冷法。这个事，我虽然不常在家乡住，我倒晓得点。各有各的苦。我父亲过世的那一年，家事压到我身上，我计算着家里一百多亩田，就只有个六七厘的利。我想，为这六七厘的利，一个秋天忙烦死了人，我何不把来卖了，将钱存到外面银行里去，既稳妥，又安静？——那时我不晓得田是没人受的，田卖不掉，我就算计着想加点租。那知一打听……"

"老弟，你是个书生，你不晓得佃户的狡猾处。你那些听来的话，都是一片谎话。"

"不然，不然。我是实地调查来的。我家那个住守门房的客户戴老四，他是个老实人；他又不曾种我的田。他的媳妇是我家的一个老丫头，他们干什么要和我说花话？你听听：一次秋收，最好的田只有个五六百斤，主东的租稻就交个二百五六十斤，剩下的只是一半。化在耕种上的：耕田，翻板，铲田堰，做秧田，插秧，耘田，车水，看水，筑堰，割收，打稻，每亩要化十三四个工。伙计每工三角三。上年的菜籽，下年的冬菜只够得肥料，牛租、水车租，秧种，伙计长工的伙食。你算算，他们一年忙到头，赚得个什么？可够得一家人的吃用？"

"那自然，那有什么稀奇？他们是赤手空拳头，还想赚个什么大钱？"

"他是个书生之见，"小政客石堂皱着一只眼睛插嘴说，"像我的那位老弟竹堂先生满口'平等''无产阶级''打倒地主'说起来，那更是个不得了！"

"我不懂那一套。我是个实事求是的话。种田自然不是赚大钱，可是总得有饭吃。像这两天，那个戴老四吃什么？天天一家人上山采松子，采野菌。前天采了些菌，吃得一家人嘴肿舌头僵！几个小孩在床上滚来跌去，大哭小叫！那才惨！"

"老弟，这是个荒年呀！就是我们姓宋的子孙有几个是有饭吃的？"

"不是荒年又怎样？稻价跌得这样子，政府里还借大批美国麦。"

"这近二十年来，荒年也实在多。"小政客撇开叔鸿的话，叹口气说，"我在家里快十年，就只有两年是十全十收的。也真不晓得是个什么讲究？"

"石堂，"豆腐店步青老把烟管擦着鼻子上的油，摇着脚说，"是个什么讲究？我有八个字，说出来你明白：是'人——心——太——坏，——天——理——难——容。'"一边掉头向阴阳家渭生说："渭生，你说我这个话……"

"还是个气数，还是个气数。"

"自然是个气数。"

"柏堂哥，"叔鸿，那个"实事求是主义"者，笑了一笑，自和义庄管事说，"我家那点田，已经是卖也卖不掉。我想和佃户商量，开掘几个塘。他们出力，我出田。我想义庄的田，也该掘塘。"

"那不行，那不行。"

"怎么不行？我说给你听，我是仔细想了的。我们这山乡地方的田，不比外面的圩田：我们不怕水荒，怕的就是旱灾。前年大水灾，我们这里倒是个大丰年。从前在我们祖先手里，堤埂年年修，堰坝筑得坚固，河床也掘得深，浚得远。天不落雨，尽管不愁水。这几十年，大家穷得过不得，那来修浚河道？河岸都塌了，泥沙乱石把河床填得和岸一般高！三天不落雨，田里就无水可车。如今我们地方上才真是'靠天吃饭'！你说今年是荒年，明年就未必是？这样子是明年，后年，一直无数年，还是荒旱的！所以我想办几亩田不算数，叫佃户给我们掘塘：一个塘，管十亩田。"

"老弟，你是个书生。文章学问是你的，这些耕种经济之道你还是莫问的好。——你说的都是外行话！"

"外行话？你——"

"你听我说：这些事，你得讨教我。你那些空想是行不通的。家乡的田，泥脚最厚也不过三四尺深；再下去，就是石头了。你把神仙请来也掘不动。再说，佃户肯白费工夫给你掘塘？你刚才说的，佃户是一年四季那么辛苦，那么忙迫呀！"

叔鸿塞了嘴，摇着头发伸了一口气。

"你们书生的笑话还多着啦！我再说个笑话给你听：三溪镇大富户方永清的令郎，南京一个什么农业学堂毕业，闹着要自己种田，试验什么科学方法，化了上万的洋钱到美国买了架耕种机。试用机器那一天，请了许多人去参观。大家想，一定好看了。那真好看：烧起了煤油，一开就开不动。一看，是坏了个什么钉。这可就拉倒了！到上海请机器师来修理，机器师说要到美国才配得好那个钉。这可了得？机器上坏一个钉，也是常有的事；像这样坏一次，就上美国去修一次，那种出来的稻子该划多少钱一粒？方永清家产破了一半，买这鬼磨子，以为儿子是个能手。就这样一个能手！你们书生——"

"那活该！那活该！"小政客石堂吓吓笑着说，"乡里狮子乡里舞：中国是个用锄头犁锹的国，硬学外国人怎么学得来？"

九

外面远远传来一阵零乱的破锣鼓声，夹着小孩子的嚷嚷，像戏台上出将官的那般空气。时候已经快下午三点。大家谈笑着，喝着茶，吸着烟，似乎都不记得开会那回事；好像一切的争论，一切的主张，都可以用这散漫不经的谈话来解决实现了似的。

在西厅里榻上躺着默默想心事的子寿，那位商会会长，这时忽然沉着脸，走到正堂里来，大声嚷着说：

"柏堂兄，今天这个会你是存心不打算开了？"

柏堂望望子寿那张想寻是非的脸，苦笑了，说：

"老弟，你这话是个什么意思？我怎么有意不打算开？是在等月斋老叔——"

"宋月斋死了呢！我们姓宋的不活啦！——大家诸位，我们是受人家的欺！我要打倒把持公堂侵吞义庄的白蚂蚁！我……"

大家对这突如其来的事莫名其妙，吃一惊，都瞪眼望着他。柏堂堆了满脸的苦笑，走上去说：

"老弟，莫走气门，莫走气门，犯不着，犯不着！"

"犯不着？你这个笑面虎就是白蚂蚁！你和宋月斋勾串好了侵吞义庄！今天这个会，不是大家催迫你，你是不会召集的；现在你借口等人，你就是延宕着想不开这个会！一千八百担好让你两个盘剥上腰包！"

"什么事？什么事？"大家争着问。

"你们还不晓得什么事？这笑面虎掐宋家子孙的咽喉！他把持这一千八百担！"

"我把持？我是承大家推我做管事呀！"

"你鸟管事！你只晓得饱私囊！东官厅漏了你都不修！你和宋月斋狼狈作奸，一手抓天！你们就想侵吞这一千八百担！"

"老弟官，犯不着！犯不着！你不过是生意失败了，债务要发作，想拿义庄的稻去维持！你拿着个松龄官来唱'托傀儡戏'；没唱得成，你就恼羞成怒。你纵然是狗急跳墙，可也真不通世务。这一千八百担，有多少正用？怎么挨到你来沾？打开天窗说亮话，那个野梦你不必做。"

商会会长像一只疯了的野狗，跳过去就要抓住那位一脸干笑的义庄管事。大家拉开了，说：

"这是祠堂里，不能这么撒泼！都是一家人，有话好说。现在就派人去请月斋老来。也不必等了，就开会！就开会！"

"本本广！本本广！本本则本则本本广！本本——本本——广！"

那阵零乱无节的破锣鼓声和着小孩子的呐喊，这时近在外面的广场上了。大家都探头向中门那边望出去：被派了去请月斋老的景元，那位脸上有伤痕的失业店伙，忽然由门外跑进来，气急败坏的样子，挺直了眼睛，梗着两根指头粗细的青筋，嚷：

"抢抢抢抢抢粮的！客客客客民佃佃佃户望望望望这这边来，带带带带了家家家伙的！抢抢抢粮的——抢粮的！"

大家怔住了，每个人脸上都似乎立刻少去了一件要紧东西，只显着两只大眼和一张洞似的嘴。那门外的草场上，正有一大群赤膊人，嘈嘈杂杂向祠堂这边涌过来。破锣鼓打得更零乱，一些穷孩子喊着，跳着，打着口哨，像鬼叫。

"双喜！双喜！关大门！关大门！"是柏堂嚷。

双喜沉着那双晦气眼，像刚刚从瞌睡里忽然被人一巴掌打醒来似的，由下堂耳门奔出来，没头没脑的一阵乱窜，像个掐去了头的苍蝇那样子。

"关大门！关大门！你你你给鬼捉去了魂！"

中门太大太笨重了，双喜刚刚斜着肩膊推着一片打算关，那一大群赤膊汉子已经浩浩荡荡到了门口了。这群汉子和些乱嚷乱跳看热闹的小孩子搅混在一起，拿木桶的，拿畚箕的，拿箉箩的，挑着箩筐的，抱着麻袋的，把个祠堂门前堆满了。

每人都是一身干巴巴的肉，两条黑瘦的臂膊。有的脸上用烟煤石灰涂成各种的鬼脸子；有的把箉箩畚箕什么的戴在头上，学着"目莲戏"中小鬼那么一晃一闪地蹲跳着。混乱的嚷喊，锣鼓和尖锐的口哨声，直像铁锤子，不住望人耳里敲。

其中走出一个满腮蓬松胡子的黑汉子，把手向后面摇摆一阵，走到祠堂里面，喘着气嚷：

"我们是借粮！我们是借粮！我们找柏先生，宋柏堂！"

祠堂里面的宋家子孙都像一群碰见野猫的鸡，有的向东西官厅里躲，有的正望门口人堆里窜。柏堂拖住四区区长绍轩，口唇只是抖。

"这个事，你负责！你负责！"

外面那群汉子早潮水似的望门里涌过来，直向后堂仓房那边窜。箩筐，笤箕，木桶，满堂乱舞。锣鼓和嚷喊声放大了数十倍，连那一棵棵的大石柱都在震跳着。其中一群打锣打鼓或嚷着打着口哨的空手黑汉子，涌到柏堂和区长绍轩跟前。

"你你们是强盗！你你你你们还想不想活！你……"

那个最先进来的阔脸汉子，张开臂膊跑过来，拍着手嚷：

"抓住他！宋柏堂！宋柏堂！——不要怕：他娘的！脑袋砍掉也只碗口大的一个疤！"

那群空手汉子拥上去，拖住了义庄管事和区长；义庄管事和区长直着喉咙叱嚷，乱跳乱挣扎。大家抬的抬，拉的拉，拖的拖；锣鼓，呐喊，口哨直拥送着出了祠堂的门。

门外草场上拥着无数褴褛的男女和孩子。有的是宋家子孙，有的是客民和佃户；有的头上扎着布，一脸菜色肉，想是正病着；有的拿芭蕉扇遮住偏西的太阳光，远远向祠堂里面张看；有的正搬着箩筐家伙大呼小叫的望祠堂那边跑。野狗疯了似的，来回地奔窜着，叫着。一种闷热的野草垃圾泥泞怪气味弥漫在空气中。

义庄管事和区长像两只敬神的祭猪，被那群汉子扛着拖着到龙王台下来。龙王台上那只瓦缸不知几时已被人推下地，把原先蹲在下面的西风癫痫打翻在泥泞瓦砾中。那张苦笑脸子已经粉碎了。有些年轻汉子在地上拾起一只破草鞋什么的望义庄管事头上脸上胡乱扔过去；另有个瘦孩子在西风癫痫的遗骸旁边捡着一条干瘪的大鼋鱼，——是条真龙！——也学着别人扔破草鞋那样的向义庄管事那个光秃秃的头上打过去。

祠堂门口进进出出乱窜着人：挑着，扛着，驮着满满家伙稻谷的，口里"杭则！""哎呀！""咳则！""杭呀！"地应答着；拿着空家伙的，口里打着嗯哨，旋风似的望里面卷。豆腐店老板步青老和那位口吃的景元，不知几时也回家拿了箩筐家伙，正在人堆里挤挨着；松龄少爷刚从门里窜出来，硬着颈项跑，像一只被狗子追赶的鹅！

双喜伏在门口的台阶上，呜呜咽咽哭着："太祖爷爷呀！……"两只大石狮向着他打哈哈，像打得气也喘不过来的样子。

（1934 年发表于《文学季刊》创刊号）

述评

吴组缃写于 1933 年 11 月的短篇小说《一千八百担》，最初于 1934 年 1 月 1 日刊登于郑振铎主编的《文学季刊》的创刊号上。小说发表之后，得到了茅盾的大力褒奖，并且特地在《文学》杂志上撰文称《一千八百担》"已经证明了他（吴组缃）是一位前途无限的大作家"。要知道，这个时候的吴组缃还只是清华大学研究院的一名研究生，而他带有浓厚左翼色彩的短篇小说创作，则已达到了"几乎每出一篇，很快就会有新的评论出现"的地步。

在这篇小说中，吴组缃采用了类似《子夜》的截取生活横断面的结构方式，原本它还有一个副题，名为"七月十五日宋氏大宗祠速写"，根据这一注释可见作者本来创作此篇并无针对具体情节着意刻画的目的，数万字的叙述内容贯穿全篇的是着眼于宋家各房十几个人物为争夺宗祠积谷，在会前的丑恶表演，而这对于每个人物寥寥数笔的白描式的勾勒，却把一个个生命描写得如此鲜活，通过对于地主们明枪暗箭较量的描写，将当时农村经济面临全面崩溃的真实场景展现在读者眼前，阶级对立日趋激化的政治斗争形势以及封建宗法社会的末世景象跃然纸上。在吴组缃的小传里，对这篇小说有过这样的短评："藉宋氏

家族的一次宗祠集会，具体而微地表现了三十年代中国农村社会经济的破产和宗族制度的分崩离析。"可谓一个准确的概括。

有读者曾指出，吴组缃在《一千八百担》中所着力刻画的旱灾与暴动的状况，不过是压倒社会秩序这个庞然大物的最后一根稻草。这里的问题是，当一个旧的社会秩序走向崩溃时，应该建立一个怎样的、新的，并能有效地化解和对抗危机的社会秩序？作为小说作者的吴组缃并没有回答，所以这篇小说的社会价值并不大。另有评论家认为，这和他在当时很迷惘、有着"悲观情绪"、看不到来自于乡村内部的解放力量密切相关。比如说，在将这篇发表在力求"以忠实恳挚的态度为新文学的建设而努力"的北平刊物《文学季刊》的小说编入《西柳集》时，吴组缃曾将下面这段删除掉了："人丛里蹿出来一个穿污秽衬衫的年轻小伙子，跳到龙王台上，'打倒封建地主！''劳苦农民一致罢佃！'……像一个戏台上武小生的神气，嚷喊起来。"之所以删掉这一段，有人称是吴组缃对用暴力解决中国社会所存在问题的不确信，加之对文本真实性的苛刻追求，使他最终放弃了小说中这唯一"代表光明的人物"，只剩下一幅带目连戏色彩的

"地狱众鬼图"，以致小说中虽然出场人物众多，却都带着暗灰色的焦躁气息。这一关键性的文本删改，被当作一种政治表态，被茅盾先生敏锐地抓住了，"作者不是在撒烂污"的评价，招致了后来困扰他一生的对他文学创作"客观主义"色彩的解读以致批判。吴组湘对自己的小说也曾有过这样的说明："我对把握到的主要矛盾方面，往往不能给予正面的直接描写；有时接触到激烈尖锐的斗争，还是只反映了那侧面。"

在吴组湘的语言运用方面，杨晦曾批评吴组湘的小说"文字过于修炼"，谦虚的吴组湘据此也做了反思："我受传统文学修养之毒甚深。于文字技术力求整饬，下笔写作，便有一种'做文章'之意念存乎胸中。"

不过，无论对于吴组缃这篇作品的社会思想性评价如何，对于他的文学性的肯定长期以来一直都较为一致。吴组缃的文字，常常会让人在审美阅读中不知不觉地被那种传神之美所感染，据说张天翼当年能背诵出吴组缃小说中精美的片断。兴之所至，在提笔疾书时，竟会在纸上一气呵出吴组缃作品中的某个段落。

值得一提的是，吴组缃被夏志清在《中国现代小说史》中列入"左翼作家"而予以高度肯定，他认为张天翼的讽刺性作品，有十分卓越的艺术技巧。他善于安排戏剧性场面，善于捉弄人，善于使用一种"超乎寻常的透剔手法"，充分表现了"独创性和多才多艺"，并且说："张天翼是一个卓越的短篇小说家"，也是一个"深刻的心理学家"，他善于将人物的心理冲突，转化成"具有普遍嘲弄性的寓言"。"观察是敏锐又周到的，他的文体简洁清晰，没有一点'新文艺腔'。"他的农村画面是写实的，不带一点伤感气息，同时也不像一般农村作品，故意夹带一点粗口。他风格上的优点，在状摄乡绅农民的口语上，最见功力。夏志清同时也十分赞赏吴组缃在《一千八百担》中"非常巧妙地一口气描绘了至少一打宋氏族人的形象"，手法非常高明。在现代中国小说家中，吴组缃是作品较少的一位。但夏志清却为之立了专章，足见重视程度，尤其是对"普罗文艺"深恶痛绝的夏志清居然给两个左翼作家这样高度的评价，不能不说是令人惊讶莫名的。

华威先生

张天翼

转弯抹角算起来——他算是我的一个亲戚。我叫他"华威先生"。他觉得这种称呼不大好。

"嗳，你真是！"他说。"为什么一定要个'先生'呢。你应当叫我'威弟'。再不然叫'阿威'。"

把这件事交涉过了之后，他立刻戴上了帽子：

"我们改日再谈好不好？我总想畅畅快快跟你谈一谈——唉，可总是没有时间。今天刘主任起草了一个县长公余工作方案，便叫我参加意见，叫我替他修改。三点钟又还有一个集会。"

这里他摇摇头，没奈何地苦笑了一下。他声明他并不怕吃苦：在抗战时期大家都应当苦一点。不过——时间总要够支配呀。

"王委员又打了三个电报来，硬要请我到汉口去一趟。这里全省文化界抗敌总会又成立了，一切抗战工作都要领导起来才行。我怎么跑得开呢，我的天！"

于是匆匆忙忙跟我握了握手，跨上他的包车。

他永远挟着他的公文皮包。并且永远带着他那根老粗老粗的黑油油的手杖。左手无名指上带着他的结婚戒指。拿着雪前的时候就叫这根无名指微微地弯着，而小指翘得高高的，构成一朵兰花的图样。

这个城市里的黄包车谁都不作兴跑，一脚一脚挺踏实地踱着，好像饭后千步似的。可是包车例外：叮当，叮当，叮当，——一下子就抢到了前面。黄包车立刻就得往左边躲开，小推车马上打斜，担子很快地就让到路边，行人赶紧就避到两旁的店铺里去。

包车踏铃不断地响着，钢丝在闪着亮。还来不及看清楚——它就跑得老远老远的了，像闪电一样快。

而——据这里有几位抗战工作者的上层分子的统计——跑得顶快的是那位华威先生的包车。

他的时间很要紧。他说过——

"我恨不得取消晚上睡觉的制度,我还希望一天不止二十四小时,抗战工作实在太多了。"

接着掏出表来看一看,他那一脸丰满的肌肉立刻紧张了起来。眉毛皱着,嘴唇使劲撮着,好像他在把全身的精力都要收敛到脸上似的。他立刻就走:他要到难民救济会去开会。

照例——会场里的人全到齐了坐在那里等着他。他在门口下车的时候总得顺便把踏铃踏它一下:叮!

同志们彼此看着:唔,华威先生到会了。有几位透了一口气。有几位可就拉长了脸瞧着会场门口,有一位甚至于要准备决斗似的——抓着拳头瞪着眼。

华威先生的态度很庄严,用种从容的步子走进去,他先前那副忙劲儿好像被他自己的庄严态度消解掉了。他在门口稍为停了一会儿,让大家好把他看个清楚,仿佛要唤起同志们的一种信任心,仿佛要给同志们一种担保——什么困难的大事也都可以放下心来。他并且还点点头。他眼睛并不对着谁,只看着天花板。他是在对整个集体打招呼。

会场里很静,会议就要开始。有谁在那里翻着什么纸张,窸窸窣窣的。

华威先生很客气地坐到一个冷角落里,离主席位子顶远的一角,他不大肯当主席。

"我不能当主席,"他拿着一支雪茄烟打手势,"工人抗战工作协会的指导部今天开常会。通俗文艺研究会的会议也是今天。伤兵工作团也要去的,等一下。你们知道我的时间不够支配:只容许我在这里讨论十分钟。我不能当主席,我想推举刘同志当主席。"

说了就在嘴角上闪起一丝微笑,轻轻地拍几下手板。

主席报告的时候,华威先生不断地在那里刮洋火点他的烟。把表放在面前,时不时像计算什么似的看看它。

"我提议!"他大声说,"我们的时间是很宝贵的:我希望主席尽可能报告得简单一点。我希望主席能够在两分钟之内报告完。"

他刮了两分钟洋火之后,猛的站了起来。对那正在哇啦哇啦的主席摆摆手:

"好了,好了。虽然主席没有报告完,我已经明白了。我现在还要赴别的会,让我先发表一点意见。"

停了一停。抽两口雪茄，扫了大家一眼。

"我的意见很简单，只有两点，"他舔舔嘴唇，"第一点，就是——每个工作人员不能够怠工。而是相反，要加紧工作。这一点不必多说，你们都是很努力的青年，你们都能热心工作。我很感谢你们。但是还有一点——你们时时刻刻不能忘记，那就是我要说的第二点。"

他又抽了两口烟，嘴里吐出来的可只有热气。这就又刮了一根洋火。

"这第二点呢就是：青年工作人员要认定一个领导中心。你们只有在这一个领导中心的领导之下，抗战工作才能够展开。青年是努力的，是热心的，但是因为理解不够，工作经验不够，常常容易犯错误。要是上面没有一个领导中心，往往要弄得不可收拾。"

瞧瞧所有的脸色，他脸上的肌肉耸动了一下——表示一种微笑。他往下说：

"你们都是青年同志，所以我说得很坦白，很不客气。大家都要做抗战工作，没有什么客气可讲。我想你们诸位青年同志一定会接受我的意见。我很感激你们。好了，抱歉得很，我要先走一步。"

把帽子一戴，把皮包一挟，瞧着天花板点点头，挺着肚子走了出去。

到门口可又想起了一件什么事。他把当主席的同志拽开，小声儿谈了几句。

"你们工作——有什么困难没有？"他问。

"我刚才的报告提到了这一点，我们……"

华威先生伸出个食指顶着主席的胸脯：

"唔，唔，唔。我知道我知道。我没有多余的时间来谈这件事。以后——你们凡是想到的工作计划，你们可以到我家里去找我商量。"

坐在主席旁边那个长头发青年注意地看着他们，现在可忍不住插嘴了：

"星期三我们到华先生家里去过三次，华先生不在家……"

那位华先生冷冷地睄他一眼，带着鼻音哼了一句——"唔，我有别的事，"又对主席低声说下去：

"要是我不在家，你们跟密司黄接头也可以。密司黄知道我的意见，她可以告诉你们。"

密司黄就是他的太太。他对第三者说起她来，总是这么称呼她的。

他交代过了这才真的走开。这就到了通俗文艺研究会的会场。他发现别人已经在那里开会，正有一个人在那里发表意见。他坐了下来，点着了雪茄，不高兴地拍了三下手板。

"主席！"他叫，"我因为今天另外还有一个集会，我不能等到终席。我现在有点意见，想要先提出来。"

于是他发表了两点意见：第一，他告诉大家——在座的人都是当地的文化人，文化人的工作是很重要的，应当加紧地做去。第二，文化人应当认清一个领导中心，文化人在文抗会的领导中心的领导之下团结起来，统一起来。

五点三刻他到了文化界抗敌总会的会议室。

这回他脸上堆上了笑容，并且对每一个人点头。

"对不住得很，对不住得很：迟到了三刻钟。"

主席对他微笑一下，他还笑着伸了伸舌头，好像闯了祸怕挨骂似的。他四面瞧瞧形势，就拣在一个小胡子的旁边坐下来。

他带着很机密很严重的脸色——小声儿问那个小胡子：

"昨晚你喝醉了没有？"

"还好，不过头有点子晕。你呢？"

"我啊——我不该喝了那三杯猛酒，"他严肃地说，"尤其是汾酒，我不能猛喝。刘主任硬要我干掉——嗨，一回家就睡倒了。密司黄说要跟刘主任去算帐呢：要质问他为什么要把我灌醉。你看！"

一谈了这些，他赶紧打开皮包，拿出一张纸条——写几个字递给了主席。

"请你稍为等一等，"主席打断了一个正在发言的人的话。"华威先生还有别的事情要走。现在他有点意见：要求先让他发表。"

华威先生点点头站了起来。

"主席！"腰板微微地一弯，"各位先生！"兄弟首先要请求各位原谅：我到会迟了点，而又要提前退席。"

随后他说出了他的意见。他声明——这文化界抗敌总会的常务理事会，是一切救亡工作的领导机关，应该时时刻刻起领导中心作用。

"群众是复杂的，工作又很多。我们要是不能起领导作用，那就很危险，很危险。事实上，此地各方面的工作也非有个领导中心不可。我们的担子真是太重了，但是我们不怕怎样的艰苦，也要把这担子担起来。"

他反复地说明了领导中心作用的重要，这就戴起帽子去赴一个宴会。他每天都这么忙着，要到刘主任那里去联络。要到各学校去演讲，要到各团体去开会。而且每天——不是别人请他吃饭，就是他请别人吃饭。

华威太太每次遇到我，总是代替华威先生诉苦。

"唉，他真苦死了！工作这么多，连吃饭的工夫都没有。"

"他不可以少管一点，专门去做某一种工作么？"我问。

"怎么行呢？许多工作都要他去领导呀。"

可是有一次，华威先生简直吃了一大惊。妇女界有些人组织了一个战时保婴会，竟没有去找他！

他开始打听，调查。他设法把一个负责人找来。

"我知道你们委员会已经选出来了。我想还可以多添加几个。由我们文化界抗敌总会派人来参加。"

他看见对方在那里踌躇，他把下巴挂了下来：

"问题是在这一点：你们委员是不是能够真正领导这工作？你能不能够对我担保——你们会内没有汉奸，没有不良分子？你能不能担保——你们以后工作不至于错误，不至于怠工？你能不能担保，你能不能？你能够担保的话，那我要请你写个书面的东西，给我们文抗会常务理事会。以后万一——如果你们的工作出了毛病，那你就要负责。"

接着他又声明：这并不是他自己的意思。他不过是一个执行者。这里他食指点点对方胸脯：

"如果我刚才说的那些你们办不到，那不是就成了非法团体了么？"

这么谈判了两次，华威先生当了战时保婴会的委员。于是在委员会开会的时候，华威先生挟着皮包去坐这么五分钟，发表了一两点意见就跨上了包车。

有一天他请我吃晚饭，他说因为家乡带来了一块腊肉。

我到他家里的时候，他正在那里对两个学生样的人发脾气。他们都挂着文化界抗敌总会的徽章。

"你昨天为什么不去，为什么不去？"他吼着，"我叫你拖几个人去的。但是我在台上一开始演讲，一看——连你都没有去听！我真不懂你们干了些什么？"

"昨天——我去出席日本问题座谈会的。"

华威先生猛地跳起来了：

"什么！什么！日本问题座谈会？怎么我不知道，怎么不告诉我？"

"我们那天部务会议决议了的。我来找过华先生，华先生又是不在家——"

"好啊，你们秘密行动！"他瞪着眼，"你老实告诉我——这个座谈会到底是什么背景，你老实告诉我！"

对方似乎也动了火：

"什么背景呢，都是中华民族！部务会议议决的，怎么是秘密行动呢。……华先生又不到会，开会也不终席，来找又找不到……我们总不能把部里的工作停顿起来。"

"混蛋！"他咬着牙，嘴唇在颤抖着，"你们小心！你们，哼，你们！你们！……"他倒到了沙发上，嘴巴痛苦地抽得歪着，"妈的！这个这个——你们青年！……"

五分钟之后他抬起头来，害怕地四面看一看。那两个客人已经走了。他叹一口长气，对我说：

"唉，你看你看！现在的青年怎么办，现在的青年！"

这晚他没命地喝了许多酒，嘴里嘶嘶地骂着那些小伙子。他打碎了一只茶杯。密司黄扶着他上了床，他忽然打个寒噤说：

"明天十点钟有个集会……"

（1938 年 4 月发表于《文艺阵地》创刊号）

述评

在 20 世纪 30 年代，后起的左翼青年作家逐渐改变了"左联"前期浮泛的写作风气，其中有一些人已经具备了自己写作的鲜明风格，其中较有代表性的是张天翼，他曾在中国现代文学史上，几次率先突破左翼创作僵局，抗战时期更不断有杰出作品问世。1938 年 4 月，张天翼在《文艺阵地》创刊号上发表了短篇小说《华威先生》，把暴露与讽刺的锋芒指向了抗战阵营内部的黑暗面。这与当时文坛上几乎清一色的以歌颂与赞美抗战"英雄人物"的理论和创作格调发生了抵牾，于是，一石激起千层浪，在文坛上引起了颇为巨大的反响。后来长达数年的关于抗战文学要不要"暴露与讽刺"的轰轰烈烈的论争，为整个 40 年代国统区的讽刺文学开了先河。

中国现代的文学在相当大的程度上是被绑架在政治的马车上的，所以在相当一段时间里，对于文学作品的评价大多从政治目的出发。对于张天翼的《华威先生》的争论，最初也免不了着眼于政治层面上的评析，一些理论家认为小说中塑造的主人公华威这有损于抗战阵线的形象，会影响民众对于抗战工作的热情，影响国人抗战必胜的信念。这一声音后来在《华威先生》被日本报刊译载，进行"反宣传"之后达到了一个高潮。

于是有更多的人忙不迭地否定"暴露与讽刺"类的文学，恨屋及乌，在反对张天翼的这篇小说的同时，也对其他一些暴露讽刺抗日阵营内部黑暗面的作品也大加指责。在社会上出现轰轰烈烈的一阵热议之后，这一论争逐渐转入文学理论层面，即探讨如何塑造新时代的真正的典型人物，以及如何统一现实主义创作中的真实性与倾向性问题。茅盾在《论加强批评工作》一文中提出抗战的现实是光明与黑暗相交错的，"一方面有血淋淋的英勇斗争，同时另一方面又有荒淫无耻，自私卑劣"，人民大众"身受那些荒淫无耻，自私卑劣的蹂躏"。

在今天看来，当时对于张天翼的批判，未免有些夸大其辞了，因为这显然是将文学等同于政治，从而否定了文学本身具有的批判社会现象的特性与艺术特性。我们不能否定张天翼《华威先生》的文学价值，比如在开篇他便使用不急不缓的语调向读者描述了华威先生的仪表，诸如："永远挟着公文包"，"永远带着那根老粗老粗黑油油的手杖"；对于华威先生的神态则这样描写，"笑着伸伸舌头"，"把下巴挂了起来"；而对于人物的动作描写则是"食指点对方的胸脯"等等。显而易见，这些神态动作是非常令人讨厌的，然而，张天翼却不着一个贬字而将华威先生之流贬得毫不留情，讽刺艺术可谓羚羊挂角不着痕迹。华威先生对待他身边不同身份地位的人明显表现出了不同的语言：对文中的"我"，华威先生很谦恭，不让叫他先生，而让称他为"威弟"或"阿威"；对长发青年、出席日本问题座谈会的两个学生等人就是轻视、不屑，甚至大发脾气，大骂"混蛋"之类的粗俗语言。在前两处会场，华威先生对自己的迟到并不感到歉意，还随意打断别人说话，自以为是地发言，内容却是千篇一律的两点。他曾一次次地跟人抱怨说自己太忙了，恨不能一天不止二十四个小时供他用，抗战的工作实在太多了都需要自己奔波忙碌。而事实上，我们跟随作者的视角看到，他一天到晚在忙的实际上无非是到处赶场子开会，说些无关痛痒的话，吃些胡吃海喝的饭，然后一天便大功告成，对于抗战问题与社会工作，没有一丝一毫的帮助。这样，我们不难从华威先生的志得意满的言行与他实际作为的背道而驰中发现，张天翼正是以这种举重若轻的笔法，把他的不满、他的愤怒、他的失望、他的讽刺，以别一种艺术魅力表现着，书写着。

从客观的角度来看，《华威先生》恰逢其时地表现了从抗战初期的盲目乐观到对现实的冷静思考，有一种"反思文学"的苗头。对于黑暗的社会现实，作家的目光开始具有更大的挑剔性。反思，无论是对于一个人还是一个民族来说，是至关重要的，甚至关乎其生死存亡。我们完全可以说，张氏讽刺在《华威先生》中的成功运用，为这一文本在中国现代文学史上夺得了超越时代的魅力，华威先生这一形象也超越了具体时代背景，为现代文学画廊留下了浓墨重彩的一笔。

在其香居茶馆里

沙 汀

坐在其香居茶馆里的联保主任方治国，当他看见正从东头走来，嘴里照例扰嚷不休的邢幺吵吵的时候，简直立刻冷了半截，觉得身子快要坐不稳了。

使他发生这种异状的原因是：为了种种胡涂措施，目前他正处在全镇市民的围攻当中，这是一；其次，幺吵吵的第二个儿子，因为缓役了四次，又从不出半文钱壮丁费，好多人讲闲话了；加之，新县长又宣布了要认真整顿"役政"，于是他就赶紧上了封密告，而在三天前被兵役科捉进城了。

而最为重要的还在这里：正如全市市民批评的那样，幺吵吵是个不忌生冷的人，甚么话他都嘴一张就说了，不管你受得住受不住。就是联保主任的令尊在世的时候，也经常对他那张嘴感到头痛。因为尽管幺吵吵本人并不可怕，他的大哥可是全县极有威望的耆宿，他的舅子是财务委员，县政上的活跃分子，都是很不好沾惹的。

幺吵吵终于一路吵过来了。这是那种精力充足，对这世界上任何物事都采取一种毫不在意的态度的典型男性。他时常打起哈哈在茶馆里自白道："老子这张嘴么，就这样：说是要说的，吃也是要吃的；说够了回去两杯甜酒一喝，倒下去就睡！……"

现在，幺吵吵一面跨上其香居的阶沿，拖了把圈椅坐下，一面直着嗓子，干笑着嚷叫道："嗨，对！看阴沟里还把船翻了么！……"

他所参加的那张茶桌已经有三个茶客，全是熟人：十年前当过视学的俞视学；前征收局的管帐，现在靠着利金生活的黄光锐；会文纸店的老板汪世模汪二。

他们大家，以及旁的茶客，都向他打着招呼："拿碗来！茶钱我给了。"

"坐上来好吧，"俞视学客气道，"这里要舒服些。"

"我要那么舒服做甚么哇？"出乎意外，幺吵吵横着眼睛嚷道，"你知道么，我坐上席会头昏的，——没有那个资格！……"

本份人的视学禁不住红起脸来。但他随即猜出来幺吵吵是针对着联保主任说的，因为当他嚷叫的时候，视学看见他充满恶意地瞥了一眼坐在后面首席上的方治国。

除却联保主任，那张桌子还坐得有张三监爷。人们都说他是方治国的军师，实际上，他可只能跟主任坐坐酒馆，在紧要关头进点不着边际的忠告。

但这并不特别，他原是对甚么事都关心的，而往往忽略了自己。他的老婆孩子经常在家里挨饿，他却很少管顾。

同监爷对面坐着的是黄毛牛肉，正在吞服一种秘制的戒烟丸药。他是主任的重要助手；虽然并无多少才干，唯一的本领就是毫无顾忌。"现在的事你管那么多做甚么哇？"他常常这么说，"拿得到手的就拿！"

毛牛肉应付这世界上一切经常使人大惊小怪的事变，只有一种态度：装做不懂。

"你不要管他的，发神经！"他小声向主任建议。

"这回子把蜂窝戳破了。"主任方治国苦笑说。

"我看要赶紧'缝'啊！"捧着暗淡无光的黄铜烟袋，监爷皱着脸沉吟道，"另外找一个人去'抵'怎样？"

"已经来不及了呀。"主任叹口气说。

"管他做甚么呵！"毛牛肉眨眼而且努嘴，"是他妈个火炮性子。"

这时候，幺吵吵已经拍着桌子，放开嗓子在叫嚷了。但是他的战术依然停留在第一阶段，即并不指出被攻击的人的姓名，只是隐射着对方，正像一通没头没脑的漫骂那样。

"搞到我名下来了！"他显得做作地打了一串哈哈，"好得很！老子今天就要看他是甚么东西做出来的：人吗？狗吗？你们见过狗起草么，嗨，那才有趣！……"

于是他又比又说地形容起来了。虽然已经蓄了十年上下的胡子，幺吵吵的粗鲁话可是越来越多。许多闲着无事的人，有时候甚至故意挑弄他说下流话。他的所谓"狗"，是指他的仇人方治国说的，因为主任的外祖父曾经当过衙役，而这又正是方府上下人等最大的忌讳。

因为他形容得太恶俗了，俞视学插嘴道："少造点口孽呵！有道理讲得清的。"

"我有啥道理哇！"幺吵吵忽然板起脸嚷道，"有道理，我也早当了什么主任了。两眼墨黑，见钱就拿！"

"吓，邢表叔！……"

气得脸青面黑的身材瘦小的主任，一下子忍不住站起来了。

"吓，邢表叔！"他重复说，"你说话要负责啊！"

"甚么叫做负责哇？我就不懂！表叔！"幺吵吵模拟着主任的声调，这惹得大家忍不住笑起来，"你认错人了！认真是你表叔，你也不吃我了！"

"对，对，对，我吃你！"主任解嘲地说，一面坐了下去。

"不早吗？"幺吵吵拍了一巴掌桌子，嗓子更加高了，"兵役科的人亲自对我老大说的！你的报告真做得好呢。我今天倒要看你长的几个卵子！……"

幺吵吵一个劲说下去。而他愈来愈加觉得这不是开玩笑，也不是平日的瞎吵瞎闹，完全为了个痛快；他认真感觉到忿激了。

他十分相信，要是一年半年以前，他是用不着这么样着急的，事情好办得很。只需给他大哥一个通知，他的老二就会自自由由走回来的。因为以往抽丁，像他这种家庭一直就没人中过签。但是现在情形已经两样，一切要照规矩办了。而最为严重的，是他的老二已经抓进城了。

他已经派了他的老大进城，而带回来的口信，更加证明他的忧虑不是没有根据。因为那捎信人说，新县长是认真要整顿兵役的，好几个有钱有势的青年人都偷跑了；有的成天躲在家里。幺吵吵的大哥已经试探过两次，但他认为情形险恶。额外那捎信人又说，壮丁就快要送进省了。

凡是邢大老爷都感觉棘手的事，人还能有什么办法呢？他的老二只有当炮灰了。

"你怕我是聋子吧，"幺吵吵简直在咆哮了，"去年蒋家寡母子的儿子五百，你放了；陈二靴子两百，你也放了！你比上匪头儿肖大个子还要厉害。钱也拿了。脑袋也保住了，——老子也有钱的，你要张一张嘴呀？"

"说话要负责啊！邢幺老爷！……"

主任又出马了，而且现出假装的笑容。

主任是一个胡涂而胆怯的人。胆怯，因为他太有钱了；而在这个边野地区，他又从来没有摸过枪炮。这地区是几乎每个人都能来两手的，还有人靠着它维持生计。好些年前，因为预征太多，许多人怕当公事，于是联保主任这个头衔忽然落在他头上了，弄得一批老实人莫名其妙。

联保主任很清楚这是实力派的阴谋，然而，一向忍气吞声的日子驱使他接受了这个挑战。他起初老是垫钱，但后来他尝到甜头了，回扣、黑棉、等等。并且，当他走进茶馆的时候，招呼茶钱的声音也来得响亮了。而在三年以前，他的大门上已经有了一道县长颁赠的匾额：尽瘁桑梓。但是，不管怎样，正像他自己感觉到的一般，在这回龙镇，还是有人压住他的。他现在多少有点失悔自己做了胡涂事情；但他佯笑着，满不在意似的接着说道："你发气做啥啊，都不是得外人！……"

"你也知道不是外人么？"幺吵吵反问，但又并不等候回答，一直嚷叫下去道，"你既知道不是外人，就不该搞我了，告我的密了！"

"我只问你一句！……"

联保主任又一下站起来了，而他的笑容更加充满一种讨好的意味。

"你说一句就是了！"他接着说，"兵役科甚么人告诉你的？"

"总有那个人呀，"幺吵吵冷笑说，"像还是谣言呢！"

"不是！你要告诉我甚么人说的啦。"联保主任说，态度装得异常诚恳。

因为看见幺吵吵松了劲，他察觉出可以说理的机会到了。于是就势坐向俞视学侧面去，赌咒发誓地分辩起来，说他一辈子都不会做出这样胆大胡涂的事情来的！

他坐下，故意不注意幺吵吵，仿佛视学他们倒是他的对手。

"你们想吧，"他说，摊开手臂，蹙着瘦瘦的铁青的脸蛋，"我姓方的是吃饭长大的呀！并且，我一定要抓他的人做啥呢？难道'委员长'会赏我个状元当么？没讲的话，这街上的事，一向糊得圆我总是糊的！"

"你才会糊！"幺吵吵叹着气抵了一句。

"那总是我吹牛啊！"联保主任无可奈何地辩解说，瞥了一眼他的对手，"别的不讲，就拿救国公债说吧，别人写的多少，你又写的多少？"

他随又把嘴凑近视学的耳朵边呻唤道："连丁八字都是五百元呀！"

联保主任表演得如此精采，这不是没原因的，他想充分显示出事情的重要性，和他对待幺吵吵的一片苦心。同时，他发觉看热闹的人已经越来越多，几乎街都快扎断了，漏出风声太不光彩，而且容易引起纠纷。

大约视学相信了他的话，或者被他的态度感动了，兼之又是出名的好好先生，因此他斯斯文文地扫了扫喉咙，开始劝解起幺吵吵来。

"幺哥！我看这样啊：人不抓，已经抓了，横竖是为国家，……"

"这你才会说！"幺吵吵一下撑起来了，竖起眼睛问视学道，"这样会说，你那么一大堆，怎么不挑一个送起去呢？"

"好！我两个讲不通。"

视学满脸通红，故意勾下脑袋喝茶去了。

"再多讲点就讲通了！"幺吵吵重又坐了下去，接着满脸怒气嚷道，"没有生过娃娃当然会说生娃娃很舒服！今天怎么把你个好好先生遇到了啊：冬瓜做不做得甑子？做得。蒸垮了呢？那是要垮呀，——你个老哥子真是！"

他的形容引来一片笑声。但他自己却并不笑，他把他那结结实实的身子移动了一下，抹抹胡子，又把袖头两挽，理直气壮地宣告道："闲话少讲！方大主任，说不清楚你今天走不掉的！"

"好呀！"主任应声道，一面懒懒退还原地方去，"回龙镇只有这样大一个地方哩，我会往哪里跑？就要跑也跑不脱的。"

联保主任的声调和表情照例带着一种嘲笑的意味，至于是嘲笑自己，或者嘲笑对方，那就要凭你猜了。他是经常凭借了这点武器来掩护自己的，而且经常弄得顽强的敌手哭笑不得。人们一般都叫他做软硬人：碰见老虎他是绵羊，如果对方是绵羊呢，他又变成了老虎了。

当他回到原位的时候，毛牛肉一面吞服着戒烟丸，生气道："我白还懒得答呢，你就让他吵去！"

"不行不行，"监爷意味深长地说，"事情不同了。"

监爷一直这样坚持自己的意见，是颇有理由的。因为他确信这镇上正在对准联保主任进行一种大规模的控告，而邢大老爷，那位全县知名的绅士，可以使这控告成为事实，也可以打消它。这也就是说，现在联络邢家是个必要措施。何况谁知道新县长是怎样一副脾气的人呢！

这时候，茶堂里的来客已增多了。连平时懒于出门的陈新老爷也走来了。

新老爷是前清科举时代最末一科的秀才，当过十年团总，十年哥老会的头目，八年前才退休的。他已经很少过问镇上的事情了，但是他的意见还同团总时代一样有效。

新老爷一露面，茶客们都立刻直觉到：幺吵吵已经布置好一台讲茶了。

茶堂里响起一片零乱的呼唤声。有照旧坐在座位上向堂棺叫喊的，有站起来叫喊的，有的一面挥着钞票一面叫喊，但是都把声音提得很高很高，深恐新老爷听不见。

其间一个茶客，甚至于怒气冲冲地吼道："不准乱收钱啦！嗨！这个龟儿子听到没有？

于是立刻跑去塞一张钞票在堂倌手里。

在这种种热情的骚动中间，争执的双方，已经很平静了。联保主任知道自己会亏理的，他正在积极地制造舆论，希望能于自己有利。而幺吵吵则一直闷着张脸，这是因为当着这许多漂亮人物面前，他忽然深切地感觉到，既然他的老二被抓，这就等于说他已经失掉了面子！

这镇上是流行着这样一种风气的，凡是照规矩行事的，那就是平常人，重要人物都是站在一切规矩之外的。比如陈新老爷，他并不是个惜疼金钱的脚色，但是就连打醮这类事情，他也没有份的；否则便会惹起人们大惊小怪，以为新老爷失了面子，和一个平常人没多少区别了。

面子在这镇上的作用就有如此厉害，所以幺吵吵闷着张脸，只是懒懒地打着招呼。直到新老爷问起他是否欠安的时候，这才稍稍振作起来。

"人倒是好的，"他苦笑着说，"就是眉毛快给人剪光了！"

接着他又一连打了一串干燥无味的哈哈。

"你瞎说！"新老爷严正地切断他，"简直瞎说！"

"当真哩！不然，也不敢劳驾你哥子动步了。"

为了表示关切，新老爷深深叹了口气。

"大哥有信来没有呢？"新老爷接着又问。

"他也没办法呀！……"

幺吵吵呻唤了。

"你想吧，"为了避免人们误会，以为他的大哥也成了没面子的脚色了，他随又解释道，"新县长的脾气又没有摸到，叫他怎么办呢？常言说，新官上任三把火，又是闹起要整顿役政的，谁知道他会发些什么猫儿毛病？前天我又托蒋门神打听去了。"

"新县长怕难说话，"一个新近从城里回来的小商人插入道，"看样子就晓得了：随常一个人在街上串，戴他妈副黑眼镜子……"

严肃沉默的空气没有让小商人说下去。

接着，也没有人敢再插嘴，因为大家都不知道应该如何表示自己的感情。

表示高兴吧，这是会得罪人的，因为情形的确有些严重；但说是严重吧，也不对，这又会显得邢府上太无能了。所以彼此只好暧昧不明地摇头叹气，喝起茶来。

看见联保主任似乎正在考虑一种行动，毛牛肉包着丸药，小声道："不要管他！这么快县长就叫他们喂家了么？"

"去找找新老爷是对的！"监爷意味深长地说。

这个脸面浮肿、常以足智多谋自负的没落士绅，正投了联保主任的机，方治国早就考虑到这个必要的措施了。使得他迟疑的，是他觉得，比较起来，新老爷同邢家的关系一向深厚得多，他不一定捡得到便宜。虽然在派款和收粮上面，他并没有对不住新老爷的地方；逢年过节，他也从未忘记送礼，但在几件小事情上，他是开罪过新老爷的。

比如，有一回曾布客想抵制他，抬出新老爷来，说道："好的，我们到新老爷那里去说！"

"你把时候记错了！"主任发火道，"新老爷吓不倒我！"

后来，事情虽然照旧是在新老爷的意志下和平解决了的，但是他的失言一定已经散播开去，新老爷给他记下一笔帐了。但他终于站了起来，向着新老爷走过去了。

这个行动，立刻使得人们很振作了，大家全都期待着一个新的开端。有几个人在大声喊叫堂倌拿开水来，希望缓和一下他们的紧张心情。幺吵吵自然也是注意到联保主任的攻势的，但他不当作攻势看，以为他的对手是要求新老爷调解的；但他猜不准这个调解将会采取一种什么方式。

而且，从幺吵吵看来，在目前这样一种严重问题上，一个能够叫他满意的调解办法，是不容易想出来的。这不能道歉了事，也不能用金钱的赔偿弥补，那么剩下来的只有上法庭起诉了！但一想到这个，他就立刻不安起来，因为一个决心整饬役政的县长，难道会让他占上风？！

幺吵吵觉得苦恼，而且感觉一切都不对劲。这个一向坚实乐观的汉子，第一次遭到烦扰的袭击了，简直就同一个处在这种境况的平常人不差上下：一点抓拿没有！

他忽然在桌子上拍了一掌，苦笑着自言自语道："哼！乱整吧；老子大家乱整！""你又来了！"俞视学说，"他总会拿话出来说嘛。"

"这还有甚么说的呢？"幺吵吵苦着脸反驳道，"你个老哥子怎么不想想啊：难道甚么天王老子会有这么大的面子，能够把人给我取回来么？！"

"不是那么讲。取不出来，也有取不出来的办法。"

"那我就请教你！"幺吵吵认真快发火了，但他尽力克制着自己，"甚么办法呢？！——说一句对不住了事？——打死了让他赔命？……"

"也不是那样讲。……"

"那又是怎样讲呢？"幺吵吵毕竟大发其火，直着嗓子叫了，"老实说吧，他就没有办法！我们只有到场外前大河里去喝水了！"

这立刻引起一阵新的骚动。全都预感到精彩节目就要来了。

一个站在阶沿下人堆里的看客，大声回绝着朋友的催促道："你走你的嘛，我还要玩一会！"

提着茶壶穿堂走过的堂倌，也在兴高采烈叫道："让开一点，看把脑袋烫肿！"

在当街的最末一张茶桌上，那里离幺吵吵隔着四张桌子，一种平心静气的谈判已经快要结束。但是效果显然很少，因为长条子的陈新老爷，忽然气冲冲站起来了。

陈新老爷仰起瘦脸，颈子一扭，大叫道："你倒说你娃条鸟啊！……"

但他随又坐了下去，手指很响地击着桌面。

"老弟！"他一直望着联保主任，几乎一字一顿地说，"我不会害你的！一个人眼光要放远大一点，目前的事是谁也料不到的！——懂么？"

"我懂呵！难道你会害我？"

"那你就该听大家的劝呀！"

"查出来要这个啦，——我的老先人！"

联保主任苦涩地叫着，同时用手掌在后颈上一比：他怕杀头。

这的确也很可虑，因为严惩兵役舞弊的明令，已经来过三四次了。这就算不作数，我们这里隔上峰还远，但是县长对于我们就全然不相同了：他简直就在你的鼻子前面。并且，既然已经把人抓起去了，就要额外买入替换，一定也比平日困难得多。

加之，前一任县长正是为了壮丁问题被撤职的，而新县长一上任便宣称他要扫除役政上的种种积弊。谁知道他是不是也如一般新县长那样，上任时候的官腔总特别打得响，结果说过算事，或者他硬要认真地干一下？他的脾气又是怎样的呢？……

此外，联保主任还有一个不能冒这危险的重大理由。他已经四十岁了，但他还没有取得父亲的资格。他的两个太太都不中用，虽然一般人把责任归在这作丈夫的先天不足上面；好像就是再活下去，他也永远无济于事，作不成父亲。

然而，不管如何，看光景他是决不会冒险了。所以停停，他又解嘲地继续道："我的老先人！这个险我不敢冒。认真是我告了他的密都说得过去！……"

他佯笑着，而且装做得很安静。同幺吵吵一样，他也看出了事情的诸般困难的，而他首先应该矢口否认那个密告的责任。但他没有料到，他把新老爷激恼了。

新老爷没有让他说完，便很生气地反驳道："你这才会装呢！可惜是大老爷亲自听兵役科说的！"

"方大主任！"幺吵吵忽然直接地插进来了，"是人做出来的就撑住哇！我告诉你：赖，你今天无论如何赖不脱的！"

"嘴巴不要伤人啊！"联保主任忍不住发起火来。

他态度严正，口气充满了警告气味；但是幺吵吵可更加蛮横了。

"是的，老子说了：是人做出来的你就撑住！"

"好嘛，你多凶啊。"

"老子就是这样！"

"对对对，你是老子！哈哈！……"

联保主任响着干笑，一面退回自己原先的座位上去。他觉得他在全镇的市民面前受了侮辱，他决心要同他的敌人斗到底了，仿佛就是拼掉老命他都决不低头。

联保主任的幕僚们依旧各有各的主见。毛牛肉说："你愈让他愈来了，是吧！"

"不行不行，事情不同了。"监爷叹着气说。

许多人都感到事情已经闹成僵局，接着来的一定会是谩骂，是散场了。

因为情形明显得很，争吵的双方都是不会动拳头的。那些站在大街上看热闹的，已经在准备回家吃午饭了。

但是，茶客们却谁也不能轻易动身，担心有失体统。并且新老爷已经请了幺吵吵过去，正在进行一种新的商量，希望能有一个顾全体面的办法。虽然按照常识，一个二十岁的青年人的生命，绝不能和体面相提并论，而关于体面的解释也很不一致。

然而，不管怎样，由于一种不得已的苦衷，幺吵吵终于是让步了。

"好好，"他带着决然忍受一切的神情说，"就照你哥子说的做吧！"

"那么方主任，"新老爷紧接着站起来宣布说，"这一下就看你怎样，一切甩费幺老爷出，人由你找；事情也由你进城去办：办不通还有他们大老爷，——"

"就请大老爷办不更方便些么？"主任嘴快地插入说。

"是呀！也请他们大老爷，不过你负责就是了。"

"我负不了这个责。"

"甚么呀？！"

"你想，我怎么能负这个责呢？"

"好！"

新老爷简捷地说，悒着脸坐下去了。他显然是被对方弄得不快意了；但是，沉默一会，他又耐着性子重新劝说起来。

"你是怕用的钱会推在你身上吧？"新老爷笑笑说。

"笑话！"联保主任毫不在意地答道，"我怕什么？又不是我的事。"

"那又是甚么人的事呢？"

"我晓得的呀！"

联保主任回答这句话的时候，带着一种做作的安闲态度，而且嘲弄似的笑着，好像他是甚么都不懂得，因此甚么也不觉得可怕；但他没有料到幺吵吵冲过来了。而且，那个气得胡子发抖的汉子，一把扭牢他的领口就朝街面上拖。

"我晓得你是个软硬人！——老子今天跟你拼了！"

"大家都是面子上的人，有话好好说啊！"茶客们劝解着。

然而，一面劝解，一面偷偷溜走的也就不少。堂倌已经在忙着收茶碗了。

监爷在四处向人求援，昏头昏脑地胡乱打着漩子，而这也正证明着联保主任并没有白费自己的酒肉。

"这太不成话了！"他摇头叹气说，"大家把他们分开吧！"

"我管不了！"视学边往街上溜去边说，"看血喷在我身上。"

毛牛肉在收捡着戒烟丸药，一面叽叽咕咕囔道："这样就好！哪个没有生得有手么？好得很！"

但当丸药收捡停当的时候，他的上司已经吃了亏了。联保主任不断淌着鼻血，左眼睛已经青肿起来。他是新老爷解救出来的，而他现在已经被安顿在茶堂门口一张白木圈椅上面。

"你姓邢的是对的！"他摸摸自己的肿眼睛说，"你打得好！……"

"你嘴硬吧！"幺吵吵气喘吁吁地唾着牙血，"你嘴硬吧！"

毛牛肉悄悄向联保主任建议，说他应该马上找医生诊治一下，取个伤单；但是他的上司拒绝了他，反而要他赶快去雇滑竿。因为联保主任已经决定立刻进城控告去了。

联保主任的眷属，特别是他的母亲，那个以悭吝出名的小老太婆，早已经赶来了。

"咦，兴这样打么？"她连连叫道，"这样眼睛不认人么？！"

邢幺太太则在丈夫耳朵边报告着联保主任的伤势。

"眼睛都肿来像毛桃子了！……"

"老子还没有打够！"吐着牙血，幺吵吵吸口气说。

别的来看热闹的妇女也很不少，整个市镇几乎全给翻了转来。吵架打架本来就值得看，一对有面子的人物弄来动手动脚，自然也就更可观了！因而大家的情绪比看把戏还要热烈。

但正当这人心沸腾的时候，一个左腿微跛，满脸胡须的矮汉子忽然从人丛中挤了进来。这是蒋米贩子，因为神情呆板，大家又叫他蒋门神。前天进城赶场，幺吵吵就托过他捎信的，因此他立刻把大家的注意一下子集中了。

那首先抓住他的是邢幺太太。

这是个顶着假发的肥胖妇人，爱做作，爱饶舌，诨名九娘子。她颤声颤气问那米贩子道："托你打听的事情呢？……坐下来说吧！"

"打听的事情，"米贩子显得见怪似地答道，"人已经出来啦。"

"当真的呀！"许多人吃惊了，一齐叫了出来。

"那还是假的么？我走的时候，还在十字口茶馆里打牌呢。昨天夜里点名，他报数报错了，队长说他没资格打国仗，就开革了；打了一百军棍。"

"一百军棍？！"又是许多声音。

"不是大老爷面子大，你就再挨几个一百也出来不了呢。起初都讲新县长厉害，其实很好说话。前天大老爷请客，一个人老早就跑去了：戴他妈副黑眼镜子……"

米贩子叙说着，而他忽然一眼注意到了幺吵吵和联保主任。

"你们是怎样搞的？你牙齿痛吗？你的眼睛怎么肿啦？……"

（1940年发表于《抗战文艺》第6卷第4期）

沙汀的小说向来以浓厚的地方色彩闻名，而这闻名主要不是靠他描画川西北风俗画卷的风格得来的，更多的是从人物、环境的复杂关联中，从处处描摹四川独特的世态人情之中获得的。在沙汀的一系列小说中，无论是对反动统治的揭露、对被压迫人民的同情，或是对新生事物的歌颂，都善于从日常生活和社会风习中选取富有特征意义的事物，并且将平凡事物的描绘与迫切的社会问题的揭示结合起来。《在其香居茶馆里》就是沙汀40年代小说创作中这方面的代表作，它最早于1940年发表在《抗战文艺》第6卷第4期。

故事发生的背景设在抗战时的四川，在小说中，看起来突出的主角似乎是矛盾双方的主体邢和方，但是正如曹禺的《雷雨》一样，它的背后还隐藏着一个更关键的角色，这便是小说中的新县长。前任县长因为兵役舞弊被撤了职，因而新县长上任后的第一件事，就向民众信誓旦旦地宣称要"扫除役政上的种种积弊"。回龙镇的基层官吏联保主任方治国，"目前他正处在全镇市民的围攻当中"，可见处境很不乐观，而这时来了新县长，他要面对的是一个新的上级，他还摸不清这个新县长的秉性习惯，所以一切都小心翼翼。但是，他为保自己过关，匆忙地向县里上了密告信，使镇上的邢姓土豪四次逃避兵役的儿子被抓了去。于是，邢便设了一台讲茶，请了当地宿绅陈新老爷出面调解，要方治国找"替身"把儿子弄回来。调解失败，邢、方二人大打出手，正当闹得沸反盈天之时，进城打听消息的人回来报告说：人已经放出来了，邢大老爷请客，新县长一早就到了。沙汀恰是通过这一不出场的角色的设置，巧妙地表现出抗战时期大后方基层政治的黑暗与腐败。应该说，这正是文学艺术中常见的一种书写手法，将真正要表现的放在隐处，以这种暗中的刻画，更突显那形象所具有的力量。沙汀笔下的新县长，可以说是具有高度艺术概括性的典型形象，是作家暴露当时政治腐败的集种种恶行于其一身的艺术体现。

然而，对于沙汀将刻画的着力点放在这些反面人物身上，有读者就认为"正面人物的缺少"导致小说所应具备的宣传力量缺失，并认为小说缺少战斗的内容，应该在结尾"加上一个光明的尾巴"。认为"由于作者抱着客观冷静的观察态度，对于所描写的人与事，一视同仁，完全出于旁观者的欣赏。没有阶级立场、缺乏爱憎分明的热情流注在作品中间，因而也就带上一点悲观的情调"。沙汀左联时期的创作遭到的批评与此也颇为相似：有概念化的毛病，而且多是摹写一些骇人听闻的社会事件，给人以悲观失望的印象。然而我们应当看到，当时的中国社会前景还是一片迷茫，作者自己也很是困惑，于是作品流露出来悲观沉重的气氛，开掘亦欠深刻，似乎也在情理之中。

单纯以阶级和政治的眼光来衡量文学艺术，是狭隘而片面的。王晓明先生在评价沙汀的创作时，曾说过颇有见地的一段话：一切真正的艺术家必然是社会进步的追求者，他们实际上都以各自的方式描绘着历史的发展和人类的成熟。沙汀尤其是一个自觉的战士，正因为渴望新时代的曙光，他在当时才会去描写那些相对陌生的题材。遗憾的是，他并没有得以见到曙光的色彩，所以能做的也只能是描画出想象中的模糊的影子。然而，他亲眼见到的却是真正的历史，代理县长们的每一个疯狂的动作，都是这个人间地狱中黑暗的身影。

对于当时以沙汀小说为代表的"暴露文学"的创作现象，茅盾曾表示说："抗战的现实是光明与黑暗的交错，作家既要写新的光明，又必须写新的黑暗，暴露新的人民欺骗者，新的抗战官，新的发国难财的主战派，新的卖狗皮膏药阴谋宣传家"。可见，文学作品中，光明的形象固然要有，但对于黑暗的敏感揭示也是不可缺少的，在特殊的年代中更是如此。如今，20世纪的"抗战"已经辗过历史，只留下道道车辙，而后来的社会，谁又能保证说已经没有了道貌岸然的欺骗者出现呢。

1936年，周扬在《现阶段的文学》一文中，对沙汀那一时期的小说创作做了这样的评价："他选的主题虽然是在国防前线，他虽没有描写大众抗敌反汉奸的斗争，但是他的作品却告诉了我们，在帝国主义封建势力压迫下的人众，是在过着怎样黑暗和惨苦的生活。更由于他对生活把握的明确，艺术技巧的熟练，使读者在落后的事件人物上获得了明确的时代的概念和展望。"

我在霞村的时候

丁　玲

　　因为政治部太嘈杂，莫俞同志决定要把我送到邻村去暂住，实际我的身体已经复原了，不过既然有安静的地方暂时休养，趁这机会整理一下近三月来的笔记，觉得也很好，我便答应他到霞村去住两个星期，离政治部有三十里路。

　　同去的还有一位宣传科的女同志，她大约有些工作，但她不是个好说话的人，所以一路显得很寂寞。加上她是一个"改组派"的脚，我的精神又不大好，我们上午就出发，可是太阳快下山了，才到达目的地。

　　远远看这村子，也同其他村子差不多。但我知道，这村子里还有一个未被毁去的建筑得很美丽的天主教堂和一个小小的松林，而我就将住在靠山的松林里，从这里可以直望到教堂。现在已经看到靠山的几排整齐的窑洞和窑洞上的绿色的树林，我觉得很满意这村子。

　　从我的女伴口里，我认为这村子是很热闹的；但当我们走进村口时，却连一个小孩子，一只狗也没有碰到，只是几片枯叶轻轻的被风卷起，飞不多远又坠下来了。

　　"这里从先是小学堂，自从去年鬼子来后就打毁了，你看那边台阶，那是一个很大的教室呢。"阿桂（我的女伴）告诉我，她显得有些激动，不像白天那样沉默了。她接着又指着一个空空的大院子："一年半前这里可热闹呢，同志们天天晚饭后就在这里打球。"

　　她又急起来了："怎么今天这里没有人呢？我们是先到村公所去，还是到山上去呢？咱们的行李也不知道捎到什么地方去了，总得先闹清才好。"

　　村公所大门墙上，贴了很多白纸条，上面写着"××会办事处"、"××会霞村分会"、"……"但我们到了里边，却静悄悄的找不到一个人，几张横七竖八的桌子空空的摆在那里。我们正奇怪，匆匆的跑来一个人，他看了一看我，似乎想问什么，接着又把话咽下去了，还想不停的往外跑，但被我们叫住了。

他只好连连的答应我们："我们的人嘛，都到村西口去了。行李？嗯，是有行李，老早就抬到山上了，是刘二妈家里。"他一边说一边也打量着我们。

我们知道了他是农救会的人，便要求他陪同我们一道上山去，并且要他把我写给这边一个同志的条子送去。

他答应了替我们送条子，却不肯陪我们，而且显得有点不耐烦的样子，把我们丢下独自跑走了。

街上也是静悄悄的，有几家在关门，有几家门还开着，里边黑漆漆的，我们也没有找到人。幸好阿桂对这村子还熟，她引导着我走上山，这时已经黑下来了，冬天的阳光是下去得快的。

山不高，沿着山脚上去，错错落落有很多石砌的窑洞，也常有人站在空坪上眺望着。阿桂明知没有到，但一碰着人便要问：

"刘二妈的家是这样走的么？""刘二妈的家还有多远？""请你告诉我怎样到刘二妈的家里？"或是问："你看见有行李送到刘二妈家去过？刘二妈在家么？"

回答总是使我们满意的，这些满意的回答一直把我们送到最远的、最高的刘家院子里，两只小狗最先走出来欢迎我们。

接着便有人出来问了。一听说是我，便又出来了两个人，他们掌着灯把我们送进一个院子，到了一个靠东的窑洞里。这窑洞里面很空，靠窗的炕上堆得有我的铺盖卷和一口小皮箱，还有阿桂的一条被子。

他们里面有认识阿桂的，拉着她的手问长问短的，后来索性把阿桂拉出去了。我一个人留在这屋子里，只好整理铺盖。我刚要躺下去，她们又涌进来了。有一个青年媳妇托着一缸面条，阿桂、刘二妈和另外一个小姑娘拿着碗、筷和一碟子葱同辣椒，小姑娘又捧来一盆燃得红红的火。

她们殷勤的督促着我吃面，也摸我的两手、两臂。刘二妈和那媳妇也都坐上炕来了。她们露出一种神秘的神气，又接着谈讲着她们适才所谈到的一个问题。我先还以为她们所诧异的是我，慢慢我觉得不是这样的，她们只热心于一点，那就是她们谈话的内容。我只无头无尾的听见几句，也弄不清，尤其是刘二妈说话之中，常常要把声音压低，像怕什么人听见似的那么耳语着。阿桂已经完全变了，她仿佛满能干似的，很爱说话，而且也能听人说话的样子，她表现出很能把握住别人说话的中心意思。另外两人不大说什么，不时也补充一两句，却那么聚精会神的听着，深怕遗漏去一个字似的。

忽然院子里发生一阵嘈杂的声音，不知有多少人在同时说话，也不知道闯进了多少人来。刘二妈几人慌慌张张的都爬下炕去往外跑，我也莫名其妙的跟着跑到外边去看。这时院子里实在完全黑了，有两个纸糊的红灯笼在人丛中摇晃，我挤到人堆里去瞧，什么也看不见，他们也是无所谓的在挤着而已，他们都想说什么，都又不说，只听见一些极简单的对话，而这些对话只有更把人弄糊涂的：

"玉娃，你也来了么？"

"看见没有？"

"看见了，我有些怕。"

"怕什么，不也是人么，更标致了呢。"

我开始总以为是谁家要娶新娘子了，他们回答我不是的；我又以为是俘虏，却还不是的。我跟着人走到中间的窑门口，却见窑里挤得满满的是人，而且烟雾沉沉的看不清，我只好又退出来。人似乎也在慢慢的退去了，院子里空旷了许多。

我不能睡去，便在灯底下又整理着小箱子，翻着那些练习簿、相片，又削着几支铅笔。我显得有些疲乏，却又感觉着一种新的生活要到来以前的那种昂奋。我分配着我的时间，我要从明天起遵守规定下来的生活秩序，这时却有一个男人嗓子在门外响起了：

"还没有睡么？××同志。"

还没有等到我的答应，这人便进来了，是一个二十岁左右的、还文雅的乡下人。

"莫主任的信我老早就看到了，这地方还比较安静，凡事放心，都有我，要什么尽管问刘二妈。莫主任说你要在这里住两个星期，行，要是住得还好，欢迎你多住一阵。我就住在邻院，下边的那几个窑，有事就叫这里的人找我。"

他不肯上炕来坐，地下又没有凳子，我便也跳下炕去：

"呵，你就是马同志，我给你的一个条子收到了么？请坐下来谈谈吧。"

我知道他正在这村子上负点责，是一个未毕业的初中学生。

"他们告诉我，你写了很多书，可惜我们这里没有卖，我都没有见到。"他望了望炕上开着口的小箱子。

我们话题一转到这里的学习情形时，他便又说："等你休息几天后，我们一定请你做一个报告；群众的也好，训练班的也好，总之，你一定得帮助我们，我们这里最难的工作便是'文化娱乐'。"

像这样的青年人我在前方看了很多很多，当刚刚接触他们的时候常常感到惊讶，觉得这些同自己有一点距离的青年们都实在变得很快，我又把话拉回来。

"刚才，他们发生了什么事么？"

"刘大妈的女儿贞贞回来了。想不到她才了不起呢。"即刻我感到在他的眼睛里面多了一样东西，那里面放射着愉快的、热情的光辉。

我正要问下去时，他却又加上说明了："她是从日本人那里回来的，她已经在那里干了一年多了。"

"呵！"我不禁也惊叫起来了。

他打算再告诉我一些什么时，外边有人在叫他了，他只好对我说明天他一定叫贞贞来找我。而且他还提起我注意似的，说贞贞那里"材料"一定很多的。

很晚阿桂才回来睡，她躺到床上老是翻来覆去的睡不着，不住的唉声叹气。我虽说已经疲倦到极点了，仍希望她能告诉我一些关于今晚上的事情。

"不，××同志！我不能说，我真难受，我明天告诉你吧，呵！我们女人真作孽呀！"于是她把被蒙着头，动也不动，也再没有叹息，我不知道她什么时候才睡着的。

第二天一早我便到屋外去散步，不觉得就走到村子底下去了。我走进了一家杂货铺，一方面是休息，一方面买了他们很多枣子，是打算送给刘二妈家里煮稀饭吃的。那杂货铺老板听我说住在刘二妈家里，便挤着那双小眼睛，有趣的低声问我道：

"她那侄女儿你看见了么？听说病得连鼻子也没有了，那是给鬼子糟蹋的呀。"他又转过脸去朝站在里边门口的他的老婆说："亏她有脸面回家来，真是她爹刘福生的报应。"

"那娃儿向来就风风雪雪的，你没有看见她早前就在街上浪来浪去，她不是同夏大宝打得火热么？要不是夏大宝穷，她不老早就嫁给他了么？"那老婆子拉着衣角走了出来。

"谣言可多呢，"他转过脸来抢着又说。这次他的眼睛已不再眨动了，却做出一副正经的样子："听说起码一百个男人总'睡'过，哼，还做了日本官太太，这种缺德的婆娘，是不该让她回来的。"

我忍住了气，因为不愿同他吵，就走出来了。我并没有再看他，但我感觉到他又眯着那小眼睛很得意的望着我的背影。

走到天主堂转角的地方，又听到有两个打水的妇人在谈着，一个说：

"还找过陆神父，一定要做姑姑，陆神父问她理由，她不说，只哭，知道那里边闹的什么把戏，现在呢，弄得比破鞋还不如……"

另一个便又说："昨天他们告诉我，说走起路来一跛一跛的，唉，怎么好意思见人！"

"有人告诉我，说她手上还戴得有金戒指，是鬼子送的哪！"

"说是还到大同去过，很远的，见过一些世面，鬼子话也会说哪。……"

这散步于我是不愉快的，我便走回家来了。这时阿桂已不在家，我就独自坐在窑洞里读一本小册子。

我把眼睛从书上抬起来，就看见靠墙立着两个粮食篓子，那大约很有历史的吧，它的颜色同墙壁一般黑，我把一块活动的窗户纸掀开，就看见一片灰色的天（已经不是昨天来时的天气了）和一片扫得很干净的土地，从那地的尽头上，伸出几株枯枝的树，疏疏朗朗的划在那死寂的铅色的天上。

院子里简直没有什么人走动。

我又把小箱子打开，取出纸笔来写了两封信。怎么阿桂还没回来呢？我忘记她是有工作的，而且我以为她是将与我住下去似的了。

冬天的日子本来是很短的，但这时我却以为它比夏天的还长呢。

后来我看见那小姑娘出来了，于是跳下炕到门外去招呼她，她只望着我笑了一笑，便跑到另外一个窑洞里去了。我在院子里走了两个圈，看见一只苍鹰飞到教堂的树林子里边去了。那院子里有很多大树。

我又在院子里走起来，我走到靠右边的尽头处，我听见有哭泣的声音，是一个女人，而且在压抑住自己，时时都在擤鼻涕。

我努力的排遣自己，思索着这次来的目的和计划，我一定要好好休养，而且按着自己规定的时间去生活。于是我又回到房子里来了，既然不能睡，而写笔记又是多么无聊呵！

幸好不久刘二妈来看我了，她一进来，那小姑娘跟着也来了，后来那媳妇也来了。她们便都坐到我的炕上，围着一个小火盆。那小姑娘便检阅着那小方炕桌上的我的用具。

"那时谁也顾不到谁，"刘二妈述说着一年半前鬼子打到霞村来的事，"咱们住在山上的还好点，跑得快，村底下的人家有好些都没有跑走，也是命定下的，早不早迟不迟，这天咱们家的贞贞却跑到天主堂去了，后来才知道她是找那个外国神父要做姑姑去的，为的也是风声不好，她爹正在替她讲亲事，是西柳村的一家米铺的小老板，年纪快三十了，填房，家道厚实，咱们都说好，就只贞贞自己不愿意，她向着她爹哭过。别的事她爹都能依她，就只这件事老头子不让，咱们老大又没儿，总企望把女儿许个好人家。谁知道贞贞却赌气跑下天主堂去了，就那一忽儿，落在火坑了哪，您说做娘老子的怎不伤心……"

"哭的是她的娘么？"

"就是她娘。"

"你的侄女儿呢？"

"侄女儿么，到底是年轻人，昨天回来哭了一场，今天又欢天喜地到会上去了，才十八岁呢。"

"听说做过日本人太太，真的么？"

"这就难说了，咱也摸不清，谣言自然是多得很，病是已经弄上身了，到那种地方，还保得住干净么？小老板的那头亲事，还不吹了，谁还肯要鬼子用过的女人！的的确确是有病，昨天晚上她自己也就说了。她这一跑，真变了，她说起鬼子来就像说到家常　便饭似的，才十八岁呢，已经一点也不害臊了。"

"夏大宝今天还来过呢，娘！"那媳妇悄声的说着，又用着探问的眼睛望着二妈。

"夏大宝是谁呢？"

"是村底下磨房里的一个小伙计，早先小的时候同咱们贞贞同过一年学，两个要好得很，可是他家穷，就连咱们家也不如，他正经也不敢怎样的，偏偏咱们贞贞痴心痴意，总要去缠着他，一来又怪了他；要去做姑姑也还不是为了他？自从贞贞给日本鬼弄去后，他倒常来看看咱们老大两口子。起先咱们大爹一见他就气，有时骂了他，他也不说什么，骂走了第二次又来，倒是一个有良心的孩子，现在自卫队当一个小排长呢。他今天又来了，好像向咱们大妈求亲来着呢，只听见她哭，后来他也哭着走了。"

"他知不知道你侄女儿的情形呢？"

"怎会不知道？这村子里就没有人不清楚，全比咱们自己还清楚呢。"

"娘，人都说夏大宝是个傻孩子呢。"

"嗯，这孩子总算有良心，咱是愿意这头亲事的。自从鬼子来后，谁是有钱的人呢？看老大两口子的口气，也是答应的。唉，要不是这孩子，谁肯来要呢？莫说有病，名声就实在够受了。"

"就是那个穿深蓝色短棉袄，戴一顶古铜色翻边毡帽的。"小姑娘闪着好奇的眼光，似乎也很了解这回事。

在我记忆里出现了这样一个人影：今天清晨我动身山外散步的时候，看见了这么一个年轻的小伙子，有着一副很机灵也很忠厚的面孔，他站在我们院子外边，却又并不打算走进来的样子；约莫当我回家时，又看他从后边的松林里走出来。我只以为是这院子里人或邻院的人，我那时并没有很注意他，现在想起来，倒觉得的确是一个短小精悍、很不坏的年轻人。

我的休养计划怕不能完成了，为什么我的思绪这样的乱？我并不着急于要见什么人，但我幻想中的故事是不断的增加着。

阿桂现出一副很明白我的神气，望着我笑了一下便走出去了。

我明白了她的意思，于是来回在炕上忙碌了一番；觉得我们的铺、灯、火都明亮了许多。我刚把茶缸子去搁在火上的时候，果然阿桂已经又回到门口了，我听见她后边还跟得有人。

"有客人来了，××同志！"阿桂还没有说完，便听见另外一个声音噗哧一笑："嘻……"

在房门口我握住了这并不熟识的人的手了。她的手滚烫，使我不能不略微吃惊。她跟着阿桂爬上炕去时，在她的背上，长长的垂着一条发辫。

这间使我感到非常沉闷的窑洞，在这新来者的眼里，却很新鲜似的，她拿着满有兴致的眼光环绕的探视着。她身子稍稍向后仰的坐在我的对面，两手分开撑住她坐的铺盖上，并不打算说什么话似的，最后便把眼光安详的落在我的脸上了。阴影把她的眼睛画得很长，下巴很尖。虽在很浓厚的阴影之下的眼睛，那眼珠却被灯光和火光照得很明亮，就像两扇在夏天的野外屋宇里的洞开的窗子，是那么坦白，没有尘垢。

我也不知道如何来开始我们的谈话，怎么能不碰着她的伤口，不会损害到她的自尊心。我便先从缸子里倒了一杯已经热了的茶。

"你是南方人吧？我猜你是的，你不像咱们省里的人。"倒是贞贞先说了。

"你见过很多南方人么？"我想最好随她高兴说什么我就跟着说什么。

"不，"她摇着头，仍旧盯着我瞧，"我只见过几个，总是有些不同。我喜欢你们那里人，南方的女人都能念很多很多的书，不像咱们，我愿意跟你学，你教我好么？"

我答应她之后忽的她又说了："日本的女人也都会念很多很多书，那些鬼子兵都藏得有几封写得漂亮的信：有的是他们的婆姨来的，有的是相好来的，也有不认识的姑娘们写信给他们，还夹上一张照片，写了好些肉麻的话，也不知道她们是不是真心，总哄得那些鬼子当宝贝似的揣在怀里。"

"听说你会说日本话，是么？"

在她脸上轻微的闪露了一下羞赧的颜色，接着又很坦然的说下去："时间太久了，跑来跑去一年多，多少就会了一点儿，懂得他们说话有很多好处。"

"你跟着他们跑了很多地方么？"

"并不是老跟着一个队伍跑的，人家总以为我做了鬼子官太太，享富贵荣华，实际我跑回来过两次，连现在这回是第三次了。后来我是被派去的，也是没有办法，我在那里熟，工作重要，一时又找不到别的人。现在他们不再派我去了，要替我治病也好，我也挂牵我的爹娘，回来看看他们。可是娘真没有办法，没有儿女是哭，有了儿女还是哭。"

"你一定吃了很多的苦吧。"

"她吃的苦真是想也想不到，"阿桂又做出一副难受的样子，像要哭似的，"做了女人真倒霉，贞贞你再说吧。"她更挤拢去，紧靠她身边。

"苦么，"贞贞像回忆着一件辽远的事一样，"现在也说不清，有些是当时难受，于今想来也没有什么；有些是当时倒也马马虎虎的过去了，回想起来却实在伤心呢，一年多，日子也就过去了。这次一路回来，好些人都奇怪的望着我。就说这村子的人吧，都把我当一个外路人，也有亲热我的，也有逃避我的。再说家里几个人吧，还不都一样，谁都爱偷偷的瞧我，没有人把我当原来的贞贞看了。我变了么，想来想去，我一点也没有变，要说，也就心变硬一点罢了。人在那种地方住过，不硬一点心肠还行么，也还是因为没有办法，逼得那么做的哪！"

一点有病的象征也没有，她的脸色红润，声音清晰，不显得拘束，也不觉得粗野。她并不含一点夸张，也使人感觉不到她有过什么牢骚，或是悲凉的意味，我忍不住要问到她的病了。

"人大约总是这样，哪怕到了更坏的地方，还不是只得这样，硬着头皮挺着腰肢过下去，难道死了不成？后来我同咱们自己人有了联系，就更不怕了。我看见日本鬼子在我捣鬼以后，吃败仗，游击队四处活动，人心一天天好起来，我想我吃点苦，也划得来，我总得找活路，还要活得有意思，除非万不得已。所以他们说要替我治病，我想也好，治了总好些。这几天病倒不觉得什么了，路过张家驿时，住了两天，他们替我打了两次药针，又给了一些药我吃。只有今年秋天的时候，那才厉害，人家说我肚子里面烂了，又赶上有一个消息要立刻送回来，找不到一个能代替的人，那晚上摸黑路我一个人来回走了三十里，走一步，痛一步，只想坐着不走了，要是别的不关紧要的事，我一定不走回去了，可是这不行哪，唉，又怕被鬼子认出我来，又怕误了时间，后来整整睡了一个星期，才又拖着起了身。一条命要死好像也不大容易，你说是么？"

她并没有等我的答复，却又继续说下去了。

有的时候，她也停顿下来，在这时间，她也望望我们，也许是在我们脸上找点反应，也许她只是思索着别的。看得出阿桂是比贞贞显得更难受，阿桂大半的时候沉默着，有时也说几句话，她说的话总只为的传达出她的无限的同情，但她沉默着时，却更显得她为贞贞的话所震慑住了，她的灵魂在被压抑，她感受了贞贞过去所受的那些苦难。

我以为那说话的人是丝毫没有想到要博得别人的同情的，纵是别人正在为她分担了那些罪过，她似乎也没有感觉到，同时也正因为如此，就使人觉得更可同情了。如果她说起她的这段历史的时候，并不是像现在这样，心平气和，甚至就使你以为她是在说旁人那样，那是宁肯听她哭一场，哪怕你自己也陪着她哭，都是觉得好受些的。

后来阿桂倒哭了，贞贞反来劝她。我本有许多话准备同贞贞说的，也说不出口了，我愿意保持住我的沉默。而且当她走后，我强制住自己在灯下读了一个钟头的书，连睡得那么邻近的阿桂，也不去看她一眼，或问她一句，哪怕她老是翻来覆去的睡不着，一声一声的叹息着。

以后贞贞每天都来我这里闲谈，她不只是说她自己，也常常很好奇的问我许多那些不属于她的生活中的事。有时我的话说得很远，她便显得很吃力的听着，却是非常之要听的。我们也一同走到村底下去，年轻人都对她很好；自然都是那些活动分子。但像杂货店老板那一类的人，总是铁青着脸孔，冷冷的望着我们，他们嫌厌她，卑视她，而且连我也当着不是同类的人的样子看待了。尤其那一些妇女们，因为有了她才发生对自己的崇敬，才看出自己的圣洁来，因为自己没有被人强奸而骄傲了。

阿桂走了之后，我们的关系就更密切了，谁都不能缺少谁似的，一忽儿不见就会彼此挂念。我喜欢那种有热情的，有血肉的，有快乐、有忧愁、却又是明朗的性格的人，而她就正是这样。我们的闲谈常常占去了很多时间，我却总以为那些谈天，于我的学习和修养，都是非常有帮助的。可是日子一天天过去，贞贞对我并不完全坦白的事，竟被我发觉了；但我绝不会对她有一丝怨恨的，而且我将永远不去触她这秘密，每个人一定有着某些最不愿告诉人的东西深埋在心中，这是指属于私人感情的事，既与旁人毫无关系，也不会有关系于她个人的道德的。

　　已经到了我快走的那几天了，贞贞忽然显得很烦躁，并没有什么事，也不像打算要同我谈什么的，却很频繁的到我屋子中来，总是心神不宁的，坐立不是的，一会儿又走了。我知道她这几天吃得很少，甚至常常不吃东西。我问过她的病状，我清楚她现在所担受的烦扰，决不只是肉体上的。她来了，有时还说几句毫无次序的话；有时似乎要求我说一点什么，做出一副要听的神气。但我也看得出她在想一些别的，那些不愿让人知道的，她是正在掩饰着这种心情，装出无所谓的样子。

　　有两次，我看见那显得很精悍的年轻小伙子从贞贞母亲的窑中出来，我曾把他给我的印像和贞贞一道比较，我以为我非常同情他，尤其当现在的贞贞被很多人糟蹋过，染上了不名誉的、难医的病症的时候，他还能耐心的来看她，向她的父母提出要求，他不嫌弃她，不怕别人笑骂。他一定觉得她这时更需要他，他明白一个男子在这样的时候对他相好的女人所应有的气概和责任。而贞贞呢，虽说在短短的时间中，找不出她有很多的伤感和怨恨，她从没有表示过她希望有一个男子来要她，或者就说是抚慰吧；但我也以为因为她是受过伤的，正因为她受伤太重，所以才养成她现在的强硬，她就有了一种无所求于人的样子。可是如果有些爱抚，非一般同情可比的怜惜，去温暖她的灵魂是好的。我喜欢她能哭一次，找到一个可以哭的地方去哭一次。我是希望着我有机会吃到这家人的喜酒，至少我也愿意听到一个喜讯再离开。

　　"然而贞贞在想着一些什么呢？这是不会拖延好久，也不应成为问题的。"我这样想着，也就不多去思索了。

　　刘二妈，她的小媳妇、小姑娘也来过我房子，估计她们的目的，无非想来报告些什么，有时也说一两句。但我总不给她们说话的机会，我以为凡是属于我朋友的事，如若朋友不告诉我，我又不直接问她，却在旁人那里去打听，是有损害于我的朋友和我自己，也是有损害于我们的友谊的。

　　就在那天黄昏的时候，院子里又热闹起来了，人都聚集在那里走来走去，邻舍的人全来了，他们交头接耳的，有的显得悲戚，也有的满感兴趣的样子。天气很冷，他们好奇的心却很热，他们在严寒底下耸着肩，弓着腰，笼着手，他们吹着气，在院子中你看我，我看你，好像在探索着很有趣的事似的。

　　开始我听见刘大妈的房子里有些吵闹的声音，接着刘大妈哭了。后来还有男人哭的声音，我想是贞贞的父亲吧。接着又有摔碗的声音，我忍不住，分开看热闹的人冲进去了。

"你来的很好，你劝劝咱们贞贞吧。"刘二妈把我扯到里边去。

贞贞把脸藏在一头纷乱的长发里，却望得见有两颗狰狰的眼睛从里边望着众人。我只走到她旁边便站住了。她似乎并没有感觉我的到来，或者也把我当作一个毫不足以介意的敌人之一罢了。她的样子完全变了，几乎使我不能在她的身上回想起一点点那些曾属于她的洒脱、明朗、愉快，她像一个被困的野兽，她像一个复仇的女神，她憎恨着谁呢，为什么要做出那么一副残酷的样子？

"你就这样的狠心，你全不为娘老子着想，你全不想想这一年多来我为你受的罪……"刘大妈在炕上一边捶着一边骂，她的眼泪就像雨点一样，有的落在炕上，有的落在地上，还有的就顺着脸往下流。

有好几个女人围着她，扯着她，她们不准她下炕来。我以为一个人当失去了自尊心，一任她的性情疯狂下去的时候，真是可怕。我想告诉她，你这样哭是没有用的，同时我也明白在这时是无论什么话都不会有效果的。

老头子显得很衰老的样子，他垂着两手，叹着气。夏大宝坐在他旁边，用无可奈何的眼光望着两个老人。

"你总得说一句呀，你就不可怜可怜你的娘么？……"

"路走到尽头总要转弯的，水流到尽头也要转弯的，你就没有一点弯转么？何苦来呢？……"

一些女人们就这样劝贞贞。

我看出这事是不会如大家所希望的了。贞贞早已经表示不要任何人可怜她，她也不可怜任何人。她是早已有决定，没有转弯的，要说赌气，就算赌气吧。她是咬紧了牙关要和大家坚持下去的神情。

她们听了我的劝告，请贞贞到我的房里边去休息，一切问题到晚上再谈。于是我便领着贞贞出来了。可是她并没有到我的房中去，她向后山上跑走了。

"这娃儿心事大呢……"

"哼，瞧不起咱乡下人了……"

"这种破铜烂铁，还搭臭架子，活该夏大宝倒霉……"

聚集在院子中的人们纷纷议论着，看看已经没有什么好看的了，便也散去了。

我在院子中也踌躇了一会，便决计到后山去。山上有些坟堆，坟周围都是松树，坟前边有些断了的石碑，一个人影子也没有，连落叶的声音都没有。我从这边穿到那边，我叫着贞贞的名字，似乎有点回声，来安慰一下我的寂寞，但随即更显得万山的沉静，天边的红霞已经褪尽了，四周围浮上一层寂静的、烟似的轻雾，绵延在远近的山的腰边。我焦急，我颓然坐在一块碑上，我盘旋着一个问题：再上山去呢，还是在这里等她呢？我希望我能替她分担些痛苦。

我看见一个影子从底下上来了。很快我便认识出就是夏大宝。我不做声，希望他没有看见我，让他直到上面去吧。但是他却在朝我走来。

"你找了么？我到现在还没有看见她。"我不得不向他打个招呼。

他却走到我面前，而且就在枯草地上坐下去。他沉默着，眼望着远方。

我微微有些局促。他的确还很年轻呢，他有两条细细的长眉，他的眼很大，现在却显得很为呆板，他的小小的嘴紧闭着，也许在从前是很有趣的，但现在只充满着烦恼，压抑住痛苦的样子，他的鼻是很忠厚的，然而却有什么用？

"不要难受，也许明天就好了，今天晚上我定要劝她。"我只好安慰他。

"明天，明天，……她永远都会恨我的，我知道她恨我……"他的声音稍稍的有点儿哑，是一个沉郁的低音。

"不，她从没有向我表示过对人有什么恨。"我搜索着我的记忆，我并没有撒谎。

"她不会对你说的，她不会对任何人说的，她到死都不饶恕我的。"

"为什么她要恨你呢？"

"当然……"忽的他把脸朝着我，注视着我，"你说，我那时不过是一个穷小子，我能拐着她逃跑么？是不是我的罪？是么？"

但他并没有等到我的答复就又说下去了，几乎是自语："是我不好，还能说是我对么，难道不是我害了她么？假如我能像她那样有胆子，她是不会……"

"她的性格我懂得，她永远都要恨我的。你说，我应该怎样？她愿意我怎样？我如何能使她快乐？我这命是不值什么的，我在她面前也还有点用处么？你能告诉我么？我简直不知我应该怎样才好，唉，这日子真难受呀！还不如让鬼子抓去……"他不断的喃喃下去。

当我邀他一道回家去的时候，他站起来同我走了几步，却又停住了，他说他听见山上有声音。我只好鼓励他上山去，我直望到他的影子没入更厚的松林中去时，才踏上回去的路，然而天色已经快要全黑了。

这天晚上我虽然睡得很迟，却没有得着什么消息，不知道他们怎样过的。

等不到吃早饭，我把行李都收拾好了。马同志答应今天来替我搬家。我已准备回政治部去，并且回到 ×× 去；因为敌人又要大举"扫荡"了，我的身体不准许我再留在这里，莫主任说无论如何要先把这些伤病员送走。我的心却有些空荡荡的，坚持着不回去么？身体又累着别人；回去么？何时再来呢？我正坐在我的铺上沉思着的时候，我觉得有人悄悄的走进我的窑洞。

她一耸身跳上炕来坐在我的对面了，我看见贞贞脸上稍稍的有点浮肿，我去握着那只伸在火上的手，那种特别使我感觉刺激的烫热又使我不安了，我意识到她有着不轻的病症。

"贞贞！我要走了，我们不知何时再能相会，我希望，你能听你娘……"

"我就是来告诉你的，"她一下就打断了我的话，"我明天也要动身了。我恨不得早一天离开这家。"

"真的么？"

"真的！"在她的脸上那种特有的明朗又显出来了。"他们叫我回……去治病。"

"呵！"我想我们也许要同道的，"你娘知道了么？"

"不，还不知道，只说治病，病好了再回来，她一定肯放我走的，在家里不是也没有好处么？"

我觉得她今天显得稀有的平静。我想起头天晚上夏大宝说的话了。我冒昧的便问她道：

"你的婚姻问题解决了么？"

"解决，不就是那么么？"

"是听娘的话么？"我还不敢说出我对她的希望，我不愿想着那年轻人所给我的印像，我希望那年轻人有快乐的一天。

"听她们的话，我为什么要听她们的话，她们听过我的话么？"

"那末，你果真是和她们赌气么？"

"……"

"那末，……你真的恨夏大宝么？"

她半天没有回答我，后来她说了，说得更为平静的："恨他，我也说不上。我总觉得我已经是一个有病的人了，我的确被很多鬼子糟蹋过，到底是多少，我也记不清了，总之，是一个不干净的人了。既然已经有了缺憾，就不想再有福气，我觉得活在不认识的人面前，忙忙碌碌的，比活在家里，比活在有亲人的地方好些。这次他们既然答应送我到 ×× 去治病，那我就想留在那里学习，听说那里是大地方，学校多；什么人都可以学习的。大家扯在一堆并不会怎样好，那就还是分开，各奔各的前程。我这样打算是为了我自己；也为了旁人，所以我并不觉得有什么对不住人的地方，也没有什么高兴的地方。而且我想，到了××，还另有一番新的气象。我还可以再重新做一个人，人也不一定就只是爹娘的，或自己的。别人说我年轻，见识短，脾气别扭，我也不辩，有些事情哪能让人人都知道呢？"

我觉得非常惊诧，新的东西又在她身上表现出来了。我觉得她的话的确值得我们研究，我当时只能说出我赞成她的打算的话。

我走的时候，她的家属在那里送我，只有她到公所里去了，也再没有看见夏大宝。我心里并没有难受，我仿佛看见了她的光明的前途，明天我将又见着她的，定会见着她的，而且还有好一阵时日我们不会分开了。果然，一走出她家的门，马同志便告诉了我关于她的决定，证实了她早上告诉我的话很快便会实现了。

（1941年6月发表于《中国文化》第2卷第1期）

述评

在 20 世纪 40 年代的解放区短篇小说中，丁玲的《我在霞村的时候》是题材非常特别的一篇作品。自问世以来备受争议和批评，可谓命运多舛，甚至给丁玲自己也带来了巨大的麻烦。作品于1941 年 6 月发表在《中国文化》第 2 卷第 1 期上，到了 1944 年，被收入到远方书店的"七月文丛"中，在社会上曾产生过广泛影响，为她又一次带来过极大的声誉，然而更多的是后来暴风骤雨般袭来的批判。

丁玲作为一个对时代有着极敏锐的发现力的女性作家，颇具独立审视生活的勇气和眼光。这篇小说与当时解放区所流行的赞歌式作品不同，它直接揭露了解放区农民的愚昧落后以及女性的悲惨遭遇，让人们看到解放区也并不是人间天堂，它其实存在着非常严重的问题。丁玲以第一人称的角度展开叙述，以女性感受女性的细腻理解，充分体会主人公贞贞那种难以言说的痛苦。作品反映了在民族战争里女性对生活中所面临的苦难不得不逼迫自己尽量勇敢面对，进一步探讨了中国传统女性的贞操观念与民族革命战争的复杂关系。可以说，丁玲是延安文坛上既满腔热忱地歌颂和描写革命根据地、解放区的新生活、新风尚、新人物，又直言不讳地暴露生活中的阴暗面的作家，这使其作品达到了现实主义的新高度。这正是丁玲区别于当时大多数红色作家一味歌颂革命的地方。

丁玲后来曾经说过："我国的文学批评，向来不怎么开展。但我似乎还很有荣幸。我的小说刚问世，就得到一些批评，我的老师茅盾同志，还有冯雪峰同志都给过我很大的鼓励。叶圣陶老师更是全心支持我的写作。可是当我已多少年没有再写小说的时候，我的旧作《莎菲女士的日记》、《我在霞村的时候》、《在医院中》，还有我的长篇小说、散文，却都被当作毒草，遭到狂风暴雨般的指责，禁印禁读。原来曾写信给我说他读完《我在霞村的时候》流过眼泪的人，这时也表现出对这篇小说的深恶痛绝。原来写文章说过我如何有才能的人，这时竟同擅于投左倾之机的人一个腔调骂起我来了。作品是不怕批评的，但这种出自同一个人的反反复复的意见，的确使我糊涂起来。"我们可以从中看到，作为一个说真话的作家，在时代的高压下曾经历怎样的心灵痛苦与失落，她在努力寻求一种文学的公允与表达方式，可是最终仍是事与愿违。《我在霞村的时候》不仅仅表现了贞贞的不幸遭遇，而且也是丁玲为自己的独立判断与思考而付出的代价。它是中国文坛上一段值得人们反思的现象。已往既鉴，来者可追。

这篇充满争议的《我在霞村的时候》，每个历史时期都有不同的评价重点：20世纪40年代的评论，集中在作品的政治倾向；50年代中后期，随着丁玲政治命运的变化，它又一度成为"再批判"的对象，矛头所指，主要是作品所表现的个人主义，以及作者本人的政治节操问题；而到了20世纪80年代的研究，从为丁玲及其作品辩诬出发，逐渐展拓到对文本内外所体现的对封建意识的批判，和对人道主义的追求；20世纪90年代以后，研究的兴奋点则逐渐集中到作品所体现的女性问题上。

侨　民

　　还有冬日的余寒，天阴着，阴得沉而又沉，低得像就要压到你的脸上来似的。岛国特有的濡湿的空气，被过多的水分挤榨着，泄出细雨一样的雾滴，哪儿都是粘的，连裸露的手臂也似乎能拧出水来。

　　扯下来已经变湿了的口罩，我重重地吸了两口气，企图驱散胸中的郁闷，过多地湿气呛入呼吸道，反使我呛咳起来，连忙用手帕捂着嘴，踩着开车的铃声，迈进了由大阪开往神户的特快电动列车。耳边仍然回响着报导小姐那圆润的语音："特快列车现在发车，请上车，请……"我不知道女报导员怎么会把这样简单的语句说得如此甜美，每次听后都有余音不绝之感，似乎她们所处的并不是金戈声闻的社会。我有个十分固执的想法：我以为，只有心绪完全和谐的人才能发出天籁般的声音。难道她们就没有困扰生活的物事吗？

　　车厢里挤满了各式乘客，已经没有一个空座，我在车门开闭的空挡，占据了一个合适的立脚点，倚窗站好。

　　星期六的午后，岛国人按一向的习惯，出门访亲会友、购买杂物。他们看上去都很从容，似乎时局并没带给他们什么。尽管他们的子或弟、夫或兄正在不远的天边进行着征伐。两位宝冢少女歌剧团的女演员，没有穿她们的制服裙，而是穿了义务劳动时才穿的工作裤。显然，她们是到兵工厂或是被服厂那些急缺人手的地方帮助干活去的。她俩的脸上也是一派从容。这民族巨大的承载力，使我震撼，使我叹服。

　　车急驰着，窗外，一方方已经注满了碧水的水田相继掠过。原来这铁轨的两旁栽的是开花的小灌木。我初来时，曾被这蓝天下的锦绣大地所迷醉。如今，根据需要，赏心的花草改种成果腹的水稻。据说，这一带原本不是农民的居民已经学得了水稻的栽植技术。望着那在灰铅似的天空下闪着奇异光亮的水田，我和种稻人一样盼望丰收。稻米多了，按人计量的标准就不会缩减了吧！尽管缩粮的措施一时还落不到我就读的华族学府之上。其实，我并不是真正担心什么口粮问题，使我烦恼的是我要不要继续留在学校里。同学们彬彬有礼，但我和她们亲密不起来。我怕怜恤，我需要的是理解。我有自己眷恋的故土，就像她们热爱养育她们的土地一样。

一位背着婴儿的小妇人来到我身边，把一条印满了希望之星的"千人针手巾"递到我手里，请我为她缀上祈福的一针。

我犹豫了一下，决定不了是否为她缝缀。她肯定以为我是她同胞中的一员了，我的校服裙，我那印着学院纹章的手袋，都证明了我的身份。望着她背上那个大睁着童稚的眼睛，新奇地追看着头上动荡把手的婴儿，我决定了，和平是全人类的需要，特别是为了未来的一代。

我虔诚地接过来这将送到战场去的祈求幸运的手巾，打了一个华族学校教授的、日本民族传统的精致的花结，盖着了一颗蓝色的小星，心里在说：我以我的女儿心，为你的亲人祈福。

少妇接过手巾，对我的花结惊诧地"啊！了一声，说："真是地道的手艺，太美了！"一再致谢之后，她转入另一个车厢去了。目送着她，我盼望她为之缝千人针的人不是她的丈夫；她的婴儿那样小，我不愿证实这又是一个为离愁笼罩的小家庭。

突然，谁用什么触了我一下，我顺势望去。

那是坐在邻近座位上的一个男人，一张赭红色的脸，一个粗牡的身躯，穿了件八成新的黑呢大衣。他望了望我，指着隔开他两个座位的位子；可那座位并不是空的，一个穿着白色朝鲜装的女人坐在那儿。

男人呝喝着她，说着我不懂的语言。

女人惶惑地站起来，提着她的长裙子。男人殷勤地请我去那儿落坐。

什么意思呢？我不明白，车开行五分多钟了，为什么现在要让座位给我？我既没有沉重的行装，也并不是上了年纪。是因为我是女士吗？看起来，他还没开化到请女士优先的程度。而且，那个女人也是女士。

我没有动，望了望他，仍然转身对着车外。

他窘住了，似乎脸也红了，他半佝偻着身子，又对女人说了些什么。

女人过去，向我深深地鞠了一躬，用祈求的眼神望着我，再偷偷地去望那个

侨 民

梅 娘

男人，那可怜巴巴的神色、那竭力隐藏着恐惧的表情，使我既困惑又讨厌。为了卸下女人的负担，我径自过去，坐在那个让出来的座位之上，心里却十分别扭。那女人错开一些，站在我的斜对面，我不由得打量起她来。

一眼就可以看出，这是个刚来到岛国的异乡人，她脚上那双橡胶的船形鞋便是明证。这里并不乏朝鲜侨民，本土的劳动力缺乏之后，一些朝鲜庶民迁到这里，一住下来，可能是因为方便吧，便都换穿了普通的木屐。在大街上，特别是在这长途奔驰的地铁里，我还是第一次看见有人穿着这种标志自己家国的鞋子。

我再去观察那位男士，男人穿的是皮鞋，真正牛皮的皮鞋，这在皮革紧俏的战时，可真是件了不起的奢侈品。鞋很亮，露出来精心揩拭的痕迹。但他的衣服和鞋并不相配。一条廉价的粗毛布裤子，可能是怕阴雨濡湿，裤角卷着，露出手工织就的粗线袜。上装隐在大衣里看不见，衬衫的领子浆得很重，粗淀粉的小颗粒还残附在上面，袖口也浆得很硬，戴着刺眼的红玻璃袖扣。这肯定是个正企图往上层社会攀爬的人那种被老百姓尊称为"狗"的人。那么！他是个工头吧！由劳工升上来的工头，由于活干得好，得到了主管的信任，积攒了一些钱，把女人从家乡接出来了，准备在这里安家立业。

女人看上去那么温顺，她那小心翼翼的目光，使我联想到在洞口窥看着世界的幼鼠。她那浆洗得十分洁净的白短上衣，也许还是她母亲的遗物，纱纹古老，图案是亚洲大陆祈福的寿字。长裙是土机织就的柞蚕绸。这一定是她最体面的衣着了，在初春的岛国，都给我凉透肌肤的感觉。

那位男士端坐在座位上，极力摆出高贵的神色，两只手交叠地放在膝上。其实，他还没学到家，日本的男人并不这样，这是日本贵胄女人的典型仪态。他的坐式使我可笑又可悲。不过，他的坐式使我领悟到了一个秘密：我明白他为什么命令女人让座位给我了，他误认为我是位华族小姐，他当然已经看清了我手袋上的学府纹章，我作千人针时赢得的赞美进一步证明了我的身份。他不是尊敬我，而是尊敬那统治人类的等级。我暗暗地叹了口气，真想直接了当地告诉他，我和他一样，一样是来自臣属的土地，不配也不愿意接受他的殷勤。我鄙夷他，鄙夷他那卑躬屈膝的架式，这样把奴行背在脊背上的人，使我齿冷。

我无意中看了一下手表，我发现，他也斜过目光来瞥看我的表。我断定，他尚没有表，若有，他会勒起袖子来看的。我的表并不贵重，是那种技工们惯戴的工作表。这和我同学们那镶珠嵌玉的金壳小坤表相差很多档次。这个表如果果属于他倒还合适，恰恰适合他要攀爬的身份。我就权充一次华族，表示一番慷慨该是个有趣的玩笑吧！他那诚惶诚恐且又对家小专横的架式，勾起我沉淀在心中的愤怒，这种为虎作伥的嘴脸我和我的同胞是领教得太多了。我真想狠狠地捉弄他一番才称心。那么，送给他表他会不会意识到这是个圈套呢？比如！我可以诬指他是抢的、是骗的、是顺手牵去的等等，只要我一声张扬，其中的任何一条指控都能断送他苦心经营、梦寐以求的前程。他看上去，十分鬼机灵，他不会上我的当的。我为自己的奇想索然了。

列车突然抖动了一下，尚未习惯这种都市惰性的女人，禁不住一个趔趄，差一点压到了我的身上。女人吓坏了，嘴里不停地喃喃起来，当然是祈求我的宽恕了。到她意识到我并不明白她说的是什么时，张开的小嘴呆愣愣地停在那里，惶惑得手足无措了。

我的心沉沉地坠了下去，可怜的作为男人附属品的女人，人为什么不能自己来判断是非呢！我明白你，你不过要一个温饱的生活，这要求天然合理，连天然合理的要求也需要这样小心翼翼，这才是真正的悲哀。

车里的人骚动起来。列车已经驶进了挂有神户站牌的站台。

那男人站起来，严厉地命令女人，女人费力地从行李架上拿下来一个包裹，那是一个包着绸质包袱的方盒子。包袱的结子松沓沓的，女人整理着。男人又发威了，他抢过来盒子，把方巾用力抖了两抖，重新结扣。我看得很清楚，那是一件礼品，盒盖上，装饰着用银线和红线编结的彩带，簇环着"御礼"两个大字。这当然不是送给他的同胞的。

站台外面落着雨，不大也不小，他们没有带伞，我也没有带伞。看起来，他还没有阔绰到乘用出租车的份儿上。我忽然想气气他，排在向出租车游动的队尾。从他们身边走过时，我看到了他在竭力作得矜持中的无奈，他似乎偷偷打量了我一眼。

我觉得自己可悲了，我们同样是侨民，我没有必要伪装成什么华族。乘车的目的也一样都是去寻求安慰。不同的是他是去逢迎上司，希冀得到进一步的荣升。我是去探访朋友，以排遣烦恼的心绪。我的忘年之交的老朋友，在第一次世界大战中失去了亲人，落到了在码头上看管货仓的凄凉境界。应该说，时间教他懂得了和平的重要，他是个反战论者。他从来没因为我是来自异国而歧视我。我们诚心诚意地倾诉着对和平的渴望。他总是讲给我最美的民间童话，浦岛太郎骑着海龟去会龙女啦！白鹤用自己的胸羽织成锦带报答樵夫的活命之恩啦，等等。所有的故事都闪烁着一个辉煌的信念，有和平，才能有美好的一切。这是我和我的朋友共同的执着的向往，我爱听这样的故事，我去会他——那个一次大战中的老兵。

一九四〇神户（经修定）

（1941年发表于《新满洲》第3卷第6号）

述评

梅娘是中国现代文学史上一位重要的作家。20 世纪 40 年代，在北方沦陷区风云一时才华横溢的梅娘，与在上海沦陷区红极一时、才情非凡的张爱玲正好构成南北呼应之势。1942 年北平的马德增书店和上海的宇宙风书店联合发起"读者最喜爱的女作家"评选活动，梅娘与张爱玲双双夺魁，从此有"南玲北梅"之誉。1936 年，年仅 16 岁的梅娘就出版了作品集《小姐集》，1940 年继而又出版了小说集《第二代》，就此受到"满洲"文坛的瞩目。后随丈夫去日本，1942 年回国后定居北京，期间也曾有过回国经历。《侨民》是梅娘作为"满洲国"新进女作家活跃于文坛时的作品，1941 年发表在《新满洲》第三卷第六号。本篇小说的末尾标注的交稿日期为 1941 年 3 月 21 日，所以按理说它应该是梅娘在北京时写的作品，然而小说中的女主人公被设定为在日本靠微薄薪水勉强度日的"异国"女子，故事发生的地点也是在阪神电铁的车厢中，所以也有评论者推测这个作品很有可能是作者在日本构思的。而《侨民》的女主人公，也让人很容易想到这位来自"满洲国"的中国女子。

在小说中，主人公受在电车中擦肩而过的一对朝鲜夫妇触发，开始找寻封锁在自己意识深层中的模糊不清的抑郁之由来。有读者称，对梅娘而言，那"姑且安心于做奴隶"的"侨民"，很有可能成为她自身的写照，那战战兢兢看丈夫脸色行事的可怜妻子也可能有她自己的影子。然而，压迫着女主人公心胸的并不是那阴沉低垂的天空，而是那丧失了自我认同的生之抑郁。这大概与梅娘的身世与经历不无关联：出身豪门的梅娘刚两岁时，身为偏室的母亲被正房驱逐，从此生死不明。经受了失亲之痛的她，长大后于是自定笔名"梅娘"，取谐音"没娘"。对男权社会的不谅解和憎恨，是梅娘不可恢复的精神创伤。因此，在"为国"、"为民"、"为人"、"为女人"上，使得她的作品和其他东北作家们有明显的区别。即使在最有民族意识的《侨民》里，梅娘也没忘记对男人卑劣的本性戳上一笔。

因此，当时就有人批评梅娘的这种写法太偏激，认为对"性歧视 (GenderIdeology)"的怀疑在梅娘的许多作品中都可以见到。"她的质疑，绝对不只是单纯的观念，而一定是经由有关生母的痛楚体验而不断加深的。"然而，或者对梅娘而言，比起以"殖民地"为名的民族凌辱来，被所谓正人君子的男性同胞所强加的"性角色 (Gender) 规范"

这个枷锁也许要更加真实且沉重。正是这种儿近偏激的女性主义关怀加上隐藏的爱国主义情怀，使她的这篇小说被当时许多人误解为不谈国事与风月的"超然派"。不过，也正是这一种创作重心，使得梅娘避免了鲁迅指出的沦陷区作家在创作上存在的一种偏颇：重民族真实、民族意识，而忽视了生活真实和阶级意识所产生的"落差"。

相比之下，梅娘的创作在当时既不同于以丁玲为代表的解放区女作家所探索追求的革命运动中妇女的命运，也不同于上海沦陷区女作家张爱玲笔下所表现的身处"洋场"却仍被枷锁于封建人生的女性心理。梅娘小说所剖析的恰是沦陷区一些女性在沉重的生活压抑下窒息但仍渴求爆发的心态。有人称，"假如说，张爱玲以意象繁复的细腻之笔，揭示了女人母性与妻性异化过程的话，梅娘却以纤细的神经，渴求自由恣放的情欲，呈现一种反压抑的女性悸动；梅娘不如张爱玲深刻浓艳，却比张爱玲热烈和清丽。"

到了20世纪90年代，《侨民》被海外的明镜出版社出版的《寻找梅娘》再次收录。可是再次收录的作品被修改得几乎不留原形。本来，作家为提高作品的完善度而进行修改当然是可以允许的，但对再录的《侨民》进行修改的意图明显不是为了完善作品的艺术性，而是为了突出作品的抗日主题。修改后的这一篇作品，不仅失去了同是"侨民"的作者那抑郁的情感，变成了单纯的聒噪，而且艺术张力也大大被削弱。原作中作者通过对比"爱国抗日"更深层次的人类存在根源的凝视，在修改后的文本中被倒置了本末。比如，原作里曾是并不因为"我"是异国人而歧视"我"的管理海岸的老人，改写后则变成了一个参加过第一次世界大战的老兵。这个在战争中失去了家人、现任码头仓库保管的老人是个反战主义者，全都显得不够真实。

小城三月

萧　红

一

　　三月的原野已经绿了，像地衣那样绿，透出在这里、那里。郊原上的草，是必须转折了好几个弯儿才能钻出地面的，草儿头上还顶着那胀破了种粒的壳，发出一寸多高的芽子，欣幸地钻出了土皮。放牛的孩子，在掀起了墙脚下面的瓦时，找到了一片草芽了，孩子们回到家里告诉妈妈，说："今天草芽出土了！"妈妈惊喜地说："那一定是向阳的地方！"抢根菜的白色的圆石似的籽儿在地上滚着，野孩子一升一斗地在拾着。蒲公英发芽了，羊咩咩的叫，乌鸦绕着杨树林子飞，天气一天暖似一天，日子一寸一寸的都有意思。杨花满天照地飞，像棉花似的。人们出门都是用手捉着，杨花挂着他了。草和牛粪都横在道上，放散着强烈的气味。远远的有用石子打船的声音，空空……的大声传来。

　　河冰化了，冰块顶着冰块，苦闷地又奔放地向下流。乌鸦站在冰块上寻觅小鱼吃，或者是还在冬眠的青蛙。

　　天气突然的热起来，说是"二八月，小阳春"，自然冷天气要来的，但是这几天可热了。春天带着强烈的呼唤从这头走到那头……

　　小城里被杨花给装满了，在榆树钱还没变黄之前，大街小巷到处飞着，像纷纷落下的雪块……

　　春来了。人人像久久等待着一个大暴动，今天夜里就要举行，人人带着犯罪的心情，想参加到解放的尝试……春吹到每个人的心坎，带着呼唤，带着蛊惑……

　　我有一个姨，和我的堂哥哥大概是恋爱了。

　　姨母本来是很近的亲属，就是母亲的姊妹。但是我这个姨，她不是我的亲姨，她是我的继母的继母的女儿。那么她可算与我的继母有点血统的关系了，其实也是没有的。因为我这个外祖母是在已经做了寡妇之后才来到我外祖父家，翠姨就是这个外祖母的原来在另外一家所生的女儿。

翠姨生得并不是十分漂亮，但是她长得窈窕，走起路来沉静而且漂亮，讲起话来清楚地带着一种平静的感情。她伸手拿樱桃吃的时候，好像她的手指尖对那樱桃十分可怜的样子，她怕把它触坏了似的轻轻的捏着。

假若有人在她的背后唤她一声，她若是正在走路，她就会停下了；若是正在吃饭，就要把饭碗放下，而后把头向着自己的肩膀转过去，而全身并不大转，于是她自觉的闭合着嘴唇，像是有什么要说而一时说不出来似的……

而翠姨的妹妹，忘记了她叫什么名字，反正是一个大说大笑的，不十分修边幅，和她的姐姐全不同。花的绿的，红的紫的，只要是市上流行的，她就不大加以选择，做起一件衣服来赶快就穿在身上。穿上了而后，到亲戚家去串门，人家恭维她的衣料怎样漂亮的时候，她总是说，和这完全一样的，还有一件，她给了她的姐姐了。

我到外祖父家去，外祖父家里没有像我一般大的女孩子陪着我玩，所以每当我去，外祖母总是把翠姨喊来陪我。

翠姨就住在外祖父的后院，隔着一道板墙，一招呼，听见就来了。

外祖父住的院子和翠姨住的院子，虽然只隔一道板墙，但是却没有门可通，所以还得绕到大街上去从正门进来。

因此有时翠姨先来到板墙这里，从板墙缝中和我打了招呼，而后回到屋去装饰了一番，才从大街上绕了个圈来到她母亲的家里。

翠姨很喜欢我。因为我在学堂里念书，而她没有，她想什么事我都比她明白。所以，她总是有许多事务同我商量，看看我的意见如何。

到夜里，我住在外祖父家里了，她就陪着我也住下。

每每睡下就谈，谈过了半夜，不知为什么总是谈不完……

开初谈的是衣服怎样穿，穿什么样的颜色，穿什么样的料子。比如走路应该快或是应该慢。有时，白天里她买了一个别针，到夜里她拿出来看看，问我这别针到底是好看或是不好看。那时候，大概是十五年前的时候，我们不知城外如何装扮一个女子，而在这个城里，几乎个个都有一条宽大的绒绳结的披肩，蓝的紫的，各色的都有，但最多多不过枣红色的。几乎在街上所见的都是枣红色的大披肩了。

哪怕红的绿的那么多，但总没有枣红色的最流行。

翠姨的妹妹有一条，翠姨有一条，我的所有的同学，几乎每人都有一条。就连素不考究的外祖母的肩上也披着一条，只不过披的是蓝色的，没有敢用最流行的枣红色的就是了。因为她总算年纪大了一点，对年轻人让了一步。

还有那时候都流行穿绒绳鞋，翠姨的妹妹就赶快地买了穿上，因为她那个人很粗心大意，好坏她不管，只是人家有她也有，别人是人穿衣裳，而翠姨的妹妹就好像被衣服所穿了似的，芜芜杂杂。但永远合乎着应有尽有的原则。

翠姨的妹妹的那绒绳鞋，买来了，穿上了。在地板上跑着，不大一会工夫，那每只鞋脸上系着的一只毛球，竟有一个毛球已经离开了鞋子，向上跳着，只还有一根绳连着，不然就要掉下来了。很好玩的，好像一颗大红枣被系到脚上去了。因为她的鞋子也是枣红色的。大家都在嘲笑她的鞋子一买回来就坏了。

翠姨她没有买，也许她心里边早已经喜欢了，但是看上去她都像反对似的，好像她都不接受。

她必得等到许多人都开始采办了，这时候，看样子她才稍稍有些动心。

好比买绒绳鞋，夜里她和我谈话问过我的意见，我也说是好看的，我有很多的同学她们也都买了绒绳鞋。

第二天，翠姨就要求我陪着她上街，先不告诉我去买什么，进了铺子选了半天别的，才问到我绒绳鞋。

走了几家铺子，都没有，都说是已经卖完了。我晓得店铺的人是这样瞎说的，表示他家这店铺平常总是最丰富的，只恰巧你要的这件东西，他就没有了。我劝翠姨说，咱们慢慢地走，别家一定会有的。

我们是坐马车从街梢上的外祖父家来到街中心的。

见了第一家铺子，我们就下了马车。不用说，马车我们已经是付过了车钱的。等我们买好了东西回来的时候，会另外叫一辆的，因为我们不知道要等多久。

大概看见什么好，虽然不需要也要买点；或是东西已经买全了，不必要再多留连，也要留连一会；或是买东西的目的，本来只在一双鞋，而结果鞋子没有买到，反而罗里罗嗦地买回来许多用不着的东西。

这一天，我们辞退了马车，进了第一家店铺。

在别的大城市里没有这种情形，而在我家乡里往往是这样，坐了马车，虽然是付过了钱，让他自由去兜揽生意，但他常常还仍旧等候在铺子的门外。等一出来，他仍旧请你坐他的车。

我们走进第一个铺子，一问没有。于是就看了些别的东西，从绸缎看到呢绒，从呢绒再看到绸缎，布匹根本不看的，并不像母亲们进了店铺那样子。这个买去做被单，那个买去做棉袄的，因为我们管不了被单棉袄的事。母亲们一月不进店铺，一进店铺又是这个便宜应该买；那个不贵，也应该买。比方一块在夏天才用得着的花洋布，母亲们冬天里就买起来了，说是趁着便宜多买点，总是用得着的。而我们就不然了，我们是天天进店铺的，天天搜寻些个是好看的，是贵的值钱的，平常时候绝对的用不到想不到的。

那一天我们就买了许多花边回来，钉着光片的，带着琉璃的。说不上要做什么样的衣服才配得着这种花边。也许根本没有想到做衣服，就贸然地把花边买下了。一边买着，一边说好，翠姨说好，我也说好。到了后来，回到家里，当众打开了让大家批判，这个一言，那个一语，让大家说得也有点没有主意了，心里已经五六分空虚了。于是赶快地收拾了起来，或者从别人的手里夺过来，把它包起来，说她们不识货，不让她们看了。

勉强说着："我们要做一件红金丝绒的袍子，把这个黑琉璃边镶上。"或："这红的我们送人去……"

说虽仍旧如此说，心里已经八九分空虚了，大概是这些所心爱的，从此就不会再出头露面的了。

在这小城里，商店究竟没有多少，到后来又加上看不到绒绳鞋，心里着急，也许跑得更快些。不一会工夫，只剩了三两家了。而那三两家，又偏偏是不常去的，铺子小，货物少。想来它那里也是一定不会有的了。

我们走进一个小铺子里去，果然有三四双，非小即大，而且颜色都不好看。

翠姨有意要买，我就觉得奇怪，原来就不十分喜欢，既然没有好的，又为什么要买呢？让我说着，没有买成回家去了。

过了两天，我把买鞋子这件事情早就忘了。

翠姨忽然又提议要去买。

从此我知道了她的秘密，她早就爱上了那绒绳鞋了，不过她没有说出来就是了。她的恋爱的秘密就是这样子的。她似乎要把它带到坟墓里去，一直不要说出口，好像天底下没有一个人值得听她的告诉……

在外边飞着满天大雪，我和翠姨坐着马车去买绒绳鞋。我们身上围着皮褥子，赶车的车夫高高的坐在车夫台上，摇晃着身子，唱着沙哑的山歌："喝咧咧……"耳边风呜呜地啸着，从天上倾下来的大雪，迷乱了我们的眼睛，远远的天隐在云雾里，我默默的祝福翠姨快快买到可爱的绒绳鞋，我从心里愿意她得救……

市中心远远的朦朦胧胧地站着，行人很少，全街静悄无声。我们一家挨一家的问着，我比她更急切，我想赶快买到吧，我小心地盘问着那些店员们，我从来不放弃一个细微的机会，我鼓励翠姨，没有忘记一家。使她都有点儿诧异，我为什么忽然这样热心起来。但是我完全不管她的猜疑，我不顾一切地想在这小城里面，找出一双绒绳鞋来。

只有我们的马车，因为载着翠姨的愿望，在街上奔驰得特别的清醒，又特别的快。雪下的更大了，街上什么人都没有了，只有我们两个人，催着车夫，跑来路去。一直到天都很晚了，鞋子没有买到。翠姨深深地看着我的眼睛说："我的命，不会好的。"我很想装出大人的样子，来安慰她，但是没有等到找出什么适当的话来，泪便流出来了。

二

翠姨以后也常来我家住着，是我的继母把她接来的。

因为她的妹妹订婚了，怕是她一旦的结了婚，忽然会剩下她一个人来，使她难过。因为她的家里并没有多少人，只有她的一个六十多岁的老祖父，再就是一个也是寡妇的伯母，带一个女儿。

堂妹妹本该在一起玩耍解闷的，但是因性格的相差太远，一向是水火不同炉的过着日子。

她的堂妹妹，我见过，永久是穿着深色的衣裳，黑黑的脸，一天到晚陪着母亲坐在屋子里。母亲洗衣裳，她也洗衣裳；母亲哭，她也哭。也许她帮着母亲哭她死去的父亲，也许哭的是她们的家穷。那别人就不晓得了。

本来是一家的女儿，翠姨她们两姊妹却像有钱的人家的小姐，而那个堂妹妹，看上去却像乡下丫头。这一点，使她得到常常到我们家里来住的权利。

她的亲妹妹订婚了，再过一年就出嫁。在这一年中，妹妹大大地阔气了起来，因为婆家那方面一订了婚就送来了聘礼。这个城里，从前不用大洋票，而用的是广信公司出的帖子，一百吊一千吊的论。她妹妹的聘礼大概是几万吊，所以她忽然不得了起来，今天买这样，明天买那样，花别针一个又一个的，丝头绳一团一团的，带穗的耳坠子，洋手表，样样都有了。每逢上街的时候，她和她姐姐一道，现在总是她付车钱了。她的姐姐要付，她却百般的不肯，有时当着人面，姐姐一定要付，妹妹一定不肯，结果闹得很窘，姐姐无形中觉得一种权利被人剥夺了。

但是关于妹妹的订婚，翠姨一点也没有羡慕的心理。妹妹未来的丈夫，她是看过的，没有什么好看，很高，穿着蓝袍子黑马褂，好像商人，又像一个小土绅士。又加上翠姨太年轻了，想不到什么丈夫，什么结婚。

因此，虽然妹妹在她的旁边一天比一天丰富起来，妹妹是有钱了，但是妹妹为什么有钱的，她没有考查过。

所以当妹妹尚未离开她之前，她绝对的没有重视"订婚"的事。就是妹妹已经出嫁了，她也还是没有重视这"订婚"的事。

不过她常常地感到寂寞。她和妹妹出来进去的，因家庭环境孤寂，竟好像一对双生子似的，而今去了一个。不但翠姨自己觉得单调，就是她的祖父也觉得她可怜。

所以自从她的妹妹嫁了人，她就不大回家，总是住在她的母亲的家里。有时我的继母也把她接到我们家里。

翠姨非常聪明，她会弹大正琴，就是前些年所流行在中国的一种日本琴。她还会吹箫或是会吹笛子。不过弹那琴的时候却很多。住在我家里的时候，我家的伯父，每在晚饭之后必同我们玩这些乐器的。笛子、箫、日本琴、风琴、月琴，还有什么打琴。真正的西洋的乐器，可一样也没有。

在这种正玩得热闹的时候，翠姨也来参加了。翠姨弹了一个曲子，和我们大家立刻就配合上了。于是大家都觉得在我们那已经天天闹熟了的老调子之中，又多了一个新的花样。于是立刻我们就加倍的努力，正在吹笛子的把笛子吹得特别响，把笛膜震抖得似乎就要爆炸了似的滋滋的叫着。十岁的弟弟在吹口琴，他摇着头，好像要把那口琴吞下去似的，至于他吹的是什么调子，已经是没有人留意了。在大家忽然来了勇气的时候，似乎只需要这种胡闹。

而那按风琴的人，因为越按越快，到后来也许是已经找不到琴键了，只是那踏脚板越踏越快，踏得呜呜地响，好像有意要毁坏了那风琴，而想把风琴撕裂了一般的。

大概所奏的曲子是《梅花三弄》，也不知道接连地弹过了多少圈，看大家的意思都不想要停下来。不过到了后来，实在是气力没有了，找不着拍子的找不着拍子，跟不上调的跟不上调，于是在大笑之中，大家停下来了。

不知为什么，在这么快乐的调子里边，大家都有点伤心，也许是乐极生悲了，把我们都笑得流着眼泪，一边还笑。

正在这时候，我们往门窗处一看，我的最小的小弟弟，刚会走路，他也背着一个很大的破手风琴来参加了。

谁都知道，那手风琴从来也不会响的。把大家笑死了。在这回得到了快乐。

我的哥哥（伯父的儿子，钢琴弹得很好）吹箫吹得最好，这时候他放下了箫，对翠姨说："你来吹吧！"翠姨却没有言语，站起身来，跑到自己的屋子去了，我的哥哥好久好久地看住那帘子。

三

翠姨在我家，和我住一个屋子。月明之夜，屋子照得通亮。翠姨和我谈话，往往谈到鸡叫，觉得也不过刚刚才半夜。鸡叫了，才说："快睡吧，天亮了。"有的时候，一转身，她又问我："是不是一个人结婚太早不好，或许是女孩子结婚太早是不好的！"我们以前谈了很多话，但没有谈到这些。

总是谈什么衣服怎样穿，鞋子怎样买，颜色怎样配；买了毛线来，这毛线应该打个什么样的花纹；买了帽子来，应该批判这帽子还微微有缺点，这缺点究竟在什么地方！虽然说是不要紧，或者是一点关系也没有，但批评总是要批评的。

有时再谈得远一点，就表姊表妹之类订了婆家，或什么亲戚的女儿出嫁了。或是什么耳闻的，听说的，新娘子和新姑爷闹别扭之类。

那个时候，我们的县里早就有了洋学堂了。小学好几个，大学没有。只有一个男子中学，往往成为谈论的目标。谈论这个，不单是翠姨，外祖母、姑姑、姐姐之类，都愿意讲究这当地中学的学生。因为他们一切洋化，穿着裤子，把裤腿卷起来一寸；一张口"格得毛宁"外国语，他们彼此一说话就"答答答"，听说这是什么俄国话。而更奇怪的是他们见了女人不怕羞。这一点，大家都批评说是不如从前了。从前的书生，一见了女人脸就红。

我家算是最开通的了。叔叔和哥哥他们都到北京和哈尔滨那些大地方去读书了，他们开了不少的眼界。回到家里来，大讲他们那里都是男孩子和女孩子同学。

这一题目，非常的新奇，开初都认为这是造了反。后来因为叔叔也常和女同学通信，因为叔叔在家庭里是有点地位的人。并且父亲从前也加入过国民党，革过命，所以这个家庭都"咸与维新"起来。

因此在我家里一切都是很随便的，逛公园，正月十五看花灯，都是不分男女，一齐去。而且我家里设了网球场，一天到晚地打网球，亲戚家的男孩子来了，我们也一齐地打。

这都不谈，仍旧来谈翠姨。

翠姨听了很多的故事。关于男学生结婚的事情，就是我们本县里，已经有几件事情不幸的了。有的结婚了，从此就不回家了；有的娶来了太太，把太太放在另一间屋子里住着，而且自己却永久住在书房里。

每逢讲到这些故事时，多半别人都是站在女的一边，说那男子都是念书念坏了，一看了那不识字的又不是女学生之类就生气，觉得处处都不如他。天天总说婚姻不自由，可是自古至今，都是爹许娘配的，偏偏到了今天，都要自由。看吧，这还没有自由呢，就先来了花头故事了，娶了太太的不回家，或是把太太放在另一个屋子里。这些都是念书念坏了的。

翠姨听了许多别人家的评论。大概她心里边也有些不平，她就问我不读书是不是很坏的，我自然说是很坏的。而且她看了我们家里男孩子、女孩子通通到学堂去念书的。而且我们亲戚家的孩子也都是读书的。

因此她对我很佩服，因为我是读书的。

但是不久，翠姨就订婚了。就是她妹妹出嫁不久的事情。

她的未来的丈夫，我见过，在外祖父的家里。人长得又矮又小，穿一身蓝布棉袍子，黑马褂，头上戴一顶赶大车的人所戴的四耳帽子。

当时翠姨也在的，但她不知道那是她的什么人，她只当是哪里来了这样一位乡下的客人。外祖母偷着把我叫过去，特别告诉了我一番，这就是翠姨将来的丈夫。不久翠姨就很有钱。她的丈夫的家里，比她妹妹丈夫的家里还更有钱得多。婆婆也是个寡妇。守着个独生的儿子。儿子才十七岁，是在乡下的私学馆里读书。

翠姨的母亲常常替翠姨解说，人小点不要紧，岁数还小呢，再长上两三年两个人就一般高了。劝翠姨不要难过，婆家有钱就好的。聘礼的钱十多万都交过来了，而且就由外祖母的手亲自交给了翠姨；而且还有别的条件保障着，那就是说，三年之内绝对不准娶亲，藉着男的一方面年纪太小为辞，翠姨更愿意远远地推着。

翠姨自从订婚之后，是很有钱的了，什么新样子的东西一到，虽说不是一定抢先去买了来，总是过不了多久，箱子里就要有的了。那时候夏天最流行银灰色市布大衫，而翠姨穿起来最好，因为她有好几件，穿过两次不新鲜就不要了，就只在家里穿，而出门就又去做一件新的。

那时候正流行着一种长穗的耳坠子，翠姨就有两对：一对红宝石的，一对绿的。

而我的母亲才能有两对，而我才有一对。可见翠姨是顶阔气的了。

还有那时候就已经开始流行高跟鞋了。可是在我们本街上却不大有人穿，只有我的继母早就开始穿，其余就算是翠姨。并不是一定因为我的母亲有钱，也不是因高跟鞋一定贵，只是女人们没有那么摩登的行为，或者说她们不很容易接受新的思想。

翠姨第一天穿起高跟鞋来，走路还很不安定，但到第二天就比较的习惯了。到了第三天，就是说以后，她就是跑起来也是很平稳的。而且走路的姿态更加可爱了。

我们有时也去打网球玩玩，球撞到她脸上的时候，她才用球拍遮了一下，否则她半天也打不到一个球。因为她一上了场站在白线上就是白线上，站在格子里就是格子里，她根本不动。有的时候，她竟拿着网球拍子站着一边去看风景去了。尤其是大家打完了网球，吃东西的吃东西去了，洗脸的洗脸去了。唯有她一个人站在短篱前面，向着远远的哈尔滨市影痴望着。

有一次我同翠姨一同去做客。我继母的族中娶媳妇。她们是八旗人，也就是满人，满人才讲究场面呢，所有的族中的年轻的媳妇都必得到场，而且个个打扮得如花似玉。似乎咱们中国的社会，是没这么繁华的社交的场面的，也许那时候，我是小孩子，把什么都看得特别繁华，就只说女人们的衣服吧，就个个都穿得和现在西洋女人在夜总会里边那么庄严。一律都穿着绣花大袄。而她们是八旗人，大袄的襟下一律的没有开口，而且很长。大袄的颜色枣红的居多，绛色的也有，玫瑰紫色的也有。而那上边绣的花色，有的荷花，有的玫瑰，有的松竹梅，一句话，特别的繁华。她们的脸上，都擦着白粉，她们的嘴上都染得桃红。

每逢一个客人到了门前，她们是要列着队出来迎接的，她们都是我的舅母，一个一个地上前来问候了我和翠姨。

翠姨早就熟识她们的，有的叫表嫂子，有的叫四嫂子。而在我，她们就都是一样的，好像小孩子的时候，所玩的用花纸剪的纸人，这个和那个都是一样，完全没有分别。都是花缎的袍子，都是白白的脸，都是很红的嘴唇。

就是这一次，翠姨出了风头了，她进到屋里，靠着一张大镜子旁坐下了。女人们就忽然都上前来看她，也许她从来没有这么漂亮过，今天把别人都惊住了。依我看，翠姨还没有她从前漂亮呢，不过她们说翠姨漂亮得像棵新开的腊梅。翠姨从来不搽胭脂的，而那天又穿了一件为着将来做新娘子而准备的蓝色缎子满是金花的夹袍。

翠姨让她们围起看着，难为情了起来，站起来想要逃掉似的，迈着很勇敢的步子，茫然的往里边的房间里闪开了。

谁知那里边就是新房呢，于是许多的嫂嫂们，就哗然的叫着，说："翠姐姐不要急，明年就是个漂亮的新娘子，现在先试试去。"

当天吃饭饮酒的时候，许多客人从别的屋子来呆呆地望着翠姨。翠姨举着筷子，似乎是在思量着，保持着镇静的态度，用温和的眼光看着她们。仿佛她不晓得人们专门在看着她似的。但是别的女人们羡慕了翠姨半天了，脸上又都突然地冷落起来，觉得有什么话要说，又都没有说，然后彼此对望着，笑了一下，吃菜了。

四

有一年冬天，刚过了年，翠姨就来到了我家。

伯父的儿子——我的哥哥，就正在我家里。

我的哥哥，人很漂亮，很直的鼻子，很黑的眼睛，嘴也好看，头发也梳得好看，人很长，走路很爽快。大概在我们所有的家族中，没有这么漂亮的人物。

冬天，学校放了寒假，所以来我们家里休息。大概不久，学校开学就要上学去了。哥哥是在哈尔滨读书。

我们的音乐会，自然要为这新来的角色而开了。翠姨也参加的。

于是非常的热闹，比方我的母亲，她一点也不懂这行，但是她也列了席，她坐在旁边观看。连家里的厨子，女工，都停下了工作来望着我们，似乎他们不是听什么乐器，而是在看人。我们聚满了一客厅。这些乐器的声音，大概很远的邻居都可以听到。

第二天邻居来串门的，就说："昨天晚上，你们家又是给谁祝寿？"

我们就说，是欢迎我们的刚到的哥哥。因此，我们家是很好玩的，很有趣的。不久，就来到了正月十五看花灯的时节了。

我们家里自从父亲维新革命，总之在我们家里，兄弟姊妹，一律相待，有好玩的就一齐玩，有好看的就一齐去看。

伯父带着我们，哥哥、弟弟、姨……共八九个人，在大月亮地里往大街里跑去了。那路之滑，滑得不能站脚，而且高低不平。他们男孩子们跑在前面，而我们因为跑得慢就落了后。

于是那在前边的他们回头来嘲笑我们，说我们是小姐，说我们是娘娘，说我们走不动。

我们和翠姨早就连成一排向前冲去，但是，不是我倒，就是她倒，到后来还是哥哥他们一个一个的来扶着我们。说是扶着，未免的太示弱了，也不过就是和他们连成一排向前进着。

不一会到了市里，满路花灯，人山人海。又加上狮子、旱船、龙灯、秧歌，闹得眼也花起来，一时也数不清多少玩艺，哪里会来得及看，似乎只是在眼前一晃就过去了。而一会别的又来了，又过去了。其实也不见得繁华得多么不得了，不过觉得世界上是不会比这个再繁华的了。

商店的门前，点着那么大的火把，好像热带的大椰子树似的，一个比一个亮。

我们进了一家商店，那是父亲的朋友开的。他们很好地招待我们，茶、点心、橘子、元宵。我们哪里吃得下去，听到门外一打鼓，就心慌了。而外边鼓和喇叭又那么多，一阵来了，一阵还没有去远，一阵又来了。

因为城本来是不大的，有许多熟人也都是来看灯的，都遇到了。其中我们本城里的在哈尔滨念书的几个男学生，他们也来看灯了。哥哥都认识他们。我也认识他们，因为这时候我到哈尔滨念书去了，所以一遇到了我们，他们就和我们在一起。他们出去看灯，看了一会，又回到我们的地方，和伯父谈话，和哥哥谈话。我晓得他们，因我们家比较有势力，他们是很愿和我们讲话的。

所以回家的一路上，又多了两个男孩子。

不管人讨厌不讨厌，他们穿的衣服总算都市化了。个个都穿着西装，戴着呢帽，外套都是到膝盖的地方，脚下很利落清爽。比起我们城里的那种怪样子的外套，好像大棉袍子似的，好看得多了。而且颈间又都束着一条围巾来，人就更显得庄严，漂亮。

翠姨觉得他们个个都很好看。

哥哥也穿的西装，自然哥哥也很好看。因此在路上她一直在看哥哥。

翠姨梳头梳得是很慢的，必定梳得一丝不乱，搽粉也要搽了洗掉，洗掉再搽，一直搽到认为满意为止。花灯节的第二天早晨，她就梳得更慢，一边梳头一边在思量。本来按规矩每天吃早饭必得三请两请才能出席，今天必得请到四次，她才来了。

我的伯父当年也是一位英雄，骑马、打枪绝对的好。后来虽然已经五十岁了，但是风采犹存。我们都爱伯父的，伯父从小也就爱我们。诗、词、文章，都是伯父教我们的。翠姨住在我们家里，伯父也很喜欢翠姨。今天早饭已经开好了。催了翠姨几次，翠姨总是不出来。

伯父说了一句："林黛玉……"

于是我们全家的人都笑了起来。

翠姨出来了，看见我们这样的笑，就问我们笑什么。我们没有人肯告诉她。翠姨知道一定是笑的她，她就说："你们赶快的告诉我，若不告诉我，今天我就不吃饭了。你们读书识字，我不懂，你们欺侮我……"

闹嚷了很久，是我的哥哥讲给她听了。伯父当着自己的儿子面前到底有些难为情，喝了好些酒，总算是躲过去了。

翠姨从此想到了念书的问题，但是她已经二十岁了，上哪里去念书？上小学，没有她这样大的学生，上中学，她是一字不识。怎么可以？所以仍旧住在我们家里。

弹琴、吹箫、看纸牌，我们一天到晚的玩着。我们玩的时候，全体参加，我的伯父，我的哥哥，我的母亲。

翠姨对我的哥哥没有什么特别的好，我的哥哥对翠姨就像对我们，也是完全的一样。

不过哥哥讲故事的时候，翠姨总比我们留心听些，那是因为她的年龄稍稍比我们大些，当然在理解力上，比我们更接近一些哥哥的了。哥哥对翠姨比对我们稍稍的客气一点。他和翠姨说话的时候，总是"是的""是的"的，而和我们说话则"对啦""对啦"。这显然因为翠姨是客人的关系，而且在名分上比他大。

不过有一天晚饭之后，翠姨和哥哥都没有了。每天饭后大概总要开个音乐会的。这一天，也许因为伯父不在家，没有人领导的缘故，大家吃过也就散了，客厅里一个人也没有。我想找弟弟和我下一盘棋，弟弟也不见了。于是我就一个人在客厅里按起风琴来，玩了一下，也觉得没有趣。客厅是静得很的，在我关上了风琴盖子之后，我就听见了在后屋里，或者在我的房子里是有人的。

我想一定是翠姨在屋里。快去看看她，叫她出来张罗着看纸牌。

我跑进去一看，不单是翠姨，还有哥哥陪着她。

看见了我，翠姨就赶快的站起来说："我们去玩吧。"

哥哥也说："我们下棋去，下棋去。"

他们出来陪我来玩棋，这次哥哥总是输，从前是他回回赢我。我觉得奇怪，但是心里高兴极了。

不久寒假终了，我就回到哈尔滨的学校念书去了。可是哥哥没有同来，因为他上半年生了点病，曾在医院里休养了一些时候，这次伯父主张他再请两个月的假，留在家里。

　　以后家里的事情，我就不大知道了。都是由哥哥或母亲讲给我听的。我走了以后，翠姨还住在我家里。

　　后来母亲告诉过，就是在翠姨还没有订婚之前，有过这样一件事情。我的族中有一个小叔叔，和哥哥一般大的年纪，说话口吃，没有风采，也是和哥哥在一个学校里读书。虽然他也到我们家里来过，但怕翠姨没有见过。那时外祖母就主张给翠姨提婚。那族中的祖母一听就拒绝了，说是寡妇的儿子，命不好，也怕没有家教，何况父亲死了，母亲又出嫁了，好女不嫁二夫郎，这种人家的女儿，祖母不要。但是我母亲说，辈分合，他家还有钱，翠姨过门是一品当朝的日子，不会受气的。

　　这件事情翠姨是晓得的，而今天又见了我的哥哥，她不能不想哥哥大概是那样看她的。她自觉的觉得自己的命运不会好的。现在翠姨自己已经订了婚，是一个人的未婚妻；二则她是出了嫁的寡妇的女儿，她自己一天把这背了不知有多少遍，她记得清清楚楚。

五

　　翠姨订婚，转眼三年了，正这时，翠姨的婆家，通了消息来，张罗要娶。她的母亲来接她回去整理嫁妆。

　　翠姨一听就得病了。

　　但没有几天，她的母亲就带着她到哈尔滨办嫁妆去了。

　　偏偏那带着她采办嫁妆的向导，又是哥哥介绍来的他的同学。他们住在哈尔滨的秦家岗上，风景绝佳，是洋人最多的地方。那男学生们的宿舍里边，有暖气，洋床。翠姨带着哥哥的介绍信，像一个女同学似的被他们招待着。又加上已经学了俄国人的规矩，处处尊重女子。所以翠姨当然受了他们不少的尊敬，请她吃大菜，请她看电影。坐马车的时候，上车让她先上；下车的时候，人家扶她下来。她每一动别人都为她服务。外套一脱，就接过去；她刚一表示要穿外套，就给她穿上了。

不用说，买嫁妆她是不痛快的，但那几天，她总算一生中最开心的时候。

她觉得到底是读大学的人好，不野蛮，不会对女人不客气，绝不能像她的妹夫常常打她的妹妹。

经这到哈尔滨去买嫁妆，翠姨就不愿意出嫁了。她一想那个又丑又小的男人，她就恐怖。

她回来的时候，母亲又接她到我们家来住着，说她的家里又黑又冷，说她太孤单可怜。我们家是一团和气的。

到了后来，她的母亲发现她对于出嫁太不热心，该剪裁的衣裳，她不去剪裁；有一些零碎还要去买的，她也不去买。做母亲的总是常常要加以督促，后来就要接她回去，接到她的身边，好随时提醒她。她的母亲以为年轻的人必定要随时提醒的，不然总是贪玩。而况出嫁的日子又不远了，或者就是二三月。

想不到外祖母来接她的时候，她从心里不肯回去，她竟很勇敢的提出来她要读书的要求。她说她要念书，她想不到出嫁。

开初外祖母不肯，到后来，她说若是不让她读书，她是不出嫁的。外祖母知道她的心情，而且想起了很多可怕的事情……

外祖母没有办法，依了她。给她在家里请了一位老先生，就在自己家院子的空房子里边摆上了书桌，还有几个邻居家的姑娘，一齐念书。

翠姨白天念书，晚上回到外祖母家。

念了书，不多日子，人就开始咳嗽，而且整天地闷闷不乐。她的母亲问她，有什么不如意？陪嫁的东西买得不顺心吗？或者是想到我们家去玩吗？什么事都问到了。

翠姨摇着头不说什么。

过了一些日子，我的母亲去看翠姨，带着我的哥哥，他们一看见她，第一个印象，就觉得她苍白了不少。而且母亲断言的说，她活不久了。

大家都说是念书累的，外祖母也说是念书累的，没有什么要紧的；要出嫁的女儿们，总是先前瘦的，嫁过去就要胖了。

而翠姨自己则点点头，笑笑，不承认，也不加以否认。还是念书，也不到我们家来了，母亲接了几次，也不来，回说没有工夫。

翠姨越来越瘦了，哥哥去到外祖母家看了她两次，也不过是吃饭、喝酒，应酬了一番，而且说是去看外祖母的。在这里，年轻的男子去拜访年轻的女子，是不可以的。哥哥回来也并不带回什么欢喜或是什么新奇的忧郁，还是一样和我们打牌下棋。

翠姨后来支持不了啦，躺下了，她的婆婆听说她病了，就娶她，因为花了钱，死了不是可惜了吗？这一种消息，翠姨听了病就更加严重。婆家一听她病重，立刻要娶她。因为在迷信中有这样一章：病新娘娶过来一冲，就冲好了。翠姨听了，就只盼望赶快死，拼命的糟蹋自己的身体，想死得越快一点儿越好。

母亲记起了翠姨，叫哥哥去看翠姨。是我的母亲派哥哥去的。母亲拿了一些钱让哥哥给翠姨送去，说是母亲送她在病中随便买点什么吃的。母亲晓得他们年轻人是很拘泥的，或者不好意思去看翠姨，也或者翠姨是很想看他的，他们好久不能看见了。同时翠姨不愿意出嫁，母亲很久的就在心里猜疑着他们了。

男子是不好先去专访一位小姐的，这城里没有这样的风俗。母亲给了哥哥一件礼物，哥哥就可去了。

哥哥去的那天，她家里正没有人，只是她家的堂妹妹迎接着这从未见过的生疏的年轻的客人。那堂妹妹还没问清客人的来由，就往外跑，说是去找她们的祖父去，请他等一等。大概她想凡是男客就是来会祖父的。

客人只说了自己的名字，那女孩子连听也没有听就跑出了。

哥哥正想，翠姨在什么地方？或者在里屋吗？翠姨大概听出什么人来了，她就在里边说："请进来。"

哥哥进去了，坐在翠姨的枕边，他要去摸一摸翠姨的前额，是否发热，他说："好了点吗？"

他刚一伸出手去，翠姨就突然的拉住他的手，而且大声的哭起来了，好像一颗心也哭出来了似的。哥哥没有准备，就很害怕，不知道说什么，做什么。他不知道现在该是保护翠姨的地位，还是保护自己的地位。同时听得见外边已经有人来了，就要开门进来了。一定是翠姨的祖父。

翠姨平静的向他笑着，说："你来得很好，一定是姐姐，你的婶母告诉你来的，我心里永远纪念着她。她爱我一场，可惜我不能去看她了……我不能报答她了……不过我总会记起在她家里的日子的……她待我也许没有什么，但是我觉得已经太好了……我永远不会忘记的……我现在也不知道为什么，心里只想死得快一点就好，多活一天也是多余的……人家也许以为我是任性……其实是不对的。不知为什么，那家对我也会是很好的，但是我不愿意。我小时候，就不好，我的脾气总是，不从心的事，我不愿意……这个脾气把我折磨到今天了……可是我怎能从心呢……真是笑话……谢谢姐姐她还惦着我……请你告诉她，我并不像她想的那么苦呢，我也很快乐……"翠姨苦笑了一笑，"我的心里安静，而且我求的我都得到了……"

哥哥茫然的不知道说什么。这时，祖父进来了。看了翠姨的热度，又感谢了我的母亲，对我哥哥的降临，感到荣幸。他说请我母亲放心吧，翠姨的病马上就会好的，好了就嫁过去。

哥哥看了看翠姨就退出去了，从此再没有看见她。

哥哥后来提起翠姨常常落泪，他不知翠姨为什么死，大家也都心中纳闷。

尾　声

等我到春假回来，母亲还当我说："要是翠姨一定不愿意出嫁，那也是可以的，假如他们当我说。"

……翠姨坟头的草籽已经发芽了，一掀一掀地和土粘成了一片，坟头显出淡淡的青色，常常会有白色的山羊跑过。

这时城里的街巷，又装满了春天。暖和的太阳，又转回来了。街上有提着筐子卖蒲公英的了，也有卖小根蒜的了。更有些孩子们，他们按着时节去折了那刚发芽的柳条，正好可以拧成哨子，就含在嘴里满街地吹。声音有高有低，因为那哨子有粗有细。

大街小巷到处的呜呜呜，呜呜呜。好像春天是从他们的手里招呼回来了似的。但是这为期甚短。一转眼，吹哨子的不见了。

接着杨花飞起来了，榆钱飘满了一地。

在我的家乡那里，春天是快的。五天不出屋，树发芽了，再过五天不看树，树长叶了，再过五天，这树就像绿得使人不认识它了。使人想，这棵树，就是前天的那棵树吗？自己回答自己：当然是的。春天就像跑的那么快。好像人能够看见似的，春天从老远的地方跑来了，跑到这个地方，只向人的耳朵吹一句小小的声音："我来了呵"，而后很快的就跑过去了。

春，好像它不知道多么忙迫，好像无论什么地方都在招呼它。假若它晚到一刻，阳光会变色的，大地会干成石头，尤其是树木，那真是好像再多一刻工夫也不能忍耐，假若春天稍稍在什么地方留连了一下，就会误了不少的生命。

春天为什么它不早一点来，来到我们这城里多住一些日子，而后再慢慢的到另外的一个城里去，在另外一个城里也多住一些日子。

但那是不能的了，春天的命运就是这么短。

年轻的姑娘们，她们三两成双，坐着马车，去选择衣料去了，因为就要换春装了。她们热心的弄着剪刀，打着衣样，想装成自己心中想得出的那么好。她们白天黑夜的忙着，不久春装换起来了，只是不见载着翠姨的马车来。

（1941 年 7 月 1 日香港《时代文学》第 1 卷第 2 期）

述评

萧红是我国 20 世纪 30 年代蜚声文坛的有独特创作风格的作家，在 20 世纪 30 年代就被鲁迅称为"当今中国最有前途的女作家"，她也是一位有着自觉文体意识的作家。论到萧红的小说风格特色，如今评论界大致都会首先提到这么两点：一是多以纤细的感觉回忆与抒写北方农村生活的沉滞闭塞，表现生活在那里的人民的善良或是愚昧的生存状态，并由此向读者展现更为深刻的生命体验；二是创造出一种介于小说、散文和诗之间的新型小说，自由地出入于回忆、现实与梦幻，构成一种散文化的小说创作局面。而在她的作品问世之初，这种在当时看来介于散文与小说之间的"奇怪"文体却并没有得到所有人的认可，批评之声也屡屡出现。对于这些批评，萧红曾经很倔强地这样说过："有一种小说学，小说有一定的写法，一定要具备几种东西，一定写得像巴尔扎克或契诃夫的作品那样。我不相信这一套。有各式各样的生活，有各式各样的作家，就有各式各样的小说。"杨义也认为："萧红在本质上是才华横溢的散文家。在她的手中笔下，散文和小说并没有天然的鸿沟。"

萧红创作于 20 世纪 40 年代的这篇小说《小城三月》，作为她的绝唱，是她作品总体特色的一个浓缩体现。这篇小说是萧红晚期在香港创作的，最早发表于 1941 年 7 月 1 日香港《时代文学》第 1 卷第 2 期。从题材选择上来看，这部小说与作者的《呼兰河传》等作品相似，也是一部忆旧作品，而她本身就是一位忆旧型的作家。在当时有批评者论及《小城三月》的创作与她前期的小说比起来缺乏真实感，过于理想化色彩，"从作者的审美心理来看，与现实贴得太近，常常不容易把握住生活的内涵和特质；而只有随着时序的更移造成适当的审美距离以后，才能看清它的全部价值"。

不过我们都知道，萧红这一类关于家乡与家庭小说的创作，大都有着她自己在故乡时生活的影子。而实际上萧红的故乡在她的记忆里并不是那么愉快的，否则她也不会那样决绝地离开。参照萧红以往的小说中对于"家"的描写，有论者认为，在这篇小说中萧红对"家"却有着过度的美化，比如"常常为着贪婪而失掉了人性"的父亲变成了"维新革命"的父亲，曾经虐待过她的继母竟然参与到年轻人的活动中来，荒凉和寂寞的家也变成了最开通的家庭从而温馨起来。叔叔和哥哥们都到北京和哈尔滨那些大地方上学，"我"也在读书，在家里一切都是随便的，不再有那么多礼教的限制。大家一起去逛公园、正月十五看花灯、打网球、开家庭音乐会——家里的气氛是那么热闹而和睦，以至于这样的描写与之前那种朴素自然的作品相比，显得颇有做作的嫌疑。

应该说，这篇小说确实有这样的味道，萧红后期在作品中大大加强了对呼兰河乡土可留恋的美好的一面的描写，对于这一点，曾有美国学者说："她之所以偏爱'伟大的自然'，是由于她逃避现实的心理——她想避开她在呼兰家中所见到的狰狞丑恶的一切。"这句话可以解释萧红所选择的创作重心的原因，《小城三月》即是因她对于家的缺失而极度的渴望而达成的一种美好的想象。它不仅是萧红在弥留之际与自己家庭的和解，在很大的程度上，又何尝不是对自己心灵的一种释放。在今天，也有论者指出，从义无反顾地离开家到后来的怀念与美化，萧红似乎又走回了原点。在中国传统文化中，"家"不仅仅是单纯的社会单位，还带有浓厚的封建宗法性质，尤其是对女性而言，这种束缚或者说影响更加深重。萧红从家的出走意味着她对女性独立意识与自尊的追求，因而她初时的作品对社会女性的生存现状往往做直接的反映和批判，而晚期的"回家"的含义也并不单纯是包含着一位游子对故土的依恋，实际上还意味着她对原有坚持的放弃和对故土的妥协，至少是部分的妥协与放弃。

《小城三月》自然是翠姨的悲剧，但其实也是萧红生命里用尽灵魂的力量低吟的绝唱，犹如一曲想要努力弹奏出欢快的乐调，但最终仍旧未能走出感伤低沉的旋律，淡淡的哀怨，辽远的愁绪，都包容在她那平静的叙述里。

倾城之恋

张爱玲

　　上海为了"节省天光"，将所有的时钟都拨快了一小时，然而白公馆里说："我们用的是老钟，"他们的十点钟是人家的十一点。他们唱歌唱走了板，跟不上生命的胡琴。

　　胡琴咿咿哑哑拉着，在万盏灯的夜晚，拉过来又拉过去，说不尽的苍凉的故事——不问也罢！……胡琴上的故事是应当由光艳的伶人来扮演的，长长的两片红胭脂夹住琼瑶鼻，唱了、笑了，袖子挡住了嘴……然而这里只有白四爷单身坐在黑沉沉的破阳台上，拉着胡琴。

　　正拉着，楼底下门铃响了。这在白公馆是一件稀罕事，按照从前的规矩，晚上绝对不作兴出去拜客。晚上来了客，或是凭空里接到一个电报，那除非是天字第一号的紧急大事，多半是死了人。

　　四爷凝身听着，果然三爷三奶奶四奶奶一路嚷上楼来，急切间不知他们说些什么。阳台后面的堂屋里，坐着六小姐、七小姐、八小姐，和三房四房的孩子们，这时都有些皇皇然，四爷在阳台上，暗处看亮处，分外眼明，只见门一开，三爷穿着汗衫短裤，挓开两腿站在门槛上，背过手去，啪啦啪啦打股际的蚊子，远远的向四爷叫道："老四你猜怎么着？六妹离掉的那一位，说是得了肺炎，死了！"四爷放下胡琴往房里走，问道："是谁来给的信？"三爷道："徐太太。"说着，回过头用扇子去撵三奶奶道："你别跟上来凑热闹呀，徐太太还在楼底下呢，她胖，怕爬楼，你还不去陪陪她！"三奶奶去了，四爷若有所思道："死的那个不是徐太太的亲戚么？"三爷道："可不是。看这样子，是他们家特为托了徐太太来递信给我们的，当然是有用意的。"四爷道："他们莫非是要六妹去奔丧？"三爷用扇子柄刮了刮头皮道："照说呢，倒也是应该……"他们同时看了六小姐一眼，白流苏坐在屋子的一角，慢条斯理绣着一双拖鞋，方才三爷四爷一递一声说话，仿佛是没有她发言的余地，这时她便淡淡的道："离过婚了，又去做他的寡妇，让人家笑掉了牙齿！"她若无其事地继续做她的鞋子，可是手头上直冒冷汗，针涩了，再也拔不过去。

三爷道："六妹，话不是这样说。他当初有许多对不起你的地方，我们全知道。现在人已经死了，难道你还记在心里？他丢下的那两个姨奶奶，自然是守不住的。你这会子堂堂正正的回去替他戴孝主丧，谁敢笑你？你虽然没生下一男半女，他的侄子多着呢，随你挑一个，过继过来。家私虽然不剩什么了，他家是个大族，就是拨你看守祠堂，也饿不死你母子。"白流苏冷笑道："三哥替我想得真周到，就可惜晚了一步，婚已经离了这么七八年了。依你说，当初那些法律手续都是糊鬼不成？我们可不能拿着法律闹着玩哪！"三爷道："你别动不动就拿法律来吓人，法律呀，今天改，明天改，我这天理人情，三纲五常，可是改不了！你生是他家的人，死是他家的鬼，树高千丈，落叶归根——"流苏站起身来道："你这话，七八年前为什么不说？"三爷道："我只怕你多了心，只当我们不肯收容你。"流苏道："哦？现在你就不怕我多了心？你把我的钱用光了，你就不怕我多心了？"三爷直问到她脸上道："我用了你的钱？我用了你几个大钱？你住在我们家，吃我们的，喝我们的，从前还罢了，添个人不过添双筷子，现在你去打听打听看，米是什么价钱？我不提钱，你倒提起钱来了！"

四奶奶站在三爷背后，笑了一声道："自己骨肉，照说不该提钱的话。提起钱来，这话可就长了！我早就跟我们老四说过——我说：老四你去劝劝三爷，你们做金子，做股票，不能用六姑奶奶的钱哪，没的沾上了晦气！她一嫁到了婆家，丈夫就变成了败家子。回到娘家来，眼见得娘家就要败光了——天生的扫帚星！"三爷道："四奶奶这话有理。我们那时候，如果没让她入股子，决不至于弄得一败涂地！"

流苏气得浑身乱颤，把一双绣了一半的拖鞋面子抵住了下颔，下颔抖得仿佛要落下来。三爷又道："想当初你哭哭啼啼回家来，闹着要离婚，怪只怪我是个血性汉子，眼见你给他打成那个样子，心有不忍，一拍胸脯子站出来说：'好！我白老三穷虽穷，我家里短不了我妹子这一碗饭！'我只道你们年少夫妻，谁没有个脾气？大不了回娘家来个三年五载的，两下里也就回心转意。我若知道你们认真是一刀两断，我会帮着你办离婚么！拆散人家夫妻，是绝子绝孙的事。我白老三是有儿子的人，我还指望着他们养老呢！"流苏气到了极点，反倒放声笑了起来道："好，好，都是我的不是，你们穷了，是我把你们吃穷了。你们亏了本，是我带累了你们。你们死了儿子，也是我害了你们伤了阴骘！"四奶奶一把揪住了她儿子的衣领，把她儿子的头去撞流苏，叫道："赤口白舌的咒起孩子来了！就凭你这句话，我儿子死了，我就得找着你！"流苏连忙一闪身躲过了，抓住了四爷道："四哥你瞧，你瞧——你——你倒是评评理看！"四爷道："你别着急呀，有话好说，我们从长计议。三哥这都是为你打算——"流苏赌气撒开了手，一迳进里屋去了。

屋里没有灯，影影绰绰的只看见珠罗纱帐子里，她母亲躺在红木大床上，缓缓挥动白团扇。流苏走到床跟前，双膝一软，就跪了下来，伏在床沿上，哽咽道："妈。"白老太太耳朵还好，外间屋里说的话，她全听见了。她咳嗽了一声，伸手在枕边摸索到了小痰罐子，吐了一口痰，方才说道："你四嫂就是这样碎嘴子，你可不能跟她一样的见识。你知道，各人有各人的难处，你四嫂天生的强要性儿，一向管着家，偏生你四哥不争气，狂嫖滥赌，玩出一身病来不算，不该挪了公账上的钱，害得你四嫂面上无光，只好让你三嫂当家，心里咽不下这口气，着实不舒坦。你三嫂精神又不济，支持这份家，可不容易！种种地方，你得体谅他们一点。"流苏听她母亲这话风，一味的避重就轻，自己觉得没意思，只得一言不发。白老太太翻身朝里睡了，又道："先两年，东拼西凑的，卖一次田，还够两年吃的。现在可不行了。我年纪大了，说声走，一撒手就走了，可顾不得你们。天下没有不散的筵席，你跟着我，总不是长久之计。倒是回去是正经，领个孩子过活，熬个十几年，总有你出头之日。"

正说着，门帘一动，白老太太道："是谁？"四奶奶探头进来道："妈，徐太太还在楼下呢，等着跟您说七妹的婚事。"白老太太道："我这就起来，你把灯捻开。"屋里点上了灯，四奶奶扶着老太太坐起身来，伺候她穿衣下床。白老太太问道："徐太太那边找到了合适的人？"四奶奶道："听她说得怪好的，就是年纪大了几岁。"白老太太咳了一声道："宝络这孩子，今年也二十四了，真是我心上一个疙瘩。白替她操了心，还让人家说我：她不是我亲生的，我存心耽搁了她！"四奶奶把老太太搀到外房去，老太太道："你把我那儿的新茶叶拿出来，给徐太太泡一碗，绿洋铁筒子里的是大姑奶奶去年带来的龙井，高罐儿里的是碧螺春，别弄错了。"四奶奶答应着，一面叫喊道："来人哪！开灯！"只听见一阵脚步响，来了些粗手大脚的孩子们，帮着大妈子把老太太搬运下楼去了。

四奶奶一个人在外间屋里翻箱倒柜找寻老太太的私房茶叶，忽然笑道："咦！七妹，你打哪儿钻出来了，吓我一跳！我说怎么的，刚才你一晃就不见影儿了！"

宝络细声道：“我在阳台上乘凉。”四奶奶格格笑道：“害臊呢！我说，七妹，赶明儿你有了婆家，凡事可得小心一点，别那么由着性儿闹。离婚岂是容易的事？要离就离了，稀松平常！果真那么容易，你四哥不成材，我干嘛不离婚哪！我也有娘家呀，我不是没处可投奔的。可是这年头儿，我不能不给他们划算划算，我是有点人心的，就得顾着这一点，不能靠定了人家，把人家拖穷了。我还有三分廉耻呢！”

白流苏在她母亲床前凄凄凉凉跪着，听见了这话，把手里的绣花鞋帮子紧紧按在心口上，戳在鞋上的一枚针，扎了手也不觉得疼。小声道：“这屋子里可住不得了！……住不得了！”她的声音灰暗而轻飘，像断断续续的尘灰吊子。她仿佛做梦似的，满头满脸都挂着尘灰吊子，迷迷糊糊向前一扑，自己以为是枕住了她母亲的膝盖，呜呜咽咽哭了起来道：“妈，妈，你老人家给我做主！”她母亲呆着脸，笑嘻嘻的不作声。她搂住她母亲的腿，使劲摇撼着，哭道：“妈！妈！”恍惚又是多年前，她还只十来岁的时候，看了戏出来，在倾盆大雨中和家里人挤散了。她独自站在人行道上，瞪着眼看人，人也瞪着眼看她，隔着雨淋淋的车窗，隔着一层层无形的玻璃罩——无数的陌生人。人人都关在他们自己的小世界里，她撞破了头也撞不进去，她似乎是魇住了。忽然听见背后有脚步声，猜着是她母亲来了。便竭力定了一定神，不言语。她所祈求的母亲与她真正的母亲根本是两个人。

那人走到床前坐下了，一开口，却是徐太太的声音。徐太太劝道：“六小姐，别伤心了，起来，起来，大热的天……”流苏撑着床勉强站了起来，道：“婶子，我……我在这儿再也待不下去了。早就知道人家多嫌着我，就只差明说。今儿当面锣，对面鼓，发过话了，我可没有脸再住下去了！”徐太太扯她在床沿上一同坐下，悄悄的道：“你也太老实了，不怪人家欺侮你，你哥哥们把你的钱盘来盘去盘光了！就养活你一辈子也是应该的。”流苏难得听见这几句公道话，且不问她是真心还是假意，先就从心里热起来，泪如雨下，道：“谁叫我自己糊涂呢！就为了这几个钱，害得我要走也走不开。”徐太太道：“年纪轻轻的人，不怕没有活路。”流苏道：“有活路，我早走了！我又没念过两年书，肩不能挑，手不能提，我能做什么事？”徐太太道：“找事，都是假的，还是找个人是真的。”流苏道：“那怕不行，我这一辈子早完了。”徐太太道：“这句话，只有有钱的人，不愁吃，不愁穿，才有资格说。没钱的人，要完也完不了哇！你就剃了头发当姑子去，化个缘罢，也还是尘缘——离不了人！”流苏低头不语。徐太太道：“你这件事，早两年托了我，又要好些。"流苏微微一笑道："可不是，我已经二十八了。"
徐太太道："放着你这样好的人才，二十八也不算什么，我替你留心着。说着我
又要怪你了，离了婚七八年了，你早点儿拿定了主意，远走高飞，少受多少气！"
流苏道："婶子你又不是不知道，像我们这样的家庭，哪儿肯放我们出去交际？
倚仗着家里人罢，别说他们根本不赞成，就是赞成了，我底下还有两个妹妹没出阁，
三哥四哥的几个女孩子也渐渐的长大了，张罗她们还来不及呢！还顾得到我？"

徐太太笑道："提起你妹妹，我还等着他们的回话呢。"流苏道："七妹的事，
有希望么？"徐太太道："说得有几分眉目了。刚才我有意的让娘儿们自己商议
商议，我说我上去瞧瞧六小姐就来；现在可该下去了。你送我下去，成不成？"
流苏只得扶着徐太太下楼，楼梯又旧，徐太太又胖，走得吱吱格格一片响。到了
堂屋里，流苏欲待开灯，徐太太道："不用了，看得见。他们就在东厢房里。你
跟我来，大家说说笑笑，事情也就过去了，不然，明儿吃饭的时候免不了要见面的，
反而僵得慌。"流苏听不得"吃饭"这两个字，心里一阵刺痛，哽着嗓子，强笑道：
"多谢婶子——可是我这会子身上有点不舒服，实在不能够见人，只怕失魂落魄的，
说话闯了祸，反而辜负了您待我的一片心。"徐太太见流苏一定不肯，也就罢了，
自己推门进去。

门掩上了，堂屋里暗着，门的上端的玻璃格子里透进两方黄色的灯光，落在
青砖地上。朦胧中可以看见堂屋里顺着墙高高下下堆着一排书箱，紫檀匣子，刻
着绿泥款识。正中天然几上，玻璃罩子里，搁着珐蓝自鸣钟，机括早坏了，停了
多年。两旁垂着朱红对联，闪着金色寿字团花，一朵花托住一个墨汁淋漓的大字。
在微光里，一个个的字都像浮在半空中，离着纸老远。流苏觉得自己就是对联上
的一个字，虚飘飘的，不落实地。白公馆有这么一点像神仙的洞府：这里悠悠忽
忽过了一天，世上已经过了一千年。可是这里过了一千年，也同一天差不多，因
为每天都是一样的单调与无聊。流苏交叉着胳膊，抱住她自己的颈项。七八年一
霎眼就过去了。你年轻么？不要紧，过两年就老了，这里，青春是不希罕的。他
们有的是青春——孩子一个个的被生出来，新的明亮的眼睛，新的红嫩的嘴，新
的智慧。一年又一年的磨下来，眼睛钝了，人钝了，下一代又生出来了。这一代
便被吸收到朱红洒金的辉煌的背景里去，一点一点的淡金便是从前的人的怯怯的
眼睛。

流苏突然叫了一声，掩住自己的眼睛，跌跌冲冲往楼上爬，往楼上爬……上
了楼，到了她自己的屋子里，她开了灯，扑在穿衣镜上，端详她自己。还好，她

还不怎么老。她那一类的娇小的身躯是最不显老的一种，永远是纤瘦的腰，孩子似的萌芽的乳。她的脸，从前是白得像磁，现在由磁变为玉——半透明的轻青的玉。上颌起初是圆的，近年来渐渐的尖了，越显得那小小的脸，小得可爱。脸庞原是相当的窄，可是眉心很宽。一双娇滴滴，滴滴娇的清水眼。阳台上，四爷又拉起胡琴来了，依着那抑扬顿挫的调子，流苏不由得偏着头，微微飞了个眼风，做了个手势。她对镜子这一表演，那胡琴听上去便不是胡琴，而是笙箫琴瑟奏着幽沉的庙堂舞曲。她向左走了几步，又向右走了几步，她走一步路都仿佛是合着失了传的古代音乐的节拍。她忽然笑了——阴阴的，不怀好意的一笑，那音乐便戛然而止。外面的胡琴继续拉下去，可是胡琴诉说的是一些辽远的忠孝节义的故事，不与她相关了。

这时候，四爷一个人躲在那里拉胡琴，却是因为他自己知道楼下的家庭会议中没有他置喙的余地。徐太太走了之后，白公馆里少不得将她的建议加以研究和分析。徐太太打算替宝络做媒说给一个姓范的，那人最近和徐先生在矿务上有相当密切的联络，徐太太对于他的家世一向就很熟悉，认为绝对可靠。那范柳原的父亲是一个著名的华侨，有不少的产业分布在锡兰马来西亚等处。范柳原今年三十二岁，父母双亡。白家众人质问徐太太，何以这样的一个标准夫婿到现在还是独身的，徐太太告诉他们范柳原从英国回来的时候，无数的太太们紧扯白脸的把女儿送上门来，硬要推给他，勾心斗角，各显神通，大大热闹过一番。这一捧却把他捧坏了，从此他把女人看成他脚底下的泥。由于幼年时代的特殊环境，他脾气本来就有点怪僻。他父母的结合是非正式的，他父亲一次出洋考察，在伦敦结识了一个华侨交际花，两人秘密地结了婚。原籍的太太也有点风闻。因为惧怕太太的报复，那二夫人始终不敢回国，范柳原就是在英国长大的。他父亲故世以后，虽然大太太有两个女儿，范柳原要在法律上确定他的身分，却有种种棘手之处。他孤身流落在英伦，很吃过一些苦，然后方才获得了继承权。至今范家的族人还对他抱着仇视的态度，因此他总是住在上海的时候多，轻易不回广州老宅里去。他年纪轻的时候受了些刺激，渐渐的就往放浪的一条路上走，嫖赌吃着，样样都来，独独无意于家庭幸福。白四奶奶就说："这样的人，想必喜欢是存心挑剔。我们七妹是庶出的只怕人家看不上眼。放着这么一门好亲戚，怪可惜了儿的！"三爷道："他自己也是庶出。"四奶奶道："可是人家多厉害呀，就凭我们七丫头那股子傻劲儿，还指望拿得住他？倒是我那个大女孩机灵些，别瞧她，人小心不小，真识大体！"三奶奶道："那似乎年岁差得太多了。"四奶奶道："哟！你不知道，越是那种人，越是喜欢那年纪轻的。我那个大的若是不成，还有二的呢。"三奶奶笑道："你那个二的比姓范的小二十岁。"四奶奶悄悄扯了她一把，正颜厉色的道："三嫂，你别那么糊涂！你护着七丫头，她是白家什么人？隔了一层娘肚皮，就差远了。嫁了过去，谁也别想在她身上得点什么好处！我这都是为了大家的好。"然而白老太太一心一意只怕亲戚议论她亏待了没娘的七小姐，决定照原来的计划，由徐太太择日请客，把宝络介绍给范柳原。

徐太太双管齐下，同时又替流苏物色到一个姓姜的，在海关里做事，新故了太太，丢下了五个孩子，急等着续弦，徐太太主张先忙完了宝络，再替流苏撮合，因为范柳原不久就要上新加坡去了。白公馆里对于流苏的再嫁，根本就拿它当一个笑话，只是为了要打发她出门，没奈何，只索不闻不问，由着徐太太闹去。为了宝络这头亲，却忙得鸦飞雀乱，人仰马翻。一样是两个女儿，一方面如火如荼，一方面冷冷清清，相形之下，委实使人难堪。白老太太将全家的金珠细软，尽情搜括出来，能够放在宝络身上的都放在宝络身上。三房里的女孩子过生日的时候，干娘给的一件缂丝衣料，也被老太太逼着三奶奶拿了出来，替宝络制了旗袍。老太太自己历年攒下的私房，以皮货居多，暑天里又不能穿着皮子，只得典质了一件貂皮大袄，用那笔款子去把几件首饰改镶了时新款式。珍珠耳坠子、翠玉手镯、绿宝戒指，自不必说，务必把宝络打扮得花团锦簇。

到了那天，老太太、三爷、三奶奶、四爷、四奶奶自然都是要去的。宝络辗转听到四奶奶的阴谋，心里着实恼着她，执意不肯和四奶奶的两个女儿同时出场，又不好意思说不要她们，便下死劲拖流苏一同去。一部出差汽车黑压压坐了七个人，委实再挤不下了，四奶奶的女儿金枝金蝉便惨遭淘汰。他们是下午五点钟出发的，到晚上十一点方才回家。金枝金蝉哪里放得下心，睡得着觉？眼睁睁盼着他们回来了，却又是大伙儿哑口无言。宝络沉着脸走到老太太房里，一阵风把所有的插戴全剥了下来，还了老太太，一言不发回房去了。金枝金蝉把四奶奶拖到阳台上，一叠连声追问怎么了。四奶奶怒道："也没有看见像你们这样的女孩子家，又不是你自己相亲，要你这样热辣辣的！"三奶奶跟了出来，柔声缓气说道："你这话，别让人家多了心去！"四奶奶索性冲着流苏的房间嚷道："我就是指桑骂槐，骂了她了，又怎么着？又不是千年万代没见过男子汉，怎么一闻见生人气，就痰迷心窍，发了疯了？"金枝金蝉被她骂得摸不着头脑，三奶奶做好做歹稳住了她们的娘，又告诉她们道："我们先去看电影的。"金枝诧异道："看电影？"三奶奶道："可不是透着奇怪，专为看人去的，倒去坐在黑影子里，什么也瞧不见。后来徐太太告诉我说都是那范先生的主张，他在那里捣坏呢。他要把人家搁个两三个钟头，脸上出了油，胭脂花粉褪了色，他可以看得亲切些。那是徐太太的猜想。据我看来，那姓范的始终就没有诚意。他要看电影，就为着懒得跟我们应酬。看完了戏，他不是就想溜？"四奶奶忍不住插嘴道："哪儿的话，今儿的事，一上来挺好的，要不是我们自己窝儿里的人在里头捣乱，准有个七八成！"金枝金蝉齐声道："三妈，后来呢？后来呢？"三奶奶道："后来徐太太拉住了他，要大家一块儿去吃饭。他就说他请客。"四奶奶拍手道："吃饭就吃饭，明知我们七小姐不会跳舞，上跳舞场去干坐着，算什么？不是我说，这就要怪三哥了，他也是外面跑跑的人，听见姓范的吩咐汽车夫上舞场去，也不拦一声！"三奶奶忙道："上海这么多的饭店，他怎么知道哪一个饭店有跳舞，哪一个饭店没有跳舞？他可比不得四爷是个闲人哪，他没那么多的工夫去调查这个！"金枝金蝉还要打听此后的发展，三奶奶给四奶奶几次一打岔，兴致索然。只道："后来就吃饭，吃了饭，就回来了。"

金蝉道："那范柳原是怎样的一个人？"三奶奶道："我哪儿知道？统共没听见他说过三句话。"又寻思了一会，道："跳舞跳得不错罢！"金枝咦了一声道："他跟谁跳来着？"四奶奶抢先答道："还有谁，还不是你那六姑！我们诗礼人家，不准学跳舞的，就只她结婚之后跟她那不成材的姑爷学会了这一手！好不害臊，人家问你，说不会跳不就结了？不会也不是丢脸的事。像你三妈，像我，都是大户人家的小姐，活过这半辈子了，什么世面没见过？我们就不会跳！"三奶奶叹了口气道："跳了一次，说是敷衍人家的面子，还跳第二次，第三次！"金枝金蝉听到这里，不禁张口结舌。四奶奶又向那边喃喃骂道："猪油蒙了心，你若是以为你破坏了你妹子的事，你就有指望了，我叫你早早的歇了这个念头！人家连多少小姐都看不上眼呢，他会要你这败柳残花？"

流苏和宝络住着一间屋子，宝络已经上床睡了，流苏蹲在地下摸着黑点蚊烟香，阳台上的话听得清清楚楚，可是她这一次却非常的镇静，擦亮了洋火，眼看着它烧过去，火红的小小三角旗，在它自己的风中摇摆着，移，移到她手指边，她噗的一声吹灭了它，只剩下一截红艳的小旗杆，旗杆也枯萎了，垂下灰白蜷曲的鬼影子。她把烧焦的火柴丢在烟盘子里。今天的事，她不是有意的，但无论如何，她给了她们一点颜色看看。她们以为她这一辈子已经完了么？早哩！她微笑着。宝络心里一定也在骂她，骂得比四奶奶的话还要难听。可是她知道宝络恨虽恨她，同时也对她刮目相看，肃然起敬。一个女人，再好些，得不着异性的爱，也就得不着同性的尊重。女人们就是这点贱。

范柳原真心喜欢她么？那倒也不见得。他对她说的那些话，她一句也不相信。她看得出他是对女人说惯了谎的，她不能不当心——她是个六亲无靠的人，她只有她自己了。床架子上挂着她脱下来的月白蝉翼纱旗袍。她一歪身坐在地上，搂住了长袍的膝部，郑重地把脸偎在上面。蚊香的绿烟一蓬一蓬浮上来，直薰到脑子里去。她的眼睛里，眼泪闪着光。

隔了几天，徐太太又来到白公馆。四奶奶早就预言过："我们六姑奶奶这样的胡闹，眼见得七丫头的事是吹了。徐太太岂有不恼的？徐太太怪了六姑奶奶，还肯替她介绍人么？这叫做偷鸡不着蚀把米。"徐太太果然不像先前那么一盆火似的了，远兜远转先解释她这两天为什么没上门。家里老爷有要事上香港去接洽，如果一切顺利，就打算在香港租下房子，住个一年半载的，所以她这两天忙着打点行李，预备陪他一同去。至于宝络的那件事，姓范的已经不在上海了，暂时只得搁一搁。流苏的可能的对象姓姜的，徐太太打听了出来，原来他在外面有了人，若要拆开，还有点麻烦。据徐太太看来，这种人不甚可靠，还是算了罢。三奶奶四奶奶听了这话，彼此使了个眼色，撇着嘴笑了一笑。

徐太太接下去皱眉说道："我们的那一位，在香港倒有不少的朋友，就可惜远水救不着近火……六小姐若是能够到那边去走一趟，倒许有很多的机会。这两年，上海人在香港的，真可以说是人才济济。上海人自然是喜欢上海人，所以同乡的小姐们在那边听说是很受欢迎。六小姐去了，还愁没有相当的人？真可以抓起一把来拣拣！"众人觉得徐太太真是善于辞令。前两天轰轰烈烈闹着做媒，忽然烟消火灭了，自己不得下场，便姑作遁辞，说两句风凉话，白老太太便叹了口气道："到香港去一趟，谈何容易！单讲——"不料徐太太很爽快的一口剪断了她的话道："六小姐若是愿意去，我请她，我答应帮她忙，就得帮到底。"大家不禁面面相觑，连流苏都怔住了。她估计着徐太太当初自告奋勇替她做媒，想必倒是一时仗义，真心同情她的境遇。为了她跑跑腿寻寻门路，治一桌酒席请请那姓姜的，这点交情是有的。但是出盘缠带她到香港去，那可是所费不赀。为什么徐太太凭空的要在她身上花这些钱？世上的好人虽多，可没有多少傻子愿意在银钱上做好人。徐太太一定是有背景的，难不成是那范柳原的诡计？徐太太曾经说过她丈夫与范柳原在营业上有密切接触，夫妇两个大约是很热心地捧着范柳原。牺牲一个不相干的孤苦的亲戚来巴结他，也是可能的事。流苏在这里胡思乱想着，白老太太便道："那可不成呀，总不能让您——"徐太太打了个哈哈道："没关系，这点小东，我还做得起！再说，我还指望着六小姐帮我的忙呢。我拖着两个孩子，血压又高，累不得，路上有了她，凡事也有个照应。我是不拿她当外人的，以后还要她多多的费神呢！"白老太太忙代流苏客气一番。徐太太掉过头来，单刀直入的问道："那么六小姐，你一准跟我们跑一趟罢！就算是逛逛，也值得。"流苏低下头去，微笑道："您待我太好了。"她迅速地盘算了一下，姓姜的那件事是无望了，以后即使有人替她做媒，也不过是和那姓姜的不相上下，也许还不如他。流苏的父亲是一个有名的赌徒，为了赌而倾家荡产，第一个领着他们往破落户的路上走。流苏的手没有沾过骨牌和骰子，然而她也是喜欢赌的，她决定用她的前途来下注。如果她输了，她声名扫地，没有资格做五个孩子的后母。如果赌赢了，她可以得到家人虎视眈眈的目的物范柳原，出净她胸中这一口气。

她答应了徐太太，徐太太在一星期内就要动身。流苏便忙着整理行装。虽说家无长物，根本没有什么可整理的，却也乱了几天。变卖了几件零碎东西，添置了几套衣服。徐太太在百忙中还腾出时间来替她做顾问。徐太太这样的笼络流苏，被白公馆里的人看在眼里，渐渐的也就对流苏发生了新的兴趣，除了怀疑她之外，又存了三分顾忌，背后叽叽咕咕议论着，当面却不那么指着脸子骂了，偶然也还叫声"六妹"、"六姑"、"六小姐"，只怕她当真嫁到香港的阔人，衣锦荣归，大家总得留个见面的余地，不犯着得罪她。

徐太太徐先生带着孩子一同乘车来接了她上船，坐的是一只荷兰船的头等舱。船小，颠簸得厉害，徐先生徐太太一上船便双双睡倒，吐个不休，旁边儿啼女哭，流苏倒着实服侍了他们好几天。好容易船靠了岸，她方才有机会到甲板上看看海景，那是个火辣辣的下午，望过去最触目的便是码头上围列着的巨型广告牌，红的、橘红的、粉红的，倒映在绿油油的海水里，一条条，一抹抹刺激性的犯冲的色素，窜上落下，在水底下厮杀得异常热闹。流苏想着，在这夸张的城市里，就是栽个跟斗，只怕也比别处痛些，心里不由得七上八下起来。忽然觉得有人奔过来抱住她的腿，差一点把她推了一跤，倒吃了一惊，再看原来是徐太太的孩子，连忙定了定神，过去助着徐太太照料一切，谁知那十来件行李与两个孩子，竟不肯被归着在一堆，行李齐了，一转眼又少了个孩子，流苏疲于奔命，也就不去看野眼了。

上了岸，叫了两部汽车到浅水湾饭店。那车驰出了闹市，翻山越岭，走了多时，一路只见黄土崖，红土崖，土崖缺口处露出森森绿树，露出蓝绿色的海。近了浅水湾，一样是土崖与丛林，却渐渐的明媚起来。许多游了山回来的人，乘车掠过他们的车，一汽车一汽车载满了花，风里吹落了零乱的笑声。

到了旅馆门前，却看不见旅馆在哪里。他们下了车，走上极宽的石级，到了花木萧疏的高台上，方见再高的地方有两幢黄色房子。徐先生早定下了房间，仆欧们领着他们沿着碎石小径走去，进了昏黄的饭厅，经过昏黄的穿堂，往二层楼上走，一转弯，有一扇门通着一个小阳台，搭着紫藤花架，晒着半壁斜阳。阳台上有两个人站着说话，只见一个女的，背向着他们，披着一头漆黑的长发直垂到脚踝上，脚踝上套着赤金扭麻花镯子，光着腿，底下看不仔细是否趿着拖鞋，上面微微露出一截印度式窄脚裤。被那女人挡住的一个男子，却叫了一声："咦！徐太太！"便走了过来，向徐先生徐太太打招呼，又向流苏含笑点头。流苏见是范柳原，虽然早就料到这一着，一颗心依旧不免跳得厉害。阳台上的女人一闪就不见了。柳原伴着他们上楼。一路上大家仿佛他乡遇故知似的，不断的表示惊讶与愉快。那范柳原虽然够不上称做美男子，粗枝大叶的，也有他的一种风度。徐先生夫妇指挥着仆欧们搬行李，柳原与流苏走在前面，流苏含笑问道："范先生，你没有上新加坡去？"柳原轻轻的答道，"我在这儿等着你呢。"流苏想不到他这样直爽，倒不便深究，只怕说穿了，不是徐太太请她上香港而是他请的，自己反而下不落台，因此只当他说玩话，向他笑了一笑。

柳原问知她的房间是一百三十号，便站住了脚道："到了。"仆欧拿钥匙开了门，流苏一进门便不由得向窗口笔直走过去，那整个的房间像暗黄的画框，镶着窗子里一幅大画。那澎湃的海涛，直溅到窗帘上，把帘子的边缘都染蓝了。柳原向仆欧道："箱子就放在兹跟前。"流苏听他说话的声音就在耳根子底下，不觉震了一震，回过脸来，只见仆欧已经出去了，房门却没有关上。柳原倚着窗台，伸出一只手来撑在窗格子上，挡住了她的视线，只管望着她微笑。流苏低下头去。柳原笑道："你知道么？你的特长是低头。"流苏抬头笑道："什么？我不懂。"柳原道："有人善于说话，有的人善于笑，有的人善于管家，你是善于低头的。"流苏道："我什么都不会，我是顶无用的人。"柳原笑道："无用的女人是最最厉害的女人。"流苏笑着走开了道："不跟你说了，到隔壁去看看罢。"柳原道："隔壁？我的房还是徐太太的房？"流苏又震了一震道："你就住在隔壁？"柳原已经替她开了门道："我屋里乱七八糟的，不能见人。"

他敲了一敲一百三十一号的门，徐太太开着门放他们进来道："在我们这边吃茶罢，我们有个起坐间。"便撤铃叫了几客茶点。徐先生从卧室里走了出来道："我打了个电话给老朱，他闹着要接风，请我们大伙儿上香港饭店。就是今天。"又向柳原道："连你在内。"徐太太道："你真有兴致，晕了几天的船，还不趁早歇歇？今儿晚上，算了罢。"柳原笑道："香港饭店，是我所见过的顶古板的舞场。建筑、灯光、布置、乐队，都是老英国式，四五十年前顶时髦的玩意儿，现在可不够刺激了。实在没有什么可看的，除非是那些怪模怪样的西崽，大热的天，仿着北方人穿着扎脚裤——"流苏道："为什么？"柳原道："中国情调呀！"徐先生笑道："既然来到此地，总得去看看。就委屈你做做陪客罢！"柳原笑道："我可不能说准，别等我。"流苏见他不像要去的神气，徐先生并不是常跑舞场的人，难得这么高兴，似乎是认真要替她介绍朋友似的，心里倒又疑惑起来。

　　然而那天晚上，香港饭店里为他们接风一班人，都是成双捉对的老爷太太，几个单身男子都是二十岁左右的年轻人。流苏正跳着舞，范柳原忽然出现了，把她从另一个男子手里接了过来，在那荔枝红的灯光里，她看不清他的黝暗的脸，只觉得他异常沉默。流苏笑道："怎么不说话呀？"柳原笑道："可以当着人说的话，我完全说完了。"流苏噗哧一笑道："鬼鬼祟祟的有什么背人的话？"柳原道："有些傻话，不但是要背着人说，还得背着自己。让自己听了也怪难为情的。譬如说，我爱你，我一辈子都爱你。"流苏别过头去，轻轻啐了一声道："偏有这些废话！"柳原道："不说话又怪我不说话了，说话，又嫌唠叨！"流苏笑道："我问你，你为什么不愿意我上跳舞场去？"柳原道："一般的男人，喜欢把女人教坏了，又喜欢去感化坏女人，使她变为好女人。我可不像那么没事找事做。我认为好女人还是老实些的好。"流苏瞟了他一眼道："你以为你跟别人不同么？我看你也是一样的自私。"柳原笑道："怎样自私？"流苏心里想着："你最高明的理想是一个冰清玉洁而又富于挑逗性的女人。冰清玉洁，是对于他人。挑逗，是对于你自己。如果我是一个彻底的好女人，你根本就不会注意到我！"她向他偏着头笑道："你要我在旁人面前做一个好女人，在你面前做一个坏女人。"柳原想了一想道："不懂。"流苏又解释道："你要我对别人坏，独独对你好。"柳原笑道："怎么又颠倒过来了？越发把人家搞糊涂了！"他又沉吟了一会道："你这话不对。"流苏笑道："哦，你懂了。"柳原道："你好也罢，坏也罢，我不要你改变。难得碰见像你这样的一个真正的中国女人。"流苏微微叹了一口气道："我不过是一个过了时的人罢了。"柳原道："真正的中国女人是世界上最美的，永远不会过了时。"流苏笑道："像你这样的一个新派人——"柳原道："你说新派，大约就是指的洋派。我的确不能算一个真正的中国人，直到最近几年才渐渐的中国化起来。可是你知道，中国化的外国人，顽固起来，比任何老秀才都要顽固。"流苏笑道："你也顽固，我也顽固。你说过的，香港饭店又是最顽固的跳舞场……"他们同声笑了起来，音乐恰巧停了。柳原扶着她回到座上，对众人笑道："白小姐有些头痛，我先送她回去罢。"流苏没提防他有这一着，一时想不起怎样对付，又不愿意得罪了他，因为交情还不够深，没有到吵嘴的程度，只得由他替她披上外衣，向众人道了歉，一同走了出来。

迎面遇见一群洋绅士，众星捧月一般簇拥着一个女人。流苏先就注意到那人的漆黑的长发，结成双股大辫，高高盘在头上。那印度女人，这一次虽然是西式装束，依旧带着浓厚的东方色彩。玄色轻纱氅底下，她穿着金鱼黄紧身长衣，盖住了手，只露出晶亮的指甲。领口挖成极狭的V形，直开到腰际，那是巴黎最新的款式，有个名式，唤做"一线天"。她的脸色黄而油润，像飞了金的观音菩萨，然而她的影沉沉的大眼睛里躲着妖魔。古典型的直鼻子，只是太尖，太薄一点。粉红的厚重的小嘴唇，仿佛肿着似的。柳原站住了脚，向她微微鞠了一躬。流苏在那里看她，她也昂然望着流苏，那一双骄矜的眼睛，如同隔着几千里地，远远的向人望过来。柳原便介绍道："这是白小姐。这是萨黑荑妮公主。"流苏不觉肃然起敬。萨黑荑妮伸出一只手来，用指尖碰了一碰流苏的手，问柳原道："这位白小姐，也是上海来的？"柳原点点头。萨黑荑妮微笑道："她倒不像上海人。"柳原笑道："像哪儿的人呢？"萨黑荑妮把一只食指按在腮帮子上，想了一想，翘着十指尖尖，仿佛是要形容而又形容不出的样子，耸肩笑了一笑，往里走去。柳原扶着流苏继续往外走，流苏虽然听不大懂英文，鉴貌辨色，也就明白了，便笑道："我原是个乡下人。"柳原道："我刚才对你说过了，你是个道地的中国人，那自然跟她所谓的上海人有点不同。"

他们上了车，柳原又道："你别看她架子搭得十足。她在外面招摇，说是克力希纳·柯兰姆帕王公的亲生女，只因王妃失宠，赐了死，她也就被放逐了，一直流浪着，不能回国。其实，不能回国倒是真的，其余的，可没有人能够证实。"流苏道："她到上海去过么？"柳原道："人家在上海也是很有名的。后来她跟着一个英国人上香港来。你看见她背后那个老头子么？现在就是他养活着她。"流苏笑道："你们男人就是这样。当面何尝不奉承着她，背后就说得她一个钱不值。像我这样一个穷遗老的女儿，身分还不及她高的人，不知道你对别人怎样的说我呢！"柳原笑道："谁敢一口气把你们两人的名字说在一起？"流苏撇了撇嘴道："也许因为她的名字太长了。一口气念不完，"柳原道："你放心，你是什么样的人，我就拿你当什么样的人看待，准没错。"流苏做出安心的样子，向车窗上一靠，低声道："真的？"他这句话，似乎并不是挖苦她的，因为她渐渐发觉了，他们单独在一起的时候，他总是斯斯文文的，君子人模样。不知道为什么，他背着人这样稳重，当众却喜欢放肆。她一时摸不清那到底是他的怪脾气，还是他另有作用。

到了浅水湾，他揽着她下车，指着汽车道旁郁郁的丛林道："你看那种树，是南边的特产。英国人叫它'野火花'。"流苏道："是红的么？"柳原道："红！"黑夜里，她看不出那红色，然而她直觉地知道它是红得不能再红了，红得不可收拾，一蓬蓬一蓬蓬的小花，窝在参天大树上，壁栗剥落燃烧着，一路烧过去；把那紫蓝的天也薰红了。她仰着脸望上去。柳原道："广东人叫它'影树'，你看这叶子。"叶子像凤尾草，一阵风过，那轻纤的黑色剪影零零落落颤动着，耳边恍惚听见一串小小的音符，不成腔，像檐前铁马的叮当。

柳原道："我们到那边去走走。"流苏不作声。他走，她就缓缓的跟了过去。时间横竖还早，路上散步的人多着呢——没关系。从浅水湾饭店过去一截子路，空中飞跨着一座桥梁，桥那边是山，桥这边是一堵灰砖砌成的墙壁，拦住了这边的山。柳原靠在墙上，流苏也就靠在墙上，一眼看上去，那堵墙极高极高，望不见边。墙是冷而粗糙，死的颜色。她的脸，托在墙上，反衬着，也变了样——红嘴唇、水眼睛、有血、有肉、有思想的一张脸。柳原看着她道："这堵墙，不知为什么使我想起地老天荒那一类的话。……有一天，我们的文明整个的毁掉了，什么都完了——烧完了、炸完了、坍完了，也许还剩下这堵墙。流苏，如果我们那时候在这墙根底下遇见了……流苏，也许你会对我有一点真心，也许我会对你有一点真心。"

流苏嗔道："你自己承认你爱装假，可别拉扯上我！你几时捉出我说谎来着？"柳原嗤的一笑道："不错，你是再天真也没有的一个人。"流苏道："得了，别哄我了！"

柳原静了半晌，叹了口气。流苏道："你有什么不称心的事？"柳原道："多着呢。"流苏叹道："若是像你这样自由自在的人，也要怨命，像我这样的，早就该上吊了。"柳原道："我知道你是不快乐的。我们四周的那些坏事、坏人，你一定是看够了。可是，如果你这是第一次看见他们，你一定更看不惯，更难受。我就是这样，我回中国来的时候，已经二十四了。关于我的家乡，我做了好些梦。你可以想象到我是多么的失望。我受不了这个打击，不由自主的就往下溜。你……你如果认识从前的我，也许你会原谅现在的我。"流苏试着想象她是第一次看见她四嫂。她猛然叫道："还是那样的好，初次瞧见，再坏些，再脏些，是你外面的人。你外面的东西。你若是混在那里头长久了，你怎么分得清，哪一部分是他们，哪一部分是你自己？"柳原默然，隔了一会方道："也许你是对的。也许我这些话无非是借口，自己糊弄自己。"他突然笑了起来道："其实我用不着什么借口呀！我爱玩——我有这个钱，有这个时间，还得去找别的理由？"他思索了一会，又烦躁起来，向她说道："我自己也不懂得我自己——可是我要你懂得我！我要你懂得我！"他嘴里这么说着，心里早已绝望了，然而他还是固执地，哀恳似的说着："我要你懂得我！"

流苏愿意试试看。在某种范围内，她什么都愿意。她侧过脸去向着他，小声答应着："我懂得，我懂得。"她安慰着他，然而她不由得想到了她自己的月光中的脸，那娇脆的轮廓，眉与眼，美得不近情理，美得渺茫，她缓缓垂下头去。柳原格格的笑了起来，他换了一副声调，笑道："是的，别忘了，你的特长是低头。可是也有人说，只有十来岁的女孩子们适宜于低头。适宜于低头的，往往一来就喜欢低头。低了多年的头，颈子上也许要起皱纹的。"流苏变了脸，不禁抬起手来抚摸她的脖子，柳原笑道："别着急，你决不会有的。待会儿回前房里去，没有人的时候，你再解开衣领上的钮子，看个明白。"流苏不答，掉转身就走，柳原追了上去，笑道："我告诉你为什么你保得住你的美。萨黑荑妮上次说：她不敢结婚，因为印度女人一闲下来，待在家里，整天坐着，就发胖了。我就说：中国女人呢，光是坐着，连发胖都不肯发胖——因为发胖至少还需要一点精力。懒倒也有懒的好处！"

流苏只是不理他，他一路陪着小心，低声下气，说说笑笑，她到了旅馆里，面色方才和缓下来，两人也就各自归房安置。流苏自己忖量着，原来范柳原是讲究精神恋爱的。她倒也赞成，因为精神恋爱的结果永远是结婚，而肉体之爱往往就停顿在某一阶段，很少结婚的希望，精神恋爱只有一个毛病：在恋爱过程中，女人往往听不懂男人的话。然而那倒也没有多大关系。后来总还是结婚、找房子、置家具、雇佣人——那些事上，女人可比男人在行得多。她这么一想，今天这点小误会，也就不放在心上。

第二天早晨，她听徐太太屋里鸦雀无声，知道她一定起来得很晚。徐太太仿佛说过的，这里的规矩，早餐叫到屋里来吃，另外要付费，还要给小账，因此流苏决定替人家节省一点，到食堂里去吃。她梳洗完了，刚跨出房门，一个候守在外面的仆欧，看见了她，便去敲范柳原的门。柳原立刻走了出来，笑道："一块儿吃早饭去。"一面走，他一面问道："徐先生徐太太还没升帐？"流苏笑道："昨儿他们玩得太累了罢！我没听见他们回来，想必一定是近天亮。"他们在餐室外面的走廊上拣了个桌子坐下。石阑干外生着高大的棕榈树，那丝丝缕缕披散着的叶子在太阳光里微微发抖，像光亮的喷泉。树底下也有喷水池子，可没有那么伟丽。柳原问道："徐太太他们今天打算怎么玩？"流苏道："听说是要找房子去。"柳原道："他们找他们的房子，我们玩我们的。你喜欢到海滩上去还是到城里去看看？"流苏前一天下午已经用望远镜看了看附近的海滩，红男绿女，果然热闹非凡，只是行动太自由了一点，她不免略具戒心，因此便提议进城去。他们赶上了一辆旅馆里特备的公共汽车，到了市中心区。

柳原带她到大中华去吃饭。流苏一听，仆欧们是说上海话的，四座也是乡音盈耳，不觉诧异道："这是上海馆子？"柳原笑道："你不想家么？"流苏笑道："可是……专程到香港来吃上海菜，总似乎有点傻。"柳原道："跟你在一起，我就喜欢做各种的傻事。甚至于乘着电车兜圈子，看一张看过了两次的电影……"流苏道："因为你被我传染上了傻气，是不是？"柳原笑道："你爱怎么解释，就怎么解释。"

吃完了饭，柳原举起玻璃杯来将里面剩下的茶一饮而尽，高高的擎着那玻璃杯，只管向里看着。流苏道："有什么可看的，也让我看看。"柳原道："你迎着亮瞧瞧，里头的景致使我想起马来的森林。"杯里的残茶向一边倾过来，绿色的茶叶黏在玻璃上，横斜有致，迎着光，看上去像一棵生生的芭蕉。底下堆积着的茶叶，蟠结错杂，就像没膝的蔓草和蓬蒿。流苏凑在上面看，柳原就探身来指点着。隔着那绿阴阴的玻璃杯，流苏忽然觉得他的一双眼睛似笑非笑的瞅着她，她放下了杯子，笑了。柳原道："我陪你到马来亚去。"流苏道："做什么？"柳原道："回到自然。"他转念一想，又道："只是一件，我不能想象你穿着旗袍在森林里跑。……不过我也不能想象你不穿着旗袍。"流苏连忙沉下脸来道："少胡说。"柳原道："我这是正经话。我第一次看见你，就觉得你不应当光着膀子穿这种时髦的长背心，不过你也不应当穿西装。满洲的旗袍，也许倒合适一点，可是线条又太硬。"流苏道："总之，人长得难看，怎么打扮着也不顺眼！"柳原笑道："别又误会了，我的意思是：你看上去不像这世界上的人。你有许多小动作，有一种罗曼蒂克的气氛，很像唱京戏。"流苏抬起了眉毛，冷笑道："唱戏，我一个人也唱不成呀！我何尝爱做作——这也是逼上梁山。人家跟我要心眼儿，我不跟人家要心眼儿，人家还拿我当傻子呢，准得找着我欺侮！"柳原听了这话，倒有点黯然，他举起了空杯，试着喝了一口，又放下了，叹道："是的，都怪我。我装惯了假，也是因为人人都对我装假。只有对你，我说过句把真话，你听不出来。"流苏道："我又不是你肚里的蛔虫。"柳原道："是的，都怪我。可是我的确为你费了不少的心机。在上海第一次遇见你，我想着，离开了你家里那些人，你也许会自然一点。好容易盼着你到了香港……现在，我又想把你带到马来亚，到原始人的森林里去……"他笑他自己，声音又哑又涩，不等笑完他就喊仆欧拿账单来。他们付了账出来，他已经恢复原状，又开始他的上等的情调——顶文雅的一种。

他每天伴着她到处跑，什么都玩到了，电影、广东戏、赌场、格罗士打饭店、思豪酒店、青鸟咖啡馆、印度绸缎庄、九龙的四川菜……晚上他们常常出去散步，直到深夜，她自己都不能够相信，他连她的手都难得碰一碰。她总是提心吊胆，怕他突然摘下假面具，对她做冷不防的袭击，然而一天又一天的过去了，他维持着他的君子风度，她如临大敌，结果毫无动静。她起初倒觉得不安，仿佛下楼梯的时候踏空了一级似的，心里异常怔忡，后来也就惯了。

只有一次，在海滩上。这时候流苏对柳原多了一层认识，觉得到海边上去去也无妨，因此他们到那里去消磨了一个上午，他们并排坐在沙上，可是一个面朝东，一个面朝西，流苏嚷有蚊子。柳原道："不是蚊子，是一种小虫，叫沙蝇，咬一口，就是个小红点，像朱砂痣。"流苏又道："这太阳真受不了。"柳原道："稍微晒一会儿，我们可以到凉棚底下去，我在那边租了一个棚。"那口渴的太阳泪泪地吸着海水，漱着、吐着，哗哗的响，人身上的水分全给它喝干了，人成了金色的枯叶子，轻飘飘的。流苏渐渐感到那怪异的眩晕与愉快，但是她忍不住又叫了起来："蚊子咬！"她扭过头去，一巴掌打在她裸露的背脊上。柳原笑道："这样好吃力。我来替你打罢，你来替我打。"流苏果然留心着，照准他臂上打去，叫道："哎呀，让它跑了！"柳原也替她留心着。两人噼噼啪啪打着，笑成一片。流苏突然被得罪了，站起身来往旅馆里走，柳原这一次并没有跟上来。流苏走到树阴里，两座芦席棚之间的石径上，停了下来，抖一抖短裙子上的沙，回头一看，柳原还在原处，仰天躺着，两手垫在颈项底下，显然是又在那里做着太阳里的梦了，人又晒成了金叶子。流苏回到了旅馆里，又从窗户里用望远镜望出来，这一次，他的身边躺着一个女人，辫子盘在头上。就把那萨黑荑妮烧了灰，流苏也认识她。

从这天起柳原整日价的和萨黑荑妮厮混着，他大约是下了决心把流苏冷一冷。流苏本来天天出去惯了，忽然闲了下来，在徐太太面前交代不出理由，只得说伤了风，在屋里坐了两天。幸喜天公识趣，又下起缠绵雨来，越发有了藉口，用不着出门。有一天下午，她打着伞在旅舍的花园里兜了个圈子回来，天渐渐黑了，约摸徐太太他们看房子也该回来了，她便坐在廊檐上等候他们，将那把鲜明的油纸伞撑开了横搁在阑干上，遮住了脸。那伞是粉红地子，石绿的荷叶图案，水珠一滴滴从筋纹下滑下来。那雨下得大了。雨中有汽车泼喇泼喇行驶的声音，一群男女嘻嘻哈哈推着挽着上阶来，打头的便是范柳原。萨黑荑妮被他挽着，却是够狼狈的，裸腿上溅了一点点的泥浆。她脱去了大草帽，便洒了一地的水。柳原瞥见流苏的伞，便在扶梯口上和萨黑荑妮说了几句话，萨黑荑妮单独上楼去了，柳原走了过来，掏出手绢子来不住的擦他身上脸上的水渍子。流苏和他不免寒暄了几句。柳原坐了下来道："前两天听说有点不舒服？"流苏道："不过是热伤风。"柳原道："这天气真闷得慌。刚才我们到那个英国人的游艇上去野餐的，把船开到了青衣岛。"流苏顺口问问他青衣岛的景致。正说着，萨黑荑妮又下楼来了，已经换了印度装，兜着鹅黄披肩，长垂及地，披肩上是二寸来阔的银丝堆花镶滚。她也靠着阑干，远远的拣了个桌子坐下，一只手闲闲搁在椅背上，指甲上涂着银色蔻丹。流苏笑向柳原道："你还不过去？"柳原笑道："人家是有了主儿的人。"流苏道："那老英国人，哪儿管得住她？"柳原笑道："他管不住她，你却管得住我呢。"流苏抿着嘴笑道："哟！我就是香港总督，香港的城隍爷，管这一方的百姓，我也管不到你头上呀！"柳原摇摇头道："一个不吃醋的女人，多少有点病态。"流苏噗哧一笑，隔了一会，流苏问道："你看着我做什么？"柳原笑道："我看你从今以后是不是预备待我好一点。"流苏道："我待你好一点，坏一点，你又何尝放在心上？"柳原拍手道："这还像句话！话音里仿佛有三分酸意。"流苏掌不住放声笑了起来道："也没有看见你这样的人，死乞白咧的要人吃醋！"

两人当下言归于好，一同吃了晚饭。流苏表面上虽然和他热了些，心里却怵惕着：他使她吃醋，无非是用的激将法，逼着她自动的投到他的怀里去。她早不同他好，晚不同他好，偏拣这个当口和他好了，白牺牲了她自己，他一定不承情，只道她中了他的计。她做梦也休想他娶她。……很明显的，他要她，可是他不愿意娶她。然而她家里穷虽穷，也还是个望族，大家都是场面上的人，他担当不起这诱奸的罪名。因此他采取了那种光明正大的态度。她现在知道了，那完全是假撇清。他处处地方希图脱卸责任。以后她若是被抛弃了，她绝对没有谁可抱怨。

流苏一念及此，不觉咬了咬牙，恨了一声。面子上仍旧照常跟他敷衍着。徐太太已经在跑马地租下了房子，就要搬过去了。流苏欲待跟过去，又觉得白扰了人家一个多月，再要长住下去，实在不好意思。这样僵持下去，也不是事。进退两难，倒煞费踌躇。这一天，在深夜里，她已经上了床多时，只是翻来覆去，好容易朦胧了一会，床头的电话铃突然朗朗响了起来。她一听，却是柳原的声音，道："我爱你。"就挂断了。流苏心跳得扑通扑通，握住了耳机，发了一会愣，方才轻轻的把它放回原处，谁知才搁上去，又是铃声大作。她再度拿起听筒，柳原在那边问道：“我忘了问你一声，你爱我么？”流苏咳嗽了一声再开口，喉咙还是沙哑的。她低声道：“你早该知道了，我为什么上香港来？”柳原叹道：“我早知道了，可是明摆着的是事实，我就是不肯相信。流苏，你不爱我。”流苏道：“怎见得我不？”柳原不语，良久方道：“《诗经》上有一首诗——”流苏忙道：“我不懂这些。”柳原不耐烦道：“知道你不懂，若你懂，也用不着我讲了！我念你听：‘死生契阔——与子相悦，执子之手，与子偕老。’我的中文根本不行，可不知道解释得对不对。我看那是最悲哀的一首诗，生与死与离别，都是大事，不由我们支配的。比起外界的力量，我们人是多么小，多么小！可是我们偏要说：‘我永远和你在一起；我们一生一世都别离开。’——好像我们自己做得了主似的！”

流苏沉思了半晌，不由得恼了起来道：“你干脆说不结婚，不就完了，还得绕着大弯子，什么做不了主？连我这样守旧的人家，也还说‘初嫁从亲，再嫁从身’哩！你这样无拘无束的人，你自己不能做主，谁替你做主？”柳原冷冷的道：“你不爱我，你有什么办法，你做得了主么？”流苏道：“你若真爱我的话，你还顾得了这些？”柳原道：“我不至于那么糊涂，我犯不着花了钱娶一个对我毫无感情的人来管束我。那太不公平了。对于你那也不公平。噢，也许你不在乎。根本你以为婚姻就是长期的卖淫——”流苏不等他说完，拍的一声把耳机摜下了，脸气得通红。他敢这样侮辱她，他敢！她坐在床上，炎热的黑暗包着她像葡萄紫的绒毯子。一身的汗，痒痒的，颈上与背脊上的头发梢也刺恼得难受，她把两只手按在腮颊上，手心却是冰冷的。

铃又响了起来。她不去接电话，让它响去。“的玲玲……的玲玲……”声浪分外的震耳，在寂静的房间里，在寂静的旅舍里，在寂静的浅水湾。流苏突然觉悟了，她不能吵醒整个的浅水湾饭店。第一，徐太太就在隔壁。她战战兢兢拿起听筒来，搁在褥单上。可是四周太静了，虽是离了这么远，她也听得见柳原的声音在那里心平气和地说：“流苏，你的窗子里看得见月亮么？”流苏不知道为什么，忽然哽咽起来。泪眼中的月亮大而模糊，银色的，有着绿的光棱。柳原道：“我这边，窗子上面吊下一枝藤花，挡住了一半。也就是玫瑰，也许不是。”他不再说话了，可是电话始终没挂上。许久许久，流苏疑心他可是盹着了，然而那边终于扑秃一声，轻轻挂断了。流苏用颤抖的手从褥单上拿起她的听筒，放回架子上。她怕他第四次再打来，但是他没有。这都是一个梦——越想越像梦。

第二天早上她也不敢问他，因为他准会嘲笑她——"梦是心头想"，她这么迫切的想念他，连睡梦里他都会打电话来说"我爱你"？他的态度也和平时没有什么不同。他们照常出去玩了一天。流苏忽然发觉拿他们当做夫妇的人很多很多——仆欧们，旅馆里和她搭讪的几个太太老太太，原不怪他们误会。柳原跟她住在隔壁，出入总是肩并肩，夜深还到海岸上去散步，一点都不避嫌疑。一个保姆推着孩子的车走过，向流苏点点头，唤了一声"范太太"。流苏脸上一僵，笑也不是，不笑也不是，只得皱着眉向柳原睃了一眼，低声道："他们不知道怎么想着呢！"柳原笑道："唤你范太太的人，且不去管他们；倒是唤你做白小姐的人，才不知道他们怎么想呢！"流苏变色。柳原用手抚摸着下巴，微笑道："你别枉担了这个虚名！"

　　流苏吃惊地朝他望望，蓦地里悟到他这人多么恶毒。他有意的当着人做出亲狎的神气，使她没法可证明他们没有发生关系。她势成骑虎，回不得家乡，见不得爷娘，除了做他的情妇之外没有第二条路。然而她如果迁就了他，不但前功尽弃，以后更是万劫不复了。她偏不！就算她枉担了虚名，他不过口头上占了她一个便宜。归根究底，他还是没得到她。既然他没有得到她，或许他有一天还会回到她这里来，带了较优的议和条件。

　　她打定了主意，便告诉柳原她打算回上海去，柳原却也不坚留，自告奋勇要送她回去。流苏道："那倒不必了。你不是要到新加坡去么？"柳原道："反正已经耽搁了，再耽搁些时也不妨事。上海也有事等着料理呢。"流苏知道他还是一贯政策，唯恐众人不议论他们俩。众人越是说得凿凿有据，流苏越是百喙莫辩，自然在上海不能安身。流苏盘算着，即使他不送她回去，一切也瞒不了她家里的人。她是豁出去了，也就让他送她一程。徐太太见他们俩正打得火一般热，忽然要拆开了，诧异非凡，问流苏，问柳原，两人虽然异口同声的为彼此洗刷，徐太太哪里肯信。

　　在船上，他们接近的机会很多，可是柳原既能抗拒浅水湾的月色，就能抗拒甲板上的月色。他对她始终没有一句扎实的话。他的态度有点淡淡的，可是流苏看得出他那闲适是一种自满的闲适——他拿稳了她跳不出他的手掌心去。

　　到了上海，他送她到家，自己没有下车，白公馆里早有了耳报神，探知六小姐在香港和范柳原实行同居了。如今她陪人家玩了一个多月，又若无其事的回来了，分明是存心要丢白家的脸。

　　流苏勾搭上了范柳原，无非是图他的钱。真弄到了钱，也不会无声无息的回家来了，显然是没得到他什么好处。本来，一个女人上了男人的当，就该死；女人给当给男人上，那更是淫妇；如果一个女人想给当给男人上而失败了，反而上了人家的当，那是双料的淫恶，杀了她也还污了刀。平时白公馆里，谁有了一点芝麻大的过失，大家便炸了起来。逢到了真正骇人听闻的大逆不道，爷奶奶们兴奋过度，反而吃吃艾艾，一时发不出话来，大家先议定了："家丑不可外扬"，然后分头去告诉亲戚朋友，迫他们宣誓保守秘密，然后再向亲友们一个个的探口气，打听他们知道了没有，知道了多少。最后大家觉得到底是瞒不住，爽性开诚布公，打开天窗说亮话，拍着腿感慨一番。他们忙着这种种手续，也忙了一秋天，因此迟迟的没向流苏采取断然行动。流苏何尝不知道，她这一次回来，更不比往日。她和这家庭早是恩断义绝了。她未尝不想出去找个小事，胡乱混一碗饭吃。再苦些，也强如在家里受气。但是寻了个低三下四的职业，就失去了淑女的身分。那身分，食之无味，弃之可惜。尤其是现在，她对范柳原还没有绝望，她不能先自贬身价，否则他更有了借口，拒绝和她结婚了。因此她无论如何得忍些时。

熬到了十一月底，范柳原果然从香港来了电报。那电报，整个的白公馆里的人都传观过了。老太太方才把流苏叫去，递到她手里。只有寥寥几个字："乞来港。船票已由通济隆办妥。"白老太太长叹了一声道："既然是叫你去，你就去罢！"她就这样的下贱么？她眼里掉下泪来。这一哭，她突然失去了自制力，她发现她已经是忍无可忍了。一个秋天，她已经老了两年——她可禁不起老！于是第二次离开了家上香港来。这一趟，她早失去了上一次的愉快的冒险的感觉，她失败了。固然，人人是喜欢被屈服的，但是那只限于某种范围内。如果她是纯粹为范柳原的风仪与魅力所征服，那又是一说了，可是内中还掺杂着家庭的压力——最痛苦的成分。

范柳原在细雨迷蒙的码头上迎接她。他说她的绿色玻璃雨衣像一只瓶，又注了一句："药瓶。"她以为他在那里讽嘲她的孱弱，然而他又附耳加了一句："你就是医我的药。"她红了脸，白了他一眼。

他替她定下了原先的房间。这天晚上，她回到房里来的时候，已经两点钟了。在浴室里晚妆，熄了灯出来，方才记起了，她房里的电灯开关装置在床头，只得摸着黑过来，一脚踩在地板上的一只皮鞋上，差一点栽了一跤，正怪自己疏忽，没把鞋子收好，床上忽然有人笑道："别吓着了！是我的鞋。"流苏停了一会，问道："你来做什么？"柳原道："我一直想从你的窗户里看月亮。这边屋里比那边看得清楚些。"……那晚上的电话的确是他打来的——不是梦！他爱她。这毒辣的人，他爱她，然而他待她也不过如此！她不由得心寒，拨转身走到梳妆台前。

十一月尾的纤月，仅仅是一钩白色，像玻璃窗上的霜花。然而海上毕竟有点月意，映到窗子里来，那薄薄的光就照亮了镜子。流苏慢腾腾摘下了发网，把头发一搅，搅乱了，夹叉叮铃当啷掉下地来。她又戴上网子，把那发网的梢头狠狠的衔在嘴里，拧着眉毛，蹲下身去把夹叉一只一只捡了起来。柳原已经光着脚走到她后面，一只手搁在她头上，把她的脸倒扳了过来，吻她的嘴。发网滑下地去了。这是他第一次吻她，然而他们两人都疑惑不是第一次，因为在幻想中已经发生过无数次了。从前他们有过许多机会——适当的环境，适当的情调；他也想到过，她也顾虑到那可能性。然而两方面都是精刮的人，算盘打得太仔细了，始终不肯冒失。现在这忽然成了真的，两人都糊涂了。流苏觉得她的溜溜走了个圈子，倒在镜子上，背心紧紧抵着冰冷的镜子。他的嘴始终没有离开过她的嘴。他还把她往镜子上推，他们似乎是跌到镜子里面，另一个昏昏的世界里去了，凉的凉，烫的烫，野火花直烧上身来。

第二天，他告诉她，他一礼拜后就要上英国去。她要求他带她一同去，但是他回说那是不可能的。他提议替她在香港租下一幢房子住下，等到一年半载，他也就回来了。她如果愿意在上海住家，也听她的便。她当然不肯回上海。家里那些人——离他们越远越好。独自留在香港，孤单些就孤单些。问题却在他回来的时候，局势是否有了改变，那全在他了。一个礼拜的爱吊得住他的心么？可是从另一方面看来，柳原是一个没长性的人，这样匆匆的聚了又散了，他没有机会厌倦，未始不是于她有利的。一个礼拜往往比一年值得怀念。……他果真带着热情的回忆重新来找她，她也许倒变了呢！近三十的女人，往往有着反常的娇嫩，一转眼就憔悴了。总之，没有婚姻的保障而要长期抓住一个男人，是一件艰难的、痛苦的事，几乎是不可能的。啊，管它呢！她承认柳原是可爱的，他给她美妙的刺激，但是她跟他的目的究竟是经济上的安全。这一点，她知道她可以放心。

他们一同在巴丙顿道看了一所房子，坐落在山坡上。屋子粉刷完了，雇定了一个广东女佣，名唤阿栗。家具只置办了几件最重要的，柳原就该走了。其余的都丢给流苏慢慢的去收拾，家里还没有开火仓，在那冬天的傍晚，流苏送他上船时，便在船上的大餐间胡乱的吃了些三明治。流苏因为满心的不得意，多喝了几杯酒，被海风一吹，回来的时候，便带着三分醉。到了家，阿栗在厨房里烧水替她随身带着的那孩子洗脚。流苏到处瞧了一遍，到一处开一处的灯。客室里门窗上的绿漆还没干，她用食指摸着试了一试，然后把那黏黏的指尖贴在墙上，一贴一个绿迹子。为什么不？这又不犯法？这是她的家！她笑了，索性在那蒲公英的粉墙上打了一个鲜明的绿手印。

她摇摇晃晃走到隔壁房里去。空房，一间又一间——清空的世界。她觉得她可以飞到天花板上去。她在空荡荡的地板上行走，就像是在洁无纤尘的天花板上。房间太空了，她不能不用灯光来装满它。光还是不够，明天她得记着换上几只较强的灯泡。

她走上楼梯去。空得好，她急需着绝对的静寂。她累得很，取悦于柳原是太吃力的事，他脾气向来就古怪；对于她，因为是动了真感情，他更古怪了，一来就不高兴。他走了，倒好，让她松下这口气。现在她什么人都不要——可憎的人，可爱的人，她一概都不要。从小时候起，她的世界就嫌过于拥挤。推着、挤着、踩着、抱着、驮着、老的小的、全是人。一家二十来口，合住一幢房子，你在屋子里剪个指甲也有人在窗户眼里看着。好容易远走高飞，到了这无人之境。如果她正式做了范太太，她就有种种的责任，她离不了人。现在她不过是范柳原的情妇，不露面的，她该躲着人，人也该躲着她。清静是清静了，可惜除了人之外，她没有旁的兴趣。她所仅有的一点学识，凭着这点本领，她能够做一个贤慧的媳妇，一个细心的母亲；在这里她可是英雄无用武之地。"持家"罢，根本无家可持。看管孩子罢，柳原根本不要孩子。省俭着过日子罢，她根本用不着为了钱操心。她怎样消磨这以后的岁月？找徐太太打牌去，看戏？然后渐渐的姘戏子，抽鸦片，往姨太太们的路子上走？她突然站住了，挺着胸，两只手在背后紧紧互扭着。那倒不至于！她不是那种下流人，她管得住她自己。但是……她管得住她自己不发疯么？楼上品字式的三间屋，楼下品字式的三间屋，全是堂堂地点着灯。新打了蜡的地板，照得雪亮。没有人影儿。一间又一间，呼喊着的空虚……流苏躺到床上去，又想下去关灯，又动弹不得。后来她听见阿栗拖着木屐上楼来，一路扑托扑托关着灯，她紧张的神经方才渐归松弛。

那天是十二月七日，一九四一年，十二月八日，炮声响了。一炮一炮之间，冬晨的银雾渐渐散开，山巅、山洼子里，全岛上的居民都向海面上望去，说"开仗了，开仗了"。谁都不能够相信，然而毕竟是开仗了。流苏孤身留在巴丙顿道，哪里知道什么。等到阿栗从左邻右舍探到了消息，仓皇唤醒了她，外面已经进入酣战阶段。巴丙顿道的附近有一座科学试验馆，屋顶上架着高射炮，流弹不停的飞过来，尖溜溜一声长叫："吱呦呃呃呃呃……"然后"砰"，落下地去。那一声声的"吱呦呃呃呃呃……"撕裂了空气，撕毁了神经。淡蓝的天幕被扯成一条一条，在寒风中簌簌飘动。风里同时飘着无数剪断了的神经尖端。

流苏的屋子是空的，心里是空的，家里没有置办米粮，因此肚子里也是空的。空穴来风，所以她感受恐怖的袭击分外强烈。打电话到跑马地徐家，久久打不通，因为全城装有电话的人没有一个不在打电话，询问哪一区较为安全，做避难的计划。流苏到下午方才接通了，可是那边铃尽管响着，老是没有人来听电话，想必徐先生徐太太已经匆匆出走，迁到平靖一些的地带。流苏没了主意，炮火却逐渐猛烈了。邻近的高射炮成为飞机注意的焦点。飞机蝇蝇地在顶上盘旋，"孜孜孜……"绕了一圈又绕回来，"孜孜……"痛楚地，像牙医的螺旋电器，直挫进灵魂的深处。阿栗抱着她的哭泣着的孩子坐在客室的门槛上，人仿佛入了昏迷状态，左右摇摆着，喃喃唱着吃语似的歌唱，哄着拍着孩子。窗外又是"吱呦呃呃呃呃……"一声，"砰"削去屋檐的一角，沙石哗啦啦落下来。阿栗怪叫一声，跳起身来，抱着孩子就往外跑。流苏在大门口追上了她，一把揪住她问道："你上哪儿去？"阿栗道："这儿登不得了！我——我带她到阴沟里去躲一躲。"流苏道："你疯了！你去送死！"阿栗连声道："你放我走！我这孩子——就只这么一个——死不得的……阴沟里躲一躲……"流苏拼命扯住了她，阿栗将她一推，她跌倒了，阿栗便闯出门去。正在这当口，轰天震地一声响，整个的世界黑了下来，像一只硕大无朋的箱子，拍地关上了盖。数不清的罗愁绮恨，全关在里面了。

流苏只道是没有命了，谁知道还活着。一睁眼，只见满地的玻璃屑，满地的太阳影子。她挣扎着爬起身来，去找阿栗，阿栗紧紧搂着孩子，垂着头，把额角抵在门洞子里的水泥墙上，人是震糊涂了。流苏拉了她进来，就听见外面喧嚷着隔壁落了个炸弹，花园里炸出一个大坑。这一次巨响，箱子盖关上了，依旧不得安静。继续的砰砰砰，仿佛在箱子盖上用锤子敲钉，捶不完地捶。从天明捶到天黑，又从天黑捶到天明。

流苏也想到了柳原，不知道他的船有没有驶出港口，有没有被击沉。可是她想起他便觉得有些渺茫，如同隔世。现在的这一段，与她的过去毫不相干，像无线电的歌，唱了一半，忽然受了恶劣的天气影响，噼噼啪啪炸了起来，炸完了，歌是仍旧要唱下去的，就只怕炸完了，歌已经唱完了，那就没得听了。

第二天，流苏和阿栗母子分着吃完了罐子里的几片饼干，精神渐渐衰弱下来，每一个呼啸着的子弹的碎片便像打在她脸上的耳刮子。街头轰隆轰隆驰来一辆军用卡车，意外地在门前停下了。铃一响，流苏自己去开门，见是柳原，她捉住他的手，紧紧的搂住他的手臂，像阿栗搂住孩子似的。人向前一扑，把头磕在门洞子里的水泥墙上。柳原用另外的一只手托住她的头，急促地道："受了惊吓罢？

别着急，别着急。你去收拾点得用的东西，我们到浅水湾去。快点，快点！"流苏趷趷冲冲奔了进去，一面问道："浅水湾那边不要紧么？"柳原道："都说不会在那边上岸的。而且旅馆里吃的方面总不成问题，他们收藏得很丰富。"流苏道："你的船……"柳原道："船没开出去。他们把头等舱的乘客送到了浅水湾饭店。本来昨天就要来接你的，叫不到汽车，公共汽车又挤不上。好容易今天设法弄到了这部卡车。"流苏哪里还定得下心来整理行装，胡乱扎了个小包裹。柳原给了阿栗两个月的工钱，嘱咐她看家，两个人上了车，面朝下并排躺在运货的车厢里，上面蒙着黄绿色油布篷，一路颠簸着，把肘弯与膝盖上的皮都磨破了。

柳原叹道："这一炸，炸断了多少故事的尾巴！"流苏也怆然，半晌方道："炸死了你，我的故事就该完了。炸死了我，你的故事还长着呢！"柳原笑道："你打算替我守节么？"他们两人都有点神经失常，无缘无故，齐声大笑。而且一笑便止不住。笑完了，浑身只打颤。

卡车在"吱呦呃呃……"的流弹网里到了浅水湾。浅水湾饭店楼下驻扎着军队，他们仍旧住到楼上的老房间里。住定了，方才发现，饭店里储藏虽富，都是留着给兵吃的。除了罐头装的牛乳、牛羊肉、水果之外，还有一麻袋一麻袋的白面包，麸皮面包。分配给客人的，每餐只有两块苏打饼干，或是两块方糖，饿得大家奄奄一息。

先两日浅水湾还算平静，后来突然情势一变，渐渐火炽起来。楼上没有掩蔽物，众人容身不得，都来到楼下，守在食堂里，食堂里大开着玻璃门，门前堆着沙袋，英国兵就在那里架起了大炮往外打。海湾里的军舰摸准了炮弹的来源，少不得也一一还敬。隔着棕榈树与喷水池子，子弹穿梭般来往。柳原与流苏跟着大家一同把背贴在大厅的墙上。那幽暗的背景便像古老的波斯地毯，织出各色人物、爵爷、公主、才子、佳人。毯子被挂在竹竿上，迎着风扑打上面的灰尘，拍拍打着，下劲打，打得上面的人走投无路。炮子儿朝这边射来，他们便奔到那边；朝那边射来，便奔到这边。到后来一间敞厅打得千疮百孔，墙也坍了一面，逃无可逃了，只得坐下地来，听天由命。

流苏到了这个地步，反而懊悔她有柳原在身边，一个人仿佛有了两个身体，也就蒙了双重危险。一弹子打不中她，还许打中他，他若是死了，若是残废了，她的处境更是不堪设想。她若是受了伤，为了怕拖累他，也只有横了心求死。就是死了，也没有孤身一个人死得干净爽利。她料着柳原也是这般想。别的她不知道，在这一刹那，她只有他，他也只有她。

停战了。困在浅水湾饭店的男女们缓缓向城中走去。过了黄土崖、红土崖，又是红土崖、黄土崖，几乎疑心是走错了道，绕回去了。然而不，先前的路上没有这炸裂的坑，满坑的石子。柳原与流苏很少说话。从前他们坐一截子汽车，也有一席话，现在走上几十里的路，反而无话可说了。偶然有一句话，说了一半，对方每每就知道了下文，没有往下说的必要。柳原道："你瞧，海滩上。"流苏道："是的。"海滩上布满了横七竖八割裂的铁丝网，铁丝网外面，淡白的海水汩汩吞吐淡黄的沙。冬季的晴天也是淡漠的蓝色。野火花的季节已经过去了。流苏道："那堵墙……"柳原道："也没有去看看。"流苏叹了口气道："算了罢。"柳原走得热了起来，把大衣脱下来搁在臂上，臂上也出了汗。流苏道："你怕热，让我给你拿着。"若在往日，柳原绝对不肯，可是他现在不那么绅士风了，竟交了给她。再走了一程子，山渐渐高了起来。不知道是风吹着树呢，还是云影的飘移，青黄的山麓缓缓地暗了下来。细看时，不是风也不是云，是太阳悠悠地移过山头，半边山麓埋在巨大的蓝影子里。山上有几座房屋在燃烧，冒着烟——山阴的烟是白的，山阳的是黑烟——然而太阳只是悠悠地移过山头。

　　到了家，推开了虚掩着的门，拍着膀翅飞出一群鸽子来。穿堂里满积着灰尘与鸽粪。流苏走到楼梯口，不禁叫了一声"哎呀。"二层楼上歪歪斜斜大张口躺着她新置的箱笼，也有两只顺着楼梯滚了下来，梯脚便淹没在绫罗绸缎的洪流里。流苏弯下腰来，捡起一件蜜合色衬绒旗袍，却不是她自己的东西，满是汗垢，香烟洞与贱价的香水气味。她又发现了许多陌生女人的用品，破杂志，开了盖的罐头荔枝，淋淋漓漓流着残汁，混在她的衣服一堆。这屋子里驻过兵过？——带有女人的英国兵？去得仿佛很仓促。挨户洗劫的本地的贫民，多半没有光顾过，不然，也不会留下这一切。柳原帮着她大声唤阿栗。末一只灰背鸽，斜刺里穿出来，掠过门洞子里的黄色的阳光，飞了出去。

　　阿栗是不知去向了。然而屋子里的主人们，少了她也还得活下去。他们来不及整顿房屋，先去张罗吃的，费了许多事，用高价买进一袋米。煤气的供给幸而没有断，自来水却没有。柳原提了铅桶到山里去汲了一桶泉水，煮起饭来。以后他们每天只顾忙着吃喝与打扫房间。柳原各样粗活都来得，扫地、拖地板、帮着流苏拧绞沉重的褥单。流苏初次上灶做菜，居然带点家乡风味。因为柳原忘不了马来菜，她又学会了做油炸"沙袋"、咖哩鱼。他们对于饭食上虽然感到空前的兴趣，还是极力的搏节着。柳原身边的港币带得不多，一有了船，他们还得设法回上海。

在劫后的香港住下去究竟不是久长之计。白天这么忙忙碌碌也就混了过去。一到晚上，在那死的城市里，没有灯，没有人声，只有那莽莽的寒风，三个不同的音阶，"喔……呵……呜……"无穷无尽地叫唤着，这个歇了，那个又渐渐响了，三条骈行的灰色的龙，一直线地往前飞，龙身无限制地延长下去，看不见尾。"喔……呵……呜……"叫唤到后来，索性连苍龙也没有了，只是一条虚无的气，真空的桥梁，通入黑暗，通入虚空的虚空。这里是什么都完了。剩下点断堵颓垣，失去记忆力的文明人在黄昏中跌跌跄跄摸来摸去，像是找着点什么，其实是什么都完了。

流苏拥被坐着，听着那悲凉的风。她确实知道浅水湾附近，灰砖砌的那一面墙，一定还屹然站在那里。风停了下来，像三条灰色的龙，蟠在墙头，月光中闪着银鳞。她仿佛做梦似的，又来到墙根下，迎面来了柳原，她终于遇见了柳原。……在这动荡的世界里，钱财、地产、天长地久的一切，全不可靠了。靠得住的只有她腔子里的这口气，还有睡在她身边的这个人。她突然爬到柳原身边，隔着他的棉被，拥抱着他。他从被窝里伸出手来握住她的手。他们把彼此看得透明透亮。仅仅是一刹那的彻底的谅解，然而这一刹那够他们在一起和谐地活个十年八年。

他不过是一个自私的男子，她不过是一个自私的女人。在这兵荒马乱的时代，个人主义者是无处容身的，可是总有地方容得下一对平凡的夫妻。

有一天，他们在街上买菜，碰着萨黑黄妮公主。萨黑黄妮黄着脸，把蓬松的辫子胡乱编了个麻花髻，身上不知从哪里借来一件青布棉袍穿着，脚下却依旧趿着印度式七宝嵌花纹皮拖鞋。她同他们热烈地握手，问他们现在住在哪里，急欲看看他们的新屋子。又注意到流苏的篮子里有去了壳的小蚝，愿意跟流苏学习烧制清蒸蚝汤。柳原顺口邀了她来吃便饭，她很高兴的跟了他们一同回去。她的英国人进了集中营，她现在住在一个熟识的，常常为她当点小差的印度巡捕家里。她有许久没有吃饱过。她唤流苏"白小姐"。柳原笑道："这是我太太。你该向我道喜呢！"萨黑黄妮道："真的么？你们几时结婚的？"柳原耸耸肩道："就在中国报上登了个启事，你知道，战争期间的婚姻，总是潦草的……"流苏没听懂他们的话。萨黑黄妮吻了他又吻了她。然而他们的饭菜毕竟是很寒苦，而且柳原声明他们也难得吃一次蚝汤。萨黑黄妮从此没有再上门过。

当天他们送她出去，流苏站在门槛上，柳原立在她身后，把手掌合在她的手掌上，笑道："我说，我们几时结婚呢？"流苏听了，一句话也没有，只低下了头，落下泪来。柳原拉住她的手道："来来，我们今天就到报馆里去登报启事，不过你也许愿意候些时，等我们回到上海，大张旗鼓的排场一下，请请亲戚们。"

流苏道："呸！他们也配！"说着，嗤的笑了出来，往后顺势一倒，靠在他身上。柳原伸手到前面去羞她的脸道："又是哭，又是笑！"

两人一同走进城去，走了一个峰回路转的地方，马路突然下泻，眼前只是一片空灵——淡墨色的，潮湿的天。小铁门口挑出一块洋磁招牌，写的是："赵祥庆牙医。"风吹得招牌上的铁钩子吱吱响，招牌背后只是那空灵的天。

柳原歇下脚来望了半响，感到那平淡中的恐怖，突然打起寒战来，向流苏道："现在你可该相信了：'死生契阔'，我们自己哪儿做得了主？轰炸的时候，一个不巧——"流苏嗔道："到了这个时候，你还说做不了主的话！"柳原笑道："我并不是打退堂鼓。我的意思是——"他看了看她的脸色，笑道："不说了，不说了，"他们继续走路，柳原又道："鬼使神差地，我们倒真的恋爱起来了！"流苏道："你早就说过你爱我。"柳原笑道："那不算。我们那时候太忙着谈恋爱了，哪里还有工夫恋爱？"

结婚启事在报上刊出了，徐先生徐太太赶了来道喜，流苏因为他们在围城中自顾自搬到安全地带去，不管她的死活，心中有三分不快，然而也只得笑脸相迎。柳原办了酒菜，补请了一次客。不久，港沪之间恢复了交通，他们便回上海来了。

白公馆里流苏只回去过一次，只怕人多嘴多，惹出是非来。然而麻烦是免不了的，四奶奶决定和四爷进行离婚，众人背后都派流苏的不是。流苏离了婚再嫁，竟有这样惊人的成就，难怪旁人要学她的榜样。流苏蹲在灯影里点蚊烟香。想到四奶奶，她微笑了。

柳原现在从来不跟她闹着玩了，他把他的俏皮话省下来说给旁的女人听。那是值得庆幸的好现象，表示他完全把她当作自家人看待——名正言顺的妻，然而流苏还是有点怅惘。

香港的陷落成全了她。但是在这不可理喻的世界里，谁知道什么是因，什么是果？谁知道呢？也许就因为要成全她，一个大都市倾覆了。成千上万的人死去，成千上万的人痛苦着，跟着是惊天动地的大改革……流苏并不觉得她在历史上的地位有什么微妙之点。她只是笑吟吟的站起身来，将蚊香盘踢到桌子底下去。

传奇里的倾国倾城的人大抵如此。

到处都是传奇，可不见得有这么圆满的收场。胡琴咿咿哑哑拉着，在万盏灯的夜晚，拉过来又拉过去，说不尽的苍凉的故事——不问也罢！

（发表于1943年8月、9月《万象》第3卷第2、3期）

述评

对于"调情"类题材的叙述描写，大概很少有女作家这样大胆地涉猎，更不用说写得成功与否了。然而张爱玲的成名作《倾城之恋》恰恰是一个关于调情的故事，而且写得一波三折，极尽对于心理微妙波动描写之能事。张爱玲对于都市以及人性的发现，不像穆时英那样是以单身男子的城市漂泊者眼光来观察的。张爱玲是一位女性气质十足的女人，所以总是在一圈圈故事绕来绕去后仍能用各种方式回到家庭，从上海（即便是写香港也仍处处可见上海的影子）市民家庭的窗口来窥视这个城市舞台日日演出的悲欢浮世。

本篇作品发表于 1943 年 8 月、9 月《万象》第 3 卷第 2、3 期上。在这篇小说中，张爱玲对于女性的解剖和对于都市的发现，有着相当程度上的现代性，这不仅表现在她对于句式的运用和创新的手法上，更深刻的是她对于人物心理以及意识流动的书写。《倾城之恋》可以说是白流苏和范柳原的调情表演。不过这场表演并不是传统眼光中的逢场作戏后一拍两散的结构模式，而是一个弃妇在进行垂死挣扎和自我拯救之后终于修成正果的故事。傅雷本来是张爱玲小说最早的肯定者，但他对这部作品却评价不高，其主要原因就在于他认为："作

品的重心过于偏向顽皮而风雅的情调"，"几乎占到二分之一篇幅的调情，尽是些玩世不恭的享乐主义者的精神游戏；尽管那么机巧，文雅，风趣，终究是精炼到近乎病态的社会的产物。"不容否认，张爱玲的小说确实多描写男女间的小事情和软弱的凡人，题材显得较为狭窄，基调冷艳、"苍凉"，流露出冷漠和"琐屑人生"的样子，反映了她以"买杂志的大众"为"衣食父母"的写作预期，因而刻意追从通俗和流行。但正如有人所指出的，这些是她的局限，同时也是她在主流文学之外，在特殊时空中所作的成功的文学日常化探索。张爱玲小说结构故事的手法、化俗为雅的方式以及繁复新颖的意象，为都市小说的现代化提供了有益的借鉴。

即便到了 1949 年新中国建国后，两岸三地对于张爱玲这篇作品的解读也存在颇大争议。大陆曾一度攻击张爱玲为"文化汉奸"，更不用说会有人敢公开称赞张爱玲的这篇"小资情调"的作品了。因此，她的作品在建国后的大陆几乎一度销声匿迹，直到几十年后随着改革开放的深入，加上海外对于张爱玲的研究持续发酵，张爱玲才被大陆所接受，重新回到大众的视线之内。就是在海外，张爱玲的小说也存有争议。例如，1974 年前后，就有台湾

学者认为张爱玲的作品是"罂粟花"，也曾大加挞伐，直到后来他们才改变了观点，其中有人说："生活在那个年代是要有勇气的，张爱玲的书写与其说是叹息，不如说她是在巧笑……"，"她的平淡而固执既是抗议，也是那个时代突起的，生命力的开花结果……"

对于《倾城之恋》，更多的读者还是十分欣赏的，他们认为张氏在这里将两性的心理刻画得相当细腻、深刻且具张力，把本来一场貌似简单的爱情故事写成了惊心动魄的男女双方的心理战争。这篇小说运用了通感的写法，有着明显的西方现代派的痕迹。比如小说写到白公馆的破败，作品形容为宛如"唱歌走了板，跟不上生命的胡琴"。一部《倾城之恋》不仅留下了作者对女性人生的深刻思考，而且也反映了旧社会里男女貌似光鲜外表下的畸形心理，处处透着苍凉，无形中道出了那种隐隐的人生悲凉之声。

小二黑结婚

赵树理

一　神仙的忌讳

　　刘家峧有两个神仙，邻近各村无人不晓：一个是前庄上的二诸葛，一个是后庄上的三仙姑。二诸葛原来叫刘修德，当年做过生意，抬脚动手都要论一论阴阳八卦，看一看黄道黑道。三仙姑是后庄于福的老婆，每月初一十五都要顶着红布摇摇摆摆装扮天神。

　　二诸葛忌讳"不宜栽种"，三仙姑忌讳"米烂了"。这里边有两个小故事：有一年春天大旱，直到阴历五月初三才下了四指雨。初四那天大家都抢着种地，二诸葛看了看历书，又掐指算了一下说："今日不宜栽种。"初五日是端午，他历年就不在端午这天做什么，又不曾种；初六倒是个黄道吉日，可惜地干了，虽然勉强把他的四亩谷子种上了，却没有出够一半。后来直到十五才又下雨，别人家都在地里锄苗，二诸葛却领着两个孩子在地里补空子。邻家有个后生，吃饭时候在街上碰上二诸葛便问道："老汉！今天宜栽种不宜？"二诸葛翻了他一眼，扭转头返回去了，大家就嘻嘻哈哈传为笑谈。

　　三仙姑有个女孩叫小芹。一天，金旺他爹到三仙姑那里问病，三仙姑坐在香案后唱，金旺他爹跪在香案前听。小芹那年才九岁，晌午做捞饭，把米下进锅里了，听见她娘哼哼得很中听，站在桌前听了一会，把做饭也忘了。一会，金旺他爹出去小便，三仙姑趁空子向小芹说："快去捞饭！米烂了！"

　　却不料就叫金旺他爹听见，回去就传开了。后来有些好玩笑的人，见了三仙姑就故意问别人"米烂了没有？"

二　三仙姑的来历

　　三仙姑下神，足足有三十年了。那时三仙姑才十五岁，刚刚嫁给于福，是前后庄上第一个俊俏媳妇。于福是个老实后生，不多说一句话，只会在地里死受。于福的娘早死了，只有个爹，父子两个一上了地，家里只留下新媳妇一个人。村里的年轻人们感觉着新媳妇太孤单，就慢慢自动的来跟新媳妇做伴，不几天就集合了一大群，每天嘻嘻哈哈，十分哄伙。

　　于福他爹看见不像个样子，有一天发了脾气，大骂一顿，虽然把外人挡住了，新媳妇却跟他闹起来。新媳妇哭了一天一夜，头也不梳，脸也不洗，饭也不吃，躺在炕上，谁也叫不起来，父子两个没了办法。邻家有个老婆替她请了一个神婆子，在她家下了一回神，说是三仙姑跟上她了，她也哼哼唧唧自称吾神长吾神短，从此以后每月初一十五就下起神来，别人也给她烧起香来求财问病，三仙姑的香案便从此设起来了。

　　青年们到三仙姑那里去，要说是去问神，还不如说是去看圣像。三仙姑也暗暗猜透大家的心事，衣服穿得更新鲜，头发梳得更光滑，首饰擦得更明，宫粉搽得更匀，不由青年们不跟着她转来转去。

　　这是三十来年前的事。当时的青年，如今都已留下了胡子，家里都是子媳成群，所以除了几个老光棍，差不多都没有那些闲情到三仙姑那里去了。三仙姑却和大家不同，虽然已经四十五岁，却偏爱当个老来俏，小鞋上仍要绣花，裤腿上仍要镶边，顶门上的头发脱光了，用黑手帕盖起来，只可惜宫粉涂不平脸上的皱纹，看起来好像驴粪蛋上下上了霜。

　　老相好都不来了，几个老光棍不能叫三仙姑满意，三仙姑又团结了一伙孩子们，比当年的老相好更多，更俏皮。

　　三仙姑有什么本领能团结这伙青年呢？这秘密在她女儿小芹身上。

三　小芹

　　三仙姑前后共生过六个孩子，就有五个没有成人，只落了一个女儿，名叫小芹。小芹当两三岁时候，就非常伶俐乖巧，三仙姑的老相好们，这个抱过来说是"我的"，那个抱起来说是"我的"，后来小芹长到五六岁，知道这不是好话，三仙姑教她说：

"谁再这么说，你就说'是你的姑姑'。"说了几回，果然没有人再提了。

小芹今年十八了，村里的轻薄人说，比她娘年轻时候好得多。青年小伙子们，有事没事，总想跟小芹说句话。小芹去洗衣服，马上青年们也都去洗；小芹上树采野菜，马上青年们也都去采。

吃饭时候，邻居们端上碗爱到三仙姑那里坐一会，前庄上的人来回一里路，也并不觉得远。这已经是三十年来的老规矩，不过小青年们也这样热心，却是近二三年来才有的事。

三仙姑起先还以为自己仍有勾引青年的本领，日子长了，青年们并不真正跟她接近，她才慢慢看出门道来，才知道人家来了为的是小芹。

不过小芹却不跟三仙姑一样，表面上虽然也跟大家说说笑笑，实际上却不跟人乱来，近二三年，只是跟小二黑好一点。前年夏天，有一天前晌，于福去地，三仙姑去溜门，家里只留下小芹一个人，金旺来了，嘻皮笑脸向小芹说："这会可算是个空子吧？"小芹板起脸来说："金旺哥！咱们以后说话规矩些！你也是娶媳妇大汉了！"金旺撇撇嘴说："咦！装什么假正经？小二黑一来管保你就软了！有便宜大家讨开点，没事；要正经除非自己锅底没有黑。"说着就拉住小芹的胳膊悄悄说："不用装模作样了！"不料小芹大声喊道："金旺！"金旺赶紧跑出来。一边还咄念道："等得住你！"说着就悄悄溜走了。

四　金旺弟兄

提起金旺来，刘家峧没有人不恨他，只有他一个本家兄弟名叫兴旺跟他对劲。

金旺他爹虽是个庄稼人，却是刘家峧一只虎，当过几十年老社首，捆人打人是他的拿手好戏。金旺长到十七八岁，就成了他爹的好帮手，兴旺也学会了帮虎吃食，从此金旺他爹想要捆谁，就不用亲自动手，只要下个命令，自有金旺兴旺代办。

抗战初年，汉奸敌探溃兵土匪到处横行，那时金旺他爹已经死了，金旺兴旺弟兄两个，给一支溃兵作了内线工作，引路绑票，讲价赎人，又做巫婆又做鬼，两头出面装好人。后来八路军来，打垮溃兵土匪，他两人才又回到刘家峧。

山里人本来就胆子小，经过几个月大混乱，死了许多人，弄得大家更不敢出头了。别的大村子都成立了村公所、各救会、武委会，刘家峧却除了县府派来一个村长以外，谁也不愿意当干部。不久，县里派人来刘家峧工作，要选举村干部，金旺跟兴旺两个，看出这又是掌权的机会，大家也巴不得有人愿干，就把兴旺选为武委会主任，把金旺选为村政委员，连金旺老婆也被选为妇救会主席。其他各干部，硬捏了几个老头子出来充数。只有青抗先队长，老头子充不得。兴旺看见小二黑这个小孩子漂亮好玩，随便提了一下名就通过了，他爹二诸葛虽然不愿，可是惹不起金旺，也没有敢说什么。

村长是外来的，对村里情形不十分了解，从此金旺兴旺比前更厉害了，只要瞒住村长一个人，村里人不论哪个都得由他两个调遣。这几年来，村里别的干部虽然调换了几个，而他两个却好像铁桶江山。大家对他两个虽是恨之入骨，可是谁也不敢说半句话，都恐怕扳不倒他们，自己吃亏。

五　小二黑

小二黑，是二诸葛的二小子，有一次反扫荡打死过两个敌人，曾得到特等射手的奖励。说到他的漂亮，那不只在刘家峧有名，每年正月扮故事，不论去到那一村，妇女们的眼睛都跟着他转。

小二黑没有上过学，只是跟着他爹识了几个字。当他六岁时候，他爹就教他识字。识字课本既不是《五经》、《四书》，也不是常识国语，而是从天干、地支、五行、八卦、六十四封名等学起，进一步便学些《百中经》、《玉匣记》、《增删卜易》、《麻衣神相》、《奇门遁甲》、《阴阳宅》等书。小二黑从小就聪明，像那些算属相、卜六壬课、念大小流年或"甲子乙丑海中金"等口诀，不几天就都弄熟了，二诸葛也常把他引在人前卖弄。因为他长得伶俐可爱，大人们也都爱跟他玩；

这个说："二黑，算一算十岁属什么？"那个说："二黑，给我卜一课！"后来二诸葛因为说"不宜栽种"误了种地，老婆也埋怨，大黑也埋怨，庄上人也都传为笑谈，小二黑也跟着这事受了许多奚落。那时候小二黑十三岁，已经懂得好歹了，可是大人们仍把他当成小孩来玩弄，好跟二诸葛开玩笑的，一到了家，常好对着二诸葛问小二黑道："二黑！算算今天宜不宜栽种？"和小二黑年纪相仿的孩子们，一跟小二黑生了气，就连声喊道："不宜栽种不宜栽种……"小二黑因为这事，好几个月见了人躲着走，从此就和他娘商量成一气，再不信他爹的鬼八卦。

　　小二黑跟小芹相好已经二三年了。那时候他才十六七，原不过在冬天夜长时候，跟着些闲人到三仙姑那里凑热闹，后来跟小芹混熟了，好像是一天不见面也不能行。后庄上也有人愿意给小二黑跟小芹做媒人，二诸葛不愿意，不愿意的理由有三：第一小二黑是金命，小芹是火命，恐怕火克金；第二小芹生在十月，是个犯月；第三是三仙姑的名声不好。恰巧在这时候彰德府来了一伙难民，其中有个老李带来个八九岁的小姑娘，因为没有吃的，愿意把姑娘送给人家逃个活命。

　　二诸葛说是个便宜，先问了一下生辰八字，掐算了半天说：

　　"千里姻缘一线牵。"就替小二黑收作童养媳。

　　虽然二诸葛说是千合适万合适，小二黑却不认账。父子俩吵了几天，二诸葛非养不行，小二黑说："你愿意养你就养着，反正我不要！"结果虽然把小姑娘留下了，却到底没有说清楚算什么关系。

六　斗争会

　　金旺自从碰了小芹的钉子以后，每日怀恨，总想设法报一报仇。有一次武委会训练村干部，恰巧小二黑发疟疾没有去。训练完毕之后，金旺就向兴旺说："小二黑是装病，其实是被小芹勾引住了，可以斗争他一顿。"兴旺就是武委会主任，从前也碰过小芹一回钉子，自然十分赞成金旺的意见，并且又叫金旺回去和自己的老婆说一下，发动妇救会也斗争小芹一番。金旺老婆现任妇救会主席，因为金旺好到小芹那里去，早就恨得小芹了不得。现在金旺回去跟她说要斗争小芹，这才是巴不得的机会，丢下活计，马上就去布置。第二天，村里开了两个斗争会，一个是武委会斗争小二黑，一个是妇救会斗争小芹。

　　小二黑自己没有错，当然不承认，嘴硬到底，兴旺就下命令把他捆起来送交政权机关处理。幸而村长脑筋清楚，劝兴旺说："小二黑发疟是真的，不是装病，至于跟别人恋爱，不是犯法的事，不能捆人家。"兴旺说："他已是有了女人的。"

　　村长说："村里谁不知道小二黑不承认他的童养媳。人家不承认是对的，男不过十六，女不过十五，不到订婚年龄。十来岁小姑娘，长大也不会来认这笔账。小二黑满有资格跟别人恋爱，谁也不能干涉。"兴旺没话说了，小二黑反要问他：

　　"无故捆人犯法不犯？"经村长双方劝解，才算放了完事。

兴旺还没有离村公所，小芹拉着妇救会主席也来找村长。

她一进门就说："村长！捉贼要赃，捉奸要双，当了妇救会主席就不说理了？"兴旺见拉着金旺的老婆，生怕说出这事与自己有关，赶紧溜走。后来村长问了问情由，费了好大一会唇舌，才给他们调解开。

七　三仙姑许亲

两个斗争会开过以后，事情包也包不住了，小二黑也知道这事是合理合法的了，索性就跟小芹公开商量起来。

三仙姑却着了急。她跟小芹虽是母女，近几年来却不对劲。三仙姑爱的是青年们，青年们爱的是小芹。小二黑这个孩子，在三仙姑看来好像鲜果，可惜多一个小芹，就没了自己的份儿。她本想早给小芹找个婆家推出门去，可是因为自己名声不正，差不多都不愿意跟她结亲。开罢斗争会以后，风言风语都说小二黑要跟小芹自由结婚，她想要真是那样的话，以后想跟小二黑说几句笑话都不能了，那是多么可惜的事，因此托东家求西家要给小芹找婆家。

"插起招军旗，就有吃粮人。"有个吴先生是在阎锡山部下当过旅长的退职军官，家里很富，才死了老婆。他在奶奶庙大会上见过小芹一面，愿意续她，媒人向三仙姑一说，三仙姑当然愿意。不几天过了礼帖，就算定了，三仙姑以为了却一宗心事。

小芹已经和小二黑商量得差不多了，如何肯听她娘的话。

过礼那一天，小芹跟她娘闹起来，把吴先生送来的首饰绸缎扔下一地。媒人走后，小芹跟她娘说："我不管！谁收了人家的东西谁跟人家去！"

三仙姑愁住了，睡了半天，晚饭以后，说是神上了身，打了两个呵欠就唱起来。她起先责备于福管不了家，后来说小芹跟吴先生是前世姻缘，还唱些什么"前世姻缘由天定，不顺天意活不成，……"于福跪在地下哀求，神非教他马上打小芹一顿不可。小芹听了这话，知道跟这个装神弄鬼的娘说不出什么道理来，干脆躲了出去，让她娘一个人胡说。

小芹一个人悄悄跑到前庄上去找小二黑，恰在路上碰上小二黑去找她，两个就悄悄拉着手到一个大窑里去商量对付三仙姑的法子。

八　拿双

小芹把她娘怎样主婚怎样装神，唱些什么，从头至尾细细向小二黑说了一遍，小二黑说："不用理她！我打听过区上的同志，人家说只要男女本人愿意，就能到区上登记，别人谁也作不了主……"说到这里，听见外边有脚步声，小二黑伸出头来一看，黑影里站着四五个人，有一个说："拿双拿双！"他两人都听出是金旺的声音，小二黑起了火，大叫道：

"拿？没有犯了法！"兴旺也来了，下命令道："捉住捉住！我就看你犯法不犯法？给你操了好几天心了！"小二黑说："你说去哪里咱就去哪里，到边区政府你也不能把谁怎么样！走！"

兴旺说："走？便宜了你！把他捆起来！"小二黑挣扎了一会，无奈没有他们人多，终于被他们七手八脚打了一顿捆起来了。

兴旺说："里边还有个女的，也捆起来！捉奸要双，这是她自己说的！"说着就把小芹也捆起来了。

前庄上的人都还没有睡，听见有人吵架，有些人就跑出来看，麻秆火把下看见捆着的两个人，大家不问就都知道了八九分。二诸葛也出来了，见小二黑被人家捆起来，就跪在兴旺面前哀求道："兴旺！咱两家没有什么仇！看在我老汉面上，请你们诸位高高手……"兴旺说："这事情，我们管不了，送给上级再说吧！"小二黑说："爹！你不用管！送到那里也不犯法！我不怕他！"兴旺说："好小子！要硬你就硬到底！"

又逼住三个民兵说："带他们走！"一个民兵问："带到村公所？"

兴旺说："还到村公所干什么？上一回不是村长放了的？送给区武委会主任按军法处理！"说着就把他两个人拥上走了。

九　二诸葛的神课

邻居们见是兴旺弟兄们捆人，也没有人敢给小二黑讲情，直等到他们走后，才把二诸葛招呼回家。

二诸葛连连摇头说："唉！我知道这几天要出事啦：前天早上我上地去，才上到岭上，碰上个骑驴媳妇，穿了一身孝，我就知道坏了。我今年是罗睺星照运，要谨防带孝的冲了运气，因此哪里也不敢去，谁知躲也躲不过？昨天晚上二黑她娘梦见庙里唱戏。今天早上一个老鸦落在东房上叫了十几声……唉！反正是时运，躲也躲不过。"他罗里罗嗦念了一大堆，邻居们听了有些厌烦，又给他说了一会宽心话，就都散了。

有事人哪里睡得着？人散了之后，二诸葛家里除了童养媳之外，三个人谁也没有睡。二诸葛摸了摸脸，取出三个制钱占了一卦，占出之后吓得他面色如土。他说："了不得呀了不得！丑土的父母动出午火的官鬼，火旺于夏，恐怕有些危险了。唉！人家把他选成青年队长，我就说过不叫他当，小杂种硬要充人物头！人家说要按军法处理，要不当队长哪里犯得了军法？"老婆也拍手跺脚道："小爹呀！谁知道你要闯这么大的事啦？"大黑劝道："不怕！事已经出下了，由他去吧！我想这又不是人命事，也犯不了什么大罪！既然他们送到区上了，我先到区上打听打听！你们都睡吧！"说着点了个灯笼就走了。

二诸葛打发大黑去后，仍然低头细细研究方才占的那一卦。停了一会，远远听着有个女人哭，越哭越近，不大一会就来到窗下，一推门就进来了。二诸葛还没有看清是谁，这女人就一把把他拉住，带哭带闹说："刘修德！还我闺女！你的孩子把我的闺女勾引到哪里了？还我……"二诸葛老婆正气得死去活来，一看见来的是三仙姑，正赶上出气，从炕上跳下来拉住她道："你来了好！省得我去找你！你母女两个好生生把我孩子勾引坏，你倒有脸来找我！咱两人就也到区上说说理！"这两个女人滚成一团，二诸葛一个人拉也拉不开，也再顾不上研究他的卦。三仙姑见二诸葛老婆已经不顾了命，自己先胆怯了几分，不敢恋战，少闹了一会挣脱出来就走了。

二诸葛老婆追出门来，被二诸葛拦回去，还骂个不休。

十　恩典恩典

二诸葛一夜没有睡，一遍一遍念："大黑怎么还不回来，大黑怎么还不回来？"第二天天不明就起程往区上走，走到半路，远远看见大黑、三个民兵已都回来了，还来了区上一个助理员，一个交通员。他远远就喊叫道："大黑！怎么样？要紧不要紧？"大黑说："没有事！不怕！"说着就走到跟前，助理员跟三个民兵先走了。大黑告交通员说："这就是我爹！"又向二诸葛说："区上添传你跟于福老婆。你去吧，没有事！二黑跟小芹两个人，一到区上就放开了。区上早就听说兴旺和金旺两个人不是东西，已经把他两个人押起来了，还派助理员到咱村开大会调查他们横行霸道的证据。我赶到那里人家就问罢了，听说区上还许咱二黑跟小芹结婚。"二诸葛说：

"不犯罪就好，结婚可不行，命相不对！你没有听说添传我做什么？"大黑说："不知道，大约也没有什么大事。你去吧，我先回去告我娘说。"交通员说："老汉！这就算见了你了！你去吧，我再传那一个去！"说了就跟大黑相跟着走了。

二诸葛到了区上，看见小二黑跟小芹坐在一条板凳上，他就指着小二黑骂道："闯祸东西！放了你你还不快回去？你把老子吓死了！不要脸！"区长道："干什么？区公所是骂人的地方？"二诸葛不说话了。区长问："你就是刘修德？"二诸葛答："是！"问："你给刘二黑收了个童养媳？"答："是！"问："今年几岁了？"答："属猴的，十二岁了。"区长说："女不过十五不能订婚，把人家退回娘家去，刘二黑已经跟于小芹订婚了！"二诸葛说："她只有个爹，也不知逃难逃到那里去了，退也没处退。女不过十五不能订婚，那不过是官家规定，其实乡间七八岁订婚的多着哩。请区长恩典恩典就过去了。……"区长说："凡是不合法的订婚，只要有一方面不愿意都得退！"二诸葛说："我这是两家情愿！"区长问小二黑道："刘二黑！你愿意不愿意？"小二黑说："不愿意！"二诸葛的脾气又上来了，瞪了小二黑一眼道："由你啦？"区长道："给他订婚不由他，难道由你啦？老汉！如今是婚姻自主，由不得你了！你家养的那个小姑娘，要真是没有娘家，就算成你的闺女好了。"二诸葛道："那也可以，不过还得请区长恩典恩典，不能叫他跟于福这闺女订婚！"区长说："这你就管不着了！"二诸葛发急道："千万请区长恩典恩典，命相不对，这是一辈子的事！"又向小二黑道："二黑！你不要糊涂了！这是你一辈子的事！"区长道："老汉！你不要糊涂了；强逼着你十九岁的孩子娶上个十二岁的小姑娘，恐怕要生一辈子气！我不过是劝一劝你，其实只要人家两个人愿意，你愿意不愿意都不相干。回去吧！童养媳没处退就算成你的闺女！"二诸葛还要请区长"恩典恩典"，一个交通员把他推出来了。

十一　看看仙姑

三仙姑去寻二诸葛，一来为的是逞逞斗气的本领，二来为的是遮遮外人的耳目。其实让小芹吃一吃亏她很高兴，所以跟二诸葛老婆闹了一阵之后，回去就睡了。第二天早上，她起得很迟，于福虽比她着急，可是自己既没有主意，又不敢叫醒她，只好自己先去做饭，饭快成的时候，三仙姑慢慢起来梳妆，于福问她道："不去打听打听小芹？"她说："打听她做甚啦？她的本领多大啦？"于福也再没有敢说什么，把饭菜做成了放在炉边等，直等到她梳妆罢了才开饭。

饭还没有吃罢，区上的交通员来传她。她好像很得意，嗓子拉得长长的说："闺女大了咱管不了，就去请区长替咱管教管教！"她吃完了饭，换上新衣服、新手帕、绣花鞋、镶边裤，又擦了一次粉，加了几件首饰，然后叫于福给她备上驴，她骑上，于福给她赶上，往区上去。

到了区上。交通员把她引到区长房子里，她爬下就磕头，连声叫道："区长老爷，你可要给我作主！"区长正伏在桌上写字，见她低着头跪在地下，头上戴了满头银首饰，还以为是前两天跟婆婆生了气的那个年轻媳妇，便说道："你婆婆不是有保人吗？为什么不找保人？"三仙姑莫明其妙，抬头看了看区长的脸。区长见是个擦着粉的老太婆，才知道是认错了人。交通员道："认错人了！这就是于小芹的娘！"区长打量了她一眼道："你就是小芹的娘呀？起来！不要装神做鬼！我什么都清楚！起来！"三仙姑站起来了。区长问："你今年多大岁数？"三仙姑说："四十五。"区长说："你自己看看你打扮得像个人不像？"门边站着老乡一个十来岁的小闺女嘻嘻嘻笑。交通员说："到外边耍！"小闺女跑了。区长问："你会下神是不是？"三仙姑不敢答话。区长问："你给你闺女找了个婆家？"三仙姑答："找下了！"问："使了多少钱？"答："三千五！"问："还有些什么？"答："有些首饰布匹！"问："跟你闺女商量过没有？"答："没有！"问："你闺女愿意不愿意？"答："不知道！"区长道："我给你叫来你亲自问问她！"

又向交通员道："去叫于小芹！"

刚才跑出去那个小闺女，跑到外边一宣传，说有个打官司的老婆，四十五了，擦着粉，穿着花鞋。邻近的女人们都跑来看，挤了半院，唧唧哝哝说："看看！四十五了！""看那裤腿！""看那花鞋！"三仙姑半辈没有脸红过，偏这会撑不住气了，一道道热汗在脸上流。交通员领着小芹来了，故意说："看什么？人家也是个人吧，没有见过？闪开路！"一伙女人们哈哈大笑。

"把小芹叫来，"区长说，"你问问你闺女愿意不愿意！"三仙姑只听见院里人说"四十五""穿花鞋"，羞得只顾擦汗，再也开不得口。院里的人们忽然又转了话头，都说"那是人家的闺女"，"闺女不如娘会打扮"，也有人说"听说还会下神"，偏又有个知道底细的断断续续讲"米烂了"的故事，这时三仙姑恨不得一头碰死。

区长说："你不问我替你问！于小芹，你娘给你找的婆家你愿意跟人家结婚不愿意？"小芹说："不愿意！我知道人家是谁？"区长向三仙姑道："你听见了吧？"又给她讲了一会婚姻自主的法令，说小芹跟小二黑订婚完全合法，还吩咐她把吴家送来的钱和东西原封退了，让小芹跟小二黑结婚。她羞愧之下，一一答应了下来。

十二　怎么到底

三个民兵回到刘家峧，一说区上把兴旺金旺两人押起来，又派助理员来调查他们的罪恶，真是人人拍手称快。午饭后，庙里开一个群众大会，村长报，告了开会宗旨就请大家举他两个人的作恶事实。起先大家还怕扳不倒人家，人家再返回来报仇，老大一会没有人说话，有几个胆子太小的人，还悄悄劝大家说："忍事者安然。"有个被他两人作践垮了的年轻人说："我从前没有忍过？越忍越不得安然！你们不说我说！"

他先从金旺领着土匪到他家绑票说起，一连说了四五款，才说道："我歇歇再说，先让别人也说几款！"他一说开了头，许多受过害的人也都抢着说起来：有给他们花过钱的，有被他们逼着上过吊的，也有产业被他们霸了的，老婆被他们奸淫过的。他两人还派上民兵给他们自己割柴，拨上民夫给他们自己锄地；浮收粮，私派款，强迫民兵捆人……你一宗他一宗，从晌午说到太阳落，一共说了五六十款。

区上根据这些罪状把他两人送到县里，县里把罪状一一证实之后，除叫他们赔偿大家损失外，又判了十五年徒刑。

经过这次大会之后，村里人也都敢出头了。不久，村干部又都经过大改选，村里人再也不敢乱投坏人的票了。这其间，金旺老婆自然也落了选。偏她还变了口吻，说："以后我也要进步了。"

两个神仙也有了变化：

三仙姑那天在区上被一伙妇女围住看了半天，实在觉着不好意思，回去对着镜子研究了一下，真有点打扮得不像话；又想到自己的女儿快要跟人结婚，自己还卖什么老俏？这才下了个决心，把自己的打扮从顶到底换了一遍，弄得像个当长辈人的样子，把三十年来装神弄鬼的那张香案也悄悄拆去。

二诸葛那天从区上回去，又向老婆提起二黑跟小芹的命相不对，他老婆道："把你的鬼八卦收起来吧！你不是说二黑这回了不得吗？你一辈子放个屁也要卜一课，究竟抵了些什么事？我看小芹满不错，能跟咱二黑过就很好！什么命相对不对？你就不记得'不宜栽种'？"二诸葛见老婆都不信自己的阴阳，也就不好意思再到别人跟前卖弄他那一套了。

小芹和小二黑各回各家，见老人们的脾气都有些改变，托邻居们趁势和说和说，两位神仙也就顺水推舟同意他们结婚。

后来两家都准备了一下，就过门。过门之后，小两口都十分得意，邻居们都说是村里第一对好夫妻。

夫妻们在自己卧房里有时候免不了说玩话：小二黑好学三仙姑下神时候唱"前世姻缘由天定"，小芹好学二诸葛说"区长恩典，命相不对"。淘气的孩子们去听窗，学会了这两句话，就给两位神仙加了新外号：三仙姑叫"前世姻缘"，二诸葛叫"命相不对"。

1943 年 5 月，写于太行

（1943 年由华北新华书店出版）

述评

《小二黑结婚》是赵树理在延安文艺座谈会召开前开始创作的一篇小说，它取材于当时的一个真实事件，在他走访调研一个月后，小说的创作也随之完成。但因作品涉及到"干部打死人"，担心影响干群关系，因而出版的时间一再拖延。其后作者来到了八路军总部的驻地武乡县，将书稿交给了彭德怀的夫人浦安修，浦安修看后觉得小说的故事性、趣味性很强，就推荐给了彭德怀，彭德怀也颇为赏识，并欣然为小说题词："像这种从群众调查研究中写出来的通俗故事还不多见。"于是小说在1943年被华北新华书店出版，在初版的扉页上便印着彭德怀的这一句题词，作品引起了读者的反响和社会的轰动。小说问世时，恰逢延安文艺座谈会召开，毛主席在会上的讲话成为时下热点，赵树理作为"人民艺术家"受到欢迎和尊重。赵树理认真地学习"讲话"，逢人就说："毛主席批准了我的文艺思想和创造观点。我的路走对了。"

这篇小说出版后，受到太行区广大群众的热烈欢迎。在此之前，新华书店的文艺书籍以印刷两千册为极限，可是赵树理的这一本其貌不扬、封面上特意印有"通俗故事"字样的小书，仅在太行区就销行了三、四万册，创造了文学

界的一个奇迹。非但如此，太行山各村庄流行秧歌剧，许多村子的群众自发地把《小二黑结婚》改编成秧歌剧，自演自唱，可见群众之喜爱了。于是，对于赵树理的褒奖之词纷至沓来："一位具有新颖独特的大众风格的人民艺术家"，"赵树理同志的作品是毛泽东文艺思想在创作实践的一个胜利"等等，不一而足。此后，郭沫若、茅盾、周扬、康濯等名家也对赵树理的作品给予了高度评价，整个解放区上上下下好评如潮，赵树理随即红遍解放区。

不过，这部小说在当时的太行山区乃至整个解放区，仍然有争议的声音。有人认为作品只不过是"低级的通俗故事"而已。特别是一些知识分子出身的干部，对作品也是并不欣赏甚至摇头的。客观地说，赵树理的这篇小说在当时之所以获得如此巨大的成功，并不是艺术上的多么杰出，而是因为其诞生的时间恰到好处，为毛泽东在延安文艺座谈会上的讲话提供了作品实例，符合政治宣传的需要，具有鲜明的政治目的性，可谓文学创作上的偶遇东风。赵树理自己在当时也开心地表示："我那时虽然还没有见过毛主席，可是我觉得毛主席是那么了解我，说出了我心里想要说的话。十几年来，我和爱好文艺的熟人们争论的、但是始终没有得到人们同意的问

题，在《讲话》中成了提倡的、合法的东西了。"

不过，天有不测风云，赵树理因为他生存的年代，也许注定要成为中国现代文学史上一位大起大落的作家。1962年8月中国文学界的"大连会议"结束以后，毛泽东发出了"千万不要忘记阶级斗争"的号召，又作了对文学艺术的"两个批示"，于是国内对一部一部作品的"大批判"依次登场。1964年10月，《文艺报》编辑部发表了《"写中间人物"是资产阶级的文学主张》，敲响了批判"大连会议"的锣鼓。《文艺报》的文章点了赵树理的名："在这次会议上，邵荃麟同志特别称赞赵树理同志的作品。近几年来，赵树理同志的作品，没有能够用饱满的革命热情描画出革命农民的精神面貌，大连会议不但没有正确指出他的这个缺点，反而把这种缺点当做应当提倡的创作方向加以鼓吹。"赵树理从此成了"写中间人物"的代表作家，他的《小二黑结婚》也被旧事重提，成了这方面批判的靶子。自1966年"文革"起，赵树理更是难逃厄运。新华社记者田培植、贾福的文章记述了赵树理生命的最后时刻，1970年9月17日，"他又一次被揪到数万人的批斗大会上。这时，他已经站不起来了，坐在椅子上，连坐也坐不住了，又从椅子上滑倒在地下……"23日凌晨，离64岁生日仅差一天之时，饱受四年折磨的赵树理彻底闭上了眼睛。

伍子胥

——从城父到吴市

一　城父

　　城父，这座在方城外新建筑的边城，三年来无人过问，自己也仿佛失却了重心，无时不在空中飘浮着，不论走出哪一方向的城门，放眼望去，只是黄色的平原，无边无际，从远方传不来一点消息。天天早晨醒来，横在人人心头的，总是那两件事：太子建的出奔和伍奢的被囚。但这只从面貌上举动上彼此感到，却没有一个人有勇气提出来谈讲。居民中，有的是从陈国蔡国归化来的，有的是从江边迁徙来的，最初无非是梦想着新城的繁荣，而今，这个梦却逐渐疏淡了，都露出几分悔意。他们有如一团渐渐干松了的泥土，只等着一阵狂风，把他们吹散。伍尚和子胥，兄弟二人，天天坐在家里，只听着小小的一座城充满了切切的私语，其中的含意模糊得像是雾里的花：在江边的方言里，人们怀想起金黄的橙橘，池沼里生长着宁静的花叶，走到山谷里去到处都是兰蕙芳草；陈蔡的方言却含满流离转徙的愁苦，祖国虽然暂时恢复了，也不肯回去，本想在这里生下根，得到安息，现在这个入地未深的根又起始动摇了，安息从哪里能得到呢？总之，在这不实在的，恍恍忽忽的城里，人人都在思念故乡，不想继续住下去，可是又没有什么打算。这兄弟二人，在愁苦对坐时，也没有多少话可说，他们若是回想起他们的幼年，便觉得自己是从肥沃的原野里生长出来的两棵树，如今被移植在一个窄小贫瘠的盆子里，他们若想继续生长，只有希望这个盆子的破裂。所以在长昼，在深夜，二人静默了许久之后，弟弟有时从心里迸出一句简短的话来："这状况，怎样支持下去呢？"

他一边说一边望着那只没有系上弦的弓，死蛇一般在壁上挂着，眼里几乎要淌出泪来。这时，焦躁与忍耐在他的身内交战，仇恨在他的血里滋养着。

父亲囚系在郢城，太子建流亡在郑宋，——兄弟二人和这座城完全被人忘却了。他们想象中的郢城，现在一定还承袭着灵王的遗风，仰仗江南采伐不尽的森林，在那里大兴土木。左一片宫殿，右一座台阁，新发迹的人们在那崭新的建筑里作孽。既无人想到祖先在往日坐着柴木的车、穿着蓝缕不能蔽体的衣服，跋涉在荆山的草莽里的那种艰苦的精神，也无人怀念起后来并吞汉川诸小邦，西御巴人，北伐陆浑，问鼎中原的那种雄浑的气魄。两代的篡夺欺诈，造成一种风气，人只在眼前的娱乐里安于狭小的生活。一个有山有水，美丽丰饶的故乡，除却那里还有过着黑暗的岁月的父亲外，早已在他们的心里被放弃了。那么大的楚国，没有一个人把他们放在眼里；那么大的楚国，他们也像是看不见一个人。时而感到侮辱，时而感到骄傲，在侮辱与骄傲的中间，仇恨的果实一天一天地在成熟。

郢城的一切，都听凭费无忌的摆布。这个在伍氏父子的眼里本来是一个零，一只苍蝇似的人，不知不觉竟忽然站立起来，凌越了一切，如今他反倒把全楚国的人都看成零，看成一群不关重要的飞蝇了。谁不知道他是一个楚国的逸人呢？

但是谁对他也无可奈何，只把他当作一片凶恶的乌云，在乌云下得不到和暖的日光是分所当然的事。有些人，在这块云的笼罩下，睡不能安，食不能饱，劳疲死转，只好悄悄地离开郢城，回到西方山岳地带的老家里去。——这样一个人把父亲放在脚下踩来踩去，或是死亡，或是在圜土里继续受罪，都听凭他的心意。庄王时代名臣的后人，竟受人这样的作弄，是多么大的耻辱！蒙受着这样大的耻辱，冤屈不分昼夜地永久含在口里而不伸诉，只为培养着这个仇恨的果实，望它有成熟的那一天。

在一个初秋的上午，城父城内的市集都快要散了，伍尚坐在空空旷旷的太子府里，听着外边起了一阵骚扰。骚扰是两年来常常发生的事，因为一切的禁令在这城里都废弛了，像卫国的玉瑱象掭，齐国的丝屦，鲁国精美的博具，以及其他奢侈的用品，本来都是违禁品，不准输入的，现在却都经过郑宋，在这市上出现，向人索不可想象的重价。司市不出来巡查则已，一出来就是一阵纷争。纷争后又没有效果，司市也就任其自然，所以骚扰在最近反倒有渐渐少了的趋势。但今天骚扰的声音确是来自远方，越听越近，不像是有什么争执。最后才有人报告："郢城有人来。"

最后伍尚把这郢城的使者迎接进去，骚扰也随着寂静了。三年内，从郢城除却司马奋扬来过一次，就没有人理会过他们。这次郢城的使者，高车驷马，光临城父，真是一件意想不到的事。使者捧着两个盒子走进太子府里，府墙外围满了城父的居民，他们一动也不动，一点声音也没有，你看我，我看你，屏住呼吸，静候着什么新奇的消息。直到下午太阳西斜了，才各自散开，满足里感到不能补填的失望。他们虽然没有得到些许具体的消息，但人人的面上都显露出几分快乐，因为他们许久不曾这样得到郢城的眷顾了。这和司马奋扬那回是怎样一个对比！

那次，那忠实的奋扬，匆匆忙忙地跑来，放走了太子建，又令城父的居民把自己捆绑起来，送回郢城。这座城也紧张过几天，事后就陷在一个极大的寂寞里，使人觉得事事都苍凉，人人的命运都捉摸不定。谁知道以后还有什么意想不到的事会发生呢？这次，果然有意想不到的事发生了。使者的姓名也不知道，从他的衣履看来，一定是个新近发迹的楚王的亲信吧。正在街谈巷议，交头接耳的时刻，太子府里传出消息来了——

有的说，楚王后悔了，不该把先王的名臣的后人无缘无故地囚系三年多，如今遣派使者来，函封印绶，封伍氏兄弟为侯，表示楚王的歉意。

有的说，伍奢已经恢复了自由，急待二子来看望。

有的说，伍氏兄弟明天说不定就要随着使者往郢城，晋谒楚王，就了新职仍旧回到城父来。

有的说，伍氏父子既然重见天日，太子建也不必在外边流亡了。

城父这座城忽然又牢固了，大家又可以安安静静地住下去。有如没有希望的久病的人感到生命的转机，久阴的天气望见了一线阳光。人人都举手称庆，有的谈讲一直到了夜半。

在夜半，满城的兴奋还没有完全消谢的时候，伍氏兄弟正在守着一支残烛，面前对着一个严肃的问题，要他们决断。子胥的锐利的眼望着烛光，冷笑着说："好一出可怜的把戏！这样的把戏也正好是现在的郢城所能演出来的。没有正直，只有欺诈。三年的耻辱，我已经忍受够了。"他对着烛光，全身都在战栗，那仇恨的果实在树枝上成熟了，颤巍巍地，只期待轻轻的一触。他继续说：

"壁上的弓，再不弯，就不能再弯了；囊里的箭，再不用，就锈得不能再用了。"他觉得三年的日出日落都聚集在这决定的一瞬间，他不能把这瞬间放过，他要把它化为永恒。

"三年来，我们一声不响，在这城里埋没着，全楚国已经不把我们当作有血有肉的人。若是再坐着郢城驶来的高车，被一个满面含着伪笑的费无忌的使者陪伴着，走进郢城，早晨下了车，晚间入了圜土，第二天父子三人被戮在郢市，这不是被天下人耻笑吗？"说到这里，子胥决定了。

祖先的坟墓，他不想再见，父亲的面貌，他不想再见。他要走出去，远远地走去，为了将来有回来的那一天；而且走得越远，才能回来得越快。

至于忠厚的伍尚，三年没有见到父亲的面，日夜都在为父亲担心；不去郢城，父亲必死，去郢城，父亲也死。若能一见父亲死前的面，虽死亦何辞呢。子胥笔直地立在他的面前，使他沉吟了许久，最后他也择定了他的道路：

"父亲召我，我不能不去；看一看死前的父亲，我不能不去；从此你的道路那样辽远，责任那样重大，我为了引长你的道路，加重你的责任，我也不能不去。我的面前是一个死，但是穿过这个死以后，我也有一个辽远的路程，重大的责任：将来你走入荒山，走入大泽，走入人烟稠密的城市，一旦感到空虚，感到生命的烟一般缥缈，羽毛一般轻的时刻，我的死就是一个大的重量。一个沉的负担，在你身上，使你感到真实，感到生命的分量，——你还要一步步地前进。"

这时，兄弟二人，不知是二人并成一人呢，还是一人分成两个：一个要回到生他的地方去，一个要走到远方；一个去寻找死，一个去求生。二人的眼前忽然明朗，他们已经从这沉闷的城里解放出来了。谁的身内都有死，谁的身内也有生；好像弟弟将要把哥哥的一部分带走，哥哥也要把弟弟的一部分带回。三年来患难共守愁苦相对的生活，今夜得到升华，谁也不能区分出谁是谁了。——在他们眼前，一幕一幕飘过家乡的景色：九百里的云梦泽，昼夜不息的江水，水上凌波漫步有含睇宜笑的水神；云雾从西方的山岳里飘来，从云师雨师的拥戴中显露出披荷衣，系蕙带，张孔雀盖，翡翠旌的司命。如今，在一天比一天愁苦的人民的面前，好像水神也在水上敛了步容，司命也久已不在云中显示。他们怀念着故乡的景色，故乡的神祇，伍尚要回到那里去，随着他们一起收敛起来，子胥却要走到远方，为了再回来，好把那幅已经卷起来的美丽的画图又重新展开。

不约而同，那司命神在他们心头一度出现，他们面对着他立下了誓言。这时鸡已三唱，窗外破晓了。

等到红日高升，城父的居民又在街头走动时，水井边有几个人聚谈。有人起了疑问，太子府里怎么还是那样寂静呢？

一个神经过敏，杞国归化的人说："好像比往日更寂静了，怕是有什么不幸的事实发生吧。"

另一个自信力很强的人说："绝对没有问题，使者一路劳顿，当然要睡点早觉。我们最好等到正午，在南门外开个大会欢迎使者。"

大家听了这话，觉得很有道理，都说，应该把当年欢迎太子建时所组织的乐队从新召集起来。一传二，二传三，都认为欢迎会是势所必然的事。午饭后，大家聚集在南门外的广场上，恭候使者。不久，派去的代表垂头丧气地回来了，据说太子府里不但静静地没有人声，就是辕门内停着的高车驷马也不见了。又有人跑到伍氏的私邸，也是死一般地沉寂，走到内院，只见伍尚的夫人独自守着一架织布机在哭泣。问来问去，才知道；郢城的使者一再催促，请伍氏兄弟立即就道，兄弟两个商量了一夜，天刚亮时，伍尚就走进来对他的夫人说：

"我们要去了。你此后惟一生活的方法就是守着这架织布机，一直等到弟弟将来回来的那一天。你好好度你漫长的岁月吧！"

夫人也不理解这是怎么一回事，当伍尚向外走时，她泪眼模糊地只看见子胥从壁上取下来他的弓……

二　林泽

子胥自从在无人之野，张弓布矢，吓退了楚王遣来的追人，他就日日在林莽沼泽间穿行。走得越远，路途越纷歧，人们再也无从寻索他的踪迹。子胥虽然对那个追他的人说过，"你回去告诉楚王，若不释放我的父兄，楚国就会灭亡。"但是父亲的死，哥哥的死，已经种子一般在他的身内发了芽，至于楚国什么时候才能灭亡呢，这比他眼前的世界要辽远得多。

匆匆地走着。一天，又走入一片林泽，望着草上的飞虫形成一层轻雾，他有些疲乏了。这里没有人迹，就是那胆子最小的雉鸡也安闲自得。它五步一啄，十步一饮，使行人的脚步放慢，紧张的情绪也随着和缓下来。子胥靠着一棵大树坐下，耳边听着蜜蜂和草虫的鸣声，正午的日影好像在地上停住了，时间也不再进行。他从囊里取出一些干粮，吃完后，就朦朦胧胧地睡去。睡梦中，他仿佛在这林泽里走来走去已经走了许多年，总得不到出路。正在焦躁的时刻，面前出现了一个小人，长不过四寸，穿着土黄的衣裳，戴着土黄的小帽，骑着一匹小马，他向他说：

"你不是渴望着远方吗，你想的是北方的晋，还是东方的吴，你若是心急，我可以在一天内带你到那些地方去——"

"你这小小的人，你是什么呢？"

"我是涸泽的精灵，庆忌，你若是呼得出我的名字，可以避免一切路途上的灾害——"

精灵的话还没有说完，子胥的身子就不由自主地随着他乱转，转瞬间好像走了几千里，郑国、晋国、吴国，都在他的脑里晃了一晃，同时又不知道飘到哪里去了。他并没有把住了一些事物，心里的仇恨像一块顽石似的在压着他，越转越累，忽然倒在地上，醒来全身是汗，四肢感到酸痛。睁开眼睛，太阳已经向西移动了许多，四寸的小人仿佛还在灌木丛中出没，定睛一看，有一个短发的年轻的野人在那里采撷什么。等到他赤裸的脚从树丛里迈出来时，他的前襟向上兜起，显然是兜着一些可怜的东西。子胥欠起身，望着他向自己走近，嘴里还哼哼着简单的歌词。他走到子胥身边，用惊讶的眼光打量了子胥一番，自言自语：

"这一带草泽上，除却光彩的雉鸡，驯顺的麋鹿点缀长昼外，不常看见一个人影，你这外乡人全身灰尘，你是从哪里来，要往哪里去呢？"

子胥听他的口音里也带着郢城的土音，再看他的面容清瘦，眼光锐利，举止也文雅，不像是绝对没有教化的野人。子胥并不回答，只是反问他："你这青年，为什么把头发剪短，离开南方的故乡，尽日在荒野里驰驱呢？"

"还是与雉鸡麋鹿同群，比与人周旋舒适得多呀！——我十几岁的时候，就遭逢楚国的变乱，眼看着今天还是一个声势赫赫的国王，率着举国之众东征西讨，明天就流离失所，死在野人的家里。后来我入了国学读书，又看着堂堂的国王霸占自己给太子娶来的秦女。他们的宫殿尽管日日增高，但是纯洁的山川却被这些人糟蹋得一天比一天减色。我懒得和那些衣冠齐楚的人们来往了，我剪短了头发，和结婚不久的妻离开了郢城，来到这人迹罕到的林泽。年成好时，吃得也好些，年成坏时，就采些藜实回家碾成粉煮羹吃。高兴时也把这些东西，"——他用手指着他兜内的藜实——"分给雉鸡麋鹿。在这中间我却体会了许多道理。……你，看你的服装，一定是从有许多人的地方来，望有许多人的地方去。今天你经过这里，就不会起一些从未有过的感想吗？"

"我心里有父母的仇，兄弟的仇。这些仇恨是从人那里得来，我还要向人那里抛去。在这里我只觉得空虚，我的仇恨没有地方发泄，我怎能向雉鸡麋鹿吐露我的仇恨呢？"

"但愿麋鹿雉鸡能够消融了你的仇恨。"

"仇恨只能在得来的地方消融。"

两人的谈话有些格格不入了，但共同又感到有能够融会贯通的地方，无形中彼此有些依恋。最后那青年说：

"今天，你能不能暂时把仇恨和匆忙放在一边，在我的茅屋里过一个清闲的夜呢？"

子胥也觉得今天的路程实在也有些渺茫，倒不如就近休息一下；他问——

"贵姓尊名呢？"

"我在这里，名姓有什么用呢。当我剪短了头发，伴着年少的妻，走出郢城，望这里来时，一路上的人不知为什么称我作楚狂。"

子胥和他并着肩，缓缓地在草泽中间走去，子胥也真像是暂时忘却了仇恨，听懂了那狂人所唱的（几十年后仲尼也听过的）歌：

> 凤兮凤兮，何德之衰也；
>
> 来世不可待，往世不可追也。
>
> 天下有道，圣人成焉；
>
> 天下无道，圣人生焉；
>
> 方今之世，仅免刑焉。

反来覆去的歌声，在子胥的心里搅起波纹，最后一句，更使他沉吟不置。一个扬着头唱着，一个低着头想着，转眼间，一座茅屋已经在远远的林边出现了。再走一小程，对面草径上走来一个绿衣的少妇，她一看见丈夫就喊：

"你今天怎么回来这么晚呢？"

"今天采了许多藜实，还接来一位贵客。"

少妇迎上来，又转回身，伴着两个男子走到茅屋前。楚狂忽然在屋门前看见了两行新驶过的车轮的痕迹，发了一怔：

"我们这人迹罕到的门前，今天怎么会有车轮的痕迹呢？"

"方才有一个官员，匆匆地从这里驶过，说是要赶路程，投奔宿处。"他的妻回答。

"幸亏我在外边多迟延了一些时，不然又会找出什么麻烦来了。"他一边说着，一边把门推开，子胥在屋里坐下后，他继续着说："前些天，这里就发生过一件麻烦事。有两个从鲁国游学归来的儒者，路过这里，说是要南渡大江，去调查南蛮的生活。不幸，我被他们发现了。因为我的头发剪短了，我的眼睛有些发蓝，——

其实我的眼睛又何尝发蓝，不过比他们的眼睛清明些罢了，——他们硬说我是陆浑之戎的后裔，说我是一个有价值的材料，要比一比我的头颅的大小。我分辩说，我是郧城的人，他们无论如何也不肯信；我说，我的口音不是纯粹的郧音吗，他们却说，口音是后天的，不足为凭。眼睛是确证；剪短头发是西戎的遗风，是旁证。我一人拗不过他们二人，我的头颅的尺寸，终于被他们量去了。这些缙绅之士真是深入民间，我也就无所逃于天地之间了。我的妻，却觉得是奇耻大辱，因为那二人量完了我的头，临行时，彼此还毫无顾忌地一边走着一边说，这样一个聪明的女子为什么和一个戎人的后裔同居呢。"

"当时我有些愤怒，现在倒也不觉怎样，只觉得有些好笑了，"他的妻在旁边笑着说。

这夫妇两个的谈话，嬉笑中含满了辛酸，使人有天地虽大，无处容身之感。小茅屋坐东向西，门打开后，满屋都是阳光。子胥望着对面疏疏落落的几棵乔木，在这清闲洒脱的境界里，把他仇恨的重担也真像件行李似的放在一边。那少妇已经在茅檐下堆起一堆松球，提着罐子到外边取水去了；那青年把松球燃起，刹那间满屋松香，使人想到浓郁的松林在正午时候，太阳一蒸发，无边无际是神圣的香气。这对青年夫妇的生活，是子胥梦也梦想不到的，他心里有些羡慕，但他还是爱惜他自己艰苦的命运。二人在他面前走来走去劳作着，他不由地起了许多念头：你们这样洁身自好，可是来日方长，这里就会容你们终老吗？有多少地方，雉鸡已经躲藏起来，麋鹿也敛了行迹，说不定有一天这里会开辟成畋猎的场所，到那时有多少声势赫赫的人要到这里来，你们还要跑到哪里去呢？现在既然已经有人把你当作陆浑的后裔，将来就不会有人把你当作某种贱民来驱使吗？你们尽可以内心里保持莹洁，鹓雏不与鸱枭争食，——我却要把鸱枭射死……

子胥想到这里，看眼前只是一片美好的梦境，终于会幻灭的；自己的担子就是一瞬间也放不下来了。他想，明天一破晓，就要离开这里，看情形，郑国一定不远了。

日西沉时，那少妇端上来一大碗藜羹；子胥也把囊里的干粮取出来，三人分食。这是一顿和平的晚餐，子胥过去不曾有过，将来也不会再有。主妇显出来她的聪明和爱娇，用爽朗的言谈款待这个不速之客。主客都像是又置身于江南的故乡，有浓碧的树林，变幻的云彩……

正在忘情尔我的时刻，远远又响来车声，主人心里想，今天真是一个多事的日子。过了片刻，果然有一辆车停在敞开的门前了，车内有人在说：

"方才从贵处经过，未敢搅扰，本想再赶一程，找一个地方投宿，但是前程既无村落，也无城廓，不知能否在这里打搅一夜？"

于胥听着，这声音是多么稔熟啊。等到车门打开，里边探出头来，是一个朋友的面貌。

"申包胥！"子胥不能信任眼前的一切了。房里的客人，车上的客人，都不期而然，惊讶地喊叫一声。

申包胥，这个聪明而意志坚强的人，四五年来，深感在王庭左近做官不是一件容易的事，为了避免谗人的锋芒，就尽其可能地要离开郢城。所以他近来的工作都偏重在外交方面了。国内的事，他多半不闻不问。他曾经西使秦，东使齐，这次是从宋国回来，秉承楚王的意旨，以修好为名，其实是因为宋国有华氏之乱，他借这机会去侦查侦查宋国实际的情形。

两个少年时代的朋友，几年不见，想不到在这荒野的地方相逢，彼此都恍若梦寐，感动得流出泪来。可是有这样一个贵客光临，对于主人却不是一件快意的事；这事，子胥不能负责，但因为是子胥的老友，竟好像他给招来的一般，所以主人对他也有些不满了。两个朋友正在面对面不知从何说起时，主妇已经收拾起残羹，主人说完"天已暗了，我们这里没有烛火，我们要睡觉去了"这句话，夫妇二人就走入了茅屋里的另一间。

堂屋里黑洞洞地只剩下两个朋友，车马都系在门外的树旁，御者躺在车下也睡着了。他们面对面，共同享受这奇异的境界。在这里相逢，二人都意想不到，有时也觉得是势所必然，可是谁也说不出一句话来。关于伍氏父子的不幸，申包胥并不十分清楚，这一见面，仿佛一切都明白了。黑暗中谁也看不清谁的面貌，但彼此的心境，却都很明了。申包胥，他深深地感到，子胥是要往哪里去，要做些什么事；同时他也想了一想，他应该做些什么事。子胥却觉得，不同的命运已经把两个朋友分在两个不同的世界里："父母之仇，不与戴天履地，兄弟之仇，不与同城接壤，"这对于申包胥只是空空的成语，对于他个人却随着鲜红的血液，日夜在他的身内周流。

两个朋友在默默中彼此领悟了，他们将要各自分头作两件不同的大工作，正如他们在儿时所作过的游戏一般：一个在把一座建筑推广，一个在等待着推翻，然后再把它重新恢复。黑夜里只有明灭的星光照入狭窄的圭形的窗户，间或有一二萤火从窗隙飞进黏在人的衣上。二人回想少年时一切的景况，还亲切得像是一个人；若是瞻顾面前茫茫的夜色，就好像比路人还生疏许多。人人都各自为了将来的抱负守着眼前的黑夜。

三　洧滨

　　子胥到了郑国的首都，太子建刚从晋国回来。一个兴奋的精神支持着疲惫殆尽的身体，他见了太子建的面，——未见面时，他的心强烈地跳着，这该是怎样的一个遇合！他想，太子建一定是和他一样历尽忧患，如今见面，怕谁也从谁的面上认不出往日的神情，二人都在辛苦的海里洗过澡，会同样以一个另外的身躯又从这海里出来。他要和他手携着手共同商议此后所要做的事，在这事的前边，他们必须捧出他们整个的生命……但是见面时的第一个瞬间，他一望见太子建的举止，他满心所想的，不知怎么，都烟一般地幻散了。太子建，和他想象的完全两样，他对于子胥的到来，既不觉得惊奇，也不以为是必然的事，只表露出一种比路人还生疏的淡漠。他和子胥的谈话有些恍惚，有些支吾，好像心里有些难以告人的事。子胥尽想使二人的谈话深入一层，但是无隙可乘，有如油永久在水面上漂浮着。他从太子建四周的气氛里感到，这是一个望死里边走去的人，而这死既不是为了什么远大的理想，也不是为了血的仇恨，却是由于贪图一些小便宜在作些鬼祟的计划，这计划对不住人，也对不住自己，就是对着子胥也不好意思说出；纵使这个死不从外边来，它也会由于心的凋零而渐渐在他的身内生长。他从太子建的言谈间推测出晋国是给与他怎样的一个使命；他的使命无论是成功或失败，都是十分可耻的。他面对着一个可怜的，渺小的太子建，他理想中的太子建，早已在这个世界里寻不到一些踪影。

　　子胥鄙弃着他的主人，满怀失望走出太子建的家门。在他看来，从这里再也燃不起复仇的火焰，这样冒着最大的寂寞，辛辛苦苦地到了郑国，想不到是这么一个结果。他这时所感到的孤单，既不是三年的城父，也不是风沙的旅途中所能想象得到的。他回想起林泽中的那一夜，与申包胥对坐，两个朋友好像每人坐在天平的一端，不分轻重，如今自己的这一端却忽然失去分量：内心里充满惭愧。他需要把他从城父到郑国的一路的热情放在一边，冷静地想一想此后的途程。他立在太子建的家门前，正不知往哪里走去时，几个齐国的商人正围着太子建的不过四五岁的儿子公子胜在巷子里游戏，那男孩用郑国的方言唱着当时最流行的歌曲：

　　　　洧之外，洵訏且乐，
　　　　维士与女，伊其相谑，
　　　　赠之以勺药。

这样的歌从一个四五龄的童子的口里唱出，有多么不调和！那些齐国的商人，因为是太子建夫人的同乡，终日在这巷子里出入，把一篓篓的海盐囤积在太子建的家里，不肯出售，弄得郑国人常常几月之久没有盐吃。子胥极力要走出这条巷子，逃脱开这狭隘的气氛，他要走到人烟稀少的地方，重新想一想过去和将来。他从城父到郑国的这段路程，是白白地浪费了。

他走出门时，面前展开一片山水。这里，他昨天走过时，一切都好像没有见过，如今眼前的云雾忽然拨开了，没有一草一木不明显地露出它们本来的面目：浅浅的洧水明如平镜，看不出它是在流，秋日的天空也透明得像结晶体一般。子胥逡巡在水滨，觉得在这样明朗的宇宙中，无法安排他的身体。

他在城父时，早已听人说过，郑国在子产的治下，夜不闭户，路不拾遗，田器不归，人民虽然贫乏，却都熙熙攘攘，各自守着自己的井边的土地耕耘。如今他目睹现在的情形，与当时传说的并没有两样，想不到一个被晋楚两国欺侮得无以自存的郑国竟会暂时达到这种平安的境地。但是他忘不了昨天的路上一个老人向他谈过的话：

"如今，我们的厄运又到临了。前年火宿出现，城里起了一场大火；去年又是水灾，城里出现了一条龙，城外出现了一条龙，两条龙乘着水势战斗了几个昼夜，归终城里的龙被城外的龙咬死了：这不都是不幸的征兆吗？果然，今年我们的执政死了。咳，他死了，我也快死了，可是一向被压迫的郑人将要往哪里去呢？"

他更忘不了当他扶着那老人蹇裳涉溱时，老人对他发的感慨：

"从先，子产若是看见我们老人赤裸着两条腿在秋天过河，就用他自己乘的车子载我们过去。……年幼的人都替老人提着东西在街上走路，这风气还能保持多久呢？"

他一边说着，一边用手指着辽远的一座土丘，他的眼里含着泪珠说：

"那就是我们的执政的坟墓，没有几个月，已经被茸茸的绿草蒙遍了。"

子胥回味着昨天那老人的谈话，举首四顾，在不远的地方，昨天望见的那座土丘今天并没有在他面前消失。子胥怀着景慕的心情便信步向那里走去。他走近坟墓，看见在新栽种的松柏下男男女女聚集着许多人，这都是来哀悼子产的死的。自从子产死后，到这里来的人每天都有，日子久了，并不见减少；今天这样好的天气，来的人分外多，远远看来，俨然成为一个市集了。这一带地方，每逢春季桃花水下时，本来是男女嬉游之所，人人手里举着兰草，说是被除不祥，其实是唱着柔靡的歌，发泄他们一冬天室闷的情绪。如今这座坟墓把这片地方圣化了，今天这里的男女再也没有春日的嬉笑的心情，人人的面上都是严肃的。子胥把方才公子胜所唱的"洧之外，洵訏且乐"与目前的景象对比，是多么不同！他又想起太子建在外边辗转流亡，好容易得到郑国的收容，哪里想到他的生活刚一安定，便趁着子产死去，举国伤悼的时机，在计划着危害郑国的阴谋，这样的不德不义使子胥对着这些朴质的郑人好像自己做下了罪恶一般。这些人在子产的坟前，有如一群子女围着一个死去的母亲，各人说出各人心内的愁苦——

一个农夫有气没力地说：田里的谷稻，我懒得去割了。

一个中年的妇人在叹气：身边的珠玉，我没有心情佩带了。

一个老人在一旁说出昨天那个老人的同样的话：咳，子产死了，我也快死了，但是郑人——这些年青的孩子们将要往哪里去呢？

说到这里，人人的脸上都露出无所适从的样子，一个土地贫瘠，又没有精强的武备的国家，只仰仗子产的聪明、智才，二十多年国内平安，国外没有发生过多么大的纷扰。现在，子产埋在这无语的坟墓里了，谁的心里不感到国内紧严的秩序一天一天地会松弛，外侮一天一天地会逼近呢？这时大家都异口同音唱着——

　　　　我有子弟，子产诲之；
　　　　我有田畴，子产殖之。
　　　　子产而死，谁其嗣之。

大家反来覆去地唱，其中有一个看守池沼的小吏在歌唱时眼泪流得最多。最后歌声停息了，他的哭声却止不住。哭到最痛切时，他忽然立起身来，站在子产的坟前，用演说的口调向大家说起一件事，这时无人不感到惊愕。

"诸位，"他一边擦干眼泪一边说："我们的执政死了，我也不想活下去了，因为我做过一件欺骗的事。欺骗我们与全国人民生命所寄托的人，那是多么大的一个罪过。三年了，还是在那次的大火以前，一天有人送给执政几条鱼，执政把这几条鱼交给我，命我放在我的池沼里养着。我看着那几条欢蹦乱跳的鱼，不知为什么起了难以克制的食欲。我把它们偷偷地烹着吃了。过了两天，我看见执政，心里有些忸怩，转瞬间又鼓起勇气，我向他说，鱼到了水里，先有些不舒展，不久就很自如，我不知为什么没有把水闸放好，几条鱼儿，摆了摆尾巴，都向着一个方向从放水的地方浮出去了。执政听了，不但不责罚我，反倒为那几条鱼欢喜，他赞叹着说，得其所哉！得其所哉！我这该死的人，走出门来，还自言自语地说：

谁说子产聪明呢，如今他上了我的当了。"

他说到这里，沉吟片刻，又抬起头来望着大家说：

"我这卑小的人，对着这静默无语的坟墓，良心上感到无法解脱的谴责。现在只有请大家惩罚我，就是把我置诸死罪，我也心甘，只要是在这座坟墓的前边。"

大家听了这段话，最初有些气愤，但是一转想，在子产执政的初年，谁没有暗地咒骂过子产呢：有人诅咒过他父亲没有得到好死，骂他是一个螫人的蚕尾，有人希望过他早早死去……登时反倒觉得这人的忏悔是为大家忏悔一般，人人都对他表示出原谅的微笑。

子胥靠着一棵松树，看着这些哀伤过度的人们，好像忘却了墓园外的世界。那小吏说完话后，暂时的静默使子胥又回到自己身上。子产死了，郑国的人都无所适从，如今他也由于身边一切事物的幻灭孤另另地只剩下一个人，不知应该往哪里去。子产的死，是个伟大的死，死在人人的心里，虽然这些人都是渺小的，柔弱的。他想起太子建，本来是一个未来的楚王，楚国的面积比郑国要大许多倍，将来本可以死得比子产还伟大，但是他的世界越来越狭窄，越来越卑污，他生也好，死也好，恐怕要比任何一个人都可怜，都渺小……他想到这里，不由得也流下泪来……

子胥少年时，常常听人讲些贤人的故事，再看楚国紊乱的情形，总认为那都是早已过去的了，现在不会再有。由于羡慕，心里每每感到异代不同时的惆怅。但是，如今他忽然领悟，就是在不久的过去，那平静的洧水也映过一个贤明的子产的身影。他真后悔，他为什么不早一年离开城父到郑国呢？听说在子产未执政的前一年，吴国的季札聘使列国时，路过郑国，晤见子产，二人谈礼乐，论政治，像是旧交一般；又听人说，子产死的消息传到东方的仲尼的耳里时，仲尼痛哭失声，感慨着说："真是古代的遗爱呀！"时代这样紊乱，你打我，我打你，但是少数的几个人还互相怜爱；宇宙虽大，列国的界限又严，但在他们中间，内心里还是声息相通的。子胥对于这点微弱的彼此的感应，怀有无限的仰慕，而他自己却是远远近近感受不到一点关情。

洧水的南岸，与子产的坟墓遥遥相对的是当年郑庄公建筑的望母台。这台建在一座土山上，如今已蔓草荒芜，无人过问，那里的寂静吸引着子胥走出墓园，涉过洧水，他一步步地登上望母台。这时日已西沉，天空失却方才那样的晴朗，远远近近被一层灰白色的雾霭蒙住，他思念着父亲的死，哥哥的死，太子建的可怜的近况，周围死沉沉地没有一点生气：向哪里走呢？

北方的齐、晋，被山带河，都是堂堂的大国，他应该望那里去吗？那里的人有太多的历史，太多的智慧，太多的考虑。他们的向背，只在利益上打算，今天的敌，明天就可以为友，今天的友，明天又可以为敌，没有永久的敌人，也没有永久的朋友：但子胥的仇恨，却是永久地黑白分明……西方的秦国，只为联络楚国才和楚国结婚姻，至于他们的女儿是嫁给楚王，还是嫁给楚国的太子，他们都不过问，只要不违国策，一切都可以任其自然。谁肯为些不相干的事兴师动众呢？……只有东南，那新兴的吴国，刚学会了车战，为了州来、钟离等城的争执，已经和楚国有过许多年的纠纷，何况他若是不克制住楚国，就无法抵御南方崛起的越。这样的环境比较简单，政策也比较不容易改变……

在茫茫的暮色中决定了他的去向：明天早晨，越早越好，便起身往吴国去。

在子胥还沿着郑、楚的边境跋涉时，途中他忽然听人传述，太子建要给晋国当内应，计划着倾覆郑国，但是这阴谋被他左右的人泄露了，他已经在郑国的宫中被人杀死，——人们还从他家里抄出来许多篓海盐。

四　宛丘

几条黄土的道路，又瘦又长，消逝在东南的天边，对于这个孤零零的行人表示着既不欢迎，也不拒绝的懒样子。子胥未加选择便走上了一条。这条路，和其他的几条一样，是贫穷的道路：没有树，没有山，路上的行人和路旁的流水是同样稀少。只有夕阳落时，忽然一回头，会发现路旁有两三座茅屋，蹲伏在远远的夕照中，而这茅屋，在刚才走过时，无声无息，并不曾引起行人的注意。这样的路走了五六天，眼前的世界一天比一天贫乏，一天比一天凋零，不用说江南变幻的云，江南浓郁的树林，就是水浅木疏的洧滨也恍若梦寐了。据说，这已经是陈国的领域。这个可怜的国家，几十年来，在楚国的势力里，有如老鼠在猫的爪下一般。一会儿被捉到，一会儿又被放开，放开后好容易喘过气来，向前跑几步，又被捉到，捉弄得半死，随后又放开。这可怜的国家在这可怜的状态下生存着，谁能有什么久远的打算呢，过一天说一天罢了。因此房子塌了不想再盖，衣服破了不想再补，就是脸脏了都不想再洗；只是小心惴惴地怕听见楚人的口音。一听说楚人来了，人人都躲得远远的；敢于出头露面和楚人周旋的只有在楚国作过俘虏或是经过商的人。

这条贫乏的道路最后引导子胥走上一座小丘，这小丘上除却最高处一座土筑的神坛外什么也没有。子胥走到神坛旁，正是午后，看见三五个瘦弱不堪，披头散发的男女，有的拿了一面鼓，有的搬着一个缶，有的抱来一束鸟羽——大半是鹭羽——不知在那里筹备什么。天气阴阴的，太阳只像是一个黄色的圆饼悬在天空，子胥看着这几个人，影子似的闪来闪去，一阵阵黄风吹来，使人对他们的存在起些迷离之感。子胥无心理会他们，在神坛旁伫立片刻，又顺着眼前的道路望下走去。转了两三个弯，在离山脚不远的地方，呈现出一片荒凉的房舍；再走近一程，望上去有的房子没有顶，有的墙壁上都是缺口，默默地里边没有一点动作。子胥的眼光钉牢这片房舍，这该是什么地方呢？若是一个村落，不会这么宽大，隐隐约约好像正露出残缺的城垛口；若是一座城，怎么会又这样荒凉呢，像是刚遭遇什么天灾或兵燹似的。心里正在纳闷，在路旁拐角处碰到一座石碑，上边刻着：

"太昊伏羲氏之墟。"

子胥急忙顺着上坡跑下来，跑到一座矮矮的树林旁，这里草木特别茂盛，是他一路上很少见的。深深的草莽中又涌出一座石碑，上边刻着：

"神农氏始尝百草处。"

心里忽然领悟，这座土山应该是宛丘；那么眼前的一片荒凉的房舍就会是陈国的国都吗？同时他心里想，远古的帝王，启发宇宙的神秘，从混沌里分辨出形体和界线，那样神明的人，就会选择这样平凡的山水，作为他们的宇宙的中心吗？也许只有在这平凡的山水里才容易体验得到宇宙中蕴藏了几千万年的秘密。子胥一路上窄狭而放不开的心又被这两块石碑给扩广了。他又思念起一切创始的艰难，和这艰难里所含有的深切的意义。子胥穿过矮林，走在田畴间，对面走来一个人，抱着一大捆湿淋淋的麻布，看见子胥，发了一怔，把脚步放慢了。等到子胥过去，他把麻布放在草地上，从后边赶来，大声喊道：

"前边的行人，可是楚国来的贵客吗？"

子胥刚一回头，那人便满脸堆着笑容走来，像一个多年的朋友，可是他的眼光不敢正视，只悄悄地打量着子胥。

"天已经不早了，你尽望前走作什么？我看你的举止，一定是楚国来的。路途好远呀，要好好休息休息。前面的城是不能招待贵宾的。你知道，前面的城里着过一次大火——凑巧那时宋国、卫国、郑国都有大火——可是陈侯只率领着他的宫臣跑到……"他回转头指一指那座土山，"跑到神坛旁，祈求神灵的保佑；但是火，却任凭它蔓延起来，一条街，一条街地烧下去。其实，这年头儿谁有心肠救火呢，整个一座城就这样烧得四零五落。后来邻国听到了，都来吊灾——只有许国没有来——看见这景象，没有一国不耻笑陈国。你看郑国，子产在火灾时措置得多么有条有理——陈国真不成……哈哈哈……"

子胥听着这人的语气，捉摸不出他是哪国人，心里起了说不出的反感，这人说着说着索性完全变成楚音了：

"陈国真不成。我们的陈侯，在火灾后只把宫殿修理好了，自己搬回去住；至于百姓的房子呢，都任凭它们残败下去，风吹雨打，这年头儿谁有心肠修理呢。其实，那座宫殿也是颤巍巍的，说不定哪天楚国的军队一高兴便把那宫殿的盖子揭开呢……"

子胥越听越不耐烦，但是这人还不知好歹地说下去——

"在不远的地方，就住有楚国的军队，我就常常给贵国的驻军办些零碎的事务；他们在这里都是人地生疏呀。我是陈国的司巫，随着当今的陈侯在贵国观过光，说得出纯正的楚音呢，嘻嘻嘻！"他笑得满脸都是皱纹，但是两眼里闪露出使人难以担当的奸巧，他同时指着绿草上的那一大堆白的东西，"这是上好的麻布，预备给贵国军队用的。我方才抱着这堆麻布在城里东门内的水池子里洗了回来，那池子又宽阔又清洁，里面没有鱼，也没有水草，正好洗这样贵重的材料，现在只有为洗麻布我才进城。……"

他刺刺不休地说着，子胥看着这渺小的人物，每句话都使他变得更为渺小，这脸上的笑纹，有些可厌，有些可怜。只是他不住地提到"楚国的军队，"使子胥多添了几分忧虑，子胥正在沉吟时，那司巫忽然有所发现似的，扩大了他奸狡的眼光，重新打量着子胥的衣履和神情：

"客人不必考虑了，还是到舍下住一夜吧！"他说，"城里破破烂烂的，的确没有什么好住处。不然，就到南郊贵国的军营里去投宿……"这次提到楚国的军营，语气特别加重，含有一些威吓的意义。

子胥却宁愿冒着眼前的危险，也不愿多有一刻对着这样的面孔了，他顺口回答了一句，像是那句话的回声：

"我到军营里去投宿……"

"好好，"那人也顺着说，"我今晚也有公事，我要监督男觋女巫在神坛旁跳舞呢。他们的乐器和舞器早已搬到山上去了。那末再见，我明天再来奉看……"

司巫走了，子胥的心里有些忐忑不安，这样一个人，这样的姿态，这样的语气，好像在郢城里什么地方见过似的。不只在郢城，而且在他家的附近。那时，仿佛有这么一个陈国的人，曾经用过这样的语气和姿态，讨得许多人的欢喜，同时也讨得一些人的憎恶。子胥想到这里，不由得一回头，而那抱着一大包麻布的人也正一回头投给子胥一个刁狡的眼光。这眼光里含着猜疑、探究、计算，脸上也绝不是方才那样蔼若春风了。子胥赶快把头转回，心里感到一种不幸的事或许会到来，脚步也加快了，望着那座城走去。走了几步，还听见那人在后边喊：

"到贵国的军营里，用不着进城，走偏南的这条岔路最近——"

这句话里含着什么意义，子胥也自然感到，但是也顾虑不了那些，索性把脚步放得更快些，只回答一句："我先到城里看看。"

那座城果然四零五落，到处是火灾的痕迹。每个未倒的墙角下，每个没烧到的房檐下都蹲集着乞丐一般的居民，其余的大部分就是乱草和砖头瓦块。一个国都，火把它烧成这样子，两年了，竟没有人肯出来整理，这国家还成什么国家呢。子胥一边走一边想，心里七上八下，好像也填满了路上的砖瓦和碎石。走近东门，果然望见了一片周围百步的水池，水清见底，旁边有几个衣履稍为整洁的女子在那里洗衣服，子胥还看得出多半是楚军的军服。但他无心细看，只匆匆地从东门走出去了。

东门外是一座座的墓园。有的都被荆棘封住，无法走进。有的里边还有羊肠小径，好像有人出入。子胥选了一块较为隐秘，又较为整洁的地方，恰巧这里有几棵梅树，他便坐在树下。这时太阳已经落在宛丘的后边，子胥感到饥饿，从袋里掏出干粮。他一边吃，一边想，在不远的地方就有楚国的驻军，里边也许有他的乡人，也许有他少年时一起练习过骑射的同学。从城父到现在，不过刚半个月，却好像过了半生一般。他一路所经验的无非是些琐碎而复杂的事；原野永久是那样空阔，他只要一想到人，便觉得到处都织遍了蜘蛛网，一迈步便黏在身上，无法弄得清楚。他希望有一个简单而雄厚的力量，把这些人间的琐碎廓清一些。他想到他南方的故乡，那未经开发的森林，那里的还蕴藏着原始的力量的人们。他是怎样渴想拥抱那些楚国的士兵啊，但是不能，仇恨把他和他们分开了，他不但不能投到他们的怀里去，反倒要躲避他们，像是在这梅树下随时要提防蛇豸一般。他要好好地警醒这一夜，不要让草里的蛇豸爬到身上来……

墓园内走出一个细长的身体，停立在园门旁，口里不晓得哼哼些什么，尽在向着从城里的来路张望，望了很久，自言自语地说：

"怎么还没有回来呢？"口里又哼哼了一些什么，随后又说：

"是回来的时候了。"

他那焦急的，期待的心情，随着夜色一瞬比一瞬浓厚，自然没注意到梅树下的子胥。子胥也不愿意被人看见，但是不知怎么，不自主地做出一个声音，被他发现了。

"什么人在这梅树下边呢？"

"一个行路人，城里无处可以投宿，只有在这里过一夜。"

"舍下也是狭窄不堪，不能招待远人呀。"他说完这句话，又回到自己身上，自言自语，"怎么还没有回来呢？"

"你在等待着谁呢？"子胥问。

"我等待着我的妻。"他回答子胥，同时又自己发着牢骚，"这也是无可奈何的事，我不主张她做这样的事，她一定要去做，她只说，不去做怎样生活呢。咳，我是知足的，就是多么穷苦也活得下去——你知道吗，'衡门之下，可以栖迟；泌之洋洋，可以疗饥，'这是我们陈国的名句，百多年前一个无名的诗人作的。有这样的名句传下来，就是多受一点穷也值得呀。"

"尊夫人做的是什么事呢？"

"还不是在东门里的水池旁给楚国的兵士洗衣裳。我们穷到这个地步，每人只有半件衣裳，一年未必能换洗一次。但楚国人是爱清洁的，天天洗澡，三天换一次衣裳。谁若能谋得一个洗衣的位置，每月的收入似乎比公卿大夫还要多。——其实，我真不愿意我的妻从那些楚国人的手里讨钱——因为他们是我们的敌人，若是没有他们，我们何至于穷到这等地步。"他说到这里，神情间有一刹那的兴奋，但声音立刻又低下去了。"敌人固然是敌人，我们在敌人的爪牙下，有什么办法呢。我只有守着我的贫穷，追念追念伏羲、神农的事业，啊，我们是大舜的后人呀，这已经可以自慰了……"他说着说着，又哼起那个调子来，这次子胥却听懂了，正是《衡门》那首诗。

这人的谈话，时而骄傲，时而谦卑，显然是贫穷与患难使他的神经变了质，最初不肯同流合污，要把住一点理想过日子，但这理想似乎一天比一天模糊不定，而眼前的道路也恍忽迷离了。

静默了片刻。他仍然伸着脖颈期待着……

"尊寓就在这墓园里吗？"子胥想分一分他焦躁的心。

"本来住在城里。大火把我们烧出来了。有的人家还能存下一些墙角屋檐，但是我的家，因为收藏了一些简册，火势扑来，更增加了燃烧力，只有我的家烧得片瓦不存。现在我们就在这里，利用两座坟墓中间的隙地，用些木板盖成一座矮屋，这样，一住也将及两年了。啊，衡门之下，可以栖迟……"

子胥想不出什么安慰的话来，只是同情地叹了一口气。这点微弱的同情，他好像从来不曾得到过，雨露一般，正落在他的心里，引起他无限的感慨——

"如今，读书的人是一文钱也不值的。八十年前，灵公同夏姬把世风弄得太不成样子了，有些读书的人就作诗讽刺他，后来楚人来了，有些读书人又说，我们是舜的后人，怎么能臣服于江南的蛮人呢？所以归终陈也好，楚也好，我们都成为人家的眼中钉。现在我们这些少数的余孽，既不敢作讽刺诗，也不敢称楚人为蛮人——却使人更看不起了，只好退在墓园里，抱着自己的贫穷，与死人为邻吧。"他胸怀里好像压着无限的委曲，语声只投入对方的人的耳里，此外的空气里不会起一点波动。这时梅树上聚集了几只鸮鸟，睁开大眼睛东张西望，目中无人。

那人即景生情，不知是对着子胥，还是对着鸮鸟，说："这些可怜的鸮鸟啊，白昼不知都到哪里去，一到晚间就飞到这里来，睁着大眼睛，在黑夜里探索什么呢？好像是探求智慧。你们叫不出媚耳的声音，又常常预示一些不祥的征兆，人们都把你们叫做不祥之物。但是我听说，在西方最远的山的西边，甚至在西海的西边，有座智慧的名城，那里的人供奉你们是圣鸟，你们为什么不飞到那里去呢？——我们读书人和你们有同样的运命，可惜我没有你们那样的翅膀呀，我有时真想飞，不住地望西飞，飞过了秦国——这不过是梦想罢了，我怎能飞呢？就看我这半件破衣裳，我也飞不起来呢。我应该抱着贫穷，衡门之下，可以栖迟……"他越说越语无伦次。

树上的鸮鸟只睁着大眼睛，一无所感。子胥却从来没有听人说过，西方有什么名城，把鸮当作圣鸟。他听着这人的谈话，时而可怜得像一片污泥，时而又闪出一些火星，自己不知身在何地，有些奇异的感觉了。那人兴奋了一阵，又回到自己身上，说一声："这样晚了——"

静默中草里织着虫声。忽然有一只鸮鸟作出一个怪声音，其余的都随着展开翅膀悄悄地飞走了，远远有跑路的声音，越听越近，一个女子喘息的声音——

"回来了吗？"那人跑上去，迎着面接回一个中年的妇人。黑暗中子胥听着那女子喘息不定地一边走一边说："今晚把我急坏了……城门都关了，我怎么也走不出来……司巫率领着一些男觋女巫（今晚宛丘上没有灯火吧，恐怕他们连跳舞都没有举行），搜查一个什么楚国的亡臣……据说若是把这亡臣捉到，献给楚王，陈国会得到许多好处，……至少，他自己得到许多好处……可是，家家搜查，都没有查出来……现在东门才打开……"她兴奋地说着，那人拉着她走进墓园，把梅树下的那个外乡人，丢在渐渐寒冷起来的夜里。

五　昭关

　　子胥在郑国和陈国绕了一个圈子，什么也没有得到，又回到楚国的东北角，他必须穿过这里走到新兴的吴国去。北方平原上的路途并没有耽搁了他多少时日，如今再回到楚国的领域，一切都显露出另一个景象，无处不在谈讲着子胥的出奔。就是这偏僻的东北角，人人的举动里也好像添了几分匆忙，几分不安。情形转变得这样快，有如在春天，昨天还是冷冷地，阴沉地，一切都隐藏在宇宙的背后，忽然今天一早起，和暖的春阳里燕子来了，柳絮也在飞舞。如今在人们的眼前现出来一个出奔的子胥，佩着剑，背着弓，离开城父向不知名的地方跑去，说是要报父兄的仇恨……士大夫为了这件事担忧，男孩子为了这件事鼓舞，妇女们说起这件事来像另一个世界里的奇异的新闻。但是并没有人感到，他们所谈讲的人物正悄悄地在他们的门外走过。

　　“这一切，是为了我的缘故吗？”

　　子胥这样想时，感到骄傲，感到孤单。

　　他看着这景象，他知道应该怎样在这些人的面前隐蔽自己：他白昼多半隐伏在草莽里，黄昏后，才寻索着星辰指给他的方向前进。秋夜，有时沉静得像一湖清水，有时动荡得像一片大海；夜里的行人在这里边不住前进，和不曾前进一样，走来走去，总是一个景色。身体疲乏，精神却是宁静的，宁静得有如地下的流水。他自己也觉得成了一个冬眠的生物，忘却了时间。他有时甚至起了奇想，我的生命就这样在黑夜里走下去吗？

　　可是那有时静若平湖，有时动若大海的夜渐渐起了变化，里边出现了岛屿，道路渐渐坎坷不平，他不能这样一直无碍地走下去了，有的地方要选择，有的地方要小心，好像预示给他，他的夜行要告一个结束。

　　昭关在他的面前了。

　　昭关，本来是无人理会的荒山，一向被草莽和浓郁的树林蔽塞着。近几十年，吴国兴盛起来了，边疆的纠纷一天比一天多，人们在这山里开辟出行军的道路；但正因它成为通入敌国的要塞，有时又需要封锁它比往日的草莽和树林还要严紧。楚国在这里屯集了一些兵，日夜警醒着怕有间谍出没：一个没有节传的亡人，怎么能够从这里通过呢？

　　一天，他在晓色朦胧中走到昭关山下的一座树林里，雾气散开后，从树疏处望见一座雄壮的山峰，同时是一片号角的声音，刹那间他觉得这树林好像一张错综的网，他一条鱼似的投在里边，很难找得出一条生路。他在这里盘桓着，网的包围仿佛越来越紧，他想象树林的外边，山的那边，当是一个新鲜的自由的世界，一旦他若能够走出树林，越过高山，就无异从他的身上脱去了一层沉重的皮。蚕在脱皮时的那种苦况，子胥深深地体味到了；这旧皮已经和身体没有生命上深切的关连，但是还套在身上，不能下来；新鲜的嫩皮又随时都在渴望着和外界的空气接触。子胥觉得新皮在生长，在成熟，只是旧皮什么时候才能完全脱却呢？

子胥逡巡在这里，前面是高高耸起的昭关山，林中看不清日影的移动，除却从山谷里流出来的溪水外，整个的宇宙都好像随着他凝滞了。怎样沿着这蜿蜒的溪水走入山谷，穿过那被人把得死死的关口，是他一整天的心里积着的问题，但是怎么也得不到一个适当的回答。他自己知道，只有暂时期待着，此外没有其他的办法，一天这样过去了，而所期待的无一刻不是渺茫的，无名的，悬在树林外又高又远的天空。

夜又来了，可是他不能像他一向的那样，夜一来就开始走动，林夜里一切的景色更是奇异，远远有豺狼号叫的声音，树上的鸟儿们都静息了，只剩下鸱枭间或发出两三声啼叫；有时忽然一阵风来，树枝杈桠作响，一根根粗老的树干，都好像尽力在支持着这些声音。使人的心境感到几分温柔的，也只有那中间不曾停顿一刻的和谐的溪水。他走向溪水附近，树木也略微稀疏了些。他听着这溪声更稔熟，更亲切了，仿佛引他回到和平的往日，没有被污辱了的故乡。他远望夜里的山坡，不能前进，他只有想，想起他的少年时代，那时是非还没有颠倒，黑白也没有混淆，他和任何人没有两样，学礼，习乐，练习射御，人人都是一行行并列的树木，同样负担着冬日的风雪与春夏的阳光，他丝毫不曾预感到他今日的特殊的运命。事事都平常而新鲜，正如这日夜不断的溪水——谁在这溪水声中不感到一种永恒的美呢？但这个永恒渐渐起了变化：人们觉得不会改变的事物，三五年间竟不知不觉地改换成当初怎么也想象不到的样子。依旧是那个太阳，但往日晴朗的白昼，会变得使人烦闷，困顿；依旧是这些星辰，但往日清爽的良夜，会变得凄凉，阴郁。亲切的朋友几年的工夫会变成漠不相干的陌生人；眼看着一个诚实努力的少年转眼就成为欺诈而贪污的官吏。在楚王听信谗臣，大兴土木的气氛中，有多少老诚的人转死沟壑；而又有一群新兴的人，他们开始时，只好像不知是从什么地方来的一群乞儿，先是暗地里偷窃，随后就彰明昭著地任意抢夺，他们那样肆无忌惮，仿佛有什么东西在保护着他们。不久，他们都穿上抢来的衣冠，在郢城里建筑起新的房屋；反倒把些旧日循规蹈矩的人们挤回到西方的山岳里去。

这变化最初不过是涓涓的细流，在人们还不大注意时，已经泛滥成一片汪洋，人人都承认这个现象，无可奈何了。变得这样快，使人怀疑到往日的真实。

从少年到今日，至多不过十几年，如今他和一般人竟距离得这样远了，是他没有变，而一般人变了呢；还是一般人没有变，只是他自己变了？他无从解答这个问题，他觉得，独自在这荒诞的境界里，一切都远了，只有这不间断的溪声还依稀地引他回到和平的往日。他不要望下想了，他感到无法支持的寂寞，只希望把旧日的一切脱去，以一个再生的身体走出昭关。

他坐在草地上，仰望闪烁不定的星光。这时不远的山坡上忽然有一堆火熊熊地燃烧起来，火光渐渐从黑暗中照耀出几个诚挚的兵士的面庞，他们随着火势的高下齐声唱起凄凉的歌曲。这些兵士都是从江南湘沅之间招集来的，在这里为楚国把守要塞。他们都勇敢，单纯，信仰家乡的鬼神。他们愿意带长剑，挟秦弓，在旌旗蔽日的战场上与敌人交锋，纵使战死了也甘心，因为魂魄会化为鬼雄，回到家乡，受乡人的祭享。但是现在，边疆暂时无事，这个伟大的死他们并不容易得到，反而入秋以来，疟疾流行，十人九病，又缺乏医药，去年从秦国运来的一些草药，都被随军的医师盗卖给过路药商了。——比起那些宛丘的驻军，他们都是郢城的子弟，由楚王的亲信率领着，在陈国要什么有什么，过着优越的生活，这里的士兵，虽然也在楚国的旗帜下，却显得太可怜了。他们终日与疾病战斗：身体强的，克制了病；身体弱的，病压倒了人。还有久病经秋的人，由疟疾转成更严重的疾病，在他临危到最后的呼吸时，无情的军官认为他不能痊愈了，就把他抛弃在僻静的山坡上，让他那惨白无光的眼睛再望一望晴朗的秋空。当乌鸦和野狗渐渐和他接近时，他还有气没力地举起一只枯柴似的手来抵御……

那一堆火旁是几个兵士在追悼他们死在异乡的伙伴，按照故乡的仪式。其中有一个人充作巫师，呜呜咽咽地唱着招魂的歌曲。声音那样沉重，那样凄凉，传到子胥的耳里，他不知道他所居处的地方还是人间呢，还是已经变成鬼域。随后歌声转为悲壮，巫师在火光中作出手势向四方呼唤，只有向着东方的时候，子胥字字听得清楚：

> 魂兮归来！
> 东方不可以讬些！
> 长人千仞，
> 惟魂是索些！

子胥正要往东方去，听着这样的词句，觉得万事都像是僵固了一般，自己蜷伏在皁丛中，多么大的远方的心也飞腾不起来了。他把他的身体交给这非人间的境界，再也不想明天，再也无心想昭关外一切的景象。——那团火渐渐微弱下去，火光从兵士的面上降到兵士的身上，最后他们的身体也渐渐模糊了，招魂的巫师以最低而最清晰的声音唱出末尾的两句，整个的夜也随着喘了一口气：

    魂兮归来！
    反故居些！

子胥的意识沉入朦胧的状态，他的梦魂好像也伴着死者的魂向着远远的故居飘去，溪水的声音成为他惟一的引导。子胥的心境与死者已经化合为一，到了最阴沉最阴沉的深处。

第二天的阳光有如一条长绠把他从深处汲起。他一睁眼睛，对面站着几个朴实的兵士。他们对他说，要在山上建筑兵营，到关外去采伐木材，人力不足，不能不征用民夫，要他赶快随着他们到山腰的一个广坪上去集合。这时这条因为脱皮困难几乎要丧掉性命的蚕觉得旧皮忽然脱开了，——而脱得又这样迅速！

子胥混在那些褴褛不堪的民夫的队伍中间，缓缓地，沉沉地，走出昭关。这队伍都低着头，没有一些声息，子胥却觉得旧日的一切都枯叶一般一片一片地从他身上凋落了，他感到从未有过的清爽；他想，有一天他自己会化身为那千仞的长人，要索取他的仇敌的灵魂。

子胥在关外的树林里伐木时，在一池死水中看见违离了许久的自己的面貌，长途的劳苦，一夜哀凉的招魂曲，在他的鬓角上染了浓厚的秋霜。头发在十多天内竟白了这么许多，好像自然在他身上显了一些奇迹，预示给他也可以把一些眼前还视为不可能的事体实现在人间。

六　江上

子胥望着昭关以外的山水，世界好像换了一件新的衣裳，他自己却真实地获得了真实的生命。这里再也不会那样被人谈讲着，被人算计着，被人恐惧着了，他重新感到他又是一个自由的人。时节正是晚秋，回想山的北边，阴暗而沉郁，冬天已经到来；山的这边，眼前还是一片绿色，夏天仿佛还没有结束。向南望去，是一片人烟稀少的平原，在这广大无边的原野里，子胥渴望着，这时应该有一个人能分担他新生的幸福。他知道，这寂寞的平原的尽处是一道大江，他只有任凭他的想象把他全生命的饥渴扩张到还一眼望不见的大江以南去。

他离开了昭关，守昭关的兵士对于这中间逃脱的民夫应该怎样解释呢？是听其自然呢，还是往下根究？子胥在欣庆他的自由时，一想起宛丘的夜，昭关的夜，以及在楚国东北角的那些无数的夜，他便又不自觉地感到，后面好像有人在追赶：一个鸟影，一阵风声，都会忽然增加他的疑惑。

他在这荒凉的原野里走了三四天，后来原野渐渐变成田畴，村落也随着出现了，子胥穿过几个村落，最后到了江边。一到江边，他才忽然感到，江水是能阻住行人的。

子胥刚到江边时，太阳已经西斜，岸上并没有一个人，但是等他站定了，正想着不知怎样才能渡过时，转瞬间不知从哪里来的，三三两两集聚了十来个人：有的操着吴音，有的说着楚语，可是没有一个人注意子胥的行动，也不觉得他是什么特殊的人。子胥却很局促不安，江过不去，望后一步也不能退，只好选择一块石头坐下。等到他听出谈话的内容时，也就心安了。他听着，有人在抱怨，二十年来，这一带总是打过来打过去，不是楚国的兵来了，就是吴国的兵来了，弄得田也不好耕，买卖也不好做，一切不容许你在今天计划明天的事。其中有一个上了年纪的人接着说："前几天吴王馀眜死了，本应该传给季札，全吴国的人也都盼望传给季札，但是季札死也不肯接受，退到延陵耕田去了，王位只好落在馀眜的儿子叫作僚的身上。这位僚王仍然是本着先王的传统，兴兵动众，好像和楚国有什么解不开的仇似的。——谁不希望季札能够继位，改变改变世风呢？他周游过列国，在中原有多少贤士大夫都尊敬他，和他接交；他在鲁国听人演奏各国音乐，从音乐里就听得出各国的治乱兴衰。一个这样贤明的人偏偏不肯就王位，要保持他的高洁。"

"这算什么高洁呢，使全吴国的人都能保持高洁才是真高洁。他只自己保持高洁，而一般人都还在水火里过日子，——我恨这样的人，因为追溯根源，我们都是吃了他高洁的苦。"一个年轻的人愤恨地说。

那老年人却谅解季札，并且含着称赞的口气："士各有志，我们也不能相强啊。他用好的行为启示我们，感动我们，不是比作国王有意义的多吗？一代的兴隆不过是几十年的事，但是一个人善良的行为却能传于永久。——就以他在徐君墓旁挂剑的那件事而论，有人或者会以为是愚蠢的事，但对于友情是怎样好的一幅画图！"

季札在死友墓旁挂剑的事，子胥从前也若有所闻，他再低下头看一看自己身边佩着的剑，不觉起了一个愿望："我这时若有一个朋友，我也愿意把我的剑，十年未曾离身的剑，当作一个友情的赠品，——不管这朋友活着也好，死了也好。而我永久只是一个人。"子胥这样想时，也就和那些人的谈话隔远了，江水里的云影在变幻，他又回到他自己身上。这时江水的上游忽然浮下一只渔船，船上回环不断地唱着歌：

> 日月昭昭乎侵已驰，
> 与子期乎芦之漪。

面前的景色，自己的身世，日月昭昭乎侵已驰，是怎样感动子胥的心！他听着歌声，身不由己地从这块石头上站起来，让歌声吸引着，向芦苇丛中走去。那些江边聚谈的人，还说得很热闹，子胥离开了他们，像是离开了一团无味的纷争。

他也不理解那渔夫的歌词到底含有什么深的意义，他只逡巡在芦苇旁。西沉的太阳把芦花染成金色，半圆的月也显露在天空，映入江心，是江里边永久捉不到的一块宝石。子胥正在迷惑不解身在何境时，渔夫的歌声又起了：

> 日已夕兮予心忧悲，
> 月已驰兮何不渡为？

歌声越唱越近，渔舟在芦苇旁停住了。子胥又让歌声吸引着，身不由己地上了船。

多少天的风尘仆仆，一走上船，呼吸着水上清新的空气，立即感到水的温柔。子胥无言，渔夫无语，岸上的谈话声也渐渐远了，耳边只有和谐的橹声，以及水上的泡沫随起随灭的声音。船到江中央，红日已经沉没，沉没在西方的故乡。江上刮来微风，水流也变得急骤了，世界回到原始一般地宁静。子胥对着这滔滔不断的流水，心头闪了几闪的是远古的洪水时代，治水的大禹怎样把鱼引入深渊，让人平静地住在陆地上。——他又想这江里的水是从郢城那里流来的，但是这里的江比郢城那里宽广得多了。他立在船头，身影映在水里，好像又回到郢城，因为那里的楼台也曾照映在这同一的水里。他望着江水发呆，不知这里边含有多少故乡的流离失所的人的眼泪。父亲的，哥哥的尸体无人埋葬，也许早已被人抛入江心；他们得不到祭享的魂灵，想必正在这月夜的江上出没。郢城里一般的人都在享受所谓眼前的升平，谁知道这时正有一个人在遥远的江上正准备着一个工作，想把那污秽的城市洗刷一次呢。子胥的心随着月光膨胀起来，但是从那城市里传不来一点声音，除却江水是从那里流来的……

他再看那渔夫有时抬起头望望远方，有时低下头看看江水，心境是多么平坦。他是水上生的，水上长的，将来还要在水上死去。他只知道水里什么地方有礁石，却不知人世上什么地方艰险。子胥在他眼里是怎样一个人呢？一个不知从何处来，又不知向哪里去的远方的行人罢了。他绝不会感到，子胥抱着多么沉重的一颗心；如果他感到一些，他的船在水上也许就不会这样叶子一般地轻漂了。但是子胥，却觉得这渔夫是他流亡以来所遇到的唯一的恩人，关于子胥，他虽一无所知，可是这引渡的恩惠有多么博大，尤其是那两首诗，是如何正恰中子胥的运命。怕只有最亲密的朋友才唱得出这样深切感人的歌词，而这歌词却又吐自一个异乡的，素不相识的人的口里。

船缓缓地前进着。两人在两个完全不同的世界，一个整日整夜浸在血的仇恨里，一个疏散于清淡的云水之乡。他看那渔夫摇橹的姿态，他享受到一些从来不曾体验过的柔情。往日的心总是箭一般的急，这时却惟恐把这段江水渡完，希望能多么久便多么久与渔夫共同领会这美好的时刻。

黄昏后，江水变成了银河，月光显出它妩媚的威力，一切都更柔和了。对面的江岸，越来越近，船最后不能不靠岸停住，子胥深感又将要踏上陆地，回到他的现实，同时又不能不和那渔夫分离。

一个素不相识的人，怎么能一开口就称他朋友呢？船靠岸了，子胥走下船，口里有些嗫嚅，但他最后不得不开口：

"朋友。"渔夫听到这两个字，并不惊奇，因为他把这当作江湖上一般的称呼，但是在子胥心里，它却含有这字的根本的意义。"我把什么留给你作纪念呢？"渔夫倒有些惊奇了。

这时子胥已经解下他的剑，捧在渔夫的面前。

渔夫吓得倒退了两步，他说："我，江上的人，要这有什么用呢？"

"这是我家传的宝物，我佩带它将及十年了。"

"你要拿这当作报酬吗？我把你渡过江来，这值得什么报酬呢？"渔夫的生活是有限的，江水给他的生活划了一个界限；他常常看见陆地上有些行人，不知他们为什么离乡背井要走得那么远。既然远行，山水就成为他们的阻碍；他看惯了走到江边过不来的行人，是多么苦恼！他于是立下志愿，只要一有闲暇，就把那样的人顺便渡过来。因为他引渡那些阻于大江的辛苦的行人的时刻多半在晚间，所以就即景生情，唱出那样的歌曲。渔夫把这番心意缩成一句不关重要的话："这值得什么报酬呢？"

这两个人的世界不同，心境更不同。子胥半吞半吐地说："你渡我过了江，同时也渡过了我的仇恨。将来说不定有那么一天，你再渡我回去。"渔夫听了这句话，一点也不懂，子胥看见月光下渔夫满头的银发，他朦胧的眼睛好像在说："我不能期待了。"这话，渔夫自然说不出，他只拨转船头，向下游驶去。

子胥独自立在江边，进退失据，望着那只船越走越远了，最后他才自言自语地说："你这无名的朋友，我现在空空地让你在我的面前消逝了，将来我却还要寻找你，不管是找到你的船，或是你的坟墓。"

他再一看他手中的剑，觉得这剑已经不是他自己的了：他好像是在替一个永久难忘的朋友保留着这支剑。

七　溧水

吴国，从泰伯到现在，是一个长夜，五六百年，谁知道这个长夜是怎样过去的呢？如今人人的脸上浮漾着阳光，都像从一个长久的充足的睡眠里醒过来似的。在这些刚刚睡醒了的人们中间，有一个溧水旁的女子，她过去的二十年也是一个长夜，有如吴国五六百年的历史；但唤醒她的人却是一个从远方来的，不知名的行人。

身边的，眼前的一切，她早已熟悉了，熟悉得有如自己的身体。风吹动水边的草，不是同时也吹动她的头发吗，云映在水里，不是同时也映在她的眼里吗。她和她的周围，不知应该怎样区分，因此她也感觉不到她的生存，她不知道除了"我"以外还有一个"你"。

江村里的一切，一年如一日地过着。只有传说，没有记载。传说也是那样朦胧，不知从什么时候开的端，也不知传到第几辈儿孙的口里就不望下传述了。一座山，一条水，就是这里的人的知识的界限，山那边，水那边，人们都觉得不可捉摸，仿佛在世界以外。这里的路，只通到田野里去，通到树林的边沿去，决不会通到什么更远的地方。——但是近年来，常常听人提到西方有一个楚国了，间或听说楚国也有人到这里来；这不过只是听着人说，这寂寞的江村，就是邻村的人都不常经过，哪里会有看到楚人的机会呢？

寂静的潭水，多少年只映着无语的天空，现在忽然远远飞来一只异乡的鸟，恰恰在潭里投下一个鸟影，转眼间又飞去了：潭水应该怎样爱惜这生疏的鸟影呢。——这只鸟正是那挟弓郑、楚之间，满身都是风尘的子胥。

子胥脚踏着吴国的土地，看着异乡的服装，听着异乡的方言，心情异样地孤单。在楚国境内，自己是个夜行昼伏的流亡人，经过无限的艰险，但无论怎样的奇异的景况，如今回想起来，究竟都是自己生命内应有的事物；无论遇见怎样奇异的人，楚狂也好，昭关唱招魂曲的兵士也好，甚至那江上的渔夫，都好像一个多年的老友，故意在他的面前戴上了一套揭不下来的面具。如今到了吴国，一切新鲜而生疏：时节正是暮秋，但原野里的花草，仍不减春日的妖媚；所谓秋，不过是使天空更晴朗些，使眼界更旷远些，让人更清明地享受这永久不会衰老的宇宙。这境界和他紧张的心情怎么也配合不起来。他明明知道，他距离他的目的已经近了许多，同时他的心里却也感到几分失望。

他精神涣散，身体疲乏，腹内只有饥饿。袋里的干粮尽了，昨天在树林里过了一夜，今天沿着河边走了这么久，多半天，不曾遇见过一个人，到何处能够讨得一钵饭呢？他空虚的，瘦长的身体柔韧得像风里的芦管一般，但是这身体负担着一个沉重的事物，也正如河边的芦苇负担着一片阴云，一个未来的暴风雨。他这样感觉时，他的精神又凝集起来，两眼放出炯炯的光芒。一个这样的身体，映在那个水边浣衣的女子的眼里，仿佛一棵细长的树在阳光里闪烁着。他越走越近，她抬起头来忽然望见他，立即又把头低下了。

她见惯田里的农夫，水上的渔人，却从不曾见过一个这样的形体，她并没有注意到他从远方走来，只觉得他忽然在她的面前出现了，她有些惊愕，有些仓皇失措……

子胥本不想停住他的脚步，但一瞬间看见柳树下绿草上放着一只筥筐，里面的米饭还在冒着热气，这时他腹中的饥饿再也不能忍耐了。他立在水边，望着这浣衣的女子，他仿佛忽然有所感触，他想：

——这景象，好像在儿时，母亲还少女样的年轻，在眼前晃过一次似的。

那少女也在沉思：

——这样的形体，是从哪里来的呢？在儿时听父亲讲泰伯的故事，远离家乡的泰伯的样子和他有些相像。

他低着头看河水，他心里在说：

——水流得有多么柔和。

——这人一定走过长的途程，多么疲倦。她继续想。

——这里的杨柳还没有衰老。

——这人的头发真像是一堆蓬草。

——衣服在水里漂浮着，被这双手洗得多么清洁。

——这人满身是灰尘，他的衣服不定有多少天没有洗涤呢。

——我在一个这样人的面前真龌龊啊。

——洗衣是我的习惯。

——穿着这身沉重的脏衣服是我的命运。

——我也愿意给他洗一洗呢。

——箪笥里的米饭真香呀。

——这人一定很饿了。

一个人在洗衣，一个人伫立在水边，谁也不知道谁的心里想的是什么，但是他们所想的，又好像穿梭似的彼此感到了。最后她想，"这人一定很饿了，"他正芦苇一般弯下腰，向那无意中抬起头来的女子说：

"夫人，箪笥里的米饭能够分出一些施舍给一个从远方来的行人吗？"

她忽然感到，她心里所想的碰到一个有声的回答。她眼前的宇宙好像静息了几千年，这一刻忽然来了一个远方的人，冲破了这里的静息，远远近近都发出和谐的乐声——刹那间，她似乎知道了许多事体。她不知怎样回答，只回转身把箪笥打开，盛了一钵饭，跪在地上，双手捧在子胥的面前。

这是一幅万古常新的画图：在原野的中央，一个女性的身体像是从草绿里长出来的一般，聚精会神地捧着一钵雪白的米饭，跪在一个生疏的男子的面前。这男子是一个什么样的人呢？她不知道。也许是一个战士，也许是一个圣者。这钵饭吃入他的身内，正如一粒粒的种子种在土地里了，将来会生长成凌空的树木。这画图一转瞬就消逝了，——它却永久留在人类的原野里，成为人类史上重要的一章。

她把饭放在那生疏的行人的手里，两方面都感到，这是一个沉重的馈赠。她在这中间骤然明了，什么是"取"，什么是"与"，在取与之间，"你"和"我"也划然分开了。随着分开的是眼前的形形色色。她正如一间紧紧关住的房屋，清晨来了一个远行的人，一叩门，门开了。

她望着子胥在吃那钵盛得满满的米饭，才觉得时光在随着水流。子胥慢慢吃着，全身浴在微风里，这真是长途跋涉中的一个小的休息，但这休息随着这钵饭不久就过去了。等到他吃完饭，把空钵不得不交还那女子时，感谢的话不知如何说出。他也无从问她的姓名，他想，一个这样的人在这样的原野里，"溧水女子"这个称呼不是已经在他的记忆里会发生永久的作用吗，又何必用姓名给她一层限制呢。他更不知道用什么来报答她。他交还她的钵时，交还得那样缓慢，好像整个的下午都是在这时间内消逝的一般。

果然，她把钵收拾起来后，已经快到傍晚的时刻了。她望着子胥拖着自己的细长的身影一步一步地走上渺茫的路途，终于在远远的疏林中消逝。

这不是一个梦境吗？在这梦境前她有过一个漫长的无语的睡眠，这梦境不过是临醒时最后的一个梦，梦中的一切都记在脑里，这梦以前也许还有过许多的梦，但都在睡眠中忘却了。如今她醒了，面对着一个新鲜的世界，这世界真像是那个梦境给遗留下来的一般。

她回到家门，夕阳正照映着她的茅屋，她走进屋内，看见些日用器具的轮廓格外分明，仿佛是刚刚制造出来的。这时她的老父也从田地里回来，她望他望了许久，不知怎么想起一句问话：

"从先泰伯是不是从西方来的？"

"是的，是从西方。"

"来的时候是不是一个人？"

"最初是一个人——后来还有他的弟弟仲雍。"

这时暮色已经朦胧了她眼前一度分明的世界。她想，她远古的祖母一定也曾像她今天这样，把一钵米饭呈献给一个从西方来的饥饿的行人。

八　延陵

在长途的跋涉里，子胥无时不感到身后有许多的事物要抛弃，面前有个绝大的无名的力量在吸引。只有林泽中的茅屋，江上的晚渡，溧水的一饭，对于子胥是一个反省，一个停留，一个休息。这些地方使他觉得宇宙不完全是城父和昭关那样沉闷，荒凉，人间也绝不都是太子建家里和宛丘下那样的卑污，凶险。虽然寥若晨星，到底还是有几个可爱的人在这茫茫的人海里生存着。

如今他走入延陵的境内——他在子产的墓旁，在落日的江边所怀念过的那个人人称誉的贤人不是正在这里任何一所房子里起居，正在这里任何一块田上耕作吗？他想到这里，胸怀忽然敞亮，眼前的一水一木也更为清秀了。假如季札是古人，他不定多么惆怅，他会这样想，如果季札与我同时，我路过这里，我一定把无论多么重要的事都暂时放在一边，要直接面对面向这个贤者叙一叙我倾慕的情愫。但季札并不是古人，他正生存在这地方的方圆数十里内，路上的行人随时都可以叩一叩他的门，表达景仰的心意。可是子胥却有几分踟蹰了。他觉得，现在不是拜见季札的时刻，将来也未必有适宜的时刻。若说适宜，也许在过去吧。——在以前，在他没有被牵扯在这幕悲剧里以前，那时他还住在郧城里，父亲无恙，长兄无恙，在简单的环境中，一个青年的心像纸鸢似的升入春日的天空，只追求纯洁而高贵的事物。那时，他也许为了季札的行径，起了感应，愿意离开家人，离开故乡，离开一切身边熟悉的事物，走遍天涯，去亲一亲这超越了一切的贤人的颜色。可是，现在已经不是那个时候了。他虽然还有向着高处的，向着纯洁的纸鸢似的心，但是许多沉重的事物把他拖住了，不容许他的生命像水那样清，像树那样秀。他一路上已经在些最丑陋，最卑污的人群里打过滚，不像季札在二十年前周游列国时听的是各国的音乐，接受的是子产、晏平仲那样的人物，就是一座友人的坟墓，他也会用一支宝剑把它点缀得那样美。走过了许多名山大川，一旦归来，把王位看得比什么都轻，不理会一切的纠葛，回到延陵耕田去了。这个生命是多么可爱！而子胥却把父兄的仇恨看得比什么都重，宁愿为它舍弃了家乡，舍弃了朋友，甚至舍弃了生命。他在路上被人看作乞丐，被人看作贩夫，走路时与牛马同群，坐下休息时与虫豸为邻，这样忍辱含垢，只为的是将有回到楚国的那一天。到那时，并没有青青的田野留着给他耕种，却只有父亲的血，长兄的血，等待他亲手去洗。渔夫的白发，少女的红颜，只不过使子胥的精神得到暂时的休息，是他视界里的一道彩虹，并不能减轻一些他沉重的负担……

这时，迎面跑来十几个青年男女，穿着色彩谐调的衣裳，每个人的手里都举着一束雪白的羽毛，他们的语声和笑声在晴朗的秋阳中显得格外清脆。有的说，今天的舞蹈真是快乐；有的说，那新建筑的雩坛有多么宽广；有的说，我们这里沟渠这样多，雨水也调和，要雩坛作什么呢，不过是供我们舞蹈罢了；有的说，四围的柳树多么柔美，我们舞的时候，那些长的柳条也随着我们舞呢；最后一个女孩子说，我们真荣幸，今天季札看我们的舞蹈，从头看到尾。

子胥听着这些话，好像走入一个快乐而新鲜的世界，一个经过宛丘，经过昭关的人，望着这一群活泼的青年，他深深地觉得，他在这样的世界里已经没有一点份，心里感到难言的痛苦。等到他们连跑连跳地走远了，子胥的精神恍惚了许久，最后又回到他自己考虑着的问题：他想，这时的季札一定是刚刚看完了这一群青年的舞蹈回来，正在家里休息。

"望前走呢？还是登门拜访？"

望前走，他知道望前走的终点是吴国的国都。在那里，他要设法拜谒吴王，要以动听的言词感动吴王的心，早日实现大规模的西征。假如季札不那样轻视王位，他接受了餘眛的王位，那么他在吴市所要拜谒的和这里所要拜访的就是一个人，也就不会有这番心理的冲突了。偏偏季札又看不起他所要拜谒的王位。他这时若要拜访季札，不会因之减少他所要拜谒的那个王位的价值吗？假如他扣开了季札的门，一个将近老年的贤者含着笑迎接他，说出这样客气的话——

"先生远远地从西方来，将何以见教？"

他要用什么样的话回答呢？是说他复仇的志愿，还是叙述他一向仰慕的心？若是说他复仇的志愿，又何必到季札这里来？若是叙述他仰慕的心，走出季札的门，又何必还望东去呢？

小路上的桥渐渐多起来了。这都是季札率领着这一带的农人所挖的沟渠。大地上布着水网，在绿野里闪烁着交错的银光。面前许多农夫农妇来来往往地工作着。他的身边有两个老人一边走着，一边说着：

"令孙今天也加入舞蹈了吗？"

"小孩子们谁不愿意加入呢？"

"听说下月还要在雩坛上演奏中原的音乐呢。"

"如今年轻的人们真是快乐，我们从先没有享受过——"

"这要感谢季札。"

子胥心里想：我本来也应该有这样一片地，率领着一些农人做些这样的工作，并且建筑一座宽广的雩坛，让青年们受些舞蹈与音乐的熏陶。但是如今不可能，将来也不可能了。是怎样一个可怕的运命使我像丧家之犬似的到处奔驰，就是最庸俗最卑污的人都有权利看我比他还庸俗还卑污。其实我所钦佩的，正是那个连王位都不置一顾的季札。

季札的门并不是宫门那样森严，随时都可以扣得开，子胥的心也不住地向那边向往。但是这可怕的运命把他们隔开了，他的心无论怎样往那里去，他的身体却不能向那里走近一步。水里有鱼，空中有鸟，鱼望着鸟自由地飞翔，无论怎样羡慕，愿意化身为鸟，运命却把它永久规定在水里，并且发不出一点声音。——子胥想到这里时，对于登门拜访季札的心完全断念了。同时也仿佛是对于他生命里一件最宝贵的事物的断念。正如掘发宝石的人分明知道什么地方有宝石，发掘泉水的人分明知道什么地方有泉水，但是限于时间，限于能力，不能不忍着痛苦把那地方放弃。

这时他觉得，他是被一个气氛围绕着，他走到哪里，那气氛跟到哪里，在他没有洗净了他的仇恨之先，那气氛不会散开，也不容他去瞭望旁的事物。但是生命有限，一旦他真能达到目的，从这气氛里跳出来，他该是一个怎样的人呢？他无从预想，他也不敢预想。延陵的山水虽然使他留恋难舍，可是他知道他眼前的事是报仇雪恨，他也许要为它用尽他一生的生命。他眼前的事是一块血也好，是一块泥也好，但是他要用全力来拥抱它。

延陵，是一段清新的歌曲，他在这里穿行，像是在这歌曲里插进一些粗重的嗓音。最后他加紧脚步，忍着痛苦离开延陵，归终没有去叩季札的门。

九　吴市

村落渐渐稠密，路上的行人渐渐增多，在远方的晨光中一会儿闪出一角湖水，一会儿又不见了，走过一程，湖水又在另一个远远的地方出现。子胥自己觉得像是一条经过许多迁途的河水，如今他知道，离他所要注入的湖已经不远了。他心里盘算着，若不是在下午，必定就是晚间，一个新兴的城市就要呈现在他的面前。

刚过中午不久，他就遇见些从市集归来的人，三三五五地走着，比他所期望的早得多，忽然一座城在望了。他又低着头走了一些时，不知不觉在空气中嗅到鱼虾的腥味，原来西门外的市集还没有散完。地湿漉漉的，好像早晨落过一阵小雨，这时阴云也没有散尽，冷风吹着，立刻显出深秋的景像。郢城，他久已不见了，无法比较，但是比起郑国和陈国的首都，这里的行人都富裕得多，人人穿着丝棉的衣裳，脸上露着饱满的笑容，仿佛眼前有许多事要做似的，使这座城无时无刻不在膨胀。子胥正以他好奇的眼光观看一切，忽然听到一片喧哗，看见在不远的地方聚集着一堆人。这些人围拢在一家门前，门前站立着一个高大的男子，那男子满脸怒容，发出粗暴的声音说——

"放着眼前有一片空阔的广场，你们不去摆你们的摊子，偏偏摆在我的门前，摆完了又不替我打扫，在白石的台阶上丢下些鱼鳞虾皮就走了，弄得我的房里充满了腥气！"

他这样喊着，并没有得到回答，四围的人听了只是嘻嘻地笑。这无异于在他的怒火上加油，他的牢骚越发越大：

"我住在这里，本来是清清静静的，不想沾惹你们，天天早晨打开门，是一片绿油油的田野。但是几年来，城里不知为什么容不下你们了，在我的四围左盖起一所房子，右盖起一所房子，把我这茅屋围得四围不透气。我住的本来是郊，不知怎么就变成了郭了。我当然无权干涉你们，但是你们真会搅扰我。一清早就有女人们唱着不知从哪里学来的外国歌，那样不自然，像是鹦鹉学人说话一般；晚上又是男人们呼卢喝雉的声音。弄得我早晨不能安心研究我的剑术，晚上不能睡眠。你们这些人——"

他的憎恨使他的语言失却理性，大部分的人还是嘻嘻地笑。但是住在近邻的几家人有些受不住了：

"你这自私的独夫，我们在晚间消遣解闷，干你什么事？难道因为你住在我们的近邻，我们就不作声？"

"你们这群败类，"他的愤恨促使他说出更粗野的话，"你们就和这些腐烂的鱼鳞虾皮一样地腥气。"

这句话激怒了群众。"他侮辱我们！""他骂我们！""我们要和他到官府去解决！"大家你一言我一语地，有的向后退了两步，有的又挤上前，这人看着这群人的激动，便挽起袖子，他的两只胳膊上露出来两条纹饰的毒龙。当他拔起他腰间的匕首时，四围又是一片暂时的平静，平静中含着一些悚惧。正在这瞬间，门内走出一个老太婆——

"专诸，进来吧！你又在闯什么祸？"

那人听见母亲在门内呼唤他，他的愤怒立即化为平静，把匕首插入鞘中，向人群投了一个轻蔑的眼光，走进去了。

众人望着专诸走进门内，人人的心也都松下去。等到专诸的家门紧紧关住了，才有几个人用一句轻薄的话遮饰他们当时的恐惧：

"这人这样顺从他的母亲，看来也没有多大本领。"

同时又是一片轻薄的嘻笑。子胥在一旁看着这幕剧，心里有些惊奇。他从那老人婆的口中知道，这个"人的憎恨者"叫做专诸。他想，这人最初一定是与世无侮，在郊外盖下这座茅屋，和他的母亲过着平静的生活。他并不寻找纷扰，但是纷扰找到他的门前，当年的郊变成今日的郭了。那些卖鱼卖虾的，呼卢喝雉的，唱外国歌的……从早到晚在搅扰他，使他不能清静地生活，如今他不能不愤怒了，这愤怒，谁能平息呢？只有那四围是和平围绕着的老母，因为他多少年平静的生活都是和他的母亲一同度过的，所以平静也永久凝集在他母亲的身上。——子胥想到这里，林泽里的茅屋仿佛又呈现在他的面前，他想，那个楚狂一定还和他年轻的妻过着平静的岁月，但宇宙间没有不变的事，一旦那林泽开辟为楚王的猎场，楚国的贵族在他的四围建起一座一座的别墅，也有些女人不三不四地唱些外国歌，也有呼卢喝雉的声音搅得他不能安眠……他会不会摇身一变，变为今日的专诸呢？他觉得，楚狂变为专诸的日子一定也不远了。

子胥立在街头沉思时，那群人早已散开了。街上越来越寂静，他也越想越远。看着专诸门前的鱼鳞虾皮忽而化为林泽中的麋鹿雉鸡，楚狂的藜实袋里也忽然会露出明亮的匕首，而楚狂的妻与专诸的老母忽然融合为一个人了——宁静而朴实的女性。

有人在拍子胥的肩，使子胥吓了一跳，这对于他是多么生疏，他久已不曾经验过这肩上的一拍了。他悚惧地回转头来，面前是一个久已忘却的面貌。他端详一些时，才认识出是少年时太学里的一个同学，以研究各国的国风见称，后来各自分散，彼此都已忘记，不知什么样的运命把他送到吴国来了。那人望着子胥，半惊半喜地说：

"我看你有些面熟，我不敢认，你莫非是精于射术的子胥吗？你怎样也会到这里来呢？"子胥还没有回答，那人接着说，"我在这里已经很久了，这里的同乡并不少。我在这里教音乐，你知道，一个新兴的国家是怎样向往礼乐……"

子胥不愿意遇见熟人，他听了这话，面前好像又看见有一片污泥，同时他想起方才专诸所骂的外国歌，必定是这类的人给传来的。那人不管子胥在想什么，却兴高采烈地说下去：

"你来了真好，这里也有同乡会，自从申公丞臣以来，我们楚人在这里都很被人欢迎，不管是文的，或是武的。你知道吗，一个新兴的国家是多么向往礼乐！我还记得，你的射术和剑术都很好，你不愁没有饭吃。我除却教授音乐，还常常作几章诗刻在竹板上，卖给当地的富商们，他们很愿意出重价呢……

"前些天还来了一位同乡，据说他研究过许多年的梼杌，他在这里一座广场上讲齐桓、晋文、秦穆、楚庄称霸的故事，说得有声有色，招来了许多听众。每个听者都要缴纳一个贝壳，坐在前排的一个大贝壳，坐在后排的一个小贝壳，讲了几天，他背走了好几口袋贵重的贝壳……

　　"你知道吗，在吴越的边境上还有许多野人，他们是断发纹身的，发断了的确不好看，但是身上的雕纹有些的确很美丽呢。我们可以把这些雕纹描下来，还收集一些他们的用具，带到城里来给大家看看，从这上面也可以赚不少的钱……

　　"谁说时代乱不容易找金银呢？金银到处都是。"

　　子胥听着这些话，真是闻所未闻，好像另外一个世界里的事，他无法回答。只是由于那人夸奖他的射术，他忽然想起一个精于射术的朋友，这人在许久以前就离开了楚国，听说到东方去了，他倒想趁这机会打听打听这人的下落。他说，"我的射术和剑术早已荒疏了，这时我却想起一个精于射道的朋友，不知他是不是在这里？"

　　那人愣了一下，立即说道："你说的是不是陈音？"

　　"是的，——是陈音。"

　　"陈音几乎和我是同时来的，现在到越国去了。从他那里我得到不少关于射道的材料，你知道，我是研究诗的，由他的口里我听到了那首最古的诗——

　　断竹，续竹，

　　飞土，逐害。"

　　子胥早已忘记了这个名字，如今忽然想起，好像一个宝贵的发现，但是到越国去了，他立即感到无限的失望；这正如在人丛中出乎意外地露出一个久未见面的朋友，可是一转眼，他又在人丛中消逝了。子胥的神情很不自然，不住地发呆，那人也觉得两人中间好像有些话不大通似的，又看了看子胥，把同乡会的地址告诉他，说一句："我看你这样子，也很匆忙，我们明天再见，我还要赶忙去教某某小姐鼓瑟。"说完便匆匆地走去了。

　　子胥望着那人走远，他想，假如陈音也在这里，他一定立即去找到他，向他说一说他的遭遇和他的计划，——因为这人深深地知道弓弩的作用是"逐害"。可是这人到越国去了，他心中感到无限的苍凉。在林泽，在田野，复仇的事无从开始；一到人间，就又难免遇到些拖泥带水的事，听到许多离奇古怪的话。他一路的遭逢，有的很美，有的很丑，但他真正的目的，还在一切事物的后面隐藏着。

他意想不到，这里也有这样多的楚人，他为了避免无谓的纠纷，他不得不隐蔽他的面目；但他为了早一日达到目的，又急切地需要表露他的面目。在这又要隐蔽，又要表露的心情里他一步步地进入吴市。

不久，吴市里便出现了一个畸人：披着头发，面貌黧黑，赤裸着脚，高高的身体立在来来往往的人们中间。他双手捧着一个十六管编成的排箫，吹一段，止住了，止住一些时，又重新吹起：这样从早晨吹到中午，从中午又吹到傍晚。这吹箫人好像在尽最大的努力要从这十六枝长长短短的竹管里吹出悲壮的感人的声音。这声音在听者的耳中时而呈现出一条日夜不息的江水，多少只战船在江中逆流而上，在这艰难的航行里要显出无数人的撑持；时而在一望无边的原野，有万马奔驰，中间参杂着轧轧的车声，有人在弯着弓，有人在勒着马，在最紧张的时刻，忽然万箭齐发，向远远的天空射去。水上也好，陆地也好，使听者都引领西望，望着西方的丰富的楚国……

再吹下去，吹出一座周围八九百里的湖泽，这比吴市之南的广大的震泽要神秘得多，那里有取之不尽，用之不竭的水产，灵龟时时从水中出现，如果千百只战船从江水驶入大泽，每只船都会在其中得到适宜停泊的处所；还有浓郁的森林，下面走着勇猛的野兽，上边飞着珍奇的禽鸟，如果那些战车开到森林的旁边，战士的每枝箭都可能射中一个美丽的生物。湖泽也好，森林也好，使听者都引领西望，望着西方丰富的楚国……

再吹下去，是些奇兀的山峰，这在吴人是怎么也想象不到的，每一步都会遇到阻碍，每一望都会感到艰难，岩石峭壁对于人拒绝的力量比吸引的力量要大得多，但是谁若克制了那拒绝的力量，便会发现它更大的吸引力；在山的深处有铜脉，有铁脉，都血脉似的在里面分布，还有红色的，蓝色的，绿色的宝石，在里面隐埋……吴人听到这里，耳朵要用很大的努力才能听下去，好像登山一样艰难。

但是谁也舍不开这雄壮的箫声了，日当中天，箫声也达最高峰，人人仰望着这座高峰，像是中了魔一般，脚再也离不开他们踩着的地面。

午后，这畸人又走到市心，四围的情调和上午的又迥然不同，他用哀婉的低音引导着听者越过那些山峰，人们走着黄昏时崎岖的窄路，箫声婉婉转转地随着游离的鬼火去寻索死者的灵魂，人人的心里都感到几分懔懔。但箫声一转，仿佛有平静的明月悬在天空，银光照映着一条江水穿过平畴，一个白发的渔夫在船上打桨，桨声缓缓地，缓缓地在箫声里延续了许久，人们艰苦的恐惧的心情都化为光风霁月，箫声温柔地抚弄着听众，整个的吴市都在这声音里入睡了……

忽然又是百鸟齐鸣，大家醒过来，箫声里是一个早晨，一个人类的早晨，像一个女性的心，花一般地慢慢展开，它对着一个陌生的男子领悟了许多事物。——箫声渐渐化为平凡，平凡中含有隽永的意味，有如一对夫妇，在他们的炉灶旁升火煮饭。

听者在上午感到极度的兴奋，神经无法松弛，到这时却都融解在一种平凡圣洁的空气里了：人人都抱着得了安慰的心情转回家去。

第二天这畸人又出现了，人们都潮水似的向他涌来，把他围在市中心。箫声与昨天有些不同，可是依然使人兴奋，使人沉醉。这事传入司市的耳中，司市想，前些天那个研究梼杌的人，在这里讲演，为的是贝壳；今天又有人在这里吹箫，听说他既不要贝壳，也不要金银，可是为什么呢？他必定是另有作用，要在这里蛊惑人民，作什么不法的事。但当他也混在听众中，一段一段地听下去时，他也不能摆脱箫声的魔力了，一直听到傍晚。他本来计划着要把这吹箫人执入圜土里定罪，但他被箫声感化了，他不能这样做。

他没有旁的方法，只有把这事禀告给吴王。

后　记

我们常常看见有人拾起一个有分量的东西，一块石片或是一个球，无所谓地向远方一抛，那东西从抛出到落下，在空中便画出一个美丽的弧。这弧形一瞬间就不见了，但是在这中间却有无数的刹那，每一刹那都有停留，每一刹那都有陨落。古人在"镞矢之疾"，在"飞鸟之影"的上边，似乎早已看得出这停留与陨落所结成的连锁。若是把这个弧表示一个有弹性的人生，一件完美的事的开端与结束，确是一个很恰当的图像。因为一段美的生活，不管为了爱或是为了恨，不管为了生或是为了死，都无异于这样的一个抛掷：在停留中有坚持，在陨落中有克服。这故事里的主人为了父兄的仇恨，不得不离开熟识的家乡，投入一个辽远的生疏的国土，从城父到吴市，中间有许多意外的遭逢，有的使他坚持，有的使他克服，是他一生中最有意义的一段。在少年时，我喜爱这段故事，有如天空中的一道虹彩，如今它在我面前又好似地上的一架长桥——二者同样弯弯地，负担着它们所应负担的事物。

远在十六年前，我第一次读到里尔克的散文诗《旗手里尔克的爱与死之歌》，后来我在一篇讲里尔克的文章里曾经说过："在我那时是一个意外的，奇异的得获。色彩的绚烂，音调的和谐，从头至尾被一种忧郁而神秘的情调支配着，像一阵深山中的骤雨，又像一片秋夜里的铁马风声。"我被那一幕一幕的色彩与音调所感动，我当时想，关于伍子胥的逃亡也正好用这样的体裁写一遍。但那时的想象里多少含有一些浪漫的元素，所神往的无非是江上的渔夫与溧水边的浣纱女，这样的遇合的确很美，尤其是对于一个像伍子胥那样的忧患中人。昭关的夜色，江上的黄昏，溧水的阳光，都曾经音乐似地在我的脑中闪过许多遍，可是我并没有把它们把住。

十六年，是一个多么空旷的时间。十六年前的世界已经不是现在眼前的世界，自己的思想与心情也起过许多变化，而伍子胥这个影子却没有在我的想象中完全消逝。当我在柏林，忽然在国内寄来的报纸上读到友人梁遇春君逝世的消息，随后便到东海的一个小岛去旅行时，在船上望着海鸥的飞没，我曾经又起过写伍子胥的愿望。当抗战初期，我在内地的几个城市里流离转徙时，有时仰望飞机的翱翔，我也思量过写伍子胥的计划。可是伍子胥在我的意象中渐渐脱去了浪漫的衣裳，而为成为一个在现实中真实地被磨练着的人。这有如我青年时的梦想，有一部分被经验给填实了，有一部分被经验给驱散了一般。

三十一年的冬天，卞之琳先生预备把他旧日翻译的《旗手》印成单行本，在付印前，我读到他重新改订的译稿。由于这青年时爱过的一本书，我又想起伍子胥。一时兴会，便写出城父、林泽、洧滨、昭阴、江上、溧水、吴市七章，但是现在所写的和十多年前所想象的全然不同了，再和里尔克的那首散文诗一比，也没有一点相同或类似的地方。里边既缺乏音乐的元素，同时也失却这故事里所应有的朴质。其中掺入许多琐事，反映出一些现代人的，尤其是近年来中国人的痛苦。这样，两千年前的一段逃亡故事变成一个含有现代色彩的《奥地赛》了。既然如此，我索性不顾历史，不顾传说，在这逃亡的途程上又添了两章：宛丘与延陵。这虽然是我的捏造，但伍子胥从那些地方经过，并不是不可能的。于是伍子胥对于我好像一棵树，在老的枝干上又发出几个新芽。

一个朋友读完我的原稿，他问我，吴市以后的伍子胥还想继续写下去吗？我回答他说，不想继续写下去了；如果写，我就想越过三十八年，写伍子胥的死。我于是打开架上的《吴越春秋》，翻出一段向他诵读——

"子胥归，谓被离曰：'吾贯弓接矢于郑楚之界，越渡江淮，自致于斯。前王听从吾计，破楚见凌之仇。欲报前王之恩而至于此……'

被离曰：'……自杀何益？何如亡乎？'

子胥曰：'亡臣安往？'"

我读完这一段，我重复着说，如果写，我就写他第二次的"出亡"——死。

三十三年冬。

（原载《世界文艺季刊》第 1 卷第 1、2 期，1945 年 8 月、11 月出版）

述评

中国现代文学史上，象征体小说的创作显得十分薄弱。而真正把象征体的小说写成杰作的，却是20世纪20年代的诗人冯至，这令读者们大为咋舌也就不足为怪了。鲁迅在《中国新文学大系·小说二集导言》中曾这样说道："1924年，发祥于上海的浅草社，其实也是为艺术而艺术的作家团体，……连后来是中国最为杰出的抒情诗人的冯至，也曾发表他幽婉的名篇。"可见他对于冯至的评价之高。

《伍子胥》原载于《世界文艺季刊》第1卷第1、2期，1945年正式出版。作品甫一问世，著名作家和编辑家靳以就曾写信给素不相识的冯至，称赞他的这篇作品是"近来小说中最好的一部"。《伍子胥》是有着诗人灵魂的冯至创作的一篇历史题材的诗化叙事体小说，它来源于国统区作家利用战时生活体验所得到的一种特别的创作灵感，把一个古代的逃亡故事与现实的一种人生体验巧妙地扭结成一篇艺术佳构。据冯至后来回忆，说他的这篇小说经过了16年的酝酿，而在日军侵略中国的时期，他"在内地的几个城市里流离转徙"，"仰望飞机的翱翔"，从而激发了灵感，打算把伍子胥写成"在现实中真实地被磨练着的人"。他自己从读里尔克的《旗手里尔克的爱与死》中受到"一种幽郁而神秘的情调"和"一幕幕的色彩与音调"的感动和启示，一时兴会，于是决定用伍子胥的故事来写一篇浪漫的幻象与画面，"掺入许多琐事，反映出一些现代人的，尤其是近年来中国人的痛苦"。然而，直到他有了对现实生活的充分积累和足够的体验后，才依据历史进行提炼，动笔写出了与鲁迅的《铸剑》主题迥然不同的诗体小说。

《伍子胥》问世后，当时就有论者指出，它算不上是一篇真正意义上的小说，它没有通过艺术细节描写人物富有戏剧性的争斗，也没有通过心理刻画来展示一个逃亡者的灵魂战栗，它只是用一个个散文诗的片断来表现各种人事、风物在主人公伍子胥一路漂泊中所引起的感觉和体验。也有论者认为，虽然作者选取的是一个"复仇"的故事题材，然而它的侧重点却并非是复仇，而且一些叙事和细节也与历史"真实"有出入。

对于这些批评，卞之琳后来曾专门写过文章评论冯至的这篇作品，他认为，冯至是从历史文献中取材写他的《伍子胥》，情节均有所依据，但是对史实有提炼和艺术加工，只有宛丘与延陵两章，进行了他所谓的"捏造"，但是伍子胥"从那两个地方经过，也不是不可能的"。"正因为冯至选择了伍子胥出亡故事中从城父至吴市的一段行程，恰当处理了一路上可能遭遇的美与丑、善与恶，点明了小说主人公的刚毅素质，与整部小说的情调一致，与小说主人公的基本性格相符，就免于着笔写以后有关的种种耸人听闻的事件，不是隐瞒而是涵盖了它们，正如小说中提到的伍子胥张弓吓退了追捕的楚兵引而不发。传说中的一些突出事件，主要是伍子胥终率吴师攻入楚都郢城，因楚平王已死，就掘墓鞭尸三百、最后又是自己受谗人陷害。在吴王夫差不听忠告防越，反报以赐死面前的激昂陈辞，要求死后把眼睛挖悬吴都城门以观越军入城之类的壮烈或惨烈，都免于涉笔了。至于《吴越春秋》里增加的声色和迷信以及无稽的节外生枝，小说里更严加选择，小取大舍。例如江上渔夫渡伍过江后的自沉，浣衣女子应伍乞食后的投水，都不但无端或者庸俗，而且隐寓沉旧的伦理观念或带狭隘的市井眼光。"

说它是一首优美的长篇叙事诗也好，说它是一部不像小说的历史小说也罢，可能与作者的创作初衷都有距离，冯至所写的是从伍子胥的逃亡中去感受、去表现，更多的是属于他自己的生命情感和体验，正如他在后来所阐明的那样："因为一段美的生活，不管为了爱或是为了恨，不管为了生或是为了死，都无异于这样的一个抛掷：在停留中有坚持，在陨落中有克服。我这里写的这个故事里的主人公为了父兄的仇恨，不得不离开熟识的家乡，投入一个辽远的、生疏的国土，从城父到吴市，中间有许多意外的遭逢，有的使他坚持，有的使他克服，是他一生中最有意义的一段。"

猫

钱锺书

"打狗要看主人面，那么，打猫要看主妇面了——"颐谷这样譬释着，想把心上一团蓬勃的愤怒像梳理乱发似的平顺下去。诚然，主妇的面，到现在还没瞧见，反正那混帐猫儿也不知躲到哪里去了，也无从打他。只算自己晦气，整整两个半天的工夫全白费了。李先生在睡午觉，照例近三点钟才会进书房。颐谷满肚子憋着的怒气，那时都冷了，觉得非趁热发泄一下不可。凑巧老白送茶进来，颐谷指着桌子上抓得千疮百孔的稿子，字句流离散失得像大轰炸后的市民，说："你瞧，我回去吃顿饭，出了这个乱子！我临去把誊清的稿子给李先生过目，谁知他看完了就搁在我桌子上，没放在抽屉里，现在又得重抄了。"

老白听话时的点头一变而为摇头，叹口微气说："那可就糟啦！这准是'淘气'干的。'淘气'可真淘气！太太惯了它，谁也不敢碰它根毛。齐先生，您回头告诉老爷，别让'淘气'到书房里来。"他躬着背蠕缓地出去了。

"淘气"就是那闹事的猫。它在东皇城根穷人家里，原叫做'小黑'。李太太嫌'小黑'的称谓太俗，又笑说："那跟门房'老白'不成了一对儿么？老白听了要生气的。"猫送到城南长街李家那天，李太太正在请朋友们茶会，来客都想给它起个好听的名字。一个爱慕李太太的诗人说："在西洋文艺复兴的时候，标准美人都要生得黑，我们读莎士比亚和法国七星派诗人的十四行诗，就知道使他们颠倒的都是些黑美人。我个人也觉得黑比白来得神秘，富于含蓄和诱惑。一向中国人喜欢女人皮肤白，那是幼稚的审美观念，好比小孩只爱吃奶，没资格喝咖啡。这只猫又黑又美，不妨借莎士比亚诗里的现成名字，叫它'dark lady'，再雅致没有了。"有两个客人听了彼此做个鬼脸，因为这诗人说话明明双关着女主人。李太太自然极高兴，只嫌"darklady"名字太长。她受过美国式的教育，养成一种逢人叫小名以表亲昵的习气，就是见了莎士比亚的面，她也会叫他 bill，何况猫呢？所以她采用诗人的提议，同时来个简称，叫"Darkie."大家一致叫："妙！"这猫听许多人学自己的叫声，莫名其妙，也和着叫："妙！妙！"（miaow！miaow！）没人想到这简称的意义并非"黑美人"，而正是李太太嫌俗的"小黑"。一个大名鼎鼎的老头子，当场一言不发，回家翻了半夜的书，明天清早赶来看李太太，讲诗人的坏话道："他懂什么？我当时不好意思跟他抬扛，所以忍住没有讲。中国人一向也喜欢黑里俏的美人，就像妲己，古文作'「黑旦」己'，就是说她又黑又美。「黑旦」己刚是'Darkie'的音译，并且也译了意思。哈哈！太巧了，太巧了！"这猫仗着女主人的爱，专闹乱子，不上一星期，它的外国名字叫滑了口，变为跟 Darkie 双声叠韵的混名："淘气"。所以，好像时髦教会学校的学生，这畜生中西名字，一应俱全，而且未死已蒙谥法——混名。它到李家不足两年，在这两年里，日本霸占了东三省，北平的行政机构改组了一次，非洲亡了一个国，兴了一个帝国，国际联盟暴露了真相，只算一个国际联梦或者一群国际联盲，但是李太太并没有换丈夫，淘气还保持着主人的宠爱和自己的顽皮。在这变故反复的世界里，多少人对主义和信仰能有同样的恒心呢？

这是齐颐谷做李建侯试用私人秘书的第三天，可是还没瞻仰过那位有名的李太太。要讲这位李太太，我们非得用国语文法家所谓"最上级形容词"不可。在一切有名的太太里，她长相最好看，她为人最风流豪爽，她客厅的陈设最讲究，她请客的次数最多，请客的菜和茶点最精致丰富，她的交游最广。并且，她的丈夫最驯良，最不碍事。假使我们在这些才具之外，更申明她住在战前的北平，你马上获得结论：她是全世界文明顶古的国家里第一位高雅华贵的太太。因为北平——明清两代的名士像汤若士、谢在杭们所咒诅为最俗、最脏的北京——在战事前几年忽然被公认为全国最文雅、最美丽的城市。甚至无风三尺的北平尘土，也一变而为古色古香，似乎包含着元明清三朝帝国的劫灰，欧美新兴小邦的历史博物馆都派人来装了瓶子回去陈列。首都南迁以后，北平失掉它一向政治上的作用；同时，像一切无用过时的东西，它变为有历史价值的陈设品。宛如一个七零八落的旧货摊改称为五光十色的古玩铺，虽然实际上毫无差异，在主顾的心理上却起了极大的变化。逛旧货摊去买便宜东西，多少寒窘！但是要上古玩铺你非有钱不可，还得有好古癖，还得有鉴别力。这样，本来不屑捡旧货的人现在都来买古玩了，本来不得已而光顾旧货摊的人现在也添了身分，算是收藏古董的雅士了。那时候你只要在北平住家，就充得通品，就可以向南京或上海的朋友夸傲，仿佛是个头衔和资格。说上海和南京会产生艺术和文化，正像说头脑以外的手足或腰腹也会思想一样的可笑。周口店"北京人"遗骸的发现，更证明了北平居住者的优秀。"北京人"是猴子里最进步的，有如北平人是中国人里最文明的。因此当时报纸上闹什么"京派"，知识分子们上溯到"北京人"为开派祖师，所以北京虽然改名北平，他们不自称"平派"。京派差不多全是南方人。那些南方人对于他们侨居北平的得意，仿佛犹太人爱他们入籍归化的国家，不住地挂在口头上。迁居到北平以来，李太太脚上没发过湿气，这是住在文化中心的意外利益。

李氏夫妇的父亲都是前清遗老，李太太的父亲有名，李先生的父亲有钱。李太太的父亲在辛亥革命前个把月放了什么省的藩台，满心想弄几个钱来弥补历年的亏空。武昌起义好像专跟他捣乱似的，他把民国恨得咬牙切齿。幸而他有个门生，失节作了民国的大官，每月送笔孝敬给他。他住在上海租界里，抱过去的思想，享受现代的生活，预用着未来的钱——赊了账等月费汇来了再还。他渐渐悟出寓公自有生财之道。今天暴发户替儿子办喜事要证婚，明天洋行买办死了母亲要点主，都用得着前清的遗老，谢仪往往可抵月费的数目。妙在买办的母亲死不尽，暴发户的儿子全养得大。他文理平常，写字也不出色，但是他发现只要盖几个自己的官衔图章，"某年进士"，"某省布政使"，他的字和文章就有人出大价钱来求。他才知道清朝亡得有代价，遗老值得一做，心平气和，也肯送女儿进洋学堂念书了。李先生的父亲和他是同乡，极早就讲洋务，做候补道时上过"富国裕民"的条陈，奉宪委到上海向洋人定购机器，清朝亡得太早，没领略到条陈的好处，他只富裕了自己。

他也曾做出洋游历的随员，回国以后，把考察所得，归纳为四句传家格言："吃中国菜，住西洋房子，娶日本老婆，人生无遗憾矣！"他亲家的贯通过去、现在、未来，正配得上他的融会中国、东洋、西洋。谁知道建侯那糊涂虫，把老子的家训记颠倒了。第一，他娶了西洋化的老婆，比西洋老婆更难应付。爱默在美国人办的时髦女学毕业，本来是毛得撩人、刺人的毛丫头，经过"二毛子"的训练，她不但不服从丈夫，并且丈夫一个人来侍候她还嫌不够。第二，他夫妇俩都自信是文明人，不得不到北平来住中国式的旧房子，设备当然没有上海来得洋化。第三，他吃日本菜得了胃病。这事说来话长。李太太从小对自己的面貌有两点不满意：皮肤不是上白，眼皮不双。第一点还无关紧要，因为她根本不希罕那种又红又白的洋娃娃脸，她觉得原有的相貌已经够可爱了。单眼皮呢，确是极大的缺陷，内心的丰富没有充分流露的工具，宛如大陆国没有海港，物产不易出口。进了学校，她才知道单眼皮是日本女人的国徽，因此那个足智多谋、偷天换日的民族建立美容医院，除掉身子的长短没法充分改造，"倭奴"的国号只好忍受，此外面部器官无不可以修补，丑的变美，怪物改成妖精。李先生向她求婚，她提出许多条件，第十八条就是蜜月旅行到日本。一到日本，她进医院去修改眼皮，附带把左颊的酒靥加深。她知道施了手术，要两星期见不得人，怕李先生耐不住蜜月期间的孤寂，在这浪漫的国家里，不为自己守节；所以进医院前对李先生说："你知道，我这次跨海征东，千里迢迢来受痛苦，无非为你，要讨你喜欢。我的脸也就是你的面子。我蒙了眼，又痛又黑暗，你好意思一个人住在外面吃喝玩乐么？你爱我，你得听我的话。你不许跟人到处乱跑。还有，你最贪嘴，可是我进医院后，你别上中国馆子，大菜也别吃，只许顿顿吃日本料理。你答应我不？算你爱我，陪我受苦，我痛的时候心上也有些安慰。吃得坏些，你可以清心寡欲，不至于胡闹，糟蹋了身子。你个儿不高，吃得太胖了，不好看。你背了我骗我，我会知道，从此不跟你好。"两星期后，建侯到医院算账并迎接夫人，身体却未消瘦，只是脸黄皮宽，无精打采，而李太太花五百元日金新买来的眼睛，好像美术照相的电光，把她原有的美貌都焕映烘托出来。她眼睫跟眼睛合作的各种姿态，开、闭、明、暗、尖利、朦胧，使建侯看得出神，疑心她两眼里躲着两位专家在科学管理，要不然转移不会那样斩截，表情不会那样准确，效果不会那样的估计精密。建侯本来是他父亲的儿子，从今以后全副精神做他太太的丈夫。朋友们私议过，李太太那样漂亮，怎会嫁给建侯。有建侯的钱和家世而比建侯能干的人，并非绝对没有。事实上，天并没配错他们俩。做李太太这一类女人的丈夫，是第三百六十一行终身事业，专门职务，比做大夫还要忙，比做挑夫还要累，不容许有旁的兴趣和人生目标。旁人虽然背后嘲笑建侯，说他"夫以妻贵"，沾了太太的光，算个小名人，李太太从没这样想过。建侯对太太的虚荣心不是普通男人占有美貌妻子、做主人翁的得意，而是一种被占有、做下人的得意，好比阔人家的婢仆、大人物的亲随、或者殖民地行政机关里的土著雇员对外界的卖弄。这种被占有的虚荣心是做丈夫的人最稀有的美德，能使他气量大、心眼儿宽。李太太深知缺少这个丈夫不得；仿佛亚剌伯数码的零号，本身毫无价值，但是没有它，十百千万都不能成立。因为任何数目背后加个零号便进了一位，所以零号也跟着那数目而意义重大了。

结婚十年来，李先生心广体胖，太太称他好丈夫，太太的朋友说他够朋友。上个月里，他无意中受了刺激。在一个大宴会上，一位冒失的年轻剧作家和他夫妇俩同席。这位尚未出头的剧作家知道同席有李太太，透明地露出满腔荣幸。他又要恭维李太太，又要卖弄才情，一张嘴简直分不出空来吃菜。上第三道菜时，他蒙李太太惠许上门拜访，愿偿心定，可以把一部份注意力转移到吃饭上去。心难二用，他已经够忙了；实在顾不到建侯，没和他敷衍。建侯心上十分不快，回家后嘀咕说这年轻人不通世故。那小子真说到就做，第二天带了一包稿子赶上门来，指名要见李太太。建侯忽然发了傻孩子劲，躲在客堂外面偷听。只听他寒暄以后，看见沙发上睡的淘气，便失声惊叹，赞美这猫儿"真可爱! 真幸福! "把稿子"请教"以后，他打听常来的几个客人，说有机会都想一见。李太太泛泛说过些时候请他喝茶，大家认识认识。他还不走，又转到淘气身上，说他自己也最爱猫，猫是理智、情感、勇敢三德全备的动物：它扑灭老鼠，像除暴安良的侠客；它静坐念佛，像沉思悟道的哲学家；它叫春求偶，又像抒情歌唱的诗人；他还说什么暹罗猫和波斯猫最好，可是淘气超过它们。总而言之，他恭维了李太太，赞美淘气，就没有一句话问到李先生。这事唤起建侯的反省，闷闷不乐了两天，对于个人生活下了改造的决心。从今以后，他不愿借太太的光，要自己有个领域，或做官，或著作。经过几番盘算，他想先动手著作，一来表示自己并非假充斯文，再则著作也可导致做官。他定了这个计划，最初不敢告诉太太，怕她泼冷水。一天他忍不住说了，李太太出乎意料地赞成，说："你要有表现，这也是时候了。我一向太自私，没顾到耽误了你的事业! 你以后专心著作，不用陪着我外面跑。"

　　著作些什么呢？建侯头脑并不太好，当学生时，老向同学借抄讲堂笔记，在外国的毕业论文还是花钱雇犹太人包工的。结婚以后，接触的人多了，他听熟了许多时髦的名词和公式，能在谈话中适当地应用，作为个人的意见。其实一般名著的内容，也不过如此。建侯错过了少年时期，没有冒冒失失写书写文章，现在把著作看得太严重了，有中年妇女要养头胎那样的担心。他仔细考虑最适宜的体裁。头脑不好，没有思想，没有理想；可是大著作有时全不需要好头脑，只需要好屁股，听郑须溪说，德国人就把"坐臀"（Sitzfleisch）作为知识分子的必具条件。譬如，只要有坐性，《水浒传》或《红楼梦》的人名引得总可以不费心编成的。这是西洋科学方法，更是二十世纪学问工具，只可惜编引得是大学生或小编辑员的事，不值得亲自动手。此外只有写食谱了。在这一点上自己无疑的是个权威，太太请客非自己提调不可，朋友们的推服更不必说。因为有胃病，又戒绝了烟酒，舌头的感觉愈加敏锐，对于口味的审美愈加严明。并且一顿好饭，至少要吃它三次：事前预想着它的滋味，先在理想中吃了一次；吃时守着医生的警告不敢放量，所以恋恋不舍；到事后回忆余味，又在追想里吃了一次。经过这样一再而三的咀嚼，菜的隐恶和私德，揭发无遗。是的，自己若肯写食谱，准会把萨梵冷（Brillat-Savarin）

压倒。提起梵萨冷，心上又有不快的联想。萨梵冷的名字还是前年听陈侠君讲的。那时候，这个讨厌家伙已算家里的惯客了。他知道自己讲究吃，一天带了初版萨梵冷的名著 Physiologiedugout（《口味生理学》）来相送。自己早把法语忘光了，冒失地嚷："你错了！我害胃病，不害风痛病，这本讲 gout 的生理学对我毫无用处。"那家伙的笑声到现在还忘不了。他恶意地对爱默说："你们先生不翻译，太可惜了！改天你向傅聚卿讲，聘建侯当《世界名著集成》的特约翻译，有了稿费请客。"可恨爱默也和着他笑。写食谱的兴致，给这事扫尽了。并且，现代人讲吃经决算不得正经事业，侠君曾开顽笑说："外国制茶叶和咖啡的洋行里，都重价雇用'辨味员'，沏了各种茶，煮了各种咖啡，请他尝过，然后分等级，定价钱。这种人一天总得喝百把杯茶或咖啡，幸而只在舌头上打个转就吐出来，不咽下去，否则非泻肚子，失眠不可。你有现成的胃病，反正是嘴馋不落肚的，可惜大饭店里没有'辨味员'的职务，不聘你去做厨房审定委员，埋没了你那条舌头！"写食谱这事若给他知道，就有得打趣了。想来想去，还是写欧美游记，既有益，更有趣，是兼软硬性的作品。写游记不妨请人帮忙，而不必声明合作，只要本人确曾游过欧美，借旁人的手来代写印像，那算不得什么一回事。好比演讲集的著作权，速写的记录员是丝毫无分的。这跟自己怕动笔脾气最相宜没有。先用个私人书记再说，顶好是未毕业而想赚钱的大学生。

那时候，齐颐谷学校里的爱国分子闹得凶，给军警逮捕了一大批去，加上罪名坐监牢。颐谷本来胆小，他寡母又怕儿子给同学们牵累，暂时停学在家。经过辗转介绍，四天前第一次上建侯的门。这个十九岁的大孩子，蓝布大褂，圆桶西装裤子，方头黑皮鞋，习惯把左手插在裤子口袋里，压得不甚平伏的头发，颇讨人喜欢的脸一进门就红着，一双眼睛冒牌地黑而亮，因为他的内心和智力绝对配不上他瞳子的深沉、灵活。建侯极中意这个少年，略问几句，吩咐他明天来开始干活，先试用一个月。颐谷走后，建侯一团高兴，进去向爱默讲挑了一个中意的书记。爱默笑他像小孩子新得了玩具，还说："我有淘气，谁希罕你的书记！"脸在淘气身上擦着问："咱们不希罕他的书记，是不是？——啊呀！不好了，真讨厌！"李太太脸上的粉给淘气舔了一口去，她摔下猫，站起来去照镜子。

颐谷到李家这两天半里，和建侯还相得。怕羞的他，见了建侯，倒不很畏缩。

建侯自会说话以来，一生从没碰见任何人肯让他不断的发言，肯像颐谷那样严肃地、耐心地、兴奋地听他讲。他一向也没知道自己竟有这样滔滔汩汩的口才。这两天，他的自尊心像插进伤寒病人嘴里的温度表，直升上去。他才领会到私人秘书的作用，有秘书的人会觉得自己放大了几倍，抬高了几层。他跟颐谷先讨论这游记的名称和写法，顺便讲了许多洋景致。所以第一天到了吃午饭的时候，颐谷已经知道建侯在美国做学生时交游怎样广，每年要花多少钱，大学功课怎样难，毕业怎样不容易；机器文明多少可惊，怎样纽约一市的汽车衔接起来可以绕地球一周；他如何对美国人宣扬中国，他穿了什么颜色和花纹的中国长袍去参加化装跳舞会；他在外国生病，房东太太怎样天天煨鸡给自己吃，一个美国女孩子怎样天天送鲜花，花里还附问病的纸条儿，上面打着"×"号——"你懂么？"建侯嘻开嘴，满脸顽皮地问颐谷，"你去请教你的女朋友，她会知道这是 kiss 的记号。在西洋社交公开，这事平常得很！"游记的题目也算拟定了两个，《西游记》或《欧美漫步》，前者来得浑成，后者来得时髦。当天颐谷吃了午饭回来办公，又知道要写这篇游记，在笔述建侯的印象以外，还得参考美国《国家地理学会杂志》、《旅行杂志》、"必得过"（Baedeker）和"没来"（Murray）两公司出版的大城市指南，寻材料来补充。明天上午，建侯才决定这游记该倒写，不写出国，而写回国，怎样从美国到欧洲漫游，在意大利乘船回中国。他的理由是，一般人的游记，都从出国写起，上了轮船，一路东张西望，少见多怪，十足不见世面的小家子气；自己在美洲住了三年，对于西洋文明要算老内行了，换个国家去玩玩，虽然见到些新鲜事物和排场，不致像乡下人初到大都市，咋舌惊叹，有失身份。他说："回国时的游历，至少像林黛玉初入荣国府，而出国时的游历呢，怕免不了像刘姥姥一进大观园。"颐谷曾给朋友们拉去听京戏大名旦拿手的《黛玉葬花》，所以也见过身体丰满结实的林黛玉（仿佛《续红楼梦》里警幻仙子给林黛玉吃的强身健美灵丹，黛玉提早服了来葬花似的），但是看建侯口讲指划，自比林黛玉，忍不住笑了。建侯愈加得意，颐谷忙说："李先生，这样，游记的题目又得改了。"建侯想了想，说："巧得很，前天报上看见有人在翻译英国哈代的小说《还乡记》，这名称倒也现成；我这部书就叫《海客还乡记》，你瞧好不好！"一顿饭后，建侯忽然要把自序先写；按例，印在书前的自序是全书完稿后才写的。颐谷暗想，这又是倒写法。建侯口述意见，颐谷记下来，整理，发挥，修改，直到淘气出乱子那天的午饭时，才誊清了给建侯过目。经过这两天半的工作，颐谷对建侯的敬畏心理消失干净。青年人的偏激使他对他的主人不留情地鄙视；他看到了建侯的无聊、虚荣、理智上的贫乏，忽视了建侯为人和待人的好处。他该感激建侯肯出相当高的价钱雇自己来干这种不急之务；他只恨建侯倚仗有钱，牺牲青年人的时间和精力来替他写无意义的东西。当时他对着猫抓破的稿子，只好捺住脾气再抄写一次。

也许淘气这畜生倒是位有识、有胆的批评家，它的摧残文物的行为，安知不是对这篇稿子最痛快有效的批评呢？想到这里，颐谷苦笑了。

建侯知道了这事，同情以外，还向颐谷道歉自己的疏忽。颐谷再没理由气愤了。过一天早晨，建侯一见颐谷，就说："今天下午四点半钟，内人请你喝茶。"颐谷客气地傻笑着，真觉得受宠若惊。建侯接着说："她本想认识你，昨天晚上我对她讲了淘气跟你捣乱，她十分抱歉，把淘气骂了一顿。今天刚有茶会，顺便请你进去谈谈。"这使颐谷自惭形秽起来，想自己不懂礼节，没有讲究衣服，晋见时髦太太，准闹笑话，他推辞说："都是生人，我去不好意思。"建侯和蔼地说："没有什么不好意思。今天来的都是你听见过的人，只有在我家里，你才会看见他们聚在一起。你不要错过机会。我有事要出去，请你把第一章关于纽约的资料收集起来。到四点半，我来领你进去。假如我不来，你叫老白作向导。"颐谷整半天什么事也没心思做，幸而建侯不在，可以无忌惮地怠工。很希望接触那许多名字有电磁力的人，而又害怕他们笑自己，瞧不起自己。最好是由建侯带领进去，羞怯还好像有个缓冲；如果请老白领路，一无保障地进客厅，那就窘了。万一建侯不来，非叫到老白不可，问题就多了！假使准时进去，旁的客人都没到，女主人定要冷笑，吃东西时的早到和迟退，需要打仗时抢先和断后那样的勇气，自己不敢冒这个险。假如客人都来了，自己后去，众目所注，更受不了。想来想去，只有一个办法，四时半左右，积伶着耳朵听门铃响。老白引客人到客厅，得经过书房。第一个客人来，自己就紧跟着进去；女主人和客人都忙着彼此应酬，自己不致在他们注意焦点下局促不安。

到时候是建侯来陪他进去的。一进客厅，颐谷脸就涨红，眼睛前起了层水气，模糊地知道有个时髦女人含笑和自己招呼。坐下去后，颐谷注视地毯，没力量抬眼看李太太一下，只紧张地觉着她在对面，忽然发现自己的脚伸得太出，忙缩回来，脸上的红又深了一个影子。他也没听清李太太在讲淘气什么话。李太太看颐谷这样怕羞，有些带怜悯的喜欢，想这孩子一定平日没跟女人打过交道，就问："齐先生，你学校里是不是男女同学的？"李太太明知道在这个年头儿，不收女人的学校正像收留女人的和尚寺一样的没有品。

"不是的——"

"呀？"李太太倒诧异了。

"是的，是的！"颐谷绝望地矫正自己。李太太跟建侯做个眼色，没说什么，只向颐谷一笑。这笑是爱默专为颐谷而发的。像天桥打拳人卖的狗皮膏药和欧美朦胧派作的诗，这笑里的蕴蓄，丰富得真是说起来叫人不信。它含有安慰、保护、喜欢、鼓励等等成分。颐谷还不敢正眼看爱默，爱默的笑，恰如胜利祈祷、慈善捐款等好心好意的施与，对方并未受到好处。老白又引客人进来，爱默起身招待，心还逗留在这长得聪明的孩子身上，想他该是受情感教育的年纪了。建侯拍颐谷的肩说："别拘谨！"李氏夫妇了解颐谷怕生，来了客人，只浮泛地指着介绍，远远打个招呼，让他坐在不惹人注目的靠壁沙发里。颐谷渐渐松弛下来，瞻仰着这些久闻大名的来客。

高个子大声说话的是马用中，有名的政论家，每天在《正论报》上发表社评。

国际或国内起什么政治变动，他事后总能证明这恰在他意料之中，或者他曾暗示地预言过。名气大了，他的口气也大了。尤其在私人谈话时，你觉得他不是政论家，简直是政治家，不但能谈国内外的政情，并且讲来活像他就是举足轻重的个中人，仿佛天文台上的气像预测者说，刮风或下雨自己都作得主一样。他曾在文章里公开告诉读者一桩生活习惯：每天晚上他在上床睡觉以前，总把日历当天的一张撕掉，不像一般人，一夜醒来看见的还是没有撕去"昨日之日"。从这个小节，你能推想他自以为是什么样的人。这几天来中日关系紧张，他不愁社论没有题目。

斜靠在沙发上，翘着脚抽烟斗的是袁友春。他自小给外国传教士带了出洋。跟着这些迂腐的洋人，传染上洋气里最土气的教会和青年会气。承他情瞧得起祖国文化，回国以后，就向那方面花工夫。他认为中国旧文明的代表，就是小玩意、小聪明、帮闲凑趣的清客，所以他的宗旨仿佛义和拳的"扶清灭洋"，高搁起洋教的大道理，而提倡陈眉公，王百谷等的清客作风。读他的东西，总有一种吃代用品的感觉，好比涂面包的植物油，冲汤的味精。更像在外国所开中国饭馆里的"杂碎"，只有没吃过地道中国菜的人，会上当认为是中华风味。他哄了本国的外行人，也哄了外国人——那不过是外行人穿上西装。他最近发表了许多讲中国民族心理的文章，把人类公共的本能都认为中国人的特质。他的烟斗是有名的，文章里时常提起它，说自己的灵感全靠抽烟，好比李太白的诗篇都从酒里来。有人说他抽的怕不是板烟，而是鸦片，所以看到他的文章，就像鸦片瘾来，直打呵欠，又像服了麻醉剂似的，只想瞌睡。又说，他的作品不该在书店里卖，应当在药房里作为安眠药品发售，比"罗明那儿"（Luminal），"渥太儿"（Ortal）都起作用而没有副作用。这些话都是忌妒他的人说的，当然作不得准。

这许多背后讲他刻薄话的人里，有和他互相吹捧的朋友陆伯麟，就是那个留一小撮日本胡子的老头儿。他虽没讲起抽板烟，但他的脸色只有假定他抽烟来解释。

他两眼下的黑圈不但颜色像烟熏出来的，并且线形也像缭绕弯曲、引人思绪的烟篆。至于他鼻尖上黯淡的红色，只譬如虾蟹烘到热气的结果。除掉向日葵以外，天下怕没有像陆伯麟那样亲日的人或东西。一向中国人对日本文明的态度是不得已而求其次，因为西洋太远，只能把日本偷工减料的文明来将就。陆伯麟深知这种态度妨碍着自己的前程，悟出一条妙法。中国人买了日本货来代替西洋货，心上还鄙夷不屑，而西洋人常买了日本古玩当中国珍品，在伦敦和巴黎旧货店里就陈列着日本丝织的女人睡衣，上面绣条蟠龙，标明慈禧太后御用。只有宣传西洋人的这种观点，才会博得西洋留学生对自己另眼相看。中国人抱了偏见，瞧不起模仿西洋的近代日本，他就提倡模仿中国的古代日本。日本文明学西洋像了，人家说它欠缺创造力；学中国没有像，他偏说这别有风味，自成风格，值得中国人学习，好比说酸酒兼有醯醋之妙一样。更进一步，他竟把醋作为标准酒。中国文物不带盆景、俳句、茶道的气息的，都给他骂得一文不值。他主张作人作文都该有风趣。可惜他写的又像中文又像日文的"大东亚文"，达不出他的风趣来，因此有名地"耐人寻味"。袁友春在背后曾说，读他的东西，只觉得他千方百计要有风趣，可是风趣出不来，好比割去了尾巴的狗，把尾巴骨乱转乱动，办不到摇尾巴讨好。他就是为淘气取名"「黑旦」己"的人。

科学家郑须溪又瘦又小，可是他内心肥胖，并不枯燥。他曾在德国专攻天文学。也许受了德国文化的影响，他立志要做个"全人"，抱有知识上的帝国主义，把人生各方面的学问都霸占着算自己的领土。他自信富于诗意，具有浪漫的想象和情感，能把人生的丰富跟科学的精确调剂融会。所以他谈起天上的星来，语气宛如谈的是好莱坞里的星。有一位中年不嫁的女科学家听他演讲电磁现像，在满场欢笑声中，羞得面红耳赤，因为他把阴阳极间的吸引说得俨然是科学方法核准的两性恋爱。他对政治、社会等问题，也常发表言论，极得青年人的爱戴。最近他可不大得劲。为了学生爱国运动闹罢课的事，他写一篇文章，说自己到德国学天文的动机也是雪国耻：因为庚子之役，德国人把中国的天文仪器搬去了，所以他想把德国人的天文学理灌输到中国来，这是精神战胜物质的榜样。这桩故事在平时准会大家传诵，增加他的名声。不幸得很，自从国际联盟决议予中国以"道义上的援助"，相类的名词像"精神上的胜利"，也引起青年人的反感。郑须溪因此颇受攻击。

西装而头发剃光的是什么学术机关的主任赵玉山。这个机关里雇用许多大学毕业生在编辑精博的研究报告。最有名的一种、《印刷术发明以来中国书刊中误字统计》，就是赵玉山定的题目。据说这题目一辈子做不完，最足以培养学术探讨的耐久精神。他常宣称："发现一个误字的价值并不亚于哥仑布的发现新大陆。"哥仑布是否也认为发现新大陆并不亚于发现一个误字，听者无法问到本人，只好点头和赵玉山同意。他平时沉默寡言，没有多少趣味。但他曾为李太太牺牲一头头发，所以有资格做李家的惯客。他和他的年轻太太，不很相得。这位太太喜欢热闹，神经健全得好像没有感觉似的。日常生活都要声音做背景，留声机和无线电，成天交替地开着。这已经够使赵玉山头痛。她看惯了电影，银幕上的男女每到爱情成就时接吻，海陆空中会飘来仙乐助兴。所以她坚持卧室里有时必须开无线电，不管是耶稣诞夜，电台广播的大半是赞美诗，或是国庆日的晚上，广播的是《卿云歌》。可怜她先生几乎因此害神经衰弱症。他们初到北平时，李氏夫妇曾接风请吃午饭，赵太太一见李太太，心里就讨厌她风头太健，把一切男人呼来唤去。吃完饭，大家都称赞今天菜好，归功于厨子的艺术和建侯的提调。建侯说："诸位别先夸奖！今天有赵太太，她在大学家政系得过学位，是烹饪的权威，该请她指教批评。"赵太太放不过这个扫李太太面子的好机会，记得家政学讲义里一条原则，就有恃无恐地说："菜的口味是好极了，只是颜色太单调些，清蒸的多，黄焖和红烧的少，不够红白调匀，在感受上起不了交响乐的那种效果。"那时候是五月中旬，可是赵太太讲话后，全席的人都私下抽口冷气。赵玉山知道他太太的话，无字不误，只没法来校勘订正。李太太笑着打趣说："下次饭菜先送到美容院去化了装，涂脂擦粉，再请赵太太来品定。"陈侠君哈哈大笑道："干脆借我画画的颜色盆供在饭桌上得啦。"

赵太太讲错了话，又羞又气，在回家路上忽然想起李太太本人就是美容医院的产品，当时该说这句话来堵爱默的嘴："美容院还不够，该送到美容医院去。"只恨自己见事太迟，吃了眼前亏。从此她和李太太结下深仇，不许丈夫去，丈夫偏不听话，她就冤枉他看上爱默。有一次夫妇俩又为这事吵嘴，那天玉山才理过发，她硬说他头光脸滑，要向李太太献媚去，使性子满嘴咬了口香橡皮糖吐在玉山头上。结果玉山只好剃光头发，偏是深秋天气，没有借口，他就说头发长了要多消耗头皮上的血液，减少思想效率。他没候到，把这个作为借口，就别希望再留长头发了。李太太知道他夫人为自己跟他反目，请他吃饭和喝茶的次数愈多。外面谣言纷纭，有的说他剃发是跟太太闹翻了，有的说他爱李太太灰了心，一句话，要出家做和尚。陆伯麟曾说他该把剃下来的头发数一数，也许中国书刊里的误字恰是这个数目，省得再去统计。他睁大了眼说："伯老，你别开玩笑！发现一个错字跟发现一个新大陆同样的重要……"

举动斯文的曹世昌，讲话细声细气，柔软悦耳，隔壁听来，颇足使人误会心醉。但是当了面听一个男人那样软绵绵地讲话，好多人不耐烦，恨不得把他像无线电收音机似的拨一下，放大他的声音。这位温文的书生爱在作品里给读者以野蛮的印象，仿佛自己兼有原人的真率和超人的凶猛。他过去的生活笼罩着神秘气氛。假使他说的是老实话，那末他什么事都干过。他在本乡落草做过土匪，后来又吃粮当兵，到上海做流氓小兄弟，也曾登台唱戏，在大饭店里充侍者，还有其他富于浪漫性的流浪经验，讲来都能使只在家庭和学校里生活的青年摇头伸大拇指说："真想不到！""真没的说！"他写自己干这些营生好像比真去干它们有利，所以不再改行了。论理有那么多奇趣横生的回忆，他该写本自传，一股脑收进去。可是他只东鳞西爪，写了些带自传性的小说；也许因为真写起自传来，三十多岁的生命里，安插不下他形形色色的经历，也许因为自传写成之后，一了百了，不便随时对往事作新补充。他现在名满文坛，可是还忘不掉小时候没好好进过学校，老觉得那些"正途出身"的人瞧不起自己，随时随地提防人家损伤自己的尊严。蜜里调油的声音掩盖着剑拔弩张的态度。因为地位关系，他不得不和李家的有名客人往来，而他真喜欢结识的是青年学生，他的"小朋友们"。这时大家讲的话，他接谈不来，忍着一肚子的忌妒、愤怒、鄙薄，细心观察这些"绅士"们的丑态，有机会向小朋友们淋漓尽致地刻划。忽然他认清了冷落在一边的颐谷，像是个小朋友的材料。

今天的茶会少不了傅聚卿。《麻衣相法》不可全信，但有时候相貌确能影响人的一生。譬如有深酒窝、好牙齿的女郎，自然爱对人笑；出了"快乐天使"的名气，脾气也会无形中减少暴厉。傅聚卿的眼睛，不知道由于先天还是后天的缘故，自小有斜睨的倾向。他小学里的先生老觉得这孩子眼梢瞟着，表示鄙夷不屑，又像冷眼旁观，挑老师讲书的错儿。傅聚卿的老子是本地乡绅，教师们不敢得罪他。他到十五六岁时，眼睛的效力与年俱进，给他一眼瞧见，你会立刻局促不安，提心吊胆，想适才是否做了傻事，还是瓜皮帽结子上给人挂了纸条子或西装裤子上纽扣没扣好。他有位父执，是个名士，一天对他老子说："我每次碰见你家世兄，就想起何义门的评点，眼高于顶，其实只看到些细节，吹毛求疵。你们世兄的眼神儿颇有那种风味。"傅聚卿也不知道何义门是什么人，听说是苏州人批书的，想来是金圣叹一流人物，从此相信凭自己的面貌可以做批评家。在大学文科三年级时，指定参考书里有英国蒲伯（Pope）的诗。他读到骂《冷眼旁观报》编者爱迪生的名句，说他擅长睨视（leer）和藐视（sneer），又读到那形容"批眼"（The Critic Eye）的一节，激动得在图书馆阅览室里就像热锅上的蚂蚁。从此他一言一动，都和眼睛的风度调和配合，写文章的语气，也好像字里行间包含着藐视。他知道全世界以英国人最为眼高于顶，而爱迪生母校牛津大学的学生眼睛更高于高帽子顶，可以傲视帝皇。他在英国住过几年，对人生一发傲睨，议论愈高不可攀；甚至你感到他的卓见高论不应当平摊桌上、低头阅读，该设法粘它在屋顶天花板上，像在罗马雪斯丁教堂里赏鉴米盖郎琪罗的名画一样，抬头仰面不怕脖子酸痛地瞻望。他在英国学会板着脸，爱理不理的表情，所以在公共集会上，在他边上坐的要是男人，陌生人会猜想是他兄弟，要是女人呢，准以为是他太太，否则他不会那样不睬不睬的。他也抽烟斗，据他说是受过牛津或剑桥教育的特色。袁友春虽冷笑过："别听他摆架子吹牛，算他到过英国！谁爱抽烟斗就抽！"可是心上总憎嫌傅聚卿，好像自己只能算"私吸洋烟"，而聚卿用得安南鸦片铺的招牌上响当当的字眼："公烟。"

客人有的看表，有的问主人："今天想还有侠君？"李太太对建侯说："我们再等他十分钟，他老是这脾气！"假使颐谷是个多心眼的人，他就明白已到的客人和主人恰是十位，加上陈侠君是十一位，这个拖泥带水的数目，表示有一位客是临时添入的，原来没他的份儿。可是颐谷忙着想旁的事，没工夫顾到这些。他还没打破以貌取人的成见，觉得这些追求真、善、美的名人，本身也应有真、善、美的标志，仿佛屠夫长一身肥肉，珠宝商戴着两三个大戒指。想不到都那样碌碌无奇，他们的名气跟他们的仪表成为使人失望的对照。没有女客，那倒无足惋惜。颐谷从学校里知道，爱好文艺和学问的女学生大多充不得美人样品。所以今天这种知识分子的聚会上，有女客也决不会中看，只能衬出女主人的美貌。从容观察起来，李太太确长得好。嘉宝（Garbo）式的长发披着，和她肩背腰身的轮廓，融谐一气，不像许多女人的头发自成局面，跟身体的外线不相呼应。是三十岁左右的太太了，俏丽渐渐丰满化，趋向富丽。因为皮肤暗，她脸上宜于那样浓妆。因为眼睛和牙齿都好，而颧骨稍高，她宜笑，宜说话，宜变化表情。她虽然常开口，可是并不多话，一点头，一笑，插进一两句，回头又和另一个人讲话。她并不是卖弄才情的女人，只爱操纵这许多朋友，好像变戏法的人，有本领或抛或接，两手同时分顾到七八个在空中的碟子。颐谷私下奇怪，何以来的人都是近四十岁、久已成名的人。他不了解这些有身家名望的中年人到李太太家来，是他们现在惟一经济保险的浪漫关系，不会出乱子，不会闹笑话，不要花钱，而获得精神上的休假，有了逃避家庭的俱乐部。

建侯并不对他们猜忌，可是他们彼此吃醋得利害，只肯在一点上通力合作：李太太对某一个新相识感到兴趣，他们异口同声讲些巧妙中听的坏话。他们对外卖弄和李家的交情，同时不许任何外人轻易进李家的交情圈子。这样，李太太愈可望而不可即了。事实上，他们并不是李太太的朋友，只能算李太太的习惯，相与了五六年，知己知彼，呼唤得动，掌握得住，她也懒得费心机更培养新习惯。只有这时候进来的陈侠君比较得她亲信。

理由是陈侠君最闲着没事做，常能到李家来走动。他曾在法国学过画，可是他不必靠此为生。他尝说，世界上资本家以外，和"无产阶级"的劳动者对峙的还有一种"无业阶级"，家有遗产、不务正业的公子哥儿。他勉强算属于这个阶级。他最初回国到上海，颇想努力振作，把绘画作为职业。谁知道上海这地方，什么东西都爱洋货，就是洋画没人过问。洋式布置的屋子里挂的还是中堂、条幅、横披之类。他的大伯父是有名的国画家，不懂透视，不会写生；除掉"外国坟山"和自来水，也没逛过名山秀水，只凭祖传的收藏和日本的珂罗版《南画集》，今天画幅山水"仿大痴笔意"，明天画幅树石"曾见云林有此"，生意忙得不可开交。这气坏了有艺术良心的陈侠君。他伯父一天对他说："我的好侄儿呀，你这条路走错了！洋画我不懂，可是总比不上我们古画的气韵，并且不像中国画那样用意微妙。譬如大前天一个银行经理求我为他银行里会客室画幅中堂，你们学洋画的人试想该怎样画法，要切银行，要口彩好，又不能俗气露骨。"侠君想不出来，只好摇头。他伯父呵呵大笑，摊开纸卷道："瞧我画的！"画的是一棵荔枝树，结满了大大小小的荔枝，上面写着："一本万利图。临罗两峰本"侠君看了又气又笑。他伯父又问"幸福图"怎样画法，侠君真以为他向自己请教，源源本本告诉他在西洋神话里，幸福女神是个眼蒙布带、脚踏飞轮的女人。他伯父拈着胡子微笑，又摊开一卷纸，画着一株杏花、五只蝙蝠，题字道："杏蝠者，幸福谐音也；蝠数五，谐五福也。自我作古。"侠君只有佩服，虽然不很情愿。他伯父还有许多女弟子，大半是富商财主的外室；这些财翁白天忙着赚钱，怕小公馆里的情妇长日无聊，要不安分，常常叫她们学点玩艺儿消遣。最理想的当然是中国画，可以卖弄而不难学。拜门学画的先生，不比旁的教师，必须有名儿的，这也很挣面子，而且中国画的名家十九上了年纪，不会引诱女人，可以安心交托。侠君年纪轻，又是花天酒地的法国留学生，人家先防他三分；学洋画听说专画模特儿，难保不也画红楼梦里傻大姐所说的"妖精打架"，那就有伤风化了。侠君在上海受够了冷落，搬到北平来住，有了一些说话投机的朋友，渐渐恢复自尊心，然而初回国时那股劲头再也鼓不起来。因为他懒得什么事都不干，人家以为他上了劲什么事都能干。他也成了名流。他只有谈话不懒，晚上睡着了还要说梦话。他最擅长跟女人讲话。他知道女人不喜欢男人对她们太尊敬，所以他带玩弄地恭维，带冒犯地迎合。例如上月里李太太做生日，她已到了愿有人记得她生日而不愿有人知道她生年的时期，当然对客人说自己老了，大家都抗议说："不老！不老！"只有陈侠君说："快该老了！否则年轻的姑娘们都给您比下去了，再没有出头的日子啦！"

客人齐了，用人送茶点上来。李太太叫颐谷坐在旁边，为自己斟第一杯茶，第二杯茶就给他斟，问他要几块糖。颐谷客气地踌躇说："谢谢，不要糖。"李太太注视他，微笑低声说："别又像刚才否认你学校里有女学生，这用不到客套！不搁糖，这茶不好喝。我干脆不问你，给你加上牛奶。"颐谷感谢天，这时候大家都忙着谈话，没人注意到自己的窘态，李太太的笑容和眼睛表情使他忽然快乐得仿佛心给热东西烫痛了。他机械地把匙调着茶，好一会没听见旁人在讲什么。

建侯道："侠君，你来的时候耳朵烧没有？我们都在骂你。"

陈侠君道："咱们背后谁不骂谁——"

爱默插嘴说："我可没骂过谁。"

侠君左手按在胸口，坐着向爱默深深弯背道："我从没骂过你。"回头向建侯问，"骂我些什么呢？何妨讲来听听，'有则改之，无则加勉。'"

马用中喝完茶还得上报馆做稿子，便抢着说："骂你臭架子，每次有意晚到，耽误大家的时间，恭候你一个人。"

袁友春说："大家说你这艺术家的习气是在法国拉丁区坐咖啡馆学来的，说法国人根本没有时间观念，所以'时间即金钱'那句话还得向英文去借。我的见解不同，我想你生来这迟到的脾气，不，没生出来就有这脾气，你一定十月满足了还赖着不肯出世的。"

大家都笑了，陈侠君还没回答，傅聚卿冷冷地说："这幽默太笨重了，到肉铺子里去称一下，怕斤两不小。"

袁友春脸上微红，睁眼看傅聚卿道："英国人用磅作单位的，不讲斤两，你露出冒牌英国佬的马脚来了。"

陈侠君喝着茶说："可惜！可惜！这样好茶给你们润了嗓子来吵嘴，真冤哪！我今天可不是故意累你们等，方才送一个朋友全家上车回南边去，所以来迟了。

这两天风声又紧起来，好多人想搬家离开这儿。老马，你说，这仗打得起来不？你的消息该比我们灵通罗。"

曹世昌涵意深微地说："你该看他的社论。国家大事，私人访问，恕不答复。"

几张嘴同时说："为了读他的社论，看不出所以然，所以要问他。"颐谷也觉得这关系到切身利害，只等马用中吃完了"三明治"腾出嘴来讲话。李太太说："是呀！我也得有个准备。北平真危险的话，只有把上海出租的房子要回来，建侯得先到南边去料理了。可是三年前的夏天，比现在紧张多呢！日本飞机在头上转，大家都抢着回南，平沪特快车头二等的走廊里站满了乘客，三等车里挤得一宵转身不得，什么笑话都有。到后来，大事化为无事，去的人又回来，白忙了一趟。这几年来，我们受惯了虚惊，也许什么事儿没有。用中，你瞧怎样？"

马用中好像没忘记生理卫生关于淀粉应在嘴里消化的教训，仔细咀嚼面包，吃完了把碟子旁的手巾拂去胸前沾的面包屑，皱着眉头说："这事很难肯定地说……"

李太太使性说："那不行！你非讲不可。"傅聚卿道："为什么这样吞吞吐吐？何妨把你自己的眼光来决断一下。老实告诉你，老马，我就从来没把你的话作准；反正你在这理讲话又不是做社论，你不负什么文责。要知道祸福吉凶，我们自会去求签卜卦，请教摆测字摊的人，不会根据你大政论家的话来行动。"

马用中只当没听见，对李太太说："我想战事暂时不会起。第一，我们还没充分准备，第二，我得到消息，假使日本跟我们开战，俄国也许要乘机动手，这消息的来源我不能公布，反正是顶可靠的。第三，英美为保护远东利益，不会坐视日本侵略中国，我知道它们和我们当局有实际援助的默契。日本怕俄国，也不能不顾忌到英美，决不敢真干起来。第四，我们政府首领跟希脱勒、墨沙里尼最友善，德国、意国都和我们同情，断不至于帮了日本去牵制英美。所以，我们的观察，两三年内还不会有战争。当然，天下常有意料不到的事。"

李太太恨道："你这人真讨厌！听了你一大堆话，刚有点放心，又来那么泄气的一句！"马用中抱歉地傻笑，仿佛战事意外发生都是他失察之咎。曹世昌问："那么，当前的紧张局面怎样了结呢？"

袁友春轻蔑地说："哼！还有什么？我们只能让步。"

"那可糟啦！"建侯说，颐谷心里也应声回响。

"不让步事情更糟，"傅聚卿、陆伯麟同时说。

陈侠君道："让步！让到什么时候得了？大不了亡国，倒不如干脆跟日本拼个你死我活。老实讲，北平也不值得留恋了。在这种委屈苟安的空气里，我们一天天增进亡国顺民的程度，我就受不了！只有打！"说时拍着桌子，表示他的言行一致，好像证明该这样打日本人的。坐在他右面的赵玉山吓得直跳起来，把茶都泼在衣服上。

李太太笑道："瞧你这股傻劲儿！小心别打破我的茶杯。'打！'你肯上前线去打么？"

侠君正在向玉山道歉说："都是我不好！回头你太太又该借这茶渍跟你吵了——"听见这话，回脸过来说："我不肯，我不能，而且我不敢。我是懦夫，我怕炮火。"

建侯耸了耸肩，对人家做个眼色，傅聚卿说："你肯承认自己懦弱，这就是最大的勇气。这个年头儿，谁都不敢讲自己怕打仗。敢这样坦白讲的，你还是第一个。有些人把他们的畏缩掩饰成政策，说维持和平，说暂时妥协，不可轻举妄动，意气用事。有些人高喊着抗战，只希望虚声夺人，把呐喊来吓退日本，心上并不愿意，也并不相信这战争真能发生。千句并一句说，大家都胆小得要装勇敢，就没人有胆量敢诚实地懦弱。可是你自己怕打仗，又主张打仗，这未免有些矛盾。"

侠君把牛奶倒在茶碟里，叫淘气来舔，抚摸着淘气的毛，回答说："这并不矛盾。这正是中国人传统的心理，这也是猫的心理。我们一向说，'善战者服上刑'，'佳兵不祥'，但是也说，'不得已而用兵'。怕打仗，躲避打仗，无可躲避了就打。没打的时候怕死，到打的时候怕得忘了死。我中国学问根柢不深，记不起古代什么一位名将说过，士兵的勇气都从畏惧里出来，怕惧敌人，但是更怕惧自己的将帅，所以只有努力向前杀敌。譬如家畜里胆子最小的是猫，可是我们只看见小孩子给家里养的猫抓破了皮，从没见过家里养的狗会咬痛小孩子。你把不满一岁的小孩子或小狗跟小猫比一下，就明白猫和其他两种四足家畜的不同。你对小孩子恐吓，装样子要打他，他就哭了。你对小狗这样，它一定四脚朝天，摆动两个前爪，仿佛摇手请你别打，身子左右滚着。只有小猫，它愈害怕态度愈凶，小胡子根根挺直，小脚瓜的肌肉像张满未发的弓弦，准备跟你拼命。可是猫远不如狗的勇敢，这大家都知道。所以，怕打仗跟能打仗并不像傅聚卿所想像的那样矛盾。"

袁友春觉得这段议论颇可以留到自己讲中国人特性的文章里去用，所以一声不响，好像没听见。陆伯麟道："我从没想到侠君会演说。今天的事大可以编个小说回目：'拍桌子，陈侠君慷慨宣言；翻茶杯，赵玉山淋漓生气'，或者：'陈侠君自比小猫；赵玉山妻如老虎。'"大家都笑说陆伯麟"缺德"，赵玉山一连摇头道："胡说！不通！"

曹世昌说："我没有陈先生的气魄，不过，咱们知识分子有咱们对国家的职责。咱们能力所及，应该赶快去做。我想咱们应当唤起国际的同情，先博得舆论的支持，对日本人无信义的行为加以制裁。这种非官方的国外宣传，你们精通外国文的人更应该做。袁先生在这一方面有很大的成绩，傅先生您亦何妨来一下？今年春天在伦敦举行的中国艺术展览会已经引起全世界文化人士对中国的注意，这是最好的机会，千万不要错过。打铁趁它热——假使不热，咱们打得它发热。"这几句话讲得颐谷心悦诚服，想毕竟是曹世昌有道理。

傅聚卿道："你太瞧得起我了，这事只有友春能干。可是，你把外国的同情也看得过高，同情不过是情感上的奢华，不切实际的。我们跟玉山很同情，咱们中间谁肯出傻力气帮他去制服赵太太？咱们亲眼看见陈侠君害他泼了一身茶，陆伯老讲话损他，咱们为他抱不平没有？外国人知道切身利益有关，自然会来援助。现代的舆论并非中国传统所谓清议。独裁国家里，政府的意旨统制报纸的舆论，绝不是报纸来左右政府，民治国家像英国罢，全国的报纸都操纵在一两个报阀的手里，这种报阀不是有头脑有良心的知识分子，不过是靠报纸来发财和扩大势力的野心资本家，哪里会主持什么公道？至于伦敦画展呢，让我告诉你一句耐人寻味的话。有位英国朋友写信给我说，从前欧洲一般人对日本艺术开始感觉兴趣，是因为日俄之战，日本人打了胜仗；现前断定中日开战，中国准打败仗，所以忽然对中国艺术发生好奇心，好比大房子要换主人了，邻居就会去探望。"

陆伯麟打个呵欠道："这些话都不必谈。反正中国争不来气，要依赖旁人。跟日本妥协，受英美保护，不过是半斤八两。我就不明白这里面有什么不同。要说是国耻，两者都是国耻。日本人诚然来意不善，英美人何尝存着好心。我倒宁可倾向日本，多少还是同种，文化上也不少相同之处。我知道我说这句话要挨人臭骂的。"

陈侠君道："这地道是'日本通'的话。平时的日本通，到战事发生，好些该把名称倒过来，变成'通日本'，——伯老，得罪得罪！冒犯了你，我们湖南人讲话粗鲁，不知忌讳的。"后面这几句话因为陆伯麟气得脸色翻白，捻胡子的手都抖着。中国各地只有两广人、湖南人，勉强凑上山东人，这四省人可以雄纠纠说："我们这地方的人就生来这样脾气。"他们的生长地点宛如一个辩论的理由、挑战的口号。陆伯麟是沪杭宁铁路线上的土著，他的故乡叫不响；只有旁人背后借他的籍贯来骂他，来解释或原谅他的习性，在吵架时自己的籍贯助不了声势的。所以他一时上竟想不出话来抵挡陈侠君的"我们湖南人"，再说，自己刚预言过要挨骂，现在预言居然中了，还怨什么？

郑须溪赶快避开争端说："从政治的立场来看，我们是否该宣战，我不敢决定。我为了多开口，也已经挨了青年人的骂。但是从超政治的观点来讲，战争也许正是我们民族精神的需要，一个大规模的战争可以刺激起我们这个民族潜伏着的美德，帮我们恢复精神的健康和国家的自尊心。当然，痛苦是免不了的，死伤、恐怖、流离、饥荒，以及一切伊班涅茨的'四骑士'所能带来的灾祸。但这些都是战争历程中应有的事，在整个光荣壮烈的英雄气魄里，局部的痛苦得了补偿。人生原是这样，从丑和恶里提炼出美和善。就像桌子上新鲜的奶、雪白的糖、香喷喷的茶、精美可口的点心，这些好东西入口以后，到我们肠胃里经过生理化学的作用，变质变形，那种烂糊糟糕的状态简直不堪想象，想起来也该替这些又香又甜的好东西伤心叫屈。可是非有这样肮脏的过程，肉体不会美和健康。我——"

李太太截断他道："你讲得叫人要反胃了！我们女人不爱听这种拐弯抹角的议论。人生有许多可恨、可厌，全不合理的事，没法避免。假如战争免不了，你犯不着找深奥的理由，证明它合理，证明它好。你为战争找道理，并不能抬高战争，反而亵渎了道理，我们听着就对一切真理发生猜疑，觉得也许又是强辩饰非。我们必需干的事，不一定就是好事。你那种说法，近乎自己骗自己，我不赞成。"颐谷听得出了神，注视着爱默讲话时的侧面，眼睛像两星晶莹的火，燃烧着惊奇和钦佩。

陈侠君眼快，瞧见他这样子，微笑向爱默做个眼色。爱默回头看颐谷，颐谷羞得低下头去，手指把面包捻成一个个小丸子。陈侠君不放松地问："这位先生贵姓？适才来迟，荒唐得很，没有请教。"颐谷感到十双眼睛的光射得自己两脸发烧，心里恨不能一刀杀死陈侠君，同时听见自己的声音回答："敝人姓齐。"建侯说："我忘掉向你介绍，这位齐先生是帮我整理材料的，人聪明得了不得。""唔！唔！"这是陈侠君的回答。假使世间有天从人愿那一回事，陈侠君这时脸上该又烫又辣，像给颐谷打了耳光的感觉。

"你倒没有聘个女——女秘书？"袁友春问建侯。他本要说"女书记"，忽然想到这称呼太直率，做书记的颐谷听了也许刺耳，所以忙改口尊称"秘书"，同时心里佩服自己的机灵周到。

曹世昌道："这不用问！太太肯批准么？女书记也帮不了多少忙。"

李太太说："这还像句话说。随他用一屋子的女书记，我管不着，别扯到我身上，建侯，对不对？"建侯油腻腻地傻笑。

袁友春道："建侯才可以安全保险地用女书记，决不闹什么引诱良家少女的笑话。家里放着爱默这样漂亮夫人，他眼睛看高了，要他垂青可不容易。"

陈侠君瞧建侯一眼道："他要引诱，怕也没有胆量。"

建侯按住恼怒，强笑道："你知道我没胆量？"

侠君大叫道："这简直大逆不道！爱默，你听见没有？快把你们先生看管起来。"

爱默笑道："有人爱上建侯，那最好没有。这证明我挑丈夫的眼光不错，旁人也有眼共赏。我该得意，决不吃'忌讳'。"

爱默话虽然漂亮，其实文不对题；因为陈侠君讲建侯看中旁的女人，并非讲旁的女人看中建侯。但也没人矫正她。陈侠君继续说："建侯胆量也许有余，胃口一定不够。咱们人到中年，食色两个基本欲望里，只要任何一个还强烈，人就还不算衰老。这两种欲望彼此相通；根据一个人饮食的嗜好，我们往往可以推出他恋爱时的脾气——"

陆伯麟眼睛盯在面前的茶杯上，仿佛对自己的胡子说："爱默刚才讲她自己决不捻酸吃醋，可是她爱吃醋溜鱼，哼！"建侯道："这话对！侠君专门胡说八道，好像他什么都知道！"

侠君不理会陆伯麟，把头打着圈儿对建侯说："因为她爱吃醋溜鱼，所以我断定她也会吃醋。你小心着，别太乐！"

李太太笑道："这真是信口开河！好罢，好罢！算我是醋瓶儿、醋罐儿、醋缸儿，你讲下去。"

侠君像皮球给人刺过一针，走漏了气，懒懒地说："也没什么可讲。建侯吃菜的胃口不好，想来他在恋爱上也不是贪多的人。"

"而且一定也精益求精，像他对烹调一样，没有多少女人够得上他的审美标准，"傅聚卿说。建侯听着，洋洋得意。

"此话大错特错，"侠君忍不住说，"最能得男人爱的并不是美人。我们该防备的倒是相貌平常、姿色中等的女人。见了有名的美人，我们只能仰慕她，不敢爱她。我们这种未老已丑的臭男人自惭形秽，知道没希望，决不做癞蛤蟆吃天鹅肉的梦。她的美貌增进她跟我们心理上的距离，仿佛是危险记号，使我们胆怯、懦怯，不敢接近。要是我们爱她，我们好比敢死冒险的勇士，抱有明知故犯的心思。反过来，我们碰见普通女人，至多觉得她长得还不讨厌，来往的时候全不放在眼里。

吓！忽然一天发现自己糊里糊涂地，不知什么时候让她在我们心里做了小窝。这真叫恋爱得不明不白，恋爱得冤枉。美人像敌人的正规军队，你知道戒备，即使打败了，也有个交代。平常女子像这次西班牙内战里弗郎哥的'第五纵队'，做间谍工作，把你颠倒了，你还在梦里。像咱们家里的太太，或咱们爱过的其他女人，一个都说不上美，可是我们当初追求的时候，也曾为她们睡不着，吃不下——这位齐先生年纪虽轻，想来也饱有经验？哈哈！"颐谷听着侠君前面一段议论，不由自主地佩服他观察得入情入理，没想到他竟扯到自己头上，涨红了脸，说不出话，对陈侠君的怨恨复活了。

李太太忙说："侠君，你这人真讨厌——齐先生，别理他。"

袁友春道："侠君，你适才讲咱们的太太不美，这'咱们'里有没有建侯？"曹世昌、赵玉山都和着他。

李太太笑道："这不用问，当然有他。我也是'未老先丑'，现在已老更丑。"侠君慌的缩了头，手抓着后脑，做个鬼脸。陆伯麟都忍不住笑了。

马用中说："你们说话都不正经。我报馆里有两个女职员做事都很细心认真。玉山，你所里好像也有女研究员？"

赵玉山道："我们有三个，都很好。像我们这研究所，一般年轻女人会觉得沉闷枯燥，决不肯来。我的经验是，在大学专修自然科学、中国文学、历史、地理的女学生，都比较老实认真。只有读西洋文学的女学生最要不得，满脑子的浪漫思想，什么都不会，外国文也没读通，可是动不动要了解人生，要做女作家，要做外交官太太去招待洋人，顶不安分。从前傅聚卿介绍过这样一个宝贝到我们所里来，好容易我把她撵走了，聚卿还怪着我呢。"

傅聚卿道："我不怪你旁的，我怪我头脑顽固，胸襟狭小，容不下人。"

郑须溪道："这话不错。玉山该留她下来，也许你们所里的学术空气能把她潜移默化，使她渐渐跟环境适合，很可能成为一个人才。"

陆伯麟笑说："我想起一桩笑话。十几年前，我家还在南边。有个春天，我陪内人到普陀山去烧香，就住在寺院的客房里。我看床铺的样子，不很放心，问和尚有没有臭虫。和尚担保我没有，'就是有一两个，佛门的臭虫受了菩萨感应，不吃荤血；万一真咬了人，阿弥陀佛，先生别弄死它，在菩萨清静道场杀生有罪孽的'。

"好家伙！那天我给咬得一宵没睡。后来才知道真有人听和尚的话。有同去烧香的婆媳两人，那婆婆捉到了臭虫，便搁在她媳妇的床上，算是放生积德，媳妇嚷出来，传为笑话。须溪讲环境能感化性格，我想起和尚庙的吃素臭虫来了。"

大家都哈哈大笑。

郑须溪笑完道："伯老，你不要笑那和尚，他的话有一部分真理。臭虫跟佛教程度差得太多了，陈侠君所谓'心理距离'相去太远，所以不会受到感化。智力比较高的动物的确能够传染主人的脾气，这一点生物学家和动物心理学家都承认。譬如主人爱说笑话，来的朋友们常哈哈大笑，他养的狗处在这种环境里，也会有幽默，常做出滑稽引人笑的举动，有时竟能嘻开嘴学人的笑容。记得达尔文就观察到狗能模仿人的幽默，我十几年前看德国心理学家泼拉埃讲儿童心理的书里，也提起这类事。我说学术空气能改变女人的性格，并非大帽子空话。"

陆伯麟道："狗的笑容倒没见过，回头养条狗来试验试验。可是我听了你的科学证明，和你绝对同意。我喜欢书，所以我家里的耗子也受了主人的感化，对书有特别嗜好，常把我的书咬坏。和尚们也许偷偷吃肉，所以寺院里的虱子不戒腥荤。你的话对极了。"说完话向李太太挤挤眼，仿佛要她注意自己讽刺的巧妙。

郑须溪摇头道："你这老头子简直不可理喻。"袁友春道："何必举狗的例子呢？不现成有淘气么？你们细心瞧它动作时的腰身，婀娜刚健，有时真像爱默，尤其是它伸懒腰的姿态。它在李府上养得久了，看惯美丽女主人的榜样，无形中也受了感化。"

李太太道："我不知道该骂你，还是该谢你。"

陈侠君道："他这话根本不对。淘气在李家好多年了，不错，可是它也有男主人哪！为什么它不模仿建侯？你们别笑，建侯又要误会我挖苦他了。建侯假如生在十六世纪的法国，他这身段的曲线美，不知该使多少女人倾倒爱慕，不拿薪水当他的女书记呢！那时候的漂亮男女，都得把肚子凸出——法国话好像叫 Panserons——鼓得愈高愈好，跟现代女人的束紧前面腹部而耸起后面臀部，正是相反。建侯算得古之法国美少年，也配得做淘气的榜样。所以我说老袁倒果为因。并不是淘气学爱默的姿态，是爱默参考淘气的姿态，神而明之，自成一家。这话爱默听了不会生气的。倾国倾城，天字第一号外国美人是埃及女皇克娄巴德拉——埃及的古风是女人愈像猫愈算得美。在朋友们的太太里，当然推爱默穿衣服最称身，譬如我内人到冬天就像麻口袋里盛满棒子面，只有你那合式样儿，不像衣服配了身体做的，真像身体适应着衣服生长的。这不是学淘气的一身皮毛么？不成淘气会学了你才生皮长毛？"

爱默笑道："小心建侯揍你！你专讲废话。"

建侯把面前一块 Eclair 给陈侠君道："请你免开尊口，还是吃东西吧，省得嘴闲着又要嚼咀。"侠君真接了咬着，给点心堵住了上下古今的议论。

傅聚卿说："我在想侠君讲的话。恋爱里的确有'心理距离'，所以西洋的爱神专射冷箭。射箭当然需要适当的距离，红心太逼近了箭射不出，太远隔了箭射不到；地位悬殊的人固然不易相爱，而血统关系太亲密的人也不易相爱。不过这距离不仅在心理方面。各位有这个经验么？有时一个女人远看很美，颇为可爱，走近了细瞧，才知道全是假的，长得既不好看，而且化妆的原料欠讲究，化妆的技巧也没到家。这种娘儿们打的什么主意，我真想不出。花那么多的心思和工夫来打扮，结果只能站在十码以外供人远眺！是否希望男人老远的已经深深地爱上她们，到走近看明了真相，后悔无及，只有将错就错，爱她们到底？今天听侠君的话，才明白她们跟枪炮一样，放射力有一定的距离，这种女人，我一天不知要碰见多少，我恨死了她们，觉得她们要骗我的爱，我险的上当。亏得我生在现代，中国风气开通，有机会对她们仔细观察，矫正一眼看去的幻觉。假使在古代，关防严密，惟有望见女人凭着高楼的栏干，或者瞥见她打起驴车的帘子。可望而不可即，只好一见生情，倒煞费心机去追求她，那冤不冤！我想着都发抖。"说时傅聚卿打个寒噤。建侯笑得厉害，不但嘴笑，整个矮胖的身体也参加这笑。

陈侠君早吃完那块糕，叹口气说："聚卿，你眼睛终是太高呀！我们上半世已过的人，假如此心不死，就不能那样苛求。不但对相貌要放低标准，并且在情感方面也不宜责备求全。十年前我最瞧不起那些眼开眼闭的老头子，明知他们的年轻姨太太背了自己胡闹，装傻不管。现在我渐渐了解他们，同情他们。除非你容忍她们对旁人的爱，你别梦想她们会容忍你对她们的爱。我在巴黎学画的时候，和一个科西嘉的女孩子很要好，后来发现她是虔诚的天主教徒，要我也进教才肯结婚，仿佛她就是教会招揽主顾的女招待，我只好把她甩了。我那时要求女人全副精神爱我，整个心里装满的是我，不许留一点点给任何人，上帝也是我的情敌，她该为我放弃他，她对我的爱情应该超越一切宗教的顾忌。可是现在呢？我安分了，没有奢望了，假如有可爱的女人肯大发慈悲，赏赐我些剩余的温柔，我像叫化子讨得残羹冷炙，感激涕零。她看我一眼，对我一笑，或脸一红，我都记在心上，贮蓄着有好几天的思量和回味。打仗？我们太老啦！可是还不够老，只怕征兵轮到我们。恋爱？我们太老啦！可是也不够老，只怕做情人轮不着我们！"

马用中起身道："侠君这番话又丧气，又无耻。时候不早了，我先走一步。李太太、建侯、谢谢您，再会，再会。别送！齐先生，再见。"曹世昌也同时说侠君的议论"伤风败俗"。建侯听侠君讲话，呆呆的像上了心事，直到马用中叫他名字，才忙站起来，和着爱默说："不多坐一会儿么？不送，不送。"颐谷掏出表来，看时间不早，也想告辞，只希望大家都走，混在人堆里，七嘴八舌中说一句客气话便溜。然而看他们都坐得顶舒服的，不像就走；自己怕母亲盼望，实在坐不住了，正盘算怎样过这一重重告别的难关。李太太瞧见他看表，就说："时间还早啊，可是我不敢多留你，明儿见。"颐谷含糊地向李太太谢了几句。因为他第一次来，建侯送他到大门。出客堂时建侯把门反手关上，颐谷听见关不断的里面说笑声，武断他们说笑着自己，脸更热了。跳上了电车，他忽然记起李太太说"明儿见"。仔细再想一想，把李太太对自己临去时讲的话从记忆里提出来，拣净理清，清清楚楚的"明儿见"三个字。这三个字还没僵冷，李太太的语调还没有消散。"明"字说得很滑溜，衬出"见"字语音的清朗和着重，不过着重得那么轻松只好像说的时候在字面上点一下。那"儿"字隐躲在"明"字和"见"字声音的夹缝里，偷偷的带过去。自己丝毫没记错。心止不住快活地跳，明天这个日子值得等待，值得盼望。颐谷笑容上脸，高兴得容纳不下，恨不得和同车的乘客们分摊高兴。对面坐的一个中年女人见颐谷向自己笑，误会他用意，恶狠狠看了颐谷一眼，板着脸，别过头去。

颐谷碰到一鼻子灰，莫名其妙，才安静下来。到了家，他母亲当然问他李太太美不美。他偏说李太太算不得美，皮肤不白啦，颧骨稍微高啦，更有其他什么缺点啦。

假如颐谷没着迷，也许他会赞扬爱默俏丽动人；现在他似乎新有了一个秘密，这个秘密初来未惯，躲在他心里，怕见生人，所以他说话也无意中合于外交和军事上声东击西的掩护策略。他母亲年轻结婚的时候，中国人还未发明恋爱。那时候有人来做媒，父母问到女孩子本人，她中意那男人的话，只有红着脸低头，一声不响，至多说句"全凭爹妈作主"，然后飞快的跑回房里去，这已算女孩儿家最委婉的表情了。谁料到二三十年后，世情大变，她儿子一个大男孩子的心思也会那么曲折！所以她只打趣儿子，说他看得好仔细，旁的没讲什么。颐谷那天晚上做了好几个颠倒混沌的梦，梦见不小心把茶泼在李太太衣服上，窘得无地自容，只好逃出了梦。醒过来，又梦见淘气抓破自己的鼻子，陈侠君骂自己是猫身上的跳虱。气得正要回骂，梦又转了弯，自己在抚摸淘气的毛，忽然发现抚摸的是李太太的头发，醒来十分惭愧，想明天真无颜见李氏夫妇。却又偷偷的喜欢，昧了良心，牛反刍似的把这梦追温一遍。

李太太并未把颐谷放在心上。建侯送颐谷出去时，陈侠君道："这小孩子相貌倒是顶聪明的。爱默，他该做你的私人秘书，他一定死心塌地听你使唤，他这年龄正是为你发傻劲的时候。"爱默道："怕建侯不肯。"曹世昌道："侠君，你这人最要不得！你今天把那小孩子欺负得够了。年轻人没见过世面，怪可怜的，。"侠君道："谁欺负他？我看他睁大了眼那惊奇的样子，幼稚得可怜，所以和他开玩笑，叫他别那么紧张。"陆伯麟道："你自以为开玩笑，全不知轻重。怪不得建侯恼你。"大家也附和着他。说时，建侯进来。客人坐一会，也陆续散了。爱默那晚上睡到下半夜，在前半觉和后半觉接榫处，无故想起日间颐谷对自己的表情和陈侠君的话，忽然感到兴奋，觉得自己还不是中年女人，转身侧向又睡着了。

明天，颐谷正为建侯描写他在纽约大旅馆高楼上望下去，电线、行人、车辆搞得头晕眼花，险的栽出窗子，爱默打门进来。看了他们一眼，又转身像要出去，说："你们忙着，我不来打搅你们，我没有事。"建侯道："我们也没有事，你要不要看看我游记的序文？"爱默道："记得你向我讲过序文的大意了。好，我等你第一章脱稿了，一起看，专看序文没有意思。建侯，我想请颐谷抽空写大后天咱们请客的帖子，可以不可以？"颐谷没准备李太太为自己的名字去了外罩，上不带姓，下不带"先生"，名字赤裸裸的，好像初进按摩浴室的人没料到侍女会为他脱光衣服。他没等建侯回答，忙说："可以，可以！就怕我字写不好——"颐谷说了这句谦词，算表示他从容自在，并非局促到语无伦次。建侯不用说也答应。颐谷向爱默手中接过请客名单，把眼花腿软的建侯抛搁在纽约旅馆第三十二层楼窗口，一心来为爱默写帖子了。他替建侯写游记，满肚子的委屈，而做这种琐碎的抄写工作，倒虔诚得像和尚刺血写佛经一样。回家后他还追想着这小事，似乎这是爱默眼里有他的表示。第二天他为爱默复了几封无关紧要的信，第三天他代爱默看了一本作者赠送的新小说，把故事撮要报告她，因为过一天这作者要见到爱默。颐谷并不为这些事花多少心力，午后回家的时候却感到当天的生活异常丰富，对明天也有不敢希望的希望。

写请帖的那一天，李先生已经不很高兴。到李太太叫颐谷代看小说，李先生觉得这不但截断了游记写作，并且像烧热的刀判分猪油，还消耗了中午前后那一段好时间，当天别指望颐谷再为自己工作了。他不好意思当场发作，只隐约感到不安，怕爱默会把这个书记夺去。他当着爱默，冷冷对颐谷说："你看你的小说，把稿子给我，我自己来写。"爱默似笑非笑道："抓得那样紧！你写书不争这一天半天，我明天得罪了人怎么办？你不要我管家事的话，这本书我早看了。"颐谷这时候只知道爱默要自己效劳，全听不出建侯话中用意，当真把稿子交与建侯。

建侯接过来，一声不响，黄脸色里泛出青来。爱默看建侯一眼，向颐谷笑着说："费心！"出书房去了。颐谷坐下来看那小说，真是那位作者的晦气！颐谷要让爱默知道自己眼光凶、标准高，对那书里的情节和文字直挑错儿，就仿佛得了傅聚卿的传授似的。

建侯呆呆坐着，对面前的稿子瞪眼，没有动笔。平时总是他看表叫颐谷回家吃饭的，今天直到老妈子出来问他要不要开饭，他才对颐谷强笑，分付他走，看见他带了那本小说回家，愈加生气。建侯到饭厅里，坐下来喝汤，一言不发，爱默也不讲话。到底女人是创世以来就被压迫的动物，忍耐心好，建侯先开口了："请你以后别使唤我的书记，我有正经事儿要他干。你找他办那些琐碎的事，最好留到下午，等他干完我的正事。"

爱默"哼"了一声用英语说道："你在和我生气，是不是？女佣人站在旁边听着，好意思么？吵嘴也得瞧在什么地方！刚才当着你那宝贝书记的面，叫我下不去，现在好好吃饭，又来找岔子。吃饭的时候别动火，我劝你。回头胃病又要发啦！总有那一天你把我也气成胃病，你才乐意。今天有炸龙虾，那东西很不容易消化。"那女佣人不懂英语，气色和音调是详得出的，肚子里暗笑道："两口儿在怄气了！你们叽哩咕噜可瞒不过我。"

饭吃完，夫妇到卧室里，丫头把建侯睡午觉的被窝铺好出去。建侯忍不住问爱默道："我讲的话，你听见没有？"

爱默坐在沙发里，抽着烟道："听见！怎会不听见？老妈子、小丫头全听见。你讲话的声音，天安门、海淀都听得到，大家全知道你在教训老婆。"

建侯不愿意战事扩大，妨害自己睡觉，总结地说："听见就好了。"

爱默一眼不瞧丈夫，仿佛自言自语："可是要我照办，那不成。我爱什么时候使唤他，由得我。好一副丈夫架子！当着书记和佣人，对我吆喝！"

建侯觉得躺着吵架，形势不利。床是女人的地盘，只有女人懒在床上见客谈话，人地相宜。男人躺在床上，就像无险可守的军队，威力大打折扣。他坐起来说："这书记是我用的，该听我支配。你叫他打杂差，也得先向我打个招呼。"

爱默扔掉香烟，腾出嘴来供相骂专用，说："只要你用他一天，我有事就得找他。老实说，你给他的工作并不见得比我叫他做的事更有意思。你有本领写书，自己动笔，不要找人。曹世昌、陆伯麟、傅聚卿都写了好多书，谁还没有雇用个书记呢！"

建侯气得把手拍床道："好，好！我明天叫那姓齐的孩子滚。干脆大家没书记用。"

爱默道："你辞掉他，我会用他。我这许多杂事，倒不比你的游记——"

建侯道："你忙不过来，为什么不另用个书记，倒侵占我的人呢？"

爱默道："先生，可省俭为什么不省俭？我不是无谓浪费的女人。并且，我什么时候跟你过分家来？"

建侯道："我倒希望咱们彼此界限分得清一点。"

爱默站起来道："建侯，你说话小心，回头别懊悔。你要分咱们就分。"

建侯知道话说重了，还倔强说："你别有意误解，小题大做。"

爱默冷笑道："我并不误解。你老觉得人家把我比你瞧得起，心里气不过。前天听了陈侠君的胡说？找个相好的女人。吓！你放心，我决不妨碍你的幸福。"

建侯气势减缩，强笑道："哈哈！这不是借题发挥是什么？对不住，我要睡了。"他躺下去把被蒙头不作声。爱默等他五分钟后头伸出来，又说："你去问那孩子把那本小说要回来，我不用他代我看了。"

建侯道："你不用假仁假义。我下午有事出门，不到书房去。你要使唤齐颐谷，就随你便罢。我以后也不写什么东西了，反正一切都是这样！我名分下的东西，结果总是给你侵占去了。朋友们和我交情淡，都跟你好；家里的用人抢先忙着为你，我的事老搁在后面，我的命令抵不上你的方便。侥幸咱们没有孩子，否则他们准像畜生和野蛮人，只知道有母亲，眼睛里不认识我这爸爸。"李太太对养育儿女的态度，正像苏联官立打胎机关的标语："第一次光顾我们欢迎，可是请您别再来！"但是妇科医生严重警告她不宜生产，所以小孩子一次也没来投胎过。朋友们背后说她真是个"绝代佳人"。她此刻回答道："说得好可怜！真是苦命丈夫哪！用人听我的话，因为我管家呀。谁爱管家！我烦得头都痛了！从明天起，请你来管，让用人全来奉承你。讲到朋友，那更笑话！为什么嫁你以后，我从前同学时代的朋友一个都不来往了。你向我计较你的朋友，我向谁要我的朋友？再说，现在的朋友可不是咱们俩大家有的？分什么跟我好，跟你不好？你这人真是小孩子气。至于书记呢，这种时局今天不保明天，谁知道能用他多少时候？万一咱们搬家回南，总不能带着他走呀。可是你现在就辞掉他，也得送他一个月的薪水。我并不需要他，不过，你不写东西也犯不着就叫他马上走，有事时可以差唤差唤。到一个月满期，瞧情形再说。这是我女人家算小的话，我又忍不住多嘴讨你厌了。反正以后一切归你管，由你作主。"建侯听他太太振振有词，又讲自己"小孩子气"，不好再吵，便摇手道："这话别提，都是你对。咱们讲和。"

爱默道："你只说声'讲和'好容易！我假如把你的话作准，早拆开了！"说着出去了，不睬建侯伸出待拉的讲和的手。建侯一个人躺着，想明明自己理长，何以吵了几句，反而词穷理屈，向她赔不是，还受她冷落。他愈想愈不平。

以后这四五天，建侯不大进书房，成天在外面跑，不知忙些什么。有一两次晚上应酬，也不能陪爱默同去。颐谷的工作并不减少。建侯没有告诉他游记已经停写，仍然不让他空闲，分付他摘译材料，说等将来一起整理。爱默也常来叫他写些请帖、谢帖之类，有时还坐下来闲谈一会。颐谷没有姊妹，也很少亲戚来往，寡母只有他一个儿子，管束得很严，所以他进了大学一年，从没和女同学谈过话。正像汽水瓶口尽管封闭得严严密密，映着日光，看得见瓶子里气泡在浮动，颐谷表面上拘谨，心里早蠢搅着无主招领的爱情。一个十八九岁没有女朋友的男孩子，往往心里藏的女人抵得上皇帝三十六宫的数目，心里的污秽有时过于公共厕所。同时他对恋爱抱有崇高的观念，他希望找到一个女人能跟自己心灵契合，有亲密而纯洁的关系，把生理冲动推隔得远远的，裹上重重文饰，不许它露出本来面目。颐谷和爱默接触以后，他的泛滥无归的情感渐渐收聚在一处，而对于一个毫无恋爱经验的男孩子，中年妇人的成熟的姿媚，正像暮春天气或鸭绒褥子一样泥得人软软的清醒不来。

恋爱的对像只是生命的利用品，所以年轻时痴心爱上的第一个人总比自己年长，因为年轻人自身要成熟，无意中挑有经验的对像，而年老时发疯爱上的总是比自己年轻，因为老年人自身要恢复青春，这梦想在他最后的努力里也反映着。颐谷到李家第二星期后，已经肯对自己承认爱上李太太了。这爱情有什么结果，他全没工夫去想。他只希望常有机会和她这样接近。他每听见她的声音，他心就跳，脸上布满红色。这种脸色转变逃不过爱默的眼睛。颐谷不敢想像爱默会爱自己，他只相信爱默还喜欢自己。但是有时他连这个信念都没有，觉得自己一味妄想，给爱默知道了，定把自己轻鄙得一文不值。他又忙忙搜索爱默自己也记不得的小动作和表情来证明并非妄想。然而这还不够，爱默心里究竟怎么想呀？真没法去测度。假如她不喜欢自己，好！自己也不在乎，去！去！去她的！把她冷落在心窝外面。可是事情做完，睡觉醒来，发现她并没有出去，依然盘据在心里，第一个念头就牵涉到她。他一会儿高兴如登天，一会儿沮丧像堕地，荡着单相思的秋千。

第三个星期一颐谷到李家，老白一开门就告诉他说建侯昨天回南去了，颐谷忙问为什么，李太太同去没有。他知道了建侯为料理房子的事去上海，爱默一时还不会走，心才定下来，然而终不舒泰，离别在他心上投了阴影。他坐立不安好半天，爱默才到书房里，告诉他建侯星期六晚上回来，说外面消息不好，免不了开战，该趁早搬家，所以昨天匆匆到上海去了。颐谷强作镇静地问道："李太太，你不会就离开北平罢？"像病人等着急救似的等她回答。爱默正要回答，老白进来通报："太太，陈先生来了。"爱默说："就请他到书房里来——我等李先生回来，就收了这儿的摊也去。颐谷，你很可以到南方去进学校，比这儿安全些。"颐谷早料到是这回事，然而听后绝望灰心，一只眼睛还能自制着不流泪。陈侠君一路嚷道："爱默，想不到你真听了我的话，建侯居然肯把机要秘书让给你。"他进来招呼了颐谷，对爱默说："建侯昨天下午坐通车回南了？"

爱默说："你消息真快！是老白告诉你的吧？"

"我知道得很早，我昨天送他走的。"

"这事怪了！他事先通知你没有？"

"你知道他见了我就头痛，那里会巴巴地来告诉我？我这几天无聊，有朋友走，就到车站去送，借此看看各种各色的人。昨天我送一个亲戚，谁知道碰上你们先生，他看见我好像很不得劲，要躲，我招呼了他，他才跟我说到上海找房子去。你昨天倒没有去送他？"

"我们老夫老妻，又不是依依惜别的情人。大不了去趟上海，送什么行？他也不要人送，只带了个手提箱，没有大行李。"

"他有个表侄女和他一起回南，是不是？"侠君含意无穷地盯住爱默。

爱默跳起来道："呀？什么？"

"他卧车车厢里只有他和一个十七八岁的女孩子，样子很老实，长得也不顶好，见了我只想躲，你说怪不怪？建侯说是他的表侄女？那也算得你的表侄女了。"

爱默脸色发白说："他哪里有什么表侄女？这有点儿蹊跷？"

"是呀！我当时也说，怎么从没听你们说起。建侯挽着那女孩子的手，对我说:"你去问爱默，她会知道。'我听他语气严重，心里有些奇怪，当时也没多讲什么。建侯神气很落落难合，我就和他分手了。"

爱默眼睛睁到无可再大，说："这里头有鬼。那女孩子什么样子？建侯告诉你她的姓没有？"

陈侠君忽然拍着大腿，笑得前仰后合。爱默生气道："有什么可笑的？"颐谷恨陈侠君闯来打断了谈话，看到爱默气恼，就也一脸的怒气。侠君笑意未敛，说:"对不住，我忍不住要笑。建侯那大傻子，说做就真会去做！我现在全明白了，那女孩子是他新有的情人，偷偷到南方去度蜜月，没料到会给我这讨厌家伙撞破。他知道这事瞒不了，索性叫我来向你报信。哈哈！我梦想不到建侯还有那一手！

这都是那天茶会上把他激出来的。我只笑他照我的话一字没改地去做，拣的对象也是相貌平庸，态度寒窘，样子看来是个没见世面的小孩子，一顿饭、两次电影就可以结交的，北平城里多得是！在她眼里，建侯又阔绰，又伟大，真好比那位离婚的美国女人结识了英国皇太子了。哈哈，这事怎样收场呢！"

爱默气得管束不住眼泪道："建侯竟这样混账！欺负我——"这时候，她的时髦、能干一下子都褪掉了，露出一个软弱可怜的女人本相。颐谷看见爱默哭了，不知所措，忽然发现了爱默哭的时候，她的年龄，她相貌上的缺陷都显示出来，她的脸在眼泪下也像泼着水的钢笔字，模糊浮肿。同时爱默的眼泪提醒他，她还是建侯的人，这些眼泪是建侯名分里该有的。陈侠君虽然理论上知道，女人一哭，怒气就会减少，宛如天一下雨，狂风就会停吹，但真见了眼泪，也慌得直说："怎么你哭了？有什么办法，我一定尽力！"

爱默恨恨道："都是你惹出来的事，你会尽什么力。你去罢，我有事会请你来。我旁的没什么，就气建侯把我蒙在鼓里，我自己也太糊涂！"

侠君知道爱默脾气，扯个淡走了。爱默也没送他，坐在沙发上，紧咬着牙。脸上的泪渍像玻璃上已干的雨痕。颐谷瞧她脸在愤恨里变形换相，变得又尖又硬，带些杀气。他意识到这是一个厉害的女人，害怕起来，想今天还是回家罢，就起身说："李太太——"

爱默如梦乍醒道："颐谷，我正要问你，你爱我不爱？"

这句突兀的话把颐谷吓得呆呆的，回答不上来。

爱默顽皮地说："你别以为我不知道呀！你爱着我。"怎样否认这句话而不得罪对方，似还没有人知道。颐谷不明白李太太问的用意，也不再愿意向她诉说衷情，只觉得情形严重，想溜之大吉。

爱默瞧第二炮也没打响，不耐烦道："你说呀！"

颐谷愁眉苦脸，结结巴巴道："我——我不敢——"

这并不是爱默想象中的回答，同时看他那为难样子，真教人生气，不过想到建侯的事，心又坚决起来，就说："这话倒有趣。为什么不敢？怕李先生？你看李先生这样胡闹。说怕我罢，我有什么可怕？你坐下来，咱们细细的谈。"爱默把身子移向一边，让出半面沙发拍着叫颐谷坐。爱默问的用意无可误解了，颐谷如梦忽醒，这几天来魂梦里构想的求爱景象，不料竟是这么一回事。他记起陈侠君方才的笑声来，建侯和那女孩子的恋爱在旁人眼里原来只是笑话！一切调情、偷情，在本人无不自以为缠绵浪漫、大胆风流，而到局外人嘴里不过又是一个暖昧，滑稽的话柄，只照例博得狎亵的一笑。颐谷未被世故磨练得顽钝，想到这里，愈加畏缩。

爱默本来怒气勃勃，见颐谷闪闪躲躲，愈不痛快，说："我请你坐，为什么不坐下来！"

颐谷听了命令，只好坐下。刚坐下去，"啊呀！"一声，直跳起来，弹簧的震动把爱默也颠簸着。爱默又惊又怒道："你这人怎么一回事？"

颐谷道："淘气躲在沙发下面，把我的脚跟抓了一把。"

爱默忍不住大笑，颐谷噪着嘴道："它抓得很痛，袜子可能给抓破了。"

爱默伸手把淘气捉出来，按在自己腿上，对颐谷说："现在你可以安心坐了。"

颐谷急得什么推托借口都想不出，哭丧着脸胡扯道："这猫虽然不是人，我总觉得它懂事，好像是个第三者。当着它有许多话不好讲。"说完才觉得这句话可笑。

爱默皱眉道："你这孩子真不痛快！好，你捉它到外面去。"把淘气递给颐谷。淘气挣扎，颐谷紧提了它的颈皮——这事李太太已看不入眼了——半开书房门，把淘气扔出去，赶快带上门，只听得淘气连一接二的尖叫，锐利得把听觉神经刺个对穿，原来门关得太快，夹住了它的尾巴尖儿。爱默再也忍不住了，立起来顺手给颐谷一下耳光，拉开门放走淘气，一面说："去你的，你这大傻瓜！"淘气夹着创痛的尾巴直向里面窜，颐谷带着热辣辣的一片脸颊一口气跑到街上，大门都没等老白来开。头脑里像舂米似的一声声顿着："大傻瓜！大傻瓜！"

李太太看见颐谷跑了，懊悔自己太野蛮，想今天大失常度，不料会为建侯生气到这个地步。她忽然觉得老了，仿佛身体要塌下来似的衰老，风头、地位和排场都像一副副重担，自己疲乏得再挑不起。她只愿有个逃避的地方，在那里她可以忘掉骄傲，不必见现在这些朋友，不必打扮，不必铺张，不必为任何人长得美丽，看得年轻。

这时候，昨天从北平开的联运车，已进山东地境。李建侯看着窗外，心境像向后飞退的黄土那样的干枯憔悴。昨天的兴奋仿佛醉酒时的高兴，事后留下的滋味不好受。想陈侠君准会去报告爱默，这事闹大了，自己没法下台。为身边这平常幼稚的女孩子拆散家庭，真不值得！自悔一时糊涂，忍不住气，自掘了这个陷阱。这许多思想，挽了他手同看窗外风景的女孩子全不知道。她只觉得人生前途正像火车走不完的路途，无限地向自己展开。

（1946 年 1 月发表于《文艺复兴》创刊号）

述评

钱钟书可谓中国现当代文坛上的双栖名星：既是重要的人文学者，也是少见的天才作家。他的成就是多方面的：在学术研究方面，有人认为他是国学大师，成就卓著；在文学创作方面，他的小说虽然不多，却篇篇都称得上是精品，集情趣与理趣于一身，体现了对于人世百态的异常犀利睿智的观察与思考。《猫》正是这样一部精彩隽永的短篇小说，它于20世纪40年代通过李健吾编辑发表，后来钱钟书将其收入小说集《人·兽·鬼》时，李健吾还亲自写了一则书讯，对其大加褒扬。

小说《猫》发表后，一些读者和批评家即指出，小说影射的是林徽因夫妇等北平的人文名流，理由是小说的主角"李太太"是一位高朋满座的沙龙女主人，客人中则有爱慕女主人的诗人、政论家马用中，亲日作家陆伯麟，作家曹世昌等各色人物，这些人都能在现实中看到他们的原型。无独有偶，20世纪30年代初林徽因的福建老乡冰心曾写过一篇《我们太太的客厅》，于是有"索隐派"人士考证小说中那位"太太"的原型就是林徽因，这篇《猫》由此也被称为清华版《我们太太的客厅》。加上钱钟书的夫人杨绛曾写过一篇文章称："解放后，我们在清华养过一只很聪明的猫。……

猫儿长大了，半夜和别的猫儿打架。钟书特备长竹竿一枝，倚在门口，不管多冷的天，听见猫儿叫闹，就急忙从热被窝里出来，拿了竹竿，赶出去帮自己的猫儿打架。和我们家那猫儿争风打架的情敌之一是近邻林徽因女士的宝贝猫，她称之为她一家人的'爱的焦点'。我常怕钟书打猫而伤了两家和气，引用他自己的话说'打狗要看主人面，那么，打猫要看主妇面了！'（钱钟书小说《猫》中的第一句话）他笑说：'理论总是不实践的人制定的。'"于是，读者们更加确信了《猫》是影射小说的推理。

尽管读者议论纷纷，作者却未置于一词，既不认可也不辟谣。到底是不是影射，作家吴泰昌在《我认识的钱钟书》中有这样的记载："1945年秋，抗日战争胜利后，健吾先生和同在上海的郑振铎先生（西谛）共同策划出版大型文学杂志《文艺复兴》，至1946年1月创刊，在这几个月内，西谛先生和他分头向在上海、南京、重庆、北平的一些文友求援。《围城》就是在这个过程中约定的。健吾先生说，……西谛先生和我向他索取《围城》连载，他同意了，并商定从创刊号起用一年的篇幅连载完这部长篇。但在创刊号组版时，钟书先生却以来不及抄写为由，要求延一期发表。同时，他拿来短篇小说《猫》。这样，我们在创刊号发表《猫》的同时，在'下期要目预告'中，将钱钟书的《围城》往头条予以公布。健吾先生说，这是想给读者一个意外，也是为了避免作者变卦。"于是有人据此论说，因为这篇小说显然是在1946年1月之前完成的，刊于李健吾和郑振铎共同策划的文学杂志《文艺复兴》创刊号；而钱氏夫妇1949年8月底才到清华园，1952年秋搬到新北大的中关园，"打猫事件"肯定发生在这个时间段，说明这篇小说在钱钟书夫妇到清华教书的三四年前就公开发表了，所以一定要把它和影射梁思成和林徽因夫妇联系在一起，未免显得过于牵强附会。

学者张颐武先生曾经表示，他是在20世纪80年代初第一次接触到这篇小说的，当时也曾对李太太家沙龙里的那几个文化人的"原型"感兴趣，然而他认为，小说作者是用典型化的手法进行文学创作的，而且其行文的讥讽写出了人们所熟悉的人物的另外的一面。不过，作品取沙龙女主人的身份本身容易对读者产生误导，而作者本意却未必在此。

在铁链中

路 翎

何姑婆在雾里走着。太阳开始照射到雾里来了，雾的边缘变成了明亮的淡红色。空气是潮湿、寒冷、新鲜的。各处的凌乱的声音听起来很是愉快，这些声音也潮湿、寒冷、新鲜。

街道两边的店铺的门都已经打开了，各处有扫地和搬东西的声音，显得所有的人在这晴朗的寒冷的早晨都是很振作的。远处有一只军号在嘹亮的吹着，后来附近的地方又有敲锣的声音和紧接着的一串鞭炮声，埋葬死人的悲哀而又无情的小小的人群穿过了雾中的街道。接着又传来了在广场上搬运木料的工人们的呼吼声：在一声强大的呼吼之后，就有一块木头落在地面上。人们的影子是模模糊糊的，饱吸着太阳的红光的雾团包围着他们。何姑婆急急地走着，她是一个很难看，样子很刚愎的老人，两只眼睛红烂着快要瞎了，一件破烂的黑布棉袄一直拖过了她的膝盖。这时一群被铁链锁着的，挑着石块的囚犯走过她的身边，她站下来注意地看着；这些囚犯的样子是很可怕的，每一个人的身上都生着烂疮，无论他们年老或者年青，他们的表情都一律是麻木而冷酷的。两个荷着枪又拿着鞭子的兵士跟在他们的后面。何姑婆，看见了她的男人何德祥老汉果然也在这里面，就大叫着跑上去了。

"何老汉，何德祥啊！"她喊。

看见他锁在铁链中挑着石块的样子，她异常地可怜他，哭了起来。但他却并不动情。他是一个瘦长的老人，蓄着披在两边的长头发，他的神情和他的同伴们一样是非常冷酷的，他只是简单地看了她一眼，就走了过去。囚犯们被兵士驱赶着走进了镇公所的大门。老头子连头都没有回，挑着石块消失在门内了。

何姑婆慌乱地朝里面看了很久，听着从雾中传来的兵士们的叫骂声，在附近的一堆乱石上面坐下来了。她坐了下来就一动都不动了，显出了非常的忍耐，团上了她的眼睛，两只手抄在棉袄里。

镇公所正在建筑门楼。这本来是一座古旧的大庙，现在，由于镇上的绅士们和镇长的积极，正在改建成新式的、庞大而威严的建筑，所以门前堆满了砖块和木材。一个在这晴朗的早晨显得愉快而活泼的青年警察，在建筑物的架子下面走动着。看见了何姑婆，就向她走来了。

"何姑婆。"他温和地笑着说，"你又来啦！"

"我又来啦！"何姑婆抬起头来伤心地说，"我有什么办法呢？我是没有吃的啦！他给拉来了一个多月，我什么办法都想尽了！我真是想不通世界上有这种人，为了三五万块钱的债，刘四老板就下这种毒手，把人抓到劳动队里来，王顺明，你想想，"她做着手势激动地说，"我那个老头子快六十岁的人了，哪里能做得下这种苦工呀！王顺明，我看着你长大的，你是一个好娃儿，你的心又好，今天你出了头了，你的爹妈要是活着才不晓得会怎么欢喜呢！"

王顺明温和地笑了一笑，异常舒畅地抱起手臂来在她的旁边走了几步。当他停下来的时候他的腿自以为很优美地颤动着，这时阳光已经照耀到地面上来了，但还有稀薄的、愉快、活泼的雾在空中飘浮着。

"何姑婆，这些人本来就是这样的啊！"王顺明半闭着眼睛抱着手臂忧郁地说，好像是把一切都看透了，把一切痛苦都宿命地、冷淡地忍受下来了似的。"在这条街上，刘四老板作的孽是不少了，没有哪一个奈何得了他！他是又包税银，又包公产庙产，又还能弄得动县里的一两连兵，前两年他还动不动就杀人！我们这乡里头人呢，说句实话，心里头虽然明白，面子上却又不得不奉承他，据我晓得的，这些年来敢跟他闹的还只是你们何老汉一个人！你怎么会闹得过他呢？"他闭着眼睛感动地小声说，"不过我总相信，有一天自然会报应的！我们家里还不是吃过他多少苦，我就在等着！我就不相信一个人有了钱就该作恶！你看隔不上三五年，只要他老头子一死，那几个游手好闲抽大烟的儿子自然就会把家产败掉的，说不定那时候还不如你我呢！"他说，雾着他的感伤得潮湿起来的眼睛："何姑婆，你也不必太气狠了，我总想，天总是有眼睛，不管我怎样倒楣，我心里怎么难受，我总想天是会看见这一切的！"他说，闭着眼睛，抱着手臂，搐动着他腮部的肌肉，高兴地颤动着他的伸出来的左腿。

"儿啊！"何姑婆动情地喊，"我听得懂你的话！我听得懂，你说得真好呀！别个一当了警察这些的就变了，你就一直都是这样！儿呀，你要是记得的话，你小时候还跟着我们过了大半年呢，何二太爷教你学泥瓦匠！……我们又没得儿女！""姑婆！"王顺明弯下腰来亲爱地说，"那我都记得的，一个人是不能够忘本的，上有菩萨，下有鬼神，一个人的一生都是清清楚楚的，我们祖上都是庄稼人，我不会忘本的！何姑婆，我总是想到你是一个好心肠的人！我总是想，没有什么关系，别人得罪我，陷害我，抢我，都没得关系，反正什么都是注定了的，该是我的总还是我的，所以什么时候我都不怕！……何姑婆，我会替你照应何二太爷的，就好比他是我亲生的爹，你放心好了，他就不过是脾气坏了一点！""年岁大了呀！"何姑婆说："年轻的时候，学这个，做那个，自己还是有几个钱的，一上了三十岁，就年年失意了，什么都搞光了，心也冷了，好跟别人闹气！好做缺德的事情；不是说的话，又没得个儿女！你看，他们这些时叫他做苦工，又说他做过泥瓦匠，叫他砌城墙，"她指着镇公所的修了一半的门楼，说，"他哪里做得起呀，他是一个直爽的人啊，儿，他的那堂房弟，小时一块走的，都做了小铺子老板了，他却一生就是不遇！……我请你先替我拿这点东西进去给他吃！"她从怀里摸出一个潮湿的布包来，取出了里面的两个煮得很烂的大红苕。王顺明看见了这两个红苕就有趣地笑了一笑，因为他好久就注意到那难看地鼓在她的胸前的一大团了。

特别因为天气是这样的好，王顺明是异常的感动，快活，善良，接着红苕就跑进去了，他的枪枝在他的肩上碰击着而发出清脆的声音来。

但不久他就又捧着红苕跑转来了。他的一个敞着衣服的同事追着他，和他抢红苕吃，大声地怪叫着，拿砖头砸他，说他弄了红苕来不请客。这个家伙显然地也是因晴朗的天气而快活。王顺明就更快活而感动了，和他叫骂着：在这个时候。

他对于何姑婆是觉得有多么亲爱啊！"没有关系，你们吃好！"痛心的何姑婆站了起来客气地说，"这位贵姓啊！"那快活的，敞着衣服的警察呆住了，先是睁大了眼睛，接着就不好意思地和愤恨地红了脸。

"你吃呀！"何姑婆说。

"哪个吃哟，我肚子里早就装满了，"这警察酸酸地说，接着就跑过来抢走了王顺明手里的一个红苕，"这穷老太婆！"他说，咬嚼着红苕便走进去了。

"姑婆，"王顺明忍住他的高兴的笑说，"何老汉说他不要吃！"

"他怎么不要呢？"姑婆失望而痛苦地问。

"他跟我瞪眼睛，他说就是不要！"王顺明突然冷淡地说。

何姑婆眼圈发红了。她默默地接过了剩下的一个红苕，重又把它们仔细地包好，于是又在台阶上坐了下来！"姑婆，他马上就要出来砌墙壁了！"何姑婆没有回答。但王顺明又显得愉快，感动，悲伤了，怀念着不可知的什么似的，在她的旁边站着。这时雾气已经完全消散了，太阳满满地照耀着地面，但空气仍然很是寒冷。

泥瓦匠们已经在建筑物的各处工作着了，那一群囚犯重又出发去挑石块了，发出杂沓的脚步声慢慢地经过何姑婆的面前。

她站了起来，没有找到她的亲爱的、可怜的人，但她转过身去，看见他在门楼的木架下面出现了。因为需要在高架上劳动，铁链已经解去，两条腿厉害地颤抖着，从一块木板的下面钻了出来。何姑婆以为他是向她走来的，但是他却连看都没有看她一眼，拿起了一个簸箕和一把砌刀，爬上了那个沿墙壁搭着的高架，和工人们并排地站着，开始做他的苦工。

他的神情是冷酷、无觉的。他一直爬上高架，站在空中，太阳照射着他。他的腿最初颤得很厉害，但后来他站稳了，毫无犹豫地，然而慢吞吞地，工作了起来。他的头上的长而灰色的头发垂在两边，只要他稍稍动一动，这两股头发就会在阳光里飘曳了开来。

"何老汉！"何姑婆去到架子下面去慌乱地喊："你怎么看都不看我一下呀！我来看你了，这里是两个红苕！送给里面那警察兵吃了一个！""告诉你我不吃！"何老头子突然地在上面暴怒地喊："你自己吃去，滚！"这个打击使得何姑婆完全狼狈了，她的脸发起烧来，那种羞辱的感觉，连同刚才损失了一个红苕的痛苦，像一把锋利的刀一样，一直刺进了她的心里。

"你吃！"她又喊，希望使别人知道何老头子原来是和她很好的，"我早上起来跟你煮的……我自己吃过了。"

但是老头子不再回答。她站着而呆看着他，看着他怎样拿起砖块来安置在潮湿、新鲜的泥灰上，怎样地用砌刀在泥灰上划着，怎样地在手里敲着砖头，全身都发着抖。她看见他仍然穿着离开她的时候的那一套油腻的棉袄棉裤，裤子都破了，发黑的棉花翻了出来，草鞋也没有穿，是赤着脚。她重又觉得非常可怜他。他站得那么高，就好像孤零零地悬在空中似的；就好像天空、墙壁、地面都在排挤他。她替他觉得眩晕、吃力、害怕，她忽然觉得这么多年来他都是这么孤零零地，没有温暖地，冷酷地吊在空中的，于是她发出了急迫啜泣的声音，哭起来了。

但是他仍然不理她，就好像不觉得她的存在似的。

"何老汉，你就接住这一个红苕吧，"王顺明抬起头来喊，他的脸上有一个讥刺的善良的笑容，显然地他只是觉得自己的快活，他觉得何老头子这样生气是只会自己吃亏的。

"我不要！"何老头子在架子上跳着脚叫，"我讨厌死了她，丢老子的脸！叫她滚！"何姑婆于是悲愤地大哭了。

"我是要滚的，何德祥！这些年我没有得罪过你！你这没有良心的，你总是对我这样！你总是骂人，打我，几个月都不跟我说一句话！你好，你有种！出了事情，不怪自己得罪人反而怪我，我说你这也像个人呀！成天地喝酒，"她愈说愈委屈，愈说愈愤恨了，用更大的声音叫着，"几个钱都叫你弄光了，人家刘四大老板那里去赔个不是不是就完了，你偏偏硬要闹，又把人家三少爷打伤了！我看你没得良心的硬到底就好，我看你死了有哪个来可怜你！""你滚！"老头子在架子上面转过头来叫，"我死我的！……我不要看见你这种女人！"他喊，同时悲痛地无助地举起了他的拿着工具的两手。

"算了吧，何老汉！"王顺明笑着说，他们两人这样吵使他轻蔑他们。太阳晒在他背上有点痒了，他就把枪换了一个肩膀背着，弯过一只手去在背上搔起痒来。

"好哇，好哇！"何姑婆拍着手疯狂地喊，"你自己不怕丢人你就当着大众说说看！你从前作过多少烂事情我都不说，你本来就不是好甘蔗头，你叫我嫁给你，你拿我的钱花，你又想要骗别个二姑娘，想把别个二姑娘带进城里去，你说你要包水泥作了，叫我不要吵，月月给我钱，你骗我，两个月不到，你害了那场病破破烂烂地回来了。是哪个一句话不说地服侍你的？是哪个当东西卖衣服跟你请医生的？你就反倒把我恨倒了！天总有眼睛，莫说你这回坐五个月的监，就是坐五年十年我心里都快活！我心里头还痴，还拿红苕来给你吃！"老头子在她的叫骂下沉默着，他紧紧地闭着他的嘴，他的下巴很厉害地发着抖。这种叫骂是叫他太痛苦了。同时，何姑婆自己也觉得是骂得太可怕了，但仍然忍不住她的悲愤。这两个老人是背负着他们的这些创伤走了一生了，无论是时间或是新的患难都不能治疗它们，直到现在，它们还要爆发出来，给他们以可怕的打击。

这时太阳已经升得很高了。很多过路的人都站下来看着他们。这些闲人们，因为美丽的阳光而愉快，津津有味地站在那里看着。王顺明是已经没有兴致再来替他们调解了，靠在一根柱子上晒着太阳，快活地、懒洋洋地闭着眼睛。这两个老人之间的争吵，在大家看来都是平常、无味而无关紧要的，但是因为阳光是这样地美丽，大家仍然看得很有滋味。

忽然地有一群显赫的人们从镇公所里走了出来，其中有年轻的、文弱的镇长和那个著名的、威严而瘦长的刘四老板。

王顺明赶快地跑过来拉开了何姑婆，然后肩着枪跑到门楼下面去准备向他们行礼。刘四老板走出门楼就站下来了，靠在手杖上，和镇长谈论着他对于这建筑的种种意见，镇长笑着，两只手合在胸前面，高兴地听着。看热闹的人们在阳光下愈聚愈多了，但大半的人并不知道大家究竟是在看什么。于是有的看着囚犯们和工人们在默默地工作着的门楼，以为那上面大概是发生了什么稀奇的事情，有的则看着捧着那一个红苕而畏怯的站在角落里的何姑婆，以为她一定是闹了什么事情被抓来的；有的则看着刘四老板和镇长，仔细地听着他们的谈话，希望从他们得到什么新鲜的材料。所有的人都静悄悄的，都有着一副紧张的，茫然的面孔。而在这所有的时间里，那个何德祥老头子是在高架上和工人们一起站着，慢慢地敲碎着他手里的砖块；看起来他似乎在工作着，但其实他是在紧张地听着下面的声音。他一块砖头一块砖头地敲着，一面睁大着他的两只昏花的眼睛凝视着前面。他的嘴边是有着一个痛苦的、冷酷的笑纹。听见了刘四老板所说的什么，他就用力地摆了一下披在两边的长发，举起砌刀来又敲碎了一块砖头。

刘四老板议论了一下之后就转过身来。他是穿着蓝色缎子的皮袍和紫色、团形花的马褂。一对小眼睛发黄而明亮，生着一部飘洒的灰色胡须，这一切都使他显得似乎是慈祥而威严。看见人们都恭敬地对他笑着，他就点着头快活地微笑着回报他们。这威风的恶霸的这种微笑，使得很多人都陶醉了。

"刘四老板，你今天有空出来走呀！"一个肥胖的、戴着两只金耳环的女人兴奋地说。

"你们早啊！"老头子笑着说，"都是为了街上的事情！你们都在看这个新房子吧！"他用手杖指着门楼说，"我刚才跟王镇长说，建筑费我有办法，县里面的几家铺子我要他们捐几百万来，我说，要赶紧修，限这些臭工人囚犯下个月就修好，不准他们偷懒！""是啊，刘四老板！"那个女人说。

"刘四老板，你老人家功德无量！"一个老板娘说。

"本份！本份！"老头子点着头说，"都是王镇长人精明，事情办得出色，好！我刚才还说过，"他迅速地转过身去看镇长，"我刚才还说过，王镇长是热心为地方上的，你们各人今后要听镇长的话才对；这个镇上，"他举起手杖来划了一圈子说，"都是一家人，镇长就好比父母！"老板娘这一类的人们的脸上都有着热情的、陶醉的笑容，镇长，在胸前紧紧地合着手掌，弯着腰，愉快地笑着，两只明亮的眼睛生动地闪烁着。于是刘四老板不住地对大家慈祥地点着头。人们，那些老板和老板娘，保甲长，小流氓和游手好闲的男女们，都觉得心里有一种幸福的冲动，他们是这样地爱着这个刘四老板，感动得差不多快要流眼泪了。刘四老板没有什么话说了，但同样地非常感动，不住地笑着站在那里。于是，在温暖的，明媚的阳光下，就到来了一个寂静的场面，所有的人都张着嘴笑着，好像在这一小块地面上是发生了一件什么奇异的、幸运的事情似的。架子上的那些工作着的人们，则有几个向下看着而静静地冷笑着。

背着枪站在门楼下面的警察王顺明，同样地张着嘴天真地高兴地笑着。这时他是已经完全地抛弃了刚才不久的他的沉痛的宣告，而整个地投身在对于刘四老板的热情里去了，在刘四老板点着头慢慢地环顾，而和他的充满着幸福的热望的眼睛相遇的时候，他是笑得更天真更热情，他是如此地纯洁！而在这个幸福、热情、奇异的亲昵之海里，站立着冷静的工人们和寂寞的何德祥夫妇。

何德祥老头子已经停止了敲砖头的机械的动作了，但仍然呆呆地站在架子上看着前面。他是这样的倔强，看都不曾朝下面看一眼，然而他的腿渐渐地很厉害地发起抖来。他想到他这些年来所住的那一间破烂、潮湿的屋子，想到后山上的他的父母的坟地，想到坡下的他的一块菜地，又想到他坐着船在河里航行着，往城里去；他的头脑里凌乱地交织着各种悲痛的印像，他渐渐无力抵抗他下面的那个以刘四老板为中心的热烈的场面了，他软弱了，一阵心酸，他流下泪来。但这时他听见了他的女人的可怜的哀告的声音，他迅速地转过头去，看见警察王顺明狠恶地一伸手拿去了她的一个红苕，随即他看见他的女人跪倒在刘四老板脚下了。

他寒颤了一下。他听见何姑婆喊："你可怜可怜何德祥，他是快六十的人了呀！"同时他遇到了向他投射过来的刘四老板的恶毒的眼光。他有点昏迷，但是他觉得他冷笑了一下。

接着他听见刘四老板向镇长说："何德祥这个人，是我们镇上顶不规矩的了！"于是他又冷笑了一声。

刘四老板，听见了这冷笑，突然地用手杖在地上戳了一下，耸起肩膀来，全身都紧缩着，靠在手杖上，一面闭紧了嘴唇哼着，严厉地看着他。他胆怯起来了，但这时他看见他的女人跪在地上哭着向刘四老板爬着，并且看见了所有的人都在看着他，于是他重又冷笑了一声，而一股辛辣的力量从他的心里冲出来，弥满了他的全身。他迅速地拿起手边的一块碎瓦片来对准着他的使他屈辱的女人砸去，击中了她的肩膀和脖子，使她恐慌地号叫起来，抱着头翻倒在地上了。

他心里有残酷的情绪，他复了"仇"了！即刻他就转过身来重新开始工作。

但下面腾起了一阵惊异的叫声，接着刘四老板就指着他叫骂了起来。

"你骂好了！"他回过头来，用微弱的声音说。

"混蛋！混蛋！抓他下来！"他突然地翻过身来站住了，他的脸是死白的。他轻蔑地、迷糊地笑着看着刘四老板，镇长，人们，以及那在地上呻吟着的他的女人。

在迷糊中他十分可怜她，他差不多不明白她究竟怎么会倒在地下的。他流出了眼泪。

"何德祥。你糊涂了！你歇息吧！"站在他附近的一个工人说。

"不，不行！"何德祥大声说，这大声使他自己都惊异："没得关系，你刘四老板杀死我好了！我不管那些没得良心的人在你跟前磕头！还有那种没有志气的，我的女人不争这口气，我何德祥是连脖子都不会弯一下的！你刘四老板有钱，有人奉祀，走到哪里有人下拜，我何德祥五十九了，还是要站在这里！"他捶着胸口喊。"你姓刘的杀人千万，造孽千万，无恶不作，敲榨小民，我今天都要说出来，我站在这里！你将来会被捉住的，你不得好死的！""抓下来！抓下来！"镇长喊。

"镇长，对不起，请你让我把这一口气说完。"他痛楚地按着胸口说，"诸位，人生在世是求生活，求不得生活被剥削啃剥就要大声讲话了。我今天又得罪了你刘四老板，看你要把我怎么样？……你万恶的刘四老板！"他叫着，痛苦地颤抖，喘息着，"其实哪一个不晓得刘四老板作的恶呀！只不过少有人说出来罢了，不对，大众都在说！你不要得意，阎王老子会替我算账的！我不是人穷没志气，我要硬到底！"他对着人群悲痛地叫，"我是不会怕哪个的，怪只怪我这个人自己一生许多地方走错了路，各位，我走错了一些路；害了……对不住我的女人！"说到这里他完全哽住了，非常地伤心，在一阵刚烈的颤抖里大哭起来了。

他哭着无力地在架板上坐了下来，把头埋在膝盖间。刘四老板又开始对他骂着，但镇长吩咐了王顺明好好地看守他，说明将要对他严加惩处，就非常温和地把刘四老板劝开去了。

看热闹的闲人愈围愈多了，但发觉了再没有什么可看的，便渐渐地走散。但仍然有几个后来的人，几个同情老头子夫妇的和几个流氓，在那里等着，何姑姿已经在地上坐了起来，靠着一堆砖头，闭着眼睛呻吟着。在架子上，工人们疲乏地劝了何德祥一下，就又开始工作了。太阳静静地，温暖地照耀着。

"何德祥老汉！"王顺明背着枪走到架子下面来，说，"我看你又何苦哟，不是我说的话，你这不是拿鸡蛋碰石头么？……何姑婆，"他迅速地走到何姑婆面前来，说"你脖子上还有血呀，你也不要生气了，你回家去歇歇吧！"

"姑婆！"忽然地何德祥抬起头来，向下面悲痛地说，"是我不好，是我错了，你今后也不要再来看我吧！"

但何姑婆沉默着。她的脸有一些发抖，脸色非常难看。这时有一个不甘心的好奇的人，一个穿着一件破大衣，两手拢在袖子里的家伙走到她身边来对她看着。然后又绕到她背后去看着，有一些人也跟着他。终于他忍耐不住了，伸出一只手来推动她的头，仔细地研究着她脖子里的伤痕究竟是怎样的。

"有一个大血瘤！"他向站在路边的几个人报告说，"不要紧的吧！没啥可看。"

"何姑婆，你究竟怎样呀！"王顺明看看周围的人，狡猾地说。

"我没什么！"她冷冷地回答。

"何老汉，镇长叫你下来，我看你还是下来吧。"王顺明说。

何德祥慢慢地从架子上面爬下来了。他有些飘摇，满脸都是眼泪，向他的女人走来了。

他慢慢地走到她的面前来，跪下了一只膝盖，接着又跪下了另一只膝盖，下颚颤抖着，看着她。这时架子上的几个工人都停止了工作，紧张地看着他们了。

太阳静静地照耀着。

"姑婆，我把你一生害了。"何德祥说。

何姑婆睁开眼睛来，静静地看着他。

"我也没有什么话说，"他说，"我们都是受苦的人，只怪我一生有几回错，我不该的。我也没有什么办法报答你了，不过上天是不会忘掉你的。你跟我苦了一生，没有得着我的好处，你都是为了我，姑婆！"他激动地指着天空说，"上天是会报答你的！"何姑婆扶着砖块慢慢地站起来了，没有感觉地、迟钝地看着他。这时王顺明，由于他的夺红苕的动作引起了一些人的注意，这时又似乎很同情何德祥夫妇，心中不安，便把一个大红苕从荷包里拿出来了，递给何姑婆。何姑婆望望地便接了过来，用颤抖的手将它递给何德祥老头子。

"这个你拿去吃了吧！"她安静地说。

"我不要吃，姑婆！"何德祥恳求地说，仍然跪在地上。

"我一生有你对我好，我受恩不知报，这么多年了。……"

"你拿去吃吧！"她弯下腰来把红苕放在他身边，"我下回方便的话也还是来看你。"她小声地、安静地说，"没事我就不来了。"

"你不来了也好。"何德祥说，突然站起来了，恐惧地看着她。这时一个兵士拿着铁链从门楼里走出来了，何德祥看了她一眼，慌忙地抓住了她。

"姑婆，告诉我，你的伤怎样了，你真的不来了？"他可怕地睁大着眼睛，紧张地问。

"看样子，……我真的怕不来了。""姑婆，"他说，那样的痛苦，又向她跪了下来，但即刻又爬了起来。"……是了，你不来了也好！这回他们怕要谋害我，那就是，姑婆，我们算是分手了，可怜我们两人一生。"他流着泪说，贪婪地看着她，这时候那个兵士已经走了过来，用冷淡、疲倦的神情，给他手上套上了铁链。于是那个背着枪站在旁边的王顺明发出了一个深长的叹息。但是何德祥是在挣扎着，仍然希望抓着他的女人跟她说话。那个兵士拖着他，终于他慌忙地拾起了地上的那个已经被压烂了的红苕。

"这个我还是拿去吃了，姑婆，"他哭着说，同时何姑婆从痴呆的状态中惊醒，大哭了。"我进去了……你不来了也好！"他继续说，"要是你自己有办法，你自己想点办法活下去吧！你一生辛苦，对人慈善，姑婆，我今生不能报答你，我来生会报答你的！""我……还是要来看你的，何德祥老汉！"何姑婆说。

何德祥老头子被那个冷淡的兵士牵着走进去了。铁链在他的身上发出清脆的碰击声来。

很久之后都还可以听见他在院落里的悲痛的叫声："我将来报答你！……"

"我还是要来看你的，再跟你带来红苕！"何姑婆在门外大声倔强地叫着。"你好好地，来年春天你还是要种菜地！"

一九四五年

（选自1949年大连海燕书店出版的同名集）

述评

著名批评家李健吾曾经称路翎为中国"未来的左拉"，胡风的评价更为具体，他说："路翎所要的并不是历史事变的记录，而是历史事变下面的精神世界的汹涌的波澜和它们的来根去向，是那些火辣辣的心灵在历史命运这个无情的审判者面前搏斗的经验。"从1945年前后开始，路翎便致力于短篇小说的创作，这些作品几乎都是表现那些"火辣辣的心灵"在现实中所呈现出的状态。到20世纪40年代末50年代初，路翎已经有《求爱》、《在铁链中》、《平原》等小说集出版，这时期他的文学视野转向了农村，本篇小说便是创作并发表于这一期间的。

在这篇小说中，路翎继续进行着他对于叙述与主题的"疯癫"发挥，由于"人性"与"兽性"的因子是纠缠、搏斗着存在于人的灵魂深处，他便努力从"兽性"中发现"人性"，或从"人性"中去发现"兽性"，这种疯狂的破坏力量要么对准自身——自虐、自残或自戕；要么就诉诸他人——向弱者施虐来缓释焦虑，排遣痛苦。《在铁链中》的主人公何德祥，他手中的瓦片不是掷向他仇恨的人，而是砸在替他求情的老婆头上。这样的挣扎伤人害已，带有极大的盲目性与疯狂性，是一种扭曲的、病态的反抗。

路翎因此受到了批评。有论者指出他把劳动者的内心写得过于灰暗，对其反抗精神描写不足，尚未脱尽批判现实主义的影响。还有论者认为，路翎笔下的人物不真实，工人不像工人，农民不像农民，因为工人和农民不可能有那样复杂的心情，路翎是把属于小资产阶级知识分子的东西装到工人农民的心里去了。当时的主流批评家批评路翎丑化了人民，提倡的是个人主义，赞扬的是个性解放，是不符合革命文学的要求的。胡绳就专门撰文批评路翎"刻毒地讽刺"的底层人民和小市民阶层的人物，他们也许有值得讽刺和责骂之处，但这种病态乃是半封建与买办经济制度下的产物，"一个现实主义的作家应该从它社会根源上挖掘和批判"。"他们不了解人民的力量存在于人民大众从被压迫生活中的觉醒与可能觉醒中，却反而想去从人民中找什么'原始的强力'，他们不了解人民的力量存在于觉醒的人民的集体斗争中，却片面地着重了'个性解放'的问题。""作者多追求着的'人民的原始的强力，个性的积极解放'是和为了不使自己为生活'压溃'，而从生活中'飞'起来的要求相联结的，表面上是要'强'，要'解放'，实际上却是想超脱现实生活逃避现实的斗争。"

应对这些批评，路翎阐述了自己的创作观念："比起政治、经济的斗争来，思想的斗争、人民摆脱精神奴役和精神创伤的斗争更为艰苦。阶级斗争必须在人的意识中进行，必须到人的意识中去，在那里把它解除武装。"路翎说自己"不喜欢灰暗的外表事像的描写"，并说他笔下的"自发性的反抗与自发的痉挛性（即使是潜伏的意识中），马克思和恩格斯都认为它是可宝贵的事物，而且，在黑暗的重压下，更是这样的"。面对作品的主题思想"不健康"、认为"中国人民不是这样"的责难，他肯定地回答说："我认为是这样的。"